"十三五"国家重点出版物出版规划项目

中国现当代地域文学研究丛书 | 朱晓进 丁 帆 主编 |

现代江南小城镇文学研究

余连祥◎著

科学出版社

北 京

内 容 简 介

　　本书是第一本对现代江南小城镇作家以及小城镇文学进行专题研究的论著。著者本着回到历史现场的研究精神，通过对初刊本、初版本的文本细读及现代江南小城镇作家故居的现场调研，将江南小城镇文化和江南小城镇文学结合起来研究，界定了以上海为中心的现代意义上的"江南"，阐明了现代都市、小城、市镇与乡村的层级关系，分析了在东西文化碰撞中现代江南小城镇作家群的形成，以及现代江南小城镇文学中的传统意象和"陌生人"意象、人物群像、特有品格、母题变奏，同时研究了当下对现代江南小城镇作家、作品的二度开发问题。

　　本书可作为大中专院校文科学生了解"江南文学"入门书籍，也可作为江南文化研究、小城镇文学研究者的重要参考书籍。

图书在版编目（CIP）数据

现代江南小城镇文学研究/余连祥著.—北京：科学出版社，2018.12
（中国现当代地域文学研究丛书/朱晓进，丁帆主编）
"十三五"国家重点出版物出版规划项目
ISBN 978-7-03-060304-3

Ⅰ.①现…　Ⅱ.①余…　Ⅲ.①中国文学–当代文学–文学研究–华东地区
Ⅳ.①I206.7

中国版本图书馆 CIP 数据核字（2018）第 293996 号

责任编辑：王　丹 / 责任校对：韩　杨
责任印制：徐晓晨 / 封面设计：铭轩堂

科 学 出 版 社 出版
北京东黄城根北街 16 号
邮政编码：100717
http://www.sciencep.com

北京虎彩文化传播有限公司 印刷
科学出版社发行　各地新华书店经销
*

2018 年 12 月第 一 版　　开本：720×1000　B5
2018 年 12 月第一次印刷　　印张：28
字数：475 000
定价：98.00 元

（如有印装质量问题，我社负责调换）

本书为国家社科基金项目"地域文化视阈中的现代江南小城镇文学研究"（批准号：10BZW078）的最终成果

序

"十年磨一剑",用来形容某位学者认真研究多年,终于写出很有分量的专著。如今的学界,很少有学者用这种"笨"方法来从事学术研究了。余连祥的《现代江南小城镇文学研究》,从搜集资料到申报课题、最终成书,前后用了整整十年。

早在 2003 年秋天,余连祥就到北京鲁迅博物馆做"访问学者"。当年他正在从事浙江省社科规划课题"丰子恺的审美世界"的研究,常来我办公室聊丰子恺,以及鲁迅、周作人、茅盾、郁达夫等浙籍作家。次年初夏,他又申请到了浙江省文化研究工程的重点项目"浙江文化名人传记丛书·茅盾传",着手在北京搜集有关茅盾的资料,在鲁迅书库里找到茅盾赠送给鲁迅的签名本《子夜》,如获至宝。其《丰子恺的审美世界》,由学林出版社出版后,成为丰子恺研究者必引的参考文献。此后每隔一两年,余连祥就会送我一本他的专著。其间我也曾约他写过《鲁迅画传》《民国名人传记丛书·钱玄同》,都是约一年时间就会交出一部蛮像样的书稿。

阅读《现代江南小城镇文学研究》,感觉余连祥做学问,做"快枪手"时不会粗制滥造,"慢工出细活"时更见功力。

江南是个历史性的概念,明清时期狭义的江南,只是指太湖流域的苏、松、常、镇、宁、杭、嘉、湖八府以及由苏州府划出的太仓州。上海开埠以后,成为世界性的"冒险家的乐园",并迅速发展成为江南地区的中心城市。海轮、火车、内河轮船、汽车等现代化的交通工具,拓展了上海作为中心城市的辐射能力,其辐射圈由太湖流域扩大到钱塘江南岸的宁绍地区,甚至还延伸到浙东的台州和金华。这就形成了近代至今的"江南"。

我从小在关外长大,"文革"期间读鲁迅的《呐喊》、《彷徨》和《朝花夕拾》,对山水清远、物产丰饶、文化昌盛的江南心生神往。来北京工作后,有段时间几乎每年都要到江南开会,常常把实见的江南与鲁迅、周作人、茅盾、叶圣陶、丰子恺等作家笔下的江南进行比较,在比较中加深对现代江南小城镇文学作品的理解。学术交流之余,余连祥带我游览过叶圣陶的"第二故乡"甪直镇、徐迟的故里南浔镇、钱玄同的祖籍湖州市以及"白马湖作家群"居住过的春晖中学后面的那些平屋。他介绍现代江南小城镇作家及其小城镇地域文化,如数家珍。余连祥能让你随他"回到历史现场",生动解读相关作家及其作品。

余连祥从小生活在石门镇"乡脚"内的乡下,又在茅盾故里的乌镇中学求过学,耳闻目睹许多民国故事,他对现代江南小城镇文学的研究,很接地气。他引用费孝通的社会调研以及大量方志材料,论述现代江南作家的小城镇书写,娓娓道来,读上去倍感亲切。

本着"回到事物本身"的现象学精神,余连祥广泛搜集现代江南小城镇作家的自述、传记及其作品的初刊本和初版本,并与方志文献参照阅读,进而从"事物本身"发动学术。余连祥在初刊本和初版本的文本细读中,读出了一些不被学界注意的内容。例如,王鲁彦的《菊英的出嫁》,研究者大都对小说描述的浙东冥婚习俗津津乐道,余连祥把该小说与许杰的《大白纸》、许钦文的《疯妇》和王鲁彦的《屋顶下》等结合起来,研究现代江南小城镇上的留守女性。这就读出了不少新意。许杰的另一篇小说《隐匿》描述了留守女性彩珠的悲剧命运,该小说只收入许杰民国时期出版的《惨雾》初版本,中华人民共和国成立后的各类小说选中再没有出现过。新的材料与新的视角,令本书的创新之处多多。

现象学还原的另一种方法则是找到现代江南小城镇作家生活过的地方,进一步"还原"作家生活过的人文环境,透过文化背景来解读作家。余连祥在这方面也下了很大工夫。鲁迅和周作人出生的绍兴都昌坊口、茅盾的故里乌镇观前街、郁达夫在富阳县城的故居和杭州城内的"风雨茅庐"、叶圣陶的"第二故乡"甪直镇、丰子恺的故乡石门镇,以及夏衍、朱自清、王鲁彦、洪深、徐志摩、柔石、艾青、于伶、葛琴、巴人、陆蠡、林淡秋等作家的故里,都留下了余连祥调研的足迹。余连祥用专业相机记录下历时数年的调研,精选出来的一些照片,配作该书的插图,为该书增色不少。

小城镇作家所写的作品并非都是小城镇文学,只有那些对江南小城镇文化进行文学书写的作品才算是江南小城镇文学。鲁迅等作家写自己熟悉的"乡土",而流露出作者"乡愁"的乡土却有小城镇和乡村之分。从主要场域来分类,鲁迅的小说写了四类不同的场域。一是"首善之区"北京,也称北平。此类小说有《兄弟》《伤逝》《端午节》《鸭的喜剧》等。二是 S城,即小县城。此类小说有《药》《白光》《在酒上》《孤独者》《故乡》等。三是市镇,主要是鲁迅虚构的鲁镇。此类小说有《明天》《孔乙己》《祝福》等。四是乡村。《阿 Q 正传》中的未庄就是一个大村庄,其他如《社戏》中的平桥村和《长明灯》中的吉光屯等都是乡村。

综观中国现代文学的叙事空间,可以分为乡村文学、小城镇文学和都市文学三大类。小城和市镇一头连着大都市,另一头连着乡村,是都市和乡村的中介。都市的现代化、都市摩登通过小城镇而深入乡村,而乡村对于都市的反哺也通过小城镇来传导。传统与现代、时尚与守旧往往在小城镇碰撞。小城镇是现代作家最熟悉的叙事场景,不少作家身在大都市,而故乡的小城镇是他们永远的乡愁,因而相对于乡村文学和都市文学,现代小城镇文学是最精彩纷呈的一个文学种类。

鲁迅、周作人兄弟喜欢听祖母讲猫是老虎的师傅等民间故事,也爱听保姆长妈妈讲述那些有乡野之趣的传奇故事,他们还爱读《越谚》《湖录》《夜航船》等描述江南风情的笔记和小品文等。郁达夫写游记,最爱翻方志文献。茅盾甚至还参与过《乌青镇志》的编撰……这些现代江南小城镇作家都有丰富的江南小城镇文化知识,并长期浸淫其中。乡土文化赋予他们的文学作品极为厚重的地域文化底蕴;"侨寓"在大都市,在不同的文化参照系中反观江南小城镇,小城镇文学的字里行间又有了文化批判精神。这批深受现代江南小城镇文化影响的作家,形成了阵容豪华的"现代江南小城镇作家群"。他们对现代江南小城镇文化的文学书写,形成了独具魅力的"现代江南小城镇文学"。

从研究课题来说,着力于现代江南小城镇文学,有一定的新意,将文学、文化与作家的书写史结合,并力图呈现文学世界的审美之思,可谓是余连祥这一研究成果的突出特色,其主要建树亦在于此。该成果的学术价值主要表现在引起读者关注现代江南小城镇文学现象,并可丰富人们对现代文学史的解读;其理论价值主要在于对小城镇文学内涵的解读。

在中国现代文学史上,从江南区域走出来的作家几乎占了半壁江山,从地域文化与作家创作之间的关联上来说，为什么在现代中国处于转型之时，江南区域会出现一批作家的整体崛起？他们与江南、江南文化有着怎样的联系，特别是他们心目中和作品中对江南的认识和表现，又是怎样的一种情形？都是值得深入探讨的。余连祥的研究能抓住"现代江南小城镇文学"这个颇有新意的"点"，来进行深入细致的分析、探讨和研究。与以往过于意识形态化的"宏大主题"研究相比，这种研究更能深入中国现代文学的内部结构去探寻其生成与发展的逻辑进程和结构，也更能发掘出现代文学生成与发展的文化机理和艺术审美规律特征。余连祥的研究依据历史学、社会学、文化学、民俗学中的有关市镇、小城的社会结构生态、地域文化特征等理论，来对现代江南小城镇文学展开研究，认为"现代江南小城镇文学是现代乡土文学中的绚烂篇章"，这在学术研究上有一定的新意。由此可见，余连祥的研究是一种有益的尝试。

鲁迅在小说里发现了中国的乡村和小城镇，发现了我们民族文化的一些可贵而又灰暗的元素。借着西方与日本的多种参照，我们今天所讲的"乡土文学"出现了。早在五四时期，鲁迅那些描写 S 城、鲁镇和未庄的小说，在青年作家中产生了很大的影响，王鲁彦、许钦文、台静农、蹇先艾、许杰等作家有意学习鲁迅的乡土叙事，形成了"乡土写实派"。由鲁迅开山的现代小城镇文学，江南是重镇，但其他地区的作家也写了很多描述小城镇的文学作品。沈从文、废名、沙汀、萧红、师陀、李劼人、彭家煌、周文、骆宾基等作家尽管只是"散兵游勇"，但也在中国现代文学史上留下了不少经典的小城镇文学作品。余连祥在"结语"中放眼全国，在横向比对中进一步彰显现代江南小城镇文学的特色，他能从大处着眼，又能从具体作品的文本分析着手，读上去颇有趣味，得出的结论又很有说服力。例如，讲到现代江南小城镇文学中发达的商业氛围，就横向比较了施蛰存与废名的同题小说《桃园》，以及师陀的《果园城记》和沈从文的《长河》对果园的描述。题材同中有异，小说作者作为隐形的叙事人，其价值评判更有意味。

文学是语言艺术，多才多艺的现代江南小城镇作家又会用别的艺术语言来诠释同行作家的小城镇文学。例如，丰子恺将鲁迅和茅盾的小说画成漫画，夏衍将鲁迅和茅盾的小说改编成电影，让鲁迅和茅盾的小说得到了"跨界"传播。余连祥的研究也涉猎现代江南小城镇文学的"跨界"传播，尤其是借用"语–图"关系的理论来研究丰子恺漫画与鲁迅、茅盾的小说之关系，十分出彩。

新时期以来的大拆大建，拆除了好多江南小城镇文化元素。每到节假日，绍兴都昌坊口、乌镇、南浔镇和甪直镇等具有清末民初风情的历史文化街区和小城镇游人如织，说明能承载江南文化乡愁的江南小城镇已成了稀缺资源。余连祥的这部专著，图文并茂，打捞出不少江南文化元素，可以慰藉那些对江南文化充满感念的专家、学者。

孙　郁

2018 年 8 月于北京康乐里

目　　录

导　论

1　江南地域的历史变迁

江南是一个历史性概念。历史地理学家周振鹤认为，先秦、秦汉、三国、西晋时期，江南大致指的是今湖南地区，兼及今江西。《史记》《三国志》等史书就是如此使用江南这一概念的。长江下游以南，古代称为江东。当年项羽率领的江东八千精兵，就是从太湖流域的吴中带去的。"至今思项羽，不肯过江东。"李清照的诗也沿用了这一历史概念。"通常从北方到今江南是通过今安徽渡江到今南京一带的。而南京至芜湖一段长江正是西南东北向，所以称今江南为江东顺理成章。"①当年也称江东为江左，同时称对岸的今安徽北部及其以北地区为江西。东晋永嘉丧乱，大批中原人"如过江之鲫"，从广陵（今扬州）渡江南下，此处的长江是东西走向的，于是，原先的"江东"被改称"江南"了，江南对岸的苏北被称为江北。唐朝的行政区划把长江中下游以南地区称为江南道，后又分江南东道与江南西道。唐朝后期，用"湖南"取代了秦汉时期的"江南"。

《禹贡》分天下为九州，江南属扬州。同治《湖州府志·物产上》载："扬州土惟涂泥，郡地最低，性尤沮洳，特宜水稻。"江南的太湖流域，其地形基本特征是四周高耸，中部低洼，是一个以太湖为中心的大型碟形洼地。数千年的粮田垦殖，就是将"涂泥"湿地垦殖成粮田的过程。五代十国时，吴越王钱镠建都杭州，大兴水利，重点治理钱塘江和太湖。"世方喋血以事干戈，我且闭关而修蚕织。"据同治《湖州府志·水利》载："吴越天宝八年置都水营田使，以主水事，募卒为部，号曰撩浅军，亦谓之撩清军，于太湖旁置撩清卒四部凡七八千人，常为田事，治湖筑隄。一路径下吴淞江，一路自急水港下淀山湖入海。居民遇旱则运水种田，涝则引水出田，立法甚备。"

---

① 周振鹤：《江南江北江东江西》，《咬文嚼字》2009 年 12 月第 12 期。

吴越时太湖流域以国家军事化方式开垦成的塘浦圩田系统，在太湖流域稻作文化和丝绸文化发展史上具有里程碑意义。圩田种稻，圩埂植桑，水塘养鱼，使太湖流域成为闻名全国的"鱼米之乡，丝绸之府"。吴越时"岁多丰稔"，范仲淹说"民间钱五十文籴白米一石"①。太湖流域塘浦圩田系统的形成，为太湖平原由自然河道形态朝人工河网化方向迈进奠定了基础，又使太湖流域的农业经济走上繁荣的道路，促使国家经济重心南移。南宋时，形成了"苏湖熟，天下足"的局面。明清时期，太湖流域成为全国经济最发达的地区。经济的发达，又促进了商业的繁荣。"无丝不成镇"，南浔、双林、乌镇、盛泽、平望、新市等专业性丝绸业市镇迅速崛起。"上有天堂，下有苏杭"，江南似乎成了人间天堂，令人艳羡。

历史地理学家周振鹤认为，由于明朝两浙地区的农业经济发展居全国前列，因而"江南"不仅是一个地理概念，而且具有了"经济富庶区域"的含义。明朝苏、松、常、嘉、湖五府交纳税粮之和占了全国总额的五分之一，而苏州一府竟占了将近十分之一。

晚清学者钱泳在《履园丛话·水学》中指出，最狭义的江南范围应包括苏、松、常、镇、杭、嘉、湖七府之地。学界基本认同此说。研究明清经济史的专家，一般把太湖流域称为明清时期的"江南"。明清江南区域经济史研究专家李伯重就把"江南地区"界定为太湖流域的八府一州。"就明清时代而言，作为一个经济区域的江南地区，其合理范围应是今苏南浙北，即明清的苏、松、常、镇、宁、杭、嘉、湖八府以及由苏州府划出的太仓州。"②这其实是清明时期"江南"的核心区块，即狭义的江南。广义的江南一般指长江中下游的苏南、皖南和浙江，包括后起的区域中心城市上海。

受政治、经济、文化、交通等因素的影响，江南的中心城市也有一个变迁的过程。吴越国和南宋小朝廷先后建都杭州，杭州就成为江南地区的中心城市。南京是六朝金粉之地，加上明太祖定都南京，南京也常常成为江南地区的中心城市。明永乐大帝朱棣迁都北京，旧都南京日渐衰落。京杭大运河成为从江南往北京漕运的经济大动脉，大运河畔的苏州走向繁荣，成为明清时期江南地区的中心城市。

---

① （宋）范仲淹：《范文公政府奏议·答手诏条陈十事》。
② 李伯重：《简论"江南地区"的界定》，《中国社会经济史研究》1991年4月第1期。

上海开埠以后，成为世界性的"冒险家的乐园"，并迅速发展成为"东方的巴黎"。于是，上海又取代苏州，成为江南地区的中心城市。海轮、火车、内河轮船、汽车等现代化的交通工具，拓展了上海作为中心城市的辐射能力，其辐射圈由太湖流域扩大到钱塘江南岸的宁绍地区，其至还延伸到浙东的台州和金华。

皖南的徽商在宋朝崛起，至明清达到顶峰。江南小城镇上的当铺大都由徽商经营，"徽州朝奉"曾特指当铺伙计。以青砖黛瓦、马头墙为标识的徽派建筑，是明清江南小城镇的主流建筑。上海开埠后，洋行中的买办主要为宁波人。宁波帮商人，加上南浔的丝商群体，浙商的势头迅速盖过了徽商。上海话也主要是由松江话与宁波话杂合而成的。进入民国，上海对浙东的辐射力加强了，而对于日渐衰落的皖南的辐射力就没那么强了。

徽派建筑

包伟民在论述江南市镇的近代（1840—1949）命运时，界定的近代江南范围是"清末江苏省的江宁、镇江、松江、常州、苏州、太仓直隶州，浙江省的杭州、嘉兴、湖州、绍兴、宁波等地"[①]。

本书所指的"江南"，与包伟民所指的近代"江南"比较接近，既包括

[①] 包伟民：《江南市镇及其近代命运（1840~1949）》，北京：知识出版社，1998年，第14页。

明清时期的太湖流域，又包括近现代的浙东宁波、绍兴等地区，有时也波及台州和金华等地区。

周振鹤在《释江南》中指出："江南不但是一个地域概念——这一概念随着人们地理知识的扩大而变易，而且还具有经济涵义——代表一个先进的经济区，同时又是一个文化概念——透视出一个文化发达取得的范围。"[①]

扬州，历史上也称"广陵"，虽然地理上位于长江北岸，但历史上一直属于江南文化范围，即扬州的文化属于"江南文化"，扬州自然也在本书的研究范围之内。

在经济上，明清时期的江南出现了李伯重所述的"早期工业化"。江南的丝织业和棉织业达到了世界先进水平。作为鱼米之乡，养鱼和稻作是江南农耕文化的底色，植桑养蚕和种植棉花是江南农村中的副业，且为主要的经济收入来源。在此基础上发展起来的纺织业成为主要的家庭手工业，江南丝绸业市镇及其四乡，逐渐把养蚕缫丝与丝织业作为主业，原先种植水稻的地方也改垦为桑地，造成稻米还要从湖广输入。江南棉布业市镇及其四乡也把种植棉花和纺织棉布当成了主业。当年江南的丝织业和棉布业的工艺水平领先于第一次工业革命前的欧洲。江南的丝绸和棉布形成了"衣被天下"的局面。

经济的发展又推动了江南文化的繁荣。吴越文化是江南文化的滥觞。东晋和南宋的两次中原文化的南来及与江南文化的大融合，加速了江南文化的发展。江南人从尚武转变为崇文重教。至明清时，江南文化已成为中国文化中的强势文化，连乾隆皇帝也成了江南文化的"粉丝"。清朝北京的皇家园林建造中融合了许多江南文化的元素。

明清时期的江南文化主要体现在典雅别致的园林、丝竹悠扬的画舫、轻歌曼舞的名妓，以及文人墨客的雅集等方面。这是一种奢侈的消费文化。当然，崇文重教的江南人又通过书院讲学、书坊刻书来传承和发展经典文化。这让江南士人在科举考试中独占鳌头。

江南文化有水的灵动和柔美，又不乏山石的刚毅。诗意江南自然具有诗性传统。江南人务实又善于变通，具有商业眼光和胆识。"海纳百川，有容乃大"，江南人的包容性也体现在江南文化之中。上海开埠以后，江南人乐于接受"欧风美雨"的洗礼，于是，民国期间的江南文化显得比较"洋

---

① 周振鹤：《释江南》，《中华文史论丛》第49辑，上海：上海古籍出版社，1992年，第147页。

派"。这些"洋派"元素，也即李欧梵所说的"上海摩登"。

2　现代江南的市镇和小城

　　通过对德国南部城镇的调查，德国城市地理学家沃尔特·克里斯塔勒于 1933 年完成了《德国南部中心地原理》一书，系统地阐明了中心地的数量、规模和分布模式，建立起中心地理论。根据中心地理论，一个典型的中心地应当有一个能辐射全地区的中心城市，下一层级为次中心城市，再下一层级为小城市，最下一级的中心地为市镇。

　　20 世纪 60 年代，美国学者施坚雅借用德国地理学家克里斯塔勒的中心地理论来研究明清以来中国农村市场结构的演变发展。施坚雅等美国学者在市场结构、区域特征、理论工具等方面，为中国市镇研究奠定了基础。在他之前，西方社会学家只调查村庄，并没有注意到村庄与外界的联系。施坚雅在四川进行田野调查时发现，四川的大村庄很少，大都是由集市联系在一起的小村落，于是他就用中心地理论来研究中国基层市场的共同体。经过多年研究，施坚雅把农村市场的分析模式，延伸为城市研究模式，进而构建了一个包括八层等级的"中心地"模式。他在《中华帝国晚期的城市》中指出："就中国的情形而言，作为大区域经济的顶级城市的大都市，处在不同程度上整合成一体的中心地层级的最高层。这个层级向下则延伸到农村的集镇。集市体系以这些集镇为中心，一般包括十五至二十个村庄，组成了构筑经济层级的基本单位。"①

　　现代的江南，上海是辐射能力极强的中心城市。阅读茅盾、叶圣陶等作家的小说就会发现，江南小城镇上一旦发生战乱，有能力逃难者马上拖儿带女逃往上海租界。叶圣陶小说《潘先生在难中》的潘先生是让里镇上的小学校长，江浙军阀混战的战火临近该镇，潘先生就带了老婆和两个儿子乘火车逃难至上海租界。茅盾小说《子夜》中的吴老太爷一直住在老家双桥镇。由于镇上农民暴动，他就由小女儿和小儿子护送，乘内河小火轮去了上海，住进了大儿子吴荪甫的公馆。1932 年年初的"一·二八"事变之后，上海闸北的大批难民出逃。茅盾小说《林家铺子》就写到了那些难民乘轮船逃到镇上，小部分投亲靠友，大多数住进了镇上的茧行。至于平

---

① 〔美〕施坚雅：《中华帝国晚期的城市》，北京：中华书局，2000 年，前言第 2 页。

时的商业往来，小城镇上的商家为了减去中间层级的流通费用，直接从中心城市上海进货。小说《林家铺子》中的这家铺子，主要经销"东洋货"，批零兼营，商品主要从上海直接赊账批来。茅盾长篇小说《霜叶红似二月花》中张家的源长号店铺，销售的商品也是从上海批发来的。民国时期，上海"摩登化"了，而在其辐射范围内的江南小城镇则"都市化"了。上海新出现的许多"摩登"商品，不出个把月，就会出现在江南小城镇的店铺里。

民国时期的江南，居住在不同层级的常住居民，在吴方言里有不同的称呼。生活在中心城市上海和次中心城市杭州、苏州的人，直接称为"上海人""杭州人"和"苏州人"；小城里的人统称为"城里人"；市镇上的人统称为"街廊人"（江南的市镇一般有石板街和遮风挡雨的廊棚）；最下层的乡村里的人则统称为"乡下人"。

市镇上的廊棚

一般来说，小地方的人对于大地方的人是十分艳羡和尊重的。鲁迅小说《社戏》中的"我"，来自鲁镇，属于"街廊人"，且为"少东家"，在乡下外婆家就很受人尊重。罗洪短篇小说《迟暮》中老接生婆的次孙祖光娶了位上海媳妇，小县城里的"城里人"看不懂上海新娘穿的婚纱，但都争相观看，既稀罕又羡慕。丰子恺有一幅漫画《到上海去的》，画了一对乡下父子正歪着头观看一列开往上海的火车，画活了当年的乡下人对上海的神往。然而，下一层级的人要完成"逆袭"，成为上一层级的人，要经历化茧成蝶的痛苦蜕变。施蛰存就十分善于在小说中描述这种差异与蜕变的痛苦。吴福辉在《施蛰存短篇小说集》前言中指出：

> 施蛰存因为在上海郊县的松江有他的老屋，他天生是表现从乡村到城市的近半个世纪变化的适宜人选。他小说的基本主题，是写由乡及城的人性之变。上海在中国提前进入"现代"的历史现实，注定了当周遭的人们带了旧的品性、传统习惯和生活方式，进入它的内部后，所能发生的心理冲突和文化冲突。这是他小说在表现都市方面不陷入肤浅的根本原因。
>
> 在由乡及城的过程里，女性所受的震荡，吸引了施蛰存的全部艺术表现力……他写的最好的女性，是从小城镇走向大都会的保守女性。她们的痛楚，她们的迷惘，是新旧交替时期的社会轨迹，而中国的新旧交替持续时间之长，就决定了此种人物的典型价值。①

自 20 世纪 30 年代起，费孝通用人类文化学的观点和方法来研究江南小城镇和乡村，认为江南小城镇都有各自相对独立的"社区"。他在研究报告中指出：

> 在数十个村庄的中心地带就有一个市镇。市镇是收集周围村子土产品的中心，又是分配外地城市工业品下乡的中心。开弦弓所依傍的市镇叫震泽，在开弦弓以南约 4 英里，坐手摇船单程约需两个半小时。震泽地处太湖东南约 6 英里，大运河及苏嘉线以西约 8 英里。目前，可乘轮船或公共汽车到达苏嘉线的平望站。通过现有的铁路线，可在 8 小时以内从震泽到达上海。②

太湖流域经济发达、商业繁荣、人口密度高。每个市镇是区域内的经

---

① 吴福辉：《施蛰存短篇小说集》，长沙：湖南文艺出版社，1998 年，第 5 页
② 费孝通：《江村经济：中国农民的生活》，戴可景译，北京：商务印书馆，2001 年，第 28 页。

济文化中心，辐射范围约 5 公里，当地吴方言称"一九"路，即 9 里路。市镇都有各自的"乡脚"，"乡脚"内各村的航船都早出晚归，"出市"的目的地便是中心地带的市镇，平时中心市镇的"乡脚"大致呈圆形，接近克里斯塔勒的中心地理论所描述的"六边形"。中心地的市镇一旦举行隆重的节庆活动，会临时吸引别的市镇范围内的航船载客前来，于是，"乡脚"得到了临时扩界。笔者从小生活在离中心地石门镇"一九路"的"深乡下"，不过中华人民共和国成立后，农产品实行"统购统销"以来已没有航船制度。村上老人如"白头宫女说玄宗"似的经常念叨民国时期的航船。当年村上的航船每天开往中心地石门镇。清明时节，"三九路"外的新市镇有"轧蚕花"活动，村里的航船会临时改开新市，护送村民们去"轧蚕花"。"三九路"外的乌镇，有茅盾在散文《香市》中所描述过的"香市"，村里的航船也会临时改开乌镇，护送村民们去乌镇"香市"上观看"西洋镜""马戏"和杂技等。

当年航船的主人俗称"航船户"。据费孝通调查，"航船户"既是消费者的购买代理人，又是生产者的销售代理人。市镇上的商家逢年过节会给"航船户"一定的佣金，"航船户"以此为生。村上人乘船"出市"不用另付船钱，年轻力壮者需要帮助撑篙、摇船。船上还有"行灶"，乘船者可以搭伙烧中饭吃。航船就似大动脉，连接起了中心市镇与"乡脚"内的各个村庄。

20 世纪 80 年代初，费孝通再次讲述其五十年前所调查到的震泽镇的情况。他指出，震泽镇是个"商品流通的中转站"。"农民将生产的农副产品出售到震泽，又从震泽买回所需的工业消费品。对于镇周围的农民生活来说，震泽是一个不可缺少的经济中心。而航船主、学徒以及米行、丝行、酱园、杂货店等商店的老板则共同构成一个庞大的商品流通组织。震泽通过航船与其周围一定区域的农村连成了一片。到震泽来的几百条航船有或长或短的航线。这几百条航线的一头都落在震泽这一点上，另一头则牵着周围一片农村。当地人把这一片滋养着震泽镇同时又受到震泽镇反哺的农村称之为'乡脚'。没有乡脚，镇的经济就会因营养无源而枯竭；没有镇，乡脚经济也会因流通阻塞而僵死。两者之间的关系好比是细胞核与细胞质，相辅相成，结合成为一个细胞体。"①

---

① 费孝通：《费孝通全集》第 10 卷，呼和浩特：内蒙古人民出版社，2009 年，第 201 页。

　　樊树志在《江南市镇：传统的变革》一书中指出："江南市镇是在农家经营商品化、农业经济商业化的基础上发展起来的，市镇的生存与发展土壤在四乡的农村。"①费孝通所述的"乡脚"，指的是市镇作为一个中心地的市场辐射范围，也就是施坚雅所说的"市场共同体"或"市场圈"。

　　市镇作为"乡脚"内的中心地，自然成为商业中心。市镇上的商人视"乡脚"内的农民为"衣食父母"。镇上的热心人通过向商家"写疏"来筹集活动经费，天旱时举行祈雨的迎神赛会，逢年过节，市镇上还有元宵灯会、七月半的盂兰盆会以及求雨的周仓会等，民国时又增加了"提灯大会"。这种节庆活动营造了民间的狂欢，丰富了"乡脚"内民众的文娱生活。市镇还通过娱神娱人的社戏、茶店的说书、木刻年画等，向乡镇输送文化。就这样，中心地市镇又成了"乡脚"内的文化中心。

　　中国的封建社会，皇权只到县里。朝廷最低一级的命官是七品芝麻官县令和辅佐县令的县丞。县令居县城，处理一县政务。江南水乡，县城是一县的政治中心，由城墙和护城河护卫着。市镇一般是自治的，县政府只派小吏来收税。府城和县城属于小城，既是商业中心、文化中心，同时又是政治中心。县内的雄镇，在政治上归府、县管辖，但在经济上和文化上并不一定属于小城的下一层级。最典型的例子是南浔镇。上海开埠后，南浔镇上崛起了一个丝商群体，他们直接与上海的丝商洋行做生意，并没有通过湖州城这一中间层级。暴富的南浔丝商群体有"四象八牛七十二金狗"，其总资产相当于晚清一年的国库收入，可谓"富可敌国"，民间有"湖州一个城，不及南浔半个镇"之说。政治上，一府两县的湖州城下辖南浔镇，但在经济实力上，湖州城反而难望南浔镇项背。因此，从政治上来分析，省城、府城、县城与市镇，四个层级十分清楚，但从经济和文化上来分析，不少市镇都越过省城、府城与县城，直接与江南的中心城市上海发生联系。因此，县城和府城的设立是政府行为，而市镇的形成则是市场行为。

　　1912 年，中华民国成立，撤府并县，从政治上减少了府城这一层级。绍兴府城原有绍兴府与山阴县、会稽县，俗称"一府两县"，后合并成绍兴县。湖州府城原先也有湖州府城与归安县、乌程县，后合并成吴兴县。因此，民国时期，省城下面的小城只有县城这一层级。与此同时，民国政府对江南市镇的管理也有所加强，县政府向镇上派出了党部、公安分局等。

---

　　① 樊树志：《江南市镇：传统的变革》，上海：复旦大学出版社，2005 年，第 157 页。

这在茅盾的小说《林家铺子》《小巫》中都有描述。尽管如此，府城的根基还在，像本书所涉及的苏州、湖州、嘉兴、宁波和无锡，其规模和集聚功能都要比一般小县城大。比起小县城来，这些府城类似于中等城市。只是为了论述方便，本书还是把这些城市统称为小城。

社会学家费孝通在《小城镇　大问题》中把老家吴江县的小城镇分为五类。第一类以震泽镇为代表。该镇是以农副产品和工业品集散为主要特点的农村经济中心，是一个商品流通的中转站。"乡脚"内各村以航船为物流方式，结成一个经济共同体。第二类以盛泽镇为代表。这是一个丝绸业专业市镇。镇上的绸庄利用金融力量、信贷关系和销售渠道，首先把农民在家缫成的丝收购来，然后再投放给农户在家织绸，收回来的坯绸经过染色加工，分销至海内外。第三类是县城松陵镇。这是全县的政治中心和文化中心，有行政中心的衙门和城隍庙这阴阳两大权力机构。人活着由衙门管，衙门旁边是监狱和刑场，到了阴间要受城隍庙管。县城由城墙和城门护卫着。城市一般具有防御功能和交易功能，然而，松陵县城为了强化防御功能，把交易的集市搬到了大东门外的盛家库。第四类以同里镇为代表。同里镇四面环水，似乎是深藏于水泽中的岛屿，成了"不在地主"与退休官员的安乐窝。这是一个典型的消费型市镇，是有钱人享乐的天堂。第五类以平望镇为代表。平望镇交通便捷，是北通苏州、南通杭州的门户，为兵家必争之地。平时商业繁荣，但很容易被战火毁坏。[①]

这五类小城镇。县城属于小城，是由政府设定的政治中心。旧时的文化活动带有娱神娱人性质，也由地方"父母官"来主持，因而县城同时又是一县的文化中心。其他四类都是市镇。市镇是因商业活动而自发兴建的，官方派出的巡检司和税务官之类都是因市而设的。

江南的市镇由于商业繁荣，每日都有市，尤其是早市，一般下午比较冷清，故有些面店等小吃店，最忙的是早市，做完中饭生意，下午就打烊了。除江南之外，其他地区，一县之内往往只有县城为常市，其他集镇都是数日才有一"集"的集市。江南的市镇，与县城一样，也是常市。故不熟悉江南小城镇的学者往往把江南的市镇也误认为小城了，因而把江南小城镇文学简化成小城文学，在他们的学术视野里，江南的市镇被遮蔽了。

据茅盾对故乡乌镇的回忆，乌镇作为江南雄镇，其规模不下于北方的

---

① 费孝通：《费孝通全集》第 10 卷，呼和浩特：内蒙古人民出版社，2009 年，第 199-204 页。

中等县城，即乌镇商业的繁荣与常住人口都相当于北方的中等县城。江南的大市镇的常住人口有"烟火十万人家"，然而，执法权都在县政府手里。鲁迅小说中杀革命党夏瑜以及对阿Q的示众枪毙都是在S城里进行的，而非鲁镇。江南的市镇只是其"乡脚"内的商业中心和文化中心，县城才是全县的政治中心和文化中心，两者的功能有很大的差别。

3　从小城镇走出来的现代江南作家

现代江南的小城镇最早沐浴"欧风美雨"。鲁迅、周作人、茅盾、叶圣陶、郁达夫、徐志摩、夏衍、丰子恺、洪深、许杰、许钦文、王鲁彦、巴人、施蛰存、孙席珍、徐迟、葛琴、罗洪等作家的童年时代深受江南小城镇文化的熏陶，他们长大后又能"走异路"，负笈大城市乃至海外，成长为新文学作家。

不过严格来说，王鲁彦、于伶和艾青等作家的出生地是乡村，但他们从小就到小城镇上的学堂里读书，也熟悉江南的小城镇。叶圣陶、戴望舒和夏衍的出生地分别为次中心城市苏州和杭州。然而，叶圣陶在甪直镇上从教多年，视甪直镇为第二故乡；戴望舒与好友施蛰存等一起在松江城从事文学活动，且苦苦追求施蛰存的妹妹施绛年，其诗文中出现小城意象也很自然；夏衍出生于杭州城东庆春门外严家弄，周围多菜农，母亲还在家里养蚕，夏衍一度寄居于武康县城的舅父家，直到读完小学才回杭州，他在某种程度上也属于小城镇作家，夏衍创作改编的电影剧本《春蚕》《林家铺子》《祝福》都是经典的小城镇题材的作品。

江南小城镇文化赋予他们的文学作品极为厚重的地域文化底蕴；"侨寓"在大都市，在不同的文化参照系中反观江南小城镇，小城镇文学的字里行间又有了文化批判精神。这批深受现代江南小城镇文化影响的作家，形成了阵容豪华的"现代江南小城镇作家群"。他们对现代江南小城镇文化的文学书写，形成了独具魅力的"现代江南小城镇文学"。值得一提的是，"东北作家群"中的端木蕻良也应戴望舒的催稿，在抗日战争时期的香港写了小说《江南风景》。这是一篇颇有意味的小城镇小说，不应排除在本书研究之外。

中华人民共和国成立后，不少江南小城镇作家的创作生命得到延续，不过这时期的江南小城镇文学有了另一套意识形态化的文学书写话语。这是另一种性质的江南小城镇文学，笔者准备作为另一个课题进行研究。不过个别作家进入中华人民共和国后对江南小城镇的文学书写偶尔还是使用了原先用惯了的书写话语系统。对于此类惯性书写，本书也作了研究。这些作品主要有丰子恺在 20 世纪 70 年代初的"地下写作"、周作人 20 世纪 50 年代在上海《亦报》与香港报刊上发表的小品文、徐迟 20 世纪 50 年代回故乡后发表的一组诗歌。

现代江南小城镇文学，是现代乡土文学的一个分支。对现代乡土文学的研究，始于鲁迅、周作人、茅盾等。周作人在 20 世纪 20 年代就倡导"乡土文学"，强调文学中的民俗学元素，在他看来，当年的新文学主要受外国文学的影响，倡导"乡土文学"，能使新文学接中国本土的"地气"。茅盾在《关于乡土文学》一文中指出："关于'乡土文学'，我以为单有了特殊的风土人情的描写，只不过像看一幅异域的图画，虽然引起我们的惊异，然而给我们的，只是好奇心的餍足。因此在特殊的风土人情而外，应当还有普遍性的与我们共同的对于运命的挣扎。"① "五四文学"时期，受鲁迅浙东风情小说的影响，形成了一个"乡土写实派作家群"。鲁迅在《中国新文学大系·小说二集》的序中把这群"侨居"在北京又用笔书写故乡的作家的作品归为"乡土文学"。相对于北京来说，他们又是"侨寓文学的作者"。"侨寓的只是作者自己，却不是这作者所写的文章，因此也只见隐现着乡愁，很难有异域情调来开拓读者的心胸，或者眩（炫）耀他的眼界。"②鲁迅、周作人和茅盾等大家还创作了一批经典的乡土文学作品，在他们的影响下，现代乡土文学作品蔚为大观。早在 20 世纪 20 年代，张定璜在评论鲁迅的《呐喊》时就说："他的作品满熏着中国的土气，他可以说是眼前我们唯一的乡土艺术家。"③

中华人民共和国成立后，现代文学研究一味强调政治性，乡土性被基本遮蔽。"乡土文学"研究在新时期成为热点，丁帆、赵园、许志英、杨剑龙、朱晓进等专家学者从乡土特色、美学风格、创作心态、主题表达、方言俗语等方面进行了全方位研究。尤其是严家炎，最早从流派角度来研究在鲁迅乡土小说影响下形成的"乡土小说作家群"。他指出："鲁迅的乡土小说启发了许多从农村来的有一定生活经验的爱好文艺的青年，帮助他们

---

① 茅盾：《关于乡土文学》，《文学》1936 年 2 月第 6 卷第 2 期。
② 鲁迅：《中国新文学大系·小说二集》，上海：上海良友图书印刷公司，1935 年，第 9 页。
③ 张定璜：《鲁迅先生》，《现代评论》1925 年 1 月第 1 卷第 7 期、8 期。

开窍，使他们懂得怎样动用自己的审美积累。"①

　　这些年轻的乡土小说作家，许钦文和台静农与鲁迅交往较多，鲁彦和塞先艾是鲁迅的学生，而许杰、王任叔和彭家煌则是仰慕鲁迅的私淑者。

　　进入 20 世纪 90 年代，学界为了打破"乡土文学"研究中过于宽泛的研究视野，开始按地域来划分乡土作家群，并对不同作家群的作品进行地域文化阐释。1995 年，严家炎主编的"二十世纪中国文学与区域文化丛书"由湖南教育出版社出版。严家炎在"总序"中指出，"地域对文学的影响，实际上通过区域文化这个中间环节而起作用"。费振钟的《江南士风与江苏文学》和郑择魁主编的《吴越文化与中国现代文学》，在用江南地域文化阐释"现代江南小城镇作家群"及其作品方面作了有益尝试。

　　"乡土文学"的研究主要关注乡村，相对忽视作为都市与乡村中介的小城镇。近年来，学界着手研究"乡镇小说""小城小说"。吴福辉将"乡镇小说"界定为"专事叙述乡镇的乡土小说"②。栾梅杰、赵冬梅、熊家良、周水涛、张磊、易竹贤和李莉等具体研究现当代小城镇作品，并初步概括其特点。

　　鲁迅等作家写自己熟悉的"乡土"，而流露出作者"乡愁"的乡土却有小城镇和乡村之分。我们还是以鲁迅为例。从主要场域来分类，鲁迅的小说写了四类不同的场域。一是"首善之区"北京，也称北平。此类小说有《兄弟》《伤逝》《端午节》《鸭的喜剧》等。二是 S 城，即小县城。此类小说有《药》《白光》《在酒上》《孤独者》《故乡》等。三是市镇，主要是鲁迅虚构的鲁镇。此类小说有《明天》《孔乙己》《祝福》等。四是乡村。《阿Q 正传》中的未庄就是一个大村庄，其他如《社戏》中的平桥村和《长明灯》中的吉光屯等都是乡村。第一类写的是都市，为现代都市小说的滥觞，其他三类都可以归为乡土小说。丁帆在《中国乡土小说史论》中，把乡土文学界定为没有离乡离土的地域特色鲜明的农村题材作品，且把地域范围扩大到县一级的小城镇。这一范围正好把鲁迅那些写未庄、鲁镇和 S 城的小说都包括在内。③

　　鲁迅的故乡绍兴在明清时为府城，有一府两县，比一般小城县要大。然而，鲁迅小说中的 S 城只是一个小城县，承担的也只是小城县的功能。

　　① 严家炎：《中国现代小说流派史》，北京：人民文学出版社，1989 年，第 51 页。
　　② 吴福辉选编：《沙汀乡镇小说》，上海：上海文艺出版社，1992 年，第 2 页。
　　③ 丁帆：《中国乡土小说史论》，南京：江苏文艺出版社，1992 年，第 25 页。

鲁镇，也只是一个江南的小市镇。至于乡村，还要深受小城镇的影响。《风波》中的七斤，住在临近鲁镇的乡下，但其工作是每天帮人从鲁镇撑航船去城里，是从事运输物流的，其见识自然远超那些面朝黄土背朝天的村民。《阿Q正传》的主要场景为未庄，但小说中的人物都深受小县城影响。主人公阿Q在未庄走投无路时，就去县城谋生。他由于在县城见识过杀革命党，回到未庄后便神气起来，甚至在未庄人心目中的地位直追赵太爷。辛亥革命发生后，阿Q眼看城里的举人老爷悄悄向未庄转移财物，未庄的赵太爷之流也惶惶不可终日，就不由得神往起革命来，然而，假洋鬼子进了一趟城，加入了自由党，未庄的赵家和钱家与县城的新旧势力"咸与维新"，阿Q就在未庄"失势"了。他试图结交假洋鬼子，而假洋鬼子却不准他革命，更可悲的是，阿Q被秀才进城告发，成了几起盗窃案的替死鬼。阿Q的示众杀头还是在县城进行的。由此看来，鲁迅的小说，还是以小城镇题材的小说为主的，如《戏社》，尽管写的是农村，但小说的叙事视角是一位来自市镇上的会断文识字的"少爷""我"。

再如茅盾，老家是江南雄镇乌镇，中学是在湖州、嘉兴和杭州读的，他去北京大学读了三年预科，就于1916年8月进入上海的商务印书馆。其《蚀》三部曲中的《幻灭》和《追求》写的是上海和武汉，算是都市小说，其中的中篇小说《追求》经常被研究小城镇文学的专家学者所论及，但小说中的县城为武汉附近的钟祥县城，并不属于江南小城镇文学。茅盾的代表作《子夜》属于都市文学，不过也写到了江南的市镇双桥镇。茅盾的江南小城镇小说主要有《林家铺子》《当铺前》《赛会》《手的故事》等。其"农村三部曲"《春蚕》《秋收》《残冬》主要写了江南的农村，但也写到了小城镇对农村的影响。茅盾熟悉江南市镇，但抗日战争时在桂林写的长篇小说《霜叶红似二月花》的主要场景是县城。鲁迅、茅盾和叶圣陶等江南小城镇作家在构思江南小城镇文学作品时，涉及政治内容的，一般把场景安排在县城；只需要简单的商业设施的，就把场景安排在市镇上。

由此可见，江南小城镇作家的作品并非都是江南小城镇文学。只有他们那些对江南小城镇文化进行文学书写的作品才算是江南小城镇文学。

近年来的小城镇文学研究，颇具学术开创意义，但有三方面不足：第一，"小城"，主要指县城，为所在县的政治、经济、文化中心；"市镇"主要为县城之外的区域性商业、文化中心。小城文学和市镇文学是两个既有联系又有区别的概念，不能笼统论述。第二，对于现代小城镇文学的研究，主要集中在小说方面，对诗歌、散文、戏剧的研究相对不足。第三，小城镇具有浓郁的地域文化色彩，学界较少研究现代小城镇文学与地域文化的关系。

茅盾铜像

　　梅新林在专著《中国古代文学地理形态与演变》中专门有一节"江南市镇的文化积累与文学活动"，首次提出了"江南市镇文学"这一概念，概括了明清"江南市镇文学"的特点和意义。笔者长期研究鲁迅、茅盾、丰子恺、郁达夫、柔石等江南小城镇作家，对江南小城镇文化兴趣浓厚，有相关前期研究成果。笔者认为，可以对现代江南小城镇文学进行专题研究。相对而言，用古老的吴越文化来阐释现代江南小城镇文学，因信息不对称而有些生硬，有些学术观点显得牵强；如果用现代江南小城镇文化来阐释现代江南小城镇文学，研究对象与理论工具是共时性的，信息就比较对称了。

　　本着"回到事物本身"的现象学精神，笔者广泛搜集现代江南小城镇作家的自述、传记及其作品的初刊本和初版本，并与方志文献参照阅读，进而从"事物本身"发动学术。在研究过程中，笔者充分利用学术界关于现代江南小城镇文化的研究成果，对现代江南小城镇文学进行文化阐释，同时描述作家对现代江南小城镇文化既怀恋又批判的矛盾心理。

现代江南小城镇作家的名人故居和纪念馆都具有文化旅游价值，鲁迅故里绍兴都昌坊口、茅盾故乡乌镇和叶圣陶"第二故乡"甪直古镇的文化旅游开发已成为经典案例，值得总体推广。经典性的现代江南小城镇文学，更具文化旅游价值，并成为电影、电视剧改编等影像二度创作的理想对象。读图时代，向青少年普及现代经典江南小城镇作品，更需要出版图文版图书。

采用"视界融合"理论，结合当下江南小城镇建设和江南小城镇文化产业的发展来反观现代江南小城镇作家及其作品的二度创作问题，是一个颇具当下意义的课题。本书也努力作一点抛砖引玉的尝试性研究。

本书的研究主要围绕现代江南小城镇文学来进行，只在最后一章由江南小城镇文学作品扩大到了相关的江南小城镇作家。

第 1 章

现代江南小城镇文学的意象研究

意象是文学作品中最小的表情达意"单位"。现代江南小城镇文学中的意象充满江南文化的元素。市河、石拱桥、石板街（弄）、马头墙、前店后坊的商铺等组成了江南小城镇文化景观意象。县城有城墙、城门和护城河，市镇只有"四栅"简单护卫。县城与市镇在空间结构和功能上各具江南水乡特色。

小城镇上的元宵灯会、迎神赛会、清明迎花灯、祝福祭祀、"香市"等，是作家们津津乐道的小城镇民俗意象。此类民间"狂欢"，娱神娱人，对传统伦理道德具有一定的颠覆性。

江南水乡，山水清远，四季分明。四时景观，精彩纷呈，尤其适合富裕又得闲的江南人在小城镇上"诗意地栖居"。

现代大都市上海以极强的辐射力，推进了江南小城镇自上而下的现代化进程。"洋蚕种""肥田粉"、抽水机、机器轧米船等"陌生人"，以江南小城镇为中介，进入乡村，共同组成了"陌生人"意象。

江南小城镇的传统交通工具主要有镇际"快班船"、乡村航船、开往省城的"夜航船"以及农家"赤膊船"等。现代交通工具，最早闯入江南小城镇的是"小火轮"，随之而来的是汽车和火车，甚至还有"铁鸟"似的飞机。

本章重在通过意象分析来诠释江南文化元素，因而所述意象为广义的意象，有些不太有丰富的意蕴却又具有江南文化元素的广义意象也在本章的论述范围内。

1.1　历史语境中的意象与意境

杨义在《中国叙事学》中专列一章探讨中国叙事文学中的"意象"问题，认为中国的"意象"，"象内含意，意为象心，二者有若灵魂和躯壳，结合而成生命体"，意象在汉语中源远流长，"萌芽于先秦，成词于汉代，六朝用于文学，唐宋沿用，到明清而大行"①。

首先把"意"和"象"联系在一起的是《周易·系辞上》："子曰：书不尽言，言不尽意。然则圣人之意，其不可见乎？子曰：圣人立象以尽意……"②这里的"象"是指具体可感的表象，"意"是指透过表象能感知到的内在规律或深层内涵。

王充《论衡·乱龙》讲述了一种古代礼制："天子射熊，诸侯射麋，卿大夫射虎豹，士射鹿豕，示服猛也。名布为侯，示射无道诸侯也。夫画布为熊麋之象，名布为侯，礼贵意象，示义取名也。"③在这种礼制中，熊、麋、虎豹和鹿豕都是具体可感的"象"，而这些"象"又有深层的内涵。在画布上描绘不同的猛兽，让天子射熊、诸侯射麋、卿大夫射虎豹、众士射鹿和猪，用他们能够降服的猛兽来表示他们各自的勇猛。这套射箭礼制中，不同的猛兽（象）被赋予了不同的内涵（意）。意与象的结合，形成了意象的"固定象征"。这套射箭礼制，体现了君臣的等级制度，可谓是"圣人立象以尽意"的个案。

南朝梁刘勰在《文心雕龙·神思》指出："是以陶钧文思，贵在虚静，疏瀹五脏，澡雪精神。积学以储宝，酌理以富才，研阅以穷照，驯致以绎辞；然后使玄解之宰，寻声律而定墨；独照之匠，窥意象而运斤：此盖驭文之首术，谋篇之大端。"④刘勰的神思篇主要论述文学创作中的想象问题，文学创作，需要用想象来谋篇布局。刘勰以匠心独运的木工来作类比。木匠挥动斧子处理木料之前，头脑中要有所做器具的"意象"。木匠心中的"意象"，类似于器物的"设计图纸"，既具体可感，又有内在含义。作为艺术审美活动，"意象"的形成过程，融合了作家的情感活动。用刘勰之言便是"神用象通，情变所孕，物于貌求，心以理应"⑤。

唐朝司空图论诗，倡导"象外之象，景外之景""味外之旨""韵外之致"，他在《二十四诗品·缜密》中指出："是有真迹，如不可知。意象欲

① 杨义：《中国叙事学》，北京：人民出版社，2009年，第278页。
② （魏）王弼等注、（唐）孔颖达等正义：《周易正义》卷七，《十三经注疏》，北京：中华书局，1980年，第82页。
③ 黄晖撰：《论衡校释》第三册，北京：中华书局，1990年，第704-705页。
④ （南朝梁）刘勰撰、范文澜注：《文心雕龙注》，北京：人民文学出版社，1978年，第493页。
⑤ （南朝梁）刘勰撰、范文澜注：《文心雕龙注》，北京：人民文学出版社，1978年，第495页。

出，造化已奇。"①在司空图看来，有了新奇的意象，诗歌才有"象外之象"和"韵外之致"。诗歌的情意是从新奇的造化之"象"中自然而然流露出来的。

形而上的"意"通过形而下的"象"来表述，即具形的"象"中寓意抽象的"意"，千百年来已积淀为中国文人的习惯性思维。因此，"意"与"象"的融合，不管是哲学层面、家国礼仪层面，还是文学艺术层面，都是如此。唐宋以来的文论家在点评诗文、书画时，都使用"意象"这一术语，意象成了审美批评的一个"关键词"。汉字书法相比较而言是一种抽象的艺术，但笔势、结体和章法又都是具体可感的。例如，元朝杜本《论书》，就能通过具象来指涉内在意蕴："夫兵无常势，字无常体。若坐若行，若飞若动，若往若来，若卧若起，若日月垂象，若水火成形，倘悟其机，则纵横皆有意象矣。"②中国传统文人操同一副笔墨写字绘画，增强了书画之间的艺术通感。例如，唐朝张璪作画主张"外师造化，中得心源"③，作品以神形兼备见长。宋朝郭若虚《图画见闻志》在评论张璪的画时指出："唐张璪员外画山水松石，名重于世，尤于画松，特出意象。能手握双管，一时齐下，一为生枝，一为枯干，势凌风雨，气傲烟霞……"④

不过中国的文艺批评，最注重的是由意象组合而成的意境。近代王国维，借用康德、叔本华等西方的文艺理论来诠释中国传统的意境理论，提出了新的意境说。针对中国传统文论中的多种学说，王国维把意境提到本质高度，他在《人间词话删稿》中指出："言气质，言神韵，不如言境界。有境界，本也。气质、神韵，末也。有境界而二者随之矣。"⑤他在《人间词话》中论词的标准便是有无境界："词以境界为最上。有境界则自成高格，自有名句。"境界或意境是指客观之景物和主观之情感："境非独谓景物也，喜怒哀乐，亦人心中之一境界。故能写真景物、真感情者，谓之有境界，否则谓之无境界。"至于作家如何营造意境，王国维指出："有造境，有写境，此理想与写实二派之所由分。然二者颇难分别。因大诗人所造之境，

---

① （唐）司空图撰、罗仲鼎等注：《二十四诗品》，杭州：浙江古籍出版社，2013 年，第 54 页。

② 张毅、于广杰：《宋元论书诗全编》，天津：南开大学出版社，2017 年，第 307 页。

③ （唐）张彦远、俞剑华注释：《历代名画记》，南京：江苏美术出版社，2007 年，第 265 页。

④ （宋）郭若虚：《图画见闻志》卷五，《中国画论》（第 1 卷），合肥：安徽美术出版社，1995 年，第 364 页。

⑤ 聂树斌编：《中国现代美学名家文丛·王国维卷》，杭州：浙江大学出版社，2009 年，第 153 页。

必合乎自然，所写之境，亦必邻于理想故也。"①即高明的大诗人，所造的理想之境又是合乎自然的；所写的自然之境又是体现理想的。大诗人如此，其他高明的作家也是如此。在王国维看来，优秀的作品是意和境交融的。

比较有意思的是，与王国维同时代的英美意象派诗人埃兹拉·庞德、埃米·罗维尔从东方的中国和日本的古典诗歌中"发现"了意象，发起了意象派运动，目的是使诗歌摆脱浪漫主义的感伤情调和无病呻吟，力求使诗具有艺术的凝炼性和具象性。

庞德认为，意象是"一种在瞬间呈现的理智与感情的复杂经验"，是一种"各种根本不同的观念的联合"②。韦勒克、沃伦在《文学理论》中专列一章，探讨意象及其与隐喻、象征、神话的关系。该书指出："意象是一个既属于心理学，又属于文学研究的题目。在心理学中，'意象'一词表示有关过去的感受上、知觉上的经验在中心的重现或回忆，而这种重现和回忆未必一定是视觉上的。"③

意象派对中国文学的影响持续了大半个世纪，让中国文人重新认识了中国传统诗文中的意象。这是跨文化交流中有趣的"往返影响"。

意象和意境是两个不同的文学"单位"。蒋寅指出："意象是经作者情感和意识加工的由一个或多个语象组成、具有某种诗意自足性的语象结构，是构成诗歌本文的组成部分。""意境是一个完整自足的呼唤性的本文。"④

在文学作品中，意象是一个最小的"诗意自足性"的"单位"。由众多意象构成一个"呼唤性的本文"，即意境。本章就从分析现代江南小城镇文学中的意象着手，来分析现代江南小城镇文学中的江南文化元素。

现代江南小城镇文学中的意象，可以分为三大类：体现江南文化元素的自然景观意象、人文景观意象和风俗意象。

现代大都市上海以极强的辐射力，通过"洋蚕种"、"肥田粉"、抽水机、机器轧米船等"陌生人"，推进了江南小城镇自上而下的现代化进程。因而，现代江南小城镇文学中还有一类新兴的"陌生人"意象。

钱谷融先生在《江南味道》的序中写道：

① 聂树斌编：《中国现代美学名家文丛·王国维卷》，杭州：浙江大学出版社，2009年，第135-136页。

② 黄晋凯主编：《象征主义·意象派》，北京：中国人民大学出版社，1989年，第135页。

③ 〔美〕韦勒克、沃伦：《文学理论》，刘象愚等译，北京：生活·读书·新知三联书店，1984年，第201页。

④ 蒋寅：《物象·语象·意象·意境》，《文学评论》2002年5月第3期。

　　真正的江南味道，是江南景色与江南风俗人情的统一。要充分领会这种味道之美，必须到江南景色与江南人情的相互映衬中去找寻。这在我们的古典诗词中保存的颇多。因为杰出的诗人是最能够在自然景色与风俗人情的结合中来把捉美、表现美的传神妙手。①

　　其实，这种江南味道不仅存在于古典诗词中，也存在于现代江南小城镇文学作品之中。

1.2　自然景观意象

1.2.1　市河意象

　　晚唐诗人杜荀鹤在《送人游吴》中描述了当年苏州（姑苏）的情景：

> 君到姑苏见，人家尽枕河。
>
> 古宫闲地少，水巷小桥多。
>
> 夜市卖菱藕，春船载绮罗。
>
> 遥知未眠月，乡思在渔歌。②

　　"人家尽枕河"，其实是江南城市和市镇普遍的景观。在江南小城镇上，最常见的景观便是市河，以及市河两岸"枕河"的人家或店铺。市河是现代江南小城镇文学中经常出现的意象。

　　钱谷融先生在《江南味道》的序中写道：

> 江南是水乡，到处溪涧纵横，绿草如茵，景色十分清幽。水是流动的，象征着江南人的活泼、富有生命力。可江南的水，少有汹涌奔放的气势，只是长年潺潺汩汩地流淌着，培育出江南人特有的温和柔美的性情。③

　　茅盾的散文《大旱》，讲述的是"大旱年头一个小小乡镇里的故事"，不过这个市镇"有北方的二等县城那么热闹"，却又比北方的县城来得"摩登"。当然，最具特色的是市镇上的市河：

---

① 钱谷融：《江南味道》，《书屋》2001 年 9 月第 9 期。

② 陈伯海主编：《唐诗汇评》，杭州：浙江教育出版社，1995 年，第 4410 页。

③ 同①。

市河

镇里人家要是前面靠街，那么，后面一定靠河；北方用吊桶到井里去打水，可是这个乡镇里的女人永远知道后房窗下就有水；这水，永远是毫不出声地流着。半夜里你偶然醒来，会听得窗外（假使你的卧室就是所谓靠河的后房）有咿咿哑哑的橹声，或者船娘们带笑喊着"扳艄"，或者是竹篙子的铁头打在你卧房下边的石脚上——铮的一响，可是你永远听不到水自己的声音。

清早你靠在窗上眺望，你看见对面人家在河里洗菜洗衣服，也有人在那里剖鱼，鱼的鳞甲和肠子在水面上慢慢地漂流，但是这边，——就在你窗下，却有人在河水里刷马桶，再远几间门面，有人倒垃圾，也有人挑水，——挑回去也吃也用。要是你第一回看见了这种种，也许你胸口会觉得不舒服，然而这镇里的人永远不会跟你一样。河水是"活"的，它慢慢地不出声地流着；即使洗菜洗衣服的地方会泛出一层灰色，刷马桶的地方会浮着许多嫩黄色的泡沫，然而那庄严的静穆的河水慢慢地流着流着，不多一会儿就还你个茶色的本来面目。①

---

① 茅盾：《大旱》，《太白》创刊号 1934 年 3 月。

茅盾由此断言，"这镇里的河是人们的交通要道，又是饮料的来源，又是垃圾桶"①。

江南人自古"以舟为车，以楫为马"，船是主要的交通工具，市河自然是江南小城镇上的"交通要道"。至于既是"饮料的来源"，又是"垃圾桶"，就成了一对矛盾体。市河里的水，作为饮用水，当然要求清爽；把市河当作"垃圾桶"用，洗涤东西，尤其是洗马桶，自然要污染市河。化解之道，茅盾写到了河水是"活"的，在缓缓流动中，垃圾都沉淀了，还有到城镇上来积肥的农民，自动充当了"保洁员"。江南水乡，从吴越国时期，就开始通过罱河泥来积肥料，市河中的淤泥，分解了更多的有机物，比普通的河泥肥沃，因此四乡的农民乐于到市河里来罱河泥。像茅盾短篇小说《水藻行》中的财喜等农民，都是城镇保洁的"义工"。旧时江南水乡人家，家家都有一口水缸，大清早市河里的水没有受到污染，清澈甘冽，挑水的人一般都起个大早，在洗马桶之前就把水缸里的水挑满了。据周作人回忆，绍兴周家在天井里有大的七石缸，专门蓄雨水，七石缸里的雨水，平时可以作生活用水，一旦发生火灾，还可以用来灭火。

市河可谓是江南小城镇的灵魂，能满足小城镇的交通、用水和保洁等多种需求。然而，江南市河，靠活水自净和四周农民的"义工"保洁，免不了有卫生死角。江南市镇上的不少市河是窄小的，停靠船只的埠头，河道加宽后流水变缓，就会积聚很多漂浮来的垃圾。叶圣陶的短篇小说《多收了三五斗》就写了这么一处煞风景的河埠头：

> 万盛米行的河埠头，横七竖八停泊着乡村里出来的敞口船。船里装载的是新米，把船身压得很低。齐船舷的菜叶和垃圾给白腻的泡沫包围着，一漾一漾地，填没了这船和那船之间的空隙……②

茅盾笔下的江南市河意象富于诗情画意，而叶圣陶似乎热衷于对江南市河进行"祛魅"。《多收了三五斗》是以叶圣陶的"第二故乡"甪直镇为原型的。散文《三种船》居然把有"东方威尼斯"之称的苏州城的河道也写得很不堪：

> 只是城里的河道非常脏，有人家倾弃的垃圾，有染坊里放出

---

① 茅盾：《大旱》，《太白》创刊号 1934 年 3 月。
② 叶圣陶：《多收了三五斗》，《文学》1933 年 7 月第 1 卷第 1 期。

来的颜色水，淘米净菜洗衣服涮马桶又都在河旁边干，使河水的颜色和气味变得没有适当的字眼可以形容。有时候还浮着肚皮胀得饱饱的死猫或者死狗的尸体。到了夏天，红里子白里子黄里子的西瓜皮更是洋洋大观。苏州城里河道多，有人就说是东方的威尼斯。威尼斯像这个样子，又何足羡慕呢？①

苏州是次中心城市。城市的保洁比起小城镇来要麻烦得多，因而卫生死角比小城镇要多得多。不过当年小城镇上印染作坊等排放的污水还是会污染市河的。

郁达夫的故乡富阳县城，濒临富春江。比起市河来，从富阳县城眺望富春江，江景自然显得开阔明丽。郁达夫的短篇小说《纸币的跳跃》，描述主人公文朴回到故乡老家，次日早晨醒来，凭窗看见的熟悉江景：

> 绝大的一轮旭日从东面江上濛濛（蒙蒙）地升了起来，江面上浮漾在那里的一江朝雾，减薄了几分浓味。澄蓝的天上疏疏落落，有几处只淡洒着数方极薄的晴云，有的白得像新摘的棉花，有的微红似美妇人脸上的醉酡的颜色。一缕寒风，把江心的雾网吹开，白茫茫的水面，便露显出三两只叶样的渔船来。朝阳照到，正在牵丝举网的渔人的面色，更映射得赭黑鲜明，实证出了这一批水上居民在过着的健全的生活。②

小说中的主人公文朴，是一位贫病交加的现代"寒士"，在外漂泊多年，不能衣锦还乡，回到老家来可谓悲喜交集。不过老家的江景赏心悦目，富于诗情画意。郁达夫于1930年2月去杭州富阳小住，而写作该小说时已回了大都市上海。郁达夫借助对故乡美丽江景的书写，抒发了对故乡的喜爱和自己乡愁。

1.2.2 四季景观意象

江南水乡，属亚热带季风气候，四季分明。春夏秋冬，在小城镇的花木意象中得到充分体现。丰子恺在散文《辞缘缘堂》中就回味了在缘缘堂

---

① 叶圣陶：《三种船》，《太白》1934年12月第1卷第7期。
② 郁达夫：《纸币的跳跃》，《北新半月刊》1930年6月第4卷第12期。

五年生活中的四季风情:"春天,两株重瓣桃戴了满头的花,在门前站岗。
门内朱楼映着粉墙,蔷薇衬着绿叶。院中秋千亭亭地立着,檐下铁马丁东
(叮咚)地响着。堂前燕子呢喃,窗内有'小语春风弄剪刀'的声音。""夏
天,红了樱桃,绿了芭蕉,在堂前作成强烈的对比,向人暗示'无常'的
幻象。葡萄棚上的新叶,把室中人物映成绿色的统调,添上一种画意。垂
帘外时见参差人影,秋千架上时闻笑语。""秋天,芭蕉的叶子高出墙外,
又在堂前盖造一个天然的绿幕。葡萄棚上果实累累,时有儿童在棚下的梯
子上爬上爬下。夜来明月照高楼,楼下的水门汀映成一片湖光。""冬天,
屋子里一天到晚晒着太阳,炭炉上时闻普洱茶香。坐在太阳旁边吃冬春米
饭,吃到后来都要出汗解衣裳。廊下晒着一堆芋头,屋角里藏着两瓮新米
酒,菜橱里还有自制的臭豆腐干和霉千张。"①这篇随笔写于抗日战争相持
阶段,这时丰子恺的故乡早已沦陷,缘缘堂已化成了灰烬。丰子恺通过对
缘缘堂四季风物的描写,抒写了对缘缘堂美好的回忆。故乡的四季美景已
成为一种文化记忆,这也是对于日寇暴行的间接控诉。

鲁迅的回忆性散文《从百草园到三味书屋》也写了百草园和三味书屋
后面的小院子里的四季花木:春天"肥胖的黄蜂伏在菜花上,轻捷的叫天
子(云雀)忽然从草间直窜向云霄里去了";初夏有"紫红的桑椹",盛夏
有"鸣蝉在树叶里长吟";秋天,"木莲有莲房一般的果实",还有"油蛉在
这里低唱,蟋蟀们在这里弹琴";冬天的百草园比较无趣,不过三味书屋后
面的小院子里的蜡梅盛开了,"可以爬上花坛去折蜡梅花"②。《从百草园到
三味书屋》这篇回忆性散文写于 1926 年 9 月 18 日。当时鲁迅刚到厦门大
学任教,在一个令他失望的"荒岛"上回忆童年时的故乡。鲁迅借助对百
草园和三味书屋后面小院子里的四季花木意象的诗意书写,寄寓了自己的
乡愁。

徐志摩的小说《家德》写了当年徐家的帮佣家德。他中午时就来到徐
家,一直做到了老。家德勤劳、博学,徐家后面那个"花园"一直由他操
持,他在这个花园里种菜,也种花木。初春有春梅和兰花,阳春有桃花、
李花和玫瑰,夏天有美人蕉、凤仙花和硕大的鸡冠花,秋天有蟹爪菊,冬
天有蜡梅和山茶花。月季更能开上大半年。小说中的家德能给儿时的"我"

① 丰子恺:《辞缘缘堂》,《文学集林》1940 年 1 月第 3 辑。
② 鲁迅:《从百草园到三味书屋》,《莽原》半月刊 1926 年 10 月第 1 卷第 19 期。

讲解各种花草的知识："花的脾，花的胃，花的颜色，花的这样那样。梅花有单瓣、双瓣，兰有荤心、素心，山茶有家有野……"①家德简直就是四季花卉的种植专家，让徐志摩从小就领略了故乡的四季之美，长养了徐志摩的爱美之心。

鲁迅故居中的百草园

朱自清祖籍在绍兴，但青少年时期生活在扬州，故自称"扬州人"。朱自清在散文《看花》中讲述自己从小生长在扬州，扬州人爱花，几乎每家都有几盆花。不过最初激起他爱花兴致的是初夏时节巷子里叫卖的栀子花：

> 夏天的早晨，我们那地方有乡下的姑娘在各处街巷，沿门叫着，"卖栀子花来"。栀子花不是什么高品，但我喜欢那白而晕黄的颜色和那肥肥的个儿，正和那些卖花的姑娘有着相似的韵味。栀子花的香，浓而不烈，清而不淡，也是我乐意的。我这样便爱起花来了。②

宋代陆游的《临安春雨初霁》就写到了城市里的卖花姑娘："小楼一夜

---

① 徐志摩：《家德》，《新月》1929 年 2 月第 1 卷第 12 期。
② 朱自清，《看花》，《清华周刊》1930 年 5 月第 33 卷第 9 期。

听春雨，深巷明朝卖杏花。"不过朱自清喜爱的并非春天的杏花，而是初夏的栀子花。朱自清爱栀子花，也爱那些朴实的卖花姑娘，并由此爱上了四季的花。

该文还写了朱自清走出大学校门时与俞平伯在杭州共事，冬天经常去孤山放鹤亭赏梅，有一回还专门去灵峰寺探梅。日后两人又在清华大学共事，春天两人先后去中山公园欣赏海棠。与江南相比，北平春短，赏花要赶着时间去。"他说北平看花，是要赶着看的：春光太短了，又晴的日子多；今年算是有阴的日子了，但狂风还是逃不了的。"①相比较而言，四季分明的江南可以从容欣赏四季不同的花。遥想朱自清和俞平伯在北平面对被春天的风沙吹落的花瓣，估计会怀恋在江南城镇上从容赏花的日子。

许钦文自己承认，他有些小说其实只是速写。《父亲的花园》就是这么一篇类似速写的小说。"父亲"爱花，喜欢辛勤打理私家花园，因而这花园也就成了"父亲的花园"。"父亲的花园在这一年可算是最茂盛的了，那时蕊姊还未出嫁，芳姊也没有死。"②小说先写春末夏初，牡丹、芍药都开了"泛勃勃的美丽的花"，全家都去花园赏花，其乐融融。花期最长的自然是月季，"反背荷花""美人妆"和"何郎敷粉"等开了四五次。初夏的玫瑰是母亲的大爱，用来做成玫瑰糖。初秋时节，银桂、火桂放出阵阵香气。深秋时节，花架上摆满了"玉带""金丝""蟹爪"和"银钩"等菊花，父亲引导许多朋友赏菊，花园里往往一天要去四五次。父亲爱种兰花，那些素草兰、素建兰的盆里还配种了蜈蚣草，冬天搬进书房里。父亲爱画兰花，蕊姊、芳姊把画作做成了绣花枕头。

多年后，当"我"从外地回到家里，父亲到外地谋事去了，姐妹们也已风流云散，书房里有芳姊的遗像。没人打理的花园，只有西湖柳和白石榴幸存着，母亲只收留着那些比较讲究的花盆。

由此可见，只有富裕而得闲的江南小城镇人，才能欣赏四季花草，诗意地栖居在江南。一旦家境败落，物是人非，也就"无可奈何花落去"了。

许钦文的这篇小说没什么情节，全篇采用散文化的笔调，通过对四季花卉意象的抒写，写出了从前的诗意幸福和眼前的破败衰落。

---

① 朱自清：《看花》，《清华周刊》1930 年 5 月第 33 卷第 9 期。

② 许钦文：《父亲的花园》，《晨报五周年纪念增刊》1923 年 12 月。

1.2.3 山景意象

江南风光，山清水秀。江南水乡，自然多水，不过也常常会点缀一些山，更显钟灵毓秀。

在现代江南小城镇作家中，郁达夫具有名士派头，特别喜爱游玩和描写江南小城镇的山山水水。

郁达夫的短篇小说《出奔》就描述了北伐军进驻浙东兰溪县城，乡下土财主董玉林全家躲进县城避难的情景。董玉林的女儿董婉珍是在省城读书的女生，通过同学关系进入县党部的宣传股里去服务。宣传股股长钱时英是位师范毕业生，两年前去广东投身北伐军，是党政训练所首批受满训练出来的"老同志"。他接到董村人举报，董玉林是逃匿在县城的恶霸地主，就约董婉珍在星期天到横山看雪景，想单独谈谈董家的问题。

兰溪地处衢江、金华江和兰江的交汇点，水陆交通便利，商业繁茂，素有"三江之汇，七省通衢"之美誉。兰溪县城坐落在兰江之滨。自县城溯衢江而上，不远处就能来到城郊的横山，登上山能俯瞰兰溪县城。

小说写钱时英和董婉珍雇船来到横山，爬上了横山庙的石级，回首眺望兰溪县城：

> 半城烟户，参差的屋瓦上，都还留有着几分未化的春雪；而环绕在这些市廛船只的高头，渺渺茫茫，照得人头脑一清的，却是那一弓蓝得同靛草花似的苍穹；更还有高戴着白帽的远近诸山，与突立在山岭水畔的那两支高塔，和回流在兰溪县城东西南三面的江水凑合在一道，很明晰地点出了这幅最丰华也没有的江南的雪景。①

1933 年 11 月，郁达夫受邀去新开通的杭江铁路沿线游玩，并写了浙东游记。据郁达夫的《杭江小历纪程》所记，11 月 13 日他游览了兰溪的横山。在那天的游记里，郁达夫对横山作了描述：

> 衢港远自南来，至兰溪而一折，这横山的石岩，就凭空突起，挡住了衢港的要冲。东面呢，又是一条金华江水，迤逦西

---

① 郁达夫：《出奔》，《文学》1935 年 11 月第 5 卷第 5 期。

倾，到了兰溪南面，绕过县城，就和衢港接成了一个天然的直角。两水合并，流向北去，就是兰溪江，建德江，再合徽港，东北流去成了富春钱塘的大江。所以横山一朵，就矗立在三江合流的要冲，三面的远山，脚下的清溪，东南面隔江的红叶，与正东稍北兰溪市上的人家，无不一一收在眼底，像是挂在四面用玻璃造成的屋外的水彩画幅。更有水彩画所画不出来的妙处哩，你且看看那些青天碧水之中，时时在移动上下的一面一面的同白鹅似的帆影看，彩色电影里的外景影片，究竟有哪一张能够比得上这里？[①]

也许是横山的美景给郁达夫留下了很深的印象，故在写作小说《出奔》时，他就让小说中的两位青年人来到了横山。有山就能登高望远，点缀着春雪的江水、山峦和县城更是美不胜收。小说中的两位青年人第一次相约登山，惊喜中又不免有些忐忑。横山意象的渲染恰如其分地暗喻了两位青年人复杂的心理活动，以及两心相悦的美妙。

郁达夫在《我的梦，我的青春！——自传之二》中写到自己的出生地富阳县城时，引用了一位俄国作家对一个小村落的描述："譬如有许多纸折起来的房子，摆在一段高的地方，被大风一吹，这些房子就歪歪斜斜地飞落到了谷里，紧挤在一道了。"[②]的确，富春江绕城流过，东西北三面又为小山包围。爬上富春江边的鹳山，向北俯瞰富阳县城，这座小县城，既是江城又为山城，城里的房屋像纸折的小房子，紧挤在谷里江边。在游子的心目中，这座小县城像童话世界那么美丽、小巧、可爱。

朱自清的散文《扬州的夏日》也写到了瘦西湖的小山。夏日坐船游瘦西湖，沿河最著名的风景是小金山、法海寺和五亭桥。小金山在水中央，是望水的理想场所，晚上还可赏月。走尽瘦西湖，就来到蜀冈上的平山堂，"登堂可见江南诸山淡淡的轮廓"，作者体会到了"山色有无中"的妙处[③]。江南园林，叠石为山。扬州的这些天然之山，远看更富诗情画意。

---

① 吴秀明主编：《郁达夫全集》第 4 卷，杭州：浙江大学出版社，2007 年，第 49 页。
② 郁达夫：《我的梦，我的青春！——自传之二》，《人间世》半月刊 1934 年 12 月第 18 期。
③ 朱自清：《扬州的夏日》，《白华旬刊》1929 年 12 月第 4 期。

扬州瘦西湖

1.3 人文景观意象

中国人追求"天人合一",现代江南小城镇上的人文景观,也追求与自然景观的和谐统一。现代江南小城镇上的河埠头、石桥、石板街乃至城墙、城门等人文景观,都成为江南文化的视觉标识,且与自然景观相映成趣。

1.3.1 交通景观

1957年,徐迟从北京回到故乡,写了一组关于江南小城镇的诗作。徐迟的《小镇》同题诗共有五首,第二首是写小镇的水乡风韵的。在徐迟的笔下,小镇方圆五六里,数千家枕河而居的市房,都是"沉入河水中的倒影",纵横交错的市河犹如剪刀,"曲折剪开了小镇",而众多的小桥"像针线一样","把小镇缝合在一起"①。

江南小城镇上的市河和小桥,像是一对孪生兄弟。不过市河属于自然景观,小桥才属于人文景观。

周作人写于1945年的《石板路》一文,在介绍江南石板路时,顺便也讲到了石桥:

---

① 徐迟:《徐迟文集》第1卷,北京:作家出版社,2014年,第246页。

与石板路有关系的还有那石桥。这在江南是山水风景中的一个重要分子，在画面上可以时常见到。绍兴城里的西边自北海桥以次，有好些大的圆洞桥，可以入画。老屋在东郭门内，近处便很缺少了，如张马桥、都亭桥、大云桥、塔子桥、马梧桥等，差不多都只有两三级，有的还与路相平，底下只可通小船而已。禹迹寺前的春波桥是个例外，还是小圆洞桥，但其下可以通行任何乌篷船，石级也当有七八级了。虽然凡桥虽低而两栏不是墙壁者，照例总有天灯用以照路，不过我所明了记得的却又只是春波桥，大约因为桥较大，天灯亦较高的缘故吧。这乃是一支木竿高约丈许，横木上着板制人字屋脊，下有玻璃方龛，点油灯，每夕以绳上下悬挂。①

在民国年间的江南小城镇上，大的市河里有篷船行驶，故有高大的石拱桥，便于篷船不落篷而直接通过。至于小河里，正如周作人所说，只有小船通过，故桥洞不需高大。至于桥上点的"天灯"，主要是为了提醒夜行者，这也算是一种公益。

施蛰存短篇小说《栗·芋》写到了类似周庄双桥的地方。小说以第一人称"我"为叙述人，写"我"喜欢晚饭后走到双桥上远眺河房人家的黄昏生活：

在我所住着的巷口，恰是两支市河的交会处。三叉的河面上，高高地建筑着两座成为直角的涵洞很为宽大的桥梁。好几年前，当天气晴和的月夜，我常常欢喜去立在任何一顶桥上。在那里，我可以从一排河房的玻璃窗中，如果窗门是不曾被遮掩着，透视着每一家人的饭后的灯下生活。在一间一间的屋子里，那朦胧的黄色的灯光里，憧憧然移动着每一个父亲母亲和他们的儿女的影子。②

小说描写的是江南小城镇上典型的"小桥流水人家"，其中有一家人引起了"我"的兴趣。这是个清洁的中等人家，小两口有两个男孩，还有女仆和乳娘。

---

① 钟叔河编：《周作人文类编》第 6 卷，长沙：湖南文艺出版社，1998 年，第 100-101 页。
② 施蛰存：《上元灯》，上海：新中国书局，1933 年，第 107 页。

后来"我"有意结识了这家人,尤其是那位乳娘。看到这位乳娘从怀中取出"橇栗"来,分给这两个小男孩,像母燕哺食小燕子。乳娘美丽、仁慈,人家可能误会她是母亲。他们一路剥着"橇栗"吃,一路唱着小学生的歌,亲热又欢喜地走在乳娘前面。这种小"橇栗"也增加了新鲜的风味。

那位乳娘经常带领两个男孩来"我家"玩,妻子对这样的乳娘十分中意,赞叹雇着了这样的乳娘,也是孩子们的福气。后来这家的主妇死了,乳娘成了继母。听邻里说,她像所有的后妈那样,严厉管教两个男孩,看到那两个孩子"逐渐瘦瘠与呆滞的情状",邻里们都摇头嗟叹。

又一个月光皎洁的晚上,"我"专门到桥上眺望这户人家。"我所望见的他们的晚间的家庭真是全改换了!在从前每晚都充满了和平的空气的那一间河房里,我只看见在幽黑的美孚灯光下面的那两个孤寂的小小的黑影。他们是在读书?是伏在桌子上打盹?我全都看不清楚。在左边一室里,雪亮的灯光却在掩蔽着玻璃窗的白幕上映绘了两个走动的人影,我认得出,是那一双新偶。"①

原先这两男孩的闲食是"橇栗",如今却改成了芋艿。了解到可爱的乳娘变成了可恶的后娘,妻子另有感慨,"希望自己的子女能够由她自己抚育到长成"。

在平原水乡的小城镇上,石拱桥成了一个制高点,站在石桥上,还能观察到市河人家的生活。在短篇小说《栗·芋》中,石桥成了推动小说情节发展的一个主要观察点。在羁旅者眼里,"小桥流水人家"组成的意象是十分温馨的。然而,在小说《栗·芋》中,"我"从石桥上所看到的这户人家,两个原本幸福的孩子,突然失去了母爱,只能在后妈的阴影下孤苦度日。

旧时大运河沿线的小城镇上有很多高大的石拱桥。塘栖镇中心横跨大运河的广济桥,为京杭大运河上唯一的一座七孔石拱桥,如今已成为古镇的名胜古迹。

民国时的石门镇上也有两座横跨大运河的石拱桥:东皋桥和南皋桥。丰子恺在散文《中举人》中回忆父亲丰鐄参加晚清最后一次科举考试,到了重阳节发榜那天,堂伯亚卿和儿子乐生专门跑到南皋桥上去等"报事船",居然让他们候到了。横跨在石门湾大运河上的南皋桥,俨然成了高大的瞭望台。

---

① 施蛰存:《上元灯》,上海:新中国书局,1933年,第118-119页。

塘栖广济桥

　　石桥比较高，夏夜的凉风自然要大些，小城镇上的市民夏天喜欢到石桥上乘凉。茅盾的散文《大旱》写了"我"好容易在晚上走到了市中心的石桥上，"看见桥顶上躺着七八个人，呼呼地打鼾"[①]。

　　丰子恺家门前的市河较小，河上有座不大的木场桥。散文《癞六伯》写附近的村民癞六伯每天早上到石门镇上卖点自产的鸡蛋和蔬菜之类，然后喝酒，快到烧中饭时，他喝得醉醺醺，站在木场桥上瞎骂一通。癞六伯骂人成为桥上特有的"风景"，周围的市民一听到他骂人，就知道应准备烧中饭了。木场桥成了癞六伯骂人的"舞台"，此处的木场桥成了一个公共空间，癞六伯在桥上骂人，类似于当下人在 BBS 上发帖"吐槽"。

　　樊树志在《江南市镇：传统的改革》一书中指出："桥梁是江南市镇最为引人入胜的景观，是连通河流与街道的枢纽，人流、物流的集散地。它目睹了昔日的富裕繁华，承载着历史的沧桑，人们从它们身上看到的是市镇的文化，市镇的灵魂。"[②]从元朝开始，江南市镇迅速发展，至明清而繁荣。原先草镇上那些简陋的木桥，元明清时陆续改建为市镇上雄伟的石拱

---

① 茅盾：《大旱》，《太白》创刊号 1934 年 3 月。
② 樊树志：《江南市镇：传统的改革》，上海：复旦大学出版社，2005 年，第 474 页。

桥，原先摆渡的渡口也造起了石桥。江南那些富绅和商会组织，信奉修桥铺路积善行德的理念，乐意修建石桥。

市河里还有河埠头，用来停靠船只，也供市民们挑水和洗涤之用。

叶圣陶的短篇小说《多收了三五斗》，开头就描写了河埠头："万盛米行的河埠头，横七竖八停泊着乡村里出来的敞口船。"[①]四乡的农民把船停在河埠头，又从河埠头上去，挑米到万盛米行里去卖钱。

茅盾的散文《大旱》中写到了市民们在市河里洗菜、洗衣服，甚至刷马桶。茅盾尽管没有直接写到河埠头，但我们仍可以想象，市民们都是蹲在河埠头上洗涤的。

干旱地方的人靠喝井水过日子，女人们常常到井边洗涤聊天，水井边往往成了女人们与人交往的公共生活空间。民国时期，江南小城镇上的女人，也常常蹲在河埠头上边洗涤边跟人聊天，河埠头便成了江南小城镇上的女人们与人交往的公共生活空间。

河埠头

茅盾散文《疯子》是用第一人称"我"这一孩子的眼光来写的。"我"家老屋的对门是卖水果的阿四家。他家临河，后边有一个小小的石埠。阿四新娶的媳妇绝少露面，只有"我们"这些小孩子早上到河埠头上去钓鱼，

---

① 叶圣陶：《多收了三五斗》，《文学》创刊号 1933 年 7 月。

巧遇她在那里洗衣服。"新娘子就要笑迷迷（眯眯）地朝我们看，问长问短。原是怪和气的。"[①]偏偏阿四有个爱管事的妹妹阿绣，她出现后，新娘子就不敢说话了，正是"小姑专政"，逼疯了阿四。童年生活的地方称"钓游之地"，江南小城镇上的孩子，一般都在家门口的河埠头上钓过鰲条鱼。茅盾、丰子恺、王鲁彦都是如此。

鲁迅的小说《祝福》，开头就写鲁镇年终的祝福大典。家家都杀鸡、宰鹅、买猪肉。此时鲁镇的河埠头上，都是洗年货的女人。冬天水冷，女人们用心细细地洗，"臂膊都在水里浸得通红"[②]。对于孩子来说，河埠头有钓游之乐；而对于洗年货的女人来说，河埠头只剩洗涤之苦了。

在鲁四老爷家做帮佣的祥林嫂，每天都在一个固定的河埠头淘米洗菜。婆婆带人摇了白篷船来抢亲，就候在这个河埠头。他们乘祥林嫂来这个河埠头淘米洗菜时，将她拖进了船里。河埠头，又是旧时妇女发生悲剧的场所。

小城镇上的大户人家，有专用的河埠头。孙席珍的短篇小说《顺先生》中，铁门槛金家是吉州府出名的中医世家，其产科及小儿科在全城最有声望。金家四房的门口都赫然有一对石狮子为号，各自开着诊所。小说以一位学生的视角来叙述。"我家"前门对着金家后门的河埠头。"无事凭窗闲眺，小河上船只往来如梭；那金家后门的河埠头，也赫然有石狮子的排列，时时有划桨船和小双道靠近石狮的旁边。"[③]然而，那些船只都停在了其他三房的河埠头，属于顺先生的"蓝狮子"河埠头却冷冷清清。"门庭冷落车马稀"反映的是用车马地方的情景，在江南小城镇上的人家，则是"河埠冷落舟楫稀"了。顺先生家的河埠头尽管被石狮子装扮得很气派，无奈没有舟船停靠，显得十分冷落。

江南多雨，尤其是黄梅天，十分潮湿。下雨天，土路就十分泥泞。勤劳智慧的江南人就发展石文化来改善江南小城镇的交通状况。用石板来修筑石桥和河埠头，乃至石驳岸，体现了江南人的智慧。当然，最能体现江南人智慧的是石板路（街）。

周作人从小生活在江南府城绍兴，1919 年迁居北京八道湾后，给自己的住处命名为"苦雨斋"。初看之下，周作人似乎很矫情，北京的雨水再多，

---

① 茅盾：《疯子》，《申报月刊》1934 年 11 月第 3 卷第 11 期。
② 鲁迅：《祝福》，《东方杂志》1924 年 3 月第 21 卷第 6 期。
③ 孙席珍：《到大连去及其他》，上海：春潮书局，1928 年，第 104 页。

也多不过绍兴。不过细读周作人的小品散文，发现周作人之所以"苦雨"，并不是北京多雨，而是因为八道湾四合院的下水没做好，一下大雨院子里就积水，甚至还要漫到居室里来。

周作人在《故乡的雨》中写道：

> 说到雨，我可是不敢恭维北京了，我觉得雨还是故乡的好。第一，院子里不会积水，不会水进屋子里来，乡下都用石板铺地，底下一部分是空的，成为很好的阴沟，无论怎样的狂雨落上两个时辰，明堂里不留半寸的水，这都从石缝流去转到河里，假如河水不满，总不会漫到路上以至门里边的。在乡间河岸较低，偶然也有水满平岸的时候，大家说"涨大水"了，但这只要等三江二十八洞的闸门一开，就可以放出去，楝树下的三洞小闸或者也可以发生一点效力。[1]

周作人在 1945 年写了《石板路》，专门介绍绍兴的石板路：

> 普通人家自大门内凡是走路一律都是石板，房内用砖铺地，或用大方砖名曰地平，贫家自然只是泥地，但凡路必有石，即使在小村里也有一条石板路，阔只二尺，仅够行走。至于城内的街无不是石，年久光滑不便于行，则凿去一层，雨后即着旧钉鞋行走其上亦不虞颠仆，更不必说穿草鞋的了。[2]

在周作人看来，江南小城镇上的石板路（街）能有效化解江南的多雨之苦。一是雨后土路泥泞，不便于行走，有了石板路，行走就方便了。二是石板路上有地漏和阴沟，不会积水。北京的"苦雨"，不断强化他对于江南石板路（街）的乡愁。

王鲁彦的小说《童年的悲哀》，描写了祠堂里、街上、桥上和屋檐下，到处都是石板。正月里，孩子们拿了压岁钱在石板上打钱玩。他们只要找到一块"不太光滑也不太凹凸的石板"[3]，再用块小尖石画好格子，就可以一起玩打钱游戏。

---

① 周作人：《故乡的雨》，《亦报》1950 年 8 月。
② 周作人：《石板路》，《小说月报》1929 年 11 月第 20 卷第 11 期。
③ 钟叔河编：《周作人文类编》第 6 卷，长沙：湖南文艺出版社，1998 年，第 99 页。

石板路

茅盾的短篇小说《当铺前》也写到了当铺前的石板街。小说先写店铺里的伙计早上起来，把咳出来的痰"吐在街心石板上"。后来写好容易等到当铺开门，众人拼命往里挤，挤翻了鱼贩子所挑的担子。"木桶里的水泼了满地，川条鱼在石板上跳。"[①]尤其是石板上乱跳的川条鱼，意象十分鲜明。

旧时的雨鞋为钉鞋，江南人下雨天穿着钉鞋行走在石板街上，显得较为和谐。周作人在《雨的感想》一文中写道，夏天下阵雨，雨伞钉鞋出门，不久雨过天晴，石板上的水经太阳一晒很快干了。"我们走回来时把钉鞋踹在石板路上嘎哴嘎哴的响，自己也觉得怪寒伧的。"[②]偏偏有顽童看到了还要起哄，嘲笑为"旱地乌龟"，这就更为尴尬了。当年的尴尬，其实已成为温馨的回忆。

不过，对于爱时尚的少年来说，穿贯了布鞋，那走在石板路上的皮鞋声，成为一种时尚和派头的"诱惑"之声。

郁达夫在《书塾与学堂——自传之三》中回忆了自己进入县立高等小学堂的那一年年底，由于成绩优异，跳了级。第二年春天开学时，少年郁

---

① 茅盾：《当铺前》，《现代》1933 年 7 月第 3 卷第 3 期。

② 周作人：《雨的感想》，《天地》1944 年 10 月第 13 期。

达夫就向母亲提出要求要买一双皮鞋。在他看来,在学堂制服下穿上一双皮鞋,挺胸伸脚,"得得得得地在石板路上走去,就是世界上最光荣的事情"①。少年郁达夫这一天真的想法,成因是同学中的富家子弟,穿着皮鞋,"得得得得地在石板路上走去",很是威风,让人"羡慕妒忌恨"。当年,小县城里的石板路与摩登的皮鞋的清脆碰撞声产生了一种奇妙的效果。比起老土的布鞋来,当年的皮鞋算是"洋货"。洋学堂的学生穿着皮鞋走在石板路上,"得得得得"的声响十分引人注目。石板路成为穿皮鞋的富家子弟炫耀自己富贵时尚的"舞台"。

施蛰存的短篇小说《在酒店里》描写抗日战争爆发后,战火已烧到了离府城六十里处,几个穷文人逃难前在酒店里喝夜酒。寂寥的街上,传来一阵女人的笑声。"笑声经过之后,我们才听到几声皮鞋叩击着石板路的响声。"②原来是暗娼"小芙蓉"与军官搞在了一起。国难当头,而小城里的军官却还在与暗娼调情。小城宵禁前,放浪军官们的皮鞋"叩击着石板路的响声",听上去特别刺耳。军靴走在石板路上,原本应该带给市民一种安全感。然而,市民都在准备逃难,即将成为弃城的石板路上的军靴声,伴随着暗娼的淫笑声,令人厌恶。

顺便说一下,戴望舒的成名作《雨巷》所写的雨巷,也应有一条小城镇上的石板路。戴望舒是杭州人,从小生活在杭州皮市巷一带。但其诗《雨巷》中那条"悠长、悠长/又寂寥的雨巷",更像是小城镇的街巷。按常理,在杭州这样的大城市,"走尽这雨巷",拐个弯,又会进入另一条雨巷;一般小城镇,"走尽这雨巷",就"到了颓圮的篱墙",即雨巷的尽头,就是有篱墙的乡村了。走在雨巷中的石板路上,诗人感觉还算轻松,才有余裕去希望逢着"一个丁香一样地/结着愁怨的姑娘"③。试想,如果诗人在泥泞的路上艰难地行走,还有心思去憧憬"丁香一样的姑娘"吗?这是一首有象征意味的诗。"雨巷"尽管是虚指,但这一意象的实际原型便是一条江南小城镇上的石板路雨巷。

1.3.2 建筑景观

江南小城镇上的市民,尽管在造桥、铺路时采用石材,但在建造房屋

---

① 郁达夫:《书塾与学堂——自传之三》,《人间世》半月刊 1935 年 1 月第 19 期。
② 施蛰存:《在酒店里》,《文艺春秋》1946 年 10 月第 3 卷第 4 期。
③ 戴望舒:《雨巷》,《小说月报》1928 年 8 月第 19 卷第 8 期。

时石材只作为辅材，房屋的主体是砖木结构的。不像欧洲中世纪的城堡，以石材为主要建材。

城镇上的市房，是要开门做生意的，砖木结构的房子便于开门迎客，又便于分隔，开店住家都方便。鲁迅的短篇小说《孔乙己》，开头就描述了咸亨酒店的格局：

> 鲁镇的酒店的格局，是和别处不同的：都是当街一个曲尺形的大柜台，柜里面预备着热水，可以随时温酒。做工的人，傍午傍晚散了工，每每花四文铜钱，买一碗酒，——这是二十多年前的事，现在每碗要涨到十文，——靠柜外站着，热热的喝了休息；倘肯多花一文，便可以买一碟盐煮笋，或者茴香豆，做下酒物了，如果出到十几文，那就能买一样荤菜，但这些顾客，多是短衣帮，大抵没有这样阔绰。只有穿长衫的，才踱进店面隔壁的房子里，要酒要菜，慢慢地坐喝。①

咸亨酒店

像咸亨酒店那样的临街店面，早上卸下排门板，就能开门迎客；晚上推上排门板，店里的掌柜和伙计就能关门睡觉。当街一个曲尺形的大柜台，

---

① 鲁迅：《孔乙己》，《新青年》1919 年 4 月第 6 卷第 4 期。

专门用来方便那些喝酒的短衣帮。至于有钱有身份的"长衫帮"，酒店专门用木板隔开了"雅座"，可以踱进来，"要酒要菜，慢慢地坐喝"。简单的木板，隔开了两个阶层，可以让短衣帮和"长衫帮"人以群分。这样的格局，让穿长衫又站着喝酒的主人公孔乙己显得十分"另类"。

茅盾的短篇小说《林家铺子》所写的林家杂货店，是家连店的。当街为店面，一对蝴蝶门后就是林老板家的"内宅"。内宅有楼上楼下两层，楼上卧室，楼下厨房和吃饭间。①

另外，小城镇上还有一些前店后坊的手工作坊。例如，丰子恺的石门老家，有百年老店丰同裕印坊。当街的悖德堂主要作染坊用，门前还能晾晒染好的布料，主人家住在后面几进的房子里，染店伙计就住在厅堂改用的店里。伙计们白天一卷铺盖不影响店面营业，晚上打开铺盖就睡店里。

明清至民国时，江南小城镇上，一般人家住在临街的房子里，而大户人家则居住在相对安静的深宅大院里。

茅盾的长篇小说《霜叶红似二月花》中，张恂如家在街面上有"源长号"广货店，经理宋显庭和儿子宋少荣、学徒赵福林等就住在店里，张家另有豪华的住宅。小说描写了张家府上有高大的"风火墙"，是徽派建筑典型的"马头墙"。旧时砖木结构的房屋容易引发火灾，而且一烧就是一大片房屋。高大的"风火墙"，容易隔断火灾，不至于邻居失火殃及本宅。马头墙的"马头"，通常是"金印式"或"朝笏式"，显示出主人对"读书做官"这一理想的追求。"马头"既是一种美观的装饰，同时也是一种代表官本位思想的图腾。

江南潮湿，讲究的人家卧室一般安排在楼上，这也是从新石器时代干栏式建筑传承下来的。张府的二楼是"走马楼"，即四周都有走廊可通行的楼屋，特别适合大户人家居住。不过张府人丁不旺，只有张恂如一个男人。他大学毕业后赋闲在家，郁郁不得志，只能在家里作些小小的反抗。他对妻子有些讨厌，就搬到三间平时堆放杂物的平房里去住。一般情况下，大户人家的一楼平房是下人居住的。徐志摩的小说《家德》中徐家的帮佣家德就住在一楼。

张家的天井里和院子里都铺着青石板。青石板在下雨天的好处，前面已有论述。茅盾在小说中，却写了秋老虎时青石板的另一面，这让怨烦的

---

① 茅盾：《林家铺子》，《申报月刊》1932 年 7 月第 1 卷第 1 期。

张恂如有了具体的感受：

> 此时不过午后一时许，半院子的阳光晒在青石板上，将这四面高墙的天井变成个热腾腾的锅底。满屋静寂，只有天然几上的摆钟在那里一秒一秒的呻吟挣扎。恂如走到檐前，低头沉思。日长如年，他这份身心却没个地方安置。他惘然趄过那天井，走进了那向来只堆放些破烂家具而且兼作过路的三间靠街房屋；一股阴湿的霉气似乎刺激起他的思索……①

比起泥地来，青石板一晒就热。茅盾用青石板铺成的天井之闷热来衬托张恂如烦闷的心情，十分贴切。

张恂如的姐姐张婉卿嫁给了同城的黄和光。黄家与张家可谓门当户对，也是县城里的大户人家。黄家在东大街有兴隆南货店。黄府比张府更大，二厅后面原是个花园，曾失火，后来拦腰打一道围墙，前半仍是花园，后半由黄和光的父亲在此建一小楼，黄和光又改建，后由张婉卿取名为"偕隐轩"。

黄府半残的后花园还是蛮精致的。小说通过张婉卿，即婉小姐，带了丫鬟阿巧在夜间的活动对此作了侧面描写：

> 婉小姐款步走过那些鹅卵石子铺成的弯曲的小径，阿巧像一个影子似的跟在她身后。天空繁星密布，偶尔一阵风来，那边太湖石畔几枝气概昂藏的梅木便苏苏作声，树叶中间漏出了半钩月亮，看去似乎低得很。忽然一丛埋伏在小径曲处的玫瑰抓住了婉小姐的裙角，将婉小姐吓了一跳。阿巧蹲着身子，正待摘开那些多刺的软韧的嫩条，蓦地也叫了一声，蹶然跳起来，险一些撞倒了婉小姐。
>
> "好像有一只手拉住了我的辫子……"阿巧扶住了婉小姐，声音也有点发抖。
>
> "胡说八道，快走！"婉小姐轻声斥着，忘记了裙角尚被抓住；她移开了半步，这才觉着了，便又站住了说道："还不把那些讨厌

---

① 茅盾：《霜叶红似二月花》，上海：华华书店，1946年，第31页。

的玫瑰枝儿摘开么，可是留心撕坏了裙子！"

这时候，她又瞥见前面太湖石上有两点闪着绿光的东西，她立刻想起了小时听人说的什么鬼火，但当这两点绿光忽又往下一沉的当儿，她也悟到了这是自己家里养的那匹玳瑁猫，而刚才拉住了阿巧的辫子的，也就是这惯于恶作剧的东西。她想起了阿巧那个蓬松肥大的辫梢，正是逗引猫儿的好家伙，便不禁笑了一笑，此时阿巧已经将玫瑰刺儿摘开了，倒是她催着，"小姐，快走罢！"同时又回头望了望，似乎还在怕那只手。①

这个后花园有鹅卵石子铺成的弯曲的小径、瘦漏透皱的太湖石、高大的楠木树，以及玫瑰花等。然而，由于缺少打理，小径上的玫瑰枝条钩住了婉小姐的裙子，爱淘气的玳瑁猫躲在太湖石上恶作剧。曾经精致的后花园有些荒芜，晚上甚至有些阴森可怕。这一建筑意象有些荒凉。

徐迟的抗战小说《一个镇的轮廓》写了近代丝商富豪云集的南浔镇，综述了那些精心构筑的私家花园：

> 富绅没有不是以丝起家的，小小一个镇，有着十几个上千万，上百万富翁。因此，镇上有四五个花园，是文化的结晶：亭台楼阁，花木掩映，诗，画，碑帖，对联挂满。每年只有清明佳节日，开放游览一天。到那天，满园满林是踏青人，乡下人也穿上了漂亮新衣服来玩。②

这些富家花园意象，表明了主人家曾有的辉煌，以及积淀下来的诗意和文化。

至于江南小城县的形制，即建筑格局，往往是市镇有四栅，小城县有城墙乃至护城河。小城镇主要的功能是交易，但也有防御功能。在欧美的"坚船利炮"没有打开大清帝国闭关锁国的大门以前，城墙和护城河还是有很好的防御功能的。

郁达夫的短篇小说《盂兰盆会》写了自己在东山半山腰圆通庵回望不远处的县城的情景：

---

① 茅盾：《霜叶红似二月花》，上海：华华书店，1946年，第80-81页。
② 徐迟：《一个镇的轮廓》，《大风》半月刊1940年7月、8月第76期、77期、78期。

山脚下是一条曲折的石砌小道，向西是城河，虽则已经枯了，但秋天的实实在在的一点芦花浅水，却比什么都来得有味儿。城河上架着一根石桥，经过此桥，一直往西，可以直达到热闹的 F 市的中心。①

南浔首富刘家私家花园小莲庄

在这里，富阳县城的护城河以及石桥，很好地体现了县城的功能。城河是护城的，体现了防御功能；石桥是通向县城的，通过此桥可以到城里交易。两种相反相成的功能就这么美妙地结合在小县城的人文景观意象之中。

有些小城市只有城墙，没有城河。施蛰存短篇小说《进城》收入其第一个小说集《江干集》，于 1923 年自费出版。他自谦为"青少年时代的描红练习"。该小说就描写了这种没有护城河只有城墙的县城。小明是乡下人，一年都没去城里玩过。快过年了，父亲要进城买些年货，小明就跟着父亲一起进城去。城门是进城的标志，小明尽管走得很累，但小说写道："当他看见城门的时候，他何等的快活！他催着父亲走得快些，其实他父亲比他

---

① 郁达夫：《盂兰盆会》，《大众文艺》月刊 1928 年 9 月第 1 期。

走得本来已经快得多了。"对于看惯了乡村景色的小明来说，最向往的其实就是城里的闹市区。像小明那样难得进城的乡下孩子，一路步行过来走得很累，故望见城门这个标识性的意象就兴奋。然而，刚走进城门，城内的景色跟乡村差不多，让他有些失望。

朱自清的散文《扬州的夏日》也写到了城墙，倒映在护城河里，成为一景：

> 从天宁门或北门下船，蜿蜒（蜓）的城墙，在水里倒映着苍黝的影子，小船悠然地撑过去，岸上的喧扰像没有似的。①

江南水乡，船只是主要的交通工具，故城门往往有旱门又有水门。周作人在 20 世纪 40 年代专门写了小品文《绍兴城门》，介绍绍兴的城门：

> 绍兴城旧有九门，据尹幼莲《地志述略》所举俗称如下，即东郭，都泗，昌安，西郭，偏门，南门，稽山，五云，雷门是也。前六门皆是水门，平时拜岁扫墓都曾走过，余乃是旱门，雷门早封闭，今只余地名罗门坂耳，五云俗呼作吴市门，茹三樵云即梅福故迹，稽山门则是至禹陵会稽山之要道，出入尤频繁……此诸城门中最系怀念者为东郭，不但与祖居相近，时常出入，其地亦特僻静，每当黄昏时入城来，城楼半废，墙上满生薜荔，四望荒凉，城内与城外如一，颇有诗味画意，非南门等所能有也。昌安偏门等水门外别有旱门通行，南门独否，出城者须趁渡船，官设不取资，东郭则沿城门有石墈，可以步行，出门即渡东桥，相传第三洞下流水是神仙水，又为明末余武贞先生殉难处，唯后人都已不甚了了，只于大旱时至桥头取水以供茶饭而已。②

黄昏时东郭门上的薜荔让周作人印象深刻，他在小品散文《乌篷船》中再次写到了这一意象，说是"颇有趣味的事"③。

---

① 朱自清：《扬州的夏日》，《白华旬刊》1929 年 12 月第 4 期。
② 周作人：《书房一角》，北京：新民印书馆，1944 年，第 45 页。
③ 周作人：《乌篷船》，《语丝》1926 年 11 月第 107 期。

城门和城墙

有了城墙和城门作为防御设施，到了晚上，城外的人很难进城，城内人也同样不容易出城。鲁迅的小说《阿 Q 正传》，写阿 Q 沦为小偷，由于合伙行窃时"正手"被人发现，在外应接的阿 Q 吓得赶紧跑，"连夜爬出城，逃回未庄来了"[①]。鲁迅描写的"爬"，显然是指翻爬城墙。

小说《白光》也写到了城墙和城门意象，而且这城门与《药》的城门同为"西关门"。《白光》的主人公陈士成就住在县城里，祖上富贵过，住着大房子，还听祖母说祖基里埋着无数的银子。陈士成参加了十六回县考，最后一回去看县考的榜，细细寻找，榜上无名。晚上在祖屋里掘藏，仿佛听到宝藏在山里，便循着白光，出城去。"开城门来……""含着大希望的恐怖的悲声，游丝似的在西关门前的黎明中，战战兢兢的叫喊。"最终，陈士成成了"离西门十五里的万流湖里"的一个浮尸。案发后，没人去认领，"于是经县委员相验之后，便由地保埋了"[②]。

看过电影《小城之春》的观众肯定会对电影中的城墙意象留下深刻的印象。《小城之春》于 1948 年上映，导演费穆和编剧李天济都是江南人。电影讲述抗日战争胜利后，乡绅戴礼言带着家人回到了江南小县城。他重病缠身，未老先衰，无心收拾破败的老宅和花园。太太周玉纹对他相敬如宾，靠绣花打发无聊的日子，她每天买好菜、抓好药，就到荒废的城墙上透透气，张望张望城外的世界。戴礼言的老同学章志忱闯入周家，却发现戴太太原来是自己的初恋情人，城墙又成了两人约会的地方。电影结尾，

---

① 鲁迅：《呐喊》，上海：北新书局，1926 年，第 159 页。
② 鲁迅：《白光》，《东方杂志》1922 年 7 月第 19 卷第 13 号。

旧情人"发乎情，止乎礼仪"。戴礼言经过老同学的医治，重新有了生活下去的勇气。妹妹戴秀和仆人老黄送章志忱回大城市去，周玉纹在城墙上目送他们离去，戴礼言似乎也焕发了活力，登上城墙来一起目送章志忱。城墙没能防住日寇的铁蹄，破败又荒凉，但毕竟是个制高点，登上城墙就能张望城外的春光。对于戴太太来说，城墙是可以登上去张望城外春光的地方，又是与旧情人幽会的地方，还是迎来和目送旧情人的地方。电影结尾处，丈夫能登上城墙来，与她一同目送章志忱，也一同看到了城外的春色，为电影增添了些许亮色。

跟小城市相比，市镇的防御系统就比较弱。市镇是没有城墙护卫的交易场所。江南水乡，强盗们一般是摇了船抢劫的。防御之法，是在进入市镇的市河口上设置栅栏，晚上关闭栅栏，防止强盗船只进入。这就形成了"市栅"。像乌镇那样两条市河呈十字交叉的市镇，有东南西北四栅。

樊树志指出，四栅，"是指镇区市梢的边界，一般都有栅门，犹如县城的城门"①。栅门分陆栅和水栅，陆栅设在街道的末端，在两旁民房之间砌上围墙，中间是一扇木制的栅栏门。水上栅栏门设在市梢的桥洞内。陆栅和水栅，都是清晨开启，晚上关闭，以保障镇区街道、商店和居民的安全。

茅盾的散文《谈迷信之类》，写到了故乡乌镇，"今夏少雨"，镇上人为了"振兴市面""于是祈雨的迎神赛会也应运而生"②。茅盾还以此为背景，写了小说《赛会》③。

对照这两篇具有"互文性"的散文和小说。散文中的"周仓会"远比小说来得热闹。小说中的市镇，只有镇西区和东区各自出会；散文中的乌镇，东南西北四栅各自出会，规模大了一倍。旧时市镇各自都有自己的"乡脚"，但遇到迎神赛会之类的大事，就能把其他市镇"乡脚"里的人吸引过来。乌镇的这次"周仓会"就产生了这样的效果。据当事人描述："最热闹的一夜，四条街都挤满了人，约有十万的看客。轮船局临时添了夜班，航船和快班船也添了夜班，甚至有一夜两班的。有几个邻镇向来没有轮船交通，此时也都开了临时特班轮。"④相对而言，小说里就没有这么热闹。散文中的迎神赛会热闹了个把月，花费万把元，镇上被写了疏的商家多做十

---

① 樊树志：《江南市镇：传统的改革》，上海：复旦大学出版社，2005 年，第 152 页。
② 茅盾：《谈迷信之类》，《申报月刊》1933 年 11 月第 2 卷第 11 期。
③ 茅盾：《赛会》，《文学》1934 年 2 月第 2 卷第 2 期。
④ 茅盾：《谈迷信之类》，《申报月刊》1933 年 11 月第 2 卷第 11 期。

来万的生意。最终雨也下了,农民的收成也不错。总之,乌镇的这次迎神赛会,盛况空前,皆大欢喜。

比较有意思的是,市镇的东南西北四栅,其实代表了四条街,相当于四个街区,即从镇中心到东南西北四个栅栏门的四条大街分别称为东栅、南栅、西栅和北栅。每个"栅"各自组织,相互比赛,就形成了迎神赛会。

徐迟的小说《一个镇的轮廓》,也写了这个镇"东南西北有四个栅,真有栅栏的,并不是名义上的存在的呢"①。

南浔镇比较特殊,元末张士诚的起义军占据南浔,于 1356 年修筑了城墙,还设置了与城外相连的吊桥。明洪武二年(1369 年),拆掉南浔城墙用于修建苏州城墙。然而,南浔东西吊桥的地名一直沿用了下来。徐迟的爱情诗里就写到了东吊桥。

现代江南的小城镇,以传统建筑为主,但也出现了一些具有都市风的"洋房"。叶圣陶的小说《潘先生在难中》就写了镇上有教会的洋房"红房子"。许杰的小说《赌徒吉顺》描写了县城里新建的"洋房":

> 三层楼是我们县里新兴的第一间酒菜茶馆,建筑有些仿效上海,带着八分乡村化的洋气。它的地址极好,是全县商业最繁盛的中区,风景也不错:左边靠着五洞的西桥,与县城的西门相连,倒翠溪从东北掠来,迤逦成曲折的绿带,到西桥的下面,就折而向南,再转向东南流去,与赭溪汇合;右边是一望的平野,疏柳与芦苇,绵亘到赭溪涧边。若是在三层楼的屋顶上,往四周一望,全县的屋舍,就鳞接的毗连着,几树疏散的果树或桑叶,从人家的园中升起,稀朗的如寥落的汀洲水草。倒翠溪与赭水合流的渚口,流水洄成几个漩涡,淙淙然别有一番风韵,合着野鸭入水,落雁翻空的清音,时时在空气中徊翔。而楼下西桥上的市集,小贩的喧嚣,人声的扰攘,却又带着十二分的都会气味。②

这间酒菜茶馆,在浙东县城的传统建筑之中显得很突兀。尽管带有乡村化的土气,但是其仿效上海的"洋气"在小县城里仍具号召力。它位于

---

① 徐迟:《一个镇的轮廓》,《大风》半月刊 1940 年 7 月、8 月第 76 期、77 期、78 期。
② 许杰:《惨雾》,上海:商务印书馆,1926 年,第 261-262 页。

县城的商业中心，吸引吉顺这样的顾客前来消费。

当年小城镇上的"洋房"主要有三类，即"红房子"教堂、时髦的商店和洋气的石库门房子。徐志摩家就在海宁硖石镇上仿造了上海石库门式的洋房。

硖石镇上的徐家洋房

1.3.3　文教设施

江南小城镇历来重文兴教，文风旺盛，文教设施自然比较讲究。

鲁迅、周作人都是从私塾里开始启蒙，然后进学堂乃至留洋，最终成为新型知识分子。因而，现代江南小城镇文学中的文教设施意象中，也有对私塾的回忆。

鲁迅的回忆性散文《从百草园到三味书屋》，描写了寿镜吾先生开办的私塾三味书屋：

> 出门向东，不上半里，走过一道石桥，便是我的先生的家了。从一扇黑油的竹门进去，第三间是书房。中间挂着一块扁道：三味书屋；扁下面是一幅画，画着一只很肥大的梅花鹿伏在古树下。没有孔子牌位，我们便对着那扁和鹿行礼。第一次算是拜孔子，

第二次算是拜先生。[①]

绍兴是府城，三味书屋是很有名望的私塾，但还是因陋就简，连孔子的牌位都只用一幅画来代替。

三味书屋

对于天真活泼的孩子来说，三味书屋的时光是漫长而枯燥的。好在三味书屋后面有个小园，可以借口小便去那里玩玩。"在那里也可以爬上花坛去折蜡梅花，在地上或桂花树上寻蝉蜕。最好的工作是捉了苍蝇喂蚂蚁，静悄悄地（的）没有声音。"不过溜出去的同学太多，先生就会在书房里大叫起来："人都到那里去了？"[②]

叶圣陶的短篇小说《马铃瓜》带有自传性质。小说写了十二岁学童去苏州城里的贡院参加童生考试的故事。学童很天真，父亲为了哄他去参加考试，在考篮里放了两只马铃瓜。学童天真的眼里，最大的诱惑就是这两只翠皮的马铃瓜，不过也亲眼目睹了晚清江南府城的贡院。

一大早，学童便在舅舅的护送下，来到了贡院，但见学宫前面"就是一片旷场，似乎广阔到没有边际的；两根旗杆非常地（的）高，风吹着旗子发出鸷鸟张翼般的声音。在这场中有无数的人在那里移动，我也说不清

---

① 鲁迅：《从百草园到三味书屋》，《莽原》半月刊 1926 年 10 月第 1 卷第 19 期。

② 同①。

是多少数目；总之，我仿佛觉得陷入庙会寺集的游众之中了"。

进入贡院，矮小的学童却被高大的门槛难住了。"仪门的门限已经装上，很高很高，总不在我的胸部以下。我的两肩几乎支不住这两条提重的膀臂，又怎么能用手撑着，使身躯爬过这高高的门限？正在无可奈何，而且不自主地放下两手提着的东西时，一个人影开口了：'小孩子，过不去了，我把你抱过去。'他这异方的与玩戏的音调，使我觉得害怕。他就把我拦腰一抱，轻易地举起来，仿佛抱一个很小的孩子；待放下时，已在门限以内。"

考完出来时，家仆已等在外面。是他把"我"抱到了高大的"门限"之外。

几经周折，学童才找到自己要去的寅字号考棚，坐到了属于自己的第十二号的位置。"别的位置上都已坐着人，我也不去注意他们的面目与动作，只觉着四围有这许多人，而我杂厕在他们的群里罢了。当桌子用的木板上点起一支支的白烛，火焰跳动且转侧；有几个人特别讲究，把白烛插入玻璃灯中，那就稳定多了。我也从竹篮里取出重重包裹的蜡烛，划着磷寸，把它点起，就用烛油胶住在木板上。我于是就座，于是占领了个小世界了。"①

贡院雄伟，门槛极高，考生与送考者挤得像逛庙会。尤其是仪门特意装上去的极高的门槛，这一意象似乎具有象征意味：读书人要通过科举考试跨进士林行列是极难的。当年的考棚光线暗淡，每位童生只有点燃白烛才能写作八股文。然而，十二岁的学童最高兴的是有马铃瓜、花生等"好东西"吃。学童好容易凑写了三百多字的文章交卷，觉得又有资格向父亲讨要马铃瓜吃了。紧张的科举考试，在年幼的学童眼里，新奇而有趣。

叶圣陶的短篇小说《丁祭》，写抗日战争前夕小城镇上一群过时的老乡绅，在寒冷的二月，冒雪来到明伦堂上，参加丁祭。菊翁明年"重游泮宫"，有人提议明年就到明伦堂上来摆酒祝贺，但他说自己身体不好，"知道活不活得到明年"②。考取秀才六十周年才能"重游泮宫"。这的确是高寿秀才的荣耀之事，但在民族危亡之际，谁都料不到明年会发生什么事。

这群冒雪参加丁祭的老乡绅，不关心民族危亡，最最挂念的是物价涨了，这次分到的"胙肉"会变小。听说祭过圣人的蜡烛头十分灵验，他们

① 叶圣陶：《马铃瓜》，《时事新报·双十节增刊》1923 年 10 月。
② 叶圣陶：《丁祭》，《永生周刊》创刊号 1936 年 3 月。

就去抢拔。

大约延续了一个钟头不到一点，焚帛，送神，祭事才算完毕。诸翁一边拍去身上的雪，一边喘吁吁地赶紧往殿里跑。大家看见蜡烛头就拔下来，"咈"，吹熄了，珍重地执在手里。"鼠须"果然拿到孔子面前顶大的一个，可是拔的时候没有留心，蜡烛油淌下来，把他的手心烫得辣辣地痛。参加丁祭，对于老乡绅来说，也算是一年中难得的文化活动。这是喜事，但这群老乡绅在明堂上孔子像前的表现却滑稽又可悲。

戊戌变法之后，废科举，兴学堂。江南小城镇上开办了不少学堂。办学堂需要场地，且要建校舍，有些小城镇上一时筹不到那么多钱，就采用变通手法，废除了一些庵庙，改建成新式的学堂。例如南浔镇，先后把东栅的慈荫庵改建为第一初等小学、南栅的万古庵改建为第二初等小学、圆通庵改建为第三初等小学、西木巷的万善庵改建为第四初等小学①。

徐迟的中篇小说《一个镇的轮廓》纵向叙述了故乡南浔镇的变迁。小说里写当年那些小学生，到外地进了中学、大学乃至留了洋，又回到镇上开办了一所中学。"将庙宇里的佛像加以捣毁破坏，只留下房子来给他们改造翻新成为学堂。巨大的佛像，当他们应用了杠杆的原理来推倒它的时候，也只好吱吱的（地）像老鼠一样的（地）叫着，倒下来，突然一声大叫，就碎为破片。这庙宇还是最近由当地的善男信女出钱重修的。一架发洪亮的声音的铜钟上面还雕着他们的爸妈的名字。这自然是不可容忍的，狂暴的行为，可是镇上的父执辈立刻妥协了。"②年轻人的举动有些"革命性"，也遭到镇上保守势力的反对，但校长领导的这所由庙宇改建的中学却加速开启了市镇现代化的进程。

叶圣陶的长篇小说《倪焕之》中的主人公倪焕之，先后在几所学校当老师。他的第一份工作是到城里的第六小学校当老师。当他来到这所学校，所见情形让他的心凉了大半截：

> 校舍是一所阴森而破旧的庙宇。大殿是一个课堂，两庑各是一个课堂。中庭便是运动场。两株桃树底下，散置着几个木哑铃上掉下来的木球，还有一些甘蔗渣。
>
> 三个课堂里一律是黑漆转为灰白色的桌椅，墙上的黑板显出

---

① 陈晓燕、包伟民：《江南市镇——传统文化聚焦》，上海：同济大学出版社，2003 年，第 292 页。
② 徐迟：《一个镇的轮廓》，《大风》半月刊 1940 年 7 月、8 月第 76 期、77 期、78 期。

横条的裂纹。沉寂，幽暗，寒冷。尤其是那大殿上，高高的藻井，纠结着灰尘和蛛网，好像随时可以掉下一个鬼怪或者一条蛇来似的。

　　那时焕之用疑怪的眼光望着大殿上的课堂，心想这就是他将要在这里耗费精神，消磨岁月的地方了。他以为学校至少有玻璃窗，有明快的阳光，有可以坐下来看书的预备室，——那晓得完全是梦想！这里的生活，难道是有价值有趣味的么？他很想勉强这样相信，可是总忘不了这是自己骗自己。[①]

刚出校门的倪焕之，心目中的学校是以自己的母校为参照系的。眼前这所阴森的破庙与自己的母校形成了很大的反差，这让倪焕之心灰意冷。现代江南小城镇的现代化的进程就是从废庵庙、改建成学堂开始的。徐迟和叶圣陶对学堂意象的描述，从滑稽中透出了悲壮。

后来，倪焕之由中学同学金树伯推荐，到市镇上的一所学校当老师。镇上公立高等小学的校长蒋冰如是从日本留学回来的，热心教育。倪焕之晚上来到学校，第二天一早醒来，看到一所新造的学校：

　　回身望那座楼，是模仿西式的建筑，随处可以看出工匠的技术不到家，却收拾得很干净；白粉的墙壁，广漆的窗框和栏干(杆)，都使人看着愉快。庭前一排平屋是预备室藏书室以及昨夜在那里谈饮的休憩室。预备室的左侧，引出一道廊。沿廊一并排栽着刚透出檐头的柳树；树枝上头，欢迎晴朝的麻雀这里那里飞跳。一片广场展开在前边。五株很高大的银杏树错落地站在那里，已经满缀着母牛的乳头似的新芽。靠东的一株下，有一架秋千；距秋千二十步光景，又横挂一架浪木。场的围墙高不及头顶；南面墙外正是行人道，场中的一切，从墙外都能望见。

　　一种幻象涌现在他眼前：阳光比此刻还要光明而可爱；银杏和柳树都已绿叶成荫，树下有深林幽壑那样美妙；不知什么地方飞来些美丽的鸟儿，安适地刷羽，快乐地顾盼。其间跳跃着，偃卧着，歌唱着的，都是天真纯洁的孩子，体格壮健而优美。墙外

---

① 叶圣陶：《倪焕之》，上海：开明书店，1930年，第28页。

好些行人则停足观看，指点笑语。

　　"这不就是神仙境界么！"　①

洋学堂

　　这所学校新建的校舍与第六小学校用破庙改成的校舍形成鲜明的对照。见到这所学校，倪焕之仿佛置身世外桃源，加上有位志同道合的校长，更是激发了他献身教育的热情。倪焕之眼中的这所新建的校舍，是仿西洋的建筑，洋溢着新春的活力。小说用鸟语花香来点缀这一新校意象，富于诗情画意。

　　丰子恺的随笔《俭德学校》，后改名《记乡村小学所见》，介绍了一所乡镇小学的校舍，是"会馆里面的三间祠堂屋，……其进出须通过会馆的停柩所"。全校取复式教授法，共分两班。校长专任一班，"另外请一位本地老先生做专任教师。此人驼背，每天早晨拿着长烟管和铜茶壶鞠躬如也地到校……"②其漫画《某乡的学校及其校长》，画这位驼背的教师正在走向"停柩所"，这三字上面写着"国民小学"，也算是校门的招牌。由此可见，这个市镇公益性的财力有限，校舍因陋就简，教师的待遇也低得可怜。

　　① 叶圣陶：《倪焕之》，上海：开明书店，1930 年，第 58-59 页。

　　② 丰子恺：《俭德学校》，《论语》1935 年 4 月第 62 期。

丰子恺就读的浙江省立第一师范是由杭州的贡院改建的。他于 1922 年到上虞白马湖春晖中学任教。春晖中学坐落在上虞白马湖畔，山清水秀，校园大，校舍是新造的。朱自清的散文《春晖的一月》，记叙作者在来学校的路上，碰到了夏丏尊先生。夏丏尊引导朱自清过了一座水泥桥，便到了校里。"校里最多的是湖，三面潺潺的（地）流着；其次是草地，看过去芊芊的一片……且说校里的房屋、格式、布置固然疏落有味，便是里面的用具，也无一不显出巧妙的匠意；决无笨伯的手泽。"①

当年新建的学校，大多具有西洋风格，教室宽敞明亮，适宜师生在校休读。洋学堂意象与传播"欧风美雨"的内容十分契合。

柔石的中篇小说《二月》，写主人公萧涧秋应同学陶慕侃的邀请，来到芙蓉镇上当中学教师。他将陶慕侃主持的这所学校仔细地观察了一下以后，觉得很满意，愿意在这校内教上二三年书。在他眼里，这所学校的房子虽然不大，却是新造的半西式的洋房。校舍布置、教室光线都不错。萧涧秋住在校内，房间在靠小花园的一边，景色宜人。

王鲁彦曾就读的灵山学校，前身为创办于嘉庆九年（1804 年）的灵山书院，戊戌变法后改为灵山学堂。20 世纪 30 年代，王鲁彦写了散文《我们的学校》，通过二十年后所见的学校来回忆当年读书时的情景：

> 大门依然凭着清澈的河水，外面也依然围着二三尺高的栏杆。只是进了门，看见院子那边一个很大的礼堂，觉得生疏了，仿佛从前是没有的。对着几个大柱子出了一会神，才恍然记起了一部分是我们的膳堂，一部分是我们的风雨操场。②

作者 1918 年在学校读书时，教室和寝室都是旧式楼房，甚至校园里还保留着书院时代的魁星阁。二十年后，魁星阁没了踪影，教室和寝室改建为洋房了。原先那个"荒凉的小小的水池，周围栽着高大的倒垂的杨柳，是我们纳凉、散步和观鱼的所在，现在变了一块平地，一面盖着清洁的膳堂，一面成了雅致的花园。"③新的母校，给作者"新的印象仍是良好的"。二十年间母校的变化，似乎是江南小城镇现代化进程的缩影。然而，作者对于母校中那"富有诗意的荒凉的小池"的消失仍有一点"惋惜"。的确，

---

① 朱自清：《春晖的一月》，《春晖》1924 年 4 月第 27 期。

② 王鲁彦：《我们的学校》，《作家》1936 年 5 月第 1 卷第 2 期。

③ 同②。

江南水乡，校园里没有了水景，自然就少了江南特有的灵气。

1.4　风俗习惯意象

风俗是"历代相沿积久而成的风尚、习俗"①。孔颖达在疏《汉书·地理志》时指出："凡民函五常之性，而其刚柔缓急音声不同，系水土之风气，故谓之风；好恶取舍，动静亡常，随君上之情欲，故谓之俗。"②即由自然条件不同而形成的是风尚，由社会环境相异而形成的是习俗。由此可见，风俗具有地域性和历时性等特点。

法国文学史家、文艺批评家和美学家泰纳在《艺术哲学》中指出："要了解一件艺术品，一个艺术家，一群艺术家，必须正确地设想他们所属的时代的精神和风俗概况。这是艺术品最后的解释，也是决定一切的基本原因。"③

现代江南小城镇文学中，作家们写到了大量现代小城镇风俗意象。这些风俗意象，是时代和区域的产物。只有进行意象"还原"，即还原到特定的时代和区域中去，才能对这些作品进行"最后的解释"。

1.4.1　江南小城镇市民的生活习俗

江南小城镇上市民的生活习俗主要是从衣食住行中体现的。江南为富庶之地，衣食住行都比较讲究。

关于江南小城镇上市民的衣着，丰子恺在随笔《辞缘缘堂》中写道：

> 石门湾离海边约四五十里，四周是大平原，气候当然是海洋性的。然而因为河道密布如网，水陆的调剂特别均匀，所以寒燠的变化特别缓和。由夏到冬，由冬到夏，渐渐地推移，使人不知不觉。中产以上的人，每人有六套衣服：夏衣、单衣、夹衣、絮袄（木棉的）、小绵袄（薄丝绵）、大绵袄（厚丝绵）。六套衣服逐渐递换，不知不觉之间寒来暑往，循环成岁。④

---

① 《辞海》，上海：上海辞书出版社，1989 年，第 1726 页。
② 班固：《汉书》，北京：中华书局，1962 年。
③ 泰纳：《艺术哲学》，傅雷译，北京：人民文学出版社，1981 年，第 7 页。
④ 丰子恺：《辞缘缘堂》，《文学集林》1940 年 1 月第 3 辑。

江南属于亚热带季风气候，春夏秋冬，四季分明。富裕的江南市民，生活十分讲究，一年要逐渐递换六套衣服便是明证。不过穷人家就没那么讲究了，拆了绵衣，洗一下就成了夹衣，到了夏天就穿单衣。男人们夏天干活时赤膊光脚，只穿一条短裤，膀子晒得乌黑油亮。

江南的大部分小城镇为著名的丝绸之府，寻常百姓都穿丝绵衣裤，盖丝绵被。抗日战争时，身在异乡的丰子恺，在《辞缘缘堂》中表达了对已沦陷故乡热烈的相思。故乡的丝绵也成了他的思乡之物：

> 倘然遇见桑树和丝绵，那更使我心中涌起乡思来。因为这是我乡一带特有的产物；而在石门湾尤为普遍。除了城市人不劳而获以外，乡村人家，无论贫富，春天都养蚕，称为"看宝宝"。他们的食仰给于田地，衣仰给于宝宝。所以丝绵在我乡是极普通的衣料。古人要五十岁才得衣帛；我们的乡人无论老少都穿丝绵。他方人出重价买了我乡的输出品，请"翻丝绵"的专家特制了，视为狐裘一类的贵重品；我乡则人人会翻，乞丐身上也穿丝绵。"人生衣食真难事"，而我乡人得天独厚，这不可以不感谢，惭愧而且惕励！[1]

蚕茧既可以缫丝，又可以剥绵兜。绵兜用来翻丝绵。丝绵被或丝绵衣裤柔软暖和。蚕丝可以织成绸缎，是高档的服装面料。丰子恺随笔《三娘娘》中的三娘娘是用缫丝剩下的下脚料或野桑蚕茧通过"打绵线"加工成"绵线"的，最终织成"绵绸"来做衣服[2]。民国时江南普通人家的服装面料是用棉花纺织成的土布做的。鲁迅小说《明天》中的单四嫂子就是靠纺纱卖纱谋生的[3]。许钦文小说《疯妇》中的双喜妈是纺纱织布的能手。刘大白《卖布谣》中所卖的就是土布。至于都市的时尚女郎，则喜欢穿用"洋布"做的时尚服饰。茅盾长篇小说《霜叶红似二月花》的张婉卿，穿了从上海买来的"洋布"服装，令张恂如的妻子宝珠十分艳羡。

江南还是鱼米之乡，一年四季，时鲜不断。早在司马迁的《史记》中，就记载江南人"饭稻羹鱼"的饮食习俗。大米是江南人的主食。晚清时没

---

① 丰子恺：《辞缘缘堂》，《文学集林》1940年1月第3辑。
② 丰子恺：《三娘娘》，《文学》1934年7月第2卷第7期。
③ 鲁迅：《明天》，《新潮》1919年10月第2卷第1期。

有机器轧米,江南人通过牵砻脱去砻糠,便成糙米,然后舂成白米。鲁迅小说《阿Q正传》中的主人公阿Q就经常帮富贵人家舂米。

江南的浙西还有把白米囤制成红米的习俗。红米饭胀性大,松脆不粘,清香爽口。丰子恺的随笔《家》就描述了作者回老家吃红米饭的情景:

> 当我从别寓回到了本宅的时候,觉得很安心……老妻忙着烧素菜,故乡的臭豆腐干,故乡的冬菜,故乡的红米饭……我仿佛从飘摇的舟中登上了陆,如今脚踏实地了。这里是我的最自由,最永久的本宅,我的归宿之处,我的家。①

对于丰子恺来说,吃上老妻烧出来的红米饭,真正有了回家的感觉。这里还提到了江南的两样风物,即臭豆腐干和冬菜。江南几乎家家都有一个臭卤坛,坛内有臭卤霉菌,能把豆腐干、苋菜梗、千张等发酵成臭卤菜。臭豆腐干、臭苋菜梗、霉千张等,只要撒上些辣椒,在饭锅上清蒸一下,便臭得分外香,鲜美可口。冬菜主要是冬天制作的。把雪里蕻、芥菜、萝卜缨等晾成七成干后切碎,再装进坛子里,装进一层,撒上些盐,用木棍摁实。就这么一层层装,装满后坛口盖上笋壳,用泥封上,到初夏时开封来吃,一直要吃到秋天。

至于臭苋菜梗,周作人在《看云集·苋菜梗》中介绍道:

> 苋菜梗的制法须俟其"抽茎如人长",肌肉充实的时候,去叶取梗,切作寸许长短,用盐腌藏瓦坛中;候发酵即成,生熟皆可食。平民几乎家家皆制,每食必备,与干菜腌菜及螺蛳霉豆腐千张等为日用的副食物……②

苋菜梗的另一种制法是浸入臭卤坛里"臭"上一两天,硬梗变软即可蒸食。不过臭卤坛主要是用来"臭"豆腐干的。周作人的小品散文《臭豆腐》,也介绍了臭豆腐干,不过绍兴人是用油炸了吃的。他所介绍的臭豆腐,其实是用绍兴黄酒酿制的腐乳。这种装在瓶子或坛子里的腐乳,"味道颇好,可以杀饭"③,绍兴人称红方或白方,可以直接当菜吃。

---

① 丰子恺:《家》,《论语》1936年11月第100期"家的专号"。
② 周作人:《看云集》,上海:开明书店,1932年,第60页。
③ 周作人:《臭豆腐》,《亦报》1949年12月26日。

不管是腌、臭或霉，用的都是很平常的食材，但通过精心加工，都别有风味了。这是江南人艺术化的"食贫"之法。舌尖上的味觉记忆都是从小养成的。这些家乡风味的冬菜、臭卤菜和腐乳等，最能唤起作者的乡愁，也是最能慰藉乡愁的意象。因此，这些经江南人特殊加工而成的食品，成了江南小城镇作家用来抒写乡愁的意象。

丰子恺的父亲爱吃蟹喝酒，丰子恺不爱吃鱼肉荤腥，却秉承了父亲爱喝酒的习性。翻阅缘缘堂相关随笔，一股浓浓的酒香袭人而来。丰子恺爱喝石门人自己酿的米酒，尤其是"时酒"。随笔《癫六伯》就介绍了这种"时酒"：

> 时酒，是一种白色的米酒，酒力不大，不过二十度，远非烧酒可比，价钱也很便宜，但颇能醉人。因为做酒的时候，酒缸底上用砒霜画一个"十"字，酒中含有极少量的砒霜。砒霜少量原是无害而有益的，它能养筋活血，使酒力遍达全身，因此这时酒颇能醉人，但也醒得很快，喝过之后一两个钟头，酒便完全醒了。[①]

旧时石门人几乎家家要酿米酒。随笔《辞缘缘堂》中写道："冬天……廊下晒着一堆芋头，屋角里藏着两瓮新米酒，菜橱里还有自制的臭豆腐干和霉千张。"[②]文中提到的"新米酒"很有可能是丰家自己酿的。一般廊下晒着的并非芋头，而是一种很小的芋艿子，晒干后只要用盐水一煮，便香酥可口。喝温热的米酒，吃"毛煮芋艿"，酒足芋艿饱，是一种极好的享受。浙西谚云：毛煮芋艿杜酿酒，客人见了勿肯走。

米酒从初冬吃到暮春，其他季节一般喝黄酒或白酒。在江南，黄酒自然是绍兴的最好喝。周作人的《谈酒》一文，开头就说自己的出生地绍兴是"出产酒的有名地方"[③]。他从儿歌"老酒糯米做，吃得变 nionio"，推断绍兴黄酒是用糯米做的。其实粳米也可以用来酿造黄酒，不过糯米做的黄酒口味纯正。由于舅父和姑父家时常做几缸自用的酒，加上舅父的族叔是酒头工，周作人居然还饶有兴致地介绍"酒头工"传授的酿酒技术。

---

① 丰陈宝、丰一吟编：《丰子恺文集》第 6 卷，杭州：浙江文艺出版社、浙江教育出版社，1992 年，第 671 页。
② 丰子恺：《辞缘缘堂》，《文学集林》1940 年 1 月第 3 辑。
③ 周作人：《谈酒》，《语丝》1926 年 6 月第 85 期。

绍兴黄酒的酿造，分制曲、淋饭、作大饭和榨煎四个阶段。"作大饭"就是黄酒发酵过程，是否发酵成酒，需要"酒头工"在酒缸边听声音。只有听到"蟹煮饭"的声音，才能打开酒缸，榨去酒糟，"煎"过后装坛。"煎酒"类似于酿啤酒时的"巴氏灭菌"。经过"煎"这道高温灭菌工序，黄酒装坛后才能储运，且越陈越香醇。

北方人一般用五谷杂粮酿酒，并蒸馏成度数很高的白酒。江南人主要用大米酿成白米酒或黄酒后直接喝，度数一般为十几度。最后剩下的酒糟才烧成超过五十度的白酒，俗称糟烧。

周作人生在黄酒之乡绍兴，却不太会喝酒，相比较而言，鲁迅的酒量要比周作人大得多。江南人爱喝黄酒，丰子恺在《沙坪的酒》中写他在重庆喝不太正宗的黄酒，也倍感亲切。由此可见，江南的酒文化意象也是有地域性的。

江南饮食文化中，周作人念念不忘江南小城镇上的茶文化。中国人爱喝茶，但各地饮茶风情各异，周作人从小喝惯了江南人爱喝的绿茶，因而在《喝茶》中坚持"喝茶以绿茶为正宗"[1]。

朱自清的散文《扬州的夏日》，写夏日从北门外（下街）一带坐船游扬州，"可以向茶馆中要一壶茶，或一两种'小笼点心'，在河中喝着，吃着，谈着。回来时再将茶壶和所谓小笼，连价款一并交给茶馆中人"[2]。离开扬州后，朱自清还念念不忘扬州的小笼点心。这也算是江南风味的茶点。朱自清笔下的扬州人，由于有了茶点，加上坐船游览，故能"偷得浮生半日闲"，的确为一种诗意的休闲法。

抗日战争初期，丰子恺逃难到桐庐，与马一浮一起负暄，两人一起喝的是普洱茶。丰子恺在《桐庐负暄》中写到了马一浮随身用的紫砂茶壶，"圆而矮的紫砂茶壶搁在方形的铜炭炉上，壶里的普洱茶常常在滚"[3]。马一浮为大儒，爱煮普洱茶也是其特殊的个性之一。

1932年，郁达夫到杭州养病，在寄给王映霞的《登杭州南高峰》一诗中写道：

病肺年来惯出家，老龙井上煮桑芽。

---

① 周作人：《喝茶》，《语丝》1924年12月第7期。
② 朱自清：《扬州的夏日》，《白华旬刊》1929年12月第4期。
③ 丰子恺：《桐庐负暄》，《文学集林》1941年1月第4辑。

五更衾薄寒难耐，九月秋迟桂始花。

香暗时挑闺里梦，眼明不吃雨前茶……①

查其当年日记可知，郁达夫不仅在龙井买了西湖龙井茶，而且还买了眼下几乎失传的桑芽茶。

坊间传说，郁达夫在杭州西湖游玩时走进一茶亭喝茶吃糕点，放目美景，口占上联："三竺六桥，九溪十八涧。"当时茶亭主人正报郁达夫埋单数目："一茶四碟，二粉五千文。"郁达夫以为其有心对下联，击掌称妙。亭主莫名其妙，经郁达夫上、下联一吟诵，两人会心大笑。这也算郁达夫与江南茶文化的一则佳话。

江南物产丰富，且四季分明。不同的季节，有不同的时鲜水果上市。这些水果价廉又鲜美，形成了周作人对童年生活的美好记忆。周作人在《落花生的来路》中指出，儿时在老家过新年，照例很是高兴，原因是有好多可吃的东西："年糕粽子、瓜子花生、荸荠甘庶（蔗），都是粗品，却也很是实惠。"②中华人民共和国成立初期，周作人在《亦报》上发表的"饭后随笔"系列就讲了许多故乡的"粗品"，诸如甘蔗荸荠、水红菱黄菱肉、青梅黄梅、金橘岩橘、各色桃李杏柿之类。本地出产的新鲜"粗品"，土膏露气尚未全失，比那些远道贩运来的贵水果更值得留恋。不过甘蔗荸荠耐储藏，正月里家家都买上许多，用来祭祀和分送前来做客的儿童。

在江南小城镇上，有些"粗品"是可以加工成点心来吃的。周作人《藕的吃法》就介绍了用糯米做成的藕粥与蒸藕。在江南，周作人所爱吃的糯米藕不仅过年时有，而且清明时节也有。《吴门竹枝词》云："相传百五禁烟厨，红藕青团各祭先。"红藕青团，色彩相映成趣，是清明祭祀祖先的祭品。在吴方言里，藕与"有"谐音，吃藕也有祈求富有的念想。青团做成茧圆，但比蚕茧要大一倍，有祈求蚕茧丰收的意思。红藕青团实为江南特有的意象。江南的饮食文化十分发达，周作人介绍的藕的吃法仅为其中几种，炒藕丝和油炸肉藕夹等都是美味的菜肴。

丰子恺在《辞缘缘堂》等随笔中也写到了江南的各种时鲜瓜果：春夏之交的"头蚕罢"，吃塘栖枇杷；夏天吃"新市水蜜桃""桐乡醉李""平湖西瓜"；初秋吃葡萄，深秋吃良乡栗子；冬天在火炉上煨白果……"桐乡醉

---

① 郁达夫：《登杭州南高峰》，《申江日报·江声》1933 年 1 月 11 日。

② 周作人：《落花生的来路》，《亦报》1951 年 1 月 15 日。

李"的"醉"应该写成"檇"。"桐乡檇李"是李子中的极品，具有皮薄、汁多、鲜甜中略酸等优点。

叶圣陶的散文《藕与莼菜》写作者由于在大都市吃到藕片，便回味起故乡的藕来。那是乡下人刚挖起来的藕，直接挑进小城镇上来卖了，这种新鲜的藕，吃上去特别鲜嫩，嚼在嘴里，没有老渣。叶圣陶由藕联系到了太湖里盛产的莼菜。"在故乡的春天，几乎天天吃莼菜。它本来没有味道，味道全在于好的汤。但这样嫩绿的颜色与丰富的诗意，无味之味真足令人心醉呢。在每条街旁的小河里，石埠头总歇着一两条没篷船，满舱盛着莼菜，是从太湖里捞来的。像这样就地取求很方便，当然能得日餐一碗了。"①鸡汤莼菜，最鲜美了。联系"莼鲈之思"的典故，莼菜自古就是江南士大夫的思乡之物。叶圣陶身居大都市，通过藕与莼菜这两种太湖水滨小城镇上的美味意象，回味了小城镇上的美好生活。

鲁迅也在《朝花夕拾·小引》中写道：

> 我有一时，曾经屡次忆起儿时在故乡所吃的蔬果：菱角、罗汉豆、茭白、香瓜。凡这些，都是极其鲜美可口的；都曾是使我思乡的蛊惑。后来，我在久别之后尝到了，也不过如此；惟独在记忆上，还有旧来的意味存留。他们也许要哄骗我一生，使我时时反顾。②

可见，江南的时鲜蔬果，在现代江南小城镇作家的童年记忆中留下了美好的印象。这种舌尖上的味觉记忆永远是最美好的。这些意象，承载着作家的思乡之情。

旧时江南的民居，为砖木结构的徽派建筑，青砖、粉墙、黛瓦是江南民居的典型色调。江南的富裕之家，一般造三开间四进的厅房，住一家人是很宽敞的。然而，大房、二房、三房一分家，都几世同堂，厅房就显得拥挤了。在没有造缘缘堂之前，丰子恺一家老小只住厅房的一开间，住得并不舒畅。

茅盾长篇小说《霜叶红似二月花》中的张家和黄家，都有深宅大院，尤其是黄家，还有私家花园。至于像茅盾小说《林家铺子》中的寿生、许

① 叶圣陶：《藕与莼菜》，《文学》周刊 1923 年 7 月第 81 期。
② 鲁迅：《朝花夕拾·小引》，《莽原》半月刊 1927 年 5 月第 2 卷第 10 期。

钦文小说《疯妇》中的双喜、葛琴小说《犯》中的发茂弟、许杰小说《大白纸》中的云弟等店里的伙计或学徒，一般就常住在店里，同时也算晚上为店主看护店里的物品。只是他们的住处因陋就简，甚至是晚上临时搭的床铺，一早起床后就得拆掉收拾干净，不影响白天店里做生意。

徽派建筑的马头墙

至于"行"方面，近现代的江南，沪杭铁路、沪宁铁路都已开通，去杭州、上海、南京，坐火车的大有人在。内河小火轮也已驶进了江南的河港，轮船有了班次。丰子恺从石门镇去杭州，便捷的交通方式是先坐轮船到长安，再转乘火车去杭州；去上海则先坐轮船到嘉兴，再转乘火车去上海。这种交通方式丰子恺在随笔中也写到过，但他并不喜欢。丰子恺住在石门缘缘堂时期最喜欢自己雇船。晚年的随笔《塘栖》就详细描述了其坐客船的情景：

> 从我乡石门湾到杭州，只要坐一小时轮船，乘一小时火车，就可到达。但我常常坐客船，走运河，在塘栖过夜，走它两三天，到横河桥上岸，再坐黄包车来到田家园的寓所。①

① 丰陈宝、丰一吟编：《丰子恺文集》第6卷，杭州：浙江文艺出版社、浙江教育出版社，1992年，第673页。

茅盾从上海回故乡乌镇，一般先乘火车到嘉兴，再换乘轮船到乌镇。其散文《故乡杂记》《大旱》等都写了坐轮船回故乡乌镇的情景。

鲁迅、周作人兄弟从绍兴去南京求学，要先从绍兴乘夜航船去钱塘江边，坐渡船到杭州，再从杭州乘火车去上海中转到南京。

近市梢的农民到镇上来，以步行为主，如丰子恺笔下的癞六伯。深乡下则每村有一个航船户，每天摇了航船到镇上来，向乘船人收取微薄的费用，甚至是免费的。《社戏》中就有这样的航船。《风波》中七斤撑的船每天从鲁镇去县城，属于沿途上下客的埠船。茅盾小说《霜叶红似二月花》中王伯绅经营的轮船，是从县城开往各处小城镇的，有一班甚至还是开往大都市上海的。

住和行方面的意象还将在另外章节详细诠释，兹从略。

1.4.2　江南小城镇市民的人生礼仪习俗

江南富庶之地，小城镇上的市民有比较讲究的人生礼仪习俗。

孩子一降生，大人自然要给孩子取名。丰子恺的随笔《爱子之心》就写到了江南人给孩子取名的一种习俗：越是宝贝的男孩，越是给他取下贱的名。"吾乡风俗，给孩子取名常用'丫头'，'小狗'，'和尚'等。"有些只是乳名，读书时另取大名；有的只有一个乳名，不再有别的大名。透过这种取名方式，可以看出江南特有的一种爱子之心：

> 窥察他们的理论是这样：世间可贵的东西往往容易丧失，而贱的东西偏生容易长养。故要宠儿或独子长养，只要在名义上把他们假装为贱的，死神便受他们的欺骗，不会来光顾。①

这种取名法并不体现一种拜物教的心态，而是体现江南人一种游戏鬼神的心态。在他们看来，鬼神与人一样，喜爱珍贵的东西，讨厌低贱的东西。以低贱的"丫头""小狗""和尚"来命名，鬼神就会因讨厌他们而不将其捉到阴间去。于是，那些取了贱名的男孩，就会在阳间健康成长。

鲁迅祖父周福清为晚清的翰林。鲁迅是官宦之家的长孙，大人自然十分宝贝他。据回忆性散文《我的第一个师父》记载，父母把尚未满周岁的

---

① 丰子恺：《爱子之心》，《东方杂志》1933 年 8 月第 30 卷第 16 期。

小鲁迅领到长庆寺，拜和尚"龙师父"为师，算是"舍"在寺庙里了。龙师父为他取了一个法名叫"长庚"，还送了两件护身"法宝"：一是非喜庆大事不给穿的"百衲衣"；一是每逢出门必挂在身上的"牛绳"——上面挂着历本、银筛之类的"避邪物"①。

说到"避邪物"，鲁迅小说《故乡》中闰土脖子上戴的银项圈也起同样的作用。丰子恺随笔《王囡囡》就写到了银项圈。

为了保住这个"金贵"的孩子，周家还用上了"洋"办法：专门请医生到家里为小鲁迅种牛痘。鲁迅在《我的种痘》中说，种痘是在他两三岁时。"这一天，就举行了种痘的仪式，堂屋中央摆了一张方桌子，系上红桌帷，还点了香和蜡烛，我的父亲抱了我，坐在桌旁边。"②种过牛痘，父亲送给小鲁迅两种玩具：拨浪鼓和"最可爱的"万花筒。种牛痘是一种西医方法，偏偏要举行张香点烛的中国传统仪式。这也算是"中体西用"的一个典型意象。

丰子恺的《取名》中还写到了一种俗称"演样"的习俗。丰子恺婚后，妻子头两胎都生女儿。母亲盼孙子心切，便按浙西习俗进行"演样"：

> 阿三临盆的一天，她袋里预先藏着一只洋钉和两粒黄豆。听见阿三的呱呱声之后，没有稳婆的"恭喜"声，便把洋钉和两粒黄豆投在胞瓶里，这叫做"演样"。这样一来，将来的阿四身上一定带了一只洋钉和两粒黄豆的东西而出世。③

这里的"演样"其实是一种模仿性的巫术，浙西俗称"阿母经"。"演样"习俗，深层的文化心理其实是一种重男轻女的男权文化。这让连续生了三胎女儿的媳妇情何以堪。

苏青是位有女权意识的女作家。其带有自传性质的小说《结婚十年》中写"我"经历九死一生的磨难，终于把头胎的孩子生下来了。当西医告诉大家生的是女孩时，顿时全室都静了下来，孩子的哭声也似乎不起劲了。一个女人发出了安慰的声音："也好，先开花，后结子。"另一个声音附和道："明年准养个小弟弟。"婆婆连话都没有。

"我躺在床上听着觉得心酸。痛苦换来的结果，自己几月来心血培养起

---

① 鲁迅：《我的第一个师父》，《作家》月刊1936年4月第1卷第1期。
② 鲁迅：《我的种痘》，《文学》月刊1933年8月第1卷第2期。
③ 丰子恺：《取名》，《东方杂志》1933年8月第30卷第16期。

来的杰作，竟给人家糟塌（蹋）到如此地步！"

孩子生下来没几天，公公却让人从乡下找来个奶妈喂奶，为的是"明年早些可以养个男娃娃"。

孩子满月时，照例有满月酒。似乎女儿做错了事似的，母亲送来厚重的满月礼，婆家也不当回事。点好香烛后，"我"想抱着娃娃作揖，婆婆却拦阻道："她祖父关照过，女孩子用不着拜菩萨，等明年养了弟弟再多磕几个头吧。"[①]

苏青是宁波人，婆家也在宁波。在这么一个较早沐浴"欧风美雨"的沿海府城尚且如此，其他小城镇市民自然就有更为严重的重男轻女意识。苏青日后把当年的委屈和不满写成了小品文《生男与育女》，发表在《论语》杂志上。这也是苏青公开发表的处女作。苏青谈到，从女孩的名字招弟、领弟、来弟、有弟就可以看出重男轻女的思想。

茅盾长篇小说《霜叶红似二月花》中张恂如夫妇头胎也只生了个女儿，名叫"引儿"，也走的是"招弟"的路子。

江南习俗，亲戚家的孩子第一次上门作客，辞去时主人家要送礼。如果是老亲，只要"串长寿线"就可以了。礼物是：用红纸包上钱，用红头绳或红丝绵缚在一包糕上，染上四个或六个红蛋，一支甘蔗。至亲家的孩子，则要行"打送"大礼。随笔《梦痕》就写到了丰子恺家做米粉包子"打送"小客人的情景。米粉方糕也可"打送"小客人。"打送"来的包子或方糕，大都要分送给乡邻和至亲吃，即让大家分享欢乐。糕与"高"谐音，寓意主人家对小客人的美好祝愿。[②]

孩子长大成人，第一件大事便是婚姻。"父母之命，媒妁之言"的旧式婚姻，结婚前要举行订婚仪式。订婚的第一步便是"对八字"。媒人把女方的八字交给男方，男方请"算命先生"测算女方的八字是否好。如果女方的八字不错，还要与男方的八字相合，合得来就是成功，相克则不成。丰子恺随笔《放生》就写到了"对八字"。从文中所写内容来看，二姐已请"算命先生"合过八字了，为了更保险起见，才让丰子恺代为求签。

苏青的自传体小说《结婚十年》，第一章就写新旧合璧的婚礼。小说所写的 N 城自然是指苏青从小生活的江南府城宁波。婚礼的前半段是传统的，

---

① 苏青：《结婚十年》，《风雨谈》1943 年 4 月第 1 期。
② 丰子恺：《梦痕》，《人间世》1934 年 7 月第 8 期。

男方用花轿到女家来抬新娘。男方再三催妆，新娘才起床开始梳妆打扮。传统婚礼有许多繁文缛节，如在梳妆打扮以前，新娘必须老老实实躺在床上，不得下床。小说写新娘内急，只得悄悄往吸收性能极佳的枕头里小便。小说用这一细节反讽了传统婚礼仪式的不合情理。

传统婚礼，男方用花轿迎娶新娘，要举行拜堂仪式。然而，这个婚礼接下来却行新派婚礼。新娘被抬到了青年会礼堂：

> 婚礼在进行了，新郎新妇相对立，三鞠躬，我微微战栗着，生怕失仪。许多来宾都不按座位，纷纷围上来看，主婚人，介绍人都给挤到旁边去了……
>
> 婚礼完了，我们都在结婚证书上盖了章。证婚人，介绍人，统统都在上面盖过了章，崇贤与我便是百年偕老的夫与妻了。①

新婚第三天一大早，新娘在众目睽睽中入厨房"洗手作羹汤"。新娘怀青手忙脚乱之际，听到丈夫的讥笑，一怒之下把锅铲丢进锅中央。小说中的新娘怀青很有主见，对这新旧合璧的婚礼有诸多不满，终于在做早饭时爆发了。"妇者，服也。"新学堂里出来的怀青，有不少新意识，却不会下厨房做饭，反而会用任性的方式来反抗。这也为女主人公日后的进一步反抗埋下了伏笔。

王鲁彦的短篇小说《许是不至于罢》从侧面写了乡镇土财主王阿虞为三儿子操办的婚礼。据乡下老婆婆说，王阿虞的家产足有二十万！王家有豪宅，又在镇上开办了几爿店：一爿米店，一爿木行，一爿砖瓦厂，还拥有其他店的股份②。

三儿子婚期临近，上海正在开战，从衢州退到宁波的军队说是要闹独立，弄得王阿虞提心吊胆。在众人的恭喜声中，王阿虞担惊受怕，总算平平安安操办好三儿子的婚事。小说的重点是写王家来了小偷，锣慌乱地敲，却没有乡亲赶来帮助抓小偷。

王鲁彦的短篇小说《菊英的出嫁》，描写了江南一种特殊的婚俗：冥婚。菊英的爹出门在外，在森森煤油公司做经理。娘在老家的镇上操持家务。菊英娘就这么一个女儿，不幸早夭。十年后菊英娘为女儿找到了婆家，对

---

① 苏青：《结婚十年》，《风雨谈》1943 年 4 月第 1 期。
② 王鲁彦：《许是不至于罢》，《小说月报》1925 年 3 月第 16 卷第 3 期。

方也有一个早夭的男孩，年龄相当。菊英的爹远在他乡经商，好在有钱汇来。菊英娘按冥婚习俗，置办了极为体面的嫁妆。对于冥婚仪式，小说描写道：

> 最先走过的是两个送嫂。她们的背上各斜披着一幅大红绫子，送嫂约过去有半里远近，队伍就到了。为首的是两盏红字的大灯笼。灯笼后八面旗子，八个吹手。随后便是一长排精制的、逼真的，各色纸童、纸婢、纸马、纸轿、纸桌、纸椅、纸箱、纸屋，以及许多纸做的器具。后面一顶鼓阁，两杠纸铺陈，两杠真铺陈。铺陈后一顶香亭，香亭后才是菊英的轿子。这轿子与平常花轿不同，不是红色，却是青色，四围结着彩。轿后十几个人抬着一口很沉重的棺材，这就是菊英的灵柩。棺材在一套呆大的格子架中，架上盖着红色的绒毯，四面结着彩，后面跟送着两个坐轿的，和许多预备在中途折回的、步行的孩子。①

小说中的菊英娘是个变相的弃妇，好在远在海外的丈夫还有钱寄来。她认真操办女儿的冥婚，既可表达对早夭女儿的母爱，又可以慰藉自己孤苦的心。小说中的冥婚仪式仿照的是普通的婚礼，但用的都是纸糊的冥器，还有抬到男方那去合葬的菊英的灵柩。冥婚意象，初看似有普通婚礼的喜气，细察仍为早夭丧葬的延续，具有浓厚的悲剧意味。

旧式婚姻，女子"嫁鸡随鸡，嫁狗随狗"，婚姻完全碰运气。婚后的女子，不幸成为弃妇和寡妇，命运十分凄惨。鲁迅小说《离婚》中的爱姑，不幸沦为弃妇，绝望之际，想要闹得男家家败人亡，最终经人调停，只是得到了一笔钱。丰子恺的随笔《王囡囡》写丰家贴邻豆腐店里的小老板王囡囡，是作者童年时代的钓游伴侣。他家里有一祖母"定四娘娘"，很能干，是当家人；母亲"庆珍姑娘"，终年在家烧饭，足不出户；还有一"大伯"，是他们豆腐店里的老司务，姓钟，人们称他为钟司务或钟老七。庆珍姑娘在丈夫死后十四个月生一个遗腹子，便是王囡囡。请邻近的绅士沈四相公取名字，叫"复生"。复生的相貌和钟司务非常相像。街坊邻居都说："王囡囡口上加些小胡子，就是一个钟司务。" 显然，王囡囡名为王三三的遗腹子，其实是庆珍姑娘与钟司务的私生子。庆珍姑娘与钟司务名不正、

---

① 鲁彦：《鲁彦短篇小说集》，上海：开明书店，1936 年，第 209-210 页。

言不顺的畸形婚姻，是封建礼教一手导演的，王囡囡这一"遗腹子"意象正是这一畸形婚姻的产物。王囡囡长得越像钟司务，越会招惹街坊邻居的嘲讽。

按当时宗法制社会的习俗，王三三死后，可以领养同宗的男孩来延续香火。这事可以由族长来决断，由不得庆珍姑娘与钟司务做主。事实上，"钟司务在这豆腐店里的地位，和定四娘娘并驾齐驱，有时竟在其上。因为进货，用人，经商等事，他最熟悉，全靠他支配。因此他握着经济大权"。由此看来，精明的钟司务是看清了王氏宗族中没有强有力的人，才敢这样做的。婆婆定四娘娘并没有强有力的支持者，但又为儿子感到冤屈，只得出钱请"关魂婆"来折磨一下庆珍姑娘和钟司务。

庆珍姑娘与钟司务"轧姘头"，为当时的社会习俗所不齿。"私生子"王囡囡也受人歧视。随笔中写道：

> 有一天，我们到乡下去玩，有一个挑粪的农民，把粪桶碰了王囡囡的衣服。王囡囡骂他，他还骂一声"私生子！"王囡囡面孔涨得绯红，从此兴致大大地减低，常常皱眉头。[①]

长大后的王囡囡依旧受人歧视，就把怨气发泄到母亲身上。"听说王囡囡常要打他的娘。打过之后，第二天去买一支参来，煎了汤，定要娘吃。"

对于王家的不幸，丰子恺直接发表了如下议论：

> 封建时代礼教杀人，不可胜数。王囡囡庶民之家，亦受其毒害。庆珍姑娘大可堂皇地再嫁与钟老七。但因礼教压迫，不得不隐忍忌讳，酿成家庭之不幸，冤哉枉也。[②]

江南也有招女婿的习俗，俗称"倒插门"。男人入赘后还得改姓女家姓，生出来的孩子自然就跟女家姓。丰子恺晚年写的随笔《S 姑娘》就写了 S 姑娘招女婿之事。S 姑娘很漂亮，且善于打扮，入赘的男人奇丑无比，旁人都说 S 姑娘"一朵鲜花插在狗屎里了"。男权文化助长了男人对女人的压迫，但 S 姑娘的丈夫 T 不会利用这种男权文化的优势来管束 S 姑娘，反而

[①] 丰陈宝、丰一吟编：《丰子恺文集》第 6 卷，杭州：浙江文艺出版社、浙江教育出版社，1992 年，第 689 页。
[②] 丰陈宝、丰一吟编：《丰子恺文集》第 6 卷，杭州：浙江文艺出版社、浙江教育出版社，1992 年，第 692 页。

听从 S 姑娘的摆布。S 姑娘让丈夫守着炮仗店，自己向丰子恺的堂叔家租了房子住，除了偶尔要 T 回来一同祭祖宗，其他时间不让其回家。S 姑娘偷野老公成了公开的秘密，是被人瞧不起的，而她的丈夫，俗称"开眼乌龟"，更让人瞧不起。

男女通奸，被人捉了奸，那就随人处置了。就在这篇《S 姑娘》里，丰子恺还写了泼皮阿二撒的"大烂污"：

> 有一次，他同某女人通奸，女人的丈夫痛打女人，女人吊死了。这丈夫便把烂污阿二捉来，把这奸夫和女尸周身脱得精光，用绳子紧紧地捆在一起，关在一个空房子里，关了三天，这正是炎夏天气，尸身烂了，烂污阿二身上滚满了烂肉，爬满了蛆虫。放出来时，他居然不死，而撒烂污的名声更大了。①

这是一种私了的方法。如果被人告到官府，私通者还得吃官司。随笔《四轩柱》写陆李王生得英俊，让一个女子看上了，和他私通。陆李王已娶妻，这私通是违法的。女子的父亲便去告官，官要逮捕陆李王。由于祖母盆子三娘很能干，想了很多办法，陆李王才没有去吃官司。

鲁迅小说《阿 Q 正传》中的阿 Q 都知道，"夫不孝有三，无后为大"。有钱人家如果无后，一般可以纳妾。不过传宗接代还有另一种办法，便是"典妻"。

典妻习俗由来已久，有史料载，"关于典妻者，典雇妻妾之风，始于宋元之际，观于元世祖时，王朝对南方典雇妻女风俗之请碟云云，可以知矣。"②

许杰小说《赌徒吉顺》中的吉顺和柔石小说《为奴隶的母亲》中的丈夫，都是小城镇的边缘人。吉顺家在农村，原先是干泥水活的，却迷恋小城镇上的生活，整天在"忘忧轩"赌博。吉顺在"忘忧轩"赢了钱，就带上跟着他赌博的金夫和小平，到三层楼叫菜喝酒。当天晚上，他们重回"忘忧轩"，想乘着手气好，再好好赢些钱，不料反而输了几十元的赌债。吉顺只得找到中人文辅，把自己的结发妻子租给富人陈哲生。吉顺从"典子"中得到八十元。

---

① 丰陈宝、丰一吟编：《丰子恺文集》第 6 卷，杭州：浙江文艺出版社、浙江教育出版社，1992 年，第 750 页。

② 陈顾远：《中国婚姻史》，上海：上海书店，1987 年，第 111 页。

陈哲生是全县中的一个富绅，可惜没有半个儿子；他也曾经娶过二回的妾，但是只添增了几个女儿；近年以来，他又在各处张罗着"典子"了。——典子的意义，就是说在契约订定的时期以内，所产生的儿女，是被典主先期典去，属于他的。至于血统之纯杂与否，那是不成问题，总算有过那末一回事，他就可承认那是他的儿女了。①

柔石的短篇小说《为奴隶的母亲》中，春宝娘的丈夫"黄胖"原是一个皮贩，有时兼做些农活。"芒种的时节，便帮人家插秧，他能将每行插得非常直，假如有五人同在一个水田内，他们一定叫他站在第一个做标准。然而境况总是不佳，债是年年积起来了。他大约就因为境况的不佳，烟也吸了，酒也喝了，钱也赌起来了。"②

严格来说，《赌徒吉顺》所写的只是"典子"。吉顺的妻子仍然居家，也跟吉顺同房，只是陈哲生来吉顺家时，吉顺允许其与妻子同房。这里所谓"典子"，是指双方订立契约，期间典主和丈夫与被典的女人都可以发生性关系，生下来的儿女归典主。《为奴隶的母亲》中的春宝娘要离开自己的家，住到秀才家去。小说具体叙写了春宝娘住进秀才家，与秀才同房，怀孕生子。一直养到儿子秋宝周岁断奶后，春宝娘才与秋宝生离死别，回到皮货商人家里与丈夫、大儿子春宝团圆。其实，"典子"与"典妻"是两个不同的意象，但都把女性当成了可以"典"的生育工具。

当然，传续香火，还可以领养孩子，一般领养儿子。茅盾的长篇小说《霜叶红似二月花》中，婉小姐嫁入黄府整五年尚未生育。她和丈夫黄和光仍想自己生孩子。不过他们先领养了一个女孩，希望她能成为"招弟"，能为他们招来一个亲生的男孩。

江南习俗，一般的生日过得十分简单，吃碗糖烧蛋就算是过生日了。周岁酒、16岁的"罗汉酒"、29岁和36岁"斋星官"过得隆重些。40岁、50岁、60岁、66岁、70岁等，可以隆重地祝寿，一般是提前一年，俗称"做九不做十"。《辞缘缘堂》就写了丰子恺当年40虚岁祝寿的情景：

阴历九月二十六日，是我四十岁的生辰。这时松江已经失守，

---

① 许杰：《惨雾》，上海：商务印书馆，1926年，第280页。
② 柔石：《为奴隶的母亲》，《萌芽》1930年3月第1卷第3期。

嘉兴已经炸得不成样子。我家还是做寿。糕桃寿面，陈列了两桌；远近亲朋，坐满了一堂。堂上高烧红烛，室内开设素筵。屋里充满了祥瑞之色和祝贺之意。①

寿糕是用米粉做的方糕。寿桃圆子也是用米粉做的，做法与做"打送"的包子差不多，搓成圆子后再从印板里印成寿桃形状，只是寿桃圆子是扁的，没有桃子那么圆。寿面其实就是一般的面条，祝过寿后下成交头面，分给邻居吃。寿桃圆子也要分送亲友。丰子恺用糕桃寿面等意象渲染了缘缘堂祝寿的祥瑞氛围，与外面的兵荒马乱形成对照。

叶圣陶的短篇小说《乡里善人》中，主人公钱康侯要过六十大寿，自然郑重其事。他为了筹办六十大寿，专门去拜望王晓初。王晓初的亲戚费筱庄是鲁太玄的"高足"。钱康侯想转求鲁太玄为自己写一篇寿序。"鲁老先生是当今唯一的大学问家大文章家，他的文集，现在已经是人家的宝典了，将来必传无疑。一个人得到大总统的一张褒奖状，没有什么稀罕。得到鲁老先生的一篇文章，那就了不起了。文章收在他的文集中，他的文集永远不朽，人也永远不朽。"②

钱康侯的生平太平淡了，光绪年间进了学，没有求取维新的功名，只是守着家产，收租为生，娶了第二个妾，才中年得子。值得一提的是，甲子年发起举办难民收容所的活动，上一年又发起收养街上的流浪狗的活动。

五百块钱买来的寿序，"绚烂归于平淡"。对于钱康侯的两件善举，叙述道："岁甲子，邑人惊兵祸。君创为难民收容所，众心遂安。又尝拯待毙之犬无算，聚而畜之。夫胞与之怀，圣贤所向，而君行若此，谓乡里善人，谁曰不宜。"③

第二年春天，鲁太玄归了道山，第四年鲁太玄的《文集续编》出版，钱康侯却找不到鲁太玄为其写的这篇寿序。写信问询，费筱庄回复，先师遗训，"凡酬应之作，无关宏旨者，概不入集"。

钱康侯看到这里，只觉"五百块钱"这个意念宛如一块大石，宛然向自己心头重重地压下来，但是心头又似乎非常空虚，仿佛在做一个渺茫的梦。

都市与小城镇之间信息不对称。钱康侯花五百块钱买来鲁太玄的寿序，

---

① 丰子恺：《辞缘缘堂》，《文学集林》1940 年 1 月第 3 辑。

② 叶圣陶：《乡里善人》，《文学》月刊 1937 年 7 月第 9 卷第 1 期。

③ 同②。

如获至宝；而鲁太玄只当是"酬应之作""无关宏旨"。平淡的人生与名家的寿序形成极大的反讽。小说中的寿序意象，颇具戏剧性。

旧时江南还有为老人画容像的习俗。画桌一般由吃饭的八仙桌充当，画师和被画的老人相对而坐，画师一笔一笔为对方画肖像。擦笔肖像以画得像者为佳。这种黑白肖像画预备将来挂在灵前充作遗像。丰子恺的《学画回忆》就写到了当年为乡里老人画擦笔肖像画的情景。鲁迅的小说《故乡》写轮到他们这一房祭祀祖宗，正月里要挂祖宗的遗像，这些遗像就是由当地画师所画的擦笔肖像。

江南人死后的丧葬主要有棺葬和缸葬两种。用于缸葬的缸是特制的陶瓷缸，上有黄龙花纹，俗称"黄花缸"。死者被绑扎好后，坐在缸内，上盖陶瓷的盖。相对来说，缸葬比较省钱。丰子恺随笔《忆弟》写孤老头朱家大伯向大家募钱，以便给自己购置一口用于缸葬的"黄花缸"。

鲁迅短篇小说《孤独者》中的主人公魏连殳学的是生物学，却在县城的中学堂里教历史。他父母早逝，是祖母把他抚养大的。祖母去世，老家离县城一百来里，族中人要求这位"重承孙"按传统习俗操办丧葬仪式：一是穿白，二是跪拜，三是请和尚道士做法事。不料他竟爽快地答应了。小说还描写他非常投入地为祖母穿衣：

> 那穿衣也穿得真好，井井有条，仿佛是一个大殓的专家，使旁观者不觉叹服。寒石山老例，当这些时候，无论如何，母家的亲丁是总要挑剔的；他却只是默默地，遇见怎么挑剔便怎么改，神色也不动。站在我前面的一个花白头发的老太太，便发出羡慕感叹的声音。[①]

小说开头便道："我和魏连殳相识一场，回想起来倒也别致，竟是以送殓始，以送殓终。"第一回送殓，对象是魏连殳的祖母，地点是远离县城的"深乡下"。第二回送殓，对象竟为魏连殳，地点是县城。

魏连殳是位正直的新派知识分子，却在社会上处处碰壁。走投无路之下，当了杜师长的顾问，其在县城的生活变得风光热闹起来，但是他的内心却是寂寞孤苦的。无论落寞和风光，魏连殳始终是位"亲手造了独头茧，将自己裹在里面"的孤独者。他戏弄人生，最终过早地结束了自己的生命。

---

① 鲁迅：《彷徨》，上海：北新书局，1928年，第141页。

"我"去为他送殓时，看到的情景"出我意外"：

> 一条土黄的军裤穿上了，嵌着很宽的红条，其次穿上去的是军衣，金闪闪的肩章，也不知道是什么品级，哪里来的品级。到入棺，是连殳很不妥帖地躺着，脚边放一双黄皮鞋，腰边放一柄纸糊的指挥刀，骨瘦如柴的灰黑的脸旁，是一顶金边的军帽。①

魏连殳本是一介书生，却被人装扮成了一介武夫。这一"很不妥帖"的死者意象，是魏连殳尴尬人生的写照。送走老友，"我"在回去的路上，又记起了魏连殳在祖母出殡后的号哭："像一匹受伤的狼，当深夜在旷野中嗥叫，惨伤里夹杂着愤怒和悲哀。"狼嗥意象，"愤怒和悲哀"的悲鸣之声直指读者的内心。

1.4.3　江南小城镇市民的岁时习俗

传统节日中，春节是最大的节日。童年在老家石门镇过的春节给丰子恺留下了深刻的印象。他在《新年怀旧》和《过年》两篇随笔中都详细描述了童年时过春节的热闹情景。

请丰同裕染坊里的伙计吃年酒，似乎是丰家过年的"序幕"。店里的三个染匠司务是绍兴人，按惯例，农历十二月十六日动身回乡过年，十五日，店里提早办一桌年酒为他们送行。商店习俗，年酒席上一只全鸡的摆法大有讲究：鸡头向着谁，谁就要被辞退。丰同裕里都是老伙计，不需要辞退谁，故丰子恺母亲非常小心，上菜时总要关照仆人，必须把鸡头向着空位。这也是童年丰子恺从母亲这里接受的"爱的教育"。

不少地方过年是从吃腊八粥开始的。不过石门镇一带不吃腊八粥，过年往往从腊月廿三日晚上送灶开始。丰子恺在《过年》中写了丰家送灶的情景。在江南民间，灶君是一位具有喜剧色彩的神。江南人游戏鬼神的天性在对待灶君时发挥得淋漓尽致。灶君是玉皇大帝派驻每家每户监视善恶言行的，人们既供奉他，又善意地戏弄他。送灶时给灶君吃赤豆糯米饭，甚至拿一点糖塌饼来粘在他嘴上，就是要粘住他的嘴巴，免得他在玉皇大帝面前多嘴多舌讲主人家的坏话。

鲁迅《庚子送灶即事》诗曰："只鸡胶牙糖，典衣供瓣香。家中无长物，

---

① 鲁迅：《彷徨》，上海：北新书局，1928 年，第 175 页。

岂独少黄羊。"①

鲁迅在《送灶日漫笔》一文中说:"灶君升天的那日,街上还卖着一种糖,有柑子那么大小,在我们那里也有这东西,然而扁的,像一个厚厚的小烙饼。那就是所谓'胶牙饧'了。本意是在请灶君吃了,粘住他的牙,使他不能调嘴学舌,对玉帝说坏话。"②"黄羊"典出《后汉书·阴识传》:"宣帝时,阴子方者,至孝有仁恩。腊日晨炊,而灶神形见,子方再拜受庆;家有黄羊,因以祀之。自是已后,暴至巨富……至识三世而遂繁昌,故后常以腊日祀灶,而荐黄羊焉。"③从诗句"典衣供瓣香"来推断,周家家道中落,连按俗祭灶都要典当,自然无法增添厚礼"黄羊"了。

在丰子恺的老家石门一带,准备过年时的一件大事便是"打年糕"。"糕"与"高"谐音,吃年糕意味着"芝麻开花节节高",日子一年比一年过得好。"打年糕"是一件比较麻烦的事,故往往是几家人合伙一起"打"。丰家却是自家单独请人来打的:

> 这糯米年糕又大又韧,自己不会打,必须请一个男工来帮忙。这男工大都是陆阿二,又名五阿二。两枕"当家年糕",约有三尺长;此外许多较小的年糕,有两尺长的,有一尺长的;还有红糖年糕,白糖年糕,此外是元宝、百合、橘子等小摆设,这些都是由母亲和姐姐们去做。④

江南习俗,廿七夜祭"年菩萨",除夕夜祭祖。丰家也是廿七夜祭"年菩萨"的。丰子恺在《过年》中写道:

> 廿七夜过年,是个盛典。白天忙着烧祭品:猪头、全鸡、大鱼、大肉,都是装大盘子的。吃过夜饭之后,把两张八仙桌接起来,上面供设"六神牌",前面围着大红桌围,摆着巨大的锡制的香炉蜡台。桌上供着许多祭品,两旁围着年糕……这六神牌画得非常精美,一共六版,每版上画好几个菩萨,佛、观音、玉皇大

---

① 鲁迅:《鲁迅全集》第8卷,北京:人民文学出版社,2005年,第533页。
② 鲁迅:《送灶日漫笔》,《国民新报副刊》1926年2月11日。
③ 范晔:《后汉书》,北京:中华书局,2007年,第336页。
④ 丰陈宝、丰一吟编:《丰子恺文集》第6卷,杭州:浙江文艺出版社、浙江教育出版社,1992年,第698页。

帝、孔子、文昌帝君、魁星……都包括在内。[①]

"江南多淫祭。"所谓"年菩萨",儒道释都包括在内。反正就祭这么一桌,把这些"年菩萨"都供全了,广结善缘,何乐而不为。童年丰子恺感兴趣的是家里还要祭"小年菩萨"。在大桌旁设两张接长的茶几,供一位小年菩萨,用小香炉蜡台,设小盆祭品,竟像是小人国里过年。

廿七夜大人们忙着祭"年菩萨",少儿们忙于放花炮。年前年后,少儿们的零花钱大都用于买花炮了。丰子恺和他的小伙伴们感兴趣的是"雪炮、流星、金转银盘、水老鼠、万花筒等好看的花炮"。

正月里浙西人家招待客人,首先要为客人泡一碗糖茶,让客人甜甜蜜蜜。糖茶里除了放糖外,还要放"镬糍"或爆米花。丰子恺家也放爆米花,且是自家土法爆的。

大年初一,人人要图吉祥,但"童言无忌",一旦儿童脱口而出不吉利的话,总还是犯忌的。浙西人早有防备,即用擦屁股的"毛草纸"为孩子揩嘴。此模仿性的巫术是要把孩子的嘴擦成放屁之口,此口过去一年里说的不吉利的话或骂人的脏话等于放屁;新年里再乱说话,也等于放屁。童年丰子恺的兴趣自然不是自己被大人揩,而是拿了毛草纸去揩别人。巫术变成游戏,增添了过年的乐趣。

大年初一清晨,浙西的善男信女有"烧头香"的习俗。到附近的寺庙里"烧头香",可以保佑全家新年平安。

灶君腊月廿三上天,大年初一下凡。家家户户都要清晨接灶,灶台上敬放新的灶君马张,点上香烛跪拜。家家煮上一锅圆子,盛一碗供奉灶君,其他则全家人吃,俗称"接灶圆子"。"接灶圆子"洗沙馅,还要加糖,以祈新年甜甜蜜蜜。

吃过圆子,可以再睡。大年初一困晏觉,俗称"焐蚕花",可以保佑新年蚕事大熟,这大概可以算是一种巫术。丰子恺随笔《新年怀旧》就写了这些习俗:

> 夜半过后在时序上已经是新年了;但在习惯上,这五六个
> 小时还算是旧年。我们于后半夜结伴出门,各种商店统统开着,

---

① 丰陈宝、丰一吟编:《丰子恺文集》第 6 卷,杭州:浙江文艺出版社、浙江教育出版社。1992 年,第 699 页。

街上行人不绝，收账的还是提着灯笼幢幢来往。但在一方面，烧头香的善男信女，已经携着香烛向寺庙巡礼了。我们跟着收账的，跟着烧香的，向全镇乱跑。直到肚子跑饿，天将向晓，然后回到家里来吃接灶圆子，怀着明朝的大欢乐的希望而酣然就睡。①

大年初一清晨接灶王爷

王鲁彦回忆性散文《开门炮》回忆了儿时在故乡的过年情景。由于父亲长年在外，"我"不能像别的孩子那样，享受过年的快乐，经常要代表父亲祭祀和拜年，但无奈中也有乐趣。特别是有一年，父亲回家来过年，还答应了"我"的请求，年底买了六七个爆竹，让我来放"开门炮"。散文回忆了大年初一清晨，开门出去，父亲指点"我"放"开门炮"，又惊又喜，特别刺激。"这是什么样的快乐！那一次元旦的早晨！一生中的那一个新年！"大年初一放开门炮是一种例行习俗，而第一次亲自燃放，就成了美好的回忆。"好事成双"，"开门炮"往往放四个、六个或八个②。

周作人对于江南小城镇习俗的文化记忆，主要为岁时习俗文化。其《儿童杂事诗》开头三首，都是对儿时过新年的回忆。第一首《新年》：

① 丰子恺：《新年怀旧》，《宇宙风》1936年1月第1卷第8期。
② 王鲁彦：《鲁彦散文集》，上海：开明书店，1947年，第148-154页。

> 新年拜岁换新衣，白袜花鞋样样齐。
>
> 小辫朝天红线扎，分明一只小荸荠。①

农历新年，孩子换上新衣，喜气洋洋。红线扎小辫，则为晚清小男孩特有的装扮。用"小荸荠"来比喻，意象十分鲜明、新颖。

第二首《压岁钱》：

> 昨夜新收压岁钱，板方一百枕头边。
>
> 大街玩具商量买，先要金鱼三脚蟾。②

当年的压岁钱不多，只有"板方一百"，大年初一可以到大街上买金鱼、三脚蟾之类的玩具，但照样能享受过年的乐趣。孩子们拎着新买来的金鱼、三脚蟾之类的玩具，跑跳嬉闹，增添了新年的喜气。

第三首《下乡作客》：

> 下乡作客拜新年，半日猴儿着小冠。
>
> 待得归舟双橹动，打开帽盒吃桃缠。③

清末民初的江南人家，"以舟为车，以楫为马"。坐船去乡下做客拜新年，临别时亲戚家会专门送给孩子糕点和水果。明明刚吃饱拜年酒，但归舟橹动，孩子们就迫不及待地打开"帽盒"，吃起桃缠来。大人们往往会嘲笑孩子"猴子不留隔夜饭"。桃缠是茶点中的干点，平时不太能吃到。吃桃缠意象，也是周作人对儿时新年的美好记忆之一。

周作人在《祝福与过年》中，专门介绍旧时过年的情景。他引述《清嘉录》中苏州过年的热闹情景，进而又引蔡云《吴》诗曰："三牲三果赛神虔，不说赛神说过年。一样过年分早晚，声声听取霸王鞭。"④他认为浙东绍兴祝福情形与吴地诗文中所说大同小异。普通绍兴人家，把谢年与求福，混称祝福。正月里则忙于拜年和请客。

对于过年的规矩，鲁迅在回忆性散文《阿长与山海经》中，生动地叙写了自己的保姆长妈妈教给童年的自己的一些年俗规矩：

---

① 钟叔河编：《周作人丰子恺儿童杂事诗图笺释》，北京：中华书局，1999 年，第 8 页。
② 钟叔河编：《周作人丰子恺儿童杂事诗图笺释》，北京：中华书局，1999 年，第 12 页。
③ 钟叔河编：《周作人丰子恺儿童杂事诗图笺释》，北京：中华书局，1999 年，第 16 页。
④ 周作人：《祝福与过年》，《亦报》1951 年 1 月 24 日。

　　但是她懂得许多规矩；这些规矩，也大概是我所不耐烦的。一年中最高兴的时节，自然要数除夕了。辞岁之后，从长辈得到压岁钱，红纸包着，放在枕边，只要过一宵，便可以随意使用。睡在枕上，看着红包，想到明天买来的小鼓、刀枪、泥人、糖菩萨……然而她进来，又将一个福橘放在床头了。

　　"哥儿，你牢牢记住！"她极其郑重地说。"明天是正月初一，清早一睁开眼睛，第一句话就得对我说：'阿妈，恭喜恭喜！记得么？你要记着，这是一年的运气的事情。不许说别的话！说过之后，还得吃一点福橘。"她又拿起那橘子来在我的眼前摇了两摇，"那么，一年到头，顺顺流流……"

　　梦里也记得元旦的，第二天醒得特别早，一醒，就要坐起来。她却立刻伸出臂膊，一把将我按住。我惊异地看她时，只见她惶急地看着我。

　　她又有所要求似的，摇着我的肩。我忽而记得了——

　　"阿妈，恭喜……"

　　"恭喜恭喜！大家恭喜！真聪明！恭喜恭喜！"她于是十分喜欢似的，笑将起来，同时将一点冰冷的东西，塞在我的嘴里。我大吃一惊之后，也就忽而记得，这就是所谓福橘。元旦辟头的磨难，总算已经受完，可以下床玩耍去了。[①]

　　过年嘛，总要想方设法规避晦气、祈求福气。丰子恺所述的用老毛草纸揩孩子嘴巴的习俗其实是一种规避晦气的巫术。福橘是指产自福建的橘子，寓意幸福吉祥，长妈妈就用大年初一早上吃福橘来祈求新年的幸福吉祥。福橘意象，寓意幸福吉祥，吃起来又方便。

　　鲁迅的小说《祝福》，写"我"于送灶那天的夜里回到久别的故乡鲁镇，感受到了市镇上迎新年的气象："灰白色的沉重的晚云中间时时发出闪光，接着一声钝响，是送灶的爆竹；近处燃放的可就更强烈了，震耳的大音还没有息，空气里已经散满了幽微的火药香。"[②]

---

① 鲁迅：《阿长与山海经》，《莽原》半月刊 1926 年 3 月第 1 卷第 6 期。
② 鲁迅：《祝福》，《东方杂志》半月刊 1924 年 3 月第 21 卷第 6 期。

随后几天，鲁镇家家忙着准备"祝福"。对于这种习俗，小说介绍道：

> 这是鲁镇年终的大典，致敬尽礼，迎接福神，拜求来年一年中的好运气的。杀鸡、宰鹅，买猪肉，用心细细的（地）洗，女人的臂膊都在水里浸得通红，有的还带着绞丝银镯子。煮熟之后，横七竖八的（地）插些筷子在这类东西上，可就称为"福礼"了，五更天陈列起来，并且点上香烛，恭请福神们来享用，拜的却只限于男人，拜完自然仍然是放爆竹。①

这是一个由男权文化主宰着的江南市镇。清洗"福礼"这样的苦差使都由女人完成。寒冬腊月，蹲在河埠头上，用心细细地洗鸡、鹅、猪肉等，女人的手臂在冰冷的市河里冻得通红。小户人家的女人自己洗，至于像有钱人家的"四婶"之类的主妇是不用自己去洗的，可以差遣诸如祥林嫂那样的女佣去洗。"福礼"意象上，显出了男性的优势和女性的悲苦。

鲁四老爷是个守旧的老监生，特别讲究祝福的礼节。死了第二任丈夫贺老六后再次守寡的祥林嫂，被鲁四老爷视为"不干不净"的人，不能碰鲁家祭祀的用品。祝福是人们祈求来年福气的大事，却放大了祥林嫂的不幸。祥林嫂试图通过捐门槛来赎罪，却没能赢得在鲁家参与祭祀的权利。祥林嫂最终的结局是在鲁镇祝福的爆竹声中，凄惨地死在了雪地里。

江南有些大户人家，宗族的祭祀活动更为隆重。大宗族的祖上都为子孙后代留下了"祭田"，各家轮流主持宗族春节、清明和冬至的三节祭祀活动，"祭田"里收来的租谷开销掉祭祀的费用后还有积余。鲁迅、周作人童年时的周家就是这么一个人丁兴旺的大宗族。三十几房共有一个祖先，所以鲁迅他们这一房三十多年才轮到一回"祭祀的值年"。鲁迅的小说《故乡》就由母亲说起闰土而回忆到了童年时周家主持宗族祭祀的盛况：

> 那时我的父亲还在世，家景也好，我正是一个少爷。那一年，我家是一件大祭祀的值年。这祭祀，说是三十多年才能轮到一回，所以很郑重；正月里供祖像，供品很多，祭器很讲究，拜的人也很多，祭器也很要防偷去。我家只有一个忙月（我们这里给人做工的分三种：整年给一定人家做工的叫长工；按日给人做工的叫

---

① 鲁迅：《祝福》，《东方杂志》半月刊 1924 年 3 月第 21 卷第 6 期。

短工；自己也种地，只在过年过节以及收租时候来给一定人家做工的称忙月），忙不过来，他便对父亲说，可以叫他的儿子闰土来管祭器的。[①]

童年鲁迅、周作人就在周家祭祀的大典上结识了"闰土"，听他讲述江边各种神奇的故事。

春节的压轴大戏为元宵节。过完元宵节，春节才算过完。元宵节又称上元节。周作人照例以儿童为视角，来写打油诗《上元》：

> 上元设供蜡高烧，堂屋光明胜早朝。
>
> 买得鸡灯无用处，厨房去看煮元宵。[②]

孩子们无忧无虑，买上元的鸡灯只是出于好玩。施蛰存短篇小说《上元灯》中的"我"是位破落户的少年，却患得患失地过元宵节。作为背景，小说也写了孩子们的元宵节：

> 孩子们都在忙忙碌碌地把他们在闹市里买来的各式花灯点上。天色已傍晚了。一阵一阵的冥鸦在天井上飞过，看见这些红红绿绿的兔子灯，马头灯，被这般高兴的孩子们牵着耍，也会满心欢喜地归到它们的平铺着天鹅绒的巢中消度这个灯节。[③]

小说采用日记体，写了"我"的初恋故事。临近元宵节，"我"喜欢她，想去她家看她扎的花灯。可惜家境不好，"我"只有一件旧袍子和一件颜色浅得出奇的新袍子。"我"穿着新袍子，不敢走大街，从小巷来到她家。她果然扎了好多花灯，挂在书房里，最精致的一只"玉楼春"，愿意送给"我"。"我"说还是先放在这里，等过了灯节再来摘。

次日"我"又来到她家。碰上她的表兄在与她闲谈。为"我"留下的那只"玉楼春"被她表兄强行摘走了。她的表兄是穿猞猁狲袍子的，家庭富裕。"我"只能穿着她看着比那件新袍子顺眼的旧袍子，伤心地回家。

元宵节那天，她叫"我"去吃元宵，"我"姑且去走一遭。

她的妈妈和表兄都不在，我们两人说了好多知心话。她还引"我"上

---

① 鲁迅：《故乡》，《新青年》1921 年 5 月第 9 卷第 1 期。

② 钟叔河编：《周作人丰子恺儿童杂事诗图笺释》，北京：中华书局，1999 年，第 20 页。

③ 施蛰存：《上元灯》，《璎珞》杂志 1926 年 3 月第 2 期，初刊题名《春灯》。

楼，进了闺房，送"我"一架淡青纱灯。"我看那架灯果然比'玉楼春'精
致得多。四面都画着工笔的孩童迎灯戏，十分的古雅。"言谈间"我"知道，
尽管她母亲很想撮合她和表兄，但她还是拒绝了。"我"试探性地问，"我"
如果也像表兄那样说求婚的话，"你可要拒绝也不？"她没有明确表示拒绝，
只是有些害羞。

　　吃过元宵，"我"提了灯儿与她道别。

　　　我走热闹的大街回家，提着青纱彩画的灯儿，很光荣地回家。

　　　在路上，我以为我已是一个受人欢颂的胜利者了。

　　　但是，低下头，一眼看见了我这件旧衣服，又不觉地轻轻
太息。[①]

　　寒士与佳人的故事有些老套，但施蛰存却巧用上元灯意象来表达少男
少女朦胧的爱意，写得含而不露，颇可玩赏。

　　江南小城镇上迎元宵，热心人还会组织灯展。丰子恺在《视觉的粮食》
一文中写道："更规模地诱导我美术制作的兴味的，是迎花灯。"[②]石门镇上
元宵节迎花灯大约隔数年或十数年举行一次。全镇上的人一致兴奋，努力
制造各式的花灯争奇斗艳。四周农村里的人也天天夜里跑到镇上来看灯。
丰子恺儿童时代有幸遇上一回迎花灯的盛事。丰家平时保藏在箱笼里的一
把彩伞，也拿出来参加。丰子恺在灯烛辉煌中第一次看见它，感到异常快
适。彩伞是丰子恺的父亲少年时代和姑母两人合作的，形式大体像古代的
阳伞，六面形，每面由三张扁方形的黑纸用绿色绫条粘接而成，即全体由
十八张黑纸围成。伞的里面点着灯，但黑纸很厚，不透光，只有刺出针孔
的地方映出灯光来。故制作的主要工夫就是刺孔。十八张黑纸就如十八幅
书画，每张的四周刺着装饰图案的带模样。带模样的中央，便是书画的地
方。若是书，则笔笔剪空，空处粘着白色的熟矾纸，映着明亮的灯光；此
外的空地上又刺着种种图案花纹作装饰。若是画，则画中的主体剪空，空
处黏白色的熟矾纸，纸上绘着这主体的彩色图，使在灯光中灿烂地映出，
其余的背景用针刺出。纸材与灯光的配合，单纯明快，富于视觉冲击力。
当年这把彩伞被石门镇上公推为最为精致而高尚的工艺品。正是惊叹彩伞

---

　　① 施蛰存：《上元灯》，《璎珞》杂志 1926 年 3 月第 2 期，初刊题名《春灯》。
　　② 丰子恺：《视觉的粮食》，《中学生》增刊特辑 1936 年 1 月。

的精美，丰子恺小小年纪也学着制作，进而提高了对于书画的兴趣。彩伞只是造型，其实仍是构思精巧的花灯。对于石门镇上迎花灯的习俗，丰子恺聚焦了工艺品彩伞意象。

叶圣陶长篇小说《倪焕之》叙述主人公倪焕之应邀到市镇上教书。元宵节前后，市镇上自发举行元宵灯会，掉龙灯、扮戏文、扎彩灯，一夜比一夜热闹。尤其是东栅头组织的采莲船灯，很有江南水乡风韵，深受市民们喜爱。倪焕之随同事一起去看花灯，从市民的狂欢中体会到了"民众娱乐的重要"："一般人为了生活，皱着眉头，耐着性儿，使着力气，流着血汗，偶尔能得笑一笑，乐一乐，正是精神上的一服补剂。"①市镇上的市民以及从四乡赶来的农民，平时度日维艰，看花灯给他们的灰色生活增添了亮色。

陆蠡散文集《海星》中的《元宵》，写自己回到阔别多年的老家，遵循元宵夜"出门走百步，得大吉祥"的古训，一家三口提着灯笼上街去赏灯，尽兴而归后，更好的戏上演了：妻子专门请来舞狮祈福。"处于深山中的雄狮，漫游，觅食，遇饵，辨疑，吞食，被絷，于是奔腾，咆哮，愤怒，挣扎，终于被人屈伏，驾驭，牵去。这是我们的祖先来这山间筚路蓝缕、创设基业、征服自然的象征，在每一个新年来示给我们终年辛苦的农民，叫我们记起人类的伟大，叫我们奋发自强。这也更成了孩子们最得意的喜剧。"作者为妻子的祈福所感动，高兴地翻阅华兹华斯的英文诗。"懊悔的眼泪涌自我的心底。我深怨自己的菲薄而怀诗人的忠厚。"②舞狮的内容是宗族的记忆，舞狮的形式逗乐了孩子，而妻子祈福的目的又感动了回家过年的游子。由此可见，舞狮祈福意象，寓意丰富。

旧时江南有"清明大如年"之说。除了春节，江南人比较隆重的节日便是清明。在别处，端午节往往是仅次于春节的节日。江南人端午时忙于插种单季水稻、缫丝和榨菜籽油，端午节匆匆一天就过完了。清明时节比较空闲，可以从从容容地过。包粽子、赛龙舟等习俗也提前到清明时进行。

对于江南的清明习俗，丰子恺在晚年写的《清明》一文中作了较为详细的回忆。

江南有"五日寒食共清明"之说，即清明上坟要上好几天。丰家也不

---

① 叶圣陶：《倪焕之》，上海：开明书店，1931 年，第 129 页。

② 陆蠡：《海星》，上海：文化生活出版社，1937 年，第 23-29 页。

例外。"清明三天，我们每天都去上坟。"童年丰子恺随大人去上的坟，可分两类，即宗族坟和私家坟。宗族坟，即缘缘堂相关随笔中说的"大家坟"："这就是去上同族公共的祖坟。坟共有五六处，须用两只船，整整上一天。同族共有五家，轮流做主。白天上坟，晚上吃上坟酒。"

丰家祖上比较富裕，给子孙留了"祭田"。"祭田"由族中每家每户轮流管，谁家收了上一年"祭田"的租谷，便主持第二年清明的上坟。"雇船办酒之外，费用总有余裕。"丰家没有祠堂，故只有墓祭没有祠祭。墓祭比较简单："每到一个坟上，除对祖宗的一桌祭品以外，必须还有一只小匾，内设小鱼、小肉、鸡蛋、酒和香烛，是请地主吃的，叫做拜坟墓土地。"[1]

主持上坟的，除了张罗雇船上坟，还得置办晚上的"上坟酒"。吃上坟酒是宗族内一年中难得的一次聚会。族长或其他长辈自然要训斥不孝的小辈。特别不孝的，还可按照族规将其开除，将来死后不能归宗。这也是宗法制社会维持社会稳定的一种方式。

"杨庄坟"和"旗杆坟"都是丰子恺家的"私房坟"。后者是丰子恺的父亲考取举人后，光宗耀祖，在祖坟上竖起了举人家才有的"旗杆"。丰子恺的祖父、祖母就葬在"旗杆坟"。

清明上坟，并不完全悲悲切切，尤其是上宗族坟。对于久居家里的城镇上人来说，坐船或步行到乡下去上坟，也可算是清明时节的踏青，欣赏田野春景，可谓赏心乐事。

清朝浙西诗人钱载的《清明》就是描述江南人的清明习俗的：

> 早起篱门卵色天，犬声落落鹊声传。
>
> 踏青人出村无雨，上冢船回树有烟。
>
> 海上远山看此屋，城南新火伴今年。
>
> 蚕花祭后忙催青，豆英桑枝遍野田。[2]

"蚕花"是蚕神的俗称，杭嘉湖蚕乡有清明夜祭蚕神（花）的习俗。

周作人的《儿童杂事诗》写了清明时节的多种童年记忆：扫墓时"烧鹅吃罢闲无事，绕遍坟头数百狮"。扫墓其实又是一次嬉春踏青活动。儿童们在山上田间采摘许多野花，"最是儿童知采择，船头满载映山红"。原

---

① 丰陈宝、丰一吟编：《丰子恺文集》第 6 卷，杭州：浙江文艺出版社、浙江教育出版社，1992 年，第 705-708 页。

② 赵杏银选编：《历代风俗诗选》，长沙：岳麓书社，1990 年，第 225 页。

先由仆人背到山中上坟，"岁岁乘肩不自由"，今年长大了，可以"独自坐山兜"①。

徐志摩的小说《船上》中的女主人公腴玉，是一位二十来岁的少女，一直居住在小城里，整天读书准备出国留学。她清明时随母亲坐船来乡下扫墓，看到一切都很新鲜，像叭儿狗一样在草地里打滚，"双手纠着一把青草，尖着她的小鼻子尽磨尽闻尽亲"②。她还闹了不少笑话：把麦苗误认为稻苗，把珍珠米梗子叫芋头。

晚上睡在航船上，腴玉满脑子都是大半天来的新鲜事："一纪一贾的橹声，轧轧的水车，那水面露着的水牛鼻子，那一田的芋头叶，那小孩儿的赤腿，吃晚饭时乡下人拿进来那碗螺丝肉，桃花李花的山歌，那座小木桥，那家带卖茶的财神庙，那河边青草的味儿……"在她看来，乡下人做工都是顶乐的，"赶明儿我外国去了回来一定到乡下来做乡下人，踏水车儿唱山歌"③。

当她从新鲜中回过神来，"她还是她，她的忧愁，她的烦恼，压根儿就没有离着她"④。

徐志摩 1927 年 3 月 17 日的日记中记载："清明日早车回硖石……（次日）十时与曼坐小船下乡去沈家浜扫墓，采桃枝，摘薰花菜，乡下姑子拉杂谈话。阳光满地，和风满居，至足乐也。"⑤清明时节，春光明媚，去乡下扫墓踏青，在徐志摩看来，是富于诗情画意的。

与小说《船上》遥相呼应的是诗作《乡村里的音籁》：

> 小舟在垂柳荫间缓泛——
> 一阵阵初秋的凉风，
> 吹生了水面的漪绒，
> 吹来两岸乡村里的音籁。
>
> 我独自凭着船窗闲憩，
> 静看着一河的波幻，

① 钟叔河编：《周作人丰子恺儿童杂事诗图笺释》，北京：中华书局，1999 年，第 32-40 页。
② 徐志摩：《船上》，《现代评论》1925 年 4 月第 1 卷第 18 期。
③ 同②。
④ 同②。
⑤ 蒋复璁、梁实秋编：《徐志摩全集》第 4 卷，北京：中央编译出版社，2013 年，第 267 页。

静听着远近的音籁，——
又一度与童年的情景默契！

这是清脆的稚儿的呼唤，
田场上工作纷纭，
竹篱边犬吠鸡鸣：
但这无端的悲感与凄惋！

白云在蓝天里飞行：
我欲把恼人的年岁，
我欲把恼人的情爱，
托付与无涯的空灵——消泯；

回复我纯朴的，美丽的童心：
像山谷里的冷泉一勺，
像晓风里的白头乳鹊，
像池畔的草花，自然的鲜明。[①]

　　徐志摩富于浪漫情怀，而浪漫主义作家大都有一颗"回归自然"的心。清明下乡扫墓，田野春景自然都富于诗情画意。

　　同样从江南市镇上走出来的作家，对于清明上坟，茅盾却是另一种感觉。他在《我怎样写〈春蚕〉》中回忆道："童年时代，一年有一度，我可以到乡下去一趟：这就是清明上坟。老实说，我那时并不喜欢乡下：我觉得乡下所有的，镇上都有，——镇上市街之外就有稻田和桑地，有河有塘……"[②]

　　的确，江南市镇，被乡村所包围。市镇上的孩子，尤其是男孩子，经常可以到乡村玩耍，对乡村缺乏新鲜感。小城市中的孩子，尤其是女孩子，平时很少去乡村玩耍，难得去乡下扫墓，就有一种新鲜感。儿时居住在绍兴府城的周作人，一次又一次津津乐道清明扫墓的种种乐趣，估计在茅盾

---

① 徐志摩：《志摩的诗》，上海：新月书店，1931 年，第 64-66 页。
② 茅盾：《我怎样写〈春蚕〉》，《青年知识》1945 年 10 月第 1 卷第 3 期。

看来是少见多怪的表现。徐志摩小说《船上》中的腴玉，就是来自小城市里的少女，对乡村的新鲜感尤为强烈。市镇上的人家，清明乘船去乡下扫墓，是可以当天来回的。小说《船上》的母女，去乡下扫墓，还要在船上过夜，可见是住在路途遥远的小城里。

王鲁彦童年记忆中的清明是一个"最欢乐的季节"。父亲常年在外地的城市里做伙计，王鲁彦小小年纪就要代表父亲参加宗族的上坟仪式。其回忆性散文《清明》就回忆了儿时的清明节，天还没亮，"我"就催母亲起床烧早饭，匆匆吃了半碗早饭就急切地跑去坐上坟船。

王家祖先的坟墓是在山麓的上部，那里生满了松树和柏树。同船去的几个孩子先在树林中跑了几个圈子，听见爆竹和锣声，才到坟前拜了一拜，拿了一只竹签，好带回家里去换点心。随后就在松树林中疯玩，听见爆竹和锣声又一直奔下山坡，到坟亲那里去吃午饭。上坟的饭虽然粗硬，菜虽然冷，却觉得特别有味，小鲁彦能一连吃三大粗碗饭。饭后孩子们继续疯玩。"隆重的热闹的扫墓典礼，我只到坟边学样地拜了一拜，我的目的却在游玩。但也并不知道游玩，只觉得自由快乐，到处乱跑着。"[①]

叶圣陶短篇小说《秋》中的主人公本是大户人家小姐，二十一岁时父母双亡。阴差阳错，耽误了婚姻大事。二十七八岁时，她决定当老处女。哥嫂当着家，日子日渐艰难。她设法去上海学产科，三年毕业，成了产科医生，开业一年多，生意清淡，是个勉强可以敷衍的局面。

上一年清明回家扫过墓，一年多后的秋天才回家扫墓。记忆中清明时节欢快的上坟情景是在十多年前："那时候全家各房同住在宅内，上坟那天的早晨大家在大厅上齐集，就是个十分欢快的场面。各房的奶奶小姐走出来，全都穿起自出心裁的新装，这一件绣着蝴蝶，那一件绣着牡丹，各样的花边，各样的款式。脂粉气从每个腮帮上每条手臂上发散开来，熏得人人都好像喝了点儿酒，有说不出来的高兴。小孩子跳出跳进地催着上船，这个拉着伯伯，那个牵着爸爸。所有的人齐集了，才出门上船。船共有三条，摇到河道宽阔处便并排着行。水果和茶食摆得满桌，箫笛声应和着，笑声在这条船和那条船之间投来投去。简直是全家的快乐的郊游会。"[②]清明上坟，成了大户人家"快乐的郊游会"。

---

① 王鲁彦：《清明》，《文学》1935 年 6 月第 4 卷第 6 期。

② 叶圣陶：《秋》，《现代》1932 年 11 月第 2 卷第 1 期。

反观眼下，各房风流云散，已在别的城镇上谋生安家。男人们上坟时聚在一起，商量着要卖掉老宅，自然也包括那间属于她的闺房。她听了天旋地转。"从十六岁那年占有的一间房间，是她仅有的世界，现在也将被夺去了！"尽管她也在上海闯世界，但老宅中的闺房才是属于她的精神家园。小说通过上坟的热闹与冷漠的对照，写出了宗族凝聚力的消散对一个老处女的沉重打击。

张天翼的小说《清明时节》围绕清明上坟来展开小说的情节结构。谢家卖了棋盘角那块地给镇上的罗二爷，但没卖中间的祖坟圈。罗二爷听风水先生说这是块风水宝地，就要求谢家迁走祖坟。谢老师打算在这上面发一笔财，死熬着要五百花边！双方谈不拢，罗二爷就打个篱笆圈住了这块地。清明时节，谢家堂兄弟去给罗二爷送礼被拒，硬去上坟又被罗家的下人打了。谢氏堂兄弟专门宴请了借住在谢老师家的三个大兵，鼓动他们打伤了罗二爷。小说最后，罗二爷与谢老师和解了。地头蛇罗二爷不再追究幕后指使的真凶，谢老师供出了三个行凶的大兵。罗二爷仍然只出二十花边，让谢家迁走祖坟。①小说的悲喜剧围绕着清明时节的上坟、迁坟和祖坟风水来展开。

清明时节，江南人还有"借佛嬉春"的习俗，一般是到杭州灵隐寺烧香，顺便游玩西湖。更远的则会去普陀山烧香。丰子恺随笔《给我的孩子们》提到了儿子瞻瞻的外婆去普陀山烧香，给孩子买回来泥人大阿福。

清代范祖述的《杭俗遗风》就记载了"借佛嬉春"的习俗：

> 乡下者，下至苏州一省，以及杭嘉湖三府属各乡村民男女，坐航船而来杭州进香……准于看蚕返棹，延有月余之久……其进香，城内则城隍山各庙；城外则天竺及四大丛林。②

抗日战争胜利后，丰子恺居杭州里西湖，春天常有到杭州烧香的亲友前来食宿。

据茅盾散文《香市》记载，清明过后，乌镇照例有所谓"香市"，首尾大约半个月。讲究的人家，先摇船去杭州烧香，回来再到乌镇逛逛"香市"。茅盾在散文中介绍道：

---

① 张天翼：《清明时节》，《文学》月刊 1935 年 7 月第 5 卷第 1 期。
② （清）范祖述：《杭俗遗风》，台北：成文出版社，1983 年，第 24 页。

赶"香市"的群众，主要是农民。"香市"的地点，在社庙。从前农村还是"桃源"的时候，这"香市"就是农村的"狂欢节"。因为从"清明"到"谷雨"这二十天内，风暖日丽，正是"行乐"的时令，并且又是"蚕忙"的前夜，所以到"香市"来的农民一半是祈神赐福（蚕花二十四分），一半也是预酬蚕节的辛苦劳作。所谓"借佛游春"是也。[①]

茅盾所述的社庙，即土地庙，就是乌镇的普静寺。香市兴旺时，可谓乌镇的"狂欢节"，镇上的市民和四乡的农民都来普静寺"借佛游春"，祈福娱乐。茅盾笔下的香市意象，成了蚕乡的"狂欢节"。

周作人的《立夏》写了称人与吃健脚笋两种活动。吃整株"健脚笋"是一种防"疰夏"的模仿性巫术，期望孩子"更加蹦跳有精神"，且能像笋一样快快长高。"疰夏"的孩子夏天会因病体重减轻，称过的孩子夏天就会健康成长，至少会保持原有体重。浙西习俗，立夏"尝新"，即品尝时新的樱桃、豌豆等。

樱桃豌豆分儿女，草草春风又一年

丰子恺的"立夏尝新"漫画

① 茅盾：《香市》，《申报月刊》1933 年 7 月第 2 卷第 7 期。

　　端午节由于没有了赛龙舟等带有狂欢色彩的娱乐项目，自然没有别处来得隆重，然而，相对而言，它在江南的岁时习俗中还是一个比较隆重的节日。

　　丰子恺随笔《端阳忆旧》就回忆了作者幼时在石门镇上过端午的情景。那时乡镇卫生条件差，夏天蚊虫多，容易传染疾病，而得了病后就医条件很差。端午正是春夏交替的换季时节，容易得病。端午的有些习俗，如喷洒雄黄酒，就有消毒功效。"打蚊烟"主要不是眼前驱蚊，据说可以使家里夏天少生蚊子。老虎头是给儿童戴的"老虎头帽子"。将破布用糨糊糊起来，晒干后就比较硬，剪成圈，外用黄布包裹，缝成很浅的桶状，正面绣上简单的虎头形状，再缝上两只耳朵，就成了虎头帽。给孩子戴虎头帽，吃蜘蛛煨蛋，主要是为了驱邪祛病，保祐其夏天不生病，即不疰夏。桃树性硬，连鬼见了都怕，蒲剑代表张天师的剑，故桃叶、蒲剑可以驱邪。"至于门上的王字呢，据说是消毒的储蓄；日后如有人被蜈蚣毒蛇等咬了，可向门上去捞取一点端午日午时所制的良药来，敷上患处，即可消毒止痛云。"[①]丰子恺的漫画上，往往在住家的门上写个"王"字，其出典就在这里。

　　江南民间端午节有吃"五黄"的食俗。"五黄"指黄鳝、黄鱼、黄瓜、咸鸭蛋蛋黄及雄黄酒。周作人也说"端午须当吃五黄"，但只提到黄瓜、黄鱼和雄黄酒。绍兴人称黄鱼为"石首"，至于枇杷和黄梅子尽管都是黄色的时鲜水果，但并不在"五黄"之列。中国人尚红，红色代表吉祥。黄色代表至尊。江南人过端午节，将至尊的黄色"进行到底"，主要为了用山中大王老虎的黄色来驱邪，保佑大家平平安安过夏天。端午节的"虎头帽"意象，是从模仿性巫术演化而来的。

　　端午还是民间祛病防疫的节日，周作人的《蒲剑艾旗》就记载了这些活动：

> 蒲剑艾旗忙半日，分来香袋与香球。
>
> 雄黄额上书王字，喜听人称老虎头。[②]

　　在儿童头上用雄黄酒写一"王"字，跟戴"虎头帽"的功效是一样的。

　　进入七月，首先就是"七夕"的"乞巧"。丰子恺在"文革"时"地下"写作的《缘缘堂续笔》中收有《牛女》一篇，是专门介绍"乞巧"的：

①　丰子恺：《端阳忆旧》，《申报·自由谈》1947 年 6 月 23 日。

②　钟叔河编：《周作人丰子恺儿童杂事诗图笺释》，北京：中华书局，1999 年，第 60 页。

《荆楚岁时记》中说："是夕人家妇女结彩缕穿针，陈设几筵
酒脯瓜果于庭中以乞巧。"我小时候，吾乡还盛行此风俗。我家姊
妹多，祭双星时，大家在眉月光中穿针，穿进者为乞得巧。我这
男孩子也来效颦，天孙总是不肯给巧。这些虽是迷信的玩意，回
想起来甚有趣味。①

"乞巧"是女孩子的事，故丰家众姐妹颇为热心。幼时的丰子恺，作为
家中唯一的男孩子，也来穿针乞巧，只是好玩而凑凑热闹而已。

农历七月的重大节日是七月十五日的中元节。丰子恺晚年专门写了随
笔《放焰口》来回忆幼时中元节的盛况。中元节，俗称"鬼节"，主要是
超度孤魂野鬼的。一般百姓家香火不断，子孙后代尽孝，逢年过节会供
奉血食。有些人家断了香火，那些死去的人就成了孤魂野鬼。太平军攻
打石门时，石门被烧成一片火海，有些人家可能就成了绝户；太平军和
清军各有死亡，都沦落为异乡的孤魂野鬼。中元节超度孤魂野鬼，一方
面是广结善缘，另一方面也是让那些孤魂野鬼早日度生极乐世界，不要
危害当地百姓。

举办佛事的资金是主办人一家一户募集来的，俗称"写疏"。具体做佛
事的主要是和尚，不过也有些信佛的老太太跟了一同念佛的。

"放焰口"的重头戏是在晚上：

黄昏时分，法事开始了。老和尚戴着地藏王帽子，披着袈裟，
坐在正中；两旁六个和尚各持法器。起初是鸣钟击鼓，念佛唪经。
到了深夜，流星隐现，有如鬼火明灭；阴风飘忽，仿佛魂兮归来，
就开始召请孤魂了。老和尚以悲紧之音，高声诵念，众僧属而和
之。每念完一段，撒一把米，向孤魂施食。那些米落入暗处，仿
佛有无数鬼魂争先抢夺，教人毛发竦（悚）然。所召请的孤魂，
非常全面，自帝王将相以至囚徒乞丐，都得"来受甘露味"。②

这是一位七十多岁的老人在回忆自己的童年往事，让人读来身临其境，

---

① 丰陈宝、丰一吟编：《丰子恺文集》第 6 卷，杭州：浙江文艺出版社、浙江教育出版社，1992 年，
第 660 页。
② 丰陈宝、丰一吟编：《丰子恺文集》第 6 卷，杭州：浙江文艺出版社、浙江教育出版社，1992 年，
第 729-730 页。

可见当年的印象之深。做法事，放焰口，是集体活动。一家一户也有在中元节祭祖的，同时在廊檐下为孤魂野鬼摆设供品。想来如此厚待野鬼，也不能委屈家鬼。

周作人《儿童杂事诗·中元》写道：

> 中元鬼节款精灵，莲叶莲花幻作灯。
>
> 明日虽扔今日点，满街望去碧澄澄。[①]

周作人《丁亥暑中杂诗·中元》中写道："中元为鬼节，人家竞祭祖。照例十碗头，荤素约半数。"[②]

施济美的短篇小说《鬼月》也以"鬼月"意象来叙述人间悲剧。小说写七夕将近，晚饭后大人孩子坐在尤家茶楼东边的空地上纳晚凉闲聊，闲话尤家的"山海经"。长林是尤老大收养的流浪儿，跟尤家的海棠日久生情。宋公馆的宋老头儿看上了海棠，想纳为小妾。尤大娘是海棠的后娘，竭力促成这门亲事。尤老大见钱眼开，也同意嫁女儿。

七月十五夜，尤老大夫妻吃过晚饭留宿在宋老爷的公馆里，海棠和长林却投河殉情了。第二天，两具死尸被人打捞上来。张老爹是小镇上数一数二通晓文墨的人，对此评价道："我说的吧，七月是鬼月，河里的落水鬼要讨替生，七月半，鬼都放出来了，不听老人言，吃苦在眼前。"[③]明明是人祸，却被中元鬼节消解了。细读文本，才能体会中元习俗背后的悲剧意味。

农历七月，是我国民俗传说中的"鬼月"。据说每年农历六月三十日，便会打开鬼门，放出饿鬼，一直到七月三十日才关上鬼门。这篇小说取名"鬼月"，其实叙写的却是人间悲剧。

丰子恺在随笔《忆儿时》中回忆了三件童年的乐事。其中第二件便是"父亲的中秋赏月，而赏月之乐的中心，在于吃蟹"[④]。丰子恺的父亲中了举人后科举便废，一直赋闲在家。他最喜欢喝酒吃蟹，自七八月起直到冬天，要吃上近半年蟹。这喝酒吃蟹的高潮便是中秋夜。当年的石门镇上，只有丰子恺的父亲丰鐄考取了举人，中秋夜喝酒赏月的风雅人家也只有丰

---

① 钟叔河编：《周作人丰子恺儿童杂事诗图笺释》，北京：中华书局，1999 年，第 96 页。
② 钟叔河编：《周作人丰子恺儿童杂事诗图笺释》，北京：中华书局，1999 年，第 98 页。
③ 施济美：《鬼月》，《巨型》1947 年 8 月第 2 期。
④ 丰子恺：《忆儿时》，《小说月报》1927 年 6 月第 18 卷第 6 号。

家。一般人家中秋节也应有好菜，也喝酒，还得吃时鲜蔬菜芋艿，月饼自然是少不了的，只是吃得没有丰家风雅罢了。大概丰子恺的兴趣全在喝酒吃蟹赏月上了，故不再叙写吃月饼、芋艿等中秋习俗。

周作人的《儿童杂事诗·中秋》仍以儿童为视角回忆中秋：

> 红烛高香供月华，如盘月饼配南瓜。
> 虽然惯吃红绫饼，却爱神前素夹沙。[1]

据周作人在《药堂语录·中秋的月亮》中介绍，中秋供素月饼、水果和老南瓜，由妇孺拜"月亮婆婆"。红绫饼是用猪油的，祭月的"如盘月饼"是用素油炒豆沙的。切开来全家分吃，别有风味。中秋月饼，配江南新摘的老南瓜，这一意象颇具画面感。

1.4.4　江南人的其他习俗

首先来看江南人的信仰习俗。

当年绝大多数江南人既信佛教又信道教，且信得不是十分虔诚。就拿办丧事来说，往往请了一班和尚又请一班道士，各做各的法事，大家互不干涉。当年住在道观里的道士和寺庙里的和尚，也不一定是道教和佛教忠实的信徒。他们做道士或做和尚，也可能是一种谋生方式。丰子恺在《劳者自歌》里就介绍了浙西道士的三种谋生手段：

> 吾乡道士的营业有三项：一是为病人谢菩萨；一是为死人诵经忏；一是为地方上打平安大醮。但近来这三项营业都衰落，道士生计困难。一则为了人都穷，对鬼神也怠慢起来；二则为了迷信渐被打破，有些人不相信鬼神了。有一个做道士的朋友告诉我，今年夏天，地方上例行的平安大醮恐怕也打不成。因为这平安忏是禳火灾的，今年向市上去收忏捐，有许多商店不肯出，说道"我们已经保火险，平安忏不要拜了"。[2]

购买了从国外传来的保火险，一旦遭受火灾能获得实实在在的赔偿。商家捐钱请道士拜平安忏禳火灾只能求得心理安慰。保险公司抢先向商家

---

① 钟叔河编：《周作人丰子恺儿童杂事诗图笺释》，北京：中华书局，1999年，第100页。
② 丰子恺：《劳者自歌》，《人间世》1934年10月第14期。

推销了保火险，道士的平安忏就没了市场。

谢菩萨，是当年浙西的一种迷信活动。传说道教的纯阳祖师医术高明，能妙手回春。但当年的这些道士不谙老黄之术，只会给人谢菩萨。丰子恺随笔《四轩柱》就写了当年谢菩萨的情景。何三娘娘生病，其实就是肚子痛，过几天自会好的。她的丈夫何老三却热衷于谢菩萨，主要是为了让大家送份子，他好从中获利。

乡镇上的有些小寺庙里，和尚持戒并不严。丰子恺随笔《菊林》就写了西竺庵里的和尚吃荤的事：

> 僧房的楼窗外挂着许多风肉。这些和尚都爱吃肉，而且堂堂皇皇地挂在窗口。他们除了做生意（即拜忏）时吃素之外，平日都吃荤。而且拜忏结束之时，最后一餐也吃荤。有一次我看见老和尚打菊林的屁股，为的是菊林偷肉吃。[①]

像西竺庵里的和尚，他们的生意就是拜忏。一是接受邀请，上门为人拜忏；二是想个名目，如大佛菩萨生日、观音菩萨生日、某祖师生日等，邀请信佛的太太们来参加。太太们前来拜忏，既做了善事，又是一种借佛社交，故乐意来，且每人都送香金。

鲁迅的回忆性散文《我的第一个师父》中，写"我"小时候寄拜的那位和尚"龙师父"是有老婆的。"论理，和尚是不应该有老婆的，然而他有。"[②]据说龙师父年轻时是个很漂亮而能干的和尚，交际很广，认识各种人。有一天，乡下做社戏，他上台客串，与台下观众起了冲突。他逃跑时躲进了一位寡妇家。后日这位年轻的寡妇"就是我的师母"。

江南有不少名刹，但不少地方把佛教本地化了，香火很盛的反而是那些本地菩萨，如石门镇香火最盛的是元帅庙。丰子恺晚年写的随笔《元帅菩萨》对此描述道：

> 石门湾南市梢有一座庙，叫做元帅庙。香火很盛。正月初一日烧头香的人，半夜里拿了香烛，站在庙门口等开门。据说烧得到头香，菩萨会保佑的。每年五月十四日，元帅菩萨迎会。排场

---

① 丰陈宝、丰一吟编：《丰子恺文集》第 6 卷，杭州：浙江文艺出版社、浙江教育出版社，1992 年，第 684 页。

② 鲁迅：《我的第一个师父》，《作家》1936 年 4 月第 1 卷第 1 期。

非常盛大！长长的行列，开头是夜叉队，七八个人脸上涂青色，身穿青衣，手持钢叉，锵锵振响。随后是一盆炭火，由两人扛着，不时地浇上烧酒，发出青色的光，好似鬼火。随后是臂香队和肉身灯队……①

迎神赛会，其实各地也是大同小异。平时家里谁生了病，到菩萨面前许个愿，病居然好了，或家里有人病得很重，祈求菩萨保佑，就由家里的孝子在迎会中扮犯人什么的。丰子恺的《元帅菩萨》写两个庙祝贪得无厌，庙里已经香火很旺了，还要再旺些。他们买通一流氓，教他在祭时大骂菩萨，还取食神前的酒肉，然后假装肚痛，伏地求饶。流氓照办，酒食下肚，立刻七窍流血而死。原来庙祝已在酒中放入砒霜，有意毒死流氓来大做广告。百姓看到菩萨如此灵验，更加愿意前来求神拜佛。后因两个庙祝分赃不均，泄露阴谋，被官府就地法办。

当年吴兴、桐乡、崇德、德清等县，有一"太君娘娘"的地方菩萨，取代了送子观音的功能。"太君娘娘"的总庙在吴兴的石淙，含山等地还有分庙。丰子恺随笔《四轩柱》就写到了"太君娘娘"：

事情是这样：她有一个孙子，年纪二十多岁，做医生的，名叫陆李王。因为他幼时为了要保证健康长寿，过继给含山寺里的菩萨太君娘娘，太君娘娘姓陆。他又过继给另外一个人，姓李。他自己姓王。把三个姓连起来，就叫他"陆李王"。②

民间传说中的太君娘娘是陆姓人家的女儿，连个法号都没有，但在浙西杭嘉湖一带影响很大，俨然妇幼的保护神。王家把孩子先后过继给陆姓的太君娘娘和一位王姓的"花亲"，希望通过神和人的合力保佑，让孩子茁壮成长。在当地，"太君娘娘"意象，相当于外地的送子观音。

茅盾的长篇小说《霜叶红似二月花》写婉小姐嫁入黄府整五年，还没生孩子。瑞姑太太提起此事，就说："离我们那里不远，在座太仙庙，求个

① 丰陈宝、丰一吟编：《丰子恺文集》第6卷，杭州：浙江文艺出版社、浙江教育出版社，1992年，第758页。
② 丰陈宝、丰一吟编：《丰子恺文集》第6卷，杭州：浙江文艺出版社、浙江教育出版社，1992年，第738-739页。

娃娃的，顶灵验。你几时也去许个愿。"①别处的人向送子观音求子，而太湖流域的人却信奉"太君娘娘"，向其求子。小说中的"太仙庙"，也应是指太君庙。

施蛰存的短篇小说《嫡裔》也写到了送子观音，却用反讽的笔法解构观音送子的法力。

小城里的周希龄先生，人称周大相公，已有四十五岁，太太也已三十八岁，尚未生育孩子。他们家富有的家产还没有人继承，这让二相公夫妇有了想法。太太也曾在新法女学堂读过书，女同学中唯独她还是膝下空虚。周大相公爱喝酒，几乎天天要到福缘桥下那家元丰酒店去灌两斤花雕。他在酒店里听人说北门外林塘桥有一座送子观音娘娘庙，菩萨很灵，香火很盛，夫妻俩也去观音庵进香求子，太太不久有了喜。周大相公在酒店等场所总要说观音菩萨灵验。其实，周太太是与裁缝铺里的伙计贵宝私通后怀的孩子，而周大相公又让丫头春梅怀了孕。②

经过一番筹划和说服，在八月间的一日，春梅嫁给了成衣匠贵宝，周大相公赔了一份好好的妆奁，总算瞒住了家丑。小说题名《嫡裔》，但作品中的周大相公与成衣匠贵宝的老婆却阴差阳错怀上了对方的孩子。在小说中，送子观音和"嫡裔"都成了反讽的意象。

旧时江南人既信佛教又信道教，自然是有神论者，是信鬼神的。吴方言一般称鬼为"鬼伯伯"。丰子恺随笔《阿咪》写道："在我们故乡，伯伯不一定是尊称。我们称鬼为'鬼伯伯'，称贼为'贼伯伯'。"③在吴方言里，骂对方为"鬼伯伯"，是诅咒对方成鬼的意思。

其次还要介绍的是文教习俗。

丰子恺的父亲丰鐄是清朝的末科举人。丰子恺晚年专门写了《中举人》一文，回忆父亲中举的"盛况"。旧时乡试之年，常常是农历九月初九发榜，取重阳登高之意。当年重阳节那天，堂伯丰亚卿带了儿子丰乐生专门到石门南皋桥上去候"报事船"，果然等到了。于是，家里张香点烛，新举人穿戴整齐，拜北阙，然后开诰封。祖母从头上拔下金挖耳来，将诰封挑开。这金挖耳就赏给了报事人。报事人取出"金花"来，插在新科举人及其太夫人、夫人头上。报事人在红纸上书写"报单"："喜报贵府老爷丰鐄高中

---

① 茅盾：《霜叶红似二月花》，上海：华华书店，1946 年，第 26 页。
② 施蛰存：《嫡裔》，《开明书店创业十周年纪念——十年》1936 年 7 月。
③ 丰子恺：《阿咪》，《上海文学》1962 年 8 月第 35 期。

庚子辛丑恩政并科第八十七名举人。"①自己家里挂四张，亲戚每家送两张。随后，丰家"开贺"三天，前来祝贺的亲朋好友、富豪权贵都送来很重的贺礼。

考取举人，自然是光宗耀祖的喜事。于是，祖坟上立旗杆，祖宗也跟着荣耀起来。祖母不久过世，安眠旗杆坟。祖坟上立旗杆的礼制，把考取举人从而光宗耀祖具象化了。旗杆坟也成为丰家荣耀乡里的一个意象。

旧时，只要考取秀才，就算跻身士大夫阶层，因而，谁取中秀才，就会有人来报喜。鲁迅在《阿Q正传·序》中考证阿Q姓什么时，就讲到了阿Q也宣称过自己姓赵。"那是赵太爷的儿子进了秀才的时候，锣声镗镗的报到村里来，阿Q正喝了两碗黄酒，便手舞足蹈的（地）说，这于他也很光采（彩），因为他和赵太爷原来是本家，细细的排起来他还比秀才长三辈呢。"②儿子高中秀才，赵太爷自然高兴，但阿Q也声称姓赵，让他很不高兴。他不仅打了阿Q嘴巴，还骂他不配姓赵。赵太爷是未庄的土皇帝，蛮横势利。他骂阿Q不"配"姓赵，阿Q也就不敢说自己姓什么了。

江南人崇文重教，据说农历八月二十七日是孔子圣诞日，江南的文人有祭孔仪式。柔石的短篇小说《生日》带有自传色彩。1924年2月，由妻舅吴文钦介绍，柔石赴慈溪县城的普迪小学任教。孔子圣诞日，也是柔石二十二周岁的生日，县城里小学和女学的学生都在老师的带领下去学宫祭孔。小说中主人公萧彬因孔子圣诞日是自己的生日，反而倍感无聊。那天晚饭他不愿在房东家吃，而是到了一家小菜馆借酒消愁。付账时看到小伙计因打碎了盆子正遭掌柜大骂，就帮小伙计赔了盆子钱。萧彬在回去的路上叹息道："唉，我底无聊的生日总算过去了。"③自己的生日恰逢孔子圣诞日，小学教师萧彬理应欢欢喜喜为自己庆贺生日，但小说描述了主人公的无聊，这从侧面反映了当时小学教师的低微生活。孔子圣诞日意象与穷教师的生日叠加在一起，具有了反讽效果。

叶圣陶的短篇小说《丁祭》，也写了祭孔习俗。旧时每年阴历二月和八月的第一个丁日祭祀孔子，称丁祭。小说写的是下雪天丁祭，显然是二月的丁祭。小说叙写小城镇上的一群老乡绅，坐在明伦堂上，等着丁祭。丁

① 丰陈宝、丰一吟编：《丰子恺文集》第6卷，杭州：浙江文艺出版社、浙江教育出版社，1992年，第676-680页。
② 鲁迅：《呐喊》，上海：北新书局，1926年，第115页。
③ 柔石：《希望》，上海：商务印书馆，1930年，第68-85页。

祭应是一个很神圣的仪式，小说中参加丁祭的老乡绅却是一群世俗、可怜的老头。叶圣陶用反讽的笔法，对丁祭意象进行了"祛魅"。

科举废，学堂兴。丰子恺自己是先入私塾，再进学堂的。当年的石门镇只有小学，没有中学，丰家的孩子都在杭州读中学，丰子恺专门先后在杭州皇亲巷、马市街、田家园租了房子，雇人照料孩子。丰子恺自己也是在石门镇小学毕业后，到杭州去报考学校的。父亲每次参加乡试，祖母就要给他吃糕和粽子，取"高中"之意。丰子恺去杭州报考学校时，母亲仍给他准备了糕和粽子，也希望他"高中"。传统科举和新式学堂是两种不同的教育体制，但吃糕和粽子意象的良好寓意还是一脉相承的。

当年石门镇上的小学十分简陋，小学老师的收入也少得可怜。小学老师能改行的都改了行，甚至还改做卖水果的小贩。丰子恺画了漫画《去年的先生》记其事。丰子恺晚年的随笔《五爹爹》，写了小学教师五叔清贫、节俭又达观的一生。随笔《记乡村小学所见》也是以五叔为蓝本的，写了乡村小学的老师和学生的节俭，出乎人们的想象。作者称这所学校为"俭德学校"。

最后还要提一下从上海辐射到乡镇来的彩票。丰子恺的随笔《歪鲈婆阿三》写了在王囡囡豆腐店里烧火的光棍汉歪鲈婆阿三花一角洋钱买了一张"白鸽票"，居然中了头彩，私娟俞秀英就导演了"招亲"闹剧。"白鸽票"为旧上海的一种彩票，石门镇也有销售点。中了头彩的光棍汉歪鲈婆阿三仿佛做了一个美好的梦。不出一个月，五百块大洋花光后也就梦醒了，仍然穿上由丰子恺的母亲为其保存好的旧衣服，继续到王囡囡豆腐店里烧火为生。

1.5　"陌生人"意象

现代大都市上海以极强的辐射力，通过"洋蚕种""肥田粉"、抽水机、机器轧米船等"陌生人"，推进了江南小城镇自上而下的现代化进程，也在一定程度上改变了一部分小城镇市民与四乡农民的生活。

1.5.1　新兴交通意象

江南小城镇的现代化，首先是从改善交通条件开始的。江南人自古"以舟为车，以楫为马"，即江南水乡，河湖星罗棋布，交通以舟楫为主。江南小城镇的传统交通工具主要有镇际"快班船"、乡村航船、开往省城的"夜航船"以及农家"赤膊船"等。现代交通工具，最早闯入小城镇的是"小火轮"，随之而来的是汽车和火车。这些现代交通工具，连接起了都市—小城—市镇—乡村，加速了江南现代化的进程。

铁路，是近代交通工具的代表。在江南，沪宁铁路于 1908 年 4 月 1 日全线通车，由上海北站至南京下关站，沿途共设车站三十七个。次年，沪杭铁路建成通车。1913 年，曹甬铁路宁波至上虞百官段铺轨通车。

当年的火车主要从事客运业务，但也有些货运业务。以"五洋"为主的日用品，即洋布、洋油、洋烛、洋火、洋皂，加上洋纸、洋米等，海运到上海中转，再通过火车、轮船等，分销到江南小城镇上去。

有了火车，对于乡镇来说，多了一道具有现代气息的风景。茅盾的散文《乡村杂景》就对照着写了都市里近距离看到的风驰电掣的火车，在广袤的田野里变成了"妩媚"的风景：

> 这里，绿油油的田野中间又有发亮的铁轨，从东方天边来，笔直的向西去，远得很，远得很；就好像是巨灵神在绿野里划的一条墨线。每天早晚两次，机关车拖着一长列的车厢，像爬虫似的在这里走过。说像爬虫，可一点也不过分冤枉了这家伙。你在大都市车站的月台上，听得"嘈"——的一声歇斯底列（里）的口笛，立刻满月台的人像鬼迷了似的乱推乱撞，而于是，在隆隆的震响中，"这家伙"喘着大气冲来了，那时你觉得它快得很，又莽撞得很，可不是？然而在辽阔的田野中，凭着短窗远远地看去，它就像爬虫，怪妩媚的爬着，爬着，直到天边看不见，混失在绿野中。
>
> 晚间，这家伙按着钟点经过时，在夏夜的薄光下，就像是一条身上有磷光的黑虫，爬得更慢了，你会代替它心焦。[1]

同样是火车，在茅盾的笔下有了三种不同的意象：在大都市，火车是莽撞的"家伙"，汽笛声是"歇斯底列（里）"的，放出来的蒸汽有股冲劲。从乡村的田野远眺，火车又是绿野中的"爬虫"，"怪妩媚的爬着"，富于诗

---

[1] 茅盾：《乡村杂景》，《申报月刊》1933 年 8 月第 2 卷第 8 期。

情画意。到了晚上，火车似"黑虫"，但车窗中的灯光仿佛是"磷光"。这条"身上有磷光的黑虫"爬得更慢了，显得有些神秘。

那时，相对于轮船和汽车，火车是最快的一种交通工具。由于通了火车，在上海周边出现了一些具有"同城"概念的"卫星"小城镇。比如昆山，就成了上海的一个典型的卫星市镇。施蛰存短篇小说《春阳》中的女主人公婵阿姨就住在昆山。少女时的婵阿姨与昆山镇上一位拥有一千亩田的大地主的独子定了亲。不幸富家子婚前夭折，婵阿姨毅然与牌位成婚，且日后继承了一大笔家产。婵阿姨的钱并没有存在昆山镇上的传统钱庄里，而是存进了上海银行，每隔一两个月就乘火车来回，到银行领取息金零用。阳春三月，婵阿姨像往常一样，一早从昆山乘火车来，一下火车就跳上黄包车，来到上海银行提取息金。走出银行，发现满街满屋都是暖太阳，婵阿姨就不急于赶回北火车站，等下午三点钟的列车回昆山。于是她走到了春阳和煦的南京路，开始逛商店：

> 这春日的太阳光……不仅改变了她的体质，简直还改变了她的思想。真的，一阵很骚动的对于自己的反抗心骤然在她胸中灼热起来。为什么到上海来不玩一玩呢？做人一世，没钱的人没办法，眼巴巴地要挨着到上海来玩一趟，现在，有的是钱，虽然还要做两个月家用，可是就使花完了，大不了再去提一百块来。况且，算它住一夜的话，也用不了一二十块钱。人有的时候得看破些，天气这样好！[①]

她来到冠生园斟酌着点了两个菜，一共一块钱，饮着茶，一个人占据了四个人的座位。一溜眼，看见邻桌上坐着三口之家，女主人与她年龄相仿。别人的幸福反衬出她的孤独。

婵阿姨回想起上海银行那位年轻的行员，似乎对自己有点意思。她又恍惚觉得忘了锁保管箱了，就立刻付了账，走出冠生园，招呼一辆黄包车回到上海银行。还是那位年轻的行员，遵循行长的告诫耐着性子陪她检查保管箱是否上锁。当听到年轻的行员称自己为"太太"时，"愤怒和被侮辱了的感情奔涌在她眼睛里，她要哭了"。来了一个艳服的年轻女人，年轻的行员便亲切地称她为"密司陈"，这更刺激了婵阿姨。

[①] 施蛰存：《春阳》，《良友》1933 年 5 月第 76 期。

她走出银行大门，发现变天了，好像要下雨。她终于披上了围巾，招呼黄包车去北站，要去赶三点钟的快车。尽管上海离昆山很近，似乎是"同城"，不过可以想象，三十五岁的婵阿姨回到昆山的家，就会回归她那种古堡似的生活。市镇上古板的婵阿姨，不会成为都市里的风流寡妇。正是有了火车，才让婵阿姨的生活有了戏剧性的变化。

茅盾中篇小说《多角关系》所写的小城，乘火车两个多小时就到上海了。对于习惯坐火车去上海的有钱人来说，小城与上海也具有"同城效应"。小说结尾，唐子嘉二老板听闻有群人上门索债，从家里仓皇出逃，却在城外铁路饭店一间最阔气的房间里与几个朋友喝酒打牌，准备过一下牌瘾再坐火车回上海去。

叶圣陶的短篇小说《潘先生在难中》中，小县城让里有通上海的火车。当军阀混战的战火越烧越近时，小城里的有钱人开始乘火车逃难去上海。小学校长潘先生也带着老婆孩子加入了逃难大军。毕竟是县城里的小学校长，火车即将到达上海站，潘先生全家总动员，组织了一个"长蛇阵"："他领头，右手提着个黑漆皮包，左手牵着个七岁的孩子；七岁的孩子牵着他哥哥（今年九岁），哥哥又牵着他母亲。潘先生说人多照顾不齐，这么牵着，首尾一气，犹如一条蛇，什么地方都好钻了。"[1]然而，火车到站时，被逃难的人一挤，这个"长蛇阵"还是被挤散了，好在潘先生一出站就找全了老婆和孩子。

潘先生好容易在上海租界把一家人安顿下来，就从报上看到消息，县里教育局长表示秋季开学要如期进行。由于怕丢饭碗，潘先生第二天又乘火车赶回让里去。尽管兵荒马乱，火车晚点，一路上走走停停，他还是于下午三点多钟就回到了让里。逃难的人都往上海涌，故回程车上人很少，"坐位很宽舒，勉强要躺躺也可以"。如果是平时，这"真是一趟愉快的旅行呢"。来上海时的拥挤与回让里时的宽舒形成了鲜明的对照。

丰子恺的散文《车厢社会》讲述了自己二十余年乘火车的经历。丰子恺的老家石门镇不通火车，出门如要乘火车，必须乘轮船到嘉兴再转乘火车去上海或乘轮船到海宁长安镇再转乘火车去杭州。第一次乘火车是在去省城杭州报考学校时。此前听镇上的人把火车传得神乎其神，诸如"火车快得邪气，坐在车中，望见窗外的电线木如同栅栏一样"[2]。丰子恺乘火车

---

① 叶圣陶：《潘先生在难中》，《小说月报》1925 年 1 月第 16 卷第 1 期。

② 丰子恺：《车厢社会》，上海：上海良友图书印刷公司，1935 年，第 1-8 页。

的经历大致分三个时期：初乘火车的时期，觉得非常新奇而有趣；老乘火车的时期，就变成了一桩讨嫌的事；惯乘火车的时期，又发现车厢社会是人间世的模型，足够观察消遣了。丰子恺笔下的车厢社会，成了他观察社会的一个不错的窗口。

叶圣陶的《潘先生在难中》讲述的是潘先生一家乘火车逃难"几乎无事的悲剧"，而丰子恺散文《辞缘缘堂》则转述了一位从上海南站搭火车逃回来的亲友所见的惨象：火车顶上坐满了人，还没有开，忽听得飞机声，火车突然飞奔。顶上的人纷纷坠下，有的坠在轨道旁，手脚被轮子碾断，惊呼号啕之声淹没了火车的开动声！灾难来临时，火车也有狰狞可怕的一面。

丰子恺和茅盾的散文中都提到了飞机。不过当年的飞机并不是运送旅客的客机，而是军用的。茅盾的散文《乡村杂景》，就形象地描述了乡镇人眼中的飞机：

> 还有那天空的"铁鸟"，一天也有一次飞过。像一个尖嘴姑娘似的，还没见她的身影儿就听得她那吵闹的骚音，飞的不很高，翅膀和尾巴看去都很分明。它来的时候总在上午，乡下人的平屋顶刚刚袅起了白色的炊烟。戴着大箬笠穿了铁甲似的"蒲包衣"，在田里工作的乡下人偶然也翘头望一会儿，一点表情都没有。他们当然不会领受那"铁鸟"的好处，而且他们现在也还没吃过这"铁鸟"的亏。他们对于它淡漠得很，正像他们对于那"爬虫"。①

文中所描述的"铁鸟"，大概来自杭州笕桥机场，"它来的时候总在上午"，是空军在进行平时的飞行练习。茅盾笔下的"铁鸟"意象十分形象。对于乡镇上的人来说，这种"铁鸟"只具有观赏价值。

抗日战争全面爆发后，城乡居民开始吃日寇"铁鸟"的亏。丰子恺随笔《辞缘缘堂》具体描述了抗日战争全面爆发初期日寇飞机轰炸故乡石门镇的情景。那是 1937 年 11 月 6 日，尽管战火越烧越近，但那天石门镇上的人仍像往常一样生活。吃中饭时，一架双翼侦察机低低地飞过。镇上的居民跑出家门，站在门口或桥上，"仰起了头观赏，如同春天看纸鸢，秋天看月亮一样"，居民们天真地认为，这是一个没有军队设防的市镇，"请他

---

① 茅盾：《乡村杂景》，《申报月刊》1933 年 8 月第 2 卷第 8 期。

来炸也不肯来的"，"谁知他们正要选择不设防城市来轰炸，可以放心地投炸弹"，多杀些平民百姓①。两个小时后，日寇的飞机来到石门镇上空，进行了两个小时的狂轰滥炸和机枪扫射，炸死打死平民六十多人，伤无数。丰子恺的小学同学、医生魏达三躲在晾晒的稻穗下面，被弹片切去右臂，立刻殒命。在这里，飞机意象成了滥杀无辜的刽子手。

民用交通，最快捷的是火车，其次便是汽车。"相比于铁路，公路是更为灵活的近代交通手段，其前期投资比铁路低廉。不过，实际上，公路的运价很高，甚至超过了铁路运价……比如货运，民国时期，汽车运费比火车高 3 倍，比水运高 10 倍。"②

现代江南，是全国的经济中心，北伐后又成了政治中心。1927 年国民政府定都南京后，政府出于政治、军事考虑，加快了国有公路的建设。此前的公路建设只是局部的、短途的，如 1924 年杭徽线只建成了余杭段。在 20 世纪 30 年代，江南就初步建成了公路网络。

徐迟在中篇小说《一个镇的轮廓》中写道，为了"军事关系"，镇上通了公路，将来还要通铁路。富绅们反对无效。"而那些年轻人和他们的恋人却沿了这条公路散步去了。"③在这篇小说中，那些在市镇的石板路上走惯了的年轻恋人，也喜欢到柏油公路上去走走。

民国时期的土地以私有为主，修建汽车路，涉及征用私有土地问题。施蛰存的短篇小说《汽车路》就围绕征地问题，叙写了一出悲喜剧。主人公关林是自耕农，其父亲在抗日战争结束时花六十多块钱买了一块十几亩的官家荒地，东边的小半稍为平坦些、高燥些，开垦出了几十畦的蔬菜地。他们家就靠种蔬菜到镇上去卖为生。沪杭公路正要修筑，测量人员测好了合理的线路。不料阁老府里的四少爷和普济堂的董事陈老爷，为了要保护他们各自的风水和稻田，去衙门里说通了，把汽车路更改了路线，将路斜穿过关林家那块长方形的大荒地。关林领到地款，买了些日用品后，拿剩下的钱去赌，不消三四十天就输完了。

成了无业游民的关林，发现由于汽车路拐了一个不必要的弯，下雨时有汽车抛锚，关林帮忙推车得了六角钱。他有意在拐弯处使了诡计，赚了不少钱。一辆二三十人的客车出了车祸，警察来破了案，把关林抓进了县

---

① 丰子恺：《辞缘缘堂》，《文学集林》1940 年 1 月第 3 辑。
② 陈晓燕、包伟民：《江南市镇——传统文化聚焦》，上海：同济大学出版社，2003 年，第 112 页。
③ 徐迟：《一个镇的轮廓》，《大风》半月刊 1940 年 7 月、8 月第 76 期、77 期、78 期。

城，囚禁在拘留所里。关林的妻子把剩下的荒地统统卖给天主堂，用所得二百元交了罚金，关林才被放出来。①由于修筑汽车路时拐了这个不必要的弯，关林家的十几亩荒地被折腾没了。汽车路应该代表科学和先进，但测量规划时仍受各种势力干扰，结果造成了这个不科学的弯，引发了一系列悲喜剧。

洪深的话剧"农村三部曲"之三《青龙潭》也写到了修筑公路。省里规划修公路，县长奉命主持，规划中的公路要穿过村民们的樱桃园，要砍掉一些樱桃树。植桑养蚕衰落后，村民们单指望卖樱桃补贴家用，不肯砍这些"摇钱树"。村民们踏水车抗旱无济于事，小学老师林公达是村民们的精神领袖，力陈公路修成后的种种好处。庄家村人终于同意为修公路而砍樱桃树，条件是县里补偿一条能抗旱的"洋龙"。不料河水干涸，"洋龙"也救不了旱情。走投无路的庄家村人就沿着新修成的公路，浩浩荡荡去青龙潭迎龙王了。公路、抽水机代表了现代文明，但如果解决不了农民们燃眉之急的旱灾，他们还是会在"集体无意识"的支配下，信奉传统的求雨活动。剧中人马蓉生的话很有讽刺意味："幸亏我们把公路造成。有了这条宽大的公路，到青龙潭去迎龙王，真正省力了！"②新修的公路应该是条"富民路"，却成了一条方便求雨的公路，具有很强的反讽意味。

罗洪长篇小说《春王正月》的一条情节线索围绕谋划着的新汽车路展开。小说中的主人公程之廉原先是小城市附近某一乡镇上的人，承袭了祖传下来的一千多亩田地，以及累积下来的一些现款，后来搬到县城来开绸庄。县城通了汽车路后，有钱人纷纷到上海这座冒险家的乐园去开辟新的事业。程之廉也去上海的公债市场进行投机，不料投得越多，亏得越多。同在县城的刘元祺在上海有产业，又能利用新通汽车路的商机获利。小说开头就介绍刘元祺的新式小洋楼：

> 北城门那条新兴的热闹街道的东边，有一所宽敞的三开间三层楼洋房。这房子在两排新建成的，小石库门的住宅对面；再偏北几十步，就是直达上海的那条汽车道的起点，因此这所占地约有四五亩的西式屋子，在这小城市里是很受人注意的。尤其是那两扇宽阔的铁门，两盏新式图案的门灯，以及用泰山砖砌成的围

---

① 施蛰存：《汽车路》，《现代》1934 年 1 月第 4 卷第 3 期。

② 洪深：《农村三部曲》，上海：上海杂志公司，1936 年，第 280-446 页。

墙，更使过路的乡人会驻足而观咧。正对着铁门是一间广大的客厅，客厅左边才是那幢三层楼的洋房。另外有一只建筑在自流井上面的高高的水塔，则在左侧的汽车间厨房等屋子后面。近年来小城市中间有几个钱的人，觉得存在银行里的钱太多了也危险，购置田产也不合算，于是就兴造起漂亮的屋子，倒是享用得很实惠的。①

《春王正月》描述过的三层楼洋房

程之廉设法结识新派商人刘元祺，两人合伙谋划促使南京政府新修一条通往邻县的支路。该路将通过离小城二三十里的一个山清水秀的休闲佳处。他们悄悄买下了那里的地，指望通路后地价大涨而发一笔横财。不料买了地后，政府却并没有规划这条路。程之廉由此破产，不少在其绸庄存钱的人也吃了倒账。

从县城通向上海的汽车路，能让一些商人抓住机遇暴富，也让一些人因投机失败而破产。

台湾学者郑树森在《读罗洪小说札记》中对此评价道："程之廉的破产是因为他不甘'被困'乡下，把财产调到上海公债市场，数场拼搏后一败

① 罗洪：《春王正月》，上海：上海良友图书印刷公司，1937年，第1页。

涂地，非但要将祖业的绸缎店和田地卖掉，连在他店里做'存项'的户头也得赖掉。"[①]

当然，汽车路修通后，也开通了一些班车，大大方便了那些有能力乘车的人。丰子恺的《半篇莫干山游记》就写到了有从杭州到避暑胜地莫干山和长兴县城的班车。由于旅客少，到莫干山的班车每天只有一班。当年与丰子恺一起护法的居士李圆净在莫干山有别墅，丰子恺就与另一好友到莫干山游玩几天。这篇游记其实并没有描写莫干山，反而写的是半路上汽车抛锚，等杭州的厂里派师傅来修理。师傅发现汽车少了一个螺旋钉，带来的都配不上。正当大家焦急之际，师傅灵机一动，向路旁的农家借来厨刀和硬柴，削成木制螺旋钉，居然修好了汽车。"物质文明极盛的都市里开来的汽车，在这时候也要向这起码设备的茅屋里去借用工具。乘客靠司机，司机靠机器司务，机器司务终于靠老百姓。"[②]20 世纪 30 年代的公路上，经常有抛锚的汽车，也成为特殊的意象。不过丰子恺还是随时观察，写了一些速写。

当年除了城际之间的班车，还有从上海、杭州等大城市开往"卫星"城镇的公共汽车。据郁达夫的游记所记，杭州至近郊的临平、塘栖都有公共汽车。施蛰存的短篇小说《闵行秋日纪事》以第一人称"我"为叙述人，写"我"受朋友邀请，搭下午三点多钟的公共汽车前往城郊的市镇闵行。拥挤的车上，有一个异常美丽的少女引起了"我"的注意。"她有着纯粹中国式的细白的肌肤，鼻子虽然够不上希腊式，但毕竟也高得好看，眼睛是这样的黑而有神，发头却又蓬蓬然类似欧洲女子的棕色。"[③]将近五点，在离目的地一二里路的地方车子抛锚了，乘客只能各自步行。"我"看到这位少女拎着一个很重的花布包裹，走得很累，自告奋勇帮她拎包。交谈中，"我"谎称是在营部当参谋的，到闵行去看朋友。随后我多次邂逅这位少女，引起她的警觉和误会。后来我从朋友仆人的口中知道：她常常乘坐公共汽车到上海去私贩鸦片和吗啡，再派人用小船偷带到各城市去卖。公共汽车与走私毒品的美少女，也成为特殊年代的特殊意象。

当年上海、杭州等大城市还有汽车租赁公司。鲁迅喜欢带上妻子、儿子一起去看电影，回来都是乘坐电话叫的汽车。郁达夫与妻子王映霞移居

① 郑树森：《读罗洪小说札记》，台湾《现代文学》复刊 1980 年 11 月第 12 期。
② 丰子恺：《半篇莫干山游记》，《论语》1935 年 6 月第 66 期。
③ 施蛰存：《上元灯》，上海：新中国书局，1933 年，第 123 页。

杭州后，有时也约上朋友，一起租赁一辆汽车出门游玩。例如，《国道飞车记》就写郁达夫夫妇、赵公夫妇和朱惠清夫妇，租了一辆"培克"轿车，沿杭宁国道去宜兴游玩善卷、庚桑两洞。回杭时途经湖州，看太阳还高，就兴之所至，又去碧浪湖头展拜陈英士墓。国道飞车，就可以车遂人愿，增加一些即兴浏览项目。[1]当年国道上的包车，可谓是十分时尚的意象。

至于茅盾长篇小说《子夜》中的实业资本家吴荪甫和金融资本家杜竹斋都是有私家车的。罗洪长篇小说《春王正月》中的新派商人刘元祺也是有私家车的，他吃过晚饭后也能从小城驱车回上海去。这些私家车意象，显示的是实力与派头。

江南水乡，适合轮船行驶的内河很多，不像修建铁路、公路那样需要很大的前期投入，只要修建码头、购买轮船就可以开张营业了。故轮船是最早进入江南水乡的现代交通工具。1886年，官办的轮船招商局开始举办小轮业务，首开上海至苏州、杭州两地的内河航运。1893年，海宁硖石镇创办了一家萃顺昌申硖轮船局。其"萃顺昌"号小轮，经嘉兴至上海。

抗日战争前，江南的内河轮船运输迎来了黄金时期。茅盾的故乡乌镇尽管只是个大镇，但由于水运发达，每天有过往轮船十六班，除开往上海、杭州、湖州、嘉兴等城市外，还有开往菱湖、双林、盛泽、平望、濮院、桐乡、炉头、石门、练市、新市、南浔等市镇的专线。

然而，江南水乡，尤其是太湖流域，是一个以太湖为中心的碟形洼地，千百年来形成的塘浦圩田，田面比河面要低，靠沿河的圩埂护着水田。轮船激起的水浪不断冲刷圩埂，造成圩埂水土流失，河面抬高，发大水时有可能造成圩田水灾。对此，茅盾在散文《乡村杂景》中写到了深受其害的乡下农民对于"内河小火轮"的憎恨：

> 他们憎恨的，倒是那小河里的实在可怜相的小火轮。这应该说是一"伙"了，因为有烧煤的小火轮，也有柴油轮，——乡下人叫做"洋油轮船"，每天经过这小河，相隔二三小时就听得那小石桥边有吱吱的汽管叫声。这小火轮的一家门，放在大都市的码头上，谁也看它们不起。可是在乡下，它们就是恶霸。它们轧轧地经过那条小河的时候总要卷起两道浪头，泼剌剌地冲打那两岸

---

① 郁达夫：《国道飞车记》，《东南日报·沙发》1935年7月30日-8月1日。

的泥土。这所谓"浪头"，自然么小可怜，不过半尺许高而已，可是它一天几次冲打那泥岸，已经够使岸那边的稻田感受威胁。大水的年头儿，河水快与岸平，小火轮一过，河水就会灌进田里。就在这一点，乡下人和小火轮及其堂兄弟柴油轮成了对头。

　　小石桥偏西的河道更加窄些，轮船到石桥口就要叫一声，仿佛官府喝道似的。而且你站在那石桥上就会看见小轮屁股后那两道白浪泛到齐岸半寸。要是那小轮是烧煤的，那它沿路还要撒下许多黑屎，把河床一点一点填高淤塞，逢到大水大旱年成就要了这一带的乡下人的命。乡下人憎恨小火轮不是盲目的没有理由的。①

茅盾的长篇小说《霜叶红似二月花》就围绕内河小火轮来展开小说的情节结构。惠利轮船公司的老板王伯申是县城里的新派商人。其经营的轮船是烧煤的小火轮，清理出来的煤渣直接倒入河里，全然不顾河床的堆高问题。初秋时节，大雨成灾，他们的小火轮照样在内河里行使，激水冲塌了有些地势低洼的圩埂，导致圩田的涝情加剧。此前王伯申正在争夺善堂董事赵守义把持的善堂公款的使用权。赵守义就转守为攻，派爪牙去村庄煽风点火，让村民砸小火轮。这就引发了"群体性事件"。见多识广、热心公益的大地主钱良材到县城来活动，希望各方能齐心协力，兴修水利，化解灾害，他的努力没人响应，只得回村设法减灾。小说结尾，王伯申和赵守义握手言和，善堂公款维持现状，但内河小火轮的问题仍悬而未决。

茅盾短篇小说《春蚕》中的主人公老通宝也是憎恨小火轮的老农民。他凭直觉，认为自从内河有了小火轮，镇上有了洋纱、洋布、洋油之类的洋货，他自己辛辛苦苦种出来的农产品越来越不值钱，而镇上的东西却越来越贵。镇上的陈老爷告诉他，"铜钿都被洋鬼子骗去了"②。老通宝把近年来自己家的衰败归咎于"洋鬼子"，所以憎恨并且排斥小火轮之类的洋玩意儿。

茅盾的短篇小说《当铺前》也写到了小火轮。王阿大他们由于小火轮冲毁田埂，受乡绅指教到镇上的"区公所"里递过禀帖。"小火轮"意象俨

① 茅盾：《乡村杂景》，《申报月刊》1933 年 8 月第 2 卷第 8 期。
② 茅盾：《春蚕》，《现代》1932 年 11 月第 2 卷第 1 期。

然成了茅盾作品中的"个人神话"。一方面，小火轮是一种新型交通工具，加速了江南小城镇的都市化；另一方面，小火轮的经营者只顾自己逐利，全然不顾原本脆弱的乡村防洪体系，加剧了乡村的旱涝灾害。对于这种象征，杨义认为，《春蚕》中的小火轮"象征外来的工业文明"，而那条被小火轮倾轧得几乎倾覆的"赤膊船"又象征了"岌岌可危的农村自然经济和农民的命运"，"不同种类的象征手法的运用，使茅盾小说增添了可以激发读者联想的诗情，成了他的现实主义创作方法的颇有成效的补充"①。

叶圣陶的短篇小说《晨》也讲述了一个"轮船害人"的故事。一大早，桥塳头裁缝财源家当街的两扇窗开着，本以为遭了小偷，原来却是裁缝俊俏的老婆拿了两个金戒指逃跑了。裁缝财源是个本分的手艺人，一直让老婆当他的下手。偏偏老婆不愿过这种平平安安的小日子，就与勾搭她的人乘早班轮船逃往上海去了。街坊邻居指使裁缝财源乘中班轮船追到上海去寻找。财源也就往东栅跑去，嘴里恨恨地说："总要把你找回来！"

前几年镇上绅商发起募集股本，在东栅头开办了轮船公司。一部分绅商出来反对，赵大爷就是反对派中的激烈分子。赵大爷听闻此事，评价道："上海东西来也很方便，香烟来了，洋布来了，轧姘头来了，什么东西都来了！女娘们同男人吵嘴，动不动就说要到上海去，什么话！可是有呜呜呜叫着的轮船替她们抱腰，让她们说来挺硬。这裁缝的女眷，一定又是趁（乘）早班轮船走的。"②小说中的轮船由于是通大都市上海的，加速了市镇与上海"接轨"的进程。在保守的市镇绅商看来，上海的"轧姘头"和"吊膀子"都通过轮船传播到了市镇上。

于伶的话剧"江南三唱"之二《太平年》写腊月廿四那天区长太太的玉镯子失窃，关照宜兴县张渚镇上的"李记裕泰当铺"注意当头中是否有赃物。朱家西正巧拿出玉镯子来当，蒋三爷就叫保卫团来把他当小偷抓起来了。正在闹得不可开交时，区长家里的大司务来到当铺，告诉蒋三爷，偷区长太太东西的是区长家里的女佣阿金和男用人阿福，汽车站上的人看见，两人各背一个大包，偷偷摸摸乘汽车到上海去了。区长要蒋三爷乘汽车追到上海去。

看来，民国时的上海作为"冒险家的乐园"，也吸引私奔者乘坐轮船和

---

① 杨义：《杨义文存》第 2 卷，北京：人民出版社，1998 年，第 144-145 页。
② 叶圣陶：《城中》，上海：开明书店，1934 年，第 97-116 页。

汽车等新兴交通工具冒险逃去。不过像上述裁缝的老婆和女佣阿金去上海冒险，往往凶多吉少。在施蛰存短篇小说《渔人何长庆》中，何长庆在钱塘江打鱼，妻子菊贞领着儿子在杭州近郊的闸口镇上卖鱼，日子过得还算舒坦。然而，菊贞做姑娘时，经不住"拆白党"的瞎吹，狠心抛下青梅竹马的何长庆，跟人私奔去了上海。多年后，镇上人发现菊贞在上海四马路做"野鸡"。何长庆设法把她找回来，过起了夫唱妇随的生活。"于是长庆的鱼摊，不久便由菊贞经营着。她正直地做买卖，到现在，八岁的他们的儿子，也会得每天到鱼摊上来照料生意了。"①这是一篇逆现代化的小说，施蛰存写出了摩登都市上海的可怕与无奈，赞颂了传统的夫唱妇随的恬淡生活。

相对而言，江轮就不会像内河小火轮那样危害农田了。郁达夫短篇小说《东梓关》就写到了钱塘江中的可爱的江轮意象。当年从杭州到桐庐的江轮，有早晚两班，早班轮船早晨七点从杭州开来，到富阳县城约十一点。主人公文朴在家吃过早中饭后，就在县城搭乘从杭州开来的早班轮船，溯江而上，去东梓关找名医治病。小说对轮船码头和乘坐江轮有具体描写：

> 这小县城的码头上，居然也挤满了许多上船的行旅客商和自乡下来上城市购办日用品的农民，在从码头挤上船去的一段浮桥上，文朴也遇见了许多儿时熟见的乡人的脸。汽笛重叫了一声，轮船离埠开行之后，文朴对着渐渐退向后去的故乡的一排城市人家，反吐了一口如释重负似的深长的气。因为在外面漂泊惯了，他对于小时候在那儿生长，在旅途中又常在想念着的老巢，倒在感到一种莫名其妙的压迫。一时重复身入了舟车逆旅的中间，反觉得是回到了熟习的故乡来的样子。更况且这时候包围在他坐的那只小轮船的左右前后的，尽是些蓝碧的天，澄明的水，和两岸的青山红树，江心的暖日和风，放眼向四周一望，他觉得自己譬如是一只在山野里飞游惯了的鸟，又从狭窄的笼里飞出，飞回到大自然的怀抱里来了。②

---

① 施蛰存：《上元灯》，上海：新中国书局，1933 年，第 105 页。
② 郁达夫：《东梓关》，《现代》月刊 1932 年 11 月第 2 卷第 1 期。

溯江而上三四十里路，就到了东梓关。轮船在一条石砌的码头上靠了岸，文朴跟着当地农民一起上岸。在郁达夫笔下，乘江轮，可以观赏两岸迷人的风光，实在是一种美的享受。小说中的"我"由于在家里感觉"压迫"，反而在江船上观赏周围风光才会心旷神怡。

1.5.2 新兴日用百货意象

火车、汽车和轮船等新兴交通工具，把新兴日用百货从都市运往中小城市、市镇，并以小城镇为中介，深入广大乡村。对于轮船在输入都市新兴日用百货方面的作用，茅盾在长篇小说《霜叶红似二月花》中借惠利轮船公司的账房兼庶务梁子安之口说道："本县的市面，到底是靠轮船振兴起来的。现在哪一样新货不是我们的船给运了来？上海市面上一种新巧的东西出来才一个礼拜，我们县里也就有了……"[①]

在《霜叶红似二月花》中，张家经营一家源长号日用百货店。小说写张恂如来到自家店铺门口，看见店员赵福林和另一个学徒正在开一箱新到的货。两三个时髦的妇人看到有一大堆化妆品，围上来选购。掌柜宋显庭告诉张恂如，这批货是他前月到上海定下来的，十分抢手。宋显庭的话与梁子安的说法遥相呼应。小县城有了通往上海的轮船，商家就可以直接到上海去进购市面上最新的时髦百货，而小城镇上的时髦女性也能在家门口买到时尚的日用百货了。

小说写姑太太回娘家省亲，张府就从自家店里要来了花露水、毛巾、香皂，还有几瓶果子露。传统人家，晚上室外照明用灯是灯笼，而张府从店里拿来一架新式的汽油灯，准备挂在后边园子里木香棚下，方便大家晚饭后在此乘凉。看到县城里这些时新百货，住在乡下的姑太太慨叹道："大半年不进城来了，这回一看，新鲜花巧的东西又多了不少，怎怪得钱不经花。"

从张府嫁入黄府的婉小姐是一位时尚女性。张恂如的太太注意到了婉小姐的裤子：淡青色，质料很细，裤管口镶着翠蓝色的丝带。看上去不像传统的绫罗绸缎，就忍不住用手揣了一把，只觉得又软又滑，却又其薄如纸。婉小姐就告诉她："这还是去年到上海去玩，二舅母给我的。光景也不是纯丝织的，自然是外国货了。"跟穿着入时的婉小姐一比，恂少奶奶就觉

---

① 茅盾：《霜叶红似二月花》，上海：华华书店，1946年，第47页。

得自己"简直是个乡下佬"。当年这种化纤织物，夏天穿着凉爽，且能体现女性的线条美，自然就深受时尚女性青睐了。

尽管小城镇上也能买到时尚百货，但毕竟挑选余地不大。当年小城镇上的时尚男女更喜欢乘轮船、汽车或火车直接到上海的百货商店购物。大都市上海才是时尚青年的购物天堂。

茅盾中篇小说《多角关系》中的富二代唐慎卿新交的女朋友月娥，嫌本镇上那件狸猫皮的大衣颜色不好，认为到上海去才能挑选到称心的大衣。唐慎卿就顺势鼓动她一起去上海玩：乘火车去，两个多小时就能到上海了。对于去上海购物，月娥表示，"买大衣再买点别的，——有一种新式的女人用的挂表，我好像见过广告，很中意"①。由此可见，小城镇上的时尚女性也对大都市的广告产生兴趣，并受广告诉求的影响，会选择式样中意的时尚商品。

对于当年时尚文化的传播，洪深在话剧"农村三部曲"之二《香稻米》中，借剧中人谢先生之口说道："乡下人拼命跟着城里人学；城里人呢，又拼命跟着外国人学！"他还以女人的高跟皮鞋为例，其跟比从前裹小脚的时候用的木头"高底"还要高；至于摩登凉皮鞋，只有鞋底没有鞋帮，五个脚指头全都露出在外面。"凡是外国东西，不论它是怎样的荒谬古怪，中国总有人要买来用的。先是城里，慢慢地传到乡下。"②都市时尚文化，是一种新奇的短期文化，不断变换花样，影响小城镇上的时尚一族。

罗洪小说《逝》中的主人公是位七十多岁的老接生婆，尽管从事的是低贱的职业，但会赚钱。老太太的两位孙子都娶了上海媳妇。小说描写在次孙的婚礼上，小城市的亲友看到从大都市上海来的新娘都十分艳羡：

> 下午四点钟，新妇果然到了。客人们把自己的中山葛中山绸的衣服整理一下，仔细地看着。这新妇，真是她们所想象不到的，穿着肩膀那边插上翅翼般的大衣，腰围紧得像蜜蜂那样，大衣底下，露出几分绸袍的下缘。也不见她穿的是什么鞋子，走动时，只隐约看见一根又亮又细的东西，遮掩在衣服下面。
>
> "这大衣怎么这个样子，后边多这两块东西，像蝴蝶模样的？"

① 茅盾：《多角关系》，《文学》1936 年 1 月第 6 卷第 1 期。
② 洪深：《香稻米》，《现代》月刊 1933 年 12 月-1934 年 2 月第 4 卷第 2-4 期。

客人中间，有谁窃窃私语着。

"你又来大惊小怪，给人家听着不要笑吗？她们是上海人，这一定是上海最时髦的了。"①

小城市的人尽管欣赏不了上海新娘所穿的新婚天使礼服和高跟鞋，未免有些大惊小怪，但他们凭直觉断定新娘所穿的肯定是"上海最时髦"的。大都市的时尚新娘意象，反衬出小城市民的少见多怪。

当年的上海时尚女性，辨识度是相当高的，无论走到哪里，从穿着打扮上很容易让人看出来。夏衍话剧《水乡吟》写于抗日战争时期，剧中的见习小公务员何廉生因不愿在上海受日本人欺侮，带着妻子梅漪回到了老家。二十八岁的梅漪是地道的上海人，"烫得蓬蓬松松的头发，相当洗练的都会人的化妆。半新旧的可是色彩鲜艳的旗袍，半高跟皮鞋，丰姿不恶"②。小说《逝》中新娘的穿着有些夸张，而《水乡吟》中梅漪的打扮则时尚又不失内敛。

不过，当年的上海时尚女性，来到江南小城镇上，难免会水土不服。茅盾短篇小说《小巫》中的菱姐是老爷花三百块钱从上海买来的"野鸡"，本是时髦女郎，然而市镇上没有都市时尚女郎所需要的服务业。日子一久，菱姐身上的都市时尚元素越来越少了。"镇上没有像样的理发店。更其不会烫头发。菱姐那一头烫得蓬蓬松松的时髦头发早就睏直了，一把儿扎成个鸭屁股，和镇上的女人没有什么两样。口红用完了，修眉毛的镊子弄坏了，镇上买不出，老爷几次到上海又不肯买，菱姐就一天一天难看，至少是没有什么比众不同的迷人力量。"③菱姐是老爷买来的玩物，市镇上的姑爷和少爷也垂涎这位都市时尚女郎，尽管她的都市时尚元素在不断退化。比起市镇上的小家碧玉来，风尘女子菱姐仍不失都市时尚女郎的魅力。

至于小城镇上的人来到大都市上海，一身的"乡气"难免会自惭形秽。茅盾长篇小说《子夜》中的四小姐吴蕙芳，一直陪父亲吴老太爷住在老家双桥镇。由于乡镇上不太平，她才与弟弟阿萱陪父亲来到了大上海。二姐吴芙芳是金融资本家杜竹斋的太太，自然是都市时尚女郎。她一见到小妹就说："可是，四妹，你这一身衣服实在看了叫人笑。这还是十年前的装束！

① 罗洪：《逝》，《现代》月刊 1934 年 11 月第 6 卷第 1 期。
② 夏衍：《水乡吟》，《戏剧月报》1943 年 2 月第 1 卷第 2 期。
③ 茅盾：《小巫》，《读书杂志》1932 年 6 月第 2 卷第 6 期。

明天赶快换一身罢！"经二姐这么一说，四妹想到不久就会见到三哥吴荪甫的太太，就担心道："二姊，我还没见过三嫂子呢。我这一身乡气，会惹她笑痛了肚子罢。"①

相比较而言，都市人时尚开放，小城镇上的人就要落伍与保守些。施蛰存短篇小说《雾》的主人公秦素贞小姐就是一位保守的小城镇女性。她从小失去了母亲，是在做神父的父亲的抚育和教导下成长的。父亲在临近上海的海滨小卫城里管理一所天主教小教堂。小卫城里住着三五百渔户，素贞蹉跎到二十八岁，尚未找到如意郎君。她天生丽质，能读书报，知识学问来自父亲的几百卷旧书、隔日的上海报纸，以及上海的表姊妹们偶然寄给她的书籍。

"九年前，他的表姊从上海来探望她的时候，穿着新流行的旗袍，但她正和她父亲一样地不能接受。她还衷心地批评这种服装是太近于妖异了。直到后来，有几个小康的渔妇都穿着旗袍来做礼拜，她承认了自己的失败，托人到距离三十余里的城里去买了一块旗袍料来。至于她的发辫，也是在同样的情形中剪了的。"②

接到大表妹结婚的请柬，她决定去贺喜，顺便到上海去旅行一次。舅父是华东大学教授，家住徐家汇。她坐划船到城里，再搭乘火车去上海。她在车上结识了一位心仪的青年绅士，谈话很投缘，就把自己的芳名和舅父家的地址告诉了对方。他回赠了名片。"名片上只印着一个名字：'陆士奎'，她想不起她曾经听说过这个人。"

当晚在舅父家拿出"陆士奎"的名片，她问大家是否知道这个人。二妹嚷着："谁不认识，陆士奎，电影明星。"听说陆士奎是个"做影戏的"，她失望了：

> 做影戏？她说什么？陆士奎，做影戏的，一个戏子，一个下贱的戏子！难道他是个戏子吗？素贞小姐好像受了意外的袭击，她疑心她听错了，要不然，一定是弄错人了。……
> 素贞小姐简直的不懂二妹为什么这样羡慕一个戏子，她玩弄着那个名片，眼望着素贞小姐，好像很想知道他和她二人在车中

① 茅盾：《子夜》，上海：开明书店，1933年，第10页。
② 施蛰存：《善女人行品》，上海：上海良友图书印刷公司，1933年，第12-42页。

的情形。至于素贞小姐自己呢，她觉得通身都松弛了，很疲乏。①

　　一位电影明星，在都市追星族与小城镇保守女孩眼里，判若两人。时尚是一种短期文化，追逐时尚与被迫时尚，主要是由人的观念决定的。素贞小姐尽管也穿起了旗袍，剪了头发，但其保守的观念仍未改变。受人追捧的电影明星，在其心目中仍只是个"下贱的戏子"。

　　追求时尚需要有一定的经济实力，因而富家子弟能轻松追求时尚的日用百货，但贫寒之家的孩子就会弄得父母不堪重负。张天翼中篇小说《包氏父子》中的老包是小城里刘公馆三十多年的老用人。他省吃俭用，辛苦积蓄，甚至还借了三分利的高利贷，全力供养儿子读一所省立中学，指望儿子能读书做官，将来自己也成为能享福的"老太爷"。

　　儿子包国维无心学业，一味模仿阔少，追求虚荣，甚至连头上抹的油也要求是阔少郭纯用的"司丹康"。老包听儿子说要买一瓶头发油，就向开理发店的戴老七讨来一瓶。不料儿子嫌这种油太寒碜，大嚷着要"司丹康"。老包情急之下，破例去偷了点主人家少爷的头发油来，可小包还是瞧不上。开学第二天，由于小包是留级生，不用买教材，老包留着的十几元教材费，让小包花八块半买了一双硬底皮鞋，同时还买了一瓶"司丹康"。"司丹康"牌头油，简直成了小包的时尚图腾。

　　大年三十，老包正在与上门讨债的人周旋的时候，学校又派人来通知：小包在球赛中受阔少唆使打架伤人，被学校开除，还要罚交五十元医疗费。尽管老包还试图极力挽回，但为时已晚，老包望子成龙的期望成了泡影。②

　　在张天翼笔下，"司丹康"生发油是富家子弟身份地位的象征。而那些用"司丹康"生发油的富家子弟，又有点都市流氓的意味，是作者道德批判的对象。在小说中，"司丹康"成为寓意丰富的意象。

　　柔石中篇小说《二月》中，作者借助主人公萧涧秋把"官二代"钱正兴漫画化了：

　　　　钱正兴在他底眼中，不过是一个纨袴子弟，同世界上一切纨袴子弟一样的。用大块的美容霜擦白他底脸孔，整瓶的香发油倒在他已光滑如镜子的头发上。衣服香而鲜艳，四边总用和衣料颜

---

　　① 施蛰存：《善女人行品》，上海：上海良友图书印刷公司，1933 年，第 12-42 页。
　　② 张天翼：《包氏父子》，《文学》月刊 1934 年 4 月第 2 卷第 4 期。

色相对比的做镶边，彩蝶的翅膀一样。讲话时做（装）腔作势，而又带着心不在焉的样子，这似乎都是纨袴子弟的特征，普遍而一律的。①

那些时尚的日用品，成了纨袴子弟的构成元素。作者作为小说的"隐形人"，是用一种贬损人物的语气来叙述的。

经典文化具有权威性，而时尚文化是一种流行的大众文化。时尚圈内人热心追逐，圈外人不太喜欢，甚至深恶痛绝。

民国时期，手杖，洋气的说法叫"史的克"，似乎成了洋派绅士的必备道具。鲁迅中篇小说《阿Q正传》中的假洋鬼子从洋学堂毕业后，去东洋"速成"过半年，于是手里就多了当年洋派人物人手一根的手杖。假洋鬼子并没有拿着手杖在大都市招摇过市，而是走在辛亥革命前后的未庄。未庄的阿Q尽管也去过几趟县城，但仍不知道这是绅士必备的"史的克"，误认为是出丧时孝子用的"哭丧棒"。

假洋鬼子留洋时剪去了辫子，回到未庄就遭受了"无辫之灾"。阿Q看了他轻轻的骂"秃儿。驴……"假洋鬼子也没一点绅士风度，而是拿起一支"黄漆的棍子——就是阿Q所谓哭丧棒"，啪啪地打阿Q的头。②土与洋在小说中形成了戏剧性的冲突。

许钦文的散文《鬼的世界》叙写山里人阿羊难得到市镇上来，在他的眼里，时尚的市镇人都成了"鬼"。他走在市镇的街上，看见蓬头的时尚青年，"乱松松的头发满披着两肩，好像河水鬼"。细瞧之下，有些人披散着头发，"脸孔上面胭脂抹得血红，嘴唇上面也搽得很红，好像流着鲜血"，像"吊死鬼"。有些大姑娘，"脸孔看去雪白，好像满刷着石灰，只细细的弯着两条黑眉毛"，形如"文财神"。像假洋鬼子那样绅士装扮的青年，在阿羊眼里成了"直脚鬼"。他们"直着脚跨步子，要用一根弯柄的拐杖帮助。并没有生大脚疯，年纪还是轻轻的，怎么走路就要用拐杖？"③山里人阿羊头脑中没有时尚概念，只能用社戏舞台上看来的知识来"丑化"都市时尚。市镇上的时尚青年，被许钦文用社戏舞台上各种鬼怪的意象叠加来"鬼化"了，洋溢着喜剧元素。

---

① 柔石：《二月》，上海：春潮书局，1929年，第62页。
② 鲁迅：《呐喊》，上海：北新书局，1926年，第131页。
③ 许钦文：《鬼的世界》，《论语》1948年3月第148期。

洋货进入平常百姓家，除了时尚元素，自然还有其先进的实用功能。鲁迅的短篇小说《肥皂》叙述的也是发生在县城的故事。

这篇小说的核心意象便是一块香皂。四铭买的是一块用葵绿色的纸包裹着的长方体的香皂，有一种"似橄榄非橄榄的说不清的香味"。四铭太太原先是用皂荚子洗头的，洗涤效果没有香皂理想，洗不掉耳朵后面脖子上的老泥。听四铭讲述女乞丐的故事与光棍汉的下流话，太太明白了丈夫买肥皂的潜意识目的是对女乞丐有非分之想，因而醋性大发，大骂道："你们男人不是骂十八九岁的女学生，就是称赞十八九岁的女讨饭：都不是什么好心思。'咯支咯支'，简直是不要脸！"

不过，太太骂归骂，香皂毕竟是好东西。第二天早晨，四铭就看见太太在用香皂洗头擦脖子了，"肥皂的泡沫就如大螃蟹嘴上的水泡一般，高高的堆在两个耳朵后，比起先前用皂荚时候的只有一层极薄的白沫来，那高低真有霄壤之别了。从此之后，四太太的身上便总带着些似橄榄非橄榄的说不清的香味"[①]。

民国时期的新兴日用百货有国货和洋货之分。《包氏父子》中写到的司丹康就是民族品牌。1926 年，中国香料工业的先驱李润田在上海创办了巴黎香品制造厂，主要生产香水、香粉、发蜡等，其中就有司丹康。

柔石的《还乡记》写于 1930 年 9 月，由郑择魁先生据手稿编入《柔石选集》。该文写"我"回到故乡，走在黄昏的街上。黝暗的灯光下，反映着店里复复杂杂的货物。商人们都赤了膊，坐在自家店门口，"有的身子胖到像圆桶一样，有的臂膀如两条枯枝扎成的，简直似人体展览会一般"。"我"邂逅了一个小学时代的朋友，眼下是这条街上的商人。说起 "帝国主义"和"国货运动"，他感叹道：

> 帝国主义的经济侵略实在太厉害了！同是一种货，假如是自己的，总行销不广；即使你价值低跌到很便宜，他也会从政府那里去贿赂，给你各处关卡的扣留，想起来真正可怕。所以帝国主义这东西不打倒，中国是什么法子也弄不好的！你看，近几年来的土布，还有谁穿呢？财源是日益外溢了，民生是日益凋蔽了，——朋友，这两句话是我们十几年前，在学校里的时候

---

① 鲁迅：《肥皂》，《晨报副刊》1924 年 3 月 27 日、28 日。

读熟的，现在，我是很亲切地感到了！①

刘大白的新民谣《卖布谣》就叙写了洋布冲击之下，乡村织布卖布者的悲惨命运。洋布没来之前，土布业是江南的一大支柱产业，行销海内外。"嫂嫂织布，／哥哥卖布。／卖布买米，／有饭落肚。"江南人口过密，人多地少，农闲时的织布卖布，有效消化了农村富余劳动力，是农家增加副业收入的有效途径。洋布进入江南后，不断侵占土布市场。"土布粗，／洋布细。／洋布便宜，／财主欢喜。／土布没人要，／饿倒哥哥嫂嫂！"土布盛行时，哥哥就近把土布卖给"前村财主与地主"，不会受官府管制盘剥。自从"前村财主与地主"都喜欢洋布后，哥哥就尝试去城里卖布。"上城卖布，／城门难过。／放过洋货，／捺住土货。"卖土布的哥哥连城门都进不了。更可悲的是，哥哥家欠了官府赋税，硬被"夺布充公"了。哥哥还被押到"扣留所里坐坐"！②

在土洋之争中，有实力的消费者更喜欢"洋派"的商品。施蛰存短篇小说《牛奶》中的主人公是位忠厚的老佃户财生。他忙完稻作，桌了米，纳了租，就开始忙乎另一项副业：给城里送牛奶。他是一个正直的人，养了两头奶牛，每年都给城里送纯粹的牛奶，一点也不掺和米泔水和豆腐浆，总有人定饮。他挤了十四盖碗牛奶，装在一个木榼子里，拎着送向城里。半路上遇到邻村的朋友，获悉西市渡口开了一家牛奶公司，价钱虽大，生意反而好，往年的吃户差不多都定了这家公司的牛奶，不要乡下送去的牛奶了。他到城里，照例给田主刘正坤家、西医柳先生家、秦律师家送去，但他们都订了牛奶公司产的牛奶，不要他的牛奶了。无奈之下，他来到西市渡口的牛奶公司，想探望一下情况。这是一家上海牛奶公司的分公司，招牌上写着"周氏牧场卫生牛奶"。不料公司里穿西装的人看了他的牛奶，十四碗都要了，每碗四分。普通乡下人的牛奶，掺了豆腐浆或米泔水，公司不要。他的牛奶纯粹，公司要他每天都送去，只是价钱便宜了点：

> 那穿西装的招呼一个穿黄布号衣的人拿几个玻璃瓶来把财生的十四碗牛奶分装了进去，一边指点着财生到那装着玻璃门的会计部里去领了五角六分大洋。当那老佃户回到自己的安放着十四

① 柔石：《柔石选集》，北京：人民文学出版社，1986 年，第 394-395 页。
② 刘大白：《卖布谣》，上海：开明书店，1930 年，第 41-45 页。

个空盖碗的木楂边时，他看见他的牛奶已经都玉液似的盛在那些矮颈的玻璃瓶里，每个瓶口上都贴了一张纸，印着"科学炼制卫生牛奶。Grade B 周氏牧场出品"这一圈字。①

牛奶还是财生的牛奶，只是把土法的盖碗换成洋气的玻璃瓶，就成了周氏牧场出品的"科学炼制卫生牛奶"。"人要衣装，佛要金装。"牛奶一换包装，就显得洋气高档了。玻璃瓶装的牛奶和盖碗装的牛奶成为两个不同的意象，前者代表了科学、卫生和洋气，后者显得老土和不卫生。周氏牧场出品的"科学炼制卫生牛奶"占领市场后，老佃户财生只能廉价给牛奶公司供货了。

民国时期日用百货市场上最具竞争力的是日货。九一八事变，加上上海的"一·二八"事变，中日民族矛盾上升为主要矛盾。茅盾短篇小说《林家铺子》中林小姐所在的中学与全国的学校一样，开展了"抵制日货"运动。林小姐已习惯于穿戴使用日货，在学校里被同学笑骂。她回到家里，打开自己那口小巧的牛皮箱来，那些花花绿绿的衣服和杂用品居然都是日货。父亲林老板还收到了林小姐学校同学送来的"最后通牒"：林小姐明天再穿东洋货的衣服去，抗日会就要焚烧。

林家铺子，与市镇上其他的洋广货铺子一样，主要销售日货。党老爷借口抵制日货，要来封存林家铺子。经过商会会长的周旋，林老板"孝敬"了党老爷四百大洋，铺子里的东洋货撕去标识，被允许冒充国货继续出售。

第二天，林先生的铺子里新换过一番布置。将近一星期不曾露脸的东洋货又都摆在最惹眼的地位了。林先生又模仿上海大商店的办法，写了许多"大廉价照码九折"的红绿纸条，贴在玻璃窗上。这天是阴历腊月二十三，正是乡镇上洋广货店的"旺月"。不但林先生的额外支出"四百元"指望在这时候捞回来，就是林小姐的新衣服也靠托在这几天的生意好。②

然而，年关前的销售旺季，林家铺子的生意并没有往年好。四乡农民收入减少，维持温饱都难，没有闲钱买洋货。小说里描写一位乡下青年看

---

① 施蛰存：《小珍集》，上海：上海良友图书印刷公司，1936年，第39-40页。
② 茅盾：《林家铺子》，《申报月刊》1932年7月第1卷第1期。

上了一把洋伞，林老板亲自上前推销："小当家，你看！洋缎面子，实心骨子，晴天，落雨，耐用好看！九角洋钱一顶，再便宜没有了！……"小伙子的父亲却呵斥道："阿大！你昏了，想买伞！一船硬柴，一古脑儿只卖了三块多钱，你娘等着量米回去吃，哪有钱来买伞！"[①]

　　如果生意好，"羊毛出在羊身上"，林老板可以通过提价把四百元的额外开销挣回来。然而，眼下连打折贱卖都销路不畅。因此，抵制日货，是林家铺子走向倒闭的主因之一。

林家铺子

　　现代江南，小城镇上的商店，其"衣食父母"主要是四乡的农民。由于农民生活拮据，购买力有限，尤其没钱购买新兴日用百货。然而，那些洋货对于农民来说，实在有一种新奇的诱惑。他们会受好奇心的驱使，用有限的钱来购买一点点洋货。

　　丰子恺在散文《都会之音》中写道，当年乡村取火主要靠传统的"火钵头"，但农家也往往备了火柴。尽管只是难得用用，一匣火柴可以用上个把月。吸烟的农民一般是吸旱烟、朝烟和水烟的，但偶尔也会吸一两支香烟。"三个铜板买两支，把一支储藏在耳朵里，拿一支来吸。一时用脱三个铜板数目原也不大，然而连日累月地计算起来，香烟的用费比从前吸老烟

---

① 茅盾：《林家铺子》，《申报月刊》1932 年 7 月第 1 卷第 1 期。

贵到数倍，乡下人暗中被诱惑骗去不少的钱！"①

饮食方面，汽水和洋式糖果也进入了乡村。汽水据说是用蒸馏水制的，作为夏日的饮料"大合卫生"，不太讲究卫生的乡下人也要花两只角子尝一下鲜。洋式糖果，乡下人不知如何吃法，还闹过笑话，但也要试着吃吃看。

唱"洋戏"的留声机和无线电收音机也深入乡间，赚乡下人的钱。这些都市之音，好像是"都会给乡村的福音"，但也只是"乡下人拾得苏州袜带儿"，与古老贫寒的乡村很不般配。

新兴的日用百货，作为都市物质文明，丰富了小城镇上有购买力的人家的生活。缘缘堂时期的丰子恺，主要居住在故乡石门镇的缘缘堂，但也经常去上海、杭州、南京等大城市转转。每次从大城市回家来，丰子恺总要买些巧克力等"好东西"给自家的孩子。散文《送阿宝出黄金时代》就写孩子们盼着爸爸从大城市归来，有一大半原因是盼其带回家来的巧克力等"好东西"。

丰子恺的《音乐故事·外国姨母》，讲述姨丈多年前悼亡后出国专门学习小提琴。那天爸爸带"我"去拜访学成归来的姨丈。在姨丈家，爸爸弹起了钢琴，姨丈拉小提琴，合奏起了优美的曲子。"这演奏法真别致：乐器夹在下巴底下，奏起来同木匠使锯子一般；而发出来的声音异常柔和，异常委婉，活像一个女子在那里唱歌。"

"我"原先学过口琴和风琴，在"我"看来，口琴携带便利，但是不能吹奏像刚才那样复杂的乐曲。风琴可以弹奏复杂的乐曲，可是笨重得很，携带不便；况且发音沉重而严肃，缺乏活泼之气。"如今我看这 violin，便利，复杂，轻快，而且活泼，真是一个最可爱的乐器。"②

丰子恺的散文《山中避雨》尽管十分推崇中国的民族乐器二胡，但他其实并不排斥小提琴、钢琴等洋乐器。丰子恺在日本游学时专门学拉过小提琴，因而在"我"的眼里，小提琴意象成了"外国姨母"，十分可爱。

1.5.3 新兴生产资料意象

茅盾在散文《陌生人》中介绍了 20 世纪 30 年代的两种新兴生产资料：洋蚕种和肥田粉。肥田粉就是化肥。江南水乡，种植水稻一般要用底肥和

---

① 丰子恺：《都会之音》，《太白》1935 年 5 月第 2 卷第 5 期。

② 丰子恺：《音乐故事·外国姨母》，《新少年》1937 年 5 月第 3 卷第 9 期。

追肥。茅盾小说《水藻行》中财喜他们冬天积的蕰草泥经发酵后就是肥效长的底肥。至于追肥，以豆饼为主，其他还有人粪、猪羊粪等。人粪和猪羊粪一般是农户自己家的肥料。豆饼是从市镇上的店里买来的肥料。20 世纪 30 年代，肥田粉进入江南市镇，争夺的是豆饼的市场。

据《陌生人》记载，市镇上刚开始出售的肥田粉比菜饼便宜，就有买不起菜饼的农民冒险试用。不料肥田粉撒向青苗田，肥力出奇的好。于是，肥田粉由于价廉物美，轻易取得了"守旧的农民的信用"。

肥田粉是硫酸铵的俗称，是我国生产和使用最早的一个氮肥品种。由于不同品牌的肥田粉含氮量不同，肥力也就不一样。肥田粉迅速占领市场后，江南市镇上大小商家竞相售卖杂牌肥田粉，"乡下人以为只要是光头就一定会念经，而小商人只要推销得动，大家乱来一顿，结果是稻遭了厄运"。次年，最早进入乡村的肥田粉凭借"真正老牌，肥力充足"当真在乡村里生了根。"这根愈长愈大，深入到农村，肥田粉的价钱也就愈来愈高。农村的金钱又从这一个裂口流入了都市，流到了外洋。"[1]

茅盾的短篇小说《秋收》中写老通宝家经过抗旱，稻田里有了水，秧苗活了过来。此时最需要追肥，恰好上一年还剩了半包肥田粉。尽管守旧的老通宝认定肥田粉是"毒药"，但儿子阿四和阿多还是及时用肥田粉给稻田里施了追肥，从而赢得了水稻的丰收[2]。

洪深的"农村三部曲"之三《青龙潭》，在介绍沙小大的家时，对于室内陈设描写道："壁上贴着些隔年的月份牌，褪了色的美女图；都是城里洋货店或外国肥田粉公司的广告。"[3]民国时期的江南农家，过年时有买年画来贴的习俗。沙小大家的墙壁上贴肥田粉广告也是由贴年画演化而来的。洪深这样描写，说明了两点：一是沙小大家贫穷，没钱买心仪的年画，就拿免费赠送的广告画当年画来贴；二是当年的肥田粉广告招贴已到了无孔不入的地步，可以想见当年的肥田粉营销力度之大。

洪深的"农村三部曲"之二《香稻米》，叙写种田大户黄家向经销铁牛牌肥田粉的老板冯芸甫赊欠了八十八元六角五分肥田粉钱。临近年关，冯芸甫带来伤兵强讨。黄家刚卖了祭神的冷肉，得到三十七元，还了冯芸甫。剩下的钱，冯芸甫直接叫伤兵搬东西。伤兵们搬走了黄家留下来自己吃

---

[1]　茅盾：《陌生人》，《申报月刊》1933 年 8 月第 2 卷第 8 期。

[2]　茅盾：《秋收》，《申报月刊》1933 年 4 月、5 月第 4 期、5 期。

[3]　洪深：《农村三部曲》，上海：上海杂志公司，1936 年，第 367 页。

的六七担白米，还有给产妇煨粥吃的五斗香稻米，又捉走了鸡，连别人寄养在他家里的鸡也被捉去了。在茅盾和洪深笔下，肥田粉是水稻田不错的追肥，反而加速了农村经济的破产。由此可见，肥田粉意象，意蕴十分丰富。

茅盾的散文《陌生人》把肥田粉和洋蚕种称为"陌生人"中最有势力的"兄弟俩"。乌镇有座土地庙，"乡下人认为这位土地老爷特别关心蚕桑，所以每年清明节后'嬉春祈蚕'的所谓'香市'，一定在这土地庙里举行"。乌镇保卫团团总、乌镇商会会长黄振于1930年筹集资金，延聘蚕桑技师兴办乌青镇裕农蚕种制造场，培育出"金鸡牌"洋蚕种。这家蚕种制造场就开办在土地庙里。散文《陌生人》描述道：

> 庙里的一间大厅被派作"改良种"的养育场。墙上糊了白纸，雕刻着全部《三国演义》的长窗上半截都换了玻璃，几个学生模样的青年男女在那里忙着。所谓村长也者，散着传单，告诉乡下人道："官府卖蚕种了，是洋种！要蚕好，去买洋种罢！"乡下人自然不去理睬这个"陌生人"。但是后来卖茧了，听说洋种茧一担要贵上十多块，乡下人心里不能不动了。于是就有几个猴子脾气的乡下人从土地老爷驾下转变到"陌生人"手里了。他们是冒险的。因为购洋种，须得隔年先交钱，须得"存记"，而且到来年"收蚁"时，要由"改良分所"的学生模样的年青女人决定日子，甚至收了蚁再交给乡下人。这可糟糕！"陌生人"太不管千百年相传的老规矩了！而且洋种也不一定好。乡下人觉得还是土地老爷可靠。于是"改良分所"也不得不迁就些，只管卖种，不再包养"儿子"了。既不"包养儿子"，下种的时候自然免不了拆烂污。但是这"陌生人"的势力却一天一天强大，因为它有靠山：一是茧厂规定洋种茧价比土种贵上三四成，二是它有保护，下了一记"杀手铜"，取缔土种。①

传统养蚕，都是蚕农自家育种的。当然也有些育种"专业户"，育了蚕种卖给养蚕的农家。这种蚕种俗称"土种"。土法育种没有消毒杀菌等工序，

---

① 茅盾：《陌生人》，《申报月刊》1933年8月第2卷第8期。

蚕虫的抗病能力较差。1898年，杭州知府林启筹集官款，在杭州西湖金沙滩建立了"浙江蚕学馆"，聘请日本教习，编辑蚕桑学教材，开启了近代蚕桑教育的先河。蚕学馆努力培养蚕桑技术人员，培育抗病力强的改良种。改良种，蚕农俗称"洋蚕种"，向蚕农推广却阻力重重，主要有以下原因：①由于蚕桑业是蚕农赖以存活的生计，一般的蚕农，一旦认定一个蚕种之后，就绝不敢贸然改育其他蚕种；②改良种一般比土种价格昂贵；③新法养蚕讲究消毒等程序，令蚕农感到麻烦不便；④蚕农因敌视洋货而不愿采用"洋种"，据1933年《改良蚕桑事业汇编》记载，农民把改良种称为洋蚕种，把女指导员称为洋蚕婆，把学校称为洋学堂，在农民眼中，既然都是洋货，都在仇视之列；⑤土种制丝较为坚韧，为土绸业所乐用，因而还有一定市场；⑥随着新旧技术的更替，一部分与旧技术相关的行业利益受到影响，这些行业的人员因而反对采用新技术。①

茅盾短篇小说《春蚕》中的主人公老通宝就憎恨洋货，也连带着憎恨"洋蚕种"。当年为了推广洋蚕种，制种商与茧商合作，故意压低土蚕种的茧价。这一招在老通宝家也起了作用。由于上一年洋蚕种的茧价高于土蚕种，儿子阿四夫妇就主张改养洋蚕种。父与子博弈的结果，他们家"看了一张洋蚕种"，其他三张仍是土蚕种。在小说中，"洋蚕种"意象引起了老通宝家"父与子"的代际矛盾冲突。

徐迟的抗战小说《一个镇的轮廓》中的那位中学校长，一心要促进所在市镇的现代化。他们有一个"建设新故乡的计划"，首先是建一所蚕种制造场。第一年的蚕种分送到乡下人家，养的蚕收成好，得到乡下人的"信仰"了。第二年却由于育种的工具没有消毒等，乡下人养的蚕都瘟死了，从此失了"信仰"，蚕种没人要了。投入十几万的蚕种场赔得精光。不过这只是个案。由于地方政府和商家全力推广，"洋蚕种"还是基本取代了土蚕种。"洋蚕种"意象，代表了科学、先进与改良，也体现了官商的实力。抗日战争时，官商的合力推广工作中断，"土蚕种"又抬头了。

20世纪30年代，江南小城镇向抗击旱涝灾害的乡村还输送了另一种新兴的生产资料，那便是"洋水车"。

传统的江南乡村，用来戽水的工具是龙骨水车。1934年8月，丰子恺坐船从故乡石门镇到长安，再转乘火车去杭州。他在随笔《肉腿》中描述

① 陈晓燕、包伟民：《江南市镇——传统文化聚焦》，上海：同济大学出版社，2003年，第310页。

了沿途所见村民们踏龙骨水车的情景。

茅盾的散文《戽水》，几乎写了 A 村戽水抗旱的全过程。从"端阳"那时候起，A 村和 B 村中间那一条小河的两岸就排满了龙骨水车，"远望去活像一条蜈蚣"。最初那五六天水车戽水比较方便。随后小河变浅，加长的水车艰难地戽水。等到小河里再也戽不到水，A 村和 B 村的人联合从 C 村借道，把外边塘河里的水引到浜里，再引到小河里。三个村合力抗旱，投入无数人力，无奈外塘里的水也所剩无几了。

直到依靠传统的龙骨水车无法抗旱时，村民们才想到凑钱雇一架"洋水车"。然而，这一年"洋水车"不仅涨了价，而且要一半现钱，村民们只能望"车"兴叹。走投无路的村民，才开始抬了土地的神像去求雨。[①]

当年的"洋水车"，即抽水机、水泵，是以柴油（汽油）机为动力的抽水机。小城镇上的商人购买这种"洋水车"，装在船上，摇到乡村去帮人抽水赚钱。社会学家费孝通于 1936 年夏到太湖边的"江村"进行调查。他在日后写成的《江村经济：中国农民的生活》中也讲到了村里在 1934 年购置了两台动力抽水泵，一台为私人所有，另一台为合作工厂所有。其经营方式是承包全年的灌溉，按每亩收费。这使同一圩田里的灌溉过程逐步转入集体化和专业化。由于要另花钱，而节约下来的劳动力又转移不到附近的小城镇上去，故大多数村民宁愿使用旧水车。有些人告诉费孝通，那些依赖抽水泵灌溉的人无所事事，便到城镇的赌场去赌博。[②]由此看来，抽水机尽管比龙骨水车强大得多，但由于节省下来的劳动力无法市场化，故推广的阻力比较大。乡村中本分的农民宁愿继续用那费力又费时的龙骨水车。

美国学者理查德·瑞吉斯特比较了城市与乡村的思想差异，指出："城市非常有利于思想和信息的交流，使人类的创造力达到了前所未有的程度，使一个人在有生之年就能亲眼目睹许多新奇的变化。这种创造力在乡村被认为是危险的，但在城市却被认可、利用和欣赏。"[③]抽水机艰难进入乡村，从一个侧面说明了小城镇上的商人与乡村农民的思想差距。

不过 20 世纪 30 年代，江南小城镇上那些喜欢创新的商人还是为抽水机寻觅到了一线商机。那就是遇到旱涝灾害，村民们用龙骨水车无法减灾

① 茅盾：《戽水》，《太白》1934 年 10 月第 1 卷第 2 期。
② 费孝通：《江村经济：中国农民的生活》，戴可景译，北京：商务印书馆，2001 年，第 145-146 页。
③〔美〕理查德·瑞吉斯特：《生态城市——建设与自然平衡的人居环境》，王如松、胡聃译，北京：社会科学文献出版社，2002 年，第 75 页。

时，就会想办法来用这更强大的抽水机。茅盾的小说《秋收》就写了老通宝家三个壮劳力踏水车仍解决不了旱情，老通宝才学村民们的样，也花钱让"洋水车"来灌溉自己家的田。茅盾写于 1934 年的散文《大旱》，讲到了故乡乌镇的"新兴资产阶级"早在 1932 年就趁乡村发大水，买了抽水机，装在小船上到乡下去出租，狠赚了几个钱。镇上最先吃螃蟹的人是轧米厂的老板，1934 年大旱时汽油灯铺子的老板也来学样，却不料生意只做了八天，就连船带机器都搁浅在乡下的河里了。[①]可见当年抽水机的生存空间十分有限。

剧作家洪深在 20 世纪 30 年代完成了"农村三部曲"。第一部是独幕剧《五奎桥》。该剧矛盾冲突的导火线是那条安装了抽水机的大船。周乡绅是居住在江南某县城里的"不在地主"，其祖坟在距县城六里的五奎桥。清朝时，周家一门两代出了一位状元、四个举人，就造了五奎桥以纪其盛。五奎桥的桥洞太狭小，稍大一点可以乘坐两个人的船便行不过去。桥东面一段河，船只从来不能摇过桥。

当年夏天大旱，桥东有四百多亩田，人力水车无法缓解旱情。为了把机器打水的"洋龙船"撑到桥东去，在桥东有田的农民要求"拆桥"，而周乡绅认为五奎桥事关周家风水，率领雇工、仆役、爪牙，全力"保桥"。戏剧冲突由此展开。

洪深崇尚现代性，借为周乡绅家看管祠堂的谢先生的儿子大宝——一位在县城里读书的十六岁少年之口说："乡下迷信的事太多了，吃素念经是迷信，拜忏打醮是迷信，坟地风水也是迷信。"[②]他还向村民讲解有关下雨的科学知识。

周乡绅读过书，做过官，是位退老在家享福的老乡绅。为了保桥，他竭力说"洋龙"的不好："凡是用洋龙打水的地方，一夏天用不着车水，一群年轻小伙子，都聚在茶馆里赌钱碰麻将，这就是洋人造出来的洋东西的好处了！"[③]

经过"保桥"与"拆桥"双方的斗争，戏剧矛盾激化。周乡绅拿洋手杖打了带头要拆桥的李全生和租种周家坟田的陈金福，又把他们捆到周家的祠堂里继续打。最后，愤怒的农民动手拆掉了五奎桥。

---

① 茅盾：《大旱》，《太白》1934 年 9 月第 1 卷第 1 期。
② 洪深：《五奎桥》，《文学月报》1932 年 11 月、12 月第 1 卷第 4 期及第 5 期、6 期合刊。
③ 同②。

洪深在"农村三部曲"自序中指出:"《五奎桥》所写的,是乡村中残留的封建势力。"①在《五奎桥》中,周家的五奎桥意象成了封建残余势力的象征,而安装了抽水机的"洋龙船"意象则成了现代文明的象征。洪深用戏剧化的方式表明了自己的立场。平心而论,村民们要把抽水机船弄到桥东去,还有另一种方法:把抽水机从船上卸下来,再把船拔上岸,绕过五奎桥拔到桥东的河里去,最后再把抽水机装到船上去。但如果采用这一方法化解矛盾,洪深的创作意图就无法表达了。

从第二部《香稻米》来看,用抽水机抗旱果然赢得了秋天的丰收。不过《香稻米》与茅盾的《秋收》、叶圣陶的《多收了三五斗》和叶紫的《丰收》等众多作品一样,都表达了"丰收成灾"的主题。洪深自己也说,"《香稻米》所写的,是农村经济破产"。第三部,洪深原计划想写《红绫被》,"那是前两部曲的必然发展"②。不过他两次试写,都写不下去。1934年的江南大旱,给了洪深创作灵感。他另写了一出《青龙潭》。

在四幕剧《青龙潭》里,县长奉省里命令要修公路,规划中的公路穿过樱桃园,要砍掉一些树。庄家村人视樱桃树为命根子,于是就围绕保树与砍树爆发了戏剧冲突。村里大旱,村民们踏水车抗旱,一个月下来都累病了。乡村小学的校长林公达紧急救护病人。他崇尚科学、反对迷信,似乎成了乡村的精神领袖。由于他力陈修公路的种种好处,庄家村人终于同意砍樱桃树,修公路;同时去向县长要一条"洋龙"作为补偿。不料半个月后,大河见底,水车、洋龙都无法抗旱。村民们砍了樱桃树,修了公路,但得来的洋龙却无水可抽。由此看来,如果水利工程跟不上,遇到无水可抽的大旱之年,代表先进生产力的抽水机也是无用武之地的。

在剧中,林公达和"洋龙"的对立面是代表传统信仰的青龙寺智圆和尚与菩萨青龙大王。智圆向大家"弘法":"这位菩萨专司行雨,到了天时大旱的时候,你们求求大王,自然就会落下雨来了。""这是几百年传下来的旧规矩",连从前的知县老爷也要到青龙潭边替百姓求雨。③在剧中,"洋龙"与龙王菩萨成了两个代表现代与传统、科学与迷信的对立性意象。

跟江南稻作文化相关的一种新兴生产资料是碾米机。传统的稻米加工有两道工序:牵砻和春米。王鲁彦的短篇小说《童年的悲哀》中的阿成哥

---

① 洪深:《农村三部曲》,上海:上海杂志公司,1936年,第1页。

② 同①。

③ 洪深:《农村三部曲》,上海:上海杂志公司,1936年,第280-446页。

在大碶头的一家米店里做活，会牵砻和舂米。"我"特别喜欢向阿成哥学拉二胡，故家里请他来牵砻和舂米，令"我"特别高兴。

王鲁彦的短篇小说《桥上》就写到了碾米机。小说中的伊新叔是昌祥南货店的老板，在薛家村的桥上开了二十多年的店。店开久了，人头熟，伊新叔就雇了两个长工砻谷舂米，带做米生意。

北碶市永泰米行老板林吉康置办了轧米船，有意开到薛家村来，轧米兼卖米，与伊新叔竞争。尽管开始时，有传言说吃了机器轧出来的米，会得脚气病，但几个回合下来，轧米船还是抢走了伊新叔的米店生意。财大气粗的林吉康乘胜追击，又以自己名下的天生祥南货店与昌祥南货店竞争。在轧米船"轧轧轧轧"声中，伊新叔危机四伏，感到在薛家村的桥上，再也没法生存了。[①]

陆蠡在第一本散文集《星海》的"故乡杂记之二"《哑子》中写的哑子，是一个外地来的"割稻客"，"高大的身材，阔的肩，强壮的肌肉，和黑的脸配上过大的嘴"，是个典型的粗汉。他像阿 Q 一样，靠打短工过活。文中写道：

> 在一九二八的年头，我们乡间第一次进了一架碾米机。这是摧毁人力劳动的第一机声吧，这是第一次伸到农村里都市的触角吧。大桶的柴油作美金元资本侵入的前驱，而破人晓梦的不是鸡声而是机械的吼声了。[②]

当年的碾米机以柴油机为动力，但没有蓄电瓶来启动。"两个人般高的飞轮"需要两个壮汉的力量来摇转，才能启动柴油机。哑子力大无比，能独自摇动飞轮。"哑子便专在此间摇车了。三餐的饭食有人送来。主人也大量的，每天收入的铜元随手拿几十个给他。"

据陆蠡姐弟回忆，陆蠡多年生活在大都市，十分关心家乡的现代化事业。他回老家平镇办起第一架碾米机，还购置了第一架抽水机。抗日战争期间，一段时期霍乱流行，他在外面为乡亲们买来治疗霍乱的药品。像王鲁彦、陆蠡这些长期生活在大都市的作家，他们都是乡镇现代化进程的推动者，因而在他们笔下的碾米机和抽水机等意象都是先进生产力的代表。

---

① 王鲁彦：《桥上》，《文学》1934 年 2 月第 2 卷第 2 期。
② 陆蠡：《海星》，上海：文化生活出版社，1937 年，第 83-87 页。

与此同时，他们又对那些碾米机和抽水机的受害者给予人道主义的同情。

这些新兴的生产资料是把双刃剑，一方面加速了江南社会现代化的进程，另一方面又断了一些农民的生路。例如，碾米机让哑子找到了摇机器的活，但断了阿Q们砻谷舂米的零工活。

王鲁彦中篇小说《乡下》[①]中的主人公阿毛是农村中雇农出身的贫苦农民。他是个有名的"大力士"，乡里乡亲乐于雇用他挑担抬轿，但火车等新兴交通工具断了他此方面的活路。此后只好给人家砻谷舂米，但几年后这些活又被轧米船抢走了。没办法，他只好弄起划船来，来往客人顶多的地方又给汽车抢了生意去！

现代化是解放生产力的，但解放出来的富余劳动力如果没有办法转移出去，反而会加速农村的贫困化。

现代社会，仍有不少有志之士致力于江南小城镇的现代化。茅盾长篇小说《子夜》中的吴荪甫是位在大都市发展的民族资本家，但他仍一心想把家乡双桥镇建设成为"模范镇"。该镇有近十万的人口，两三家钱庄、当铺、银楼。吴荪甫用了三年时间，独力经营起了电力厂、米厂、油坊，带动了该镇的繁荣和现代化。但最终由于农民暴动，加上吴荪甫在上海的经营需要资金，双桥镇的建设资金被抽走了。

徐迟的抗战小说《一个镇的轮廓》，也写了小镇艰难地走上现代化的道路。"你设立了电灯厂，你打电话，打电报，设立银行，并且设立了缫丝厂，雇用了缫丝的女工。你有半个苍老的心，又有半个年轻的心，你既愿意安安静静地躺在床上死去，也愿意如同一个婴孩，牙牙学语，跌来倒去地学走路。"[②]市镇的"维新"，自然是校长他们努力的结果。

无论如何，现代江南小城镇作家，通过对"陌生人"意象的书写，展现了江南社会现代化的艰辛历程。

---

① 王鲁彦：《乡下》，《文学》1936年2月第6卷第2期。
② 徐迟：《一个镇的轮廓》，《大风》半月刊1940年7月、8月第76期、77期、78期。

第 2 章

现代江南小城镇文学中的人物群像研究

中国古代,城乡差别不大,士绅习惯居住在乡村。现代江南,随着都市现代化步伐的加快,都市摩登化、小城镇都市化了,士绅们便喜欢居住在小城镇,享受着电灯和现代交通工具所带来的现代化的生活。他们成了拥有乡村土地的"不在地主"。与此同时,追随摩登化与都市化的新派商人迅速崛起,不断挤压传统商人的生存空间。

除了小城镇商人、作坊里的手艺师傅以及他们的徒弟,鲁迅、茅盾、叶圣陶等作家还塑造了一类企图改变江南小城镇命运的人物形象,也即费孝通在《乡土中国》中论述到的"文化英雄"。鲁迅小说《药》中的夏瑜、郁达夫小说《出奔》中的钱时英、柔石小说《二月》中的陶慕侃、洪深话剧《青龙潭》中的林公达、叶圣陶小说《倪焕之》中的倪焕之和蒋冰之,还有想把家乡双桥镇建成模范市镇的吴荪甫,都是失败的"文化英雄"。至于祥林嫂、阿Q、"贼骨头"阿长等,则是游走在乡村和市镇之间的边缘人。

江南小城镇商品经济的繁荣,让留守女性通过家庭手工业就能解决全家的温饱问题。鲁迅小说《明天》中的单四嫂子、许钦文小说《疯妇》中的双喜家、王鲁彦小说《菊英的出嫁》中的菊英家,都是如此。学徒住店,人为造成了不少留守女性的悲剧。《倪焕之》中的金佩璋是女子师范的毕业生,又教过书,她是新型留守女性,有外出谋生的能力。

2.1 士 绅 群 像

2.1.1 传统士绅形象

士绅,也称缙绅,"包括具有各级科举功名以及拥有或曾经拥有过各类官职者,其成员主要来自于两个途径:其一是通过科举考试而获得各级功名者；其二是通过捐纳、捐输等途径获得监生或各类官职者"①。

马克斯·韦伯在《中国的宗教》中论述中国的精英阶层时指出："十二世纪以来，社会地位在中国主要是由任官的资格，而不是由财富所决定的。此项资格本身又受到教育，特别是科举所决定。"② 韦伯所论的社会精英，其实就是四民之首的士，即士绅。士绅通过科举考试取得了功名，就有做官的资格。他们在做官前或退职后，凭借知识和社会地位，在地方上发挥多种作用。

传统的科举考试，通过州县考产生秀才，通过乡试产生举人。在江南的吴方言中，考中秀才者称"相公"，高中举人者称"老爷"。丰子恺晚年专门写了《中举人》一文，回忆父亲中举的"盛况"。考中了举人，可谓光宗耀祖，最明显的标志是可以在祖坟上立旗标。丰家接到"报单"后，"开贺"三天。"附近各县知事，以及远近亲友都来贺喜，并送贺仪。"③ 由此可见，高中举人后，骤然成了社会名流、地方"精英"，连附近各县知事都来主动结交。各县知事大都也是先考取举人，随后进京赶考，考中翰林，日后外放为地方父母官的。不过丰子恺的父亲中举后母亲去世，三年"丁忧"后，晚清废了科举，没有了进京赶考的机会，只能在家设馆授徒。丰鐄是位安分守己的地方士绅，祖传的染坊店收入有限，坐馆束修微薄。镇上一家油车坊和一家当铺要掮举人老爷的牌头，请其"出官"，每年获赠一二百元。父亲早逝，丰子恺的记忆中，最深刻的是父亲爱喝酒。在随笔《酒令》中，写父亲在家闲居终老，"每逢春秋佳日，必邀集亲友，饮酒取乐。席上必行酒令"④。中秋节，丰家在门家口摆放餐桌，吃蟹喝酒赏月，十分风雅。

考取了功名的士绅，正道是入仕为官。孙席珍短篇小说《老六堂》中的韩敬文是位高智商、低情商的士绅。他一心只读圣贤书，不善与人交际，但坐吃山空，妻子还指望他来养家糊口的。"个个人知道了他的怪僻的性情，因此总没有人来兜搭他。而在他自己呢，既不会活动，又抱着不肯为五斗米折腰的那种高超的态度，所以，以前清一榜的资格，光复以后候补了知县，

① 袁海燕：《士绅、乡绅与地方精英——关于精英群体研究的回顾》，《华南农业大学学报》（社会科学版）2005 年 6 月第 2 期。

② 〔美〕马克斯·韦伯：《中国的宗教》，康乐、简惠美译，桂林：广西师范大学出版社，2004 年，第 163 页。

③ 丰陈宝、丰一吟编：《丰子恺文集》第 6 卷，杭州：浙江文艺出版社、浙江教育出版社，1992 年，第 676-680 页。

④ 丰陈宝、丰一吟编：《丰子恺文集》第 6 卷，杭州：浙江文艺出版社、浙江教育出版社，1992 年，第 664-665 页。

却整整地赋闲了七个年头。"①只有业师提携他，给他"挂了一块南康县的牌"。这让他得意忘形，独自喝酒吟诗。然而，他生性孤傲，处理不了官场事务，不到半年便丢了官。靠了妻子的"活动"，他才在盐务署做事务员，蹉跎岁月。韩敬文这样的士绅，属于典型的书呆子，缺乏处理政务的行政能力。

鲁迅短篇小说《祝福》中的鲁四老爷是个"讲理学的老监生"。明清两朝称在国子监读书或取得进国子监读书资格的人为监生。清朝也可以用捐纳的办法取得"监生"称号。鲁四老爷很有可能只是通过捐纳取得了一个"监生"的名分，而并没有进子监读书，考取真正的功名。已是民国，他还在"我"面前大骂晚清"新党"康有为，可见他是个老封建。偏偏这个老封建拥有封建男权文化的解释权。小说中的主人公祥林嫂是鲁镇的一名"外来妹"——从乡下来市镇上"打工"的。寡妇祥林嫂偷偷跑到鲁镇来，到鲁四老爷家做女佣。"礼不下庶人""讲理学"的鲁四老爷偏要用"礼"来对待"庶人"祥林嫂。

精明的婆婆，伙同人来鲁镇抢亲，硬是把祥林嫂卖给了深山里贺家墺的贺老六。四婶听闻此事，十分惊奇。对此，娘家在乡下的卫老婆子进行了辩解：

> "阿呀，我的太太！你真是大户人家的太太的话。我们山里人，小户人家，这算得什么？她有小叔子，也得娶老婆。不嫁了她，那有这一注钱来做聘礼？她的婆婆倒是精明强干的女人呵，很有打算，所以就将她嫁到山里去。倘许给本村人，财礼就不多；唯独肯嫁进深山野坳里去的女人少，所以她就到手了八十千。现在第二个儿子的媳妇也娶进了，财礼只花了五十，除去办喜事的费用，还剩十多千。吓，你看，这多么好打算？……"②

再婚的祥林嫂仍有可能过上相夫教子的平凡日子。然而，她偏偏死了丈夫，儿子阿毛又被狼叼走了，大伯收走了房子，于是就成了"要做奴隶而不得"的可怜人。再次来到鲁四老爷家当女工的祥林嫂，在鲁四老爷眼里成了"败坏风俗"的人。鲁四老爷家里最重大的事件是祭祀，祥林嫂却插不上手。鲁四老爷暗地里告诫过四婶，祭祀时不能让她沾手，"否则，不

① 孙席珍：《到大连去及其他》，上海：春潮书局，1928 年，第 93 页。
② 鲁迅：《祝福》，《东方杂志》1924 年 3 月第 21 卷第 6 号。

干不净，祖宗是不吃的"。

周作人在谈到祥林嫂再嫁时指出："中国过去礼教上强调贞节，但社会上一般人家寡妇再嫁也是常有的事，自然她是要受点差别待遇……除了礼教代表的士大夫家以外，寡妇并不禁止再嫁，问题是没有她的自由意志，必须由家族决定……"① "庶人"之家不管"贞节"，能把寡妇祥林嫂卖出几个钱来才是硬道理。再嫁的寡妇也不触犯礼法，自然不用送到县城里法办。然而，乡下的"庶人"与"讲理学"的鲁四老爷在"贞节"问题上是两套不同的标准。祥林嫂的悲剧在于，自己没有"自由意志"，先是被不讲贞节的婆家卖进深山野坳里去再婚，后又来到讲究贞节的鲁四老爷家受辱。市镇大户人家与乡村小户人家在礼法上的错位，让祥林嫂一辱再辱。

士绅鲁四老爷不让祥林嫂参与鲁家的祭祀，管理的只是自己的家事。士绅都是文化人，一般都拥有礼俗的解释权。中国的传统社会是一个宗法制的社会，在地方治理中，宗族的内部治理是一个很大的问题。大的宗族，都有族长，而族长一般由宗族内德高望重的士绅出任。

张天翼在短篇小说《脊背与奶子》中，塑造了一个虚伪、凶残、灵魂肮脏的族绅长太爷的形象。长太爷在镇上有钱有势，是任姓家族的族绅。作为一族之长，他要保持地方士绅的良好形象。对于任三嫂私奔到情夫那儿姘居并有了私生孩子之事，他声言："这是淫奔……任族上的面子扫尽了！抓她回来，我给她一点家教。"于是在宗族的香火堂里，当着族人的面，他大谈礼义廉耻，强调"万恶淫为首"，俨然一个"教化"族人的正人君子。然而其内心却是邪恶的，他对"芡实粉"一般粉嫩漂亮的任三嫂早已垂涎三尺，背着众人调戏过她。

长太爷通过逼债，逼迫任三把任三嫂送给其淫乐。任三嫂将计就计，等任三刚走远，就把长太爷打翻在烂泥里，自己乘着天黑，逃到情夫处，一家三口远走高飞了。长太爷费尽心机，却被打得鼻青脸肿。得意楼茶店老板缪白眼是帮长太爷跑腿的皮条客，却硬说长太爷是被任三嫂的"淫奔"气肿了脸。② 张天翼以讽刺的笔法，嘲讽了满口仁义道德、一肚子男盗女娼的伪君子长太爷。

洪深"农村三部曲"之一《五奎桥》中的周乡绅，读过书，做过官，是位退老在家享福的乡绅。他居住在县城，但周家的发祥地在距县城六里

① 周作人（周遐寿）：《鲁迅小说里的人物》，上海：上海出版公司，1954 年，第 157 页。
② 张天翼：《脊背与奶子》，上海良友图书印刷公司"一角丛书"第 58 种，1933 年。

的五奎桥。清朝某某年间，周家一门两代出了一位状元、四个举人，于是重新在祖茔上树起石人石马，又把那祖茔前河流上原有的一顶小桥，修理了改名五奎，作为周家的私桥，一以纪念盛事，二以保全风水。后来周氏子孙，又添买了许多田地，并且在祖茔后面盖了一所祠堂。周家的人冬天下乡来收租米，清明上坟时顺便修缮此桥。

　　然而，当年夏天大旱，桥东的四百多亩田，靠龙骨水车戽水无法缓解旱情。为了把机器打水的"洋龙船"撑到桥东去，在桥东有田的农民都要求"拆桥"。五奎桥是周氏家族荣耀的象征，危难之际周乡绅代表宗族出面，力图化解宗族与地方的矛盾。

　　他先用"知识"优势，历数传统人工戽水的好处，又说改用洋龙打水的地方，无所事事的年轻小伙子都聚在茶馆里赌钱碰麻将。这些话尽管劝退了一些胆小怕事的老农民，但李全生等大部分农民仍聚集在五奎桥，强烈要求拆桥。情急之下，周乡绅拿起洋手杖打了带头要拆桥的李全生和租种周家坟田的陈金福，又把他们捆到周家的祠堂里继续打。最后，愤怒的农民联手拆掉了五奎桥。

　　在"农村三部曲"之二《香稻米》中，周乡绅腊月里来算账，要求"丰收成灾"的村民们出钱重修五奎桥。愤怒的农民放火烧了周家的祠堂。剧终时，大家挤出门去看火烧周家祠堂。剧作者洪深把周乡绅当作封建残余势力来写。然而，作为退职官员，周乡绅还是有许多资源的，在与村民的斗争中，他往往是强势一方。不过时势变了，周乡绅欺人太甚，反而弄巧成拙，被敢于反抗的农民拆掉了五奎桥，焚烧了周家祠堂。

　　传统士绅都是传统封建势力的代表。周乡绅就是这么一位没落的代表。端木蕻良短篇小说《江南风景》中的镇长李缙绅也是个腐朽没落的传统士绅。小说用夸张的手法，渲染黄梅天气时李家充满着霉气，到处长满了青苔：

> 李家最出色的风水，就是到处都是青苔，水缸里的苔有半尺厚，厚得就像水缸里盛的不是水，而是盛得满满澄澄的暖绒绒的苔。天井里，砖角里，房瓴上，石阶上，都是绿盈盈的苔。洗脚盆里要是有几天不动，也一定会生起苔来，咸菜罐子要是丢在天井里一个晨光，也会生出毛烘烘的玩意儿来。新娶的媳妇仔，第二天打扫被褥时，也滚落一团青苔来。家人的身上也长出青苔来，

每人的身上都凝成金钱大小的一块一块的癣疥。①

其实，江南人家的水缸是会定期清洗的。黄梅天气时挑来的水浑，江南人一般会用明矾来净化，甚至通过养螺蛳来进行生物净化。只有废弃的破缸里会积存绿盈盈的青苔。

从秦朝开始，中国的封建社会长期实行县域制，即朝廷派出的最低一级命官是"七品芝麻官"知县，由知县自己搭建班子处理一县之内的大小事务。士绅管理宗族，县治和宗治之间基本实行地方自治。实际上，所谓地方自治，治理者仍然是地方上有名望的士绅。绅权可谓是中国封建社会的"特产"。"皇帝和中央政府的管辖权大抵只能延伸到县一级 ……乡村的平民百姓甭说是难睹天颜，就是县太爷，也终生都未必见得着面。而族权的权限大抵只能限于族内，二者之间便是绅权的领域。"②

1948 年，吴晗、费孝通曾组织了一个讨论班，研讨"中国社会结构"，并结集成《皇权与绅权》，由上海观察社出版。费孝通在《论绅士》中指出："绅士是退任的官僚或是官僚的亲亲戚戚。他们在野，可是朝内有人。他们没有政权，可是有势力，势力就是政治免疫性。"③有势力的士绅不仅在赋税等方面有"免疫性"，而且还凭借"朝中有人"处理地方上的事务。

鲁迅短篇小说《离婚》中的七大人就是一位"朝中有人"的士绅。

庄木三的女儿爱姑，是施家明媒正娶的媳妇。其丈夫姘上了同村的一位寡妇，就想休了爱姑。爱姑并没有犯"七出"之条，且有六个兄弟，加上父亲庄木三是乡村中有名的人物。有道是好女不事二夫。爱姑不甘心退出"好女"行列，就在父亲和兄弟的支持下与施家闹了三年。其间乡绅慰大人多次出面调停，庄家都没答应。新年里，县城里与知县老爷"换帖"的七大人也来到慰大人家，出面调停这桩离婚案。

在乡下人看来，像七大人这样的城里士绅都是"知书识理的人"，"是专替人家讲公道话的"。满是委屈的爱姑，就想在七大人面前诉说一下自己多年的苦处。七大人爱玩有"水银浸"的"屁塞"。当爱姑一个劲地诉说自己的委屈时，七大人并不爱听唠叨，而是用"屁塞"来闻鼻烟。"来——兮！"七大人的一声喷嚏吓得爱姑不敢继续唠叨了。在七大人的"威严"面前，

① 端木蕻良：《江南风景》，重庆：大时代书局，1940 年，第2-3页。

② 汪兵、汪丹：《皇权·绅权·族权——兼论划清中西文化传统的界限》，《天津师范大学学报》（社会科学版）2004 年 8 月第 1 期。

③ 吴晗、费孝通等：《皇权与绅权》，上海：上海观察社，1948 年，第 9 页。

爱姑不敢再"放肆"和"粗卤",不由地说道:"我本来是专听七大人吩咐……"事情就这么有了戏剧性的结局。离婚案调停成功。比起慰大人来,七大人只是让施家给爱姑多付了十块大洋。

其实,真正吓住爱姑的并非七大人那个喷嚏,而是七大人官府里有人,因而他的说法似乎就是法律。爱姑声称不怕打官司,"县里不行,还有府里呢"。慰老爷却吓唬爱姑:"打官司打到府里,难道官府就不会问问七大人么?"对于施家要与爱姑离婚之事,七大人解释道:"公婆说'走!'就得走。莫说府里,就是上海北京,就是外洋,都这样。你要不信,他就是刚从北京洋学堂里回来的,自己问他去。"那位尖下巴的洋装少爷也认同七大人的说法。这阵势让爱姑立即陷入了孤立无援的境地。[①]

"得人钱财,与人消灾",七大人是施家花钱请来的人,自然要为施家消灾,阻止爱姑将离婚继续闹下去。仔细推敲起来,他与慰老爷说的话,并非"知书识理"的话,而是软硬兼施,迫使爱姑同意离婚。这些士绅的言行,并非以理服人,而是以势压人。

晚清时基层执法权在县政府手中,且往往是七品芝麻官县太爷亲自断案,不过大部分的民事纠纷是由士绅来充当"讼师"的。旧时,类似七大人这样的土豪劣绅颇具典型性。七大人的官派,与知县大老爷称兄道弟等,明显带有周氏兄弟的姑丈章介千的影子。这位"道墟的土皇帝",是鲁迅祖父科举案的主谋,鬼点子颇多。周氏兄弟对他是十分熟悉的。小城镇上的士绅,可以狐假虎威,在乡村"讲吃茶"之类的场合断案,从中捞到一些好处。

王任叔(巴人)短篇小说《疲惫者》中的乔崇也是一个仗势欺人的劣绅。《疲惫者》是王任叔的成名作,主人公运秧驼背是个上无片瓦、下无立锥之地的穷汉,像阿 Q 一样,靠打零工过活。不过他不会像阿 Q 那样行窃,是位"石骨铁硬"的汉子,茅盾称其为"倔强汉"。同住三圣殿的阿三依稀记得皮箱里的钱包中有十元偷卖"缸沙"的钱,数出来只有八元,就怀疑运秧偷了他二元钱。阿三告到乔崇那里,乔崇就差人把运秧叫来审问。运秧借着酒意,讲了一大篇不屑于偷阿三之钱的话,激怒了乔崇。乔崇命人捆了运秧送到县城,给知事修书一封,"说运秧犯过十件重大的窃案",害得运秧吃了一年多牢饭。[②]由此可见,地方的土豪劣绅是与县政府沆瀣一气的,合伙欺压那些不服管教的百姓。

---

① 鲁迅:《彷徨》,上海:北新书局,1928 年,第 247-252 页。

② 王任叔:《疲惫者》,《小说月报》1925 年 11 月第 16 卷第 11 期。

地方士绅对于平民百姓可以以势压人，但碰上蛮不讲理的"地头蛇"也许会"秀才碰到兵——有理说不清"。张天翼中篇小说《清明时节》讲述的就是一个士绅与"地头蛇"争斗的故事。小说中的谢老师进过学，曾在省城的一个阔人家教过书，每年有八十担租谷，儿子在县城读中学。谢老师是镇上区董，镇上同宗族的人只有堂弟谢标六，后者在镇上开了一家姓记广货铺。在随缘居茶店，谢老师与镇上其他几位区董习惯于坐在靠窗的那一桌，这是整个茶店的重心：

> 那几位先生的嘴脸老是那么慎重其事，叫人一瞧就知道他们是在那里谈正经话。他们都是这里的区董。他们都喝过墨水的：帮人写写状子，也给人问问是非。那张褪了漆的茶桌就成了他们办公事的地方：要跟他们谈打官司的买卖，要问他们借钱，都得恭恭敬敬挨到那窗子边去……①

谢老师尽管是镇上有头有脸的士绅，但镇上真正的地头蛇是罗二爷。谢老师一心想巴结他，但巴结不上。谢老师想在迁祖坟一事上敲二爷一笔竹杠，自然更是一厢情愿。罗二爷是个说一不二的人，他对谢老师放下狠话："我的话——讲一句算一句，哪个忘八蛋来拗拗看！……谢老师你该放明白些；我一直忍住了没跟人抓破脸子，你莫逼得太狠。有人在我面前奉承我，装得比孙子还孝敬，一背过脸去造我的谣言——而且还在田侉老面前造我的谣！我痛恨这些不称毛的家伙！——忘八蛋！"

对于谢老师这类市镇上的士绅，张天翼在《我怎样写〈清明时节〉的》中指出：

> 他们哼过子曰诗云，每年也收得什么几十担谷子，手边还有些现洋把去放放债。因此他们在家乡里就有点地位跟声望。地方上有什么小别扭，有什么乡下佬要打官司，都得请教他们。他们十分热心。有时候热心得过火了点儿：就是太平无事的时候，他们也想弄出点事来。于是，他们在这些闲是闲非里面顺手捞点小便宜。②

① 张天翼：《清明时节》，上海：文学出版社，1936年，第3页。
② 张天翼：《清明时节》，上海：文学出版社，1936年，第152页。

2.1.2　投机钻营的劣绅形象

传统社会，士农工商，士为四民之首，属于上流社会。士绅拥有文化权、经济权和政治资源，是社会上有权有势的既得利益者，因而他们往往反对社会变革。

鲁迅短篇小说《风波》中的赵七爷在鲁镇附近的村上开了一家茂源酒店，赵七爷是"三十里方圆以内唯一的出色人物兼学问家"，是当地很有名望与势力的乡绅。"他有十多本金圣叹批评的《三国志》，时常坐着一个字一个字的（地）读；他不但能说出五虎将姓名，甚而至于还知道黄忠表字汉升和马超表字孟起。革命以后，他便将辫子盘在顶上，像道士一般；常常叹息说，倘若赵子龙在世，天下便不会乱到这地步了。"①

邻村的七斤由于三代不务农，便"有些飞黄腾达的意思"，加上帮人撑着航船每天进城去，颇知道些城里的奇谈轶事，便受到村人的尊敬。让赵七爷耿耿于怀的是，两年前七斤喝醉了酒，曾经骂过他是"贱胎"。辛亥革命时七斤在县城里被革命党剪了辫子。到了张勋复辟时，赵七爷便兴奋地穿上了轻易不穿的竹布长衫，以重新坐了龙庭的皇帝需要辫子为名，前来威胁被剪了辫子的七斤。赵七爷的"学问"基本局限于《三国演义》，对于张勋复辟，其解释是，张勋"就是燕人张翼德的后代，他一支丈八蛇矛，就有万夫不当之勇，谁能抵挡他"？！由此可见，赵七爷没啥真才实学。他那些"学问"，只是用来吓唬不识字的乡村农民的。

赵七爷对七斤的威胁果然有效。原先尊敬七斤的村人，反而有些幸灾乐祸："七斤既然犯了皇法，想起他往常对人谈论城中新闻的时候，就不该含着长烟管显出那般骄傲模样，所以对七斤的犯法，也觉得有些畅快。"②风波过去，七斤嫂和村人又都给了七斤相当的尊敬、相当的待遇。由于帮人撑航船，七斤的命运与县城紧紧联系在了一起。比起"捏锄头柄"的村人来，撑航船是一种更好的工种；他那些在县城咸亨酒店里听来的"新闻"，可以在村人面前炫耀。至于赵七爷，又将辫子盘在顶上，时常坐着一个字一个字地读"金圣叹批评的《三国志》"。

张仲礼指出："士绅们在乡村社会的领导地位是凭借其所拥有的一系列政治、经济以及文化资源在实际的社会生活中形成的。科举制的废除中断

---

① 鲁迅：《风波》，《新青年》1920 年 9 月第 8 卷第 1 号。
② 同①。

了士绅阶层的产生机制，然而在一定的时间界限内，士绅们凭借其所掌握的政治、经济、文化资源从而在新的权力机构中仍然居于领导地位，仍然发挥着重要作用，仍然是乡村社会的精英。"①

晚清和民国时期可谓多事之秋，大多数士绅不会像赵七爷那样不识时务，只望"赵子龙在世"。他们都会随机应变，"咸与维新"，甚至投机钻营，"凭借其所掌握的政治、经济、文化资源"努力在新的权力机构中谋取领导地位。

鲁迅中篇小说《阿Q正传》中，听闻辛亥革命爆发，未庄最有权势的赵太爷也不知所措。阿Q由于在城里见过杀革命党，神往革命，在未庄先率先喊出了口号："革命了！"他在未庄的地位迅速上升，赵太爷甚至尊称他为"老Q"。然而，阿Q毕竟是"草根"，没有人脉关系，不知到哪里去"投革命党"。相反，假洋鬼子和秀才在"咸与维新"时一起投机革命，把尼姑庵的一块"皇帝万岁万万岁"的龙牌砸碎，还顺手牵走了"观音娘娘座前的一个宣德炉"。假洋鬼子在洋学堂读过书，又留过洋，去了一趟县城，就找到了政治资源，不仅自己取得了一个自由党的党徽"银桃子"，而且也为秀才弄到了一个。据说这个花四块大洋买来的"银桃子""抵得一个翰林"。"赵太爷因此也骤然大阔，远过于他儿子初隽秀才的时候，所以目空一切，见了阿Q，也就很有些不放在眼里了。"未庄发生了抢劫案，由于阿Q曾去县城做过小偷，算是有前科，经秀才进城告发，阿Q就被抓进城里杀了头。②

顺便提一下，鲁迅短篇小说《药》中的夏三爷也是一个投机的士绅。革命者夏瑜是夏四奶奶的儿子，他的被捕是其伯父夏三爷告的官。本来，夏三爷也要受牵连的，经一告官，不仅撇清了关系，还领到了二十五两银子的赏钱。刽子手康大叔称赞"夏三爷真是乖角儿"。③

叶圣陶长篇小说《倪焕之》中的蒋士镳及其儿子蒋华是作为新兴知识分子蒋冰如、倪焕之等人革新教育路上的绊脚石来塑造的。蒋士镳明明是镇上的富裕人家，偏偏要让儿子蒋华免费入学。当倪焕之与校长蒋冰如提倡新教育实验，并着手在学校里开设农场、戏台、商店的时候，市镇上却掀起了反对的风潮，为首的就是市镇上的土豪劣绅蒋士镳。为了办农场，学校开垦了一块荒地，挖掉了一些无主荒坟。镇上起了风言，说学校破坏

① 张仲礼：《中国绅士——关于其在19世纪中国社会中作用的研究》，上海：上海社会科学院出版社，1998年，第1页。
② 鲁迅：《呐喊》，上海：北新书局，1926年，第159-187页。
③ 鲁迅：《药》，《新青年》1919年5月第6卷第5号。

了镇上的风水，将给镇上的市民带来灾难。最可气的是一向独霸镇中大权的乡绅蒋老虎，硬说这块荒地是他们家祖传下来的，"旧契所载都图一点不差"。蒋冰如他们只得含羞忍辱地作了让步和妥协，让蒋老虎敲了一笔竹杠。

国民革命军北伐逼近江浙沪，镇上的一些小青年悄悄与上海取得联系，成立了国民党的组织，蒋老虎的儿子蒋华也在其中。蒋老虎从儿子口中获悉，北伐军要打倒土豪劣绅，自己很有可能成为被打倒的对象。蒋老虎声称辛亥革命时就已参加革命，让儿子蒋华介绍自己加入了组织。这些小青年不熟悉镇情，蒋老虎与几个投机革命的地痞流氓乘机在开会讨论时掌握了话语权，把他们的对头蒋冰如列为要打倒的土豪劣绅。

"革命"后的镇上，市民们早上打开门一看，但见蒋老虎"挺胸凸肚，一手执着司的克，这边一挥，那边一指，一副不可一世的气概，他还是一伙里的头脑呢"！墙壁上的标语，除了那些外来的革命性标语，"本镇特制"的都针对校长蒋冰如："打倒把持一切的蒋冰如！""打倒土豪劣绅蒋冰如！""勾结蒋冰如的一班人都该打倒，他们是土劣的走狗！"

蒋老虎甚至在本乡的初选乡董中营私舞弊，不仅无视选举法规偷偷把不在场的人员名字写进自己的选票里，而且利用市民们贪小便宜的心理许诺一顿两块钱的盒菜让在会场出入的轿夫们为他填选票充数。

蒋冰如热心地方公益，在市镇上很有声望。蒋老虎处处与蒋冰如他们作对，从中为自己牟私利。北伐军来到镇上，蒋老虎投机革命，把持话语权，鼓动镇上市民将打倒土豪劣绅的矛头引向蒋冰如。

叶圣陶短篇小说《某城纪事》也是描写小县城里的士绅在北伐军入城前后投机钻营的。北伐军挺进浙江，某县城里的陈莲轩乘火车去了一趟上海，找到党部的人，申请入党。经过争取，陈莲轩和儿子陈菊生都填表入了党。回到某城，等待北伐军来到某县城，他们就可以开展"工作"了。

陈莲轩申请入党时，有人说其姊丈周仲篪曾经列名袁世凯的劝进表，"平时靠省议员的旧头衔，包揽词讼，把持地方"，是土豪劣绅。周仲篪听闻，躲到上海租界去了。

县学成了党部的办公场所，县城的居民都来参观。北伐的炮声临近县城，原来的兵丁弃守，大家出城迎来了北伐军。"凡在大众的意念中，与土豪劣绅多少会引起联想的那些人，移住上海租界的早就走了，没走的也废止了每天上茶馆的常课。"前县知事溜走了，新出现的党部成了"全县的主人"。陈莲轩父子也在县党部办公。

半个月以后，县学里远没有先前那样热闹。陈莲轩仍在党部，陈菊生升任宣传部长。周仲箎已回到县城，在陈莲轩的指导下，填写表格。这位同盟会的老会员，也来加入县党部了。北伐过后，土豪劣绅与革命新贵"咸与维新"，皆大欢喜。①

张天翼短篇小说《三太爷与桂生》中的陈三太爷也是个土豪劣绅。他是玟店镇上呼风唤雨的人物，故凡到过该镇的人都见识过这位"头面人物"。北伐军进驻县城，他就好酒好菜招待"革命同志"，进而重金贿赂。次日他就带着家人逃往上海。躲过风头后，他回到镇上重振旗鼓。桂生是陈三太爷的佃户，又是本家，会拉四胡，逍遥过日，大革命时积极参加斗争，日后从上海回乡，也算是镇上见过世面的人了。陈三太爷想拉拢桂生从上海贩卖烟土，而桂生偏偏不愿为他卖命。佃户们私下谋划抗租，其中也有桂生。桂生的姐姐死了丈夫后去上海当了女工，失业后由桂生接回家来。陈三太爷捏造了姐弟通奸乱伦的罪名，动用族规，将两人抓起来痛打一通后活埋了。在张天翼笔下，陈三太爷是个奸猾、狠毒的土豪劣绅。谁敢反抗他，即使是同宗族的本家，也会被他在道德上诬陷，并从肉体上消灭。

在传统社会中，热心地方自治的士绅，都有自觉的道德追求，所谓"修身齐家治国平天下"。地方士绅大多是君子，当然也有张天翼《脊背与奶子》中的族绅长太爷之类的"伪君子"。"在民国的政治秩序中，大地主和地方政客取代了旧式学者做政府与人民的中间人，替代旧士绅（genty）位置的新兴统治群体，在意识形态的组成上的一致性较之前者少得多，而且他们在社会地位的划分上也没有很好的界限，但是那种传统的统治者与被统治者两极分化的局面却并未因此而有所改变。"②

诚然，那些靠投机进入地方政权的土豪劣绅，没有了传统士绅的君子品格，反倒沾染了不少流氓风气。士绅的流氓化，使民国时期的地方自治越弄越糟。这一阶层在民众中的威望也日渐衰落。

2.1.3 维新士绅形象

甲午战争失败，对晚清的士绅阶层震动很大。不少熟读四书五经的士绅也加入到维新的行列。茅盾长篇小说《子夜》中的吴老太爷当年也是响

① 叶圣陶：《未厌集》，上海：商务印书馆，1929年，第147-172页。
② 周德荣：《中国社会的阶层与流动——一个社区士绅身份的研究》，上海：学林出版社，2000年，第5页。

当当的维新党，只是习武骑马时摔坏了腿而弄得半身不遂，才退回书斋，终日诵读《太上感应篇》。据茅盾回忆，其父亲当年就是一名维新党，认真自学声光化电，数学甚至还自学到了微积分。

茅盾长篇小说《霜叶红似二月花》中的老士绅朱行健是县城里一个"最闲散""最不合时宜的绅缙"。他喜欢与洋学堂里出来的后生小辈厮混在一道。他喜欢声光化电，但所学知识仅停留在最早编译的《格致汇编》等水平上，知识严重老化。他用这些老法译名写信到上海去买药，往往被原信退回，原因是这些老法译名店员看不懂。对于新知识的追求和探索，正如他自己所言，"半路出家，暗中摸索，不成气候，只是还不肯服老罢了"。朱行健用几个大瓮和玻璃酒瓶等不规则的容器充当自制的量雨计，自然是测不准降雨量的。他还希望出高价买下天主堂的显微镜，"那我们的眼界就会大大不同了。许多看不见的东西就能看见了，看不清楚的，就会看清楚了；我们那时才能知道造物是何等神妙，那时才知道我们真是井底之蛙，平常所见，真只有一点点"！儿子强行与义女调情，逼得义女落泪，他却误认为是灰尘迷了眼，嘱咐义女"用硼酸水洗一下"。[①]他想细察苍蝇眼睛的奥妙，却看不懂义女眼中的心事。

朱行健是一个堂·吉诃德似的人物，言行可笑，但精神可嘉。他还热心地方上的公益事务。当年秋天洪水成灾，王伯申惠利轮船公司的小火轮照开不误，激起的水浪不断冲击两岸农田的圩埂。钱家村的新派士绅钱良材进城来，谋求解决水患问题。县城里的两派士绅为了争夺善堂公款的管理权而发生了暗斗；旧士绅、善堂董事赵守义不肯放弃善堂公款的支配权，而惠利轮船公司老板王伯申要求查清善堂公款的旧账，并用这些公款来办贫民习艺所。钱良材提议用善堂公款修筑河堤，疏浚河道。他还联络朱行健，邀请县里的绅商联名上个公呈，要求轮船公司在洪水期间停运轮船，不再加重村民的灾情。两派斗争的结果是握手言和，善堂公款维持原状。钱良材和朱行健的努力落了空。朱行健热心地方的公益事务，但成不了大事。维新与落伍这对矛盾统一在朱行健身上。

端木蕻良短篇小说《江南风景》中的士绅伍老先生也是一位维新人物。他是绍兴新昌县嵩坝镇上的维新党成员，与朱行健一样，喜爱声光化电。他是"有学问的革命家"章太炎的高足，抗日战争的爆发粉碎了其隐士梦。传言日寇将要渡过钱塘江南侵，镇上的市民纷纷逃难，伍老夫妇带着独生子

---

① 茅盾：《霜叶红似二月花》，上海：华华书店，1946 年，第 34 页。

都都到东阳乡下避难，不料日寇的炸弹还是炸死了都都。伍老先生回到蒿坝镇上，家里遭了抢劫，他也不为所动，化悲痛为力量，翻阅古籍中有关爆竹、火药的制造术，与爆竹匠张升一起用丝竹、绢绸、火药夜以继日地制造"飞灯"，想以此来抵御日寇。正当伍老先生沉浸在飞灯制作成功的喜悦之际，却被真正的汉奸、投降派张巡检和吴股长等诬陷为给敌人发信号。他的家不仅被一伙民族败类入室抢劫，伍老先生本人也被火药夺去了生命。

同样是堂•吉诃德似的人物，茅盾把维新人物朱行健塑造成了喜剧人物，而端木蕻良笔下的伍老先生则是悲剧人物。于伶话剧《夜上海》和《杏花春雨江南》中的维新士绅梅春岭则是位正剧人物。

比起朱行健和伍老先生来，梅春岭更有实力也更接地气。梅岭春清朝末年考过功名，民国初年当过议员，是本地的士绅。他热心地方公益，一手创办梅氏小学，开发民智。他在本乡提倡改良蚕种，又是兴办桐场的老实业家。尽管他举办的实业被外来的大资本家挤垮了，但他利用荒山野地种植的桐油树仍茁壮成长。

抗日战争爆发后，故土沦陷，他带领全家到上海租界避难，成了"孤岛寓公"。他主张"熬"的哲学，忧患把他煎熬得更坚强了。由于不愿出任"维持会长"，日伪军抢走了他家的财物，烧掉了他家的房屋。太平洋战争发生后，日寇占领租界，他又率领全家愤然回乡，住进了坟亲郑根发重建的农舍内。

抗日战争后期，中日交战双方都物资短缺，桐树成了"黄金树"，桐果成了"黄金果"。日寇要兴办桐林合作社，看中了梅家的桐林。侄子梅玙是伪清乡督导队队长，前来接洽，遭到梅春岭训诉。抗日游击队救过梅春岭的命，梅春岭动员村民们配合游击队抢收桐果，运进山里藏好，准备运到后方去支援抗日。他送儿子去学飞行员，支持女儿参加游击战争。

尽管日寇烧掉了梅家的桐园，但梅春岭仍信心满满，表示要开办更多的农场，种更多的桐树，日后河山光复，还要"在废墟上栽梅花、杏花、重建家园"！

2.2 商 人 群 像

2.2.1 传统商人形象

有了商品交换就产生了商人。现代江南社会，一方面传统商人仍然发挥着在商品生产和交换中的作用，另一方面随着现代机械和现代商品交换方式而来的是现代新派商人的出现。在与传统商人的竞争中，现代新派商人自然会处于有利地位。江南小城镇上，还有一些传统作坊，手艺人在作坊里生产自己的手工艺品，同时兼任销售自己手工艺品的店主。

鲁迅短篇小说《孔乙己》是以十二岁的酒店小伙计为视角来叙事的。小说的主角自然是连半个秀才都没有考取的孔乙己，不过也从侧面叙写了酒店的掌柜。这个掌柜就属于传统商人。初次见到推荐来的小伙计，掌柜并不喜欢，觉得"样子太傻"，侍候不了"雅座"里的长衫主顾，就让"我"照顾外面的短衣主顾。店里有一"潜规则"——往温酒的壶里羼水，"我"在与主顾的斗智斗勇里往往无法完成这一任务。不过掌柜碍于荐头的"情面大"，只得把"我"留在店里专管温酒。传统的小城镇是个熟人社会，作为酒店的掌柜，自然要给来头大的荐头留点面子。在鲁迅的笔下，掌柜作为传统商人，有些奸猾。这也是商人的基本生存之道。

在"我"的眼里，掌柜平常是一副"凶脸孔"。只有孔乙己到店，掌柜和主顾都拿他逗笑，"我"也可以乘机"笑几声"。

王鲁彦短篇小说《桥上》中的伊新叔是位不断创业的传统商人。他经营了二十多年昌祥南货店，起初专卖南货，带卖一点纸笔，随后生意越做越大，就带卖酱油、火油、老酒，进而带卖香烟，换铜板，最后才雇了两个长工舂谷春米，带做米生意。伊新叔不怕辛苦，只要有商机，他就要抓住获利。他又做起"秤手"来。起初是逢五逢十，薛家村市日，给店门口的贩子拿拿秤，后来就和山里人包了白菜、萝蔔、毛笋、梅子、杏子、桃子、西瓜、脆瓜、冬瓜……他们一船一船地载来，全请他过秤，卖给贩子和顾客。日子久了，山里人的柴也请他兜主顾，请他过秤了。像滚雪球，伊新叔的生意越做越大。他是坐贾，兼任牙人。

然而，在"大鱼吃小鱼"的商业社会，伊新叔面对外来的竞争对手却想不出好办法。北碚市永泰米行老板林吉康置办了轧米船，有意开到薛家村来，轧米兼卖米，与伊新叔竞争。尽管开始时，有传言说吃了机器轧出来的米，会得脚气病，但几个回合下来，伊新叔的米店生意还是被抢走了。商业竞争中最具杀伤力的是低价竞争。杀敌一千往往会自损五百。林吉康财大气粗，不怕暂时亏损。他乘胜追击，又以自己名下的天生祥南货店与昌祥南货店竞争。有道是"大树底下不长草"，伊新叔不幸成了新派商人林吉康这棵大树底下日渐枯萎的小草。①

王鲁彦的短篇小说《许是不至于罢》也写了一位传统商人王阿虞。他在王家桥有深宅大院，在小碶头经营着自己的米店、木行和砖瓦厂等，还在可富绸缎店、开成南货店、新时昌酱油店、仁生堂药店等拥有股份。

拥有二十万家产的王阿虞，有四个儿子，可谓人财两旺，但他还是缺乏安全感，只得夹着尾巴做人。正值军阀混战，在众人的恭喜声中，王阿虞担惊受怕，总算平平安安操办好了三儿子的婚事。

在一个黑漆漆的夜里，小偷光顾王阿虞家。王家赶小偷的锣慌乱地敲，但王家桥的乡亲没有一个人及时赶来救助。第二天，村民们都来王阿虞家慰问，王阿虞忙于与人敷衍。宁波 S 报的特约通讯员追问王阿虞对村民们是否满意。王阿虞回答："没有什么不满意。他们虽然没有来援助我，但是他们现在并不来破坏我。失窃是小事。""远亲不如近邻。"②关键时刻，近邻不来相助，但王阿虞仍然不敢得罪近邻。

茅盾短篇小说《林家铺子》中的林老板是位与时俱进的传统商人。他从父亲手里继承下这小小的铺子，认真经营生意，对顾客十分巴结，也没有吃喝嫖赌等不良嗜好。由于有了火车、轮船等现代交道工具，林家铺子的洋货主要从上海东升号直接进，减少了中间环节，能增加销售利润。他还模仿上海大商店的办法，写了许多"大廉价照码九折"的红绿纸条，贴在玻璃窗上，招徕顾客。他又会抓住商机，及时推出"一元货"卖给逃难来镇上的上海难民。

然而，林老板生不逢时。上海"一·二八"事变后，国人都抵制日货。林家铺子主要卖的是日货。林老板通过商会会长，向党部行贿四百元，日货才"变身"国货出售。党老爷的敲诈，让他白白花掉了一大笔钱。临近年关，到了往年的销售旺季，但城乡百姓日子难过，铺子里的生意出奇的清淡。战争导致银行钱庄"封关"，林老板无法通过钱庄周转资金，倒闭的钱庄又让林老板吃了"倒账"。

好容易熬过年关，"一元货"的旺销让林家铺子略有起色，但同行又造谣说林老板急于销货变现准备潜逃。卜局长看上了林老板的独生女林小姐，让商会会长来游说。林家不肯让女儿做局长的小妾，党部借口预防林老板逃走，抓扣了他。斜对门裕昌祥的掌柜吴先生挖走"一元货"，林家凑满一

---

① 王鲁彦：《桥上》，《文学》1934 年 2 月第 2 卷第 2 期。

② 王鲁彦：《许是不至于罢》，《小说月报》1925 年 3 月第 16 卷第 3 期。

百二十元把林老板弄了出来。铺子是开不下去了，林老板只得带着林小姐潜逃。临行前，林大娘把林小姐许配给了寿生。

"无商不奸。"在茅盾笔下，林老板也有些商人的奸猾，面对中日之间的民族矛盾他也只顾自己店里的生意，但其性格中起主要作用的是敬业和精明。作者以同情的笔调叙写了林老板的悲剧。这是一位努力与时俱进的传统商人的悲剧，更是那个社会的悲剧。

茅盾中篇小说《多角关系》中的李惠康，是在县城北大街开洋货铺的老板，经营一家批零兼营的铺子。他从批发商或者厂家赊了很多商品，同时他批发出去的商品也是赊账的。临近年关，他要去小铺子催账，同时也要应付大批发商和厂家的催账。这就形成了人欠他、他欠人的"多角关系"。

李惠康的太太有一千元的私蓄存在二老板唐子嘉为大股东的立大当铺里，直到本年端阳节立大当铺倒闭，李惠康方才知道；那时李惠康曾经来找二老板谈过这笔账，可没有结果。他打听到二老板从上海潜回家来过年，就特地赶来，希望捞回这笔"落水账"。他好说歹说，结果只讨到两张市房的房契，拿回去抵债而债主又不愿收。

李惠康千方百计催债，好容易讨到裕平和泰昌两家钱庄的庄票，不料这两家钱庄也倒闭了，于是李惠康的洋货铺也被多种"倒账"带坍了。

女儿李桂英与"富二代"唐慎卿相恋，怀孕后唐慎卿却移情别恋了。她去找人算账，希望唐慎卿能带她去上海设法流产。唐慎卿一味搪塞，连去医院流产的钱都没有给，又抢走了相好的"凭证"——两人的合影。

经过一番周折，李惠康抓住了唐慎卿，押回店里去，准备对付一下债主。他对唐慎卿说："我们两家的账可真是算不清了！你的老子跟我，前账未清，你跟我女儿又是一笔糊涂账了！"不过，此时的唐家也都"僵"住了，账面上的钱催不回来，自己欠人的债也无法还了。总之，缺乏现金链的多角关系，犹如缺油生锈的机器，无法运转，大家都"僵"死了。[①]

2.2.2　新派商人形象

五口通商，上海开埠，海外"舶来"的"洋机器"迅速进入江南。随之而来的是新的商机。善于利用大机器以及与洋商打交道者成为顺势崛起的新派商人。

---

① 茅盾：《多角关系》，《文学》1936 年 1 月第 6 卷第 1 期。

茅盾长篇小说《霜叶红似二月花》中王伯申家的暴富，通过瑞姑太太的闲谈从侧面作了交代："王伯申现在是县里数一数二的绅缙了，可是十多年前，他家还上不得台面。"王伯申为何在短时间里能够暴富，作品中虽未作明确说明，但从他开设轮船公司的事实来看，当与他的资本主义的经营方式相关。他能抓住商机，通过经营县城的轮船公司而暴富。

王伯申准备创办"贫民习艺所"，把县里的无业游民培养成新型的产业工人。为了取得再生产所需资金，他公然向传统士绅发起挑战，提出要清算赵守义经管的善堂公款，用来经营地方公益"贫民习艺所"。

惠利轮船公司的轮船开行时激起的浪花冲击两岸的圩埂，直接倒入河里的煤渣又填高了河床，成为航线沿岸的隐患。秋季发大水，小火轮的浪花不断冲决防洪的堤岸。钱良材、朱行健等绅商联名上书，要求轮船公司在洪水期间停运轮船，但唯利是图的王伯申不为所动，轮船照开不误。赵守义的爪牙煽动农民用暴力阻止轮船的行驶，王伯申又请来军警护船，并由此酿成命案。面对危机，王伯申以退为守，私下与赵守义握手言和，显示了新派商人的软弱性。

王伯申还是一位守旧的封建家长。他尽管要把儿子送至日本留学，但还是要遵循"父母之命，媒妁之言"，硬逼儿子娶"相貌差"的冯家小姐为妻。①

茅盾的中篇小说《多角关系》中的唐子嘉则从县城的一个财主转型为一个新派商人。他是一个乡村的"不在地主"，在农村里拥有一千余亩的良田；他在县城拥有许多市房用以出租，日子过得相当滋润。然而，唐子嘉并不满足，仍举债不断扩大自己的事业：他进军金融行业，招募股份在县城开设了立大当铺；他还是产业资本家，是华光织绸厂的董事长。他又进军上海，在上海拥有大量房地产。唐子嘉是位抓紧商机，积极转型和讲求发展的新型商人。然而，他生不逢时、积极扩张的结果是把自己逼上了绝路。

小说叙写年关临近，唐子嘉从上海潜回县城，与管账的老胡清理账目。小说写他的现金流断了，所经营的事业全部僵住。在农村，由于天灾人祸，租出去的田颗粒无收，佃农交不起田租。在城市，由于市面生意清淡，租房户拖欠房租。织绸厂生产出来的绸缎积压在仓库，资金无法周转而导致工厂倒闭，工人失业。在金融方面，他的立大当铺也搁浅了，欠了许多存

---

① 茅盾：《霜叶红似二月花》，上海：华华书店，1946 年，第 10 页。

户的债，同时也带倒了许多小商贩。

小说结尾，二老板唐子嘉准备连夜乘火车回上海去。几位老朋友却在城外铁路饭店一间最阔气的房里为他"送行"。他们喝酒打牌召妓，及时行乐。唐子嘉是位奉行消费主义的新型资本家，尽管困难重重，但他仍奉行今朝有酒今朝醉。

葛琴中篇小说《窑场》中的主人公秦道熙是位做陶瓷外贸生意的新派商人。小说的背景是葛琴的老家，宜兴的陶瓷专业性市镇丁山镇。由于经济衰退，百姓的购买力下降，宜兴陶瓷全行业都不景气。行业工会号召大家"节制生产"，不少陶瓷经营者靠典当过日子。秦道熙是镇上最有实力的窑场老板，乘机扩大自己的窑场，不断兼并同行的泥场，压价购买陶瓷产品。在这方面，他很有心计也很有耐心，先让厂商抵押过来。"押到一定时候，不怕你的东西不姓秦！"上海松风园原先为秦老板的客户，竞争对手蒋树春硬是低价向其推销自己的产品。秦老板获悉一直为其提供"白货"的方长林也偷偷为蒋树春提供"白货"，就让手下人去砸蒋树春的"白货"。得悉蒋树春的几船货在东洋客商的手里搁了浅，秦老板幸灾乐祸。传言日本政府实行值百抽百的进口税以打击华货，秦老板还是冒险做出口日本的生意。他发往上海的货，日本商人都是"赊账"，拿不到现钱。由于资金紧张，他只得设法借高利贷，甚至典卖妻女的首饰。秦老板拿着上海日商洋

葛琴老家丁山镇葛鲍街

行的订货"合同"赶赴上海结货账,不料上海发生"一·二八"事变,让秦老板吃了"倒账",急得他因中风而半身风瘫了。①秦老板心狠手辣,敢于冒险,但"机关算尽太聪明,反误了卿卿性命"。这位新派商人敢作敢为,在内外交困中不断发展自己的陶瓷事业,但风险控制能力不强,最终困死在日商手里。

罗洪长篇小说《春王正月》中的主人公程之廉只是个不太有能耐的传统商人。他有祖传的一千多亩田地,又在临近上海的县城经营协大绸缎局。他不甘心做一个日渐式微的传统商人,所以调集资金去上海做公债。他是一个小处计较吝啬、大处容易任性的人,公债市场亏得越多,就投得越多,结果亏得更多。县城首富刘元祺在上海有产业,又能利用新通汽车路的商机获利,是一名成功的新派商人。程之廉设法结识刘元祺,两人合伙谋划促使南京政府新修一条通往邻县的汽车路。由于投机失败,程之廉从传统商人转型为新派商人的最后一根稻草也断了。他无法化蛹成蝶,成功转型。此次投机失败,刘元祺也受了损失,但并没有伤筋动骨,他仍是一名成功的新派商人。

无论是传统商人还是新派商人,尽管同行之间有些明争暗斗,但还是有商会、同业行会等来维持共同的利益。由于有组织协商、信息交流,这些商人就有了定价权和知情权,能掌握交易的主动权。由于权利不对等和信息不对称,向这些商人供货的农民或山民就成了弱势群体。叶圣陶短篇小说《多收了三五斗》中,粜米的乡下人完全没有定价权,而米行之间同行议价,附近几个市镇上的米价行情是大致统一的,逼迫农民低价卖稻米。

为了推广"洋蚕种",茧行之间也是同行议价的,每担"洋蚕茧"比土种茧要高那么几块钱。茅盾的短篇小说《春蚕》就写到了这种同行议价的商业行为。

林淡秋的短篇小说《活路》,叙写村民们冒险种植鸦片(罂粟),历尽磨难,收割了鸦片浆。收买鸦片浆的只有镇上的顺泰南货店。村民们夸自己的鸦片浆如何好,店主却百般挑刺。村民们开价两块一两,店主只愿出八角。最后账房开价九角,村民们无可奈何,只得卖。由于是独家经营,村民们没有定价权,也没有选择店家的权力。②

---

① 葛琴:《窑场》,上海:上海良友图书印刷公司,1937年。
② 林淡秋:《活路》,《文学界》创刊号1936年6月。

陆蠡的散文《竹刀》写山民们靠山吃山。他们伐木烧炭，撑筏到城市来卖。城里的木板行商人经商获利，但仍然同行压价，逼迫山民们低价出售板材和木炭。山民们奔走呼吁，商人们不为所动，有关方面也不作为。打破僵局的是山里小伙子的一把竹刀——他用一把自做的竹刀，刺进了一个木板行商人的肚子。庭审时，城里人不相信这把竹刀居然可以作为杀人的凶器。小伙子右手拿起竹刀，用力刺进了自己的左臂，"入肉有两寸深"。各木板行老板怵于竹刀的威力，自动派人和山民们商订条件，见了山民也不如先前骄傲了。可悲的是，这位来自大山深处的小伙子，"刺断动脉后流血过多死了"。[①]

陆蠡故里

在《多收了三五斗》《春蚕》《竹刀》中，作者并没有塑造个性鲜明的商人形象，而是叙写了同行议价的商人群像。

2.2.3　手艺人形象

一般商人通过贩卖别人生产的商品获利，而手艺人大都属于一群销售自己亲手所做产品的特殊商人。

茅盾的散文《冥屋》对照着写了大都市上海与故乡乌镇的冥屋的不同制

---

① 陆蠡：《竹刀》，上海：文化生活出版社，1938 年，第 20 页。

作与销售方式。"海上寓公"卢表叔在老太太的"还寿经"仪式上，定购了四百余元"冥器"。冥器店派了十来位工匠来到现场，作战似的紧张工作了三个小时。那些"船"和"桥"与实景差不多大，"阴屋"是大上海三楼三底的石库门房子。除了纸糊的家具和摆设是事先糊好之外，其他的，从扎架到装潢，一气呵成，直至当场火化。"这仍然是手工业，是手艺，毫不假用机械；可是那工程的进行，在组织上，方法上，都是道地（地道）的现代工业化！"①

回忆老家祖屋东邻的"锦兴斋"纸扎店，糊"阴屋"以及"船，桥，库"一类的东西，"那纸扎店的老板戴了阔铜边的老花眼镜，一面工作一面和那些靠在他柜台前捧着水烟袋的闲人谈天说地，那态度是非常潇洒。他用他那熟练的手指头折一根篾，捞一朵浆糊，或是裁一张纸，都是那样从容不迫，很有艺术家的风度"。与大上海那些与实景一般大的冥器比起来，"锦兴斋"的"阴屋"是袖珍式的，不过三尺见方，两尺高。"有正厅，有边厢，有庭园；庭园有花坛，有树木。一切都很精致，很完备。厅里的字画，他都请了镇上的画师和书家。这实在算得一件'艺术品'了。"②这样的"艺术品"，要两三天才能完工。茅盾的祖父当年常常捧着水烟袋与老板聊天，还经常帮忙写字。

市镇上的这家"锦兴斋"纸扎店起初是一位乌镇有名的画师戴子轩所开，之后由稽琴甫接替，程阿和入店做学徒。稽琴甫去世后，由程阿和接替撑持门庭。茅盾熟悉的老板稽琴甫就是会纸扎手艺的工匠，店里还有小伙计程阿和。两三天糊那么一件"艺术品"，店里也不会卖断货。日子平淡，但过得十分悠闲。生意不红火，不过由于开销不大，所以这家店能维持下去。像这样的老板，主要的工作是手艺制作。尽管工艺制作的价值要通过销售来完成，但往往要制作两三天才完成一次销售。销售冥器反而是顺带的。

与茅盾的散文《冥屋》有异曲同工之趣的是叶圣陶的散文《书桌》。叶圣陶居甪直镇时，想做一张书桌，经人推荐，找到一位老木匠，商定了式样并指定用一段桐木做。老木匠把桐木锯成板，等干透不会变形了才做成书桌，再等到阴雨后地面潮湿才上油漆。如此慢工细活，一个多月后老木匠才与学徒把这张书桌小心送上门来，摆在指定位置。这张新书桌，"栗壳色，油油的发着光亮，一些陈旧的家具有它一比更见得黯淡失色了"。拿到说定的六元工材费后，老木匠悠然地鉴赏其"新作品"，对"我"说：

---

① 茅盾：《冥屋》，《东方杂志》1932 年 12 月第 29 卷第 8 期。
② 同①。

"先生，你用用看，用了些时，你自然会相信我做的家伙是可以传子孙的。"江南市镇为熟人社会，老木匠为熟人打制家具，自然十分认真，他用慢工细活精心打造了自己的声誉。随后十多年，"我"多次搬家，这张书桌一直跟随"我"。"一·二八"事变时，日寇用刺刀劈坏了这张书桌，由于用出了感情，"我"就请上海的木匠来修理。木匠带着工具和木料上门来修，没半天就修好了。"我"放工回家，看了已经修理好的书桌，"不由得生气"："三块木板刨也没刨平。边缘并不嵌入木框的槽里，只用几个一寸钉把木板钉在木框的外面。涂的是窑煤似的黑漆，深一搭，淡一搭，仿佛还没有刷完工的黑墙头。"不同于熟人社会的精心，在大都市的茫茫人海中找来的工匠，是马虎潦草的。"我托他修理，他就仅仅按照题目做文章，还我一个修理。"①

像"锦兴斋"纸扎店中的老板那样的工匠兼坐贾这样的手艺人，在现代江南小镇上是十分普遍的。叶圣陶短篇小说《小铜匠》中小铜匠陆根元的师傅，葛琴短篇小说《犯》中发茂弟的师傅，都是工匠兼坐贾。

手艺人磨刀师傅

小说《小铜匠》中的小铜匠陆根元的师傅，人称"铜匠王三"，是有名

---

① 叶圣陶：《书桌》，《文学》1937 年 8 月第 9 卷第 2 期。

的"烂醉鬼"。他干活不马虎，教徒弟也不马虎，但工作之余，常常喝得烂醉如泥。[①]

小说《犯》中发茂弟的师傅是棺材铺老板。他其实就是会做棺材的木匠，平常带领徒弟和伙计做棺材。有人上门买棺材，他才做卖棺材的生意。他"怕是天字第一号的好管手"，动不动就随手拿起铺子里的尺子、凿柄什么的，狠打发茂弟。在民国，师傅打徒弟似乎是名正言顺的。只是他打骂徒弟的出发点不是为了更好地教授徒弟学手艺，而是一种恶意的虐待。更过分的是，棺材铺老板还冤枉发茂弟偷了钱，当众打骂他，还把他赶出了棺材铺，说"将来自有收拾你的人"。[②]

叶圣陶短篇小说《晨》中的裁缝财源，铺子是桥塄头一家当街的店面，属于连家店。财源忙着裁剪、缝纫衣服，其俊俏的老婆给他打下手。这家夫妻裁缝铺，日子过得平平淡淡。但裁缝老婆并不安于这样的市镇生活，与人勾搭成奸，拿了两个金戒指，乘早班轮船逃往上海去了。[③]裁缝一般是由顾客拿来布料，为顾客量身定做衣服的。

丰子恺在随笔《过年》和《S 姑娘》中都写到了开爆竹店的谭福山。谭福山是店主，同时也是会做花炮的手艺人。《过年》中写丰家拜过五路财神后，就要放谭家送的大万花筒。"这万花筒果然很大，每个共有三套。一枝火树银花低了，就有另一枝继续升起来，凡三次。"[④]众人都来观赏，其中就有制作这万花筒的巧手艺人谭福山。

近现代的江南小城镇上，从事某一种手工艺的作坊往往集聚在某条街或某条弄，久而久之就成了"洗帚弄""簸箕街"之类。在叶圣陶的短篇小说《小铜匠》中，陆根元的母亲是劈竹做洗帚的。她每天的工作就是一刻不停地把竹片劈成洗帚，把洗帚放在门口卖，每天能赚三百钱光景，勉强维持一家人的生活。镇上有一个类似"洗帚弄"的集聚处，有五十家左右的洗帚小作坊。

江南还有一些专业性的小城镇，专营一种主导产业。例如，葛琴的中篇小说《窑场》所描述的丁山镇就是生产销售陶瓷的专业性市镇。该小说

---

① 叶圣陶：《小铜匠》，《小说月报》1923 年 4 月第 14 卷第 4 期。

② 葛琴：《犯》，《文季月刊》1936 年 6 月第 1 卷第 1 期。

③ 叶圣陶：《晨》，《小说月报》1926 年 2 月第 17 卷第 2 期。

④ 丰陈宝、丰一吟编：《丰子恺文集》第 6 卷，杭州：浙江文艺出版社、浙江教育出版社，1992 年，第 696-704 页。

描述了专门从事陶瓷生产的工匠葛健生、葛全生兄弟,他们祖上是有名的陶瓷生产和销售商人,太平天国前后,家道衰落。两兄弟专做"粗货",即百姓平常使用的缸、甏、钵等日用陶瓷。他们小本经营,做几节毛坯,跟别人合装一窑来烧。眼看家里揭不开锅了,当铺又不肯收他们的"粗货"当头,葛健生只得去找"表伯"秦老板,希望能出掉些货。秦老板让毛脚阿青出面,压价收购,他们也只能吃哑巴亏。

与"粗货"相对的是"白货",即具有工艺品性质的陶瓷。做坯工方长林主要做"白货"。其父亲是泥宕里挖泥的做宕工,在长林十二岁时山上面的"假土"塌下来,父亲等宕工被压死了。他来到窑场,像个小叫花子,连个固定的睡的地方都没有,但他硬是学会了做坯工艺,混出了个人样。他一直为秦老板提供专销日商洋行的"白货",也偷偷为秦老板的竞争对手蒋树春提供"白货",由此得罪了秦老板。

丁山镇上有一条专门提供吃喝嫖赌的小街。方长林工余爱去那里喝酒,同时也是真福家里开的赌场的常客。方长林吃喝和赌博花掉了自己挣来的血汗钱,甚至还欠下了赌债。方长林凭手艺吃饭,却又自甘堕落。

孙席珍中篇小说《凤仙姑娘》所写的拣茶工也算是手艺工人,只是技术含量不高。小说的发生地大安县城是珠茶的专业集散地。北伐战争时,县城里成立了工统会和妇女会,又专门成立了拣茶工会。小说中的女主人公谢凤仙父母双亡,带着弟妹与叔叔婶婶一起过。她平时在家织袜,茶叶上市时到同裕茶号当拣茶工。县城里有名的无赖徐三,在县工统会里谋到了交际股长的职位。他看凤仙姑娘长得漂亮,就设法把她弄成了执行委员,乘机来玩弄她。同业工会可以向老板提诸如缩短工时、增加工资等要求,还能组织大家集会游行等。

杏花楼茶园位于城内丁字路口,同裕茶号的邓老板和管账的胡麻皮也来喝茶,借此观察三月八日下午游行时拣茶工会的力量。拣茶工会共有三个委员,来自三个不同的茶号。作为资方,他们自然恨劳方的组织活动。探听到县政府也不太会给劳方撑腰,同裕茶号先开除了吴招弟和邱六姐,等拣茶工会号召大家罢工时,又把谢凤仙开除了。

谢凤仙怕回家去被叔叔打骂,只得到吴招弟和邱六姐家另想办法。她们在县城里失了业,就结伴去闯上海,另谋生路。

由此看来,民国时的江南小城镇上,资方一直有同行商会,而劳方的工会组织只在北伐军刚来时昙花一现。

　　小城镇上的手艺人大都有自己的作坊和店铺，不过像谢凤仙等人是到别人的作坊里打工的。丰子恺家有一家祖传的百年老店——丰同裕染坊，店里的几位手艺人都是做熟的老伙计，有几位染匠还是从绍兴来"下三府"打工的。这几位老伙计，一直做到抗日战争爆发，石门镇遭受日寇飞机的轰炸。丰子恺在随笔《辞缘缘堂》中写石门镇被炸后，丰家到南沈浜妹妹家避难，文中不忘交代自己作为店主对于几位店员的安排：

> 　　染坊店被炸弹解散，店员各自分飞，这时都来探望老板。这是百年老店，这些人都是数十年老友。十年以来，我开这店全为维持店员五人的生活，非为自己图利，但亦惠而不费。因此这店在同业中有"家养店"之名。我极愿养这店，因为我小时是靠这店养活的。然而现在无法维持了。我把店里的余金分发各人，以备不虞之需。①

　　另一名店员章桂是个小伙子，随丰家一起逃难，一路上帮丰子恺照料一家老小。他拜丰子恺为师，自学成才，日后成为开明书店有名气的文化人。

　　现代江南的小城镇上，私自接生孩子的"接生婆"，一般有祖传的手艺，只是不太光彩。罗洪短篇小说《迟暮》中的老接生婆，七十多岁了，从业五十多年，挣了很多钱，居然没有出过一回岔子。在当地县城里，人们一说起接生的老手，和"干私货"最可靠的地方，便会记起她。

　　老太太自己挣钱来造起了房子，为女儿招了女婿。女儿给老太太生了两个孙子祖望、祖光后去世了。大孙子是铁道部里一名职员，住在上海，娶了个上海媳妇。他向妻子隐瞒奶奶是私自干接生和堕胎生意的，但仍穿帮了。大孙子为此很生气。次孙祖光也娶了位上海媳妇，也安家在上海。他也忌讳奶奶是接生婆，但又大把大把花奶奶挣来的钱。

　　小说结尾，老太太对两位孙子和孙媳妇都失望了，寂寞的她，又把那块摘了半年多的接生招牌挂在门上了。她是"干私货"的老手，也许只有忙开了，人生才有意义。②

---

　　① 丰子恺：《辞缘缘堂》，《文学集林》1940 年 1 月第 3 辑。
　　② 罗洪：《迟暮》，《现代》月刊 1934 年 11 月第 6 卷第 1 期。

2.2.4　学徒形象

现代江南小城镇文学还塑造了一群小城镇的学徒形象。尽管已是民国，大都市也有欧美式的现代学徒培养方式，但在小城镇上，基本上还是传统的学徒制。

学徒分学生意和学手艺两种。不过对于小城镇上前店后坊的小店来说，学徒往往兼学生意和手艺。这些学徒的目标是日后成为正式的商人或手艺人。

无论在西方还是在中国，学徒制早期都是父子传授，然后过渡到师傅收养人家的孩子做徒弟，这难免保留着父子般的亲密感情。这种亲密的师徒关系在现代江南小城镇上仍有遗存。茅盾小说《林家铺子》中的林老板，与三个徒弟的关系就亲如父子。林老板的杂货店是批零兼营的，规模较大。店里有三个伙计，都是林老板的徒弟，最小的尚未满师。林家铺子濒临倒闭，家里的女佣都辞退了，但林老板不忍心解雇三个没有别的生财之道的徒弟。

大徒弟寿生是林家铺子里七八年的老伙计，一向没有出过岔子。1932年年关，日本人攻打上海，临近上海的市镇也兵荒马乱。寿生帮林老板去收账，并没有卷款潜逃，而是冒着生命危险跑回了店里。

店里三个伙计中，林老板视寿生为左右手。林家铺子勉强度过了年关。初四晚上吃财神酒时，店里商量初五开店之事，小伙计阿四说镇上新到了许多从上海逃难来的人，寿生就想到店里脸盆、毛巾之类的日用品存货很多，就建议学大城市里商家的促销方法，组合成"一元货"，专门卖给从大都市上海逃难来的人。

一筹莫展的林老板弄明白情况后，心里一乐，就又灵活起来。他马上拟好了广告的底稿，专拣店里有的十几种日用品开列上去。他又模仿上海大商店卖"一元货"的方法，把脸盆、毛巾、牙刷、牙粉配成一套卖一块钱，广告上就大书"大廉价一元货"。师徒四人，加上林老板的女儿，一起忙于抄写小广告，搭配"一元货"，直忙到五更左右，方才大致就绪。第二天清早，开门鞭炮响过，排门开了，林家铺子布置得又是一新。漏夜赶起来的广告早已漏夜分头贴出去。西栅外茧厂一带是寿生亲自去布置，动员那些借住在茧厂里的逃难人都起来看，当作一件新闻。

不出寿生的意料，新年开市第一天就只有林家铺子生意很好，到下午四点多钟，居然卖了一百多元，是这镇上近十年来未有的新纪录。销售的大宗，果然是"一元货"，然而洋伞、橡皮雨鞋之类却也带起了销路，并且那生意也做得干脆有味。虽然是"逃难人"，但毕竟是从上海来的，见过大场面，买东西干脆利落。

卜局长想纳林小姐为妾，林家不肯。对门的同行裕昌祥又造谣中伤林家铺子，党部派人来店里抓扣了林老板。关键时刻，寿生充当了做主的"二掌柜"，把"一元货"划给裕昌祥，拿钱保出了林老板。店是开不成了，寿生建议林老板逃走："师傅！只有这一条路了。店里拼凑起来，还有一百块，你带了去，过一两个月也就够了；这里的事，我和他们理直。"

林小姐随父亲林老板潜逃之前，由林大娘做主，许配给了寿生。对于这门亲事，林大娘一直犹豫，原因是寿生比十七岁的林小姐大了好几岁。好在其他方面都还满意，寿生与师妹林小姐也彼此日久生了情。林家铺子即将倒闭，许配仪式简化成寿生和林小姐在林大娘面前拜一拜。行过仪式，寿生偷看林小姐的反应，"看见她的泪痕中含着一些笑意"。由此可见，林小姐对母亲的安排还是满意的。

接下来，林老板带着林小姐逃了。林家铺子倒闭的新闻传遍了全镇。寿生陪着林大娘留在铺子里善后。林老板真心带徒弟，寿生一心为铺子，林老板最终把徒弟培养成了女婿。[①]

传统的师傅带徒弟，师傅是主导方，徒弟是相对被动的一方。如果碰上林老板那样的好师傅，师徒关系就会亲如父子。如果师傅是严师，师徒之间没有了温情，但也能"严师出高徒"，即徒弟也能在师傅的威严之下学到师傅所教的技能。

叶圣陶短篇小说《小铜匠》中，主人公陆根元在读小学时，是所有老师都认为无法教育好的"低能儿"。后来有一次，学校的几个门窗旋手和窗钩坏了，必须请一个铜匠重装，来的铜匠就是陆根元，并且没多少时间就解决好了问题。陆根元离开学校后，老师们晚上在院子里纳凉，陆根元的级任主任说的话，让大家深思："像陆根元这一类的孩子，我们不能使他受到一点影响，不如说因为我们不曾知道关于他们的一切。我们和他们，差不多站在两个国度里，中间隔着一座又高又厚的墙，彼此绝不相通。我们

---

① 茅盾：《林家铺子》，《申报月刊》1932 年 7 月第 1 卷第 1 期。

怎能把他们教好呢!"①

　　根元的母亲是劈竹做洗帚的。"这是她每天的功课,一息不停地劈着,可以赚三百钱光景。买一点米,买几块豆腐,一家人勉强得以过去。那个镇上,靠这种手艺为生的不下五十家呢。至于根元的父亲,他从来不问米盐的事,只在赌场里看着骨牌和银钱,若逢饭时在家,当然也要吞下两三碗饭。"②

　　根元初小毕业,先生来劝说他升读高小。根元母亲却说:"不要见怪,先生,读书不是我们的事。你看我们的饭米要这么一刀一刀劈出来,还升什么学!不比他们大户,饭米有佃户送来,银钱有管账先生送来,一切都不用担心。孩子们空着没事,才去读书,将来做官。"③

　　先生再三劝说,承诺同以前一样,全免学费,根元母亲才勉强同意升学。不久母亲去世,根元就失学了。大半年后,这个被全校老师认为"低能儿"的根元,却成了小铜匠,来学校修理门窗的旋手和窗钩。

　　铜匠王三如何传授根元技能,是由田先生从侧面交代的:"根元的师父铜匠王三,镇上人都叫他烂醉鬼,但是他教徒弟并不烂醉。他不问怎样,不听他的话就是打!这才使徒弟有个惧怕,不敢不用一点心。我们命令学生有他命令徒弟那样有效么?我们也能照他那样做就好了,可惜不能!"④

　　不过从根元母亲的话中可以看出,在市镇小手工业者看来,读书做官是有钱人家的事,像他们这些勉强糊口的小户人家,读书是无用的。即根元再怎么用功读书,也不能实现阶层流动;更何况,根元也没有读书的天赋。根元拜铜匠王三为师,意味着这辈子要做铜匠为生了,自然要学好这门手艺,这是他将来成家立业的看家本领。

　　铜匠是用铜板或黄铜板制造铜壶、铜锅、铜管等器件及各种配件的人,同时也修理各种铜器。传统手工工匠"九佬十八匠"中也包括铜匠。修理学校门窗上的旋手和窗钩,技术含量并不高,根元自然学过几次就会了。

　　当年,小学里的新式教育是工厂化的教育,教师无法对每位学生都因材施教。铜匠王三对根元的师徒授艺是一对一的,没有学校里同学之间的横向比较,他们之间的技能传授,是完全个性化的教育,不论时间长短,只要教会就行。

---

① 叶圣陶:《小铜匠》,《小说月报》1923 年 4 月第 14 卷第 4 期。
② 同①。
③ 同①。
④ 同①。

葛琴短篇小说《犯》中的发茂弟却遇上了恶劣的师傅，直接毁了乡下少年的人生。

十四岁的发茂弟，原先蛮好在家里帮父亲赶赶鸭子，种种菜，已经会挑起七八十斤柴去市口里卖了。他最拿手的是从河里抓"鲫鱼婆"和"鳗鱼娘"。

他被父母送进了镇上的棺材铺做学徒。棺材铺里的老板兼师傅，"怕是天字第一号的好管手"，动不动就随手拿起铺子里的尺子、凿柄什么的，打骂发茂弟。

发茂弟忍不住逃回家一次，被父亲送回了棺材铺。此后，任凭老板打骂，发茂弟都忍着，想着自己五年满师，就可以做个木匠。

不料老板冤枉发茂弟偷了钱，当众打骂他，还把他赶出了棺材铺。老板的临别"赠言"是："将来自有收拾你的人。"

回家的路上，发茂弟碰见了正在偷竹笋的小泥鳅。小泥鳅对发茂弟在市镇的生活表示了羡慕："现在老板还打你吗？我想你真写意，我常常在想，你们在街面上住惯了，恐怕有人叫我们去腾云一定也不高兴了！形形色色，见得多，听得多，是吧，我想什么地方都没有街上写意啦！"①

发茂弟回家的第二天，妈妈出门去做女佣了，一块钱一个月。

父亲老是说"等鸭子大了就不大要紧了"，可鸭竟不肥胖，"养了大半年的鸭子，还养不出一个名目"。父亲原先要三海碗一顿，眼下只喝照见人脸的野菜面汤。为生活所迫，发茂弟找到了小泥鳅，跟他一同去偷笋。他把卖笋所得的一块钱交给父亲，骗他是母亲给的。

当他再次去偷笋时，被禁山会的人抓住了。他被押去游街。棺材铺老板认出了他："是你？蓝发茂！近来生意并不坏吧？""怎么，我说自有收拾你的人吓！嘿嘿嘿！"②

蓝发茂被诬为小偷是前因，才有主动为小偷的后果。试想，倔强的蓝发茂已经发下狠心，任凭棺材铺老板打骂，也要坚持五年师满，学成一手木匠活。然而，阴损的棺材铺老板硬是诬陷他偷钱，把他赶出了棺材铺。因为是一对一的师徒关系，徒弟蓝发茂是弱势方，有口难辩，无法自证清白，日后由于走投无路，才去偷笋的。狠心的母亲和棺材铺的老板一起把蓝发茂逼上了绝路。

---

① 葛琴：《犯》，《文季月刊》1936年6月第1卷第1期。

② 同①。

　　民国时期的江南小城镇上，小店的学徒，不仅要在店里做生意，还要为主人家跑腿打杂。

　　茅盾长篇小说《霜叶红似二月花》中的张家是县城里的大户人家，有祖传五十年的老店"源长号"洋广杂货店。店里的学徒赵福林经常在张家打杂。

　　姑太太从乡下进城来张家，偏偏大学毕业赋闲在家的张恂如出门去了，张家就让赵福林满县城去找。姑太太好容易进城省亲，自然要多住几天。张家就让店里送些日用品来。小说里就写赵福林带着个老司务送来了一大包东西：花露水、毛巾、香皂，还有几瓶果子露。除了这些日用品，赵福林又拿来一架汽油灯。这可是连姑太太都没见过的新鲜玩意儿。张恂如夫妇要赵福林把这架汽油灯挂到园子里去。

　　张恂如突发奇想，要搬到书房里去住，自然又要叫赵福林来搬东西。在小说中，并没有描述学徒赵福林如何在店里学做生意，倒是写了很多在张家跑腿打杂的事。

　　当年的学徒，都要忍辱负重，住在店里，一般情况下不能回家看望父母；甚至娶了媳妇，平时也不能回家看望。

　　许钦文短篇小说《疯妇》中的双喜，十二岁时的那个春天，从泰定村坐航船到上洋镇的酒店里做学徒。临别时，母亲吩咐："双喜，你爸爸只有你一个，你总要熬点志气，好好的做去，早早出山，那么为娘虽苦也甘心，你爸爸在泉下也高兴；千万不要半途回来，给人叫'回淘豆腐干'，是多么难听呀！"[1]

　　在江南，男孩做学徒与女孩做童养媳都得忍受打骂，一旦忍不住逃回家来，就会被人戏称"回淘豆腐干"，孩子和家长都会被人瞧不起。从母亲的吩咐来看，这孤儿寡母都明白，做学徒得"熬点志气"。小说并没有叙写双喜是如何熬过学徒生活的，只说他一直熬到十九岁的下半年，才第一次回家乡。可见，长达七年多，双喜都长住酒店里，没有回家来看望寡居的母亲。这大概就是双喜的学徒生活。学徒期满，双喜算是"出山"了——留在酒店当伙计。当了伙计，就可以每年回家来两次，合计在家逗留一个多月。二十八岁的双喜，娶了媳妇，还是如此。

　　许杰短篇小说《大白纸》中的云弟，在县城里的一间杂货店学生意，晚上须得睡在店里，却让新婚妻子香妹独守空房。堂哥良来与香妹青梅竹

① 许钦文：《疯妇》，《晨报副刊》1923 年 11 月 18-20 日。

马，乘虚而入，最终酿成了婚恋悲剧。

民国时期的江南小城镇，街坊邻居之间是熟人社会。与乡下来的学徒比起来，小城镇上的大人把自家的孩子送到街坊邻居那里去学生意，师傅一般会顾及情面，对学徒的打骂有所收敛。王鲁彦短篇小说《童年的悲哀》是以第一人称"我"为视角的，主人公阿成哥在小说中第一次出现时，就已经是二十岁的大人了。阿成哥力气大，会挑重担，同时会在米店里砻谷舂米。舂米，一般男人都会，所以鲁迅小说《阿Q正传》里的阿Q和小D都能在未庄给人舂米打零工。砻谷是技术活，尤其是拗砻和筛米这两项，需要技术和体力，故砻谷师傅是受人尊敬的"匠人"。阿成哥在大碶头的一家米店里做活，其砻谷技术应该是在米店里拜师学出来的。小说中的阿成哥是位十分阳光的小伙子，估计其学徒生涯并没有吃过多少苦。多才多艺的阿成哥会拉二胡，在他的影响下，"我"也学会了拉二胡，还自制了一把二胡。他被疯狗咬后发疯而死，成了"我"关于童年的"悲哀"记忆。[1]

春米的石臼

鲁迅短篇小说《孔乙己》中的"我"，说是酒店里的"伙计"，其实只是学生意的小学徒，是由情面大的"荐头"介绍到咸亨酒店里来学生意的。

当年鲁镇上来咸亨酒店里喝酒的有两类人：一类是穿长衫的，踱进店

① 王鲁彦：《童年的悲哀》，《小说月报》1929年11月第20卷第11期。

面隔壁的"雅座"里，要酒要菜，慢慢地坐着喝；另一类是做工的"短衣帮"，傍午傍晚散了工，买一碗酒，靠在柜台外站着喝。尽管"我"读过几年书，但掌柜说"样子太傻"，怕侍候不了这些"穿长衫"的人，就被安排在了外面，侍候"短衣帮"。最大的难题是往酒里羼水，偏偏"我"学不会这个活。碍于情面，掌柜不能辞退"我"，于是就让"我"专管温酒。作为学徒，"我"能力有限，不过掌柜只是给点脸色，并没有遭受打骂。

绍兴黄酒，除了夏天，一般都要加热后喝。热酒，绍兴人称"温酒"。酒店里有一种特制的温酒工具，叫"串筒"。串筒用白铁皮制成，由大小两个圆柱体组成，形如倒写的"凸"字。一串筒酒，重一斤，能倒满两碗。温酒的"淘锅"，锅盖是平的，上有若干个圆洞，正好能插下串筒小的部分。炉子烧旺，淘锅里的水临近沸点，串筒插入淘锅，一会儿就温好了酒。"我"在咸亨酒店里当学徒，专管烧火温酒，没什么技术含量。

咸亨酒店的人都拿孔乙己取乐，"我"也跟着偷偷乐一下。有一次，孔乙己来了兴趣，考"我"茴香豆的"茴"字怎么写，告诫要记住这些字的写法，"将来做掌柜的时候，写账要用"。在这个等级观念很强的社会里，"我"以为自己与掌柜的"等级还很远呢"，不过在酒店这个小社会里，"我"还是留心掌柜是如何写账的。"我"也与酒店内外的人一样，瞧不起"讨饭一样"的孔乙己。孔乙己热心教"我"写字，"我"却觉得他不"配"，让他的热面孔贴了冷屁股。小酒店中的"我"，耳濡目染，还是明白些店里各人是如何做生意的。

许杰短篇小说《邻居》中的金龙是位粗木匠，小文是位文弱的南货店的伙计。他们当年都是学徒，不过都已熬出了头。金龙三十开外，婚后儿女成群。小文也已成婚，只是媳妇尚未生育。小文在店里不常回家，小文嫂只有一个人吃饭，觉得很清爽，打扮得很俏趣——尤其是每日的头总梳得精光。

金龙家与小文家是同住一进屋的两横厢的邻居。两家门对门、卧室对卧室地住着，虽然不是仇人，却也不是亲密的邻居。金龙对小文嫂有了非分之想，晚上借着酒劲，对小文嫂进行性骚扰，终于在一天晚上，被小文夫妇、金龙嫂当作"贼"抓住了。手艺人金龙是"吃百家饭"的，晚上经常喝了人家的酒后回家来，而南货店里的伙计小文经常要住在店里。这就给金龙提供了对小文嫂进行性骚扰的机会，但也潜伏着被小文抓住的危机。小说就这么安排了戏剧性的结尾。就做学徒的难易程度而言，学木匠很有难度，但出师后比较自由；南货店的伙计相对容易些，但生意学成后晚上经常要帮助守夜，让老婆独守空房。

2.3　留守女性群像

从 20 世纪 80 年代末开始，伴随着大规模民工潮出现的是大量的留守女性。留守女性已引起社会各方的关注，成为学界研究的热门课题。其实，留守女性是一种早已有之的社会现象，古代诗文中的"商人妇"大都是留守女性。现代江南小城镇文学中就有一类与小城镇息息相关的留守女性形象。

家中的男性（角色为丈夫、儿子和父亲）流动到当地市镇乃至更远的城市务工或经商，仍留在老家的女性（角色为妻子、女儿和母亲）由此不能与男性经常生活在一起，就成了留守女性。留守女性与外出的男性聚少离多，常常演绎出悲剧故事。

现代作家对现代江南小城镇文化的文学书写，建构了现代江南小城镇文学。此类文学中的留守女性形象，主要有许钦文小说《疯妇》中的双喜媳妇、许杰小说《大白纸》中的香妹、王鲁彦小说《菊英的出嫁》中的菊英母女和《屋顶下》中的阿芝婶、叶圣陶长篇小说《倪焕之》中的金佩璋等。

2.3.1　独自留守的年轻媳妇

《疯妇》是许钦文的代表性作品，创作于 1923 年 10 月，发表在《晨报副刊》上，后收入由鲁迅帮助编定的小说集《故乡》。小说中的双喜家是失地的农民，一直依靠小城镇经济谋生。守了寡的双喜娘无法组织繁重的稻作生产，即不能成为佃户，但会纺织土布，依靠卖布养活孤儿寡母。双喜从十三岁开始，到上洋镇的酒店里做学徒；婆了媳妇后，每年也只回家两次，在家逗留不过一个多月。双喜媳妇在家褙锡箔，两天就能褙一捆，领得一角小洋二十文的工钱。然而，婆婆对她仍不满意，原因有两点："第一，她的婆婆是会经布的，而她连卷花条、绩棉纱也不会，教她经布是简直无从入手，使她的婆婆有不得其传的慨叹。第二，自从她进门以后，双喜对于母亲常常有不顺从的神气，有时老太太诉说媳妇的不好，他总是不开口，似乎不承认他老婆的错处。"[①]

---

① 许钦文：《疯妇》，《晨报副刊》1923 年 11 月 18-20 日。

　　短暂相聚后，一天清晨，双喜乘坐每天开往上洋镇的航船走了。送走丈夫，双喜媳妇量好米，拣了一个鲞头去河踏步（河埠头）上淘米洗菜，准备做早饭。她因想念双喜而走了神：站在岸边眺望去上洋镇的航道，憧憬着有一天她的丈夫不需要再去外地了，刹那间丈夫仿佛又回到了自己眼前。当从虚幻的梦境回到现实后，她发现花猫叼走了鲞头，淘箩也落入河里。婆婆知道后，向村上人到处诉说媳妇的错处。一星期后，双喜媳妇疯了，不久便悲惨地死去。在上洋镇酒店里跑堂的双喜一时还不知道家里的悲剧。

　　不小心弄丢了婆媳俩烧早饭的米和菜，可谓鸡毛蒜皮。婆婆却拿着鸡毛当令箭，到处数说媳妇的不是。这从一个侧面说明，泰定村的村民度日维艰，连这点少得可怜的米和菜都那么看重，也可以看出，婆婆本来就看着媳妇不顺眼，终于抓到了媳妇的错处，自然就要大做文章了。

　　全家团聚是每个家庭成员的基本权利和美好愿望。双喜家并不靠耕种脚下的土地生活，而是依靠小城镇经济生活，其实已成为小城镇经济的有机组成部分，直接搬迁到小城镇上生活，母亲和妻子就不用留守在乡下了，自然更方便。然而，小城镇上的安家成本是双喜一家无法承受的。双喜媳妇只希望双喜能守在家里，而不敢指望举家迁进小城镇去过"街廊人"或城里人的美好生活。泰定村上毕竟有祖传的房子，不需要为"住"而花钱。让母亲和妻子留守老家祖屋，是双喜一家无奈的选择。

　　民国时，小城镇小店里的学徒是要住店的。小酒店营业时，需要双喜跑堂；酒店打烊后，双喜还得为店主家打杂。像双喜这样的学徒，平时是没有时间回家看望母亲和妻子的。泰定村与上洋镇是通航船的，即泰定村是上洋镇"乡脚"内的一个村子。那时，一般江南市镇距"乡脚"也就二三十里，如果像现如今那样骑摩托车或电瓶车，完全可以早出晚归。然而，那时的交通工具主要为缓慢的航船，更可怜的是，双喜媳妇是不能外出抛头露面的，即她不能坐航船去上洋镇与双喜相聚。

　　依靠小城镇经济谋生的双喜家，没有能力选择居住地，也没有机会选择家庭手工业。双喜娘只能选择经布、织布，轮到双喜媳妇从事家庭手工业时，只能选择褙锡箔了。宋元以来，江南棉业兴起，到近代前夕已经形成了一个在全国占有举足轻重地位的棉花种植与棉布生产专业经济区。棉花、棉纱、棉布成为江南市镇上重要的商品，棉布业一度成为江南市镇的主导产业之一。鲁迅小说《明天》中的单四嫂子就是靠纺纱卖纱谋生的。"近代以后，以都市机器工业为基础的近代棉纺织业开始冲击江南农村传统棉业，促使它逐步走向衰亡，并进而影响到了存于传统棉业基础之上的市镇。"①不过，最早冲击传统棉业的是机器生产的"洋纱"，它逐步取代了传统"土纱"。由于刘大白的白话诗《卖布谣》经赵元任谱曲后，广为传唱，故一般人总以为洋布像洋纱一样，迅速取代了土布。其实，洋布与土布之间还有一种过渡性的改良土布。1896 年，鄞县王承淮将传统投梭机改良成手拉机，能用"洋纱"织出与"洋布"相媲美的改良土布。手工织造的改良土布苦苦支撑了二三十年，直至 1925 年以后，在进口洋布和国内机制布的倾轧下，改良土布才逐步走向衰落。不过，江南不同地区市镇经济中主导产业的选择是不一样的，当宁波一带的改良土布经营得红红火火的时候，许钦文老家绍兴一带的土布业却衰落了，市镇的主导产业由土布业转向了锡箔业。

锡箔业起源于明初，最早是杭州的"杭箔"，继起的是宁波的"宁箔"。绍兴的锡箔业是从"杭箔"和"宁箔"中学来的，但能精益求精，后来居上。清光绪十八年（1892 年），绍箔的产量才五十万块。此后，绍箔时兴时衰，直到民国二十四年（1935 年），绍箔产量达到顶峰，约为四百万块，行销全国乃至东南亚。绍兴由此赢得了"锡半城"的称号。

市镇商人经销土布时，市镇"乡脚"内的家庭手工业主要是生产土布；一旦市镇商人经销锡箔时，市镇"乡脚"内的家庭手工业就变为褙锡箔。对于市镇"乡脚"内村民们生产和消费的同质现象，费孝通在抗日战争前对太湖之滨江村经济的调研报告中写道：

> ……由于水运方便，并有了航船制度，因此作为销售区域中心的镇，完全有能力向所属的村庄进行商品的集散，在商品流通过程中不需任何中间的停留。在这个地区内，有数十个村庄依赖这个镇，但它们彼此之间都是独立的。这些村子，做的是相同的工作，生产同样的产品，互相之间很少需要进行贸易往来。②

在许钦文的《疯妇》中，当地市镇上主导产业的嬗变，激化了双喜家的婆媳矛盾。泰定村的妇女，像双喜娘这一辈，家庭手工业主要是纺纱织布；但市镇上的"放纸船"摇来后，一般年轻的太太和姑娘们都改为褙锡箔了，原因是这比做布的工资多。市镇商品价格，像一只看不见的手，操

---

① 包伟民：《江南市镇及其近代命运：1840～1949》，北京：知识出版社，1998 年，第 160 页。
② 费孝通：《江村经济：中国农民的生活》，戴可景译，北京：商务印书馆，2001 年，第 107-108 页。

纵着"乡脚"内的乡村手工业。双喜娘是经布、织布的行家,而双喜媳妇则为褙锡箔的好手。双喜娘已成为过时的能人,经布、织布的收益远远不如褙锡箔的收益。时势变了,她的纺纱织布技艺无法传授给双喜媳妇,紧张的婆媳关系没法转换成相对融洽的师徒关系。两代人从事两种不同的手工业,加深了婆媳之间的"代沟"。从《孔雀东南飞》延续下来的婆媳矛盾,又加进了现代江南小城镇经济变迁的新内容。

双喜在镇上的酒店里做学徒或伙计,尽管航船能到,路程不远,但由于交通和资讯都不发达,小两口除了一年两次相聚,其他时间就几乎没有联络了。比起当下的留守女性来,双喜媳妇更凄苦。双喜媳妇在生活中遇到难题时,特别无助,其社会支持网络中连可以避难的娘家也缺失了。妇女们经布,需要几个人合伙来做,这就使得家庭妇女扩大了交际面;褙锡箔不需要合伙来做,是一项很孤独的力气活。没有合伙人的双喜媳妇,显得十分孤单。尽管留守在家的婆婆也属于弱势群体,但在更为弱势的媳妇面前,婆婆处于相对强势地位。双喜娘在村上有强大的社会网络,逢人便诉说媳妇的不是。媳妇的社会网络几乎是空白,有苦无处诉说,只能自己独自扛着,终于因扛不住而精神崩溃——发疯了。

鲁迅在《中国新文学大系·小说二集》的序中对许钦文评价道:"他也能活泼的(地)写出民间生活来,如《石宕》,但可惜不多见。"[1]从上述分析可以看出,《疯妇》也是许钦文少数几篇"能活泼的(地)写出民间生活来"的小说之一。

许杰的小说《大白纸》,也写了一个发疯的留守女性。

茅盾在《中国新文学大系·小说一集》的导言中论述许杰小说的人物塑造时指出:"他只有一两个是写得相当成功的,例如《赌徒吉顺》中的主人公吉顺,《大白纸》中的大白纸;但这些都是畸形的人物,他们在转型期的社会中是一些被生活的飞轮抛出来的渣滓,我们只有从反面去看时,这才能够在他们身上认出社会的意义。"[2]

小说《大白纸》,写了感情的错位。"大白纸"是小伙子良来的绰号,小说成功地塑造了这位"畸形的人物"。同时我们也应看到,小说中的留守女性香妹,也是一个成功的悲剧形象。

---

① 鲁迅:《中国新文学大系·小说二集》,上海:上海良友图书印刷公司,1935 年,第 10 页。
② 茅盾:《中国新文学大系·小说一集》,上海:上海良友图书印刷公司,1935 年,第 30 页。

"大白纸"良来很小失去母亲，父亲再婚后，后妈对他不好，他就经常住在外祖母家，与外祖母的嫡堂孙女香妹一块儿玩耍。青梅竹马的香妹，长大后嫁给了云表弟。香妹的云弟，即良云，与良来是同村的堂兄弟。新郎良云，在县城里的一家杂货店学生意，晚上须睡在店里。早婚的良云，尚未发育，个子矮小，未解儿女风情，反而害怕发育成熟的新娘，婚后第十日，便回到县城里的店里去了。新婚的香妹，独守空房，成了留守在家的年轻媳妇。香妹不用像双喜媳妇那样，靠家庭手工业来谋生。她与云弟的婚姻属于"亲上加亲"，婆婆对待香妹也算关爱，她没有双喜媳妇那样的婆媳矛盾。比起同为留守女性的双喜媳妇来，香妹似乎是幸运的。然而，新婚的香妹，与新郎尚未建立感情，感情上找不到新的归属，仍未忘记与良来的旧情。夏夜，香妹也不在外面纳凉，而是吃过晚饭后回自己房里早早睡觉。良来，即香妹的来哥，已解儿女风情，乘虚而入，夜夜与香妹幽会。有天晚上，香妹的婆婆突然闯入，来哥情急之下，躲进桌子底下。老眼昏花的婆婆把身穿白衣白裤的良来当成了"大白纸"，伸手去捞，不料"大白纸"变成人，逃走了。"以后大家就以大白纸谥他，他自己也不知不觉的承认了。"[1]

偷情败露后香妹疯了。公公知道原委后，不愿让香妹与良来"有情人终成眷属"，反而把她当作儿子的"活离妇"，卖给山里人，捞回一些损失。来哥找到深山中的青峰村，假冒娘家小舅子，与香妹相见。疯疯癫癫的香妹，不知遮掩，当众与来哥热情相拥。真相大白，村民们打散了这对苦命的野鸳鸯。

早婚与留守让香妹红杏出墙，并因此酿成悲剧。这段畸形的恋情，让良来得到了"大白纸"的绰号，尽管苦涩，但也算是另类风流韵事。真正的悲剧主人公应该是香妹。她发了疯，也很可能会像《疯妇》中的双喜媳妇那样，在疯疯癫癫中惨死。

早婚与留守对香妹的伤害，村民们都不会同情。至于她的红杏出墙，在村民们看来自然是伤风败俗的事。公公把她当作"活离妇"卖给深山里苦于娶不到媳妇的人，并没有受到村民们的谴责。香妹的娘家，大概也以香妹为耻吧，不敢把她领回娘家去养病，而是任"亲上加亲"的亲家公将他们家的女儿像牲口一样卖掉了。发疯的香妹，由于背上了"不道德"的

---

① 许杰：《漂浮》，上海：启智书局，1935 年，第 25 页。

十字架，就成了任人宰割的羔羊。

许杰的另一篇小说《隐匿》中的善金与彩珠夫妇也如茅盾所说，"在转型期的社会中是一些被生活的飞轮抛出来的渣滓"。彩珠婚后不久，丈夫善金就去上海谋生，独自留守在家的彩珠只得回娘家来。娘家是开小吃店的，兼营旅店。有位外地的木匠，就住在旅店里，与彩珠私通之事败露后，木匠溜走了。不幸的是，彩珠怀孕了。舅舅江峰是本地的财主，彩珠就躲在舅舅家的楼上，准备把孩子生下来。善金离家四年，只在第一年寄过几块钱，随后就不太有音讯。他做过海员，在一次事故中捡回一条命；又去英国做劳工，来回勉强保住一条命。飘在外面的他，回到老家，发现妻子回娘家了，就找上门来。妻子的娘家人都十分紧张，好在舅舅江峰是场面上人，晚饭后，岳母就把善金领来见江峰。江峰正在与善金交谈，楼上的彩珠就上吊了。彩珠被救活，也没动了胎气。善金了解情况后并没有深究，次日早上就不辞而别，"不知到那里去了"①。茅盾批评小说中善金形象的塑造并不成功，也许是该形象缺乏典型性。不过小说的情节设置还是颇具吸引力的。彩珠作为留守女性的悲剧性也有一定的感染力。

王鲁彦短篇小说《屋顶下》中的阿芝婶，也是独自在家留守的年轻媳妇。她有比双喜媳妇强大的社会网络，在受了婆婆的气后就得到了娘家的强力支持。她是位要强又有主见的媳妇。小说中的本德婆婆年轻时就守寡，靠给人家挑担、砻谷、舂米、磨粉、种菜为生，省吃俭用，"养大儿子，赎回房子"。儿子阿芝叔在轮船上做茶房，每月工资二十五元。累出了一身病的本德婆婆，卸下担子，让儿媳阿芝婶当家。儿子孝顺母亲，将钱交给留守在家的妻子，希望妻子能好好照料母亲。儿媳阿芝婶遵照丈夫的吩咐，给婆婆买黄鱼、时鲜芋艿和红枣等，设法给婆婆补养身子。然而，节俭惯了的婆婆误以为媳妇自己"贪嘴巴"，埋怨"牙缝里省下来"的家业，被媳妇"败光"了。婆媳由相互埋怨到公开吵闹，甚至连本德婆婆的女儿和阿芝婶的妈妈也吵开了。②

家庭养老，是指在家庭内部的物质要素（财力、物力）、观念要素（养老观念、家庭文化）和子女要素（子女数量和陪伴时间）的相互作用下，不断进行物质、能量和信息交换的过程。阿芝叔出门在外，留守在家的母亲和妻子，情感和信息交流不畅，媳妇的孝心反被婆婆当成了"驴肝肺"，

---

① 许杰：《惨雾》，上海：商务印书馆，1926年，第258页。
② 王鲁彦：《屋顶下》，《文学》1933年10月第1卷第4期。

婆媳关系骤然紧张。阿芝叔,既是本德婆婆的儿子,又是阿芝婶的丈夫,他应是维持家庭美满和谐的"双面胶"。然而,家里一旦缺失了"双面胶",婆媳双方矛盾发生时,没有"双面胶"缓冲;双方的矛盾要化解时,又没有"双面胶"来做和事佬。《疯妇》如此,《屋顶下》也是如此。

中国传统的孝道有三层含义:一是晚辈要赡养长辈,二是要顺从长辈的意志,三是要祭祀祖先,不能断了祖先的血食。阿芝婶听从丈夫的吩咐,给婆婆买好吃的,这只是满足了孝道的第一层含义。婆婆是苦过来的人,习惯于从"牙缝里省下来"家业,其意志是节俭。当第一层孝道与第二层孝道发生矛盾时,阿芝婶就很难真正尽孝了。其实,晚辈孝顺长辈,首先要让长辈顺心。当婆媳吵得不可开交时,劝架的乡亲尽管知道阿芝婶很委屈,但还是要让她以向婆婆奉茶的方式认错。阿芝婶认错的话中有刺,反而激怒了婆婆,婆婆明明错怪了媳妇,还要对受了委屈的媳妇不依不饶。对于这种婆婆不尊重媳妇的权利和意志的所谓"孝道"而引起的婆媳矛盾,费孝通作了形象直观的表述:

> 但家庭纠纷经常发生在媳妇和婆婆之间。人们理所当然地认为婆婆是媳妇的潜在对手。她们之间发生磨(摩)擦是司空见惯的……如果考虑到日常的家庭生活,婆媳之间存在的潜在冲突可想而知的了。丈夫和公公白天不在家中,终日外出劳动,但婆婆总是在家。儿媳对婆婆本来毫无感情基础,来到这个家之后,感到自己被婆婆看管着,且经常受到批评和责骂。但她必须服从婆婆,否则,丈夫会替婆婆来打她。婆婆就代表着权力。[1]

杨义在评价《屋顶下》时指出:"小说以经济贫困在人们心中布下的阴影为经,以旧式婆媳不相和睦的关系为纬,错综交织,在细致地描写这场家庭矛盾的心理过程的同时,逼真地传达了宗法制农村的一种潜在的沉闷的悲剧气氛。"[2]

杨义既关注这篇小说中"宗法制农村的一种潜在的沉闷的悲剧气氛",同时也看到了"洋商的轮船"所代表的现代文明。

王鲁彦出生于临近宁波的镇海县大碶头镇杨家桥村,现属于宁波市北

---

[1] 费孝通:《江村经济:中国农民的生活》,戴可景译,北京:商务印书馆,2001年,第58页。
[2] 杨义:《中国现代小说史》第1卷,北京:人民文学出版社,1986年,第440页。

仑区。宁波是中英《南京条约》中规定的中国最早的五个对外通商口岸之一，自然能最早沐浴"欧风美雨"。同样是描写浙东风情的小城镇文学，王鲁彦的小说就要比鲁迅和许钦文的小说更具现代气息。

许钦文小说《疯妇》中的交通工具主要是航船，而王鲁彦小说《屋顶下》中的阿芝叔已在洋商的轮船上当茶房了。茅盾作品中经常出现的内河小火轮，似乎是现代文明的象征，也是深入江南乡镇的"陌生人"。凡是看过鲁迅小说《孔乙己》的读者，都可以通过咸亨酒店里的小伙计推断出跑堂的双喜是如何的卑微和寒酸。比起双喜来，阿芝叔可谓是拿"高薪"的"洋派"人了，这也让阿芝婶对外面的世界充满了向往。

小说结尾，阿芝婶离开婆婆，随丈夫外出。她要自己做工养活自己。当年的轮船上，没有女性茶房，阿芝婶到小城镇上去谋生，也只能像《祝福》中的祥林嫂那样，去给有钱人家做女佣，即小说中所说的"姨娘"。尽管阿芝婶很要强，对自己的前途充满了信心，但实际上凶多吉少。不再受婆婆的气，且能经常与丈夫见面，这正是阿芝婶所向往的，毕竟留守在家实在太凄苦了，弄不好甚至会像双喜媳妇那样精神崩溃。阿芝婶不愿留守在家，总体上还是对的。她也会不再重复菊英娘那样的留守悲剧。

《屋顶下》是一篇技巧娴熟的小说。周立波在《鲁彦选集》的序中评价道："鲁彦的文章风格很朴素。他对于自己描写的对象都非常熟悉。各种人物，甚至于动物的心理和行动，都写得很逼真而且很深刻。事件发展的过程也写得很好。《屋顶下》的本德婆婆和她儿媳的关系，由互相体贴，到互相辱骂，发展得非常之自然。"①诚然，整篇小说读下来，情节发展是一气呵成、水到渠成的。

2.3.2　带着孩子一起留守的女性

王鲁彦的小说《菊英的出嫁》对"冥婚"习俗的描写，一直为人称道。茅盾在《王鲁彦论》中最早作了肯定："奇怪的《菊英的出嫁》，无疑的也是一篇好小说。死后生存（就是死后的鬼能和活时一样的生长）的原始信仰，活在菊英的母亲的心中，使她十二分认真地留心女儿的阴亲和出嫁；在这里，真与幻混成了不可分的一片，我们看见母亲意念中有真实的菊英

---

① 转引自《中国现代作家选集·鲁彦》，北京：人民文学出版社，1992 年，第 247 页。

在着，我们也几乎看见真实的菊英躲躲闪闪在纸面上等候出嫁。像这样的
描写真与幻的混一，不能不说是可以惊叹的作品。"[1]

然而，批评家在高度评价《菊英的出嫁》的"冥婚"习俗时，却有意
无意地遮蔽了该小说的社会学意义，即"留守家庭"问题。小说叙述了一
个典型的"留守家庭"，即当下所称的"386199"家庭。当下人以三八妇女
节、六一儿童节和九九重阳老人节来戏称妇女、儿童和老人。菊英娘、菊
英和菊英奶奶组成了品种齐全的"留守家庭"。丈夫去云南做生意，很不走
运，四年间不回家，也没得寄钱来，连家信都少得可怜，菊英娘与菊英奶
奶千辛万苦给人家做粗做细，设法养活留守在家的三个女人。菊英八岁就
能帮娘磨纸（褙锡箔）、挑花边，是个很懂事的孩子。这个留守家庭的手工
业主要是生产宁波的"宁箔"，与《疯妇》中的"绍箔"遥相呼应。

传统的宗法制农家，一般是自给自足的，男耕解决全家"饱"的问题，
女织解决全家"温"的问题。明清时期，江南人口不断膨胀，导致人均耕
地面积越来越少，男耕女织仍解决不了全家的温饱问题。于是，作为副业
的家庭手工业有效解决了全家的温饱问题。由于江南市镇商品经济的繁荣，
像《疯妇》中的双喜家和《菊英的出嫁》中的菊英家，把副业当作主业来
做，也能解决全家的温饱问题。

近现代与江南小城镇息息相关的家庭手工业，往往以家庭为单位来组
织生产，且能充分利用很难进入劳动力市场的妇女和儿童等劳动力资源。
这种家庭手工业，往往以全家糊口为目的，劳动力成本极为低廉。不管是
《疯妇》中双喜娘的织布、双喜媳妇的褙锡箔，还是《菊英的出嫁》中整个
留守家庭的"磨纸"，都是以糊口为目的的家庭手工业。小城镇商品经济与
家庭手工业的有机结合，能让很难进入劳动力市场的妇女和儿童有了养活
自己的可能。

在《菊英的出嫁》中，由于长期缺失父爱，菊英实际上成了单亲家庭
中成长的孩子。菊英没有进洋学堂，没能沐浴"欧风美雨"。她随祖母去亲
戚家喝喜酒，被传染上了"白喉"。菊英娘习惯了请中医看病，但邻居告诉
她们，这种病应该早点请西医，最好打"药水针"。

早在 1901 年，德国科学家贝林因由于在治疗白喉方面的杰出贡献，获
得了世界上第一个诺贝尔生理学或医学奖。当年西医对白喉的治愈率已经

---

① 方璧（茅盾）：《王鲁彦论》，《小说月报》1928 年 1 月第 19 卷第 1 期。

很高。

菊英娘虽然不太相信西医，但无奈之下，还是带了菊英去首善医院看西医，然而，菊英怕外国医生要开刀之类，死活不肯进医院。关键时刻，这对留守的母女显得守旧和愚昧，仍然选择了求仙丹和用偏方。被妖魔化的西医，让八岁的菊英望而却步。最后尽管请来了西医，但已延误最佳治疗时间，打针吃药也治不好菊英的病。

就像鲁迅相信西医一样，王鲁彦也是相信西医的。与《菊英的出嫁》形成对照的是，王鲁彦在长篇小说《野火》中，写傅家桥村上随旱灾而来的是鼠疫。中医对此无能为力，县城里的西医下乡来为大家治病和打防疫针。很多村民也像菊英那样，害怕被妖魔化了的西医。关键时刻，华生、秋琴和阿波哥等一帮年轻人大力宣传西医的好处，还率先打了防疫针。终于，西医治愈了不少鼠疫患者，又为没被传染的村民们打了防疫针，可怕的鼠疫，最终被县城里来的西医制服了。两相对照，菊英的悲剧更明显了。

留守女童，在缺少健康、不完整的家庭环境中成长，存在一些隐患。一般家庭中，在教育孩子方面，父母是有角色分工的：母亲往往扮演"慈母"角色，给予孩子的是悉心的关爱；父亲往往扮演"严父"的角色，该断则断时，"严父"会迫使孩子作出正确的选择。试想，关键时刻如果有"严父"在身边，一定要菊英进首善医院看西医，菊英的病也就不会被延误了。菊英之死实乃留守女童的悲剧。能治愈白喉的现代西医近在眼前，菊英却因选择了求仙丹和用偏方而延误了病情。这给读者的悲剧感尤为强烈。

菊英的爹后来下南洋，在洋人开办的森森煤油公司做经理，发家了，不断给家里寄钱来。变得有钱了的菊英娘，仍是感情上的"弃妇"。菊英娘精心安排菊英的冥婚，也从一个侧面反映了她对朝朝暮暮的夫妻生活的渴望。丈夫没有回家来与菊英娘共同操办菊英的冥婚，菊英娘的孤单与凄凉可想而知。绵延数千年的"商人妇"的悲剧，在菊英娘这位现代留守女性身上延续着。

已经发家的丈夫按理应回家来与菊英娘共同操办女儿的冥婚，然后再把孤身一人的菊英娘带走。堂堂森森煤油公司经理，自然有能力在公司的所在地安家。丈夫不这样做十有八九是纳妾了。"不孝有三，无后为大"，发家的菊英父亲自然会注重传宗接代，不用菊英娘来完成这一任务，当然是另有承担者了。自古以来，富有的男人往往会妻妾成群，充分占有女性资源，并让多位女性承担生儿育女的任务。菊英娘的孤身留守之苦，是任何钱财都补偿不了的。

在现代江南小城镇文学中，还有一类身份特殊的留守女性，她们是现代江南小城镇作家的原配妻子。现代江南小城镇作家是从传统的"士"转型为现代知识分子的"中间物"。他们在外出求学期间，往往就遵循"父母之命，媒妁之言"与传统女子结了婚。婚后原配妻子留守在家，日后丈夫有条件在工作地安家了，就有可能把家眷接出来一起过日子。

朱自清的散文《给亡妇》是一封写给原配妻子武钟谦的信。新婚不久，朱自清就回北京大学继续读书，留守在家的妻子经常回娘家。日后有了孩子，妻子就安心留守了。大学毕业后朱自清在浙江的师范学校或中学教书，武钟谦就带着孩子跟随丈夫。当年在春晖中学教书时，夏丏尊、丰子恺和朱自清等都在白马湖畔建起了自己的小屋。1925 年 8 月，经俞平伯推荐，朱自清到清华大学任教，只身住在清华园古月堂。此后一年半时间内，母亲协助武钟谦带着一群孩子仍留守白马湖。两位江苏扬州的女子，留守在人生地不熟的浙江上虞，生活上的无助可想而知。更何况，她们还要逃兵难。

朱自清塑像

朱自清在《给亡妇》中写道：

在浙江住的时候，逃过两回兵难，我都在北平。真亏你领着母亲和一群孩子东藏西躲的；末一回还要走多少里路，翻一道大岭。这两回差不多只靠你一个人。你不但带了母亲和孩子们，还带了我一箱箱的书；你知道我是最爱书的……第二回是带着逃难，别人都说你傻子。你有你的想头："没有书怎么教书？况且他又爱这个玩意儿。"其实你没有晓得，那些书丢了也并不可惜……①

武钟谦是位全身心相夫教子的妻子。逃难时死活也要带上丈夫一箱箱笨重的书，正是尽其相夫的责任。这是位传统的女子，在家随父亲，即使嫁人后，丈夫外出求学，她还是经常往娘家跑，依靠父亲。一旦肚子里有了丈夫留下的"骨肉"，她就自然一心随丈夫了，不管留守还是与丈夫生活在一起，都全身心地相夫教子。由于没有婚前的恋爱环节，武钟谦往往与丈夫之间能产生亲情，却很难产生真正的爱情。

郁达夫把这种妻子的性情形象地称为藤本植物"茑萝"。郁达夫短篇小说《茑萝行》明显带有"自叙传"色彩。郁达夫在日本留学期间，于 1917年 8 月回到富阳与孙荃订婚，一直到 1920 年 7 月才回国完婚。此后郁达夫仍然在日本留学，孙荃在郁家留守两年多。郁达夫于 1922 年 8 月结束了在日本的留学生活，回到上海。徘徊一个月后，接到了安庆法政专门学校的聘书，才回到富阳老家来。孙荃是位知书达礼的"小家碧玉"，能与丈夫鸿雁传书，甚至互相和诗。

小说写"我"乘江轮回到富阳老家来，由于不是"衣锦还乡"，故"同逃也似的走向家来"。母亲正在喝酒，"我"一时叫不出声来，放下行李，就匆匆跑上楼来，看到正在啜泣的妻子，两人抱头对哭，不久听到楼下母亲的骂声：

"……什么的公主娘娘，我说着这几句话，就要上楼去摆架子。……轮船埠头谁对你这小畜生讲了，在上海逛了一个多月，走将家来，一声也不叫，狠命的（地）把皮箧在我面前一丢……这算是什么行为！……你便是封了王回来，也没有这样的行为的呀！……两夫妻暗地里通通信，商量商量，……你们好来谋杀我的……"②

儿子滞留上海，母亲心生不满，就拿留守在家的媳妇当出气筒。小夫妻能鸿雁传书，也让母亲妒忌。由此可见，妻子留守在家，不仅要忍受独

---

① 朱自清：《给亡妇》，《东方杂志》1933 年 1 月第 30 卷第 1 期。
② 郁达夫：《茑萝行》，《创造月刊》1923 年 5 月第 2 卷第 1 期。

守空房的孤寂，还得代丈夫受过，承受婆婆的侮骂。

听说"我"回家小住几天后就要动身去安庆（小说称"A 地"），妻子只是"哀哀的哭得不住的"。去安庆法政专门学校教英文，形同"鸡肋"，但"我"还是下决心带上妻子一起去。然而，夫妻在安庆只待了大半年，"我"就辞职回到了上海，原因是不喜欢那里的课程和同事。清明时节，"我"到火车站送别了妻子和新生的"龙儿"，妻子又要回家留守了。"像我这样的一个生则于世无补，死亦于人无损的零余者"，只能默默地送上祝福："我在外边只希望你和龙儿的身体壮健，你和母亲的感情融洽。"作为"海归"，郁达夫长期是一名不得志的知识分子。妻子孙荃经常留守在老家，忍受留守之苦。

叶圣陶短篇小说《小病》也是写现代文人与妻子之间的离合故事的。不同于《茑萝行》的凄苦基调，《小病》富于喜剧色彩。

这是又一个因战争而逃难的故事。叶圣陶的小说大都写小城镇上的人往上海逃难，而《小病》却反其道而行之。战祸快要逼近的缘故，叔嘉把接出来同住了两年多的妻和孩子送了回去。叔嘉认为，一旦逃难，自己一个人方便多了。回归独居的新生活，刚开始感到自由、新鲜，但十来天后就变味了。寂寞的叔嘉忘记了夫妻的吵闹，仅仅回忆起了妻子的好处。

一个星期六的晚上，同几个朋友上酒店喝酒，听老方讲妻子的贤惠体贴，大家十分艳羡。叔嘉整夜失眠，第二天早起，冒用同乡的名义给家里打了个电报："嘉小病，望英即来。"①老方的身上，分明带有好友夏丏尊的影子。

小说直接写丈夫叔嘉在大都市上海的生活，从侧面写了留守的妻子和孩子。要不是生活拮据和战乱，丈夫是不愿让妻子和孩子留守在老家的。尽管有"天伦之烦"，但一家人一起生活在大都市，毕竟有不少天伦之乐。

2.3.3 新型留守女性

相对于上述传统型的留守女性，叶圣陶长篇小说《倪焕之》中的金佩璋则是新型的留守女性了。

如上所述，传统女性，往往要通过从事家庭手工业来谋生，有劳动技能但没有文化知识。晚清的变法维新，废科举，兴学堂，也让一部分有钱人家的女孩能进学堂学习文化知识。金佩璋就是洋学堂里培养出来的有文

---

① 叶圣陶：《小病》，《小说月报》1927 年 7 月第 18 卷第 5 期。

化知识的新型女性。更可喜的是，当金佩璋这样的新型女性走向社会时，社会也能为她们提供一些职业。女性的独立，从拥有一份自己的职业开始。

金佩璋，女子师范的毕业生，与倪焕之因自由恋爱而结婚。婚后夫妻一同教书，金佩璋成了江南市镇上新型的职业女性。不久，金佩璋怀孕生子，退回家庭，精心教子，甚至忽略了相夫。这让倪焕之对婚姻产生了幻灭："他现在有了一个妻子，但失去了一个恋人，一个同志！"

倪焕之受老同学王乐山的影响，认识到"目前的教育应该从革命出发"，就于 1925 年春离开镇上的学校和家庭，来到上海，一边在一所女子学校任教，一边从事实际的革命工作。

夫妻临别时，金佩璋表现出恋恋不舍的样子，丈夫倪焕之就用爱抚的神态安慰她。还说上海这样近，铁道水程，朝发夕至，可以常常回镇里来。金佩璋也就留守镇上，与婆婆和儿子一同过日子。

热恋时，两人每三天通一回信，眼下分居两地，大约隔十来天彼此就得写信。信中"只有互相报告十天内的情况，平凡地，相互地，正像感情并不坏的中年夫妇所常做的"。倪焕之写家信，用"简捷的白话"，金佩璋仍用文言。热心革命的倪焕之尽管对妻子有些不满，但不会在信中表露出来。倪焕之与金佩璋尽管相隔百里，但夫妻之间的联系，比起相距二三十里的双喜夫妇来，反而要紧密得多。新型留守女性金佩璋，衣食无忧，且可借助现代邮政，与大都市的丈夫鱼雁传书。她没有困扰人的婆媳矛盾，茁壮成长的儿子盘儿还能给她天伦之乐。比起传统留守女性来，她的留守生活自然要幸福得多。

目睹了"四•一二"反革命政变，尤其是好友王乐山的惨死，倪焕之借酒浇愁，第二天发了烧，即得了"肠窒扶斯"（伤寒），一病不起。

金佩璋接到电报后坐火车赶来，没能给焕之送终，他在这天上午就绝了气。扶柩回镇葬了丈夫，金佩璋对蒋冰之说："盘儿快十岁了，无妨离开我。我要出去做一点事；为自己，为社会，为家庭，我都应该做事。我觉悟以前的不是，一生下孩子就躲在家里。但是追悔也无益。好在我的生命还在，就此开头还不迟。前年焕之说的要往外面飞翔，我此刻就燃烧着与他同样的心情！"[①]

金佩璋的突然改变，显得有些突兀。茅盾在《读〈倪焕之〉》中指出：

---

① 叶圣陶：《倪焕之》，上海：开明书店，1931 年，第 418 页。

最后一章写倪焕之死后的倪夫人金佩璋突然勇敢起来；这是作者信赖着"将来"的意识使他有这转笔，然而和第二十四章开头所描写的倪焕之感念中的金佩璋比照起来，便觉得结尾的金佩璋的忽变是稍稍突兀些了。从二十四章到最后一章，中间相隔一年多，而又是极变幻的一年多，所以金佩璋思想的转变是可能的，但是作者并没有在二十四章后说起金佩璋的动静，却在结尾蓦地一转，好像一个人思想的转变是"奇迹"似的骤然可以降临的，也就失之于太匆忙了。[①]

金佩璋作为新型的知识女性，应该是既有自立意识又有自立能力的。然而，从留守江南市镇上一心教子的慈母，到坚强勇敢地"往外面飞翔"的卢森堡型的革命女性，应该是有转变的"桥梁"的。鲁迅在评价叶永蓁小说《小小十年》时指出，小说叙述了主人公十年间的巨大变化，读者却没有"发见其间的桥梁"[②]。遗憾的是，作者叶圣陶在小说情节设置方面，也没有向读者提供鲁迅所希望的"其间的桥梁"。

不过读者在感到"突兀"之余，对金佩璋的未来还是会有一些美好的遐想的。这也是《倪焕之》这部小说开放性结尾的魅力所在。走出江南小城镇的金佩璋，似乎是再生的倪焕之，很可能会成长为茅盾小说中经常出现的"时代女性"。

于伶话剧《夜上海》和《杏花春雨江南》中的梅萼辉也可以算作一位新型的留守女性。她是维新士绅梅春岭的女儿，抗日战争前正在读中学，与同学储南侬相恋，且储家与梅家是世交，两人可谓青梅竹马、门当户对。

1937年秋天，梅岭春一家在轰隆的炮声中逃难到上海，一时无法进入租界。孙焕君家的房客钱恺之，说话有家乡口音，梅岭春一家与他认了老乡。经梅岭春请求，钱恺之突然将后门打开，梅萼辉、后妈赵贞和奶妈李妈挤进租界，而梅岭春、梅珠却被印度巡警强行关在了门外。

梅萼辉她们在上海弄堂的一所房子里安顿下来，钱恺之热心帮她们在报上登寻人启事，终于让一家人团圆了。半年后，梅萼辉嫁给钱恺之，并且谋到了一份当小学老师的职业。弟弟梅珠在租界读中学，听老师说，孙焕君和

① 茅盾：《读〈倪焕之〉》，《文艺周报》1929年5月第8卷第20期。
② 鲁迅：《叶永蓁作〈小小十年〉小引》上海《春潮月刊》1929年8月第1卷第8期。

钱恺之合伙开的公司打着专卖国货布匹跟国货药品的幌子，其实是改头换面卖东洋货，发国难财。梅萼辉无意中撞见钱恺之与暗娼吴姬从舞场双双回来。发国难财的孙焕君被人暗杀了。梅萼辉与自甘堕落的钱恺之分了手。

珍珠港事件爆发后，日寇强行占领了上海租界。梅春岭无法再做"租界寓公"，率领全家回老家来。江南老家成了日伪军与游击队拉锯进出的"阴阳界"。储南侬这位农民打扮的青年知识分子，是游击大队的政治工作宣传队队长。梅萼辉当年的日记本，记录着一个少女的美丽的梦，居然被杏姑在劫后余灰中找出来，也深深地感动了储南侬。

经过共同的游击战斗，储南侬和梅萼辉又旧情复燃了。储南侬要护送装满桐果的船只到后方去，梅萼辉的弟弟梅珠也要随船同去，准备设法进空军学校学做飞行员。当年的同学，六年后成了同志。临别时，梅萼辉叮嘱储南侬："明年，这里，杏花春雨的时候，希望你已经回来了。"储南侬允诺明年杏花春雨的时候再次相会。这对有情人历经磨难，终于走到了一起，然而，在战争年代，他们将要过聚少离多的日子，梅萼辉将会成为战争年代的新型留守女性。

顺便提一下，台湾诗人郑愁予的诗作《错误》也写了一位民国时期的江南小城镇上的留守女性：

> 我打江南走过
> 那等在季节里的容颜如莲花的开落
>
> 东风不来，三月的柳絮不飞
> 你底心如小小寂寞的城
> 恰若青石的街道向晚
> 跫音不响，三月的春帷不揭
> 你底心是小小的窗扉紧掩
>
> 我达达的马蹄是美丽的错误
> 我不是归人，是个过客……①

这首诗写于 1954 年，但写的却是中华人民共和国成立前的情景。诗人"我"是位"过客"，骑着马从阳春三月的江南匆匆而过。江南的小城镇，每天的早市十分热闹，而向晚的青石板街道十分冷清，马蹄达达，清脆响

---

① 郑愁予：《郑愁予诗的自选（Ⅰ）》，北京：生活·读书·新知三联书店，2000 年，第 11-12 页。

亮，惊动了窗扉后面的留守女子。她听着马蹄由远而近，祈祷着能在自家的门前留下，却只能无可奈何地听着马蹄声无情地远去。留守女子没有盼来"归人"，只有"过客"的马蹄声演绎成"美丽的错误"。战火纷飞的年代，江南小城镇上不少丈夫成了"征夫"，妻子就留守在家。她们都有一个期待，期待丈夫骑着战马回家来团聚。

郑愁予祖籍河北宁河，1933年生于山东济南。他童年时跟随当军人的父亲走遍了大江南北、长城内外。抗日战争期间，他随母亲转徙于大陆各地，1949年随父亲来到台湾。其诗作《错误》还有更深一层的象征意蕴。其实，诗人为文化江南所动，喜爱烟花三月的江南，但他毕竟只是江南的匆匆过客。诗人没有归隐江南，江南也不能留住诗人。诗人与江南的邂逅，只是一场"美丽的错误"。

2.4　边缘人群像

江南小城镇上的长住市民为官吏、缙绅、商人和作坊里的手艺师傅等。至于祥林嫂、阿Q、"贼骨头"阿长等，则是乡村和小城镇之间的游民。他们属于小城镇的"边缘人"。

2.4.1　小城镇上的用人

小城镇上的用人主要有两类，常年住在主人家帮佣的和短期帮佣的。鲁迅回忆性散文《阿长与山海经》中的长妈妈属于前者，短篇小说《故乡》和回忆性散文《从百草园到三味书屋》中的"忙月"庆叔属于后者。

长妈妈家在绍兴东浦大门溇乡下，夫家姓余，丧夫后没有像祥林嫂那样再嫁人，而是进城到鲁迅家来做女工。她有个过继的儿子名五九，是个裁缝。据周作人回忆，长妈妈因癫痫病发作而死，周家用"四明瓦"的乌篷船送其回老家，由五九出面办丧事。五九事后送回乌篷船，带上一份薄礼，结清了长妈妈的工钱。

鲁迅是周家的长房长孙，从小就由长妈妈带领，故长妈妈也算是小鲁迅的保姆。不过长妈妈在周家的地位很一般。上一任女工长得高，大家就称其阿长。长妈妈在乡下称"什么姑娘"，且生得黄胖而矮，但周家由于叫惯了上一任，就仍然称继任者为阿长。小鲁迅平时叫她"阿妈"，生其气时就直呼"阿长"。

　　长妈妈是守寡后来城里做工的，故与小鲁迅之间还是有些城乡差别的。小鲁迅喜爱"老鼠招亲"的年画和故事，把一种"只有拇指那么大，也不很畏惧人"的"隐鼠"当宠物养。小"隐鼠""缘着长妈妈的腿要爬上去"，被她一脚踏死了，事后看小鲁迅伤心，就骗他说是猫吃掉了"隐鼠"。长妈妈是乡下的穷人，自然视爱偷吃粮食的老鼠为害虫。小鲁迅是城里的"少爷"，家里不缺粮食，故能喜欢"老鼠招亲"的年画和小巧的"隐鼠"。此外，城里的"少爷"也讨厌睡觉时躺成个"大"字的乡下大妈，以及其众多的乡下规矩。不过长妈妈能讲好多从乡下听来的故事，这些故事与祖母讲的猫是老虎的师傅等故事不一样。这又让鲁迅感受到了长妈妈身上的"神力"。

　　就这样，长妈妈以一个乡下大妈的方式管教小鲁迅、疼爱小鲁迅。她让城里的"少爷"难受，也送给他惊喜。小鲁迅从一个远房的叔祖那里听说有一种绘图的《山海经》，就一直念叨着渴慕得到一套。直到连不识字的长妈妈都弄清了小鲁迅的这个愿望，父母还是不理不睬。长妈妈告假回大门潆乡下，四五天后回来，居然为小鲁迅寻到了"有画儿的'三哼经'"。小鲁迅震惊之余，打开纸包，是一套四本的小小的书，上面果然有"人面的兽，九头的蛇……"

　　这让小鲁迅对她"发生新的敬意了，别人不肯做，或不能做的事，她却能够做成功。她确有伟大的神力。谋害隐鼠的怨恨，从此完全消灭了"[①]。长妈妈在周家的地位很卑微，但她万事认真，尤其以一种乡下保姆的身份认真关爱小鲁迅，并最终感动了小鲁迅。

　　徐志摩短篇小说《家德》中的主人公家德，原型是徐家老用人、徐志摩的忘年之交家麟。家麟也来自乡下，也能给市镇上的孩子以新鲜感。徐志摩孩童时所听来的有趣的民间说唱故事和各种花卉知识，都是家麟教给他的。小说中的家德原先在一所小学里当差，后来招他进去的校长不干了，他也就辞职，托一个乡绅介绍到"我们家"来。家德能给东家做很多事：早晚开门关门、挑行李、劈柴，还帮老妈子煮粥烧饭。东家后面那个"花园"也是他管的，种各种蔬菜，收菜送到厨房。他还种月季、山茶、玫瑰、蜡梅、美人蕉、菊花、兰花、凤仙、鸡冠花等，会给孩子们讲解各种花卉知识。他粗通文墨，特别会讲"说岳"等故事。"他讲得我们笑，他讲得我们哭，他讲得我们着急，但他再不能讲得使我们瞌睡，那是学堂里所有的

---

① 鲁迅：《阿长与山海经》，《莽原》半月刊 1926 年 3 月第 1 卷第 6 期。

先生们比他强的地方。"①

家德算是"我们家""做生活"的，却只要管吃管住，不拿工钱。不过他另有来钱的地方，镇上有人家办丧事、喜事叫他去帮忙，他能得"赏封"。他还有一种能耐，会唱"赞神歌"。"谁家许了愿请神，就非得他去使开他那不是不圆润的粗嗓子唱一种有节奏有顿挫的诗句赞美各种神道。奎星、纯阳祖师、关帝、梨山老母，都得他来赞美。"②他乡下有家，家里有老娘、妻子和一个"没有淘成"的儿子。他孝顺老娘，接她来镇上看迎灯，把自己的床铺让给老娘睡，给老娘吃肉，说笑话逗老娘笑。

老娘死时，绸缎寿衣都是家德在镇上替她预备好的。老太太进棺材还带了一支重足八钱的金押发去，当然是家德孝敬的。家德在"我们家"干了十多年了，从壮夫变成了须发花白的老头。他生过一场大病后开始吃素、念经，每天每晚都念给他娘。两年后，他突然要求回一趟乡下，"我积下了一百多块钱，我要去看一块地葬我娘去"。江南农民一般把亲人葬在自家地里。家德要买一块地葬娘，可见他是失地的农民。

徐志摩这篇小说中的主人公家德的家在乡村，也属于来小城镇上谋生的游民，是小城镇上的边缘人。比起祥林嫂、阿Q、"贼骨头"阿长来，家德要能干多了。他吃住在主人家，还有能耐赚外快。阿Q如果有他那种能耐，也不用去合伙做小偷了。家德一心向善，具有人格魅力。不过家德的人生还是很失败的，他没有把儿子培养成有用之才。

胡适在《追悼志摩》一文中指出："他的人生观真是一种'单纯信仰'，这里面只有三个大字：一个是爱，一个是自由，一个是美。他梦想这三个理想的条件能够会合在一个人生里，这是他的'单纯信仰'。他的一生的历史，只是他追求这个单纯信仰的实现的历史。"③的确，徐志摩有博大的爱心，他深爱用人家麟。

徐志摩对于家德的校役生涯一笔带过，而魏金枝的小说《校役老刘》则用四万余字的篇幅详细描述了老刘的校役生涯。老刘在一所师范学校管校园、倒尿壶马桶，长着一张人称像"尿壶"的丑脸。他得不到应有的尊重，邻校的学生偷了校园的蔬果，还要留半个未熟的西瓜和一张字条："献给我们最亲爱的神圣劳工。""有学问"的农桑教员不听他的劝告，指导学

① 徐志摩：《家德》，《新月》1929年2月第1卷第12期。

② 同①。

③ 胡适：《追悼志摩》，《新月》1932年1月第4卷第1期。

生横插番薯苗，苗枯死后反而打骂他。他有乡下人的蠢拙，西瓜失窃，以为是狐狸精作怪；讲究"男女大防"，指责唱情歌的同事为"淫棍"。他同时有乡下人的朴实和善良，受人怂恿在西瓜里装进蜈蚣粉，因做噩梦而急忙准备好解药；有个学生因失恋而生痨病，老刘煎好药送去，学生死后又给他收尸。新校长声称要整饬和改良校风，因看不惯老刘的丑脸，就把他与败坏校风的教员一起开除了。学生们想借挽留他而闹风潮，他却毅然离去，他不愿成为人们争斗的工具。他讨厌侮辱他、损害他的"文明社会"，回归乡村社会去了。老刘尽管在小城镇上的学校里做了多年校役，但仍然没有学会小城镇市民的投机取巧。他仍是一名蠢拙又不失朴实和善良的乡下人。[①]

郁达夫短篇小说《在寒风里》塑造了一位忠诚的老仆人形象。小说中的"我"是五兄弟中最小的，也是已经过世的"老东家"最爱的一房。父亲七十岁阴寿临近，其他四房都在向主持分家的娘舅等人活动，以便分家时对自己有利。老仆人长生请测字先生写信来，催"我"回家参与分家。近半年来，"我"失业后居无定所，接到信时早就过了分家的日子。

长生从小随父亲到主人家放牛，长大后与祖母的一个使婢结了婚。妻子早逝，女儿放在乡下长大，嫁人后生了儿子。长生一直在主人家做工，拙于言辞却又感情丰富。爱妻之死和"老东家"的死都引发他疯癫好多天。眼看主人家日渐破落，卖田地房屋，他总要发了疯似的"乱骂乱嚷"，因此人称"长生颠子"。

"我"只是一名百无一用的穷书生，在族人眼里是五兄弟中最无能的一个，感觉无脸面回去争家产，故只给妻子回了一封信。第二封信仍是长生写来的，告知了分家的情况，又说母亲年老多病，理应回家去看看。

"我"回到老屋，即现在的二哥家，上楼看望母亲，被训斥一通。长生从乡下女儿家拿了一篮冬笋送主人家，见到"我"，习惯地想叫小名"和尚"，后来又改叫"五先生"。"我"随长生去其女儿家吃了中饭，给妻子捎去口信，就让长生回去背了那个被兄弟们遗去的"红木制的同小柜似的"祖宗堂，与"我"一起坐轮船、乘火车去了上海，住进虬江路附近的小房。

眼看"我"住得那么寒碜，还要自己烧饭吃。长生竟跪坐在那祖宗堂面前的地上，哭诉"实在对不起老东家"。第二天，长生坐火车回老家去。

---

① 魏金枝：《七封书信的自传》，上海：湖风书局，1931 年，第 87-198 页。

他只能回女儿家养老了。①

长生是位忠诚的仆人，与五兄弟中的老五"我"最投缘。"我"长期漂泊在外，没法把老仆人留在家里。好在长生能回女儿家养老。比起儿子不成器的家德来，长生的晚年还有依靠。

与长妈妈、家德和长生相比，鲁迅短篇小说《故乡》和回忆性散文《从百草园到三味书屋》中的庆叔，主要是在家里务农，只是到了冬天农闲时节才进城来做"忙月"，赚点外快补贴家用。

庆叔，全名章福庆，家住曹娥江边的杜浦。平时在自己家里种沙地，忙完自己家的秋收，他就来鲁迅家帮忙。鲁迅家收来的四五千斤租谷，就由他来晒。他会做竹器，先修好竹簟，然后铺在百草园的白地上。他挑稻谷晒在竹簟里，晒干后收藏。接下来帮助砻谷、舂米，一直要忙到年关，才拿了"忙月"的工钱回家过年。

小说《故乡》叙写鲁迅他们这一房轮到"大祭祀的值年"，庆叔大过年的还要留在城里帮助主人家祭祀。人手不够，还让他的儿子闰土来管祭器。于是，父子俩都成了鲁迅家的"忙月"。

在散文《从百草园到三味书屋》中，鲁迅叙写了下雪天庆叔教小鲁迅他们捕鸟的情景：

> 总须积雪盖了地面一两天，鸟雀们久已无处觅食的时候才好。扫开一块雪，露出地面，用一支短棒支起一面大的竹筛来，下面撒些秕谷，棒上系一条长绳，人远远地牵着，看鸟雀下来啄食，走到竹筛底下的时候，将绳子一拉，便罩住了。但所得的是麻雀居多，也有白颊的"张飞鸟"，性子很躁，养不过夜的。②

不过当年"我"由于心急，往往费了半天力，只能捉住三四只。庆叔只用小半天就能捕获几十只。

小"忙月"闰土进城来，看到好多乡下从未见过的新鲜东西，十分兴奋。鲁迅、周作人等三兄弟也从闰土那里听到了好多曹娥江边闻所未所闻的故事。同样下雪天捕鸟，城里只能捕到麻雀和"张飞鸟"，而江边的沙地上捕到的鸟品种丰富得多，有稻鸡、角鸡、鹁鸪、蓝背……

---

① 郁达夫：《在寒风里》，《大众文艺》月刊 1928 年 12 月第 4 期。
② 鲁迅：《从百草园到三味书屋》，《莽原》半月刊 1926 年 10 月第 1 卷第 19 期。

丰子恺随笔《忆儿时》中回忆了祖母在时，每年都要大规模养春蚕。采了蚕茧，每年照例请牛桥头七娘娘来做丝。旧时"小满动三车"，即收了油菜籽要动油车榨油，采了春蚕茧要动丝车缫丝，还要动龙骨水车戽水灌满水田插秧。这是一年中的农忙时节。七娘娘家里大概采的蚕茧不多，故能到丰家来缫丝，赚点"忙月"钱。采了春蚕茧，缫丝一般也就忙上十天半月，没有庆叔帮忙的时间长。

帮丰家采桑叶喂蚕的蒋五伯是南深浜的一名光棍，与丰子恺妹妹的婆家同宗。从养春蚕一直到缫好丝，蒋五伯要帮忙两个来月。其"忙月"的时间与庆叔差不多。所不同的是，庆叔农闲时进城做"忙月"，蒋五伯在蚕忙时到石门镇来做"忙月"。每年"头蚕罢"缫好丝，蒋五伯唱着"要吃枇杷，来年蚕罢"，收拾丝车，恢复一切陈设。享受了养蚕、缫丝的热闹，享用了枇杷和茶糕，童年的丰子恺感到一种"兴尽的寂寥"。蒋五伯大概在寂寥中还有对来年的期盼。至于其他时间，蒋五伯大概只能在乡下为村民们打打短工了。

叶圣陶短篇小说《苦菜》叙写了一位特殊的帮佣。小说以第一人称"我"为视角，写"我家"屋后有一亩多空地，空着可惜，就用篱笆围起来，托人雇来一位农夫，帮助垦荒，"我"则做其帮手，捡拾碎砖瓦。"我"在劳作中体验着愉悦：

> 我踏在已捡去砖瓦的松软的泥土上，鞋帮没了一半，似乎踏着鹅绒的毯子。泥土的气息一阵一阵透入鼻管，引起一种新鲜而快适的感觉。蚯蚓很安适地蛰伏着，这回经了翻动，他们只向泥土深处乱钻；但是到后半段身体还赤露着的时候，他们就不再钻了。菊科的野草连根带叶地杂在泥里，正好用作绿肥；他们现在是遭逢了"人为淘汰"了。[1]

几天后，荒地垦成了二十畦的蔬菜地，又种上了可爱的蔬菜。然而问题接连出现：地里的蔬菜长得瘦弱，又有抓不完的虫。收获的蔬菜远没想象中的肥大，炒来吃又有苦味。尽管"我"体验了劳动的愉悦与艰辛，但种菜的主力——农夫福堂却讨厌农作。他在家里租种四亩地，纳完租后养不活一家人。老婆生了孩子后去城里人家做奶妈，自己家的孩子只能喝

---

① 叶圣陶：《苦菜》，《晨报副刊》1921 年 3 月 22-24 日。

点米浆甚至干脆送人。第六胎终于生了个儿子，但老婆还得去当奶妈，让大女儿用米浆喂养。不料儿子早夭，老婆伤心怪罪。

由福堂的讨厌农作，"我"想到了人们似乎都干一行讨厌一行，不禁感慨：

> 我所知于人生的，究竟简单而浅薄，于此更加自信。我和福堂做同一的事务，感受的滋味却绝对相反，我真高出于他么？倘若我和他易地以处，还没他这般忍耐，耐了二十年才决然舍去呢。偶然当一柄耙，种几棵菜，就自以为得到了真实的愉快，认识了生命的真际，还不是些虚浮的幻想么？①

叶圣陶的这篇小说告诉读者，偶尔玩票性质的种种菜是有劳动之乐趣的。长年劳作的农夫却度日维艰，讨厌农活。农夫福堂和他那位经常进城做奶妈的妻子，都是命苦的小城镇边缘人。他们辛勤劳作，却换不来幸福的生活。

与长妈妈相比，鲁迅短篇小说《祝福》中的主人公祥林嫂要不幸得多。她死了丈夫后，婆婆并不要求其守寡，而是伙同人来鲁镇抢亲，硬是把祥林嫂卖给了深山里贺家墺的贺老六。用卖祥林嫂所得的钱，为小儿子娶了媳妇。

柳妈关于再嫁的寡妇到了阴间要"被阎王锯成两半被两个死鬼男人去分"的说法十分恐怖，不过捐门槛赎罪之说却成了祥林嫂的最后一根救命稻草。祥林嫂不惜花费十二元鹰洋，去镇上的土地庙捐了门槛，完成了心灵的救赎。然而，这一次祥林嫂又错位了：她要的不仅仅是心灵的自我救赎，而且还要在鲁四老爷家"落实政策"——要像没有再嫁以前一样，坦然参与鲁四老爷家的祭祀。不料鲁四老爷家并不认为捐了门槛，就已经洗刷了寡妇再嫁"败坏风俗"的罪名，仍然不让祥林嫂参与祭祀。最后一根救命稻草反而成了压垮祥林嫂的最后一根稻草。②

小城镇上的有钱人家，往往要到乡下去雇奶妈。进入小城镇的奶妈也是一类边缘人。苏青的长篇小说《结婚十年》中，女主人公"我"婚后头胎生了个女儿，公公为了让"我"早日生个"小弟弟"，就托人从乡下找来

---

① 叶圣陶：《苦菜》，《晨报副刊》1921 年 3 月 22-24 日。
② 鲁迅：《祝福》，《东方杂志》1924 年 3 月第 21 卷第 6 号。

个奶妈。"她的身材又矮又胖，面孔是扁的，鼻子有些塌，看上去样子倒还和善。"①从此后，喂奶、换尿布、晚上睡觉，都由奶妈照管。茅盾长篇小说《霜叶红似二月花》中，张恂如的女儿引弟也是由奶妈照管的。

祥林嫂的扮演者倒在雪地里

柔石的短篇小说《摧残》叙写城里有育婴院（堂），也雇用奶妈来喂养被遗弃的孩子。一个寒风凛冽的冬晚，一对贫穷夫妻，商定将出生才三天的第一个儿子送到城里的育婴院去。由于怕孩子冻着，包裹得严严实实，结果闷死了，丈夫偷偷把死婴葬在山上，不敢告诉妻子。第三天，妻子跑到城里的育婴院去做乳母。她希望能找到自己的儿子，自己来偷偷喂养。她当然找不到自己的儿子，便责问进城来看望自己的丈夫。丈夫被逼无奈，告知真相，妻子放声大哭。事务员知道真相后明确告知这对自作聪明的夫妻，这是犯法的，要送他们到警察所里去。②

魏金枝的短篇小说《奶妈》叙写了一位特殊的奶妈。小说描写了一位女共产党员，为从事地下革命活动，征得丈夫的同意，将自己的孩子送进了育婴堂，到当教师的鹏飞先生家里做奶妈。这位奶妈对孩子很好，但经

---

① 苏青：《结婚十年》，《风雨谈》1943 年 4 月第 1 期。
② 柔石：《摧残》，《朝花旬刊》1929 年 7 月第 1 卷第 5 期。

常要请假外出，鹏飞先生误会她是常要出去幽会男人的淫妇。后来奶奶的丈夫为革命牺牲了，奶奶也为革命献出了自己年轻的生命。临刑前，她要求见见鹏飞先生的孩子。她不仅视死如归，还把对自己孩子的母爱移情到鹏飞先生的孩子身上。她不仅是位坚毅的革命者，而且是位伟大的母亲。①

艾青的奶妈大堰河

2.4.2 依靠小城镇谋生的贩夫走卒

小城镇是商品交换的集散地，而城乡之间的商品交换需要贩夫走卒。这些贩夫走卒也是小城镇的边缘人。

许钦文短篇小说《疯妇》所写的泰定村是一个有二百余户的大村庄。村上的妇女原先是织布的。"自从'放纸船'摇到了这村以后，一般年青的太太和姑娘们都褙锡箔了，因为这比做布的工资较丰……"②小说中的"放纸船"，一头连着小城镇，那是锡箔的集散地绍兴城，另一头连着泰定村这样的乡村。船上的贩夫把乡村里的年轻太太和姑娘们都组织起来，为小城镇"褙锡箔"。

---

① 魏金枝：《奶妈》，《萌芽》月刊创刊号 1930 年 1 月。
② 许钦文：《疯妇》，《晨报副刊》1923 年 11 月 18-20 日。

柔石短篇小说《为奴隶的母亲》中，春宝娘的丈夫就是一个皮贩。他是"收集乡间各猎户底兽皮和牛皮，贩到大埠上出卖的人"。他其实是位失地的农民，是干农活的好把手。农忙时他也帮人做短工。他帮人家插秧，能将每行插得非常直，"假如有五人同在一个水田内，他们一定叫他站在第一个做标准"。然而，这位皮贩赚不到钱，债务越积越多，自暴自弃，喝酒抽烟还赌钱，结果弄坏身体得了黄疸，穷病交加之下，只能把妻子典出去还债。①

王鲁彦中篇小说《阿长贼骨头》中的少年阿长，自从偷了婶婶家的锡瓶去当掉后，就得到"贼骨头"的绰号。他表示愿意学好，向母亲要了一点本钱，买了一只篾编的圆盘，去一家饼店批来大饼、小饼、油条、油绳之类，顶在头上，走村串巷去卖。他聪明伶俐，似乎天生会做生意，一段时间之后，他已记熟了哪里的人会买他的大饼油条可以经常去，哪里没人买可以不用去。附近村上爱买大饼油条的人也都认识他了。不料他本性难改，见大人不在，他就偷走了史家桥阿芝家孩子身上的银项圈，被阿芝老婆带着几个大人追来要回了项圈，还被毒打了一顿。

不久，阿长又改卖洋油。不到两个月，他挑洋油担、卖洋油都十分娴熟，生意也十分好。不料冤家路窄，阿芝老婆也来向她买洋油。他设法报复了阿芝老婆，还乘机摸了她的乳房，并由此害得他想女人了。

小说中的阿长不断地做坏事，又不断被人打，但他有极强的生存能力。小说结尾，阿长夫妇盗墓案发，妻子被抓走，但他还是逃脱了。走投无路的阿长，估计还是会像阿Q那样，进城去谋生，仍然做一名小城镇的"边缘人"。②

鲁迅中篇小说《阿Q正传》中的主人公阿Q，是未庄的失地农民，靠为村庄上的人家打短工维持生计，由于"非礼"赵太爷家的女用人吴妈，弄得走投无路，被迫去县城谋生。他是春夏之交时进的城，中秋过后回到未庄。阿Q这位小县城的"闯入者"，先在白举人家里帮忙，后又合伙行窃，并由此"中兴"。

贩夫走卒也可以分为长年从事贩运的专业贩夫和农闲时客串贩运的"农闲贩夫"。

<hr />

① 柔石：《为奴隶的母亲》，《萌芽》1930 年 3 月第 1 卷第 3 期。
② 王鲁彦：《阿长贼骨头》，《新生命》1928 年 4-5 月第 1 卷第 4-5 期连载。

施蛰存短篇小说《牛奶》中的老佃户财生就属于"农闲贩夫"。农忙时他是个佃户,秋收后粜好米、纳完租,他才从自己喂养的两头牝牛身上挤出牛奶来,往城里送牛奶,赚几个辛苦钱补贴家用。财生每年秋收后都送,城里就有了他的老客户。

施蛰存的短篇小说《闵行秋日纪事》描写了一群特殊的"贩夫"。有一年秋天,"我"搭乘公共汽车去闵行看望一位朋友,在车上邂逅了一位异样美丽的少女。

闵行是个繁华的江滨市镇,也是油和米的集散地。"我"闲步江边的船埠上,无意中发现了那个同车的少女,便跟踪她。发现她在干着秘密的勾当,将手中的一个小包交给了小船上跳上来的一个人。再次在江滨觅见这位少女,她由船跳上岸来,警告我别跟踪她。我不听劝告,结果差点中了从船上射来的一颗子弹。

后来我从朋友仆人的口中知道:她是一个贩鸦片吗啡的人,其父亲还是个贩卖私盐的盐枭,新近才到本镇来。近来每天夜里有几十船私盐摇过,据说都是她父亲的。她常常到上海去私带鸦片和吗啡,再派人用小船偷带到各城市去卖。他们有几百只船,过境的时候,警察和官兵都不敢说一句要搜查的话。

于是,我明白这是一个残酷的误会:

> 只为了我自承是在营部里的人,于是无端地惊散了一群平安的过浪漫着生活的人。我难道真是蓄意到闵行来对她们有什么不利的吗?现在是铸成了这样的错误,在我是几乎中了无情的枪弹;在她是又将辛苦于一种水上的浮浪的生涯。思想起来,心中感到很有些不安呢。①

当年上海的法租界是青洪帮贩卖走私毒品的地方。小说中的"她"就是从法租界把毒品贩到城郊市镇闵行,再分销到外地的女毒贩。

茅盾的短篇小说《小巫》可以当作这篇小说的"互文"来看。小说中的老爷是镇上保卫团的团董,也是黑道上的人,经常要去上海贩烟土(黑货)来镇上卖。老爷有可能就是这位"异样美丽的少女"的下家。

王鲁彦短篇小说《银变》塑造了走私银元的奸商赵道生的形象。他是

---

① 施蛰存:《上元灯》,上海:新中国书局,1933年,第113-114页。

一个无恶不作的奸商，除了串通日商走私银元，还贩卖烟土、重利盘剥乡民们。他的据点是县城以下的大市镇毕家碶。该镇在海边，驶出去的走私船只只要打着日本旗子，通过两三个岛屿，就能与停泊在海面假装渔船的日本船进行走私交易。毕家碶上的公安派出所林所长和赵老板是换帖的兄弟，而林所长和水上侦缉队李队长又是换帖的兄弟。他们坐地分赃，方便赵老板走私。

有一次，赵老板走私的银元被土匪"独眼龙"劫走了。儿子也被土匪绑架了，送去三百担米才放回。

年关临近，赵老板加紧逼债。毕尚吉欠钱不还，还要再借一百元，被骂走后到县里告了赵老板一状，县里的官员借此机会索钱。报纸登了一大篇消息，把他的"秘密"完全揭穿。

土匪、县府、报馆，处处伸手，都需要用钱摆平，赵老板总共花了七万多元。他做梦也想不到，有了一点钱，会被大家这样的敲诈。

黑吃黑的结果是赵老板名誉扫地，没有了安全感。小说结尾处写了赵老板的噩梦：

> 他的屋前停满了银色的大汽车，几千万人纷忙地杂乱地从他的屋内搬出来一箱一箱的现银和钞票，装满了汽车，疾驰地驶了出去。随后那些人运来了一架很大的起重机，把他的屋子像吊箱子似的吊了起来，也用汽车拖着走了……①

赵老板已是墙倒众人推，与其坐地等死，不如收拾残局，卷钱逃走。

江南小城镇上还有一类特殊的贩夫，他们是各村经营航船的船主。费孝通于 1936 年暑假对太湖边的"江村"进行了社会调查，发现村上的航船户主既是"消费者的购买代理人"，又是"生产者的销售代理人"。航船每天往返于市镇与乡村之间，载送出市的村民，但其主要业务是帮村民们到市镇上购物，同时也帮助销售农产品。航船主在市镇上都有固定的商家，逢年过节，这些定点商家都要给航船主一定的报酬。"这种制度在太湖周围地区非常普遍，它促使附近城镇有了特殊的发展。"②

丰子恺的随笔《四轩柱》写到了开豆腐店的邻居定四娘娘是位闻名石

---

① 王鲁彦：《河边》，上海：上海良友图书印刷公司，1937 年，第 126 页。
② 费孝通：《江村经济：中国农民的生活》，戴可景译，北京：商务印书馆，2001 年，第 210-215 页。

门镇的"轩柱"。镇上有两家豆腐店同行竞争,就数定四娘娘推销生意的本领最大。每天上午,乡下来的航船停埠的时候,定四娘娘便大声推销货物。也就是说,这些航船主大部分是她家豆腐店的定点客户。多年竞争下来,定四娘娘赢得了众多客户资源。

其实,浙东宁绍平原上也有类似的航船制度。鲁迅的短篇小说《社戏》中,外婆家所在的平桥村,也有一只早出晚归的航船,船主是八叔。村上少年双喜、阿发他们晚上摇船去看社戏,借用的就是八叔的大航船。航船上有烧饭吃的行灶,以及油盐、柴火。少年们看社戏的归途中,偷来的罗汉豆就是在八叔的行灶上烧的。

"小楼一夜听春雨,深巷明朝卖杏花。"陆游的这两句名诗说明早在宋朝时江南小城镇上就有走街串巷的卖花女了。这些卖花女一般家住郊区,一大早就把带露的鲜花送进城镇来卖。朱自清在散文《看花》中提到,儿时生活在扬州,"夏天的早晨,我们那地方有乡下的姑娘在各处街巷,沿门叫着,'栀子花来'"[①]刘大白根据贝多芬的德国民歌《土拨鼠》填词的《卖花女》,反映了卖花女凄惨的"走卒"生涯。初春的早晨,"春寒料峭","窈窕"的卖花女以声声卖花声唤醒了城市的春晓:"花儿真好,/价儿真巧,/春光贱卖凭人要!"然而,城里人却对卖花女百般挑剔:"东家嫌少,/西家嫌小,/楼头娇骂嫌迟了!"鲜花贱卖、飘零,卖花女再怎么辛勤卖花还是维持不了生计,于是只能从卖花转向卖春。最终花谢人老,"买花人笑,/卖花人恼,/红颜一例如春老!"[②]卖花女最终人老珠黄,晚景凄凉。

2.4.3 逆向流动的边缘人

社会流动是社会学的研究领域之一。一个社会成员或社会群体从一个社会阶层转到另一个社会阶层,从一种职业转向另一种职业的转变过程叫作社会流动。"水向低处流,人往高处走。"这就决定了向上流动是社会流动的主流,然而,也有人被迫"逆向流动",由城镇上的人流动为小城镇的边缘人,甚至成为乡下人。

施蛰存的短篇小说《桃园》,叙述"我"暑假回老家,看到在南城根靠近铁路的地方有一个很大的桃园,桃实正繁。两天后,"我"与小弟进园去,

---

① 朱自清:《看花》,《清华周刊》1930 年 5 月第 33 卷第 9 期文艺专号。
② 刘大白:《邮吻》,上海:开明书店,1926 年,第 37-40 页。

出两个小银币，自己摘桃子吃。不料桃园的主人正是"我"中小学时代的同学卢世贻。他认真读书，成绩名列前茅。由于父亲是给人补鞋的皮匠，同学就叫他"小皮匠"。后来父亲去世，母亲以种菜卖菜为生，同学更瞧不起他。他读完初二便辍学了。随后，他到乡下一所高等小学里当书记，又到市里的一所小学当教师，但由于父亲是皮匠、母亲是卖菜的，被人瞧不起，融不进上流社会的圈子里去。经人介绍，他进了一家洋货铺里当小伙计，倒是感觉到了人与人之间的平等相处。

恰巧有人愿意出租桃园，卢世贻就租了下来。经过几年的辛勤劳作，园里的黄桃硕果累累。"现在我完全靠了这满园的桃子过活，但它们决不会轻视我的……"①

在卢世贻看来，由于自己读过书，所以没有勇气子承父业做皮匠或像其母亲那样做菜农，终于自愿成了小城市的边缘人——以种黄桃为生的果农。父母是城市里的底层人，卢世贻想通过努力读书改变命运，成为上流社会的人，但不能为上流社会所接纳，最终成了城市里的边缘人。上流社会接受不了皮匠的儿子，说明这是一个阶层固化的缺乏活力的社会。卢世贻的努力失败后，反而在果园里找到了自己的精神家园。

民国时，城镇与乡村没有户籍之分，乡下人可以进城务工甚至定居，而城里人也可以到乡下来定居。由小城镇上的人转变为乡下人，毕竟是一种"逆向流动"，迫不得已是不会这样做的。当年小城镇上大户人家的丫鬟，如不被主人家收纳为妾，往往会嫁到乡下来。茅盾"农村三部曲"《春蚕》《秋收》《残冬》中的荷花，原先就是小城镇上大户人家的婢女，嫁给了不声不响的半老头子李根生。养蚕是技术活，乡下姑娘从小跟着母亲学养蚕，言传身教，都成了会养蚕的"蚕娘"。荷花在城里没学到养蚕技术，蚕宝宝得病后都倒掉了，被邻里视为晦气的"白虎星"。不过荷花还能向城镇上的旧主人家贷钱借粮，当老通宝家只能吃南瓜度日时，荷花还能送给小宝烧饼吃。

茅盾在散文《故乡杂记》中写到了从前祖母身边的丫头，嫁给乡下的一位自耕农。两夫妻常来茅盾家，像走亲戚一样走动。茅盾称这位"丫小姐"的丈夫为"丫姑老爷"。这位"丫姑老爷"很会精打细算，经常向茅盾家里的婶娘们"掇转"二三十元，用作养蚕种田的本钱，不用付利息。由

---

① 施蛰存：《上元灯》，上海：新中国书局，1933 年，第 79 页。

此可见，从小城镇上下嫁乡下的"丫小姐"，还是有些小城镇资源的。

2.5　"文化英雄"群像

晚清废科举、兴学堂。江南小城镇上的青年人在洋学堂甚至海外沐浴"欧风美雨"，成为新兴人才。这种新兴人才，费孝通在《乡土中国》中称之为"文化英雄"。"这种人可以支配跟从他的群众，发生了一种权力。这种权力和横暴权力并不相同，因为它并不建立在剥削关系之上的；和同意权力又不同，因为它并不是由社会所授权的；和长老权力更不同，因为它并不根据传统的。它是时势所造成的，无之名之，名之曰时势权力。"①

这些拥有时势权力的"文化英雄"，在江南小城镇上努力从事新式教育、开发民智和推动社会变革。他们的努力往往阻力重重，弄得不好甚至会成为"失败的英雄"，但毕竟开启了江南小城镇现代化的艰难进程。

2.5.1　热心新式教育的"文化英雄"

传统江南，崇文重教。除了一般私塾，还有宗族中的义塾，类似同宗人中的"义务教育"。江南小城镇上还有府或县官办的书院。戊戌变法后，废科举，兴学堂。日后从学堂里培养出的接受新式教育的新派知识分子，以及从海外留学归来的"海归"，沐浴了"欧风美雨"，又在江南小城镇上热心从事新式教育。

徐志摩短篇小说《老李的惨史》中的主人公老李，有徐志摩杭州一中同学李干人的影子。李干人，名李超。小说写读中学时老李的怪，大概就取材于李干人。小说写老李成天想的就是两件事：算学和道德问题，爱下围棋也是为了学好算学。

老李家住东阳县李家村。他是省立第一中学的优等毕业生。在乡村人眼里，"中学卒业算是贡生，优等就算是优贡"。当年秋祭，李家族人聚会时，族长提议将公堂里一份归有功名之人收的祭产派给老李，得到大家同意。老李的母亲是个寡妇，自然十分高兴。

孟甫叔父原为县里的小学校长，没受什么教育，抽大烟，玩女人，侵吞学费。知县让老李接替他，做高小学堂校长。老李的志向是到北京读预

---

① 费孝通：《乡土中国》，北京：生活·读书·新知三联书店，1985年，第79-80页。

科,升大学,专修算学。不过考虑到孤儿寡母的实际困难,老李还是留在了东阳县,认真做校长,主张德育、智育、体育三育并重。

孟甫诨号"笑面老虎",对"抢"了他饭碗的老李怀恨在心,教唆同族一个在广东当连长的猛三赶回来与老李争祭产。官司闹到县里,知县还是将祭产判给了老李。后来猛三的老婆吃了生皮硝死了,孟甫诨称是老李逼死的。猛三听信了,赶回来杀死老李后自尽了。就这样,孟甫叔父达到了借刀杀人的目的。①

拥有"时势权力"的老李,最终却被拥有"横暴权力"的劣绅孟甫所害,成了悲剧人物。叶圣陶小说《倪焕之》中,小城镇上的小学校长蒋冰如和热心教育改革的倪焕之也都拥有"时势权力"。他们的对手仍然是拥有"横暴权力"的土豪劣绅蒋老虎。

小学校长蒋冰如是位怯懦而又富于空想的资产阶级教育家。他广有田产,并曾留学日本,深受维新思想影响。他热心试验"理想教育",主张"当教师的第一要认识儿童","要认识儿童就得讨究到根上去…… 我们要懂得潜伏在他们里面的心灵才算数,这就涉及心理学、伦理学等等的范围。人类的'性'这个东西是怎样的,'习'这个东西又是怎样的,不能不考究个明白,明白了这些,我们才始有把握,好着着实实发展儿童的'性',长养儿童的'习'"②。

为了能让学生在实践中发展"性",长养"习",培养具有"处理事物应付情势"能力的一代新人,他组织倪焕之等教师在学校里想方设法开设工场、农场、音乐院、疗病院、图书馆、商店、新闻报社等。这也算是这所新式学校的新型校园文化。

然而,相对保守的市镇不太能容忍他们的教育革新。蒋冰如、倪焕之等人热心试验"理想的学校",在市镇上阻力重重。蒋老虎等家长反对让学生体验这种新式教育,甚至干脆不让自家的孩子来学校学习。"农场风波"中,蒋冰如只能向镇上的保守势力妥协。为了赢得地方上的支持,蒋冰如出任镇上的乡董。这让地方上无聊的事务耗去了他不少的精力,反而顾不上学校的事务了。

倪焕之原先在城里教书。他把救国的"一切的希望悬于教育",经同学金树伯推荐,才来到市镇上,与蒋冰如志同道合,一起试验"理想的学校"。

---

① 徐志摩:《老李的惨史》,《小说月报》1924 年 1 月第 15 卷第 1 期。

② 叶圣陶:《倪焕之》,上海:开明书店,1931 年,第 44-45 页。

理想学校的"生生农场"

他还憧憬着一种建立在共同事业基础上的互助互爱的婚姻关系，爱慕和追求一个愿意献身教育的女子金佩璋。倪焕之还把母亲接来，在市镇上安了家。他在学生中满腔热情地开展"诚意感化"活动，敢于承担自己并不熟悉的理科教学任务，他精心指导学生改编、演出话剧《二渔夫》……他与蒋冰如的教育改革一再受挫，"理想的学校"也没能培养出理想的学生来。

正当倪焕之悲观失望之际，革命者王乐山及时出现。受其影响，倪焕之开始把视线从一个学校解脱出来，放眼"看社会大众"。他来到大都市上海，尽管也在女校有一份教书的差事，但其主要精力已投身到火热的群众政治斗争中去了。在五卅运动中，他不仅向群众演讲，还常跑工业区，成了一名投身社会革命的"革命教育者"。目睹了残酷的"四·一二"反革命政变后，倪焕之悲观失望，纵酒痛哭，怀着"什么时候会见到光明"的疑问和希望死去。总之，倪焕之是个悲剧形象。他积极投身市镇上的新式教育，以失败告终。他投身社会革命，却目睹了残酷的"清党"。他憧憬新式的婚恋，但婚后的生活也很平淡。

叶圣陶短篇小说《城中》的主人公丁雨生，是位三十来岁的年轻人。他从大城市乘火车来到故乡县城，准备开办一所新式中学。他们几位志同道合者，筹集了开办经费，自己不支或少支薪水，准备用学费来维持学校的日常运作。

丁雨生的到来，引起了一群在茶馆里喝茶的守旧人物的不安。县视学陆仲芳，丁雨生十年前的老师高菊翁，教育局长王埧伯，视丁雨生他们为洪水猛兽。议论一番后，这些人决定要想方设法阻止宏毅中学的开办，最好能釜底抽薪，让丁雨生他们招不到学生。

宏毅中学的招生广告贴在街头巷尾，刊登在本地的几种报纸上，甚至还发布在上海"大报"的封面上。保守势力在县城散布谣言："宏毅中学，那是有色彩的。那批人都是不好惹的，同他们远一点为是。"

丁雨生在县城里处处受到守旧势力的提防。临近开学，宏毅中学只招到八个学生，但他并不认为失败了，暗下决心要好好地教这八个学生。

老师高菊翁来校打探，告诫丁雨生政府视他为激烈派，最好远走高飞，不然会吃军阀的"冤枉苦"。丁雨生他们却不以为意，很有一种堂·吉诃德精神。可以想见，宏毅中学开办那么困难，正式开学后的困难还会更多。[①]

叶圣陶短篇小说《校长》里的校长毕竟接手的是一所县政府主办的公办学校，处处受制于人。他正在高高兴兴地计划新事业，却迎来了旧势力的侵蚀，最后终于向现实妥协了。

校长叔雅家境优裕，谋得校长是为了认真办教育，同时为了让自己家的几个孩子能读个好的学校。经过努力，学校有了新气象：教师们闲空时聚在一起，不是谈谈实际的教授法，便是自陈对儿童的新的发现和了解。学生也更见活泼且聪明起来，他们自动地组织体育会，进行种种运动，编辑小新闻纸登载学校里的事情以及自己的文章，又结成团体在学校背后的空地上开垦，种着玉蜀黍、马铃薯等作物。一时间，蒋冰之、倪焕之等人崇尚的"理想的学校"似乎实现了。

然而，两年以后，校长发现有些教师热心于打麻将，教学马虎。这种马虎的旧习也传染了学生，他们对于体育、小新闻纸和农园工作也都变得马虎了。镇上的《地方公报》还登载了《教员艳史》之类的社会新闻来揭露学校的丑闻。由于顾虑重重，校长不敢辞退那些不良的教员，继续给他们写着下学期的"继任书"。新式教育带给师生们的新鲜感过去之后，如何维持继续创新，这是校长叔雅破解不了的难题。[②]

叶圣陶短篇小说《搭班子》可以看作是《校长》的"前传"。泽如即

---

① 叶圣陶：《城中》，《民铎杂志》月刊 1926 年 1 月第 7 卷第 1 期。
② 叶圣陶：《校长》，《小说月报》1923 年 10 月第 14 卷第 10 期。

将出任第三完全小学校长，正踌躇满志，准备"搭班子"，首先想到的是志同道合的乐水和宛。不料在该校教了近十年书的钱松如前来拜访，啰里啰唆表示想留任。县议会议员周逸民也找上门来，想推荐一位五中新毕业后无力升学的亲戚来教书。邮差送来县教育局局长的信，要求安排"友人陈君"。泽如在赴任前的人事权不如蒋冰之，似乎排不出空位来招徕志同道合的乐水和宛。丧失了人事权的校长，自然就没有了与自己一起实施革新教育的"同志"。①

朱自清在《你我·叶圣陶的短篇小说》中指出：

> 《校长》与《搭班子》里两个校长正在高高兴兴地计划他们的新事业，却来了旧势力的侵蚀；一个妥协了，一个却似乎准备抗争一下。但《城中》与《搭班子》只说到"准备"而止，以后怎样呢？是成功？失败？还是终于妥协呢？据作品里的空气推测，成功是不会的；《城中》的主人公大概要失败，《搭班子》里的大概会妥协吧？圣陶在这里只指出这种冲突的存在与自然的进展，并没有暗示解决的方法或者出路。②

柔石中篇小说《二月》中的陶慕侃也是位热心新式教育的现代知识分子。他六年前从杭州省立第一师范学校毕业，主张"人才教育主义"，即"教育救国"，回老家芙蓉镇创办了一所中学，并亲自出任校长。萧涧秋尽管是陶慕侃很好的同学，但由于志趣不同，毕业后风萍浪迹，跑遍大半个中国，终因感觉到生活上的厌倦而答应陶慕侃的聘请，来到"世外桃源"芙蓉镇，准备安心教几年书。然而，在小小的芙蓉镇上，萧涧秋偏偏招惹了许多是非。

萧涧秋在去芙蓉镇的轮船上邂逅文嫂。文嫂的丈夫李先生在攻打惠州一役中战死了。李先生就是鲁迅所说的"冲锋的战士"。当时的江南，仍是军阀的天下，文嫂去上海找组织，自然拿不到抚恤金。年轻的寡妇文嫂，带着一双儿女，生活无着。李先生和萧涧秋、陶慕侃是师范学校的同学。萧涧秋念着同学旧情，本着人道主义精神，决定关爱文嫂一家。他不仅出钱抚养文嫂一家，还资助采莲上学。

---

① 叶圣陶：《搭班子》，《教育杂志》月刊 1926 年 5 月第 18 卷第 5 期。
② 朱自清：《你我》，上海：商务印书馆，1936 年，第 188 页。

与此同时,陶慕侃的妹妹陶岚爱上了萧涧秋。在省城杭州求过学的陶岚,是芙蓉镇上才貌双全的少女。小小的芙蓉镇上,陶岚知音难觅。"赞成资本主义"的钱正兴,死皮赖脸追求陶岚。"富二代"钱正兴自然无法赢得陶岚的芳心。陶岚是一位敢爱敢恨的时代女性,她的自我表白是:"我是自私自利的个人主义者!社会以我为中心,于我有利的拿了来,于我无利的推了去!"

富于才情的萧涧秋,令陶岚一见钟情。她频频给萧涧秋写情书,时时见面谈心。萧涧秋也迅速坠入爱河。

钱正兴视萧涧秋为情敌,不仅造谣中伤萧涧秋,还用匿名信攻击萧涧秋:

芙蓉芙蓉二月开,

一个教师外乡来。

两眼炯炯如鹰目,

内有一副好心裁。

左手抱着小寡妇,

右手还想折我梅!

此人若不驱逐了,

吾乡风化安在哉!①

"寡妇门前是非多",萧涧秋常去文嫂家,弄得芙蓉镇上风言风语四起。有些难听话自然也传到文嫂的耳中。为了把儿子抚养成人,文嫂忍辱负重。儿子偏偏得病早夭,悲痛欲绝的文嫂,再也没有生活下去的勇气。

萧涧秋是一个富有责任心的知识分子。尽管他爱的是陶岚,但为了挽救文嫂,他还是决定与文嫂结婚。萧涧秋在给陶岚的信中表白道:"那位可怜的妇人,在三天之内,我当用正当的根本的方法救济她。我为了这事,我萦回,思想,考虑:岚,假如最后我仍没有第二条好法子的时候——我决计娶了那位寡妇来!你大概也听得欢喜的,因为对于她你和我都同样的思想。"②

萧涧秋的结婚计划尚未实施,文嫂打发采莲到陶家去后,就上吊自杀了。

最终,萧涧秋并没有成为芙蓉镇人的女婿,而是逃离了有太多是非的芙蓉镇。萧涧秋从女佛山(普陀山)给陶慕侃来信,表达了他的感受:

① 柔石:《二月》,上海:春潮书局,1929 年,第 111-112 页。

② 同①。

自采莲的母亲自杀以后，情形更逼近了！各方面竟如千军万马的围困拢来，实在说，我是有被这班箭手底乱箭所射死的可能性的。而且你底妹妹对我的情义，叫我用什么来接受呢？心呢，还是两手？我不能拿理智来解释与应用的时候，我只有逃走之一法。

现在，我是冲出围军了。我仍是两个月前一个故我，孤零地徘徊在人间之中的人。清风掠着我底发，落霞映着我底胸，站在茫茫大海的孤岛之上，我歌，我笑，我声接触着天风了。[①]

木刻《鲁迅与柔石》

对于萧涧秋，鲁迅在《〈二月〉小引》中评介道：

浊浪在拍岸，站在山冈上者和飞沫不相干，弄潮儿则于涛头且不在意，惟有衣履尚整，徘徊海滨的人，一溅水花，便觉得有所沾湿，狼狈起来。这从上述的两类人们看来，都觉得诧异的。但我们书中的青年萧君，便正落在这境遇里。他极想有为，怀着热爱，而有所顾惜，过于矜持，终于连安住几年之处，也不可得。他其实并不能成为一小齿轮，跟着大齿轮转动，他

---

① 柔石：《二月》，上海：春潮书局，1929年，第254页。

仅是外来的一粒石子，所以轧了几下，发几声响，便被挤到女佛山——上海去了。①

萧涧秋如果对文嫂的苦难和陶岚的爱情都无动于衷，也就不会招惹是非，也即鲁迅所说的"站在山冈上者和飞沫不相干"。萧涧秋如果是"弄潮儿"，为了自己的理想和信念，抛头颅、洒热血都在所不惜，自然不会介意流言蜚语。萧涧秋偏偏既不是"逍遥派"又不是"弄潮儿"，而是一位极想有为的、矜持的人道主义者。这就决定了萧涧秋不能在芙蓉镇上待下去。他只能是芙蓉镇上的一位匆匆过客。就像鲁迅《过客》中的过客不愿接受小女孩的关爱一样，萧涧秋最终也拒绝了陶岚的爱情。

反观陶慕侃，他是芙蓉镇的土著，显得温和而中庸。为了让学校在芙蓉镇上生存和发展下去，他也做些妥协。他能容忍不认真授课、公然在课堂上大谈恋爱经的钱正兴便是一例。不过他的敬业爱岗还是令人敬佩的。这也算是陶慕侃的生存之道。不然，他也会像萧涧秋那样，无法在守旧的芙蓉镇立足。

2.5.2　热心开发民智的"文化英雄"

洪深"农村三部曲"之三《青龙潭》里，塑造了一位深入乡村，努力向农民传播科学和民主等现代化思想的知识分子。林公达是位乡村小学的校长。这所小学因陋就简，是由司徒庙改造成的。说是校长，其实只是一位唱独角戏的光杆司令。这所小学由林公达独自教着"复式班"。乡村遭遇大旱，农民们不分昼夜地踏龙骨水车，几天下来都累病了。他及时行医送药，救护刘秀三等人。林公达似乎成了乡村的精神领袖，他力陈修筑公路的好处：

> 公路造好，农村的物产，都市的资本，彼此可以流通交换。将来，乡下的土产，卖出去一定容易些；卖得的价钱，也可比现在高大些；这是一种。还有那都市里的商人，以后到乡下来，也好便当些；银行投资，放出农产货款的，比前一定普遍些。这又是一种。再说到乡下一般的生活，现时代有许多省工力，省时间，省麻烦的好机器好东西，乡下人采用得还不够多。现

---

① 鲁迅：《鲁迅全集》第 4 卷，北京：人民文学出版社，2005 年，第 149 页。

时代有许多关于农业的，医药的，经济合作的新知识新方法，在乡村间传播得还不够广！必得等到交通发达，生活才会比前进步，比前宽裕的！①

经过杨大、林公达等人做工作，庄家村人终于同意砍伐赖以为生的樱桃树，修筑公路。作为交换条件，村民们向县长要来一条"抗旱神器"——"洋龙"。

然而，旱情日益严重，大河干涸，"洋龙"也抽不到水。剧本所反映的地方属于太湖流域，人们巧妙地利用太湖这个巨大的天然水库，通过塘浦圩田系统排涝抗旱。不过在百年一遇的大旱灾面前，太湖的蓄水抗旱功能还是跟不上。林公达认为，破解之法是将长江里的水引到大河里，提高整个太湖流域的水位，从而让"洋龙"都抽得到水。对于如此巨大的水利工程，县长说凭一县之力是无能为力的，这件事得由省里通盘筹划。

抗旱正火烧眉毛，走投无路的乡民问林公达有什么好办法，林公达也无奈："我只是一个小学教员；我的职务，只是教导你们。如果我有省长的权力——哪怕一个县长的权力——我也是一个无权无勇的人，我也没有好办法。"对林公达，庄阿元评价道："对我们讲道理，讲得再为清楚没有！可惜我们听了你的话，不会得着实在的好处！"②

情急之下的村民们，请释智圆来主持求雨。他们来到小学校，即原先的司徒庙，天井里还有现存的香炉，准备把请来的龙王供奉在这里。

省政府不肯派兵来，县长只带了两名卫士，也来到小学校。面对聚拢来要去迎龙王的乡民，县长起先还想设法阻止，说求雨是迷信，"聚了众，大举大动，是可以发生很大的危险的"！"省政府绝对禁止迎神赛会"。乡民不买账，反而要他像从前的知县那样，替大家求雨。狡猾的县长一看众怒难犯，也就虚与委蛇，像从前的知县那样，替大家求雨。

此时，不肯屈服的只有林公达了。村民庄阿元发话："今天来到的人，有一个人不诚心，求雨就要不灵的。我们也要林先生对龙王磕个头。"③

此时的林公达不愿像县长那样虚与委蛇。他要做易卜生话剧《国民公敌》中那个正直的医生斯多克芒，敢于独战大多数。面对愤怒的乡民，林

---

① 洪深：《农村三部曲》，上海：上海杂志公司，1936年，第280-446页。

② 同①。

③ 同①。

公达不愿向龙王磕头，被众人毒打。不知哪个人手里的枪走火，把林公达打死了。林公达用自己的生命捍卫了科学与民主，是一位失败的悲剧英雄。

启发被压迫者起来反抗也是当年开启民智的路径之一。于伶话剧"江南三唱"之一《丰收》中的赵福生在上海做工时轧坏了手，只得回乡来。一同回来的还有余田林、潘德顺等。赵福生的哥哥赵福裕一直租种潘大的七亩田。上一年由于水灾，春荒一直持续到端午。赵福裕的妻子和儿子都饿死了。情急之下赵福裕向区长家借了两石米来度荒。经过辛勤劳动，终于赢得了丰收。于是，在赵福裕家上演了一出"丰收成灾"的悲剧：赊来的两副薄棺材秋收后还了五担稻谷。区长家的米出借时说定一石米还四担稻，当时稻五块钱一担。秋收时稻按两块钱一担（其实当时市价是两块三毛一担），就要还二十担稻，外加利息三块六毛。家里稻囤里的二十担都归了区长太太。田里还剩半亩留种的稻，区长太太要带长工来收割以抵利息。七亩田的租谷，每亩租谷一百五十斤，按每担两块两毛算，总共二十三块一毛钱。最终说定，拿赵家的两间房子来抵。

赵福生他们了解到，区长太太拿来放贷的米其实是政府出钱买来的"西贡米"，属于专门分发下来的赈灾粮。对此，赵福生控诉道："人家收了赈济水灾的捐款，买了洋米洋面，叫你们发给灾民难民吃的，你们都拿来放债。借给穷人，一石米要还二十块钱稻的价钱，又随便你们定多少是多少！把我们辛苦一年耕种得来的稻全都抢了去！弄得缴不上租就得把房子抵押！叫我们没有田种，没有屋住！可是我们是人呀！"[①]

剧终时，从上海回来的赵福生他们毕竟见过世面，有斗争经验，成为大家的核心，以打犁头为号，召集大家到土地庙门前商量反抗办法。走投无路的赵福裕也觉醒了："我们也去！真的，难道让他们压迫一辈子吗？"[②]在大都市的工人运动中积累了斗争经验的赵福生，回到乡村来领导农民进行反抗斗争，就很有号召力。

楼适夷短篇小说《盐场》也写了一位敢于发动盐民进行斗争的祝先生。以老定为代表的浙东沿海盐民，世世代代惨遭盐场场主的剥削欺压，到了大革命时代，来了革命党人祝先生，发动群众组织盐民协会，与场主袁公庭、高阿泰等盐霸展开英勇的武装斗争，并取得初步胜利。但是由于投机

① 于伶：《江南三唱》，上海：珠林书店，1940 年，第 27 页。
② 于伶：《江南三唱》，上海：珠林书店，1940 年，第 28 页。

分子陆士尧的妥协变节和出卖，也因为党内机会主义路线对祝先生的影响，盐民革命运动最终夭折。祝先生和盐民斗争的带头人阿俊、成和等，在"清党"时遭到血腥镇压，被迫逃亡。

在盐民暴动之前，祝先生是"一个从县里来的学生样子的青年"，在马老宝家里住了好几天，整天躲在房里写什么，一到晚上便有许多人来整夜开会，而且还有人从县里一回回地送信来，供他决策。当"马老宝带人缴了缉私营的枪，到城里捉住了县官"以后，组织起来的盐民在义愤填膺的情势下，绑住了世代的对头、场主高阿泰，"恨不得一人一口把他咬死"，是祝先生硬把他保护住了，送到了盐民协会。祝先生面对因愤怒而情绪失控的盐民，耐心做思想工作，把高阿泰送县里去法办。由此可见，祝先生是一位沉着冷静、善于做群众思想工作的革命领导者。①

楼适夷的这篇小说得到鲁迅、茅盾的赏识，经他们推荐，被伊罗生编入了英译小说集《草鞋脚》。

张天翼短篇小说《三太爷与桂生》中桂生尽管只是劣绅陈三太爷的佃户，但他聪明好学，大革命时积极参加斗争，日后从上海回乡，成了镇上见过世面的人。他不愿为陈三太爷卖命，与佃户们私下谋划抗租。桂生被陈三太爷捏造了姐弟通奸的罪名，活埋了。桂生是个有反抗精神的佃户，且在镇上有一定的号召力。

《野火》是王鲁彦唯一的长篇小说，初刊于1936年6月1日至12月1日《文季月刊》第1卷第1期至第2卷第1期，1937年5月20日由上海良友图书印刷公司出版单行本，后改名《愤怒的乡村》再版。小说叙写的是浙东乡村傅家桥一带的生活。小说的主人公华生是位身强体壮的青年农民，富于反抗性。阿波哥和秋琴是华生的引路人。加上华生的恋人、宝隆豆腐店的朱菊香，还有深受阿波哥影响的长川和明生，他们共同组成了傅家桥的新生力量。

大灾之年有大疫。在傅家桥，随着旱灾而来的是鼠疫（小说中称"虎疫"）。傅家桥的消息很快传到了城里，第四天便来了一个医生和两个看护，要给村里的人治病和打防疫针，但大家都不大相信西医，尤其是打针开刀。对于西医，村民们有偏见，"动不动打针剖肚皮。从前有人死过……"

华生眼看中医和单方全失了效力，也就规劝乡亲们用西医防治鼠疫。

---

① 楼适夷：《盐场》，《拓荒者》1930年2月第1卷第2期。

阿波哥因为恨中医医不活自己的妻子，也就给西医宣传起来。宣传得最用力的则是阿波哥隔壁的秋琴，她读过五六年书，是这些年轻人中文化水平最高的，且思想开通。她最先请医生打防疫针，又说服了七十五岁的祖母。随后她穿着一件消毒的衣服，戴着口罩，陪着医生和看护，家家户户去劝说。由于她的现身说法，村里人陆续地依从了。同时，华生也说服了他的阿哥和嫂嫂，连侄儿、侄女都打了针。菊香是不用说的，最相信华生的话。随后他又带着几个年轻人和秋琴一起到各处宣传劝解。过了两天，疫势果然渐渐减轻了，患病的人渐渐好起来，新的病人也少了，傅家桥重现活力。

华生他们的言行，不仅控制了疫情，还开发了民智，让村民们摆脱迷信，相信科学。哥哥葛生是逆来顺受的"弥陀佛"，一向怕弟弟华生惹是生非，这回由华生带来医生治好了他的鼠疫，也就对弟弟万分感激。

王鲁彦短篇小说《河边》中的涵子也是一位崇尚现代科学的青年人。儿子涵子进城三年，明达婆婆抑郁成疾。涵子平安回家，要带她去城里的医院看病。明达婆婆坚决不肯，执意要儿子陪她去关帝庙求菩萨。明达婆婆烧过香，拜过菩萨，并没有求一点为自己治病的香灰之类，却给儿子求到了一个好卦——"日出东方，前程亨泰"。明达婆婆精神大振，又高兴地对儿子说："我知道你相信医生，你真固执……你一定不放心，我明天就到城里的医院去，只要有你在我身边……"[①]真诚的母子之爱，消除了隔阂，一起去城里接受现代西医的诊治。

2.5.3 热心社会变革的"文化英雄"

徐迟抗战小说《一个镇的轮廓》中的江南市镇，带有作者已经沦陷了的故乡南浔镇的影子。该小说叙事方式独特，采用了作者与市镇对话的形式，称市镇为"你"，把故乡南浔镇当成一个有血有肉的对象来写，写了市镇因丝绸生意兴旺而暴富的辉煌过去，同时又写了日本人造丝和生丝的大量倾销造成中国丝绸业由盛而衰，市镇各业深受其害。好在丝商们在外地的大中城市又有了别的产业，他们的后代尽管也有败家子，但更多的年轻人从丝业小学毕业后，到外地读了中学和大学，甚至出国留学。他们了解了世界大势，也明白了日本的"大陆政策"。

有几位开了眼界的年轻人回到镇上来将庙宇里的佛像捣毁破坏，将房

---

① 王鲁彦：《河边》，《作家》1936 年 6 月第 1 卷第 3 期。

子改造翻新为学堂。他们以这所中学为依托，在市镇上开始了艰辛的启蒙
与救亡的双重工作。这些年轻人中间，最积极从事市镇启蒙与救亡工作的
是小说中的重要人物"校长先生"。小说把传统的市镇市民称为"第一代"，
是镇上的保守势力。"校长先生"他们这些从外省大学毕业出来的年轻人是
"第二代"。他们积极蛮干，尽管得罪了镇上的保守势力，但中学还是办起
来了，从丝业小学出来的学生，大都进了这所中学。为了缓和地方上人的
感情，校长先生辞了职，由另一位比较斯文而又稳健得多的年轻人继任。
两年后，校长又回来了，继续他的"蛮干"。几年过去，市镇顺应大势，有
了不少改变。

明清以降，市镇成为"乡脚"内的经济文化中心。清末民初开始，来
自大都市乃至海外的新事物、新观念，又以市镇为中介，向乡村传播。

小镇上原先只有迎神赛会，演草台戏。民国时每年到"双十"节国庆
纪念日就搞提灯大会，还有演说等。热闹的纪念日背后，就隐约传播着共
和国、自由、平等、博爱、三民主义等概念。年轻人的努力，把国家观念
介绍到了镇上。

洪灾之年接着旱灾之年，农民们暴动了一次。"他们归罪于洋派教育的
实施，锄头耙做武器，几十个农民疯狂地经过街道。看热闹的人跟在他们
后面。他们先打民众教育馆，进入图书馆把藏书橱赏了几把。跟着进会场，
打断了数十条长凳。退出来，愤怒还没有发泄足够就冲向中学堂去。把教
务处的大门打开了，又把实验室的玻璃试验管，化学药品都打烂了，然而
天还是不下雨。"[①]

小镇在艰难中慢慢变化着。"你设立了电灯厂，你打电话，打电报，设
立银行，并且设立了缫丝厂，雇用了缫丝的女工。你有半个苍老的心，又
有半个年轻的心，你既愿意安安静静地躺在床上死去，也愿意如同一个婴
孩，牙牙学语，跌来倒去地学走路。"[②]市镇的"维新"，自然是校长他们努
力的结果。

一个夏天的晚上，在校长的家里，他和他一个第一届毕业生谈天。校
长讲他们有"建设新故乡的计划"。首先是建一所蚕种制造场。第一年的蚕
种分送到乡下人家，养的蚕收成好，得到乡下人的"信仰"了。第二年却

---

① 徐迟：《一个镇的轮廓》，《大风》半月刊 1940 年 7 月、8 月第 76 期、77 期、78 期。
② 同①。

由于育种的工具没有消毒等，乡下人养的蚕都瘟死了。乡下人从此失了"信仰"，蚕种没人要了。投入十几万的蚕种场赔得精光。

从丝业小学进入中学，再到外省读了大学，回乡来做事的人算是"第三代"。第三代从外面学会了自由恋爱，回镇上跟"有身份有家教的小姐恋爱上了"。那些小姐，"她们的姐姐都规规矩矩地出嫁了，轮到她们，上一个月还是好好的小姐，这个月却有了男朋友，跟男朋友出去玩了。时势变了"[①]。作者徐迟就属于当年市镇上最早的"自由恋爱"一族。

为了"军事关系"，镇上通了公路，将来还要通铁路。富绅们反对无效，"而那些年轻人和他们的恋人却沿了这条公路散步去了"。

第三代在镇上办了报纸，由于一条社会新闻，与第一代的"老顽固"起了冲突。"第三代已经是一个最完整的团体，有律师，有医师，有军人，有诗人，有会计师，有铁路工程师，有电气工程师以及飞机设计师，有政治家。我们的主人翁产出这些优秀的知识者，他们比之第二代更有准备而更年轻和热情。打出一个电报，都回到镇上来了。"其中一位南京来的军人简单地压平了"叛乱"，又在茶店里发表演说，不仅强调要保护报社，还号召大家团结起来"打日本人"。一位名律师来"软"的，拜访几个老绅士。"于是报纸上每天有新镇建设的短论，事情和平过去了。"[②]

为了准备两年后的一个战争，4 月 4 日，全镇举行防空演习。经联系，笕桥航空学校飞一大队六架飞机来表演。保卫团和水警还进行了打野战演习。

七七事变以后，镇上情绪不同了。"八·一三"事变后三个月，镇民们情绪激动。11 月来了，日军如狂风之疾卷似的把江浙两省的小村镇占领了。

校长以抗日后援会总干事的名义，出了张"撤退全镇人民"的布告。随后他也肩上捐了个包，手中提了个箱，带一大群孩子和妻女开始逃难。附近村民认为他是最危险的人物，不肯收留他，他好容易才找到一个允许他容身的小村。

提灯会、国耻日演说、报纸、防空演习，十几年工夫不够把一个封建市镇变成进步的民族民主的市镇。日寇的强暴最终唤醒了市镇的抗日意识。

日本人烧杀抢掠，镇上以及周边村上的人希望安定。经再三恳求，校长做了维持会的总干事，出布告安民。校长勉强安定了十几个村子，但各村中人又对他不满。日本兵的暴行，给乡镇上的人上了最后一课。校长放

---

① 徐迟：《一个镇的轮廓》，《大风》半月刊 1940 年 7 月、8 月第 76 期、77 期、78 期。

② 同①。

弃幻想，潜逃了。

可是整个镇的发展史到这里完成了一个阶段，四乡成立了游击队，总部设立在太湖上。镇已经烧光了，剩下的破房子里，歹徒和侵略者无恶不作。丝业公会的大厅还是巍然独存的。他经历了完完全全的经济侵略、军事侵略，以及政治侵略。春天桑树林上长了肥大的绿叶子，但谁还养蚕呢？游击队渐渐强大起来，有几支队伍甚至是第四代领导的，有许多孩子，在三年实践之中变得非常英勇。

他们站立在反攻线上，等待的是命令，他们要反攻过去，收复失地，一直到攻克蚕丝前线。在这个镇上，现在，人民真正有了力量。

这篇小说真正塑造的人物形象，是这个以南浔镇为原型的江南市镇的形象，以及市镇上的人物群像：那些顽固守旧的乡绅为"第一代"，以中学校长为主的蛮干的"第二代"，从丝业小学、中学毕业后去外省读了大学的"第三代"。第三代协助第二代办学，还办报纸，组织国耻日演说，进行防空演习等。抗日战争中，"第四代"也在成长为抗日英雄。在国难面前，几代人对这个市镇的改造有了成效。

徐迟铜像

茅盾的小说《手的故事》没有像徐迟那样纵向展现市镇的变迁，而是横向截取了抗日战争前夕发生在一个县城里的故事。张不忍为县城旧时张氏望族"六房里的老八",原先在大城市教书,失业后来到县城。其夫人云仙是位都市时髦女郎,由于做过多年女童子军的教练官,眉目之间有英朗之气,尤其是那双手粗壮有力。县城茶馆里的人喜欢议论她的长相,尤其是那双手,且对她的身世有了种种推测。

国难当头,县政府颁布了《查缉私货暂行办法》,鼓励百姓协助缉私,凡报告私货因而缉获,将货物充公拍卖,以所得货价之半数奖赏报告人。二老板利用了这一办法,将不敢运进来的私货运了进来。他自己前去举报,拍卖时让爪牙周老九去拍了来。于是二老板摇身一变,成了打击私货的"英雄",公开卖起私货来了。

张不忍夫妇知情后,就与小学里的赵君觉、朱济民一起办起了壁报,揭露县城有人贩卖日货,二老板掌管的善堂账目也不清楚。

新来的县长是现役团长,忙于抗日战争前的准备工作,要肃清本县的汉奸。二老板一伙对于张不忍夫人的"手"大做文章,散布谣言,诬陷她是汉奸。县长把张不忍夫妇关了起来。赵缉庵和胡三先生等人去见县长,要求保释他们。县长解释,由于谣言太多,为了"爱护他们才要他们进来休息几天"。县长乘机要求大家"以一日贡献国家"。"大概这件事又得命令全体保甲长出动了。X 县是天天在热闹紧张的空气里的。"国难当头,X 县的热闹紧张中有汉奸的浑水摸鱼,也有张不忍等人的揭示真相。①

王鲁彦短篇小说《一个危险的人》的主人公子平,在故乡林家塘是个"另类"。他独自在外八年,是个教过中学和大学的知识分子。北伐军占领浙江后,他回到老家来。林家塘是一个离县城三十来里的村子,村民们都忙于经商、做工、种田,不太关心外面的世界。"这次自从南军赶走北军,把附近的地方占领后,纷纷设立党部,工会,农会,他们还不以为意。最近这么一来,他们疑心起来了。北军在时,加粮加税,但好好的年成租谷打七折还不曾有过。这显然是北军比南军好得多。"②子平不跟村民们交往,言行怪异,但去过县城,村民们甚至怀疑县党部农民协会"租谷一律七折"的告示是子平和他的同党所为,于是把他当作"一个危险的人"。

国民党正在"清党",子平的叔叔惠明,亲自领衔告发亲侄子是共产党。

---

① 茅盾:《手的故事》,《开明书店创业十周年纪念——十年(续集)》1936 年 12 月。
② 王鲁彦:《一个危险的人》,《小说月报》1927 年 10 月第 18 卷第 10 期。

子平被县里派来的警察打伤，抓进县里去后不久就死掉了。容不下他的是闭塞、自私的林家塘，而出面处置他的是县里派来的警察。村民们是自私自利、目光短浅的。"减租减息"动了他们的"奶酪"，他们就是要消灭主张"减租减息"的"危险的人"。北伐所推行的"减租减息"，是改造社会的革命，但村民们出于自身利益的考虑，明确反对这一革命行动。不幸的是，子平就是他们身边的"危险的人"，就成了他们要除掉的对象。最可恨的是，子平的叔叔惠明除掉子平还有其不可告人的目的：侵占子平的家产。

变革社会，既要思想启蒙，用新的思想批判社会，又要在必要的时候投笔从戎，进行"武器的批判"。国共联合北伐就对军阀混战的中国社会进行了一次"武器的批判"。大革命失败后，像上述子平这样"危险的人"人头落地，有些共产党员转入地下继续进行艰苦的斗争，也有些理想信念不够坚定者变节了。[①]

许杰的两篇小说《七十六岁的祥福》和《寿平》的原型是同一个人，就是作者在浙江第六师范学校读书时比自己低一级的同学管容德。

《七十六岁的祥福》正面写七十六岁的老头子祥福。他与老伴还很结实，且第一个孙子生了曾孙女，第三个孙子也娶了亲。然而，就在第三个孙子娶亲的这一年，他们家晦气的事件"接二连三的来了"。第三个孙子娶了亲后，回杭州读书，被人家说是"××党"，枪毙了。小说从侧面写了祥福的大孙子大宝。大宝是位大气的画家，又是艺术教员。他热心革命，大革命失败后反而成了职业革命者。据说他是"××党"，行踪神秘。农历十二月二十五日，是县城的"市日"，人们进城办"过年货"。大宝他们在城乡刷了许多标语，要"穷人们联合起来不还债"。城乡气氛突然紧张起来，城里的平梅舅舅专程下乡来告诉祥福，要他注意大宝的安全。

大宝父亲玉明因不甘心自家的一丘肥田被一个大财主强行霸占，起争执时挨了打，打官司又输了，病了四年后在临近年关时死了。大宝获悉后，当天晚上潜回家来，为父亲守灵，主持丧事，第二天晚上又溜出家门。第三天，前来抓捕他的法警扑了空。父亲出殡时，大宝又出现了，与二宝扶着棺材，送父亲上山。

大宝匆匆与爷爷祥福话别时，祥福说自己老了，"我只有天天为你祷告，为你念解劫经，念《太上感应篇》"。他还希望大宝他们"早日成功"。小说

---

① 王鲁彦：《一个危险的人》，《小说月报》1927 年 10 月第 18 卷第 10 期。

以赞赏的笔调，塑造了机智、勇敢的大宝。在他的影响下，年老的爷爷也变得坚毅了。①

《七十六岁的祥福》中的大宝，在小说《寿平》中改名叫龙寿平，眼下用着余立的假名，是 K 省省会公安局里的侦缉队长。对于他的变节，小说叙写他参加过几次乡村的事变，失败一次，更起劲一次。后来，他到省城负起他的责任来。不料风声走漏，他得了"死症"。经过几年的"医治"，他居然"出院"了。"大概是因为'三折肱而成良医'的古训吧！或者也因为他脑子里的饥饿哲学在作祟吧！他便慢慢的做了现在的 K 省城的侦缉队队长了。"②经人引见，变了节的寿平找到"我"，津津乐道他如何认真缉毒，亲自用藤条抽打毒贩，能杀头的都杀头。

吃中饭时，"我"叫来酒菜，继续与寿平喝酒聊天。寿平说自己每天读王阳明来养性："我现在每日规定自己的生活时间，早上六点钟，读王阳明，写大字，八点钟上办公厅；下午四点以后，刻图章，读文学书。"③酒喝醉后，寿平却哭了。他承认朋友说得对，"写大字刻图章的手，就是拿藤条抽别人的背脊的手"④，但读王阳明的效力，还是不能平息自己内心的苦闷。小说以怜悯、嘲讽的笔调，塑造了矛盾而苦闷的寿平。

大革命促成了江南小城镇上权力的一次重新分配，有些人获得权力后积极从事地方上的社会变革，有些人获得权力后却用来满足私欲。孙席珍中篇小说《凤仙姑娘》中的徐三是大安县城有名的无赖。他在县工统会里谋得了交际股长后，就把漂亮的凤仙姑娘弄成了执行委员，借机玩弄她。徐凤仙积极从事拣茶工会的活动，得罪了同裕茶号的邓老板和管账的胡麻皮。她被老板开除后，工统会和妇女会并没有为其撑腰。徐三还暗度陈仓，与同裕茶号的另一位拣茶工搞在了一起。

由此可见，"时势权力"一旦被流氓窃取，只会被用来满足私欲，自然就不会推动地方社会的发展。

---

① 许杰：《七十六岁的祥福》，《现代小说》1929 年 3 月第 1 卷第 6 期。
② 许杰：《许杰短篇小说选集》，北京：人民文学出版社，1981 年，第 214 页。
③ 许杰：《许杰短篇小说选集》，北京：人民文学出版社，1981 年，第 223 页。
④ 许杰：《许杰短篇小说选集》，北京：人民文学出版社，1981 年，第 225 页。

第 3 章
现代江南小城镇文学的母题变奏

母题，为文本中最小的元素，是引发作者创作的动机，却又不带作者的主观色彩。主题是从文学作品中反映出来的作者的观点和倾向。因此，母题偏向客观，主题偏向主观，两者是矛盾的统一体。叙事性的文学作品，表达相同主题的叙事方式往往具有共同的趋向性，进而形成一种叙事模式。

现代江南小城镇文学，不同作家在某一时期的作品往往在母题、主题和叙事模式方面形成"互文性"，这种"互文性"在不同时期又是嬗变的。"五四文学"时期，鲁迅的"鲁镇"小说与"S城"小说产生了广泛的影响。许钦文、许杰、王鲁彦等作家，仿效鲁迅，共同书写了浙东宁绍平原上的江南小城镇文学，交织着对于江南小城镇文化的乡愁和批判。"左联文学"时期，茅盾、叶圣陶、洪深、巴人等作家的江南小城镇文学，主要以"破产"为主题，建构了江南小城镇文学的灾害叙事。抗日战争时期，大批江南小城镇沦陷。丰子恺、茅盾、夏衍、王鲁彦、徐迟等作家都深情怀恋诗意而富庶的江南小城镇文化，即使是反映抗日战争的作品也会自然而然地书写江南小城镇文化。茅盾的长篇小说《霜叶红似二月花》、徐迟的中篇小说《一个镇的轮廓》和夏衍的话剧《水乡吟》都不约而同地写到了当年南浔镇上的富商群体"四象八牛"。"相见时难别亦难。"逃难不易，返乡之难也不亚于逃难。

3.1　回望江南小城镇

1935 年，鲁迅在《中国新文学大系·小说二集》的序中指出：

蹇先艾叙述过贵州，裴文中关心着榆关，凡在北京用笔写出他的胸臆来的人们，无论他自称用主观或客观，其实往往是乡土文学，从北京这方面说，则是侨寓文学的作者。但这又非如勃兰兑斯（G.Brandes）所说的 "侨民文学"，侨寓的只是作者自己，却不是这作者所写的文章，因此也只见隐现着乡愁，很难有异域情调来开拓读者的心胸，或者眩（炫）耀他的眼界。许钦文自名他的第一本小说集为《故乡》，也就是在不知不觉中，自招为乡土文学的作者，不过在未开手来写乡土文学之前，他却已被故乡所放逐，生活驱逐他到异地去了……①

鲁迅尽管评述的是受其影响的"乡土写实派"的作家作品，但也可以看成是"夫子自道"，即鲁迅及"乡土写实派"从事写作时，都是"侨寓"在远离故乡的北京等大都市，抒写着对于故乡的乡愁；作者"我"偶尔也回乡，但不久又离乡了，因而回乡与漂泊成为一种叙事模式；作者都沐浴了"欧风美雨"，甚至留学海外，以海外或大都市为参照，对于故乡人事的叙述，自觉或不自觉地取了"他者"的视角。这正如乐黛云所言："五四乡土文学在本质上是觉醒了的现代作家，以西方文化作为参照系统，对本土文化进行的历史的'反观'与'反思'。"②

3.1.1　对于江南小城镇的乡愁书写

鲁迅、周作人、王鲁彦、许钦文等作家都"侨寓"在北京。在他们眼里，与诗意江南相比，北京乏善可陈。王鲁彦在散文《狗》中抱怨北京的风沙。乾隆皇帝是江南文化的"粉丝"，然而，仿江南文化的皇家园林，在江南作家眼里仍是"山寨"的。他们瞧不上北京的皇家园林，仍对诗意江南满是乡愁。王鲁彦写道，北京的那些"海"只是臭水沟，几个小山被锁在皇宫里。"这样苦恼的地方，竟将我飘流的人留了四五年，我若是不曾见过江南的风景倒也罢了，却偏偏又是生长在江南。"③

鲁迅、周作人兄弟在对故乡人、事、物、景的娓娓讲述中隐约抒写着对于江南小城镇的乡愁。鲁迅说自己的回忆性散文《朝花夕拾》是从记忆里抄来的。对于"记忆"，奥地利心理学家 A.阿德勒指出："记忆绝不会出自偶然，个人从他接受到的多得无可计较的印象中，选出来记忆的，只有

---

① 鲁迅：《中国新文学大系·小说二集》，上海：上海良友图书印刷公司，1935 年，第 9 页。

② 乐黛云：《"乡土文学"研究的新收获——读杜惠荣、王鸿儒〈蹇先艾评传〉》，《中国现代文学研究丛刊》1987 年第 2 期。

③ 王鲁彦：《鲁彦散文集》，上海：开明书店，1947 年，第 1-11 页。

那些他觉得对他的处境有重要性之物。因此，他的记忆代表了他的'生活故事'……"①

鲁迅的散文《从百草园到三味书屋》，讲述的是自己青少年时代的"生活故事"。由于年幼，鲁迅对长妈妈他们讲述的神奇故事还不会"祛魅"，因而普通的百草园洋溢着诗意和神奇。文中的何首乌，在民间是神药，尤其是形如孩子的根茎，据说"吃了便可以成仙，我于是常常拔它起来，牵连不断地拔起来，也曾因此弄坏了泥墙，却从来没有见过有一块根像人样"。长妈妈讲述的"美女蛇"，惊奇有趣，仿佛就躲藏在百草园的草丛旁边。

少年鲁迅告别了童年的乐园百草园，被送进了全城"最严厉的书塾"——三味书屋。鲁迅他们很快发现三味书屋后面也有一个小花园，冬天可以爬上花坛去折蜡梅花，夏天则在地上或桂花树上寻蝉蜕。最有趣的是捉了苍蝇喂蚂蚁。②

鲁迅的散文《无常》回忆了作为"民间狂欢"的迎神赛会。此时还会上演"娱神娱人"的"大戏"或"目连戏"。绍兴地方戏中的无常戏，幽默风趣又不乏人情味，是"民间狂欢"中最出色的节目。

鲁迅散文诗集《野草》中的《雪》《好的故事》也都回忆了诗意江南的优美风光。《风筝》写了已是早春二月，北京仍为"严冬的肃杀"，江南早就杨柳发芽，山桃吐蕾，孩子们欢快地放风筝，"一片春日的温和"③。

至于小说《故乡》中少年闰土月下看瓜图乃至豆腐店里的"豆腐西施"杨二嫂，都是温馨的回忆。

周作人的小品散文以"平和冲淡"见长，但字里行间仍有一股浓郁的乡愁。小品文《故乡的野菜》中，周作人宣称自己在绍兴、南京、北京和日本东京都居住过数年，这四处似乎都可以算是他的"故乡"，但通读全文，作者最津津乐道的还是浙东绍兴的各种野菜。在百草园之类的地方挖荠菜、剪马兰头十分有趣，用野菜制成的食品也别有风味。周作人饶有兴趣地介绍了黄花麦果糕：

> 黄花麦果通称鼠曲草，系菊科植物，叶小微圆互生，表面有白毛，花黄色，簇生梢头。春天采嫩叶，捣烂去汁，和粉作糕，

---

① 〔奥〕A.阿德勒：《自卑与超越》，黄光国译，北京：作家出版社，1986年，第66页。
② 鲁迅：《从百草园到三味书屋》，《莽原》半月刊1926年10月第1卷第19期。
③ 鲁迅：《风筝》，《语丝》周刊1925年2月第12期。

称黄花麦果糕。小孩们有歌赞美之云：

黄花麦果韧结结，

关得大门自要吃，

半块拿弗出，一块自要吃。①

周作人还提到，用黄花麦果又能加工成"细条如小指"的茧果。茧果，浙西俗称"茧圆"，用糯米粉，掺入青青的"草头"和橙色的南瓜糊，做成形如蚕茧的青团子和南瓜团子，加上白色的团子成为一攒，上坟时可以用来设祭。茧圆比蚕茧要大上一倍，大概是蚕农祈求蚕宝宝能结出大茧子来吧。

茶为国饮，但南北的茶文化各具风味。周作人从小在江南长大，《喝茶》一文中，作者坚持"喝茶以绿茶为正宗"。绿茶中的名品为明前的龙井和雨前的碧螺春。周作人从小喝惯了绍兴本地产的一种价廉物美的"平水珠茶"。这是一种普通的炒青，由于把茶叶搓成一团，形如珠，故名。平水是绍兴的一个市镇，为珠茶的集散地。江南小城镇上喝茶的场所为高档的茶楼和普通的茶馆。周作人倾向于后者，但又嫌屋宇器具简陋，因而他在《喝茶》一文中设想了心仪的喝茶场所：

喝茶当于瓦屋纸窗之下，清泉绿茶，用素雅的陶瓷茶具，同二三人共饮，得半日之闲，可抵十年的尘梦。喝茶之后，再去继续修各人的胜业，无论为名为利，都无不可，但偶然的片刻优游乃正亦断不可少。②

20世纪20年代，居苦雨斋的周作人，拥有瓦屋纸窗和素雅的陶瓷茶具不在话下，普通的绿茶也很容易得到，钱玄同、刘半农、俞平伯、废名等都是理想的共饮人，唯一所缺的只是故乡绍兴那清冽的鉴湖水或江南大雨天积存在大缸里的雨水。

周作人认为喝茶时不宜吃瓜子，应当吃清淡的"茶食"。留学日本时，鲁迅、周作人兄弟喜欢吃日本的"羊羹"。这种赤豆做的甜点，据说出于中国唐朝时的羊肝饼。江南的茶点，周作人最爱茶干以及由茶干加工成的"干丝"。干丝，不仅南京和苏州等大城市有，镇江、无锡、湖州、嘉兴，以及

---

① 周作人：《故乡的野菜》，《晨报副刊》1924年4月5日。

② 周作人：《喝茶》，《语丝》1924年12月第7期。

虽在江北但又属于江南文化范围的扬州，都有这种茶点，讲究者还要加入虾仁。

周作人的小品文《谈酒》饶有兴致地谈论老家浙东绍兴黄酒的酿造工艺和饮用习俗。

旧时绍兴中元节有盂兰盆会。此时的社戏中会有"目连戏"。周作人在《谈目连戏》中专门介绍了民众戏剧性质的目连戏：

> 所演只有一出戏，即《目连救母》，所用言语系道地土话，所着服装皆极简陋陈旧，故俗称衣冠不整为"目连行头"；演戏的人皆非职业的优伶，大抵系水村的农夫，也有木工瓦匠舟子轿夫之流混杂其中，临时组织成班，到了秋风起时，便即解散，各做自己的事去了。[1]

这种目连戏，娱神也娱人。尤其为草台班子演出的目连戏，演员都是农夫和手艺人，投入少，便于组织演出。尽管戏服简陋，演技业余，但照样能营造出巴赫金所说的民众的狂欢。

江南多雨，但周作人却对江南水乡风情的记忆以美好居多。他从三明瓦的乌篷船里体味到了悠游闲适的情趣。《苦雨》回忆了卧在乌篷船里，"静听打篷的雨声，加上欸乃的橹声以及'靠塘来，靠下去'的呼声，却是一种梦似的诗境"。年少时乘坐脚划小船，从东浦镇回绍兴城，遇暴风雨，"一叶扁舟在白鹅似的波浪中间滚过大树港，危险极也愉快极了"。在周作人看来，这种经历"更显出水乡住民的风趣"。[2]周家在北京八道湾的住处是一个占地约四亩的大四合院，但下水不畅，容易积水。"苦雨斋"中的周作人所"苦"的只是北京的雨，却常常怀恋故乡的雨。其《故乡的雨》中写道：

> 说到雨，我可是不敢恭维北京了，我觉得雨还是故乡的好。
> 第一，院子里不会积水，不会水进屋子里来，乡下都用石板铺地，底下一部分是空的，成为很好的阴沟，无论怎样的狂雨落上两个时辰，明堂里不留半寸的水，这都从石缝流去转到河里，假如河

---

① 周作人：《谈目连戏》，《语丝》1925 年 2 月第 15 期。
② 周作人：《苦雨》，《晨报副刊》1924 年 7 月 22 日。

水不满，总不会漫到路上以至门里边的。①

周作人在给弟子沈启无所编《近代散文抄》的序中把文学分为"载道"与"言志"两大类，认为"小品文是文学发达的极致，它的兴盛必须在王纲解纽的时代"；"小品文则在个人的文学之尖端，是言志的散文，它集合叙事说理抒情的分子，都浸在自己的性情里，用了适宜的手法调理起来，所以是近代文学的一个潮头"②。

乌篷船

周作人的小品散文，除了表层的乡愁，还有其深层的暗示功能。诗言志，而周作人的小品散文也是言志的。周作人的言志方式不是直抒胸臆的，而是隐喻和暗示的。最典型的是《乌篷船》。该文是写给"子荣君"的一封信，但周作人并没有一位名叫"子荣"的朋友。钱理群先生认为，该文的收信人"'子荣'系周作人笔名，因此这是自己给自己写信"③。这篇"独呓"的小品散文，粗看之下，是向一位前往绍兴游玩的朋友介绍故乡的风情，尤其是绍兴特有的交通工具乌篷船，但周作人通过隐喻和暗示来"言

---

① 周作人：《故乡的雨》，《亦报》1950 年 8 月 23 日。
② 周作人：《〈近代散文抄〉序》，《骆驼草》1930 年 9 月第 21 期。
③ 钱理群：《周作人传》，北京：北京十月文艺出版社，1990 年，第 356 页。

志"。作者不讲排场，故不推荐最豪华的"四明瓦"；也不鼓励冒险，因而也不推荐容易倾翻的脚划船。周作人认为，"最适用的还是在这中间的'三道'，亦即三明瓦"。坐着三明瓦游览绍兴及其周边，"你坐在船上，应该是游山的态度，看看四周物色，随处可见的山，岸旁的乌柏，河边的红蓼和白蘋，渔舍，各式各样的桥，困倦的时候睡在舱中拿出随笔来看，或者冲一碗清茶喝喝"①。由此可见，周作人的志向，是坐三明瓦游览时的悠游闲适的人生态度。查周作人日记，其从日本回国后在绍兴时就经常与亲朋好友坐了三明瓦在绍兴周边的市镇上转游，十分悠闲。周作人借小品文《乌篷船》，怀恋当年在绍兴的悠闲日子。他通过写作《乌篷船》，完成了一次精神上的回乡。

20 世纪 20 年代，周作人刚开始写那些倡导悠游闲适的小品散文，朱光潜就在书评中评价道："让我们同周先生坐在一块，一口一口的（地）啜着清茗，看着院子里花条虾蟆戏水，听他谈'故乡的野菜''北京的茶食'、二十年前的江南水师学堂和清波门外的杨三姑一类的故事，却是一大解脱。"②

叶圣陶的散文《藕与莼菜》写于 1923 年，正值作者"三赴上海"并定居上海之初。此前作者主要在老家苏州生活和工作，又在近郊的市镇甪直教了五年多小学，把甪直当作了自己的第二故乡。散文开门见山，"同朋友喝酒，嚼着薄片的雪藕，忽然怀念起故乡来了"。藕是一种普通的水果，又可以当菜吃，还能制成糯米糖藕等点心。当然，最有风味的是新鲜的嫩藕，吃上去清脆爽口。当年由于物流不发达，同为江南的大都市上海不能吃到新鲜的嫩藕，作者与朋友喝酒时吃到的只是嚼上去满口是渣的藕片，于是就情不自禁地回忆江南小城镇上刚从泥塘里挖出来的嫩藕。自初秋至深秋，在江南小城镇上，经常有近郊的农民挑了刚挖出来的嫩藕来卖，市民们都可以享受这种"清淡的甘美的滋味"。作者由秋天的藕联想到了春天的莼菜。太湖里盛产莼菜，滨湖的小城镇上，每条街旁的河埠头总歇着一两条没篷船，满舱盛着莼菜。莼菜适合烧汤，最味美的是鸡汁莼菜汤。翠绿的莼菜嫩滑爽口，有淡淡的黄瓜味，味道全在鲜美的汤里了。在故乡的春天，作者几乎天天吃莼菜。③

据《世说新语·识鉴》记载，西晋时的吴郡吴江（今江苏苏州）人张

① 周作人：《乌篷船》，《语丝》1926 年 11 月第 107 期。
② 朱光潜：《雨天的书》，《一般》1926 年 11 月第 1 卷第 3 期。
③ 叶圣陶：《藕与莼菜》，《文学》周刊 1923 年 7 月第 81 期。

翰，久在洛阳为官，见秋风起，因思念吴中莼菜羹、鲈鱼脍，道：人生贵得适意尔，何能羁宦数千里以要名爵！就毅然决然地回归故乡江南，留下了"莼鲈之思"的佳话。对于都市"侨寓"者的乡愁情结，叶圣陶评价道，"因为在故乡有所恋，而所恋又只在故乡有，就萦系着不能割舍了……像我现在，偶然被藕与莼菜所牵系，所以就怀念起故乡来了"[1]。大都市吃不到鲜美的故乡风物，叶圣陶他们就以笔来书写舌尖上的故乡风物。

郁达夫的成名作《沉沦》写于在日本东京留学的时期，小说的第三部分以自叙传的方式赞美了自己的出生地富阳：

> 他的故乡，是富春江上的一个小市，去杭州水程不过八九十里。这一条江水，发源安徽，贯流全浙，江形曲折，风景常新，唐朝有一个诗人赞这条江水说"一川如画"。他十四岁的时候，请了一位先生写了这四个字，贴在他的书斋里，因为他的书斋的小窗，是朝着江面的。虽则这书斋结构不大，然而风雨晦明，春秋朝夕的风景，也还抵得过滕王高阁。在这小小的书斋里过了十几个春秋，他才跟了他的哥哥到日本来留学。[2]

小说结尾，主人公蹈海自杀前，向西望着那颗明星下的故国，自伤自悼，希望祖国能尽快富强起来，能让如自己那样受苦的儿女脱离苦海。

总之，不管是侨寓在大都市北京、上海，还是侨寓在日本东京，五四时期的作家都抒写了对于江南小城镇的乡愁。他们的乡愁书写，往往是通过对江南小城镇上美景与风物的描述来表达的。他们通过对故乡风景或风物的描述，实现了精神上的还乡。

3.1.2　叙事者的回归与漂泊

"怀乡"作为最重要的文学母题之一，联系着人类生存的最悠长的历史和重复着的经验。自人类有乡土意识，有对一个地域、一种人生环境的认同感之后，即开始了这种宿命的悲哀。然而这对于人的意义又绝不只是负面的。这正是那种折磨着因而也丰富着人的生存的诸种"甜蜜的痛楚"之一。[3]

---

① 叶圣陶：《藕与莼菜》，《文学》周刊 1923 年 7 月第 81 期。
② 郁达夫：《沉沦》，上海：泰东图书局，1926 年，第 17-18 页。
③ 赵园：《回归与漂泊——关于中国现当代作家的乡土意识》，《文艺研究》1989 年第 4 期。

在封建社会，士绅在故乡的熟人社会中生活惯了，漂泊外地后面对陌生的人事物景就会有怀乡病；近现代的中国，知识分子漂泊在大都市或海外，除了面对陌生的人事物景，更重要的是接触到了异质的西方文化。这些现代知识分子，在想象中的精神还乡倒是十分美好的，一旦自己亲身还乡，反而有了种种不适应。他们在异乡是孤独的客人，回归故乡仍然是独孤的"假洋鬼子"，异质文化的熏陶让他们在故乡这个熟人社会中成了"另类"。他们已融不进故乡社会了。近距离面对日夜思念的故乡时，他们的处境十分尴尬。

鲁迅在《〈呐喊〉自序》中回忆了周家"从小康人家而坠入困顿"之后，正处于青春叛逆期的青年鲁迅不愿再看早经看熟的"S 城人的脸"，就"想走异路，逃异地，去寻求别样的人们"，于是就前往南京，进了无须学费的江南水师学堂，后又转入陆师学堂的矿路学校。毕业时鲁迅又考取了留学日本的官费生。从故乡出走，去大城市求学甚至留学海外，开阔了视野，学到了新知，更是沐浴了"欧美雨风"。辛亥革命前后，鲁迅也曾回到绍兴工作，但他志在大都市，仍然想方设法再次从故乡出走。鲁迅的"出走"——"回归"——再"出走"，都是主动去外地漂泊，无奈中有自己的主动探寻。[①]

在鲁迅的小说《故乡》、《祝福》和《在酒楼上》中，新型知识分子"我"，都回归江南小城镇，但又从江南小城镇出走，继续到外地"漂泊"。"回归"与"漂泊"成了现代文学中一种常用的叙事模式。

《故乡》中的"我"，这次回到故乡的目的很明确——搬家。中国人历来安土重迁，绍兴人更是"越人安越"，因此"我"回归故乡的心情是沉重的：

> 我冒了严寒，回到相隔二千余里，别了二十余年的故乡去。
>
> 时候既然是深冬；渐近故乡时，天气又阴晦了，冷风吹进船舱中，呜呜的响，从篷隙向外一望，苍黄的天底下，远近横着几个萧索的荒村，没有一些活气。我的心禁不住悲凉起来了。阿！这不是我二十年来时时记得的故乡？[②]

比较有意思的是，作家们"侨寓"在大都市时，会对江南的小城镇抒

---

① 鲁迅：《〈呐喊〉自序》，《晨报·文学旬刊》1923 年 8 月 21 日。
② 鲁迅：《故乡》，《新青年》杂志 1921 年 1 月第 9 卷第 1 号。

发乡愁。然而，当他们笔下的新型知识分子回归江南时，往往会对眼前的情景有些失望。《故乡》中的"我"，面对鲜活的故乡，感觉全然没有记忆中的美好。闰土也算是"我"的"发小"，尽管当年"我"是少爷，闰土是"忙月"家的孩子。当年两人可是一见如故，听闰土讲述"海边"的情景十分新奇有趣，想象中月下看瓜的少年闰土简直就是"小英雄"。人到中年，再次相见，"少爷"成了"老爷"，"多子，饥荒，苛税，兵，匪，官，绅"将当年的"小英雄""苦"成了一个"木偶人"。不同的生活经历与角色定位已在两人之间"隔了一层可悲的厚障壁"。

至于豆腐店里的杨二嫂，当年人称"豆腐西施"，也是故乡的美好记忆之一。回乡再次见到"豆腐西施"，全然没有了当年的丰韵，又瘦又老，看去像"细脚伶仃的圆规"，满嘴胡话，强词夺理，顺手牵羊拿走"狗气杀"，成了市井无赖。

狗气杀

几天后，"我"带着母亲和侄子宏儿坐船离开故乡。"老屋离我愈远了；故乡的山水也都渐渐远离了我，但我却并不感到怎样的留恋……那西瓜地上的银项圈的小英雄的影像，我本来十分清楚，现在却忽地模糊了，又使我非常的悲哀。"不过侄子宏儿与闰土带来的儿子水生玩过后，产生了相约去海边玩的念头。于是，"我"希望下一代"应该有新的生活，为我们所未经生活过的"。①

"我在朦胧中，眼前展开一片海边碧绿的沙地来，上面深蓝的天空中挂着一轮金黄的圆月。"这幅图景曾引发"我"对于江南文化的乡愁，日后也许会成为宏儿的乡愁。作者希望从故乡"出走"后的未来，不管是"我"，还是下一代的宏儿们，能闯出一条全新的"路"来。

《祝福》中的"我"在腊月二十三送灶的爆竹声中回到故乡鲁镇。游子回乡，故乡连家都没有了，"我"只能暂住在四叔鲁四老爷家。鲁四老爷是个讲理学的老监生，一见面就骂康梁"新党"。"我"与他自然就话不投机了。这次回到鲁镇，最尴尬的是与祥林嫂的相遇。她原先是鲁四老爷家的女佣，由于嫁过两个男人，就成了"不干不净"的人，不能参与主人家的祭祀活动。柳妈用阴间两个男人会将她锯开为由劝说其去捐个门槛，但祥林嫂的捐门槛救赎活动并没有洗净自己的"罪名"。她最终还是被四叔逐出了家门，沦为乞丐。行将就木的祥林嫂，认定"我"是识字的，见多识广，就问道："一个人死了之后，究竟有没有魂灵的？"对于祥林嫂来说，这是个两难的问题：如果有魂灵，死了的一家人就能重逢，自然能见到被狼叼走的儿子阿毛；但一旦两个丈夫祥林和贺老六争夺她，阎王爷就会让鬼把她锯开来分给两个男人。由于"我"了解祥林嫂的身世，故不能简单地回答有或无，只能支支吾吾，模棱两可地回答几句，就逃离了。"我"救赎不了走投无路的祥林嫂，强化了内心的尴尬。

鲁镇人都忙于年终的祝福，祥林嫂却"穷"死在了雪地里，鲁四老爷对此很生气。"我"出门拜访一些亲友，连个请"我"喝酒叙旧的老朋友都没有，只有四叔勉强陪"我"吃饭。"我"这才下决心要从鲁镇"出走"——"明天进城去"。相对于鲁镇这个尴尬的熟人社会，县城毕竟有食宿方面的服务业，花钱买服务，就不用看四叔的脸色了。查阅鲁迅日记，他习惯于在陌生的大都市花钱买服务。

"我"的印象里，县城里当年同游的朋友早已风流云散，记忆中福兴楼的清炖鱼翅，价廉物美，是非吃不可的。比起令"我"尴尬的老家鲁镇来，县城似乎尚有些吸引力，尚可慰藉乡愁。②

小说《在酒楼上》不妨看成是《祝福》的续篇。小说写"我"从北地向东南旅行，绕道访故乡，坐小半天船，就到了S城，暂住在洛思旅馆。

① 鲁迅：《故乡》，《新青年》杂志1921年1月第9卷第1号。
② 鲁迅：《祝福》，《东方杂志》半月刊1924年3月第21卷第6期。

城里转了半天，居然寻访不到一个旧同事，就在下雪的午后独自来到当年经常光顾的一石居酒楼，要了一斤绍酒，十个油豆腐，独自喝酒。只有原先熟视的废园，让见惯北方风光的"我"惊艳于江南的诗情画意。故乡的美酒佳肴、故乡的冬日美景还能慰藉孤寂的游子。不料，在此邂逅了十年前的同事吕纬甫，他也是刚从北方南归的"游子"。吕纬甫已和母亲迁居太原，在一个同乡家里教"子曰诗云"。两位老友一起喝着酒，感叹世事无常可笑："我在少年时，看见蜂子或蝇子停在一个地方，给什么来一吓，即刻飞去了，但是飞了一个小圈子，便又回来停在原地点，便以为这实在很可笑，也可怜。可不料现在我自己也飞回来了，不过绕了一点小圈子。又不料你也回来了。你不能飞得更远些么？"[①]吕纬甫这次回乡来，主要受母亲嘱托，办两件事：一是为夭折的小弟迁葬，挖开坟来，尸骨无存，但还是包了些旧坟里的土，装进新棺材，埋在了父亲的坟旁；二是为可爱的邻家女孩顺姑送 S 城买不到的剪绒花，不料顺姑红颜薄命，只得转送给了她那并不可爱的妹妹。这两件事让"我"感到无聊失望。回归故乡，完成了母亲的心愿，吕纬甫就可以从故乡出走了。然而，他并非有志的鸿鹄，而是绕圈子的可笑又可怜的蜂蝇。漂泊他乡，只是勉强糊口而已。没有了主动探寻，漂泊者未免颓唐。

一石居酒家

① 鲁迅：《在酒楼上》，《小说月报》1024 年 5 月第 15 卷第 5 号。

郁达夫短篇小说《茑萝行》中的"我"，留学回国，在上海徘徊一个月仍找不到工作，只有A地（安徽）的一所学校愿聘"我"去教书。离秋季开学尚早，"我"就先回一趟老家富阳县城，去看看老母亲和一直独守空房的妻子。在日本的国立大学官费留学多年，不能"衣锦还乡"，"我"觉得无颜见家乡父老，轮船到埠后就悄悄溜回了家。在家待到快开学时，"我"就带了妻子前往A地。"我"回归故乡与离开故乡，正如徐志摩《再别康桥》所写，是"轻轻的"来，"悄悄的"走。少与故乡的熟人社会打交道，回乡者可以少些尴尬。

"我"并不喜欢A地的教书工作，勉强维持了半年，就带上妻子和新生的儿子龙儿到了上海。离开A地时，"我"有了隐居老家的打算，"预备到北城近郊的地里，由我们自家的手去造""小茅屋"①，甚至还画了草图。然而，来到大都市上海，尽管仍失着业，但毕竟有一群志同道合的朋友。"我"只是把妻子和儿子送上了回老家的火车，自己滞留上海，做起了"沪漂"。隐居老家只是一个梦而已，从老家出走才是当年郁达夫们的选择。

郁达夫短篇小说《在寒风里》的"我"是五兄弟中的老小，一直漂泊在外，事后才知道五兄弟已分了家。"我"只是一名百无一用的穷书生，在族人眼里是五兄弟中最无能的一个，没有脸面回去争家产。但听说母亲年老多病，理应回家去看看。

"我"回到老屋，即现在的二哥家，上楼看望母亲，被训斥一通。邂逅了老长工长生，"我"就随他去其女儿家吃了中饭，给妻子捎去口信，就让长生回去背了那个被兄弟们遗去的"红木制的同小柜似的"祖宗堂，坐轮船、乘火车去了上海，住进了虹江路附近的小屋，仍然过起了在外漂泊的日子。②

许钦文的短篇小说《这一次的离故乡》重点叙写"我"从故乡出走。早晨出家门时，母亲与小妹们对"我"十分关爱，但航船里却是另一个世界。由于"我"近年来在"洋学堂"求学，成了故乡这一熟人社会中的"陌生人"。坐在我斜对面的一位老人家，居然当面诉说"我们"家兄弟姐妹进洋学堂读书的害处：一味读书又没有做官，男大不当婚，女大不当嫁。尤其是作为老大的"我"，硬是解除了父母定下的婚约。在这航船上，从洋学

---

① 郁达夫：《茑萝行》，《创造季刊》1935年5月第2卷第1号。
② 郁达夫：《在寒风里》，《大众文艺》月刊1928年12月第4期。

堂里培养出来的具有五四时期个性解放思想的青年，只能隐忍着，被人"摆着和尚骂贼秃"。三天后，"我"到了北京。虽然一时不一定谋得到职，房主人劝诫道："所谓长安难居，这里维持不易，不如赶早设法回去罢。"而"我"并没有稍萌回到故乡的念头。① "我"已成为"故乡"这个熟人社会里的"他者"，是融不进这一熟人社会的"异类"。漂在他乡，又回不了故乡，郁达夫、许钦文们写出了五四时期江南小城镇作家们的"生的苦闷"。

五四时期江南小城镇文学中的回归与漂泊的叙事模式，在日后"左联"时期的同类文学中仍在延续。柔石的中篇小说《二月》和叶圣陶的长篇小说《倪焕之》也都采用这种叙事模式。

柔石中篇小说《二月》中的主人公萧涧秋长期在外漂泊。同学陶慕侃主张"人才教育主义"，即"教育救国"，是芙蓉镇上一所中学的校长。萧涧秋父母双亡，老家已没有家产，但他毕竟是江南人。他打算到芙蓉镇上安心教几年书，也算是回归了江南。然而，在小小的芙蓉镇上，萧涧秋偏偏招惹了许多是非。

萧涧秋在去芙蓉镇的轮船上，邂逅了文嫂。文嫂的丈夫李先生和萧涧秋、陶慕侃是师范学校的同学，在攻打惠州一役中战死了。萧涧秋念着同学旧情，本着人道主义精神，决定关爱文嫂一家。他不仅出钱抚养文嫂一家，还资助采莲上学。

萧涧秋是一个富于责任心的知识分子。尽管他爱的是陶岚，但为了挽救守寡又丧子的文嫂，他还是决定与文嫂结婚。萧涧秋的结婚计划尚未实施，文嫂将采莲打发到陶家去后，就上吊自杀了。最终，萧涧秋并没有成为芙蓉镇人的女婿，而是逃离了有太多是非的芙蓉镇。

萧涧秋所具有的人道主义精神和责任心，是其作为有为型知识分子的可贵之处。然而，萧涧秋对于文嫂一家的人文关怀，并不能创造"奇迹"。类似于冰心小说《超人》中人道主义的"奇迹"并没有在《二月》中重现。柔石这位清醒的现实主义者，既肯定了萧涧秋可爱的一面，但也揭示了萧涧秋在黑暗的旧中国无奈的一面。这也正是小说《二月》的忧愤深广之处。萧涧秋与芙蓉镇之间的张力是不可调和的，因而他只能出走。

《倪焕之》中的主人公倪焕之，是个热切追求新事物的青年。他在苏州城里长大，中学毕业后又在城里教书。他把救国的"一切的希望悬于教育"，

---

① 许钦文：《这一次的离故乡》，《晨报副刊》1923 年 1 月 26-27 日。

即主张"教育救国"。中学同学金树伯毕业后回到市镇上的老家。蒋冰如家道殷实，在日本留学后回归市镇，就出任了公立学校的校长。经金树伯推荐，蒋冰如聘请倪焕之来校做级任教员。他与蒋冰如相见恨晚，一起对学校的教学进行改革，开辟"生生农场"，让师生感受播种、耕耘与收获的艰辛和喜悦，指导学生演剧或游戏，以图全方位提高学生的素质。

镇上的土豪蒋士镳，绰号"蒋老虎"，颇交往了一些所谓"白相人"。他是如意茶馆的常年主顾，是赌博的"专门家"；而镇上的一般舆论，往往是他的议论的复述。倪焕之、蒋冰如他们的教学革新在镇上遇到了蒋老虎之流的百般阻挠，不断打折扣。倪焕之还憧憬着一种建立在共同事业基础上的互助互爱的婚姻关系，爱慕和追求一位志趣相投的女子金佩璋。然而，有了儿子后的金佩璋只忙于相夫教子，让倪焕之感到"有了一个妻子，但失去了一个恋人、一个同志"。

倪焕之在市镇上办学和家庭生活都幻灭了。当年的中学同学王乐山，去北京读过大学，热心于社会革命。受其影响，倪焕之便由他介绍到上海一所女中任教，同时从事社会革命。对于倪焕之从市镇出走的心情，小说描写道：

> 这一回乘船往火车站去的途中，心情与跟着金树伯初到乡间时又自不同。对于前途怀着无限的希望原是相同的；但这一回是具有鹰隼一般的雄心，不像那一回仿佛旅人朝着家乡走，心中平和恬静。他爱听奔驰而过的风声，他爱看一个吞没一个的浪头，而仿佛沉在甜美的梦里一般的村舍、竹树、小溪流，他都觉得没有什么兴味。①

"五四文学"中都是用短篇小说来叙述主人公回归江南小城镇，又从此出走，其过程都是横截面的速写。《二月》和《倪焕之》是中长篇小说，容量大，对于主人公与江南小城镇之间的张力的叙事，情节结构丰富复杂得多。相比较而言，萧涧秋的出走是被逼无奈，而倪焕之的出走则是主动追求社会革命。

3.1.3 "他者"叙事

鲁迅等作家在五四时期的江南小城镇文学中所写的新型知识分子，多

---

① 叶圣陶：《倪焕之》，上海：开明书店，1930年，第318-319页。

多少少带有自己的影子。他们把自己的同类人写成了江南小城镇上的"他者"。至于其他的人物群像,作者主要采用"他者"叙事。

鲁迅在早期论文《摩罗诗力说》里评论英国诗人拜伦对于英国同胞的态度时,用了"哀其不幸""怒其不争"等语①。学界借用"哀其不幸,怒其不争"来评价鲁迅对自己小说中的祥林嫂、孔乙己等人物的态度。其实,五四时期,江南小城镇文学中的"他者"叙事,往往采用"哀其不幸,怒其不争"的态度。

鲁迅的短篇小说《药》是由明暗两条线索组成的复调小说。暗线中被杀头的革命党夏瑜又暗喻秋瑾。对于秋瑾,鲁迅的态度有些复杂,但毕竟是留学日本时的"同党",因此鲁迅在小说结尾时在夏瑜的坟头添了一个花环,以表达对秋瑾等革命党的祀奠。小说明线所叙写的华老栓他们,作者采用了"他者"叙事。小说写了三个场景。第一个场景是清晨杀人这一场景,是以华老栓为视角,远远看到了些。华老栓迷信为儿子治痨病的"丹方"——人血馒头。他对人血馒头的关注远胜于杀革命党。

第二个场景是华老栓家的茶馆。当天早上谈论的话题先是小栓吃的人血馒头,并由此谈到了人血的提供者是刚被杀头的革命党夏瑜。小栓生了痨病,中药无法治愈,故只能寄希望于"丹方"的奇效。

第三个场景是"西关外靠着城根"的坟地,一块官地成了义冢。夏瑜的血制成人血馒头,并没有治好华小栓的痨病。华、夏两家的儿子殊途同归,都进了这块义冢。所不同的是,夏瑜的坟头有一圈花环,为小说增加了亮色。对于华小栓的遭遇,鲁迅只能"哀其不幸,怒其不争";对于夏瑜的不幸,鲁迅用"曲笔"表达了敬意。

鲁迅的短篇小说《孔乙己》,以咸亨酒店的小伙计"我"为视角来讲述主人公孔乙己的故事。对于鲁迅来说,酒店的小伙计也是"他者"。对于孔乙己的"不幸"和"不争",作者鲁迅作为隐形叙述人,显得比较克制。孔乙己的悲剧是"几乎无事的悲剧"。相对而言,对《祝福》中的祥林嫂,鲁迅的叙事态度不完全是"他者"的态度。也许为了渲染祥林嫂的悲剧命运,作者添加了不少"小说家言"。据周作人回忆,有位城郊的老太太嫁过两个丈夫,来跟母亲鲁瑞谈起过寡妇再嫁死后要被阎王爷锯成两半的问题,并没有像小说中的祥林嫂那样特别害怕这一问

---

① 鲁迅:《摩罗诗力说》,《河南》杂志 1908 年 2-3 月第 2-3 期。

题。其实，在江南，办丧事要请道士来拜忏，而道士在拜忏时就会在厅堂的四壁挂上十殿阎王的彩画，其中有一殿就画着"牛头"和"马面"奉阎王爷之命正在把再嫁的寡妇锯开来。即这一问题在旧时的江南是妇孺皆知的问题，不用柳妈来讲给祥林嫂听，也没有捐门槛赎罪这一习俗。对于自己的命运，实际生活中的祥林嫂们是"不争"的。她们原先是"自在"型的悲剧形象，鲁迅在小说中把祥林嫂塑造成"抗争"命运的"自为"型的悲剧形象，让小说具有了较强的戏剧性效果。由此可见，面对祥林嫂们的悲剧，鲁迅在小说中的叙事立场并非完全是"哀其不幸，怒其不争"的"他者"立场。鲁迅用小说家的"曲笔"，叙写了祥林嫂对自己悲剧命运的抗争与怀疑。

学步鲁迅的王鲁彦，在短篇小说《菊英的出嫁》中叙述菊英患了白喉病时，特意安排了懂现代西医的邻居，提醒这病该如何请西医来治。当年王鲁彦的老家浙江宁波为沿海地区，较早沐浴了"欧美雨风"，作者在对菊英早夭的悲剧进行"他者"叙事时，巧妙设置了这位懂现代西医的邻居，与愚昧落后的菊英母女形成对照，收到了较好的戏剧性效果。

王鲁彦的另一篇小说《黄金》经常被研究者分析评论。结合王鲁彦生平来读，笔者发现该小说具有一定的"自叙传"色彩。王鲁彦的父亲一直在外当店员、伙计，晚年才回家来养老。王鲁彦十五岁就去上海的商店当学徒，大有子承父业之势。然而，三年后他远赴北京参加了"工读互助团"，一边以在北大门口摆饭摊和洗衣等服务谋生，一边在北大旁听鲁迅讲授"中国小说史"和自学世界语。可以想见，王鲁彦原先是可以给家里寄钱的，而到北京"工读"之后自然就没法再给家里寄钱了。《黄金》中的如史伯伯原先在外面做跑街、当账房，是一个收入微薄的小职员。数十年下来，把家庭弄得安安稳稳，有了十几亩田和几间新屋。他告老还乡后，儿子伊明子承父业，不断汇钱来家，如史伯伯在陈四桥很受人尊敬。如史伯伯家的不幸是由儿子不再写信和寄钱引发的，街坊邻居猜测如史伯伯的儿子出事了，他们的态度才大变。由此可见，王鲁彦对在钱眼里窥世观人的陈四桥人是有切肤之痛的。作者对陈四桥人的嘴脸，以"他者"的态度进行叙事。作者作为隐形叙事人，通过如史伯伯的梦来进行针砭。小说结尾，写如史伯伯梦见儿子升官发财，原先羞辱他的人又来奉承拍马了。自给自足的小农经济时期，农户都十分省俭。相对来说，陈四桥有出息的男人大都能外出赚钱，因日常开销比较大，像如史伯伯家，儿子几个月没寄钱来，生活就有些窘迫了。①

　　王鲁彦的中篇小说《阿长贼骨头》和许钦文的中篇小说《鼻涕阿二》都是模仿鲁迅的中篇小说《阿 Q 正传》的，对于小说主人公"贼骨头"阿长和鼻涕阿二，也都采用了鲁迅对于阿 Q 的"哀其不幸，怒其不争"的"他者"叙事方式。

　　许杰的短篇小说《赌徒吉顺》也用"他者"叙事的方式叙述了主人公吉顺的悲剧人生。吉顺有祖传的家业，妻子也很争气，为他生了懂事的大儿子、灵活的二儿子。他是泥瓦匠，是令人羡慕的手艺人，却偏偏不务正业，整天在县城里的"忘忧轩"赌博。吉顺在"忘忧轩"赢了钱，就带上两位跟着他赌博的金夫和小平，到县城里新开业的三层楼叫菜喝酒。当天晚上，他们重回"忘忧轩"，想趁着手气好，再好好赢些钱，不料反而输了几十元的赌债。吉顺只得找到中人文辅，把自己的结发妻子租给富人陈哲生。吉顺从"典子"中得到八十元，归还赌债。吉顺原有较好的人生，却经不住县城里赌博与吃喝的诱惑，终于走上了"典子"还债的不归路。

　　鲁迅江南小城镇文学中的"他者"叙事可分为两类：上述以"哀其不幸，怒其不争"的态度塑造的祥林嫂、孔乙己、单四嫂子等小城镇上的悲剧形象等为一类；另一类是以"讽刺性模仿"、反讽等手法塑造的喜剧形象。后一类的"他者"叙事，以"笑"为武器，撕破了这些喜剧形象身上滑稽可笑的一面。

　　鲁迅短篇小说《肥皂》中的四铭多次讲述行乞少女与肥皂的故事，何道统他们拿这件事打趣他，这事还引发了四铭老婆的醋劲——原来四铭买肥皂的潜意识动机是为了对行乞少女"咯支咯支遍身洗一洗"。鲁迅在《肥皂》中的"他者"叙事，通过女学生反讽了四铭的猥琐和滑稽，通过何道统的打趣和太太的谩骂反讽了四铭的下流与虚伪。

　　鲁迅短篇小说《高老夫子》叙写了生活的横截面，先写"高老夫子"接到聘书，临时抱佛脚，临上课前正在备课。他的历史知识来自茶店说书，参考《中国历史教科书》和《了凡纲鉴》，仍备不好历史课。着急之际，偏偏牌友黄三前来打趣捣乱，更增添了反讽的喜剧效果。"高老夫子"匆匆赶到贤良女学校，接待他的是教务长，两人的见面应酬可谓肉麻又有趣。他进女校的目的是深入"看女生"，但站在讲坛上时，由于前期备不好课而心

---

① 王鲁彦：《黄金》，《小说月报》1927 年第 18 卷第 7 期。

虚，不能边讲边从容看女生，偶尔向讲台下看看，但见：

> 半屋子都是眼睛，还有许多小巧的等边三角形，三角形中都生着两个鼻孔，这些连成一气，宛然是流动而深邃的海，闪烁地汪洋地正冲着他的眼光。但当他瞥见时，却又骤然一闪，变了半屋子蓬蓬松松的头发了。[①]

眼睛和鼻孔连成的"海"让他看了害怕。更尴尬的是，由于乱了方寸而在课堂上瞎说一通，女生们还会"窃笑"他。原定两个小时的课尚未上完，"高老夫子"就匆匆宣布下课，落荒而逃。

晚上，"高老夫子"去牌友黄三家打牌，两圈麻将下来，由于手气好，终于回归了心情舒畅的"老杆"。由此看来，三尺讲坛并不属于他，他的用武之地仍为麻将桌。

鲁迅小说中塑造的阿Q、孔乙己等形象都是悲喜剧融合的。鲁迅在塑造这些悲剧形象的同时采用了两类不同的"他者"叙事。他用"哀其不幸，怒其不争"的叙事态度写出了阿Q、孔乙己等人物形象的悲剧性的一面，又用嘲讽的笔法写了阿Q、孔乙己等人物形象喜剧性的一面。与鲁迅一样，叶圣陶也是塑造悲喜剧相结合人物形象的高手。

叶圣陶的小说《潘先生在难中》的"他者"叙事相对复杂。军阀混战中，潘先生带着一家人难逃到上海租界，自然是其"不幸"的一面。对于潘先生的不幸，作者叶圣陶也采取了"哀其不幸，怒其不争"的叙事态度。小说开头，潘先生带着妻子和两个儿子乘火车即将到达上海站。由于火车上挤满了逃难的人，为了避免下车时一家人被挤散了，潘先生精心布了"长蛇阵"真正到站时，"长蛇阵"被乘客挤散了。挤下车后，潘先生好容易才找齐了一家人。总算在租界找到了住处，但一看报纸，看到当地的教育局顾局长说仍要如期开学，潘先生只得把妻子和儿子留在上海租界，第二天就乘火车赶回了让里镇……

与此同时，叶圣陶也以嘲讽的笔法写了潘先生的可笑之处。他自作聪明，弄出这个不济事的"长蛇阵"来。他又随遇而安，刚找到一间充满着油腥味和尿臭味的房间落脚，就要喝点酒庆贺一下。听说教育局长主张如期开学，尽管自己的孩子躲在上海租界，他却写了一封冠冕堂皇的信，动

[①] 鲁迅：《高老夫子》，《语丝》周刊1925年5月第26期。

员大家送孩子来读书。镇上风声很紧，他就找到红十字会分会的办事处，志愿成为会员，同时愿捐出校舍作为战时的妇女收容所。他特意向办事员多要了一面旗和三个徽章，这面旗就插在自己家的大门上，那三个徽章藏在潘先生贴身小衫的口袋里，算是给老婆和儿子的。"虽然他们远处在那渺茫难接的上海，但是仿佛给他们加保了一重险，他们也就各各增加一种新的勇气。"①这种悲喜剧相结合的"他者"叙事，到小说结尾处达到了一个小高潮：战争平息，潘先生到教育局打探开学之事，局里的人正忙于筹备欢迎杜统帅凯旋。他们见到潘先生，就让他帮忙写欢迎彩牌坊上的字。于是，他就在腊笺上书写歌颂军阀的字："功高岳牧""威镇东南""德隆恩溥"。写到"溥"字，潘先生脑海里闪现出战乱的情景：拉夫，开炮，焚烧房屋，奸淫妇人，菜色的男女，腐烂的死尸……明明是军阀的混战导致了大家的惊慌逃难，却还要昧着良心去赞颂军阀。潘先生是位卑怯自私、随遇而安的知识分子，其言行可怜、可恨复可笑。

　　叶圣陶的另一篇小说《外国旗》可以当作《潘先生在难中》的"互文"来读。《潘先生在难中》的潘先生，红十字会的旗帜和徽章给了他很大的安慰。然而，在《外国旗》中，那些不讲理的大兵根本不管那些来自外国的旗帜或徽章。

　　战火临近高镇，航船停开了几天，镇上人心惶惶。有钱的几户人家逃往上海租界避难。小店上寿泉也想学样逃往上海，经老婆提醒，弄清楚自家没有足够的钱财逃难而作罢。听金大爷说家门口挂面外国旗，大兵就不会来骚扰，他们就设法向金大爷买了一面外国旗。

　　几十条被征用的船把第三营的人马送到了高镇。寿泉夫妇以为大兵看到家门口挂着的外国旗就会走开，就关着门放心吃饭，不料大兵用枪托砸开门冲了进来。听到打门声，夫妇俩转身逃到后面的院子里，爬过一道乱砖墙，像老鼠一般伏在墙脚下。②

　　他们的言行可怜又可笑。作者叶圣陶对他们进行了善意的嘲讽。

　　鲁迅在"五四文学"中开创的"他者"叙事，在"左联文学"时期仍有延续。张天翼是"左联文学"时期反讽叙事的高手。

　　张天翼在短篇小说《脊背与奶子》中，塑造了一个虚伪、凶残、灵魂

　　① 叶圣陶：《潘先生在难中》，《小说月报》1925 年 1 月第 16 卷第 1 期。
　　② 叶圣陶：《外国旗》，《东方杂志》半月刊 1925 年 1 月第 22 卷第 1 期。

肮脏的族绅长太爷的形象。他的中篇小说《清明时节》讲述的是一个士绅与"地头蛇"争斗的喜剧故事。小说中的谢老师进过学，又在省城谋过事，民国后又成了区里的团董，是地方上有名望的士绅。地头蛇罗二爷看上了谢家的坟地，要求谢家迁出祖坟。谢老师想乘机敲罗二爷一笔，而罗二爷偏偏说一不二。谢老师先是清明上坟受辱，继而求助三个大兵报复罗二爷。事情败露后谢老师又竭力讨好罗二爷，出卖三个仗义的大兵。最终，谢老师和罗二爷握手言和，罗二爷只花了一小笔钱就让谢老师迁走了祖坟。

《砥柱》中的黄宜庵是位封建假道学。小说描述了黄宜庵带着十六岁的女儿乘坐长江轮船到另外一个城市去，目的是和易总办攀亲家。父女俩坐在普通的七号舱里，他偷窥近旁当面给孩子喂奶的胖女人的乳房，并想入非非。他的女儿并没有把袒胸哺乳当回事，竟然跟那个胖女人谈天。在他的眼里，船上的乘客都是"有伤风化的倾向"，是"下流坯"，只有自己俨然是"一位理学家，一位这个乱世里的中流砥柱"。

隔壁六号官舱里有人在谈论淫秽话题，他偷听得津津有味。由于谈话方式相对委婉，他判断这群人可能是读书人。受好奇心驱使，他推门而入，竟发现"原来这些傻瞧着的脚色——都是经学研究会的会员"。会员们一见是"自己人"，在笑闹中点出了黄宜庵荒淫无耻的本来面目。知根知底的萧会长，在笑谈中轻轻揭开了黄宜庵假道学的面纱。[1]

小说通过天真的女儿、无所顾忌的哺乳女、荒淫无耻的经学研究会会员，反衬出黄宜庵封建假道学的可笑面目。

张天翼中篇小说《包氏父子》关于老包的叙事，也是悲喜剧结合的。包氏父子的言行显得滑稽可笑，而老包的命运又是十分可悲的。

3.2　左翼话语中的灾难叙事

民国时期自然灾害频发，灾民、难民不断涌现。据不完全统计，在1912—1948年的37年间，各类灾害总计造成16 698个县次受灾，即平均每年有451个县次受到灾害的侵扰。当年全国共有县级行政区划2000个左右，平均每年约有1/4的县域受灾。灾害的种类主要有水灾、旱灾、风灾、雹灾等各种气象灾害，地震、泥石流等地质灾害，蝗灾、螟害、鼠灾、瘟疫等

---

① 张天翼：《追》，上海：开明书店，1936年，第1-30页。

生物和微生物灾害。①更何况还有兵灾、匪灾等"人祸"，民国社会可谓多灾多难。

20 世纪 30 年代，受"左翼文学"思潮的影响，茅盾、叶圣陶、王鲁彦、洪深、巴人、林淡秋、于伶、葛琴等作家创作的江南小城镇文学，有不少采用了灾难叙事。

这些作品主要有小说、散文和话剧等，敢于直面多灾多难的现代中国，建构了内涵丰富的灾难主题。小说主要有茅盾的《春蚕》《秋收》《残冬》，即"农村三部曲"，还有《林家铺子》《多角关系》《赛会》《当铺前》《小巫》等；叶圣陶的《多收了三五斗》《潘先生在难中》《外国旗》；王鲁彦的《野火》《乡下》；施蛰存的《新生活》；巴人的《灾》；葛琴的《窑场》和林淡秋的《活路》等。散文主要有茅盾的《故乡杂记》《戽水》《大旱》《香市》《乡村杂景》《陌生人》《桑树》《谈迷信之类》，丰子恺的《肉腿》和陆蠡的《竹刀》等。费孝通的社会学著作《江村经济：中国农民的生活》也用散文的笔调，记录了 20 世纪 30 年代江南城乡社会的真实情况。话剧有洪深的"农村三部曲"《五奎桥》《香稻米》《青龙潭》，于伶的"江南三唱"《丰收》《太平年》《一袋米》等。

小城镇是所在区域的经济、文化乃至政治中心，像"农村三部曲"等主要描写乡村的作品，也深受小城镇的影响。

3.2.1　旱涝灾害叙事

江南是闻名全国的水乡。江南的小城镇因水而有了灵气。尤其是太湖流域的市镇，往往围绕市河来修筑街道。据茅盾在散文《大旱》中所述，江南小城镇的市河具有三大功能：一是交通要道，二是饮用水的水源，三是洗涤和倾倒垃圾的地方。洗涤和倾倒垃圾自然会污染河水，但河水是"活"的，"那庄严的静穆的河水慢慢地流着流着，不多一会儿就还你个茶色的本来面目"②。小城镇四乡的农民会摇着船来罱河泥、挑垃圾和粪，他们积了有机肥，又充当了小城镇的义务清洁工。市河、小城镇、市民和农民，在江南水乡就这么维持着和谐共赢的关系。这让江南小城镇保持着低碳、绿色的运转方式，不过前提条件是农民愿意来小城镇当这种又脏又累、经济

---

① 夏明方：《民国时期的自然灾害与乡村社会》，北京：中华书局，2000 年，第 35-37 页。
② 茅盾：《大旱》，《太白》创刊号 1934 年 3 月。

效益又不太高的"义工"。茅盾小说《水藻行》中所描写的罱河泥积有机肥的劳作方式，起源于五代十国时的吴越国，一直持续到 20 世纪 80 年代末。

日本学者小岛淑男研究清末江南地区城居地主、商人与周围农村的关系。他指出，一方面，城镇是农民肥料的供给地、农产品的贩卖市场和生活必需品的供应地；另一方面，农村为城镇提供了劳动力。[①]小城镇上的市民与四乡的农民这种相互依存的关系一直延续到现代的江南。

法国学者克洛德·阿莱格尔在《城市生态，乡村生态》一书中专门列出一章探讨"精神圈"问题。他指出："如果说生态圈是一些在组成该圈的各个库之间进行物质与能量交换的复杂系统的话，那么精神圈则是一个在被人们称为国家的各个人类库之间交换商品与能量的复杂系统。"[②]县城为一县之内的政治中心。市镇也有各自的"乡脚"，为乡界内的商业中心。江南的小城镇，通过商品的集散与迎神赛会等民俗事象，在"乡脚"内形成了各自的"精神圈"中的"人类库"。江南多淫祀。天旱要祈求下雨，雨多了又要祷晴。小城镇俨然成了"人类库"内的政治、经济和文化中心。

民国政府提倡科学，把迎神赛会等民俗事象当成了"迷信"，明令禁止。不过一旦遇到旱涝灾害，江南的市民和农民还是会想方设法举行迎神赛会。茅盾的散文《谈迷信之类》，就讲到了 20 世纪 30 年代大都市里天天嚷着"农村破产""救济农村"。有年夏天江南少雨，于是茅盾的故乡乌镇就借着"振兴市面"的由头举行了大规模的迎神赛会。

旧时桐乡乌镇有一种风俗，每逢农历五月十三日或久旱不雨时，人们就从关帝庙内抬出周仓塑像到街上巡游，名曰迎周仓会。《乌青镇志》载："（五月）十三日为关帝诞，崇福宫关圣殿设宴名关帝会，里人迎周仓会。"农历五月十三日的周仓会属于"例行公事"，每年都要举行，而正式求雨的周仓会则在久旱求雨时择机进行了。民间传说，关公死后成神，玉帝委派他掌管风雨之事。这就让更具亲和力的关公"客串"了龙王。关公的马前卒周仓仍跟随着他。周仓更能体察民情，灵活掌握刮风下雨，以满足各类善男信女的不同诉求，其声誉超过了关公，人们都纷纷找他求雨。

乌镇四栅轮流举办迎周仓会，就形成了"迎神赛会"。茅盾所说的这次迎周仓会，由于久久求不到雨，就持续了一个月光景，而且一次比一次"更

---

① 〔日〕小岛淑男：《清朝末期の都市と农村——江南地方を中心に》，《史潮》1980 年新 8 号。

② 〔法〕克洛德·阿莱格尔：《城市生态，乡村生态》，陈亚东译，北京：商务印书馆，2003 年，第 109 页。

见精彩"。赛会花了万把块钱，都是向店家"写疏"来的。乌镇"乡脚"内外来看热闹的人多达十几万，茶馆酒店等的"市面"也就多做了十来万元的生意，可谓达到了"振兴市面"的目的。更何况，赛过会后，雨也下了，农民的收成果然不坏。①

这次"迎神赛会"，结局近乎完美：通过"借神嬉戏"达到了"天人感应"的理想境界。茅盾的小说《赛会》却对迎神赛会进行了另一种截然不同的叙事。《赛会》描写的这个市镇没有乌镇热闹，只有西区和东区。面对旱灾，西区和东区各自筹划迎神赛会。组织者向商家写"疏"，准备了迎周仓会的节目，却不料西区只出了一次会，第二天傍晚就乌云密布，还隐约响起了雷声。开杂货店的张老四夫妻，其十来岁的儿子金官和妹妹阿珠一心想看晚上的出会，对老天爷急着下雨很不高兴。卖"凉粉"的阿虎被写了疏，眼看晚上卖不成那两大桶"凉粉"，也有些失望。不过晚上的会还是冒着小雨出了。张老四看会时出言不逊，惹怒了西区的人。吃讲茶时经"和事佬"调停，张老四在周仓老爷面前点了香烛、磕了三个响头。东区准备出会时，出地戏的拿上真"家伙"，做好了与西区"械斗"的准备。不过这一切只是虚张声势，连扮地戏的张老四都准备随时开溜。②

小说《赛会》中，迎神赛会的组织者原计划应该是天、地、人、神共同"嬉戏"一周左右，然后祈求到久旱的甘霖。这种愿望，在精神层面上达到了巴赫金所说的"民间狂欢"的娱乐效果，又在物质层面上达到水稻丰收的效果。然而，偏偏天公不作美，筹备好的几天的迎神赛会，只进行了一个晚上雨就下了。这提前下的雨让组织者陷入了进退两难的尴尬境地。然而，不管怎么说，久旱逢甘霖毕竟是一件可喜可贺的高兴事。与此相反，最可悲的是，人们再怎么求雨，老天爷就是不下雨。一旦"天人感应"完全失灵，旱灾就真的降临了。

1934 年，江南发生了空前的旱灾。茅盾的散文《戽水》，以江南一个"二三十人家的小村"A 村为例，顺便提到了与该村东、南、西、北相邻的 B 村、C 村、D 村和 E 村。村民们一开始埋头戽水抗旱，等到想要借助镇上的"洋水车"来抗旱时，就谈到了镇上要"打醮求雨"之事，与《赛会》等相呼应。在这篇散文中，茅盾对于 A 村附近镇上的"打醮求雨"没有展

---

① 茅盾：《谈迷信之类》，《申报月刊》1933 年 11 月第 2 卷第 11 期。
② 茅盾：《赛会》，《文学》1934 年 2 月第 2 卷第 2 期。

开具体叙述。不过我们还是可以从《戽水》所说的旱情推断出，这次镇上的"打醮求雨"并没有求到什么雨。

丰子恺漫画《云霓》画的龙骨水车戽水

《戽水》具体叙述的是与小城镇上的"打醮求雨"意味迥然不同的求雨仪式。直至河里再也戽不到水了，被迫无奈的农民，"只有把倔强求生的意志换一个方面去发泄"：A村和C村的人敲锣打鼓、大声呐喊，把塘河东边桥头小庙里的土地神像抬出来在村里走了一转，放在火样的太阳底下那干裂的田里。

随后，其他各村也都如法炮制，把大小神像全都抬出来"游街"，都放在田里跟土地做伴。村里人还对神像放下狠话："不下雨，不抬你们回去！"他们对于"神"的可怕的报复，让"泥像在毒太阳下面晒起了裂纹，泥的袍褂一片一片掉下来"。[1]小城镇上的迎神赛会，具有"借神嬉戏"的民间狂欢功能；到了村民们来求雨时，就变成报复泄愤了。

茅盾在《我怎样写〈春蚕〉》中提到《戽水》这篇速写，认为太湖流域农村的文化水准相当高。"通常的看法总以为这一带的农民比较懒，爱舒服，而人秉性柔弱。但我的看法却不然。蚕忙、农忙的时期，水旱年成，这一

---

① 茅盾：《戽水》，《太白》1934年10月第1卷第2期。

带农民的战斗精神和组织力，谁看了能不佩服？"①

不过王鲁彦笔下浙东农民的求雨情景，倒是有些类似于浙西市镇上的迎神赛会。《野火》是王鲁彦唯一的长篇小说，后改名《愤怒的乡村》再版。小说叙写的是浙东乡村傅家桥一带的生活。那年秋天大旱，河水断流了。旱灾面前，村民们按照祖先留下来的惯例，一面禁屠吃素，一面决定迎神求雨。

村民们"确信迎神赛会以后，一切就有希望了。况且这热闹是一年只有一次的，冷静的艰苦的生活，也正需要着暂时的欢乐"。迎神求雨那天，傅家桥及其周围的村庄都鼎沸了。村民们像过节一样兴奋忙碌。出会的共有十八庙二十五个村庄。没有店家可以写疏，只能途经各村轮流打斋。小小的傅家桥就摊到了六十多桌午斋。

然而，迎神求雨之后，村民们并没有盼来救命的大雨，反而雪上加霜，碰上了两件更倒霉的事。一件是三天后，傅家桥乡公所的事务员黑麻子温觉元挨家挨户宣布："上面命令，募捐掏河！"迎神求雨的打斋募捐，已让华生的哥哥葛生东借西凑"挣断了脚筋"。他家再也无力承担摊派下来的五元钱掏河捐。兴修水利按理是一项惠民工程，但借着由头圈钱，就成了天灾之际的"人祸"了。

另一件更可怕的事是傅家桥村上随旱灾而来的鼠疫（小说称"虎疫"）。这消息很快传到了县城里，第四天便来了一个医生和两个看护，要给村里的人防病治病。村里人都不大相信西医，尤其怕打针开刀。华生眼看着中医和单方全失了效力，就劝村民尝试由西医医治。在他的带领下，医生给青年人打了防疫针，又开始给病人打针吃药。几天后疫势果然减轻了。哥哥葛生是逆来顺受的"弥陀佛"，一向怕弟弟华生惹是生非，这回由华生带来医生治好了他的鼠疫，也就对弟弟万分感激。

迎神求雨属于传统的民俗事象，已成了荣格所说的"集体无意识"。从县城来的西医，作为现代科学的代表人，终于向落后的乡村输送了一点现代性的东西。

20世纪30年代，江南小城镇还向抗击旱涝灾害的乡村输送了另一种现代化的东西，那便是"洋水车"。对于"洋水车"，在本书第1章的"陌生人"意象中有过专门论述，兹从略。

---

① 茅盾：《我怎样写〈春蚕〉》，《青年知识》1945年10月第1卷第3期。

费孝通在《江村经济：中国农民的生活》中把水灾、旱灾和蝗灾时的祈求菩萨仪式称为"施行巫术"。当灾难出现时，百姓"纷纷到县政府去要求巫术的帮助"。"按照古老的传统，县行政官就是百姓的巫术师。"然而，到了民国时，"地方行政官的这种巫术师的职能是与现代行政公务的概念相违背的"。民国政府认为"人民中间的迷信是社会进步的障碍"，明令禁止任何巫术。然而，实际情况是，"他们的科学知识和装备仍然不足以控制许多自然灾害，对巫术的需要依然保留不变"。[①]科学与迷信之间的张力，成了现代江南小城镇文学的一种特有的叙事模式。

洪深在《农村三部曲》自序中指出："《青龙潭》所写的，是'口惠而实不至'的结果。讲解，演说，宣传，教育，平时似乎很收效果；然而都是靠不住的！"[②]不过《青龙潭》中的林公达虽然被众人打死了，但他要求政府兴修水利，利用现代抽水机的翻水功能引江水到大河里来灌溉的主张还是有先见之明的。太湖流域有"天下粮仓"之称，但随着江南地区开发程度的深化，水旱灾害在太湖流域发生的次数与频率反而提高了。据汪家伦先生统计，公元 300 年至 1000 年的东晋至宋初 700 年间，太湖流域共有水灾 42 次，平均 16.6 年一次，东晋平均 12.7 年一次，南朝平均 13 年一次，隋唐平均 20 年一次，五代吴越平均 21 年一次。而公元 1001 年至 1900 年的宋元至明清 900 年间，发生水灾达 203 次，平均 4.4 年一次，宋代平均 5.5 年一次，元代平均 5.3 年一次，明清平均 3.9 年一次，密度越来越大。[③]汪家伦先生还统计了旱灾的发生情况，太湖地区东晋旱灾 51.5 年一次；南朝 56 年一次；隋唐 37.8 年一次；吴越 86 年一次。北宋开始，太湖地区旱灾急剧上升到 11.3 年一次；南宋是 6.4 年一次，其变化规律与水灾差不多。其原因之一是一些地方被围垦后，水面变成了田面，另一些地方因积水无出路，田面变成了水面，有水也不能用，形成多水而干旱的尴尬局面。[④]

从吴越国时期太湖流域旱涝灾害的有效控制情况来看，太湖流域的旱涝灾害主要是工程式的。一旦政府的水利工程做得好，防灾减灾能力就强。中华人民共和国成立以来，政府通过兴修水利，太湖流域早已实现了林公达引江水入大河的梦想。自 1963 年以来，太湖流域没有发生过旱灾，洪涝

---

① 费孝通：《江村经济：中国农民的生活》，戴可景译，北京：商务印书馆，2001 年，第 149-150 页。
② 洪深：《农村三部曲》，上海：上海杂志公司，1936 年，第 1 页。
③ 汪家伦：《古代太湖地区的洪涝特征及治理方略的探讨》，《农业考古》1985 年第 1 期。
④ 汪家伦：《历史时期太湖地区水旱情况初步分析》，《农史研究》1983 年第 3 辑。

灾害也已基本控制。

抽水机作为一种闯入现代江南的"陌生人"，提高了村民们抗击旱涝灾害的能力。另一位"陌生人"内河小火轮却会加重村民们的水灾。对于内河小火轮，在第 1 章分析"陌生人"意象时作过专门论述，在此只作些补充。

茅盾在小说《当铺前》中就写到小火轮在内河里快速往前开，卷起的水浪冲毁了田埂，村民们又听了什么人的指教到镇上那"区公所"里递上禀帖。丰子恺也以漫画反映村民与小火轮之间的冲突。

茅盾长篇小说《霜叶红似二月花》写于抗日战争时期，抒发了作家对于沦陷了的江南的怀恋之情，但仍采用了"左联"时期洪涝灾害的叙事模式。小说最后五章集中写了北伐战争前夕江南某县洪水泛滥，惠利轮船公司的小火轮将煤渣随意倒入河中导致河道变浅，有些地势低洼的村庄被小火轮激水冲塌了堤岸，淹没了禾田。受灾的村民与小火轮发生了冲突。地主兼充善堂董事的赵守义为了打击惠利轮船公司经理王伯申，派人向村民煽风点火，导致了流血事件。

钱家村的大地主钱良材，却是一位头脑清楚，急公好义，而且在县里有地位、在乡里颇孚人望的人物。他要求王伯申出钱，让县政府出面兴修水利：疏浚河道，加固圩埂。他的努力尽管归于失败，但主张是对的。内河小火轮由于会激起浪花冲击圩埂，因而对圩埂提出了更高的要求。随着现代化的深入，一种"陌生人"的出现，要有一种新的生态文化相匹配。

吴滔在《清代江南市镇与农村关系的空间透视——以苏州地区为中心》一书中指出，有两种乡村管理运行机制在实际起作用："一种是在市镇设立镇董，以市镇的辐射作用来管理周围乡村，这种运作机制常常难以照顾到普通乡民的利益；另一种组织管理方式以下层士绅甚至没有功名的地方实力派人物为核心，他们本身居乡，与乡民关系密切，可以办理那些乡董们无暇顾及的乡村事务。"[①]钱良材就属于后者。他是更接地气的现代知识分子，只是他在全县的影响力有限。

3.2.2　灾害源的追溯

灾害一般是由危险源导致的。危险源与形成灾害结果之间的关系

---

① 吴滔：《清代江南市镇与农村关系的空间透视——以苏州地区为中心》，上海：上海古籍出版社，2010 年，第 259 页。

链实质上是"一果多因"的，其中主要有三种关系链构成，即自然作用过程、自然–社会互动过程、社会建构过程，灾害关系链也具有连续统属性。

茅盾是一位关注社会热点问题的作家，其作品的灾害叙事并不满足于简单地呈现洪灾、旱灾、风灾、蝗灾、地震等自然灾害，而是喜欢"一果多因"，追溯导致灾害危险源的关系链。

茅盾小说《秋收》中写到了伏旱，老通宝一家和乡邻们靠人力踏龙骨水车，仍无力抗旱。此时，唯一的办法是到镇上去租一架"洋水车"来救急。老通宝家借了八块钱的债，让"洋水车"灌满了受旱的稻田，又施了从小城镇买来的"肥田粉"来追肥，水稻就恢复了长势。

稻田丰收在望，老通宝估算自己家的稻田亩产至少四担半，总共可以收四十担，交了租米，还剩三十来担。保守估算，十块钱一担，也有三百元的收入。老通宝万万没有想到的是，秋收时节，镇上米价暴跌。乡下人挑了糙米上市，连三元一担也卖不到。

然而讨债的人却川流不息地在村坊里跑，汹汹然嚷着骂着。请他们收米罢？好的！糙米两元九角，白米三元六角！

米价暴跌，而收租的、催债的却又将米以更低的价格来抵租、抵债。旱灾增加了老通宝们种田的投入，而米价暴跌这一"人祸"对老通宝们的打击更是毁灭性的。"老通宝的幻想肥皂泡整个儿爆破了！"经历了春蚕和秋收的两次打击，老通宝绝望而死。①

从政治经济学角度来看，灾难往往是弱势群体之灾。在灾害面前，强势群体往往具有较强的救灾、减灾能力和转嫁灾害的能力。他们有能力减轻或加剧弱势群体的灾难。弱势群体往往是指某一地区的某一阶层，有时也指在国际舞台上的弱势国家。20 世纪 30 年代初，世界经济危机时期，强势国家就设法向弱势国家转嫁灾害。例如，日本靠着科技进步和政府补助，其生丝在国际市场上一举击败中国生丝，造成了中国生丝产业的全行业亏损。生丝生产经营者就把损失转嫁到更为弱势的缫丝工人与蚕农身上。《春蚕》中老通宝一家春蚕丰收，最终却"丰收成灾"。茅盾在建构老通宝一家的灾难时，又加进了叶行操纵叶价，让老通宝举债买了贵叶的情节，进一步加剧了老家宝一家的悲剧命运。

---

① 茅盾：《秋收》，《申报月刊》1933 年 4-5 月第 2 卷第 4-5 期。

对于外国资本家转嫁来的灾难，老农民老通宝并没有清醒的认识。他只是凭着直觉认为自从内河里出现了"小火轮"，各种洋货深入乡村，而农民辛辛苦苦生产出来的农产品一天比一天不值钱。老通宝只是本能地排斥洋货，并没有意识到由洋货转嫁来的风险。

早在清明时节，老通宝就听镇上的陈大少爷说过，由于上海不太平，丝厂都关了门，恐怕本地的茧厂不能开门收蚕茧。然而，老通宝硬是不肯听劝，不仅照样养蚕，而且还借钱"稍叶"，多养了四张蚕种，指望利用自家丰富的劳动力和良好的养蚕经验来获利。老通宝家一季春蚕养下来，没灾没病，采收了四百多斤蚕茧。然而，诚如陈大少爷所说，本地的茧厂一律关门，老通宝家只能摇船到三百里外的无锡去贱卖了蚕茧：

> 就是这么着，因为春蚕熟，老通宝一村的人都增加了债！老通宝家为了养了五张布子的蚕，又采了十多分的好茧子，就此白赔上十五担叶的桑地和三十块钱的债！一个月光景的忍饥熬夜还不算！①

根据往年的经验，老通宝全家一个月光景的付出，会挣到五十来块钱。对于国际时势的预测，老通宝自然是无能为力的。

《秋收》中的"丰收成灾"主要也是输入性灾害。低价的洋米、洋面大量输入中国，是"丰收成灾"的主要危险源。当然，危险源是关系链，还有米商操纵米价、地主追讨新老地租和地方政府强征苛捐杂税等因素。

叶圣陶的短篇小说《多收了三五斗》也是以"丰收成灾"为主题的。小说是对摇船来江南市镇上的"万盛米行"粜米的乡下人的速写。上一年秋收时糙米每担七块半，青黄不接时涨到十五块。今年稻谷丰收，即"多收了三五斗"，农民们都满怀希望，指望能卖个好价钱。他们向米行一问价钱，得到的回复是"糙米五块，谷三块"，而且是"同行公议"，附近几处小城镇上都是这一价钱。米行伙计言谈之间，对乡下人摇船来粜的糙米似乎并不稀罕："各处地方多的是洋米，洋面，头几批还没吃完，外洋大轮船又有几批运来了。"②这也从一个侧面说明了"丰收成灾"主要是输入性灾害。

---

① 茅盾：《春蚕》，《现代》1932 年 11 月第 2 卷第 1 期。
② 叶圣陶：《多收了三五斗》，《文学》1933 年 7 月第 1 卷第 1 期。

万盛米行

1931年水灾期间，国民政府借美麦来救灾。灾情减缓之后，财政部还继续向美国大借棉、麦，导致了美棉、美麦在中国的大量倾销，中国相关农产品价格大跌，加剧了农村经济的破产。这便是"丰收成灾"的内外主因。对于这种借慈善来实施的低价倾销，曹聚仁以"陈思"为笔名进行了尖锐的批评："在圣人的书里，从未有'倾销'字眼；有之，则'救灾恤邻，国之本也'。洪水泛滥于中国，有尧舜之君，叫后稷借美麦以拯灾黎；在美国是救灾恤邻，在中国是皇恩浩荡。"①

现代的江南，由于防灾能力脆弱，旱涝灾害的转化是很快的。巴人的小说《灾》写于1934年，也写到了大旱灾，但小说的重点是写久旱逢暴雨后山洪暴发引发的泥石流灾害。万竹村的玉喜在宁波开了一家仁成木行。他进过洋学堂，经营手段比前辈更精明。1934年，他看中了后石礅村后那响水岩高头一片大松林，估算有可观的赢利。尽管村民认为"有害风水"而反对，但被他买通的族长和管账还是设法将松林卖给了他。

砍下松木，等着秋后涨水撑排运出去。不料碰到了大旱，砍去松树的秃顶山，山土全被晒得开裂了。久旱逢暴雨，连续下了三天，山洪暴发。响水岩暴发了泥石流（山民们称"出蜃"），后石礅村被埋在山底下了。灾后人们只掘出了一位信奉"龙蜃菩萨"的叔婆。当地流传着蜃去跳龙门的

---

① 陈思（曹聚仁）：《米、麦与鸦片》，《涛声》1932年10月第1卷第27期。

故事：蜃去跳龙门一定要跳过三座剪刀山。要是过了剪刀山的关口，那蜃便会成龙了。

灾后玉喜和老管家忙着张罗开筏。看到已救不出第二个活人的村子，玉喜他们在议论"出蜃"之事。老管家运相说了实话：他早已料到的，"这山头，赤光光的晒上了三个月，连岩头也给晒酥了咯"。玉喜立刻斥止老管家的话是"狗屁"。那些正在发掘"人圹"的青年们，从主仆的对话和正在起运的竹筏上的树木，"想到那后石礀村的山上的松林"，"绷下脸在心底"质问："难道这算是天灾吗？"①

这篇小说涉及一个严肃的生态问题：唯利是图、破坏生态环境，才是这次"出蜃"的元凶。

"同行议价"，就有了定价权，做买卖的商家往往成为操纵商品价格的强势群体，而那些出售农产品的农民则成了被欺压的弱势群体。茅盾小说《春蚕》《秋收》中的老通宝家，叶圣陶的小说《多收了三五斗》中那些粜米的"旧毡帽朋友"都为买卖中的弱势方。陆蠡散文《竹刀》中那些进城卖炭的山里人，尽管在"同行议价"的木行老板面前是弱势群体，却用一把竹刀威慑住了对方。②

追溯危险源，灾害可以分为外生性灾害与内生性灾害。"丰收成灾"的危险源主要是输入性的，自然属于外生性灾害。"人祸"主要属于内生性灾害。茅盾短篇小说《小巫》中，天下本无事，却酿成了"人祸"，匪灾和兵灾最终导致群体性事件爆发。

《小巫》中的老爷是镇上保卫团的团董，也是黑道上的人，经常要去上海贩烟土（黑货）来镇上卖。保卫团的两个队长是老爷的合伙人。为了抢土，保卫团和公安局开了火。老爷被在镇上公安局里当差的姑爷偷偷打成了重伤。商会给县里打长途电话把此事说成了公安局和保卫团联合打击强盗，县里转报省里，强盗变成土匪。省里就调一连保安队来"痛剿"。这就闹了"兵灾"：镇上的商会每天要供应他们三十桌酒饭。他们还索要和抢劫私贩的烟土。

为了支走保安队，保卫团假冒土匪，抢了西土乡，保安队又去捉了几个乡下人来当"土匪"，回去交差了。姑爷枪杀了老爷，诳称老爷的枪走火

---

① 巴人：《灾》，《国闻周报》1934年11月第11卷第34期。

② 陆蠡：《竹刀》，上海：文化生活出版社，1939年，第20页。

误杀了他自己。姑爷接替老爷，出任团董。西土乡被逼为匪，杀到镇上来，乱枪打死了姑爷，又放火烧了老爷家。少爷以及老爷从上海买来作妾的菱姐虽然逃出了家，但也中流弹而亡。[①]

民国期间长期实施乡镇自治。《小巫》中的老爷是镇上保卫团的团董，是该镇自治的骨干，却是走黑道的恶霸。镇上的公安局，应该是县公安局的派出机构，与镇上的保卫团理应共同维护镇上的治安，却与保卫团同流合污，坐地分赃，共同鱼肉地方百姓。不料省里又调一连保安队来剿匪，更加剧了镇上的灾害。一个市镇，贩土的市场有限，保卫团与公安局由于分赃问题起了冲突，突然又从省里来了一连也要分赃的"兵"，最终弄巧成拙，反而闹出了群体性事件。

从 1934 年开始，蒋介石大力倡导"新生活运动"，要民众把"礼义廉耻"结合到日常的"衣食住行"各方面。然而，国民党的"一党训政"，却无力将"新生活运动"的繁琐规定"训"到民众中去，而基层的警察却以此来"公报私仇"，有选择地惩罚那些违反"新生活运动"的民众。施蛰存的短篇小说《病后》中，主人公是一位卖馄饨的小本经营者张荣卿。小县城的"新生活运动"带给他的是一连串的灾难。他大病初愈，借高利贷买了担子、平煎锅和小风炉，开始卖凉面和煎馄饨，生意还不错。有一天，一个退了岗的警察来到他担子上买煎馄饨吃，与他起了冲突，还摔碎了他三四个碟子。第二天，那警察却公报私仇，说张荣卿没在面点上按章程使一个纱罩，将张荣卿带到了局里罚款法币两元，罪名是贩卖不合卫生的食物。

县党部里的厨头是张荣卿的常客，正苦于被抽到了去参加"公民训练"，弄得买不好菜。张荣卿听说如果训练得好，可以升排长、营长，就心动了。厨头找张荣卿一商量，张荣卿表示愿意去替代。于是，张荣卿穿了厨头送他的绿色制服，接受"公民训练"了。在张荣卿看来，制服是"一种绝对的权力"和"蛮横"。

一天傍晚，张荣卿穿着制服出城去，在城门口遇到那个警察。警察竟敢来寻衅，伸出短棍命令他："左边走，左边走！"张荣卿不懂"新生活"规定要"左边走"，跟那警察起了冲突，被警察打了一个嘴巴，还扭进了公安局。公安局定了他的罪名：公然侮辱警察，罚法币十元。发现制服并

---

① 茅盾：《小巫》，《读书杂志》1932 年 6 月第 2 卷第 6 期。

不灵，张荣卿不想去参加"公民训练"了，但甲长说不去一天就要罚一块
钱。①

信息不对称，权力不平等，像张荣卿这样的小本经营者只能任穿制服
的警察欺凌。得罪了这些"小鬼"，就会有一连串的灾难降临。在小说中，
"新生活"只是个借题发挥的由头。警察要跟小本经营者张荣卿过不去，也
可以找别的由头。

茅盾的长篇小说《子夜》主要写大都市上海，但也写到了小说主人公吴
荪甫的老家双桥镇。双桥镇离上海两百多里水路，有将近十万的人口，有钱
庄、当铺和银楼。吴荪甫为了将双桥镇建设为"模范乡镇"，在四五年内独立
经营起了电力厂、米厂、油坊等。然而，随着农村经济的破产，以及"劣吏"
自治酿成的人祸，双桥镇起了暴动。面对灾害，吴荪甫没有能力和精力赈灾，
反而选择了自保——从双桥镇撤资。这将使闹了"匪灾"的双桥镇雪上加霜。
天灾、人祸，加上实业资本家的撤资，"模范乡镇"双桥镇将会一蹶不振。

3.2.3　左翼灾害话语体系的建构

茅盾作品的灾害叙事，与 20 世纪 30 年代的左翼话语相结合，重在对
国民党政府进行批判，具有鲜明的意识形态色彩。茅盾作品通过灾难叙事，
努力建构了左翼话语体系，比较典型的是短篇小说《林家铺子》。林家铺子
是一家批零兼营的日用小百货店，经营的百货主要为日货。上海"一·二
八"事变爆发，青年学生发起抵制日货运动。骤然爆发的战争，无法让林
老板正常营业了，女儿林明秀也无法穿着日货布料缝制的衣服到学校去上
学了。林老板通过商会会长贿赂党部四百元，得到默许后，日货摇身一变
成了"正宗国货"，继续出售。战争让林老板花了一笔打点费，却让市镇官
吏从中发了一笔国难财。年关临近，市镇一片萧条，林家铺子艰难维持着
买卖。他们还从逃到市镇上的难民中发现了商机，出售"一元货"获利。

时局不稳，钱庄压逼，同业中伤，供货商立等货款，加上吃倒账，林
老板还能勉强应付。茅盾建构的左翼话语体系，把造成林家铺子倒闭的"人
祸"直指国民政府的"吏治"。他们的敲诈勒索是林家铺子倒闭的主要原因。
这些人利用"抗日"发国难财，到处征收所谓的"国难捐"，借口禁卖日货

---

① 施蛰存：《病后》，《新中华》杂志 1936 年 10 月第 4 卷第 20 期。后改名《新生活》编入小说集
《小珍集》。

贪污受贿。卜局长看上了林老板的独生女林小姐，让商会会长来游说。林家不肯，党部借口预防林老板逃走，就抓扣了他。斜对门裕昌祥的掌柜吴先生挖走了"一元货"，林家凑满一百二十元才把林老板"捞"了出来。

国难的不断发酵，让林家铺子成为灾难中的弱势方，而国民党基层官吏的敲诈勒索，成了压垮林家铺子的最后一根稻草。林家铺子的倒闭，又将灾难转嫁到更弱的群体身上——朱三太、张寡妇等人存在林家铺子中生利的本金打水漂了！

封建社会，"皇权不下县"。明清时期，县令和县丞为朝廷派出的命官，命官自己招来师爷等组成县衙。县以下是由士绅主导的地方自治。士绅也良莠不齐，如果一个地方由土豪劣绅来主导自治，百姓则深受其害。北伐后，蒋介石在南京建立的国民政府加强了省政府的权力。县里的公安局、教育局、建设局等，由省里垂直领导，不过县以下的区、镇、乡等，尽管加强了"党治"，但基本仍然实行"地方自治"。"地方自治"基本是凭良心自治，缺少监督和制约机制，很容易导致"劣治"。小说《林家铺子》中的"党部"，可以为所欲为地发国难财，是一种典型的"劣治"。卜局长贪财好色，自然属于"劣吏"。

林淡秋的短篇小说《活路》也写了"劣治"造成的民不聊生。小说中的顺发老头（水田爸），说服"那个被痨病磨死了丈夫，被兵灾夺去了儿子的跛脚老婆子"，租她的田种了鸦片（罂粟），眼看可以割卖鸦片浆了，磨难却一个接一个到来。

往年罂粟刚种下去，上面就下令铲掉。村长说，因为连续荒年，今年官府答应大家种。然而，眼看鸦片可以收割了，县长却下令三五日内铲烟。村长当众与县长交涉，最终达成协议：全村上交九百元给"政府做公益"，其他留给"种户救荒"。村民这才醒悟，县长和村长演这出"双簧戏"，原来是要敲诈这一笔钱。收割鸦片浆时，村长的打手阿福却偷了大家不少鸦片浆。村民们指望鸦片浆能卖两块一两，镇上顺泰南货店只肯开价九角。顺发老头只卖得十二块两角，五块要交给村长，剩下来的还要与跛脚老婆子平分。没有了活路的顺发老头，想起了见过世面的独眼龙鼓动大家反抗的话语。①小说结尾暗示了"官逼民反"的主题。

林淡秋的另一个短篇小说《饥饿的古城》也是写灾难的。旱灾和洪灾

---

① 林淡秋：《交响》，香港：海燕书店，1941年，第60-61页。

造成农田颗粒无收，灾民涌向绍兴古城成了难民，饥饿加上时疫，不少难民饿死街头。小说用的是第一人称，写"我"和 C 君去机关里找朋友办点事。那位当秘书的朋友并没有忙于赈灾，反而忙于吃喝应酬。"他是三十五六的小胖子，一身笔挺的黑制服更显得他的圆脸白嫩可爱，闪亮的金丝眼镜加强了他态度的持重。"说起应酬，他还大发牢骚："今天公宴，明天也公宴，每月百元薪水的四分之一都花在'公宴'上。还有私人请客：中饭这个请你，晚饭那个请你，不去又不好，去呢，得还请，一桌酒席至少五十元……"①小说结尾还写到了更可怕的兵灾。两周后，绍兴古城就遭受了日寇铁蹄的蹂躏。

在传统的生态文化中，考虑到人力抗击旱涝灾害的能力是有限的，就通过断屠、求雨等巫术来强化"天人合一"的观念，让大家敬畏自然。知县是最基层的朝廷命官，由他来充当"巫术师"，正可以强化其父母官的亲和力，也增强了作为一方精神领袖的神秘力量。如果求到了雨，百姓会感激神灵和父母官；一旦灾难降临，还可以通过赈灾来安抚百姓。当然，如果赈灾不力，就会有"吃大户""闹漕"之类的极端性群体事件发生。这些是由"劣治"衍生出来的次生灾害。

美国学者詹姆斯·C. 斯科特的《农民的道义经济学：东南亚的反叛与生存》是一部真正从农民的角度出发理性地考察农民生存与反叛问题的力作，对研究亚洲地区乃至世界其他地区的农民问题都有极为现实的借鉴意义。他认为："假使可以选择，农民们便宁愿选择租佃即依赖制度，在这种制度下，地主（即保护人）保护其佃户（被保护人），使之在荒年时免遭灭顶之灾；他们较为喜欢在饥荒时期至少能给些补助的官员。理想的官场精英们，应当承担起类似于乡村共享共担模式的保护责任。"①中国传统社会的赈灾就是这种官场精英的制度安排。

相比较而言，在旱涝灾害面前，民国的地方官员比较尴尬。作为现代官员，他们要倡导科学、反对迷信，而当年的科学在抗击旱涝灾害方面的能力是有限的，可政府又不准他们拿迷信来辅助。如果赈灾时基层的官吏从中渔利，还会因"劣治"而导致群体性事件。于伶的"江南三唱"之一《丰收》，时间为"民国念一年秋天"，地点为"江南某县乡间"。上一年大

---

① 〔美〕詹姆斯·C. 斯科特：《农民的道义经济学：东南亚的反叛与生存》，程立显、刘建等译，上海：译林出版社，2001 年，第 53 页。

水灾,赵福裕家借了区长家两石米,说定一石米还四担稻,当时稻五块钱一担。秋收时稻按两块钱一担,就要还二十担稻,外加利息三块六毛。家里稻囤里的二十担,都归了区长太太。还剩半亩留种的稻,区长太太要带长工来收割,抵利息。村民们了解到,上级政府用赈济水灾的捐款买了洋米洋面让区里发给灾民难民吃,区长却拿来放债,秋后把村民们"辛苦一年耕种得来的稻全都抢了去!弄得缴不上租就得把房子抵押"![①]

该剧最后,在上海见过世面回来的几个人,成为大家的核心,以打犁头为号,召集大家到土地庙门前商量反抗办法。由此可见,基层官吏的贪污腐败,猛于旱涝灾害。执政为民,是一种政治文明。对灾民的趁火打劫,会把灾民逼上反抗的绝路。就这样,于伶在《丰收》中建构了"官逼民反"的主题。

茅盾作品在灾难叙事方面对左翼话语体系的建构具有示范意义。小说《春蚕》于1932年11月发表在《现代》第2卷第1期。该杂志在次年的"告读者"中写道:"近来以农村经济破产为题材的创作,自从茅盾先生的《春蚕》发表以来,屡见不鲜,以去年丰收成灾为描写重心的更是特别的多,在许多文艺刊物上常见发表。本刊近来所收到的这一方面的高见,虽未曾经过精密的统计,但至少也有二三十篇。"[②]

的确,"丰收成灾"是20世纪30年代左翼灾难叙事话语中一种典型的叙事模式。叶紫的《丰收》、洪深的《香稻米》、叶圣陶的《多收了三五斗》、罗洪的《丰灾》、白薇的《丰灾》、荒煤的《秋》、夏征农的《禾场上》,都是用这一叙事模式的。

对于《春蚕》的构思,茅盾自己坦言:"先是看到帝国主义的经济侵略以及国内政治的混乱造成了那时的农村破产,而在这中间的浙江蚕丝业的破产和以育蚕为主要生产的农民的贫困,则又有其特殊原因……结果是春蚕愈熟,蚕农愈困顿。从这一认识出发,算是《春蚕》的主题已经有了,其次便是处理人物,构造故事。"[③]

评论者往往以此断定《春蚕》是主题先行,并进而否定其艺术价值。比较有意思的是,并不喜欢《春蚕》那种左翼话语体系的夏志清,反倒发现了小说的艺术价值:"整个故事给人的印象是:茅盾几乎不自觉地歌颂劳

---

① 于伶:《江南三唱》,上海:珠林书店,1940年,第1-28页。
② 《告读者》,《现代》1933年11月第4卷第1期。
③ 茅盾:《我怎样写〈春蚕〉》,《青年知识》1945年10月第1卷第3期。

动分子的尊严。用中国传统的方法来殖蚕，是一个古老而粗陋的方法，需要爱心、忍耐和虔诚。整个过程就像一种宗教的仪式。茅盾很巧妙地表达出这股虔诚，并将这种精神注入那一家人的身上。这种精神在老头子通宝身上显得最突出。他们那种敬天畏神的观念，加上那股勤奋坚毅的精神，正代表中国农民固有的美德。虽然茅盾原来的意思在排除这种封建心理，但由于他笔下那些善良的农民，那种安于世代相传的工作的情形是如此的亲切感人，这篇原意似在宣扬共产主义的小说，反变而为人性尊严的赞美诗了。"①

茅盾祖母喜欢养蚕，这让茅盾从小就熟悉民间传统的养蚕方法，包括蚕农那种宗教般虔诚的心态。老通宝的原型又是茅盾熟悉的"丫姑父"。因此，在小说《春蚕》中，茅盾并非只是简单地建构了"丰收成灾"这一左翼话语，而是通过人物形象塑造以及传统养蚕情景的呈现，赋予了小说以艺术生命。也就是说，只要遵循文学作品的艺术规律来建构作品的"左联"话语主题，作品的思想性和艺术性是可以完美统一的。由此可见，那些以"主题先行"来简单否定《春蚕》艺术魅力的评论者，其艺术欣赏能力反而让人生疑了。

20 世纪 30 年代，左翼作家在江南小城镇文学中对灾害话语体系建构时，作家与作家、作品与作品之间往往形成"互文性"。小说的主题，是通过情节结构的安排和人物形象的塑造来暗示的；相对来说，散文主题的表达，不用这么含蓄，可以通过条分缕析，直接表达作者的观点。相同的灾难叙事模式或主题建构，不同作家与不同文体的文学作品之间的"互文性"，构成了 20 世纪 30 年代文学的特有景观。"所谓互文性是指，每个文本都处于已经存在的其他文本当中，并且始终与这些文本有关系。"②

茅盾小说《春蚕》与散文《故乡杂记》《陌生人》等构成了"互文性"。小说《赛会》与散文《谈迷信之类》《戽水》《大旱》等也构成了"互文性"。小说《秋收》与散文《陌生人》《戽水》等的关系也是如此。与此同时，茅盾的作品又与其他作家的作品构成了"互文性"。

茅盾小说《春蚕》，写老通宝家因"洋蚕种"问题，引起了"父与子"的矛盾冲突。由于上一年洋蚕种的茧价贵，村上人普遍改养了洋蚕种。老

---

① 夏志清：《中国现代小说史》，刘绍铭、李欧梵等译，上海：复旦大学出版社，2005 年，第 114-115 页。
② 〔德〕奥利弗·沙伊尔：《互文性》，节选自〔德〕阿斯特莉特·埃尔、冯亚琳主编：《文化记忆理论读本》，北京：北京大学出版社，2012 年，第 261 页。

通宝的大儿子阿四和媳妇四大娘也要养洋蚕种。固执的老通宝死活不肯，但最终还是试着养了一张。

"洋蚕种"是由城市通过市镇走向乡村的。传统养蚕，称蚕宝宝为"忧虫"，农家自己育的"土种"，抗病能力差，饲养过程中很容易遭受病虫害侵袭。走向世界的有识之士，发现日本借助现代科技来改良蚕种取得了很大的成效。1898年，杭州知府林启创办浙江蚕学馆，聘请日本教习，开了江浙一带近代蚕桑教育的先河。

茅盾的散文《陌生人》，写当地人认为镇上土地老爷特别关心蚕桑，故每年清明节后"嬉春祈蚕"的所谓"香市"，一定在这土地庙里举行。就在这座土地庙里，居然设立了"蚕种改良分所"。

当年乌镇人黄振，字澄如，是位伤科名医师，平时热心为百姓针灸治病，乐善好施，修道路、建公园，致力于古镇的社会公益事业。他于1930年筹集资金，聘请近代蚕桑技师，兴办了乌青镇裕农蚕种制造场。

黄振等人所倡导的"洋蚕种"，还得到地方政府和丝绸业界的支持。散文《陌生人》中说"洋蚕种"有靠山："一是茧厂规定洋种茧价比土种贵上三四成，二是它有保护，下了一记'杀手锏'，取缔土种。"[①] 不过小说《春蚕》只写到了茧厂的引诱，政府的威逼尚未实施。相比较而言，洋种茧出丝率高，且厂丝质量好。不过洋种茧价比土种贵上三四成，则为有意提高了洋种的茧价而压低了土种的茧价。老通宝不为"利诱"所动，可见其因循守旧、性格固执。徐迟的小说《一个镇的轮廓》也写到了洋蚕种，但没有茅盾写得那么充分。

如果我们把茅盾小说《春蚕》与散文《故乡杂记》对照着看，就会发现小说中的主人公老通宝与散文中的"丫姑父"有某些关系。散文中的"丫姑父"，自己地上能采二十来担桑叶，清明时节来向"我的婶娘'掇转'二三十元，预备趁这时桑叶还不贵，添买几担叶"[②]。当年叶行有所谓"稍叶"，即预先买定了桑叶，养蚕时就由叶行兑现桑叶。"我"告诫"丫姑父"，时局不稳，今年最好别养蚕，还是卖桑叶算了。然而，"丫姑父"不仅不听劝，而且还是要"稍叶"多养蚕，指望赚钱来还债。小说《春蚕》中，镇上的陈大少爷也同样劝过老通宝。但老通宝不肯相信，还是借钱"稍叶"了。

---

① 茅盾：《陌生人》，《申报月刊》1933年8月第2卷第8期。
② 茅盾：《故乡杂记》，上海：今代书店，1936年，第67页。

所不同的是，老通宝借来的钱要支付二分半的月息。"丫姑父"是向熟人借的，不用付息。茅盾这样写，加重了老通宝家春蚕"丰收成灾"的灾情，更富于戏剧性。

茅盾的散文《谈迷信之类》，写到了故乡乌镇，"今夏少雨"，镇上人为了"振兴市面"，"于是祈雨的迎神赛会也应运而生"①。茅盾还以此为背景，写了小说《赛会》。

对照这两篇具有"互文性"的散文和小说。散文中的"周仓会"远比小说来得热闹。小说中的市镇，只有镇西区和东区各自出会。散文中的乌镇，东西南北四栅各自出会，规模大了一倍。

茅盾在小说《赛会》中写道："这镇上因为天旱，就由镇西区的居民开头迎神求雨。照例是'周仓会'。"②组织一次赛会不容易，组织者自然希望热闹上好几天，让四乡的村民甚至别的"乡脚"的人都来看赛会，让写了疏的商家生意兴隆，然后求得久旱后的甘霖。然而，偏偏天公不作美，由镇西区开头的迎神求雨只举行了一夜就迎来了雨，反而让组织者和围观者都很尴尬。

具有"互文性"的散文《谈迷信之类》与小说《赛会》，可谓相反相成。对照着阅读，更具情趣。

1934 年，江南大旱。茅盾据此写了散文《戽水》和《大旱》等。一两个月不下雨，乡下人忙于戽水抗旱，无暇到镇上来看迎神赛会。《戽水》中的乡下人，只是闲谈时说起镇上要"打醮求雨"。他们没有闲暇也没闲钱去镇上看热闹。最终旱得无水可戽时，乡下人也求开始雨：把各村土地等大小神像抬出来"游街"，然后放在田里晒。"神"不给他们"风调雨顺"，他们就对"神"进行可怕的报复！小说《赛会》写了几乎无事的悲剧，而《戽水》和《大旱》则写了空前的旱灾造成的可怕的悲剧。

洪深的话剧《青龙潭》也写了 1934 年的江南大旱，以及剧中人到青龙潭求雨的情景。巴人的小说《灾》则写到了大旱之年的次生灾害，即久旱之后的暴雨引发的泥石流。

茅盾散文《故乡杂记》写到了故乡的当铺。茅盾的故乡乌镇原有四家当铺。农村经济的破产，连累到当铺业。结果三家关门，另一家也"半关

---

① 茅盾：《谈迷信之类》，《申报月刊》1933 年 11 月第 2 卷第 11 期。
② 茅盾：《赛会》，《文学》1934 年 2 月第 2 卷第 2 期。

门"了：每天上午当满一百二十元就"停当"了。

散文只对当铺前的情景进行了速写。小说《当铺前》，以"长镜头"的方式，写农民王阿大一大早饿着肚子，拿一包袱旧衣服，好容易挤到当铺前，展现在朝奉面前。朝奉见状，连包袱和衣服推下柜台来，大声喝骂王阿大。王阿大当作"宝"的那些当头，在朝奉眼里只是一堆破烂。

于伶的话剧"江南三唱"之二《太平年》也围绕当铺来组织矛盾冲突。腊月廿四，临近年关，乡民们为了还债，只得拿棉衣棉被来当铺当钱。城里的鼎康钱庄倒闭了，元丰铺也完了。只有江南乡镇宜兴县张渚镇上的"李记裕泰当铺"开着，李老板吩咐王朝奉，当头尽量估得便宜些，小心过了年关。

区长家里失窃，蒋三爷来关照当铺，"不许当棉衣棉被，免得这些穷人把棉衣棉被当光，饥寒交迫，铤而走险，再发生盗窃案子"[①]。蒋三爷将假钞交给王朝奉，请他混出去。

朱家西拿出玉镯子来当，恰好区长太太也丢了玉镯子。区长家的"罗生门"差点让朱家西蒙冤。

张区长和保卫团的钱团长，平时收了保卫团捐税，不发团丁的月饷，拖欠得团丁"兵变"。住在东岳庙里逃荒来的灾民难民跟着异动。在兵变的枪声中，当铺匆匆关门。当到了两块钱假钞的青年找当铺论理，也被关在了门外。

比起茅盾的散文和小说来，于伶的话剧更富戏剧性。

当年的"左联文学"强调阶级性。茅盾、于伶、林淡秋等左翼作家建构的灾害话语体系也都强化了阶级矛盾。"劣吏"和奸商不断给百姓制造"人祸"，加重了弱势灾民的灾难。

3.3 抗日战争时期"救亡"母题的多元书写

3.3.1 接江南文化地气的抗日游击战争

抗日战争爆发后，江南大片土地沦陷。江南小城镇文学对于民族"救亡"的书写，主要叙写抗日游击战争，同时抒写了对于江南小城镇的文化记忆。

反映江南游击战争的文学作品，主要有徐迟的中篇小说《武装的农村》

---

① 于伶：《江南三唱》，上海：珠林书店，1940年，第38页。

和《一个镇的轮廓》，陈瘦竹的长篇小说《春雷》，谷斯范的章回体通俗小说《新水浒》，夏衍的话剧《水乡吟》和于伶的话剧《杏花春雨江南》等。

徐迟的《武装的农村》是一篇三万多字的中篇小说。对于这篇小说，徐迟在《江南小镇》里回忆道："小说写了离我家乡约十五公里之处的一个名叫晟舍的农村，那里的农民又兼打猎为生。日本兵占领之后曾去那里骚扰，结果他们和日本兵打了几仗，然后全乡的农家撤退到太湖里，躲藏了起来。我所听到的连十句话也不到，但感到这框架可编成小说。在吕班路的公寓房间楼上住着，一口气编成故事，写了出来。"①

在这篇写晟舍村猎人抗日故事的小说中，作者虚构了"我"，一位来自市镇上的"少爷"式的人物。"我"由于生病，接受医生的建议，带了猎狗，到乡村去打猎，由此认识了张老伯伯等晟舍的猎人。在猎人们善意的嘲笑中，"我"的打猎技术不断长进，身体也慢慢康复。

日军在金山卫登陆后，战火迅速蔓延到了"我"所在的市镇。于是，"我"与两名伙伴钱和施离开市镇，来到似乎是世外桃源的晟舍，与张老伯伯等人住在一起。日寇奸淫杀掳，激起了猎人身上的血性。我们三人中，钱是懂军事的，他带领大家抗日，不断取得胜利。大家用缴获来的汽艇、枪支、弹药，以及原先手中的猎枪，多次打败来犯的日寇。

钱是大伙中的灵魂人物，机智勇敢。他料到日寇会疯狂反扑，带领大家撤出晟舍，在附近伏击日寇，然后大家撤退到太湖里。在最后的肉搏战中，"我"负了伤，眼看要被日本兵杀死。危难之际，猎人珍妮救了"我"。

当"我"醒来时，大家都已撤退到太湖里的西山上。在这里，"我"还有祖传的房子和地产。于是，"我"又与先期来到西山的恋人珍妮、老管家和医生相会了。小说结尾，"我"与珍妮订婚，晟舍人、西山人都来祝贺。②

这篇小说，采用了纪实小说的叙事手法。然而，徐迟可记的晟舍猎人抗日的事实并不多。于是，作者虚构了三位来自小城镇上的青年人。"我"在一起打猎中与晟舍的猎人结下了友谊。伙伴钱和施都懂日语，可以与日本人对话。尤其是钱，懂军事，能排兵布阵，关键时刻能指挥大家与日寇斗智斗

---

① 徐迟：《江南小镇》，北京：作家出版社，1993 年，第 212 页。
② 徐迟：《武装的农村》，上海：明明书局，1939 年。

勇。至于"我"在太湖西山上的祖产，似乎就是留着给大家去避难的。

在抗日战争初期，像《武装的农村》那样的抗战传奇故事，很能鼓舞士气，符合读者的"期待视野"。因此，这篇小说能被出版商杜君谋看中，在"孤岛"上海迅速出版。相较于故事的传奇性，小说的人物"我"、钱和猎人张老伯伯的形象都不够丰满。

徐迟的抗战小说《一个镇的轮廓》所描述的江南市镇，就是作者已经沉陷了的故乡南浔镇。南浔镇是丝绸业雄镇，故小说讲述日本的"大陆政策"时，纵向叙述了南浔丝绸业的兴衰史，对中日之间的民族矛盾进行了历史追溯。

小说结尾写这个镇尽管沦陷了，但四乡成立了游击队，总部设立在太湖上。作者还念念不忘该镇的丝绸业，写该镇上丝业公会的大厅还是巍然独存的。春天桑树林上长了肥大的绿叶子。自然，谁还养蚕呢？游击队站立在反攻线上，等待的是命令，他们要反攻过去，收复失地，一直到攻克蚕丝前线。在这个镇上，现在，人民真正产生了力量。结合中日之间的丝绸业商战来写抗日战争，徐迟的这篇小说与"左联"时期茅盾的《春蚕》和《子夜》相呼应。

夏衍话剧《水乡吟》写的是1941年阳春三月至初夏时节的"头蚕罢"，地点为浙西"阴阳界"上的江南水乡。抗日战争之前，这里是被外乡人叫作"天堂"的"鱼米之乡"，也是闻名世界的"中国丝"的主要产地。阴阳界是敌我交界的地方，敌伪势力不能完全控制，而抗日游击队因为地形的限制，敌后政权也不容易巩固，因此，在残破的庙宇墙壁上，常常可以并排地贴上两张同是一个县的两个布告。

春蚕时节，何家救了一位受伤的"自己人"。何廉生是上海一个小公务员，忠厚老实。因不愿在上海受日本人欺侮，带着妻子梅漪回到了老家。梅漪是何廉生的续弦，二十八岁。"烫得蓬蓬松松的头发，相当洗练的都会人的化妆。半新旧的可是色彩鲜艳的旗袍，半高跟皮鞋，丰姿不恶，只是瘦弱多病，眉间常常带着无言的忧郁。"①少女何漱兰，浑身散发着一种"都市女学生的情调"，是何裕甫的侄女。她是何家最忙碌的人，尽忙着帮助养蚕采茧，到小学里给小学生上课，还要替那个游击队员当看护。三四个礼拜后，俞颂平已基本养好了伤，巧遇梅漪，竟是当年在上海的恋人。

---

① 夏衍：《水乡吟》，《戏剧月报》1943年2月第1卷第2期。

夏衍铜像

话剧最后一幕，车渚里的茧行烧着了，是游击队放的火，两家代东洋人收茧的茧行被放火烧了。是俞颂平写信去叫游击队来烧的。俞颂平带何漱兰向大家告别，要去找游击队。梅漪也变得坚强起来。

夏衍在《忆江南》中写道：

> 这一年夏，敌人攻陷了金华。苟安的幻想在凶残的三光政策下面粉碎，金和铅在战火中判别了他们的坚实与脆弱了。眼看见的是几乎无可挽救的土堤般的溃决，眼看不见的却象（像）是遇到阻力而更显出了它威力的春潮。要不是浙西人民武装和游击队伍一再的出击与阻挠，这一年夏季的法西斯洪水也许会冲得更远一点吧。我明白了浙西人所谓"浙西人的柔弱"这个概念只能正确地适用于上层知识分子，于是而我也居然常常以王八妹之类的草泽英雄作为我故乡的夸耀了。
>
> 《水乡吟》四幕，是在这样心情下所写。[①]

茅盾、夏衍和丰子恺都不认同"浙西人的柔弱"这种说法。茅盾和丰

---

① 刘厚生、陈坚编：《夏衍全集》第 1 卷，杭州：浙江文艺出版社，2005 年，第 546 页。

子恺笔下的浙西人在抗旱时十分坚毅。夏衍笔下的浙西人在抗日游击战争中勇敢又机智。

陈瘦竹的长篇小说《春雷》，由重庆华中图书公司于 1941 年 11 月初版。小说写 1937 年初冬，太湖之滨的江南古镇石家镇沦陷，桂老爷和儿子荣少爷组织起了石家镇维持会，但广大村民们仍开展了抗日游击战争。小学校长王鹏奉命回家乡组织人民自卫军，与吴指导员一起带领青年人进行军事训练。桂老爷利用女儿石凤同王鹏的恋情拉拢王鹏没有成功，又威逼土财主王大户充当坐探，要王大户出面宴请王鹏等自卫军领导人，并暗中通报日寇，率兵包围王宅。爱财如命的王大户得知桂老爷吞没了他的一百担米钱，气愤中揭露了桂老爷的诡计，王鹏他们将计就计，兵分两路伏击日军，并乘胜追击，解放了石家镇，救出了被骗去做慰安妇的良家妇女。这部小说的情节富于传奇性。陈瘦竹是从事戏剧研究的，王鹏、石凤和桂老爷的关系，是从古希腊悲剧《俄狄浦斯王》中"弑父娶母"的叙事模式中衍化出来的，又与《水浒传》"三打祝家庄"中的叙事模式相暗合。梁山好汉杀死了扈三娘一家，又把扈三娘变成了王英的压寨夫人，小说中的王鹏，借日寇之手杀死了桂老爷，又与桂老爷的女儿石凤并肩作战。

陈瘦竹在《春雷·楔子》中抒写自己的乡愁：

> 一九三八年春天，我流落至重庆，在附近的一个静僻的小镇上闲住着。自幼至长，从未远离故乡；此次倭奴入寇，故乡沦陷，被迫出走，国破家亡之感织着乡愁，虽不终日以泪洗面，但生活的滋味，总觉如坐针毡。我怀念故乡：白日引领怅望天涯，黑夜做着还乡的梦。可是故乡始终杳无消息！

> 我的家在江南，无锡县属东南乡。江南土地平坦，阡陌纵横，村舍想望，鸡犬相闻。忆儿时，黄梅天骑在牛背上看插秧，农人的嘹亮而悠扬的山歌声，压倒了杨柳枝头的小鸟和水底的青蛙。大热天坐在豆架棚下纳凉，听那水车声蝉叫。秋收以后，是一年中农人最闲散安乐的一季。有人躲在自家墙脚下，衔着旱烟管晒日黄，看儿女跟着小狗在稻场上打滚；有人抓一把盐蚕豆喝几杯"菊花黄"，醉眼朦（蒙）胧（眬）看夕阳；还有的人便到石家镇上茶馆里去，捧了茶壶，跷起大腿，谈山海经，或听戴老花眼镜

的爷们念《申报》讲新闻，消磨时光……[1]

尽管故事情节富于传奇性，但由于字里行间不时流露出作者对于沦陷了的江南的乡愁，故同为无锡老乡的陈西滢在评论《春雷》的书评中指出：

> 陈瘦竹君是位乡土小说家。……最近出版的《春雷》，是他的第一本长篇小说。仍然是把江南的一个乡村做故事的背景，而把人民自卫克复一个乡镇的英雄故事作为本书的题材。所以这一部书是抗战小说，可是就因为里面描写的是他所最熟悉的乡村，它与一般抗战小说不很相同。普通的抗战小说所着重的是故事，发生的地点和参加的人民大都凭想象虚构，所以读的时候，常常使人发生上不在天，下不在地之感。本书作者所着重的却在乡村人物的描写。故事的演变即从人物个性的发展中出来。我们可以说，这仍然是一部乡土小说，只是所写的不是平时的乡村，而是抗战中的乡村。[2]

于伶话剧《夜上海》和《杏花春雨江南》中的梅春岭是位维新士绅。他历经磨难，坚信抗日战争必胜，日后还要重建家园。

于伶雕像

---

① 陈瘦竹：《春雷》，重庆：华中图书公司，1941 年，第 1-2 页。

② 陈西滢：《春雷》，《中央周刊》1942 年 5 月第 39 期。

综观上述作品，有几个鲜明的特点：

首先，作者在创作这些作品时，都没有生活在沦陷了的江南。徐迟的中篇小说《武装的农村》和《一个镇的轮廓》分别写于上海和香港。陈瘦竹的长篇小说《春雷》写于重庆。夏衍话剧《水乡吟》写于太平洋战争爆发后的桂林。于伶的剧本《杏花春雨江南》写于重庆，《杏花春雨江南》其实是《夜上海》的续集，而后者写于上海"孤岛"。身在他乡，来写故乡江南，字里行间流露了作者对于江南的文化记忆。

其次，这些作品写了抗日游击战争，同时又是区域文学，是抗日战争时期的"乡土文学"。这些作品接地气，特别容易引起江南人的共鸣。

再次，写出了江南人的机智与坚毅。在一般人看来，江南人机智但又比较软弱。这些反映抗日游击战争的作品，充分反映了江南人的机智，同时又写出了江南人不为人知的坚毅。

最后，关于民族救亡问题。徐迟的中篇小说《一个镇的轮廓》，写了作者的故乡南浔镇，一个因丝绸外贸而暴富的江南雄镇，但最终由于日本丝绸在国际上的倾销，衰落了。小说讲到了日本的"大陆政策"，写了一个镇的命运同启蒙与救亡的关系。

徐迟的中篇小说《武装的农村》和《一个镇的轮廓》都写到了沦陷区的人民爱好和平，企图与日寇"和平相处"，但敌人的暴行粉碎了人民的幻想。

陈瘦竹的长篇小说《春雷》还写了日寇对良家妇女的奸淫。

因此，要救亡，必须拿起武器，开展游击战争。

太平洋战争爆发后，日寇和抗日游击队都需要江南富庶之地的物产。《水乡吟》写了双方争夺春蚕茧，《杏花春雨江南》写了双方争夺桐果。

顺便还要介绍一篇特殊的小说，罗洪的短篇小说《倪胡子》。小说中的倪胡子原先是个屠夫，抗战军兴，他也拉起了一支"游击队"。这支便衣队名义上是保家卫国的抗日队伍，实际在地方上敲诈勒索，强行"吃大户"。弄到了钱，他们就在白马村喝酒、喝茶、赌博。村民们暗中通报真正的抗日部队，指望能把"这些狗东西赶出白马村"。①罗洪的这篇小说，让人联想起《沙家浜》中胡司令他们带领的部队。

谷斯范的长篇通俗小说《新水浒》第一部《太湖游击队》也写到了江

---

① 罗洪：《倪胡子》，《人间世》创刊号 1939 年 8 月。

南沦陷区的"游吃队"。赵章甫原先是嘉兴附近一个镇上的警察局局长，日寇在金山卫登陆后，他乘乱收编了一些溃退下来的国民党军队，拉起了一支游击队——"浙西游击第三大队"。这支游击队在乌镇消灭了一小股日寇，缴获了一些枪支，又经新市，过来占领了双桥镇。

双桥镇是湖州附近的一个市镇。郑团长率领一个团在浙西抗日，退到双桥镇时只剩一个营的兵力。他们就以此为据点，开展抗日游击战。郑团队有勇无谋，刚愎自用。他率部到"三九"路外夜袭升山镇，成功后没有及时转移，敌人从湖州反扑过来，伤亡惨重。

在当地做过木匠的胡林膂力过人，用门板当"渡船"，让郑团长等人乘着黑夜渡河突围。郑团长和勤务兵张得胜告别仗义豪侠的罗三爷，误闯双林镇被俘，宁死不屈，在狱中撞墙而死。墙上血书四个大字：抗战到底。[①]

黄杰是日本士官学校出身，足智多谋，原为郑团长手下副官，主张打敌后游击战，但不被郑团长重视，就只身走太湖，寻找游击队。胡林和张得胜到太湖东西洞庭山找到黄杰。黄杰拉了一支游击队，回到双桥镇附近的李庄，想联合赵章甫一起打抗日游击战。赵章甫为了扩大自己的势力，设计火并黄杰的游击队，反而众叛亲离，手下的部队被黄杰收编了。黄杰回到双桥镇，改编成立了"太湖游击队"。

黄杰谋划的首场游击战是攻打湖州与武康交界的青山关。这是京杭国道上的一个日寇据点，有三四十名"皇军"。黄杰派游击队先佯攻升山，吸引湖州城内的守军前去增援，派宋梦云、张得胜率领一百六十多名游击队员，从山上潜伏过去，围住据点，先消灭了哨兵和在外的日寇，再集中火力，猛攻据点工事里的日寇。最终将手榴弹投进去，将工事炸掉，除了逃走几名日寇，其余三十个"皇军"都被消灭了。游击队不恋战，迅速搜集战利品，乘船回师。杭州和湖州的援军次日来攻打青山关时，扑了个空。

罗三爷毁家纾难，招集数十名村民，成立了游击队，前来投奔"太湖游击队"，被编成一个中队。

赵章甫投靠日寇，带领日伪军前来双桥镇扫荡。游击队和镇上百姓早就安全转移。日伪军撤回时，在距湖州城七里处遭到伏击，逃回到城内。

对于日寇在金山卫登陆后太湖流域的复杂情况，茅盾在《关于〈新水浒〉》一文中指出："国军向西撤退，太湖东岸诸市镇一时陷于混乱状态，

---

① 谷斯范：《新水浒》，桂林：文化供应社，1940年，第130页。

敌人兵力不敷分配，除在交通线上的重要据点驻有守备以外，余皆无力顾及，于是东自苏嘉铁路，西至京杭国道，这一带'鱼米之乡'，遂成为游击队活动的大好场所。然而这些游击队，或为旧保卫队的化身，或为土匪变相，民众工作不做，本身纪律不讲，他们像蝗虫似的，白吃了这里，便换到那里去，成为真正的'游吃队'了。这种现象，继续了一年光景。"①

尽管"游吃队"众多，但小说写了一支真正抗日的"太湖游击队"的成长。这支游击队的核心人物是在日本留过学的黄团副，还有一心要为死难的亲人报仇的胡林、地方上的新型士绅罗三爷、投笔从戎的徐明健。

徐明健是上海洋行买办的儿子，在北京大学读书期间受爱国学生运动的影响，积极投身抗日，甚至投笔从戎。国民党军队从上海撤退时，他流落在嘉兴，被收编进"游吃队"，成了赵章甫手下从事政治工作的秘书。他想认真改造这支"游吃队"，也有一定的群众基础，但赵章甫只是拿他北京大学学生的身份装装门面，并不想让他发挥作用。徐明健进入黄团副组建的"太湖游击队"，才有了用武之地，着手士兵的政治教育工作。

在"太湖游击队"里，黄杰可谓"一个好汉三个帮"。不过茅盾对这四个人物的形象塑造，评价并不高，认为形象不够丰满。

谷斯范是绍兴上虞人。他作为战地记者，深入浙西游击战区进行采访，所写的《太湖游击队》还是比较接地气的。比起同类小说来，该小说较好地写出了江南抗日游击战争的复杂性和艰巨性。

3.3.2　对于江南文化的乡愁书写

自从法国著名社会学家哈布瓦赫的《论集体记忆》出版后，记忆研究的一个重要转向就是从个体视角转向了集体视角，从生理学、心理学转向社会学、文化学。在哈布瓦赫看来，"过去不是被保留下来的，而是在现在的基础上被重新建构的"。在重现过去的时刻，我们总会受到当前环境的影响。哈布瓦赫认为，"记忆是一项集体功能"，并包含两方面内容："一方面是记忆，一个由观念构成的框架，这些观念是我们可以利用的标志，并且指向过去；另一方面是理性活动，这种理性活动的出发点就是社会此刻所处的状况，换言之，理性活动的出发点是现在。"②

---

① 茅盾：《关于〈新水浒〉》，《中国文化》1940 年 6 月第 1 卷第 4 期。
② 〔法〕哈布瓦赫：《论集体记忆》，毕然、郭金华译，上海：上海人民出版社，2002 年，第 304 页。

生活在东西方文化碰撞中的现代江南小城镇作家，故乡是他们永远的乡愁。在不同历史时期，现代江南小城镇作家对江南小城镇文化的重构方式是不一样的。抗日战争时期的江南小城镇文学，丰子恺、茅盾、夏衍、徐迟、于伶、赵萝蕤等作家怀恋诗意而富庶的故土，同时赞美抗击日伪军的游击队员。

集体记忆是一个具有自己特定文化内聚性和同一性的群体对自己过去的记忆。这种群体可以是一个宗教集团、一个地域文化共同体，也可以是一个民族或是一个国家。抗日战争期间，江南沦陷，但在江南小城镇作家的记忆中仍有一个"地域文化共同体"，他们共同建构了对江南小城镇的文化记忆。

作为社会心理学家的哈布瓦赫对集体记忆的研究仅限于关注其对某一具体的集体的意义，而没有将其扩展到文化范畴中去。德国的埃及学研究者扬•阿斯曼在 1997 年出版的著作《文化记忆》中发展了哈布瓦赫的观点，提出了"文化记忆"的概念并将"记忆"引入文化学的研究领域。阿斯曼将记忆划分为四类：模仿式记忆、对物品的记忆、通过社会交往传承的记忆，以及文化记忆。文化记忆涵盖了前三个范畴的记忆，与社会、历史范畴相联系，它负责将文化层面上的意义传承下来并且不断提醒人们去回想和面对这些意义。

法国学者诺拉将这些能够传承文化记忆的载体形象地称为"记忆场"。

抗日战争时期，生活在重庆、昆明、桂林等大后方，以及香港、"孤岛"上海的江南小城镇作家，都有一个共同的"记忆场"，即对江南小城镇的文化记忆。正如马一浮在诗中所言：清和四月巴山路，定有行人忆六桥。诗中的"六桥"是指杭州西湖苏堤上的六座桥。马一浮等江南文化人走在难行的巴蜀山路上，更怀恋富有诗情画意的江南美景。

上述陈瘦竹、夏衍、于伶和谷斯范的剧本或小说，情节是抗日的，背景则是对江南小城镇的文化记忆。

另一类是茅盾、丰子恺、徐迟等作家对江南小城镇文化的诗意书写，这是一种更为直接的书写，连抗日的情节都省略了。赵萝蕤的散文《浙江故里记》和《食谱》就属于这一类。

哈布瓦赫指出，如果我们是在探寻一个观念框架，这个观念框架的作用是用来唤回家庭生活的记忆，那么，我们立刻就会想到亲属关系，在每一个社会里，亲属关系都具有确定的意义。事实上，我们之所以会想到它们，完全是因为发生在我们与那些贴近我们的人以及其他家庭成员之间的日常接触，不断地迫使我们服从它们的主导原则。亲属关系是一种构造精妙的体系，它们就以这种形式呈现在我们面前，为我们的反思提供了背景。

赵萝蕤的回忆性散文《浙江故里记》"欲扬先抑"，先说自己一见"思乡""乡愁"就头痛，"但现在究竟长了几岁年纪，血气大减，认可的力量已逐渐超胜了不认可，于是确有些人情之'常'慢慢的（地）抬起头了。其中之一便是很想念家乡，大有满篇乡思乡愁的可能"①。

赵萝蕤对故乡的思念，情系祖屋，"因此我常常想念那默默无闻的浙江省××县，××镇上的一所旧屋，便是我怀恋的情绪之所寄"②。由旧屋，回忆起了旧屋里的人："最爱我"的祖母，祖父，"早弃"的二叔三叔。尽管亲人已逝，但走进旧屋，似乎仍会感受到浓浓的亲情。

"民国二十六年八月，我和母、弟为避难而重又回到家乡。从苏州到嘉兴，嘉兴乘河轮到家，沿途青秀的山纹水浪，田间的菜花耕牛，和长岸一点的十里凉亭，使我感觉像一个失败的英雄，在千颠万簸之余重又退隐到久别重逢的山庄上去似的，使我的并没上过战场的心，充满了悲慨的情绪。"③这次一同回乡的一行人是：赵萝蕤、陈梦家夫妇、母亲、二弟景德、三弟景伦。

江南民谚："想吃来丈母家，要嬉去外婆家。"童年时，最可以去"嬉"的是外婆家，进而延伸到舅舅家。赵萝蕤一行这次回故乡新市镇，没有了外公、外婆，但有五个舅舅家可以去"嬉"。

五个舅舅，有四个经营米行。"二舅精明，米业最盛。"他们就去五个舅舅家消耗时日。"无事就去玩，钓鱼，吃西瓜，焖白扁豆。二舅常拿毛巾擦着头上的汗，叫着我们的名字说：'什那娘舅拉穷做穷，三四个外甥吃厄总吃得起。'这句烂俗话，如今想来也还是十分可恋而可感激。"赵萝蕤一行被视为"娇客"，常被舅舅们请去同福楼吃鳝糊面、去张一品吃羊肚肺。市镇美食，包括名小吃，也成为一种文化记忆。揉进了亲情的市镇美食文化，更是一种令人回味无穷的文化记忆。这种文化记忆还包括市镇上的特产："我们就天天吃新鲜的菱角，氽乌芋芳，扁笋汤，豆腐衣，烘青豆。"④

江南市镇不太大，街坊邻居都熟悉。赵萝蕤他们很少回故乡，但街坊

① 赵萝蕤：《浙江故里记》，《时事新报》"学灯"副刊（渝版）1942 年 11 月第 203 期。
② 同①。
③ 同①。
④ 同①。

邻居都知道他们是谁家的后代。这次在新市镇上暂居三四个月，他们也熟悉了街坊邻居：开毛竹行的阿婶吕氏、经营米店的黄老毛家、水果阿三、杨成和酱园等。

古镇新市

江南水乡，小城镇人家都临水而居，正如袁枚的诗所描述的：人家门户多临水，儿女生涯总是桑。赵家的旧屋，自然也是临水而居，即南面和西侧都有市河环绕，市河上有明月、清风两座小桥。旧屋门前的黄昏美景最具诗情画意：

> 每天旁昏，在市梢石板桥上纳凉，看着黄橙的月亮从桑树头上出来，不多时碧天为之澄澈，天光为她所透照，看远远一条矮矮的山缘，由亮而暗，随即跟着天色的昏黑而浓浊下去。天渐黑，月亮却更白亮，河身也藏在丛绿下面，但月华照到的地方，一泓鳞波，习习的喘着，好像那区区的人被这山色丛树和穹顶所抱紧，却留下这一片灵极而智的光明，为它所启照。然而凉风徐徐的来，虫蚊渐渐的稀少，活活一支小舟，一篙哄赶着群鸭，呼啸疾驶的过去。①

---

① 赵萝蕤：《浙江故里记》，《时事新报》"学灯"副刊（渝版）1942 年 11 月第 203 期。

散文结尾，赵萝蕤再次强调了对故乡新市镇的怀恋："现在是民国卅一年七月终了。在云南寄居已四年又半。为日逐的辛劳勉强操着强舌，但为黑夜的安眠，我记（纪）念我的故里。"[1]

丰子恺的随笔《辞缘缘堂》用了很大篇幅描述石门缘缘堂时期的衣食住行。石门镇在大运河畔，主要出行方式是船。一般坐轮船到嘉兴或长安，再转火车。丰子恺喜欢自己包一条小船，自由出行。如果去杭州，包船先去古镇塘栖。塘栖是一个专业生产销往杭州的水果的市镇，盛产甘蔗、荸荠、枇杷。丰子恺喜欢在塘栖镇上喝酒，酒后带些水果到船上吃。如此从容地去趟杭州，半道上多游一个码头，何乐而不为？

至于四季服饰，石门镇一带四季分明，四季衣服轮换着穿，也是一乐趣。此地属蚕乡，是有名的丝绸之府，城乡居民喜欢盖柔软暖和的丝绵被，穿舒适的丝绵服装。徐迟的小说《一个镇的轮廓》和夏衍的话剧《水乡吟》也都写了杭嘉湖蚕乡。丝绸之府是这些作家共同的文化"记忆场"。

江南小城镇上的传统民居为粉墙黛瓦的徽派建筑，丰家的祖屋惇德堂就属于这种建筑。茅盾长篇小说《霜叶红似二月花》和徐迟小说《一个镇的轮廓》也都写到了江南小城镇上的徽派民居。丰子恺自己设计建造的缘缘堂则是中西合璧的。中式的木结构，装的是西式的玻璃门窗，高大、轩敞、明亮。《霜叶红似二月花》和《一个镇的轮廓》都写到了漂亮的私家花园。

四时美食，丰子恺写到了夏天的新市水蜜桃、桐乡槜李和西瓜，初秋的葡萄，冬天的冬舂米饭、晒干的芋头、新米酒、烘年糕，煨白果。自制的臭豆腐干和霉千张四季都有。丰子恺的童年记忆中，父亲爱晚酌。"桌上照例是一壶酒，一盖碗热豆腐干，一盆麻酱油，和一只老猫。"[2]桐乡槜李，民间传说是西施传下来的，汁水多，味鲜甜，没有普通李子的涩味。

于伶的话剧《杏花春雨江南》写太平洋战争爆发后，梅岭春结束了"租界寓公"的生活，带领一家人回到故乡，住进了郑根发重建的农舍内。春回故乡，梅岭春重新吃到了从前最爱吃的枸杞头和香椿树嫩芽。这些故乡的时鲜菜，足以慰其乡愁。

保罗·康纳顿在《社会如何记忆》中指出，记忆有三种类型：个人记忆、认知记忆和习惯记忆，最后一种即社会记忆。在他看来，个人记忆和

---

① 赵萝蕤：《浙江故里记》，《时事新报》"学灯"副刊（渝版）1942 年 11 月第 203 期。

② 丰子恺：《辞缘缘堂》，《文学集林》1940 年 1 月第 3 辑。

认知记忆分别在心理分析与语言学中得到充分重视，而习惯记忆则多被忽视。习惯记忆通过仪式和身体实践来传承。仪式具有操演性和形式性。身体实践反映了而且复制了一套社会记忆。二者都有结构性，这形成了社会记忆的传承性。

中国人强调"民以食为天"。例如，中国传统的节日文化中，端午的粽子、中秋的月饼、元宵节的汤团等，仪式的操演性和身体实践融为一体，成为中华民族的文化记忆。

赵萝蕤出生在浙江新市镇，幼年就随父母移居苏州，并在苏州长大，又在北平读了大学和研究生，于是也把苏州和北平当成了故乡。其散文《食谱》专写对故乡美食的文化记忆。她客居昆明，经常买些苏州人或北平人经营的风味小吃来吃，以慰对故乡的乡愁。

中华民族的节日文化中，最具仪式的操演性和身体实践的文化记忆当属年夜饭。赵萝蕤家也不例外。尽管离开了原籍浙江新市镇，但由母亲操办的年夜饭，仍然洋溢着新市镇的美食文化。这种浓缩进家人舌尖上的美食的习惯，已是习惯成自然，不管走到天南地北，最美好的美食文化记忆便是由母亲操办的年夜饭。当年，赵萝蕤在大后方昆明，二弟、三弟也在昆明求学，父母和大弟在沦陷了的北平。赵萝蕤还要凭文化记忆，按照母亲的年味，用一种仪式的"操演性"来做具有故乡风味的年夜饭：

> 如今做管家兼老妈已将近六年了。在能力可及的范围中竭力的追忆效尤母亲的作风，使同样落难的兄弟们一念旧时家中的幸福。冬腊月酱了肉，买到了冬笋腐皮，便遥远的招弟弟来吃年饭。霉干菜烧肉，肉饼鸡冠油炖酱，或是豆板假雪里红川汤，总是逃不了无数代的浙江原籍。据弟弟们说，天下菜无过于"冬笋文武肉"，那是什么缘故呢？那是因为我们是从一个家庭里出来，舌头所有的感悟乃是从同样的习惯里出来的啊。
>
> ……
>
> 我怀想着无数的故乡，终日研究着烹调的配合。我想在十分寂寞，极度怅惘时藉那区区的舌头回一转苏州，上一次北平，好像还在那旧时的家里一样。[1]

---

[1] 赵萝蕤：《食谱》，《生活导报》1943 年 9 月第 40 期。

读罢《食谱》，自然会想到赵萝蕤的国文老师周作人的小品文《故乡的野菜》。周作人也说自己在浙东绍兴、南京、北京和日本东京都生活了多年，这四个地方似乎都算其"故乡"。然而，整篇小品文读下来，最令周作人回味的仍是童年的游钓之地浙东绍兴。浙江新市镇、苏州和北平，都可算是赵萝蕤的故乡，且都已沦陷，但作者一家最回味的故乡美食仍是浙江新市镇的，尤其是新市风味的年夜饭。

逃难到西南，有机会喝到名酒茅台，然而，丰子恺在随笔《沙坪的酒》中明确表示，他不喜欢喝白酒，包括"巴拿马赛会得奖的贵州茅台酒"。当年不管是与白马湖中学还是上海立达学院、开明书店的同仁共饮，丰子恺他们都喜欢喝绍兴黄酒。丰子恺迁居重庆沙坪坝之后，每天晚酌的是"渝酒"，即重庆人仿造的黄酒。居士丰子恺注重"惜福"，不追求名牌。"有的朋友把从上海坐飞机来的真正'陈绍'送我。其酒固然比沙坪的酒气味清香些，上口舒适些；但其效果也不过是'醺醺而不醉'。在抗战期间，请绍酒坐飞机，与请洋狗坐飞机有相似的意义。这意义所给人的不快，早已抵销（消）了其气味的清香与上口的舒适了。我与其吃这种绍酒，宁愿吃沙坪的渝酒。"[1]

查阅丰子恺的《教师日记》，他们家逃难到大后方，仍按老家桐乡的习俗过年过节。1939 年春节，丰家"打年糕，吃年夜饭，席上更添一新岁娇儿，笑语满座"。正月初五，随丰子恺一同逃难出来的丙潮家邀请丰子恺去喝新年酒，且有两位浙江老乡作陪。丰子恺在日记中欣喜地写道，"五千里外之荒村中，有此一桌浙江菜与浙江人，殊属难得"。[2]尽管是在广西桂林买的菜，但丙潮家还是设法做成了"浙江菜"，让一群浙江老乡吃得十分高兴。

故乡尽管沦陷了，但江南小城镇作家对于江南文化的乡愁仍十分浓郁。他们对江南文化的乡愁书写，也算是一种精神层面的"救亡"。

3.3.3　逃难、苦住与返乡

抗日战争全面爆发后，茅盾于 1937 年 10 月 5 日护送一双儿女去湖南长沙。上海北站被敌机炸毁，茅盾他们在上海西站上车。火车沿沪杭线到

---

① 丰子恺：《沙坪的酒》，《天津民国日报》1947 年 3 月 31 日。
② 丰陈宝、丰一吟编：《丰子恺文集》第 7 卷，杭州：浙江文艺出版社、浙江教育出版社，1992 年，第 90 页、92 页。

嘉兴，再沿苏嘉路去苏州。苏嘉路是南京政府为备战而筑的简易铁路，1937年 7 月才通车，此时恰好承担了上海到南京的中转运输任务。火车上挤满了逃难的人，而日寇的飞机随时有可能来轰炸火车和铁路。茅盾日后所写的散文《苏嘉路上》，对逃难情景的描写具体而生动。下面一段文字叙述中有抒情，很有感染力：

> 苏嘉路，贯通了沪杭、京沪两线的苏嘉路在负荷"非常时期"的使命。列车柯柯柯地前进。车头上那盏大灯不放光明，只在司机室的旁边亮了一盏小灯，远望如一颗大星。原野昏黑而无际，但伴着列车一路的，却有一条银灰色的带子，这便是运河。而这善良的运河不幸成了敌机寻觅苏嘉路最好的标帜。[①]

茅盾经苏州、镇江，乘船到武汉，再自武汉乘火车到长沙，把两个孩子安排在学校寄宿后，就由长沙经武汉、南昌，沿浙赣线返回上海。留在上海的孔德沚早已把家里的东西理清并安排好，一部分寄存二叔家。孔德沚又去了一趟乌镇，运几箱书去，关照黄妙祥照顾好母亲，还留了一千元钱。1937 年 11 月 12 日，茅盾回家这一天，上海沦陷了。1937 年 12 月 31日，茅盾和孔德沚登上了去香港的轮船。次年元月 3 日，茅盾夫妇来到广州。12 日到长沙，与孩子会合。

比起那些上有老下有小的逃难者来，茅盾的逃难之路相对轻松。茅盾原计划要把逃难路上的所见所闻都写出来，但只写了个开头，就搁置了。像茅盾这样的知识分子，富于家国情怀。上海沪松战役一打响，他就组织文化界同仁进行抗日救国的宣传工作。1938 年年初，他到达长沙和武汉，就积极开始写作、编辑杂志。他并没有到中华全国文艺界抗敌协会和政治部第三厅工作，而是为生活书店主编《文艺阵地》，站上自己的"岗位"。

钱君匋也是 1938 年 1 月到达长沙的。其逃难之路漫长而惊险。他为茅盾主编的大型文艺刊物《文艺阵地》设计装帧，并出版了散文集《战地行脚》。

上海淞沪战役爆发前，钱君匋的大儿子在老家桐乡县屠甸镇，妻子陈学榘带着二儿子回江阴娘家待产去了。他自己兼任两份工作：神州国光社的编辑部主任、澄衷中学的音乐和图案老师。当年钱君匋住在上海虹口，

---

① 茅盾：《苏嘉路上》，《烽火》杂志 1937 年 11 月 21 日-1938 年 5 月 21 日第 12-15 期。

眼看路上尽是逃难的人和车，他也把家里的书画、钢琴等物打成"篾包"，运到法租界，存放在巴金腾出来的地下室里。家具也打成"篾包"，从上海火车南站托运到离老家最近的硖石镇去。

钱君匋的逃难从退出上海虹口、逃回老家开始，辗转桐乡、嘉兴、苏州、江阴、湖州、安吉、广德等地，数月间历尽磨难，1938 年 2 月惊魂甫定，在武汉开始写作长篇逃难回忆录《战地行脚》。这篇报告文学的一些章节陆续在当年的杂志上发表，单行本于 1939 年 12 月由重庆烽火社出版。该书已成为真实记录抗战逃难的珍贵文献，收入"上海抗战时期文学丛书"，由福建人民出版社于 1983 年出版。陈子善选编的《钱君匋散文》也收入了《战地行脚》。

小弟钱君行前来报考同济大学附中，没有考成，倒与大哥一同成了逃离上海的难民。钱君匋在《战地行脚·沪杭车中》写了自己在上海南站看到的情景：

> 一列列的客车都静卧在轨道上，肚里都结实地塞满了难民，仿佛许多沙丁鱼罐头接连地摆在那里。车厢外面可以立脚或攀手的地方和车顶上也都挤满了人，仿佛一方方吸铁石吸满了铁屑，排列在那里。
>
> 车站上的人一小半上了车，还有一大半在那里钻着挤着，想上车去。我们因为出了钱给火夫，所以安稳地爬在机车的煤堆上，那里虽然也热得厉害，但的确是要算最好的位置了，因为还可以呼吸到新鲜的空气，不像车厢中挤满了人，满鼻子尽是汗臭……
>
> 不多一会，车子长吼一声向前爬动了。
>
> 攀住在车厢外踏脚板上的人，车行动了，振动力很大，他们便很危险地被掉了下来。
>
> 敌机在车顶高空出现了，车顶上的人和我们在煤堆上的人都恐怖起来。我们听说过机关枪扫射的厉害，因而恐怖的情形比别人来得厉害。幸亏敌机只侦察了一番，仿佛别有作用似地向别处飞去了。[①]

---

① 钱君匋：《战地行脚》，重庆：烽火出版社，1939 年，第 5-6 页。

　　火车每到一站，都能听到许多挤不上车的难民的怨恨和叹息。车顶上挤满了人，驶过松江石湖荡大铁桥时，有些直着身子的人来不及弯下腰来，头颅就撞在了铁桥的天棚上。车到嘉兴站，又发现三位乘客在闷热的车厢里窒息死了。钱君匋他们坐了近十二小时火车，总算安全到达宁海县的硤石镇。

　　朋友寄来快信，约他去南翔前线服务，钱君匋就从老家桐乡县的屠甸镇乘轮船去嘉兴，转乘火车到了苏州。苏州去上海的火车早已停开，连轮船都没有了，钱君匋只得在苏州过了一夜。号称"东方威尼斯"的苏州，许多难民露宿街头。钱君匋惦记着待产的妻子，就转道无锡，折向长江要塞江阴。江阴已被日寇的飞机轰炸过了，妻子他们避寇乡下。钱君匋找到岳母，得知妻子又产一子，由于产后发热，进城医治去了，好在烧已退，在城里的家中养息。钱君匋第二天进城才见到了平安的母子。

　　1937 年 9 月 20 日，钱君匋他们买了点豆芽菜和鱼虾，准备吃顿团圆饭，不料日寇的飞机不断来骚扰，大家躲防空警报，不敢烧饭菜，到晚上警报解除时，鱼虾都变质了。从第三天开始，日寇的飞机狂轰滥炸江阴城，还用机枪射击，岳父家的房子被炸成了废墟。钱君匋他们躲进防空壕，才逃过一劫。

　　在乡下避难至孩子满月，江阴至无锡的轮船恢复通航，钱君匋才带上妻子乘轮船到无锡，再乘轮船经太湖于半夜到达湖州。刚住好店，就响起了防空警报。第二天转乘汽车到南浔镇。南浔到硤石镇的轮船停开了，钱君匋他们只得在南浔过夜，第二天乘"绍兴快船"回屠甸镇。从江阴到屠甸，平时只需十二小时，这次却担惊受怕，走了三天。

　　钱君匋在老家设计了六种"航空救国邮票"，于 10 月 18 日坐船去硤石镇拍照，正赶上日寇的飞机来轰炸。这是日寇的飞机第二次轰炸硤石镇，主要目标是火车站。

　　钱君匋有一台三灯牌收音机，用来收听前方的战事消息。11 月 6 日，听到了日寇在金山卫登陆的消息，第二天，钱君匋跟家人商量逃难。父母表示要守住家产，哪儿也不去，镇上危险时会到附近的乡下避难。护送妻子来的娘家弟妹六人表示要回江阴老家去。钱君匋只得把孩子留给父亲，雇了一条渔船，摇向湖州去。钱君匋在《战地行脚·夜船发湖州》中用抒情的笔调写道：

潺潺的水声和橹声送我们离开了故乡屠甸，父亲和母亲临别时的叮嘱，使我们大家默默地体味着，都沉浸在没有家没有亲人的哀痛中。冬日傍晚的水风，从船头透进来。虽然把严冬的衣服都上了身，也不免觉得有些寒冷。在前线的将士们，用单的或裌（夹）的衣服裹着疲劳的身体，想来入夜一定更比我们受寒风的苦。金山卫登陆的日寇但愿能够为我们餐风宿露的英勇的士兵所扫荡，不使他们蔓延开来。美丽的富饶的江南呀，我们都希冀着你能够避免日寇的蹂躏。

船在左右簸动中经过了长杉桥，一直向西前进，疏疏落落的两岸有的是和平的村庄，村人都衔了旱烟杆在河旁的场地上闲谈着，享受那傍晚悠游的生活。他们都不知道日寇已闯进我们东南的门户，将要迫近他们自己的村庄，我们不觉为他们的将来担着扰。夜逐渐深去，在星光中经过了新市，又从新市向北前进，我们几次推开篷窗来探望；千金市梢的那条高高的环桥的影在朦胧的月光下黑压压地倒映在河心，桥堍的一点灯下，照见一个守夜的壮丁，我们的船就在他的呼喝中停下又开行。①

船到湖州，兵荒马乱，有不少从上海逃来的难民。江阴是回不去了，住城里随时会有日寇的飞机来轰炸，钱君匋他们只得退到湖州近郊的小镇袁家汇。一周后，袁家汇一带被划入"火线"。钱君匋他们再次搭船去湖州，湖州书店里有钱君匋的熟人，可以探听消息。小舅子陈吉平的手指上生着"天蛇头"，要去福音医院治疗。进入湖州城，但见市民们都在忙于逃难，日寇的飞机又来轰炸。警报解除后，钱君匋急忙雇船去袁家汇接来妻子等人，在书局里待到后半夜，才雇到两只渔船，与书店的几位朋友一起沿西苕溪向安吉逃去。路上有军队检查、"捉差"，好在书店的老王披了壮丁的制服，声称"我们有公事"，才应付过去。

白天怕日寇空袭，雨夜行船，又怕盗匪抢劫。船行荒山野岭间，更显恐怖：

苕溪的两岸愈来愈荒凉，穿着湿布衫的万仞青峰层叠着浓黛

---

① 钱君匋：《战地行脚》，重庆：烽火出版社，1939年，第23-24页。

浅靛，围合在小船的四周。群山间没有人烟，带着雾点的风在枯草尖上打滚，呼啸着作声。狐裘似的出岫的湿云低绕着山腰，昔日的"梁山泊"，我想不过如此。船随着溪身回转，突然映到我们的眼里的是：岸上的败草间，零乱地那些杂陈着的朱漆的衣箱之类，各种质料的衣物都已吐出在草叶上，被雨淋湿了。那艘庞大的船一半陷在水里，一半倾侧着阁（搁）在岸上，舱里浸满了黄蚀的涟漪。几丈外还有一艘不幸的小船，也陷在水里，呈现着劫后的悲惨的姿态。我们从这两艘沉舟间更钩起了无底的恐慌和忧愁。一转弯青山压向船头，又往船尾退去，忽然现出一片平原来，在万顷芦花的白浪间起了零落的几声木壳枪，更使我们切肤地感到了抢劫将要降临的惊惶。①

原计划先逃到梅溪避难，无奈梅溪镇难民太多，没有余屋可租，钱君匋他们只得转向小镇晓墅。也许是穷山恶水出刁民吧，租到的房子十分简陋，房租十分贵，房东"徽州婆"还很刻薄。

历年没有兵灾的晓墅，也来了日寇的飞机。湖州城早就被战火烧成废墟了，泗安也遭到日寇飞机的狂轰滥炸。前线的枪炮声日渐临近，钱君匋他们商定继续向西逃难。深山里舟船不通，只得雇人挑行李，大家步行，在郪吴镇过夜时，还碰到了熟悉丰子恺、章克标的文化人，居然请人半夜送来薄礼。次日，继续翻山越岭，走向安徽广德。广德城正遭受日寇飞机的狂轰滥炸，城里的人都向外逃难。钱君匋他们在离城约五里的一个村子里住下来，也躲了几次空袭。入夜，广德城的大火熊熊燃烧。在钱君匋看来，这是"满燃着民族抗战的火焰"。

钱君匋的《战地行脚》只写到这里。此后，钱君匋一行继续逃难，经宣州、绩溪到南昌，途中还被小偷偷走了一些衣物。直至 1938 年 1 月到达长沙，钱君匋才重新找到文化人的抗日组织。

钱君匋的《战地行脚》中写到了从上海逃出来的难民。不过抗日战争时还有一个逃难的去处，那便是上海的租界。原先地方军阀混战时，像潘先生那样的江南小城镇的人就往上海租界跑。抗日战争爆发后，江南小城镇上一部分人还是有原先的"路径依赖"，仍然往上海租界跑。于伶话剧《夜

① 钱君匋：《战地行脚》，重庆：烽火出版社，1939 年，第 34 页。

上海》中的梅春岭一家就从宜兴一带跑到了上海租界。钱君匋离开上海前把一部分书画和钢琴等寄存在租界，日后又回到变成"孤岛"的上海租界，开创了自己的出版事业。

钱君匋《战地行脚》的附录里还收入了一篇短篇小说《幸免者》。小说中的幸免者王铁民在金山卫镇上开了一家小酒店，娶妻生子。那天傍晚，酒店打烊后，他到冯镇长家去聊天。冯镇长正在准备逃难，告诉他金山卫失守了，日寇正向镇上冲来，逃难要紧。他急忙返身跑向临近南门的自家的小酒店，想带了老婆和儿子一起逃难。无奈战火已烧到南门，他在半道上被街上众多的逃难者挟裹着向西门跑去。他放心不下妻儿，就躲进了沈家花园的灰棚，准备见机行事。

他隐约听到了逃难声、巷战声，还听到冯镇长被抓了。沈家的大厅里关进了被抓的壮丁，被日寇活活烧死。他乘着天黑，爬行到了自己的酒店门口，找到了奄奄一息的妻子。妻子死在他的怀里后，他又找到了僵硬的儿子的尸体。他用两条被子盖在了妻子和儿子的身上，就离开经营了十年的小酒店，潜逃到城外。回首南门，但见城门上悬挂着冯镇长的首级。

日军侵占金山卫后，三天内，仅金山卫镇地区的居民就被屠杀一千零一十五人，焚烧房屋三千零五十九间。这篇小说以王铁民为叙事视角，控诉了日寇在金山卫的暴行。不过小说只是钱君匋的想象之作。当年日寇攻打金山卫镇时，飞机轰炸、大炮轰击等小说中都没有写到。小说只写了金山卫城里的守军与日寇的巷战。

日寇的炸弹是不长眼睛的。江南的城镇一旦成了日寇飞机的轰炸目标，这个城镇就会遭受一轮又一轮的轰炸，城镇上的市民被迫逃难，有的往远处逃，有的在四乡就近避难。钱君匋的《战地行脚》中写到的江阴、湖州、广德等就是这种不幸的城镇。丰子恺的随笔《辞缘缘堂》写道，由于战争爆发，他关闭了杭州的"行宫"，杭州读中学的子女也都回了石门缘缘堂。当年石门镇上的市民天真地认为，镇上没有驻军，日寇是不会来轰炸的。1937 年 11 月 6 日中午，日寇的侦察机飞临石门镇上空，不少市民还看风景一样观赏，认定炸弹很贵，"请他来炸也不肯来的"。不料当天下午日寇的飞机就到不设防的石门镇上来狂轰滥炸，并用机枪扫射。

当天夜里，丰子恺的妹夫蒋茂春家摇来一只船，载丰子恺全家去乡下避难。丰子恺也曾乘夜去缘缘堂取过东西，发现镇上的市民也都逃离了，石门镇成了一座空镇。日寇的飞机也曾光临过，好在大家已逃难，不像第一次那样伤亡惨重。①

　　据丰子恺随笔《桐庐负暄》所述，丰子恺全家在妹夫家暂住约半个月，眼看战火临近，就开始向远方逃难。悦鸿村的亲戚丙潮摇来一只船，愿与丰子恺他们结伴逃难。丰子恺就率领全家老少十人（包括裹了小脚的年近七十的岳母）和族弟平玉、店友章桂，坐船经悦鸿村，向杭州进发。马一浮先生已从杭州迁居桐庐，丰子恺就决定先去桐庐投奔马一浮。船过新市后，大家上岸，在白云庵里买了芋艿煮熟当饭吃，邂逅四个穿黑衣服的中年男子，言行诡异，弄得大家提心吊胆。行船至塘栖，运河里运兵的船多了起来，丰子恺他们船上的一位摇船人被强行拉了夫。半夜到拱宸桥，在船里睡到天亮。杭州已没有到桐庐的汽车，只能雇了挑夫挑行李，大家步行去六和塔。老岳母请人背，后雇到一顶轿子，一起同行。

　　他们到了六和塔下，在一家小茶馆喝茶、吃粽子，设法找船去桐庐。茶馆夫妇知道情况后，想乘机敲一笔竹杠，说有一条船能去桐庐，至少七八十元，好在平玉与章桂找到了一条船，原为警察征用的，正闲着，说定二十五元到桐庐。茶馆主人先是看他们不肯坐高价船而态度蛮横，丰子恺雇定船后去跟他结账时，他就变得失望、颓唐。

　　行船至半夜，船老大逼着平玉加价。平玉是老江湖，先稳住船老大，答应六和塔下付的十五元作废，到桐庐付四十五元。第二天晚上十点半到达桐庐，找不到住所，只得去迎薰坊13号惊动马一浮。十多人在马一浮的住处找到了安身之处，搬好行李，船老大跟来结账。平玉一把抓住船老大的胸脯，雷鸣一般地骂道："你这忘八，半夜里敲诈良民，我拉你公安局去！"半夜里凶神恶煞的船老大只得苦苦哀求，经大家劝解，最终按约付了余下的十元。逃难时由于缺少了基层政府的管制，不少人显现了人性中恶的一面，想乘机敲诈患难中的同胞。丰子恺笔下的小茶馆夫妇、船老大和钱君匋笔下的房东"徽州婆"，都是这种人。当然，更可恶的是那些强盗，乘机杀人越货，从难民身上发国难财。

　　丰子恺率领全家老少逃难，一路上能暂住的地方就先暂住下来。他们在妹夫家暂住了约半个月。一到桐庐，经马一浮弟子王星贤介绍，又到汤庄租下三楼三底一幢新屋，再次暂住了二十多天。传闻有大军将开赴桐庐，利用山地与日寇作战。有军队向丰子恺的住处借住一晚，据说他们将开赴杭州作

----

① 丰子恺：《辞缘缘堂》，《文学集林》1940年1月第3辑。

战。丰子恺就设法找到一条船，载了大家到桐庐县城，又雇了另一条江舟，说定二十八元到兰溪。江景如画，行舟顺利，妻女们都后悔把外婆留在了桐庐山里。店员章桂返回去，带外婆乘汽车到了兰溪与大家汇合。①

丰子恺一行此后的逃难之路经衢州、上饶，到达江西西部临近湖南的萍乡，暂住在弟子萧而化的老家暇鸭塘萧祠。丰子恺在随笔《还我缘缘堂》中专门写到了次女林先。逃难的行李简而又简，丰家老少都没什么换洗衣服。林先天性最爱美，关心衣饰，闲坐时举起破碎的棉衣袖来给父亲看，说道："爸爸，我的棉袍破得这么样了！我想换一件骆驼绒袍子。可是它在东战场的家里——缘缘堂楼上的朝外橱里——不知什么时候可以去拿得来，我们真苦，每人只有身上的一套衣裳！可恶的日本鬼子！"②她昨夜睡在丰子恺对面的床上，梦中笑了醒来。原因是她梦回缘缘堂，看见堂中一切如旧，小皮箱里的明星照片一张也不少。丰子恺就以林先的口吻作了一首感伤的小诗：

> 儿家住近古钱塘，也有朱栏映粉墙。
>
> 三五良宵团聚乐，春秋佳日嬉游忙。
>
> 清平未识流离苦，生小偏遭破国殃。
>
> 昨夜客窗春梦好，不知身在水萍乡。③

不幸的是，丰家老少挂念的缘缘堂，却被战争的烽火焚毁了，留在缘缘堂的衣物，包括林先收集的明星照片，都被烧成了灰烬。

在萍乡过了春节，经萧而化介绍，丰子恺全家迁居长沙南门外天鹅塘旭鸣里。丰子恺应朋友邀请，到武汉参加文化界的抗日救亡工作。至此，丰子恺这位文化人总算"归队"。

1938年6月，丰子恺应桂林师范学校的聘请携眷来到桂林。对于桂林的生活，丰子恺在《望江南》中写道："逃难也，逃到桂江西。独秀峰前谈艺术，七星岩下躲飞机。何日更东归。"④在桂林暂住至1939年4月，丰子恺应浙江大学之聘到广西宜山执教。不久，日军在广西南宁登陆，宜山形势十分紧张。浙江大学决定搬往贵阳，学生、教师纷纷扶老携幼，设法向

---

① 丰子恺：《桐庐负暄》，《文学集林》1941年1月第4辑。
② 丰子恺：《还我缘缘堂》，《文艺阵地》1938年5月第1卷第2期。
③ 同②。
④ 丰陈宝、丰一吟编：《丰子恺文集》第7卷，杭州：浙江文艺出版社、浙江教育出版社，1992年，第744页。

贵阳转移。丰子恺一家也加入了这支逃难的大军，逃难至河池，找不到至都匀的汽车，一家老幼滞留旅店。旅店老板请丰子恺为老父写寿联，由于闪金纸是不吸水的，写好的对联便拿到门外去晒。当地汽车加油站的站长正好路过，此人恰巧是丰子恺的私淑者，见到丰子恺手书的对联，便登门拜访，并表示愿意提供汽车载丰子恺一家老幼去都匀。果然，丰子恺一家在站长的帮助下安全到达目的地。此事在浙江大学传为佳话，丰子恺同事张其昀戏称这是"艺术的逃难"。

丰子恺在随笔《"艺术的逃难"》中感慨道：

> 人真是可怜的动物！极微细的一个"缘"，例如晒对联，可以左右你的命运，操纵你的生死。而这些"缘"都是天造地设，全非人力所能把握的。寒山子诗云："碌碌群汉子，万事由天公。"人生的最高境界，只有宗教。所以我的逃难，与其说是"艺术的"，不如说是"宗教的"。人的一切生活，都可说是"宗教的"。[①]

逃难，吃住行都比平时要贵。有钱者有能力逃难，无钱者寸步难行。施蛰存短篇小说《在酒店里》中的破落户老周就是一位无钱逃难的人。战火已烧到六十里外，小城的人纷纷逃难，晚上，府桥边阿昆家的酒店照常营业。"我"已买了下午的火车票，但由于日寇飞机轰炸，车子没有开成，晚上照例到阿昆的酒店里来喝夜酒。在平时，老吴、老周、黄家的二相、刘家的账房赵雪以及有点冬烘气的中学英语教师"乔老夫子"，几乎每天晚上坐在固定的位子上喝酒聊天。好几位老朋友都已逃难走了，晚上只来了老周和"乔老夫子"。校长召集教员开会，学校要搬到乡下去，凡愿意去的教员预发 9 月份薪水，用作逃难搬家费。"乔老夫子"正好带了全家一起去。老周，一个家境式微的世家子弟，平时勉强度日，此时却无钱逃难，反倒有位孤苦的远房侄女从上海逃难来投奔他。

喝完最后一次夜酒，"乔老夫子"先回家了。"我"让老周到家里坐坐，临别时塞给他一百块钱，让他设法逃难，别在这座危城中发愁。"我"准备在自家的房子里住最后一晚，第二天先坐船到枫泾，再设法坐汽车或火车去杭州。[②]

---

① 丰子恺：《"艺术的逃难"》，《导报》月刊 1946 年 8 月第 1 卷第 1 期。
② 施蛰存：《在酒店里》，《文艺春秋》1946 年 10 月第 3 卷第 4 期。

茅盾、钱君匋和丰子恺在散文中讲述了各自的逃难经历。诗人艾青在抗日战争初期边行走于北方边写诗抒情。1938 年年底，他在武汉写了名作《雪落在中国的土地上》。"雪落在中国的土地上，/寒冷在封锁着中国呀……"在诗人笔下，中华大地，到处都是逃难的难民。在北方，中国的农夫赶着马车逃难。在诗人熟悉的江南水乡，诗人用乌篷船等江南意象抒情：

> 沿着雪夜的河流，
>
> 一盏小油灯在徐缓地移行，
>
> 那破烂的乌篷船里，
>
> 映着灯光，垂着头，
>
> 坐着的是谁呀？
>
> ——啊，你，
>
> 蓬发垢面的小妇，
>
> 是不是
>
> 你的家，
>
> ——那幸福与温暖的巢穴——
>
> 已被暴戾的敌人，
>
> 烧毁了么？
>
> 是不是
>
> 也像这样的夜间，
>
> 失去了男人的保护，
>
> 在死亡的恐怖里，
>
> 你已经受尽敌人刺刀的戏弄？[①]

其实，整个抗日战争期间，一般的长途出行都困难重重，成为一种苦不堪言的"逃难"。钱钟书长篇小说《围城》的背景是抗日战争时期。小说写方鸿渐、赵辛楣、李梅亭、顾尔谦和孙柔嘉一行五人从上海租界应聘去湖南国立三闾大学教书。该校的秋季开学时间为 1938 年 10 月，他们于 9月下旬动身。上海"孤岛"时期，有钱人去国统区一般坐海轮去中国香港、安南（越南）河内，改乘火车去桂林、昆明。三闾大学的校长高松年给的

---

① 艾青：《北方》，重庆：南天出版社，1945 年，第 12-13 页。

路费没那么多,建议他们走一条从浙东、江西到湖南的特别线路。钱钟书用小说那种略带夸张的笔法渲染了他们的"逃难"之路。他们从上海到宁波乘的是意大利公司的海船,次日清早到宁波,没有进港,由汽油船摆渡客人上岸。坐二等舱的方鸿渐、赵辛楣、孙柔嘉三人先上岸。李梅亭和顾尔谦为了省钱,坐三等舱,还在渡船上,就响起了空袭警报,虚惊一场。

他们在宁波住一晚后,还得赶到奉化溪口镇乘车。上午坐船,吃过中饭后换坐洋车(手拉车)。江南多雨,这天正赶上下雨。路上最惊险的是下车走那条藤条扎的长桥,"那桥没有栏杆,两边向下塌,是瘦长的马鞍形"。估计原先的石桥被日寇的飞机炸掉了,才临时搭建了这藤条桥。经车夫们鼓励和"指导",顾尔谦、李梅亭、赵辛楣先后通过,方鸿渐胆子最小,在孙柔嘉的悄悄鼓励下才一起走过了藤条桥。雨越下越大,天黑伸手不见五指,除孙小姐外,四个男人两人一班,轮流打手电照路,李梅亭不小心滑入了水田,弄得浑身泥水。好容易走到镇上,才能洗涮、吃饭、住店睡觉。

第二天略事休整,凭着李梅亭名片上晓人的头衔和赵辛楣精心打扮出来的派头,才由站长特意留了两张次日和三张后天的汽车票。顾尔谦、李梅亭前一天走,赵辛楣他们第二天走,三人好容易挤上车,偏偏山路崎岖颠簸,老爷车半路抛锚,换乘另一辆。天黑才到金华,吃的东西倒胃口,住的地方居然有臭虫和跳蚤。行李没有随车而来,只能在此受着罪等待,最后等来的是李梅亭那口大箱子,里面装满了读书卡片和准备贩到后方去高价卖掉的西药。

路上耽搁,吃住都贵,合计下来,五人身上带的钱到不了三闾大学,大家决议拍电报给高松年,请他汇笔款到吉安的中央银行。金华有火车,但他们只能乘到鹰潭。从鹰潭去吉安还得乘汽车,票难买,车难乘。到了吉安,费了很大一番周折才取到款。江西的汽车只能开到与湖南交界的界化陇,接下来要改乘湖南的汽车。他们不急于赶路,在此留宿一晚。五个人只有两个房间,孙小姐只能挤在方鸿渐、赵辛楣的房间。午睡时孙小姐说自己不困,在外间的竹躺椅里看书,不经意睡着了,受了风寒。山里温差大,晚上奇寒,孙小姐就冻病了。

从界化陇到邵阳走了四五天,还算顺利。邵阳到三闾大学都是山路,换坐山兜。山里奇冷,得经常下来走走暖脚。

总之,他们这一路,完全是一次逃难之旅。路上交通不便,买票、等行李都得耽搁时间。李梅亭的那口大箱子害得大家多等了好几天。一路上吃住条件都很差,但价格又奇贵。在宁都时从报上看到长沙大火,推测三闾大学不一定秋季能开学。荒乱了几天，才得到高松年来的定心丸：学校不在大城市，长沙战事不影响开学。①

"患难见真情。"逃难路上，钱钟书写出了五个人物的不同性情。赵辛楣顾全大局，一路上尽量照顾大家。李梅亭自私好色，随身带的那口大箱子让其谋到了利。顾尔谦猥琐，但也能顾家。孙柔嘉是刚出校门的小女生，但很有心计。方鸿渐人不坏，但一无用处，是个没有抱负的"海归"。

据杨绛在《记钱钟书与〈围城〉》中回忆："他父亲原是国立浙江大学教授，应老友廖茂如先生恳请，到湖南蓝田帮他创建国立师范学院；他母亲弟妹等随叔父一家逃难住上海。一九三九年秋，钟书自昆明回上海探亲后，他父亲来信来电，说自己老病，要钟书也去湖南照料。师范学院院长廖先生来上海，反复劝说他去当英文系主任，以便伺候父亲。公私兼顾。这样，他就未回昆明而到湖南去了。"②钱钟书从上海去湘西的行程与方鸿渐一行的路途大致吻合。对于当年路途的劳累艰辛，钱钟书在《谈艺录》中回忆道："军兴而后，余往返浙、赣、湘、桂、滇、黔间……形羸乃供蚤饱，肠饥不避蝇余；恕肉无明，真如士蔚所赋，吐食乃已，殊愧子瞻之言。每至人血我血，搀和一蚤之腹；彼病此病，交递一蝇之身。"③由此可见，《围城》中的小说情节，虚构中掺和了钱钟书自己的真实体验。

抗日战争时期，沦陷区到处是要人留下"买路钱"的关卡，一路都是"畏途"。罗洪的短篇小说《逝去的岁月》是以第一人称"我"为叙事视角的，写在 1944 年冬天，"我们"一行四人，三女一男要从上海回后方去。"我们"开始时运气还不错，好容易挤了半天，搭上了去杭州的汽车。一到杭州，听说到"自由区"的两条路被封锁了。不知道哪天能通，于是"我们"每天早上去车站碰运气。连续三天，都碰到一个姑娘跟一个中年太太，她们也来打探消息。开放的那天，"我们"居然跟她们挤上了同一辆车。从杭州出发的半天路程，有三十来个"检问所"，都要检查行李，勒索金钱；否则，会被安个"游击队"之类的罪名。半道上，据说前方不稳，"我们"决定先到富阳再说，那位姑娘要求与"我们"结伴同行。就这样，"我们"结伴到了富阳，在一个熟悉的公司住了下来。这位姑娘叫静娴，父亲被汉奸们逼死，哥哥逃走了，她跟母亲和妹妹逃到

---

① 钱钟书：《围城》，《文艺复兴》1946 年 2-12 月第 1 卷第 2-6 期，第 2 卷第 1 期、2 期、4-6 期。
② 杨绛：《杨绛散文》，杭州：浙江文艺出版社，1994 年，第 165 页。
③ 钱钟书：《谈艺录》（补订本），北京：中华书局，1984 年，第 184 页。

了上海。她这次去后方，要找分别三年的心上人完婚。当天晚上，保甲处来敲门，要借两间房给大兵们住。关键时刻，静娴十分果决，巧妙对付，终于没有发生意外。抗日战争胜利后，静娴好容易找到了"我"。别后三年，她像过了三十年。她们曾流落在一个小县城里，静娴遭人强暴。好容易到了爱人居住的地方，她得到的是心上人阵亡的噩耗。返乡回家，母亲去世，妹妹已婚，她孤苦一人，仍坚强地活着。她对"我"说："我也懂得生命是宝贵的。"①

抗日战争时期，江南小城镇上的市民，能逃难到大后方的毕竟是少数。大多数市民在日寇飞机轰炸和国民党军队与日军打仗时就近逃难到四乡，战事稍稍平息，仍回小城镇上来"苦住"。

罗洪的短篇小说《邻居们》中的李三爷原先在小城里过着小康日子，大儿子会赚钱，大儿媳会当家。抗日战争爆发后，一家人逃难。大儿子和大儿媳被炸死，小儿子失散了。李三爷带着两个孙子回到沦陷的老家"苦住"。他靠收十多亩的田租和祖屋出租的房租勉强度日。房客中出了两个"暴发户"：小伙计出身的黄子祥靠出售原先铺子里的货物起家，随后贩运走私货物，囤积居奇，发了国难财；胸无点墨的林七成了伪政府的爪牙，也腾达起来。其他几户房客就比较可怜了：姓陆的原是书香人家，如今靠逃难时带出来的一点随身之物艰难度日；章工程师原先薪水颇丰，逃难时跌断了腿，一家人过着半冻半饿的生活。周老太太前半世享福，如今自己动手做家务。李三爷与周老太太比较谈得来，经常聊聊天。小说主要写了两件事：李三爷好容易买回肉，准备给孙子解馋，却受到两个"暴发户"奚落。林七要收"慈善捐"，李三爷和周老太太事先说好都不捐，但林七走上门来，周老太太和李三爷都乖乖捐了两块钱。原来他们两人都是软弱的"顺民"。②

罗洪的另一短篇小说《王伯炎与李四爷》也是反映沦陷区人民的"苦住"生活的。王伯炎出生官宦人家，父亲挥金如土，败光了家产。父亲死后，王伯炎只能变卖一点破旧东西，孤苦度日。当年帮其父亲挥霍家产的街坊邻居都翻脸不认人，叫王伯炎为"王八"。熟人中只有李四爷见面仍叫他"伯炎"。李四爷守着祖产，一家人安安稳稳过日子，沦陷后却度日维艰。

---

① 罗洪：《逝去的岁月》，《文潮月刊》1948 年 1 月第 4 卷第 3 期。
② 罗洪：《邻居们》，福建《改进》月刊 1944 年 11 月第 10 卷第 3 期。

学徒出身、没什么文化的赵端民投机钻营，成了伪政府的警察局局长。李四爷当年救助过他，就成了他的清客，每月得两百元。物价飞涨，李四爷的月薪一直没涨。李四爷经常在王伯炎面前说自己在省政府里有熟人，要写信去谋差事，届时王伯炎也会得到照顾。赵端民贪赃枉法，还与王伯炎邻居陈浩年的大女儿勾搭成奸。他感觉官场上有些不顺，于是就信起风水来。听闻王伯炎家的祖坟风水好，赵端民就让李四爷去当说客，动员王伯炎卖祖坟。赵端民的小舅子周一鸣对李四爷说，王伯炎如果识相点，愿开价卖祖坟，就可以商量；如果不识相，就可以把他抓起来，治个罪。李四爷并没有说通王伯炎，赵端民他们果然抓了王伯炎。李四爷设法在周一鸣面前为王伯炎说情。周一鸣却扬言："这种年头，抓个像王八那样的家伙算什么呢？"李四爷只是位说说空话的"多余人"，给王伯炎吃个空心汤团。当王伯炎真的落了难，他却一点忙都帮不上。比起原先的土豪劣绅来，沦陷区得势的流氓更加无法无天。①

王鲁彦的短篇小说《陈老奶》也写了江南小城镇市民的"苦住"生活。不同于罗洪笔下那些软弱的"多余人"，该小说的主人公陈老奶是位坚毅的"苦住"者。陈老奶是市镇上的老奶奶，小儿子去当兵了，难得来信。她最反对的是烟酒嫖赌，她的大儿子恰恰喜欢喝几口酒，有时也会打打牌。他是一个商人，在这镇上的一家杂货店里做账房，搭了一千多元股本，也算是个体面的人。大儿子说自己在商人圈里混，自然得陪人喝酒、赌博，陈老奶也拿他没有办法。大儿子病死后，杂货店老板串通镇长和伙计，吞没了陈家存在各处的一千多元股本。

他们所住的是个较大的市镇，抗日战争以后物价与城里一样飞涨。搬来两个中学，添加了六七百人口，更是助涨了物价。于是，镇上的居民贫富两极分化加剧。陈老奶却看到了商机，从杂货店里抽出一部分本钱，囤买些柴米油盐，还就近租了一块菜园，带着媳妇种了各种蔬菜。陈老奶用着一二百元做些小买卖，和几个女人家合股采办一小批豆子、花生、菜油、布匹、小猪，低买高卖，赚些差价，几乎成了精于买卖的小商人。

大儿子死后，陈老奶仍带领大儿媳，一家人坚强地过日子。婆媳俩还给人缝衣服，为学校里的人洗衣补衣。礼拜天，她在校门口摆只炉子，做

---

① 罗洪：《王伯炎与李四爷》，《新中华》复刊 1944 年 7 月第 2 卷第 7 期 "农村经济建设专号"。

油炸的饼子卖给学生。

操劳加速了陈老奶的衰老。她在最后的日子里，准备好自己的寿衣，还订好了寿材，安排好自己的后事，才离开了人世。

这个镇尽管不是沦陷区，但与日伪军治下的沦陷区一样，也是坏人当道。小说中的镇长是个精通公文法律的"师爷"，他与陈老奶大儿子的老板串通一气，硬说陈老奶大儿子欠了他一千多元的赌债。陈老奶喊冤也没用，镇长很快就把她儿子存在几家店里的股本统统提了去。镇上人都明白，镇长他们干的是黑良心的勾当，但都敢怒不敢言，只在暗地里叹息道："可怜呵，这老太婆！……"①

抗日战争时期，江南大片土地沦陷，但仍有一部分山区由国民党或新四军控制；至于国共与日伪军拉锯的地方，被夏衍形象地称为"阴阳界"。沦陷区日伪军当道，百姓只能"苦住"。国民党治下的江南小城镇，仍有像《陈老奶》中镇长那样的"劣吏"。许杰的短篇小说《的笃戏》，也是讽刺"劣吏"及其太太的。故事发生在浙东山区的一个小县城。抗日战争进入相持阶段，该县没有沦陷，但受战争影响，每年在城隍庙里做的"的笃戏"却停了，弄得"城隍老爷"和城乡百姓没戏看。演"的笃戏"的"新鸿庆"戏班，经过向张书记长"公关"，并通过张书记长做通了县长的工作，改名"抗日剧社"，仍然在城隍庙里原先那个演社戏的台上演起了"的笃戏"。"的笃戏"是越剧的前身，为浙东的一种地方戏剧。在该县，除了县长，张书记长是"全县最阔气的一个人"。开始演"的笃戏"的那天下午，张太太落坐牌桌的时候就说："今天只能八圈，八圈之后，什么人也不许赖桌，我是决定要去看'的笃戏'去的。"可是，等到八圈之后，张太太自己输了钱，赖住不肯歇。其他人只能顺从她打下去，把三年不看了的"的笃戏"的头夜戏牺牲掉了。

次日晚上，由于张书记长有公事，张太太只能由前妻的女儿阿芽陪着去看戏。她处处要摆书记长太太的谱，打得强占"高马"的野孩子头上流血，被一个女政工队员陆小梅教训了一顿，还被那个野孩子抹了一脸牛粪。张太太扫兴回家，弄得正在偷情的张书记长和奶妈措手不及，奸情差点败露。

第三天下午，张太太仍旧在家里打牌，不过手气不错。张书记长早早

---

① 王鲁彦：《陈老奶》，《文艺杂志》（桂林版）创刊号 1942 年 1 月。

回家，还让手下人把陆小梅叫来，借故她们思想有问题，狠狠训了一顿。张书记长和太太兴致很好，晚上约大家一同去看"的笃戏"。

> "好，早点吃饭吧，吃了饭好去看'的笃戏'去！"书记长立了起来，觉得有些疲倦，伸了一个懒腰。但是，当他仰起头来的时候，却在朦胧的眼光中看见了中堂上五彩武装半身立像，很严肃地向他注视。[①]

是啊，像他这样一个"劣吏"，是不符合总统的抗日战争要求的。

《千家村》是王鲁彦的最后一篇小说，刊载在 1942 年《文艺杂志》（桂林版）第 1 卷第 4 期上，1946 年《文潮月刊》重刊。小说虚构了"我"（秋光）在抗日战争全面爆发四年后，设法回到经受三次大战的千家村。历经战争创伤的村民们学会了自保，他们在村口站岗放哨。"我"雇了挑夫挑了行李爬上可以望见故乡的最后一个山冈，放哨的连伢子就让"我"付了挑夫的工钱，自己愿意免费挑行李。路上遇到屋后的四公公，经过一番交谈，连伢子才弄清楚"我"是从千家村走出去的读书人，放下了一颗警觉的心。耳闻目睹战后的村庄和村民，引发了"我"强烈的悲愤：好多房屋被毁，不少家庭妻离子散。偌大个千家村，只剩下一百多户残缺不全的村民，过着饥寒交迫的苦日子。

"我"感觉到了自己肩上的重任，第二天一大早踏上了自己的征程，"急急的离开了我们的老屋，我们的故乡，我们的千家村……"

《千家村》仍然采用了"漂泊"与"还乡"的叙述模式，但"漂泊"还在外的"我"从事的是抗日的工作，"还乡"亲眼目睹了被日寇蹂躏的故乡，更激起了"我"的抗日激情。

1942 年清明时节，王鲁彦还写了一篇具有抒情味道的散文《从灰暗的天空里》。作者在文中回忆了童年清明扫墓的乐趣，遥想眼下有不少上坟的老乡在"祖坟边凄惨地啼哭着"。当年洋溢着诗情画意的故乡，如今已被日寇的侵略战争摧残得满目疮痍：

> 你看见了那被敌人践踏着的土地吗？同胞的血涂满了地面了，我们的屋子，我们的道路，现在是谁在住着，谁在走着？

---

① 许杰：《别扭集》，上海：开明书店，1947 年，第 1-56 页。

谁牵去了我们年轻的妇女，谁夺去了我们用血汗灌溉出来的谷米？[①]

1943 年清明，社会学家费孝通也写了一篇抒情散文《清明怀故乡》。当年他在昆明，写自己在异乡的高丘上引颈东望，故乡的祖坟没人祭扫。一别五年，游子仍没有归来的消息。作者由祖坟想到了在沦陷区苦苦挣扎的年老的父母，不断写着谎报"平安"的家书，其实过的是缺衣少食的苦日子。父母也在遥想着游子身上的棉衣，穿了五年不知破成怎样了？作者在文末写道：

> 南国的清明又匆匆过了。梨花满墅，雪一般白，可是一些不冷。我遥望着荒芜了的故园，野祭无人的乡坟蜷伏在耻辱里，使人魂断的该不只是路上的泥泞罢！[②]

抗日战争时逃难固然难，但抗日战争胜利后返乡也不容易。日本投降后，中国与美国、英国、苏联，加上法国，成了"世界五强"。然而，对于灾难深重的中华民族来说，这是"惨胜"。重庆人称江南人为"下江人"，而"下江人"要返回梦中的江南实属不易。不少"下江人"一时筹不到路费。丰子恺听到"下江人"沿街叫卖茴香豆，听上去似乎在喊"回乡豆"，那也是在筹措回乡的路费。丰子恺自己出售了重庆郊外沙坪的"抗建房"，筹到了一部分路费。面临返乡潮，交通成了大问题。有钱有势者能弄到机票，其他如江轮票和火车票都是一票难求。像茅盾这样的文化名人，才能乘飞机离开重庆。丰子恺于 1946 年 7 月才离开山城重庆，绕道绵阳、宝鸡，准备乘火车去徐州，再转道去上海。不料陇海线上有内战，他只得从开封折返郑州回到了武汉，落脚开明书店的分店，再开画展筹集路费，随后坐江轮到南京，转乘火车于 9 月 25 日到达上海。

丰子恺在随笔《还乡记》的开头写道：

> 避寇西窜，流亡十年，终于有一天，我的脚重新踏到了上海的土地。我从京沪火车上跨到月台上的时候，第一脚特别踏得重些，好比同它握手。北站除了电车轨道照旧之外，其余的都已不

[①] 王鲁彦：《从灰暗的天空里》，《现代文艺》1942 年 5 月第 5 卷第 2 期。
[②] 费孝通：《费孝通全集》第 3 卷，呼和浩特：内蒙古人民出版社，2009 年，第 288-289 页。

可复识了。①

丰子恺全家在上海休息几天，就乘火车到长安，坐小舟到故乡石门镇，从南皋桥埌的河埠头上岸。当年国民革命军 62 师与日寇在石门一带展开拉锯战，石门镇的房屋大半被战火焚毁，镇上的不少居民只住在临时搭建的茅棚里。昔日繁华的故乡，如今却破败不堪。眼前的情景，让丰子恺"疑心是弄错了地方"：

> 只除运河的湾没有变直，其他一切都改样了。这是我呱呱堕（坠）地的地方。但我十年归来，第一脚踏上故乡的土地的时候，感觉并不比上海亲切。因为十年以来，它不断地装着旧时的姿态而入我的客梦；而如今我所踏到的，并不是客梦中所惯见的故乡！②

一家人在废墟上辨认从前杨家米店、殷家弄和接待寺等。来到旧居前的木场桥，但见石桥被毁，修建了一座木桥。丰家的祖屋和丰子恺自己建造的缘缘堂都荡然无存。"只有一排墙脚石，肯指示我缘缘堂所在之处。我由墙脚石按距离推测，在荒草地上约略认定了我的书斋的地址。一株野生树木，立在我的书桌的地方，比我的身体高到一倍。许多荆棘，生在书斋的窗的地方。这里曾有十扇长窗，四十块玻璃。"③丰子恺的漫画《昔年欢宴处 树高已三丈》，画一老者，正在凭吊故居的断壁残垣，身旁长着一棵高大的树。此画正是丰子恺自己凭吊缘缘堂的写照。当晚投宿在同族人家，第二天就到杭州去赁屋而居了。石门，那个曾经可以诗意地栖居的故乡，永远留在了丰子恺的记忆中。

叶圣陶的散文《我坐了木船》讲述自己带领全家坐了原始的交通工具木船，从重庆出惊险的川江，到了汉口。"木船危险，当然知道。一路上数不尽的滩，礁石随处都是。要出事，随时可以出。还有盗匪——实在是最可怜的同胞，他们种地没得吃，有力气没处出卖，当了兵经常饿肚子，没奈何只好出此下策。假如遇见了，把铺盖或者身上衣服带了去，也是异常难处的事儿。"④

---

① 丰子恺：《还乡记》，天津《民国日报》1947 年 6 月 24 日。

② 同①。

③ 同①。

④ 叶圣陶：《我坐了木船》，《消息》半周刊 1946 年 4 月第 1 期。

当年相对便捷安全的返乡交通工具自然是轮船和飞机，但要得到船票和机票，只有两种办法：一是"黑票"，买高价黑票，"力有不及，心有不甘，单单一个'黑'字，就叫你不愿领教"；二是托关系搞票，据说"简直与谋差使一样的麻烦"。像叶圣陶这样的平民百姓，搞到的票往往要冒充某机关中某人，然后"要与你自己暂时脱离关系"。

丰子恺漫画《昔年欢宴处 树高已三丈》

权衡利弊，叶圣陶就"抱着书生之见，我决定坐木船"。"你要船，找运输行。或者自己到码头上去找。找着了，言明价钱，多少钱坐到汉口，每一块钱花得明明白白。在这一点上，我觉得木船好极了，我可以不说一句讨情的话，不看一副难看的嘴脸，堂堂正正凭我的身份东归。这是大多数坐轮船坐飞机的朋友办不到的，我可有这种骄傲。"[①]

叶圣陶一行平安到达武汉，转乘江船回上海。亲家夏丏尊苦住上海，据说女儿满子抱着孩子找上门来，衣衫褴褛，像叫花子。

罗洪的短篇小说《逝去的岁月》中的"我"与静娴当年只是经浙江到了安徽，返乡自然就方便得多了。只是备受煎熬的静娴，孤身一人，身心

---

① 叶圣陶：《我坐了木船》，《消息》半周刊 1946 年 4 月第 1 期。

的康复需要一个过程。

电影《小城之春》中的乡绅戴礼言返回江南小县城，得了"返乡后遗症"。逃难让他重病缠身，未老先衰。返回老家，面对的是战争留下的破败老宅和花园。春天来了，春意似乎被挡在了破败又荒凉的城墙外面。

总之，蜀道难行、路费难筹、车票和船票难求，加上内战，江南小城镇文学的"回乡"书写，也叙写了种种艰难曲折。

丰子恺漫画《回乡豆》画下江人叫卖"回乡豆"筹措回乡路钱

第 4 章

现代江南小城镇文学的特有品格

现代江南小城镇文学形成了独特的品格，主要体现为独特公共场景的营造、商业氛围的渲染和诗意的表达。

现代江南，小城镇上资讯发达，信息交流的公共空间众多，传播方式多样。与资讯相对欠发达的地区相比，江南小城镇上的人显得见多识广，从而更深地打上了江南小城镇文化的烙印。

江南的商业，元明清时期持续繁荣，城乡商业文化积淀深厚。现代江南小城镇文学，通过对商业习俗与商品性生产的书写，反映了民国时期特有的商业文化。

"暮春三月，江南草长，杂花生树，群莺乱飞。"[①]江南的春天，是诗意盎然的季节。其他季节，也各具诗意。江南的小城镇人喜爱诗意地栖居，而江南的小城镇作家，侨居在大都市，对江南小城镇的乡愁进行了诗意书写。

4.1 公共场景的营造

现代江南小城镇上众多的酒店、茶馆、航船和报刊等，都是资讯产生与传播的公共空间。现代江南小城镇文学中的有些人物善于操控这些公共空间，制造有利于自己又可以打击对手的舆论，从而达到自己的目的。第2章中分析到的"文化英雄"，由于思想与行为的超前，与小城镇舆论之间往往充满了张力，有时甚至成为小城镇市民的"公敌"。

哈贝马斯所谓的公共领域，是指"政治权力之外，作为民主政治基本条件的公民自由讨论公共事务、参与政治的活动空间"[②]。他所研究的是18世纪欧洲社会中出现的俱乐部、咖啡馆、沙龙、杂志和报纸等公共空间。

---

① （南北朝）丘迟：《与陈伯之书》。
② 〔德〕哈贝马斯：《公共领域结构转型》，上海：学林出版社，1999年，第2页。

现代江南小城镇上的"公共空间"主要为酒店、茶馆、航船等。诚如杨义所说,"旧中国作为宗法制社会流行的是酒店茶馆文化"[①]。在此只是借用哈贝马斯的公共领域理论来研究现代江南小城镇上的"公共空间"。市民聚在小城镇上特有的公共空间,偶尔也议论国家大事,但更关注发生在当地的公共事件,甚至有些话题还是东家长西家短的鸡毛蒜皮之事。

郁达夫的出生地富阳县城是一个不满三千户人家的小县城。据郁达夫在《我的梦,我的青春!——自传之二》中介绍,县城里以闲散之人居多,他们的活动场所主要是三个铜子一碗的茶店和六个铜子一碗的小酒馆,因而城里的茶店酒馆多达五六十家。他们从早到晚"孵"在茶店酒馆里,"讨论柴米油盐的价格,传播东邻西舍的新闻",为了一点"不相干的细事"起争执。[②]

现代江南小城镇文学作品,通过具有江南特色的公共场景的营造,为江南小城镇人物提供了活动的舞台。

4.1.1 酒店

正如郁达夫所述,江南小城镇上遍布茶店酒馆,甚至连《阿Q正传》所写的大村庄未庄也有酒店。鲁迅描写主人公阿Q,未庄的酒店是其重要场所之一。鲁迅用游戏笔墨考证阿Q何姓,叙写赵太爷的儿子考取秀才的时候,锣声锵锵的报到村里来,阿Q正喝了两碗黄酒,便在酒店里手舞足蹈地宣称自己是赵太爷的本家,还比秀才长三辈呢。阿Q在未庄这一公共场域的自我标榜,赢得了现场几个人的敬意,又很快传到了赵太爷的耳中。第二天,阿Q就被地保叫到赵太爷家里。赵太爷打了他耳光,还骂他不配姓赵。

还有一回是阿Q被假洋鬼子用手杖打了一通之后,转而欺负迎面走来的静修庵里的小尼姑,酒店里的人见状大笑,"阿Q看见自己的勋业得了赏识,便愈加兴高采烈起来":

> "和尚动得,我动不得?"他扭住伊的面颊。
>
> 酒店里的人大笑了。阿Q更得意,而且为满足那些赏鉴家起
> 见,再用力的一拧,才放手。

① 杨义:《中国现代文学流派》,北京:人民出版社,1998年,第71页。
② 郁达夫:《我的梦,我的青春!——自传之二》,《人间世》半月刊1934年12月第18期。

> ……
>
> "这断子绝孙的阿 Q！"远远地听得小尼姑的带哭的声音。
>
> "哈哈哈！"阿 Q 十分得意的笑。
>
> "哈哈哈！"酒店里的人也九分得意的笑。[①]

在此，阿 Q 与酒店里的人彼此用笑声进行交流，在互动中达成默契，把他们"得意的笑"建立在小尼姑的痛苦之上。

阿 Q 是未庄的失地农民，靠为村庄上的人家打短工维持生计，由于对赵太爷家的女用人吴妈"非礼"，弄得走投无路，被迫去县城谋生。他是春夏之交时进的城，中秋过后回到未庄。阿 Q 这位小城的"闯入者"，先在白举人家里帮忙，后又合伙行窃，并由此"中兴"。

小说写有了钱的阿 Q，回到未庄就到酒店里亮相：

> 天色将黑，他睡眼蒙胧（眬）的在酒店门前出现了，他走近柜台，从腰间伸出手来，满把是银的和铜的，在柜上一扔说，"现钱！打酒来！"穿的是新夹袄，看去腰间还挂着一个大搭连（褡裢），沉钿钿（甸甸）的将裤带坠成了很弯很弯的弧线。未庄老例，看见略有些醒目的人物，是与其慢也宁敬的，现在虽然明知道是阿 Q，但因为和破夹袄的阿 Q 有些两样了，古人云，"士别三日便当刮目相待"，所以堂倌，掌柜，酒客，路人，便自然显出一种凝而且敬的形态来。[②]

酒店毕竟是公共场所，阿 Q 的"中兴"新闻第二天便传遍了全未庄。在城里见过世面的阿 Q 成了酒店里的主角，能绘声绘色地讲述城里杀革命党等新闻，于是阿 Q 在未庄人眼里的地位，几近赵太爷。然而，当未庄人弄明白阿 Q 原来只是个小毛贼，就对他敬而远之。秀才家遭抢，抢走了城里白举人存放过来的箱子。为了摆脱干系，秀才进城报案，有前科的阿 Q 被冤说成此案的抢劫嫌疑犯。

执法权在县城里的把总手里，抓捕阿 Q 是把总亲自带了兵丁和警察来的，审问阿 Q 的也是把总，坚持要拿阿 Q 来示众枪毙的也是他。辛亥革命

[①] 鲁迅：《呐喊》，上海：北新书局，1926 年，第 133 页。
[②] 鲁迅：《呐喊》，上海：北新书局，1926 年，第 151-152 页。

后，县城新成立的政权还不满二十天，抢案就发生了十几起，让把总感到很没面子。阿 Q 就糊里糊涂被判成了抢劫犯，且被拿来示众枪毙，以"惩一儆百"。可以想象的是，在阿 Q 被抓到示众枪毙前后，关于他的新闻，是未庄酒店里热议的主要话题。阿 Q 在县城里被游街示众，押赴法场枪毙。县城的大街和法场也成了临时性的公共空间。

《明天》中的咸亨酒店是略写的，只是从侧面写了其中的光棍酒客对寡妇单四嫂子的想入非非。《孔乙己》也写了鲁镇，主人公孔乙己的正面活动空间就是咸亨酒店。小说开头，就以白描为主，介绍了咸亨酒店分别用来接待短衣帮和长衫客人的特殊格局。

物以类聚，人以群分。鲁镇上咸亨酒店别致的格局，适合两类不同的顾客群体：一类是"短衣帮"，主要是市镇上作坊里的手工业者。旧时绍兴一带的主导产业是锡箔业，绍兴城号称"锡半城"，其周边的市镇也以锡箔作坊居多。这些手工业者，午休或收工后来咸亨酒店之类的小酒店喝碗酒、聊聊天，来去匆匆。另一类"长衫客"，以居住在市镇上或附近村上的士绅为主，属于"场面上"人，有钱有闲，才能到隔壁的房子里要酒要菜，坐下来慢慢喝，享受较好的服务。

孔乙己有闲没钱，但又放不下读书人的架子，是"站着喝酒而穿长衫的唯一的人"，算是"另类"。这位有些尴尬的酒客偏偏时不时因"窃书"而遭打。市镇上新闻不多，故孔乙己的事传得很快。他那些"几乎无事的悲剧"，成了掌柜和站着喝酒的"短衣帮"打趣的"笑料"。[1]

酒店作为公共领域，有不同的公共交流空间。在咸亨酒店，孔乙己身份尴尬：由于连半个秀才都没有考取，没有功名就不能进入士绅阶层，自然不能融入"长衫帮"，不能进入酒店的"雅座"要酒要菜，慢慢地坐着喝。凭自己的身份地位和经济实力，孔乙己只能与"短衣帮"一起"站着喝酒"。短衣帮并没有接纳和包容"窃书"的孔乙己，而是拿他那些偷书被打之事嘲笑取乐。短衣帮说的是"引车卖浆者之流"的大白话，孔乙己的防卫之道是用"窃书不能算偷"之类的文言来狡辩。于是，孔乙己仿佛成了《伊索寓言》里非禽非兽的蝙蝠，他找不到自己的同类。他试图把小伙计发展成交流者，考他"茴香豆"的"茴"怎么写，但小说中的小伙计"我"也不屑于与他交流。孔乙己在咸亨酒店这一公共交流空间成了寂寞的饮者。

---

[1] 鲁迅：《孔乙己》，《新青年》1919 年 4 月第 6 卷第 4 号。

这就更加深了孔乙己的悲剧性。

鲁迅短篇小说《在酒楼上》写了 S 城的一石居酒楼。该酒店比咸亨酒店要大一些，用楼上楼下来分隔"短衣帮"和"长衫帮"。从时间上来看，《孔乙己》写的是晚清，而《在酒楼上》已是民国了。小说的叙述者"我"是一位新型知识分子，时隔十多年，由于"路径依赖"，再次光顾当年经常光临的一石居酒楼。所谓"无巧不成书"，"我"在一石居酒楼上独酌，听到有客上楼的声响，原来上来的是阔别十多年的老友吕纬甫，然后几乎听到的都是吕纬甫的独白。当楼梯上再次传来声响，估计有别的顾客上楼来时，两人也就喝罢了酒，买单走人。一石居酒楼是公共场域，因而两位老友有可能再次邂逅。由于是下雪天的午后，本地的"长衫帮"不太会光顾酒店，故楼上又仿佛成了两位老友喝酒聊天的私人空间。由此可见，鲁迅在人物活动的时间与空间的设计方面十分巧妙。

在江南小城镇上，有点钱又有点闲的人，到了晚上，说话投机的人往往会在一家固定的酒店、坐在固定的位子上喝酒聊天。施蛰存短篇小说《在酒店里》中的"我"，没有酒瘾，酒量也一般，却喜欢每晚到府桥边阿昆家的酒店里喝夜酒。一起喝酒的就这么几位：老吴、老周、黄家的二相、刘家的账房赵雪、中学英语教员"乔老夫子"。"我"去酒店，"醉翁之意不在酒"，目的是"赶热闹"，"找朋友聊天"。

端木蕻良中篇小说《江南风景》中的蒿坝酒店是全镇的舆论中心。镇长李缙绅的爪牙张巡扦在酒店里散布"拆字术"。他说在上海大世界听人拆解碗口大的"口"字，"好一个'中'字无主，'国'内无民，配天为'吞'，配地为'吐'。吞者吞并侵夺之兆，吐者吐露破败之意……这个口舌是非的口字就能够断送中国有余。我们四万万同胞都得化作炮灰。"[1]他还认定夜间的飞灯就是亡国的征兆，是给敌人打的信号灯，是汉奸所为。受其蛊惑，镇上妇孺都指着伍老先生的背影，骂"老妖怪"每夜放"七星灯"，还要用七个童男的心去祭灯。

李缙绅、张巡扦他们本是市镇的管理者，但日寇未来，他们却在酒店这一公共场域制造惑众舆论，扰乱人心，为日后成为"匪"作舆论上的铺垫。他们在日寇进镇前抢劫了伍老先生家。他们在和平时期管理市镇，目的是鱼肉百姓；在兵荒马乱之际抢劫了伍老先生家，他们还是为

---

[1]　端木蕻良：《江南风景》，重庆：大时代书局，1940 年，第 37-38 页。

了钱财。

施蛰存的短篇小说《嫡裔》具有反讽意味。小城里的周希龄先生，人称周大相公，已有四十五岁，太太也已三十八岁，尚未生育孩子。他们家富有的家产还没有继承人，这让二相公夫妇有了想法。太太也曾在新法女学堂读过书，女同学中唯独她还是膝下空虚。周大相公爱喝酒，几乎天天要到福缘桥下那家元丰酒店去灌两斤花雕。

毕竟是在小城里，每晚在酒店里喝酒的大都是老主顾，彼此有些认识。这是一个由熟人构成的公共交流空间。那些酒友们经常拿周大相公没有儿子的事打趣："只差了一件。"正月初八晚上，周大相公照例在元丰酒店喝酒。旁座上有一个做木匠的金魁正邀了两个同行也在喝酒，告诉周大相公："北门外林塘桥有一座送子观音娘娘庙，菩萨很灵，求子的人一天总有二三十个……"于是，送子观音娘娘庙就成了小酒店里几乎所有酒友的话题，大家一起争议该庙的"送子观音"是否灵验，最终的结论是有些灵的，建议周大相公夫妇不妨去求子。

尽管周大相公喝成了酒糊涂，第二天酒醒后记不得该到哪里烧香求子，但毕竟是小城，很快就打听到了。于是，正月半，周大相公和太太就到林塘桥的观音娘娘庙去进香求子。瞬息已是暮春，太太告诉周大相公，说她有喜了。随后，在酒店里，或是在任何别的场所，倘若有人谈起那林塘桥的观音菩萨，周大相公总要说菩萨灵验，于是人们逐渐传扬出去，说周大相公的财产不愁没有继承人了。

太太有喜后，仍睡在楼上，周大相公就独自睡到了楼下书房里。刚开始，丫头春梅搬到楼上扶梯间睡，以便太太晚上随时使唤。太太嫌春梅时常打碎碗碟，睡熟后常说怪诞的呓语，不准她再睡楼上。春梅就睡在周大相公后房的竹榻上。人逢喜事精神爽，周大相公感到自己有了活力，终于在五月的一个夜里，招呼来春梅，两人发生了关系。暑天夜短，周大相公在黎明时偶然醒来，听到有人从楼梯上悄悄走下来，偷偷跟踪，发现那人是裁缝铺里的伙计贵宝。家里前边是三开间的门房，东西两间租给了一家裁缝铺。第三天，周大相公说要修理房屋，要成衣铺十天内搬走。

周大相公的反常举动引发了街坊邻里的怀疑，顽童把人们的怀疑用标语和图像"发表"在他家的门墙上。好在春梅也有喜了。经过一番权衡，"为了家，为了她，为了我"，周大相公决定在一种侮辱之下接受太太肚里的孩子，并要人家相信是他的嫡裔。经过一番筹划和说服，在八月间的一日，春梅嫁给了成衣匠贵宝，周大相公赔了一份好好的妆奁。于是，别人说，贵宝和春梅是很早就有关系了，只是人们都误会了。次年三月，周大奶奶生了一个女孩，人们向周大相公祝贺，是预兆着弄璋之喜。周大相公苦笑着说："可不是，观音菩萨是有点灵的。"女孩满月时，春梅生了个男孩。人们都嬉笑着问贵宝："这么快就做父亲了吗？"贵宝回答："啊，女人身子不好，孩子不足月的哪！"[1]

　　酒店是公共空间，而周大奶奶与贵宝、周大相公与春梅的私情是四人间的隐私。具有反讽意味的是，为了在公共空间圆一个谎，周大相公只能做"开眼乌龟"，还把怀了自己孩子的丫头春梅送了人。作者施蛰存为该小说取名《嫡裔》，进一步加深了反讽意味。

　　柔石的短篇小说《刽子手的故事》，"杀头老金"在酒店边喝酒边讲述自己的杀头故事。"杀头老金"的讲述绘声绘色，在酒店这一公共场所吸引了不少听众。[2]这个可憎、可怕而又令人生厌的刽子手，讲述的是自己的故事，能让听众身临其境，听得津津有味。大多数中国人历来都是爱看杀头的"看客"，让他们充当免费"听众"，自然非常乐意。

4.1.2　茶馆

　　鲁迅短篇小说《药》与中篇小说《阿Q正传》具有"互文性"。清晨杀革命党夏瑜时，阿Q可能是围观的看客之一。在城里看过杀革命党，日后阿Q回到未庄，就能绘声绘色地讲述看到的情景。《药》的故事，自然也发生在城里。"古□亭口"是杀人的地方。这也只有府城或县城才有，市镇是没有的。周作人对《药》进行了索引，指出："这篇小说的背景是绍兴府城内，因为那被杀的夏瑜即是秋瑾。地点是轩亭口。那在大街的南段，清风里口与清道桥之间，与府横街相遇，成为丁字街，那里有一个阁，横匾上题字曰：'古轩亭口'，正如小说所说的那样。"[3]

　　当未庄人在酒店这一公共场所津津有味听阿Q讲述杀革命党这一"新闻"时，在城里早已是"旧闻"了。对于城里杀人这样的"新闻"，城里的茶馆酒楼之类的公共场所，顾客们讲的都是"即时新闻"。《药》中被杀了头的革命党夏瑜，在华老栓及茶客看来，"简直是发了疯"的另类。不仗义

① 施蛰存：《嫡裔》，《开明书店创业十周年纪念——十年》，1936年7月。
② 柔石：《刽子手的故事》，载《中国现代文艺资料丛刊》第7辑，上海：上海文艺出版社，1983年。
③ 周作人（周退寿）：《鲁迅小说里的人物》，上海：上海出版公司，1954年，第21页。

却得了便宜的是夏三爷。这里，最权威的新闻发布者不是阿 Q 之类的看客，而是杀夏瑜的刽子手康大叔。比起离城三十里外的未庄来，同样为公共话说空间的酒店茶馆，同样一则县城里发生的新闻，华家茶馆里的新闻，时效性要鲜活得多，传播渠道也更为直接，更接近新闻源头。

在华家的茶馆里，话语权在刽子手康大叔手里。革命党夏瑜视死如归，热心发动大家起来革命，康大叔对此的评价是："这小东西也真不成东西！关在牢里，还要劝牢头造反。"经康大叔引导，茶客们都认定夏瑜的言行是"疯"了。著者是赞赏夏瑜的，但自己的观点不能在这一公共场域直接表达出来，只能用"曲笔"来表达隐形的观点。这一"曲笔"便是在夏瑜的坟头添了一个花环，给阴冷的结尾增添了一抹亮色。在小说《药》中，夏瑜与康大叔等人之间充实了张力。

旧时扬州的闲散之人白天"皮包水"（喝茶），晚上"水包皮"（泡澡）。其实，不仅仅是扬州人，现代江南小城镇上的闲散之人白天最爱去的地方就是茶馆。叶圣陶散文《生活》，写的是乡镇上人的茶馆生活和城里人的茶馆生活。乡镇上的小茶馆俗称"来扇馆"，即有茶客光临才把炉子里的火扇旺，烧水泡茶。不过每天上午九十点钟是"来扇馆"最忙的时候，镇上的老爷先生们睡到"自然醒"，一起床就托着水烟袋来"孵"茶馆了。他们谈论的话题主要为赌局上的输赢、各家的食谱、本镇新闻和异闻奇事。各自回家吃过中饭后，他们"依旧聚集在'来扇馆'里，直到晚上为止，一切和午前一样。岂止和午前一样，和昨天和前月和去年和去年的去年全都一样。"①

城市里有一种茶社，环境、桌椅和茶具都上档次，茶客也是城里上流社会的绅士。他们谈论的话题主要为报上的新闻，由于"博闻广记"，每个话题都会谈论得十分深入全面，不过兴奋点一直是"赞美食色之欲"。他们呼朋唤友而来，年复一年，每天与熟人聊天。

叶圣陶的散文《说书》介绍了江南小城镇上的茶馆往往兼设书场，于是有了一种文化娱乐功能。"听书的人在书场里欣赏说书人的艺术，同时得到种种的人生经验"：才子佳人的恋爱、吴用式的计谋、因果报应的伦理观、江湖好汉的豪侠等。②茶店说书，可谓寓教于乐。具有同样功能的，还有娱神娱人的社戏和木版套色的年画。

---

① 叶圣陶：《生活》，《时事新报》1921 年 10 月 27 日。
② 叶圣陶：《说书》，《太白》1934 年 10 月第 1 卷第 2 期。

张天翼的中篇小说《清明时节》可以当作叶圣陶散文《生活》的"互文"来读。小说中的随缘居茶店,"来喝茶的都是那些挺有历史关系的老主顾。他们吃着家里的现成饭,每天到这镇上的大街来坐坐茶店:这简直成了他们做人的目的。有几位还是从十六七岁——嗓子刚变粗的时候起,就天天来泡一壶龙井,吃这么一块烧饼,一直到现在五六十的年纪没间断过"①。小城镇是熟人社会,而茶馆则是熟人社会中的熟人社会。在随缘居茶店,天天来喝茶的顾客连各人的座位都是固定的。其中靠窗的一桌是几位区董坐的,显得特别。他们有权有钱又有势,镇上的人需要借钱、打官司和"吃讲茶"都得请教他们。他们在这些闲是闲非里面顺手捞点小便宜。

茅盾长篇小说《霜叶红似二月花》所述县城西大街的"雅集园高等茶社",可归入叶圣陶所述的城里高档茶社之列。据小说介绍,前两个东家都因陋就简,只顾价廉,以广招徕,却吸引不到足够的顾客。第三任主人定位高档茶社,废碗而用壶,骨牌凳以外又增加了藤躺椅,茶价增加了一倍,暑天加卖汽水,生意日渐红火,成为县城里那些少爷班每日必到之地。老绅缙朱行健也是常客,还招呼张恂如来到雅集园。在茶社的雅座一起喝茶的"少爷班",谈论的话题是因发大水而河水暴涨,轮船过小石桥老要擦碰,烟篷上的票不能卖,正在酝酿涨价。朱行健老先生认为治本之道是"开浚河道,修筑桥梁",需要动用地方公款。这就涉及县城一直由传统士绅赵守义把持着的善堂十多年的积存。惠利轮船公司的老板王伯申正在打善堂积存的主意,要求查账,企图用这笔款子来办贫民习艺所。争斗双方的"爪牙"相互嘲讽挖苦对方。茅盾通过茶社这一县城里的公共场域,在小说第二章就展开了情节发展的主线。

施蛰存短篇小说《诗人》中的主要场景也是小县城里的松苑茶楼。茶楼早上第一批顾客是公共机关中的办事人和中小学校的教师。他们一起床就奔茶楼,喝茶、抽烟、谈天,吃过面或烧饼,快到九点就让放好茶壶,等下午再来喝。本城的富翁早上忙好家事,就踱到茶楼,成了第二批顾客,喝茶、抽烟、聊天,持续到吃中饭。下午四点以后,第一批顾客陆续回来,把茶楼当成了俱乐部。小说的主人公诗人是茶楼中唯一从早晨七点钟坐到正午的老客人。他是小城里最闲散的人,哥哥在外地做小公务员,家务活由嫂子和侄女料理。不料哥哥早逝,嫂子和侄女进了"全节堂",两年后诗

---

① 张天翼:《清明时节》,《文学》月刊 1935 年 7 月第 5 卷第 1 期。

乌镇访卢阁茶楼

人的生活出现了困难。"我"中学毕业后当了小学教师，偶生小病，诗人自荐去代课，可惜讲错了书被学生轰了出来。"我"设法给诗人谋点事做做，但人们都摇头道："诗人倒还不要紧，无奈他是个疯诗人！"[①]诗人越穷越疯癫，最后一次出现在茶楼，是找个由头向"我"借钱。最终，诗人被火车碾死了，大概是卧轨自杀的。由此可见，茶楼的消费不算大，但要做多年的常客，必须衣食无忧。

叶圣陶短篇小说《孤独》中的主人公是位人称"老先生"的孤寡老人，租住在镇上的一对母子家里。他尽管没有衡产，但还能过上衣食无忧的生活。他喝了一辈子茶，已品不出茶的味道，也基本丧失了在茶馆里与人交流信息的能力，但他有"路径依赖"，每天除了睡觉便是"孵"茶馆。在他看来，"世界虽大，仿佛处处拒绝他，惟有居室里的卧榻和茶馆里的椅子比较有念旧之情，还肯容他亲近。于是他离开卧榻便到茶馆"。

小说写他那天照例在茶馆里吃过早点，喝光两壶白开水，忽然想起了两三个月没见面的表侄女，就雇了一乘轿子去看这仅有的亲戚。表侄女是个很好的主妇，丈夫华绥之是个中学教师。他们匆匆招待老先生吃过中饭，

---

① 施蛰存：《上元灯》，上海：新中国书局，1933 年，第 158 页。

就要到一个朋友家里做消寒会。他就一路哮喘，慢慢往回走，在路上喝了三回茶，歇了三回脚，才走到每天去的那家茶馆里，直到茶馆里的客人都走光了他才离开。回去的路上，他从一家水果铺里买了一个橘子，想逗引房东家的孩子叫他一声，但孩子却不肯叫他，只伸手来拿橘子。他躺在床上，回想过去，也想当天的情景，"四围是无边的黑暗和沉寂，好像那光明热闹的世界把他忘了"。茶馆是这位"老先生"主要的生存空间。[①]

小茶馆

　　柔石中篇小说《二月》中的萧涧秋应同学陶慕侃的邀请，来到芙蓉镇教书。他一方面去救助寡妇文嫂一家，另一方面又公然与陶慕侃的妹妹陶岚谈恋爱。文嫂家住在西村，离芙蓉镇三里。萧涧秋刚去了两趟文嫂家，陶岚就告诫他："萧先生，我们是乡下，农村，村内底消息是传的非常快的。""寡妇门前是非多。"芙蓉镇为江南小镇，萧涧秋出入文嫂家，自然就引来了流言蜚语。陶岚是芙蓉镇上的"孔雀"，身边不乏追求者。尤其是财政部次长的儿子钱正兴，更是想方设法追求陶岚。他把萧涧秋当成了"夺人所爱"的情敌，在茶馆造谣中伤萧涧秋。茶馆与市民的互动十分默契，一时间，萧涧秋成为镇上市民的"公敌"。

　　文嫂上吊自杀后，市民们又把她说成了"殉儿子"的当代"烈妇"。与

① 叶圣陶：《孤独》，《小说月报》1923 年 3 月第 14 卷第 3 期。

文嫂一起被人谈论的是萧涧秋。有位教师对萧涧秋道："萧先生，你在我们一镇内，名望大极了，无论老人，妇女，都想见一见你，以后我们学校的参观者，一定络绎不绝了！"^①萧涧秋不愿被众人唾弃，就设法逃离了是非之地芙蓉镇。由茶馆操纵的舆论，逼死了文嫂，又逼走了萧涧秋。

叶圣陶长篇小说《倪焕之》第十二章，写在小学里一块荒废的坟地被开垦成农场，在镇上引起轩然大波。镇上的茶馆里把发掘无主荒坟说得很可怕，这就成了街头巷尾的热门话题。经过添油加醋，全校教师成为镇上市民的"公敌"。教师刘慰亭在茶馆里受到讥讽责难时辩解道："这完全不关我的事。我们不过是伙计，校长才是老板；料理一个店铺，老板要怎么干就怎么干，伙计作不得主。"他把责任都推到了校长蒋冰如身上。于是，大家都怪罪校长蒋冰如："干这害人的没良心的事，原来只是老蒋一个人！"^②

劣绅蒋老虎见有机可乘，就在茶馆里宣称那块荒地是他们蒋家祖传的。不到一天工夫，镇上就有传言："老蒋简直不要脸，占夺人家的地皮！他自己有田有地，要搞什么农场，捐一点出来不就成了么？他小器，他一钱如命，哪里肯！他宁可干那不要脸的事……那地皮原来是蒋老虎蒋大爷的。蒋大爷马上要进城去起诉了。"^③此事经金树伯从中调停，给了蒋老虎一些好处，他才同意"将祖传的荒地捐给学校"。随后，镇上反对声渐渐平息，学校的农场总算搞成功了。

由此可见，像钱正兴、蒋老虎这种别有用心的人，利用茶馆等场所散布言论，操控小城镇舆论，就可以打击对手，达到自己不可告人的目的。

4.1.3 报刊

民国时期，江南小城镇上报刊不多，不过作为新兴的公共空间，仍然在市民生活中发挥着作用。

鲁迅小说《肥皂》叙述的也是发生在县城里的事。主人公四铭，听到两个光棍对一名行乞的少女说下流话："你只要去买两块肥皂来，咯支咯支遍身洗一洗，好得很哩！"他下意识地走进广润祥去买肥皂。四铭挑挑捡捡买肥皂，弄得店里的伙计很不开心。边上三个洋学堂的女学生又用洋文嘲

---

① 柔石：《二月》，上海：春潮书局，1929 年，第 209 页。

② 叶圣陶：《倪焕之》，上海：开明书店，1931 年，第 154-155 页。

③ 叶圣陶：《倪焕之》，上海：开明书店，1931 年，第 157-158 页。

笑他是"old fool"。四铭弄不懂这句骂人的洋话是什么意思，回到家里，一定要在洋学堂读书的儿子学程弄明白"恶毒妇"是什么意思，偏偏儿子很笨，一时弄不清楚洋文的含义。封建的伪道士与洋学堂的学生之间，形成了戏剧性冲突，大大增加了这篇讽刺小说的戏剧性意味。

报纸在小县城也应是新的文化事象，反倒成了四铭他们附庸风雅的阵地。四铭与何道统、卜薇园等人组成了移风文社，定期在报纸上征文。这帮伪道士尽管骨子里与调笑女乞丐的光棍一样下流，但他们还要以移风文社的名誉刊登小广告，进行第十八届征文，题目为"恭拟全国人民合词吁请贵大总统特颁明令专重圣经崇祀孟母以挽颓风而存国粹文"，具体内容是"孝女行"——表彰这名孝顺瞎眼祖母的女乞丐。新式报纸与封建伪道士、表彰孝女与猥琐下流，形成鲜明的反讽。

鲁迅另一篇讽刺小说《高老夫子》讲述的也是发生在小城里的故事。主人公"高老夫子"原名高干亭，被黄三等牌友们戏称为"老杆"。小城里的报纸《大中日报》可谓小城里知识分子圈内的公共话语空间。小城里会在报纸上舞文弄墨者屈指可数。这位平时只会打牌、听书、喝酒、跟女人的无赖，在《大中日报》上发表了《论中华国民皆有整理国史之义务》这一篇"脍炙人口"的名文，便自以为学贯中西了，因仰慕俄国文豪高尔基之名而更名为"高尔础"。可笑的是，贤良女学校慕名聘他去教历史。他胸无点墨，但为了能去看女生，也就贸然前往，结果让自己受窘。在贤良女学校，迎接"高老夫子"的是花白胡子的教务长，"大名鼎鼎"的万瑶圃，别号"玉皇香案吏"。此人也因"新近正将他自己和女仙赠答的诗《仙坛酬唱集》陆续登在《大中日报》上"，而成为小城里的"名人"。小县城的报纸《大中日报》为"高老夫子"、万瑶圃等人提供了"成名"的舞台。

鲁迅小说《孤独者》的主人公魏连殳，与小城报纸的关系有些诡吊。性情有些古怪的魏连殳留学时学的是动物学，却在 S 城的中学堂做历史教员。他由于喜欢发表文章，发些没有顾忌的议论，犯了 S 城人的大忌，"渐渐地，小报上有匿名人来攻击他，学界上也常有关于他的流言"，最终导致他被校长辞退。

走投无路的魏连殳，居然当了军阀的参谋，骤然成为 S 城的"达人"，附庸风雅者争相与他交往。《学理七日报》上常有关于他的诗文，如《雪夜谒连殳先生》，《连殳顾问高斋雅集》等。《学理闲谭》里还津津地叙述他先前被传为笑柄的所谓"逸闻"，言外大有"且夫非常之人，必能行非常之事"

的意思。①

鲁迅的生活世界，与绍兴城的《越铎日报》和《民兴报》等关系非同一般。在他的小说世界中，小城报纸的形象主要是负面的。

徐迟的抗战小说《一个镇的轮廓》中，镇上的报纸是代表新兴势力的"第三代"办的。他们在与第一代的"老顽固"的冲突中占了上风，"于是报纸上每天有新镇建设的短论，事情和平过去了"②。在徐迟笔下，报纸成为年轻人在市镇上传播新思想、新观念的阵地。

4.1.4　其他公共场所

现代江南小城镇上资讯的图文传播，除了报刊，还有壁报、标语、传单乃至儿童在墙上的涂鸦等。这些资讯的传播方式尽管没有报刊的传播面广，但投入少，传播快，甚至还更接地气。

茅盾的中篇小说《手的故事》中，面对私贩日货发国难财的劣绅二老板，张不忍夫妇与小学里的赵君觉、朱济民一起办起了壁报，揭露缉私"英雄"二老板的丑恶嘴脸。这样的壁报，犹如匕首和投枪，能有效打击敌人。

叶圣陶长篇小说《倪焕之》中的劣绅蒋老虎善于操控市镇舆论。他不仅是镇上茶馆里的"意见领袖"，而且善于利用传单和标语来制造舆论。当小学校长开垦荒地，迁移无主荒坟，弄得市镇舆论大哗时，蒋老虎就浑水摸鱼，在茶馆里当众宣称这块地是他们蒋家祖传下来的。他又让手下的爪牙在街头巷口张贴些"揭帖"，利用这些类似传单的文字传播方式来散布言论：有的说蒋冰如发掘无主坟墓，将会弄得镇上不太平；有的说学校在蒋冰如手里办得乱七八糟，子弟在里边念书的应该一律退学；有的说像蒋冰如那样占夺地产、盗掘坟墓的人，不配做校长。这些舆论，打击了校长蒋冰如和他所倡导的新式教育，也为蒋老虎敲诈学校作了舆论铺垫。

小说第二十七章写北伐革命来到镇上，蒋老虎又设法投机革命。北伐革命的口号之一是"打倒土豪劣绅"，而蒋老虎正是镇上的头号"土豪劣绅"。蒋老虎乘镇上市民尚未弄清楚什么是"土豪劣绅"时，就先把自己打扮成革命的领导者，又把"土豪劣绅"的矛头指向了热心地方公务的蒋冰如。他指使人在镇里当街的墙壁上张贴红绿黄白各色的纸条儿。这些新鲜的"标语"，除了宣传北伐，"本镇特制"的都指向了蒋冰如："打倒把持一切的蒋

---

① 鲁迅：《彷徨》，上海：北新书局，1928 年，第 137-176 页。
② 徐迟：《一个镇的轮廓》，《大风》半月刊 1940 年 7 月、8 月第 76 期、77 期、78 期。

冰如!""打倒土豪劣绅蒋冰如!""勾结蒋冰如的一班人都该打倒,他们是土劣的走狗!"市民们也就糊里糊涂地认为"土豪劣绅,原来就是蒋冰如那样的人"。[①]

施蛰存的短篇小说《嫡裔》中,小城里周大相公的太太怀上了房客、裁缝铺伙计贵宝的孩子,周大相公借口修理房屋,赶走了成衣铺。周大相公的反常举动引发了街坊邻里的怀疑。顽童们知道大人们的传言,就用标语和图像"发表"在周大相公家的门墙上。这对周大相公打击很大,晚上都不敢光顾那家原先天天去的酒店了。顽童们的涂鸦,很好地推动了这篇小说情节的发展。

江南小城镇不大,往往是熟人社会。资讯的传播除了图文传播,更多的是街头巷尾的人际口头传播。江南的夏天,小城镇上的市民们在晚饭后喜欢聚在一起纳晚凉,谈论家长里短。

施济美的短篇小说《鬼月》,叙写夏天晚饭后大人孩子坐在尤家茶楼东边的空地上纳晚凉。众人谈论的话题是尤家人的感情纠葛。尤老大有个独生女儿海棠,还有个养子长林。海棠和长林两情相悦,海棠的后妈偏要拆散这对恋人,勾搭长林。老色鬼宋老爷看中了海棠,要纳为小妾。尤老大见钱眼开,尤大娘又要竭力促成此事。

七月十五夜,尤老大夫妻吃过晚饭留宿在宋老爷的公馆里,海棠和长林却投河殉情了。第二天,两具死尸被人打捞起来。此事自然成为晚上纳凉时的焦点话题。张老爹是小镇上数一数二通晓文墨的人,对此事评价道:"我说的吧,七月是鬼月,河里的落水鬼要讨替生,七月半,鬼都放出来了,不听老人言,吃苦在眼前。"[②]"意见领袖"张老爹借助"鬼月"理论,解构了尤家夫妇制造的人祸。

江南小城镇之间传统的交通工具为航船。缓慢前行的航船,成为临时公共交流空间。尤其夜航船,是江南人苦途长旅的象征,消遣之法便是一起聊天。明朝张岱专门写了百科全书式的《夜航船》,以增读者在夜航船上的谈资。

许钦文小说《这一次的离故乡》,叙写"我"坐着航船从故乡绍兴去杭州,不料自己家的事成为乘客们的谈资。"我"和兄弟姐妹们热衷于在

---

① 叶圣陶:《倪焕之》,上海:开明书店,1931 年,第 381 页。
② 施济美:《鬼月》,《巨型》1947 年 8 月第 2 期。

洋学堂读书，不愿遵循"父母之命、媒妁之言"早婚，成了守旧乘客的取笑对象。

茅盾小说《官舱里》中的老乡绅与摩登少年也能在同舱里聊天，毕竟不熟，双方都聊"高雅"的话题。张天翼小说《砥柱》中的一帮旧文人，彼此知根知底，就可以放下架子谈论下流话题了。

总之，江南社会发达的资讯，建构了颇具江南特色的公共空间，开阔了江南人的视野。相对而言，现代的江南，无论都市人、小城镇人还是乡下人，文化水准普遍高于那些信息闭塞地区的人。诚如茅盾在《我怎样写〈春蚕〉》中所言："太湖区域（或者扬子江三角洲）的农村文化水准相当高。文盲的数目，当然还是很多的。但即使是一个文盲，他的眼界却比较开阔，容易接受新的事物……抗战初年，上海报上登过一段小新闻，讲到北方某地农民看到了一个日本俘房就大为惊奇，说：'原来鬼子的面目和我们的一模一样！'可是在我们家乡一带的农民们便不会发生这样的惊异。他们早就熟知'东洋人'（不叫鬼子了）是何等样的面目，何等样的人。"[①]

江南小城镇上这些资讯发达的场所，被现代江南小城镇作家们书写成场景，成为作品中人物活动的良好舞台。

4.2　商业氛围的渲染

4.2.1　江南小城镇的商业习俗

北方市镇，一般"日中为市"。赶集的人早上从家里出发，日中走到集上交易，下午往回走，天黑之前回到家里。赶一趟集，往返差不多要一天。

江南人口密度高，商业繁荣，星罗棋布的小城镇，商圈（当年俗称"乡脚"）远没有北方的集镇那么大。江南的小城镇，每天都有市，但一般为早市。四乡的农民，天刚蒙蒙亮就出门了，最快的人上市完成交易后还能回家吃早饭。

丰子恺的随笔《癞六伯》，写了单身汉癞六伯早上到丰家来推销他的物品：

> 他每日早上挽了一只篮步行上街，走到木场桥边，先到我家

---

① 茅盾：《我怎样写〈春蚕〉》，《青年知识》1945 年 10 月第 1 卷第 3 期。

找奶奶，即我母亲。"奶奶，这几个鸡蛋是新鲜的，两支笋今天早上才掘起来，也很新鲜。"我母亲很欢迎他的东西，因为的确都很新鲜。但他不肯讨价，总说"随便给吧"。我母亲为难，叫店里的人代为定价。店里人说多少，癞六伯无不同意。但我母亲总是多给些，不肯欺负这老实人。于是癞六伯道谢而去。①

癞六伯单身一人，不用回家吃早饭。他每天卖了几个钱，就去喝酒。日上三竿，酒足饭饱，他乘着酒兴，到木场桥上胡乱骂一通人，就回家去干活了。

市镇都有"乡脚"，"乡脚"边深乡下的人往往要坐航船来到镇上。像鲁迅小说《社戏》中八公公的航船，也是早出晚归的。八公公这样的航船户上午到镇上，勉强赶上早市，就"孵"在茶馆里，落了早市后才往回摇船。船上有行灶，可以自己烧午饭吃，傍晚回到村上。

对于这样的"航船户"，费孝通在《江村经济：中国农民的生活》中作了专门的调查研究。他把航船户称为"消费者的代购人"兼"生产者的销售代理人"。与航船户有购销业务往来的商家逢年过节是会给其"佣金"的。市镇能吸引来多少航船，决定了其"乡脚"的大小。

周作人的《航船与埠船》介绍了两种船的不同功能。"航船"走的多是从前的驿路，终点即为驿站，属于长途的航班船。"埠船办着本村的公用事业"，早出晚归，顾客为本村村民，"不但载人上城，而且还代人跑街"。周作人介绍的埠船，其实就是费孝通研究过的乡村航船。②

丰子恺的故乡石门镇是一个繁华的江南市镇。其榨油业在杭嘉湖的市镇中独领风骚。每年春夏之交，即"头蚕罢"的小满至芒种时节，四乡农民收获油菜籽后，便拿到石门镇上的油坊里榨菜油。他晚年写的《阿庆》一文，开头就写道："我的故乡石门湾虽然是一个人口不满一万的小镇，但是附近村落甚多，每日上午，农民出街做买卖，非常热闹，两条大街上摩肩接踵，推一步走一步，真是一个商贾辐辏的市场。"③

---

① 丰陈宝、丰一吟编：《丰子恺文集》第6卷，杭州：浙江文艺出版社、浙江教育出版社，1992年，第670-672页。

② 周作人：《航船与埠船》，《亦报》1950年2月8日。

③ 丰陈宝、丰一吟编：《丰子恺文集》第6卷，杭州：浙江文艺出版社、浙江教育出版社，1992年，第742-743页。

石门镇最热闹的大街是大运河北岸的"寺弄"。自北向南流入运河的后河之西岸也是大街，热闹仅次于"寺弄"。"我家住在后河，是农民出入的大道之一。"丰家便坐落在后河的木场桥西堍。

来石门镇的人，多数农民都是乘航船来的，只有卖柴的人，不便乘船，挑着一担柴步行入市。丰子恺的随笔《阿庆》就介绍了当年石门镇上的柴主人阿庆：

> 卖柴，要称斤两，要找买主。农民自己不带秤，又不熟悉哪家要买柴。于是必须有一个"柴主人"。他肩上扛着一支大秤，给每担柴称好分量，然后介绍他去卖给哪一家。柴主人熟悉情况，知道哪家要硬柴，哪家要软柴，分配各得其所。卖得的钱，农民九五扣到手，其余百分之五是柴主人的佣钱。农民情愿九五扣到手，因为方便得多，他得了钱，就好扛着空扁担入市去买物或喝酒了。①

20世纪上半叶，石门镇上的市民主要烧柴。农民自家烧柴有剩余，才挑着柴来卖，一时不知道哪里有买主，于是，阿庆那样的"柴主人"便应运而生。阿庆其实是从事柴买卖的"牙人"。

王鲁彦的短篇小说《桥上》中的主人公伊新叔，开着杂货店，也兼着阿庆那种"柴主人"的角色。卖柴的山里人也来找伊新叔，由他介绍买主，帮助称柴。

民国时，镇上的市民和附近的农民，生活水平较低，很少买鱼和肉来吃，最常买的便是豆腐和豆腐干。故石门镇上的豆腐店有好几家，生意上的竞争也就十分激烈。《四轩柱》中的定四娘娘就是豆腐店里出色的推销员。

鲁迅小说《故乡》中的杨二嫂，年轻时也是豆腐店里的销售员，人称"豆腐西施"。她利用"豆腐西施"的知名度来为豆腐店促销。

与市镇上早市的喧哗相映成趣的是黄昏的冷清。此时，打破小市镇寂静的往往是丰子恺随笔《午夜高楼》里所写的馄饨担与圆子担的叫卖声：

> 黄昏一深，这小市镇里的人都睡静了。我躺在高楼中的凉床
> 上所能听到的只有两种声音，一种是"柝，柝，柝"，一种是"的，

---

① 丰陈宝、丰一吟编：《丰子恺文集》第6卷，杭州：浙江文艺出版社、浙江教育出版社，1992年，第742-743页。

的，的"。我知道前者是馄饨担，后者是圆子担的号音。①

民国时期的江南小城镇，基本是一个熟人社会。店家与顾客、店家与店家之间，平时往往可以赊账。每年端午、中秋和年关相互清理账目，俗称"三节清账"。端午、中秋可以马虎一点，但年关必须认真清理账目。

茅盾短篇小说《林家铺子》写林老板的铺子，货物主要从上海东升号进来，平时总要拖欠一些货款。年关临近，加上上海爆发了"一·二八"事变，"上海客人"就到铺子里来等着要清账。林家铺子是一家批零兼营的铺子，从上海进来的货一部分自己销售出去，一部分批发给小镇上更小的铺子。伙计寿生就去栗市等小镇上收账，这也是年关清账。寿生收账回店，才能拿钱打发"上海客人"。

年关清账，实际上是一件十分麻烦的事，但童年丰子恺感兴趣的是由此带来的热闹。

江南习俗，收账的最后期限是在除夕夜，且收账者必须手提灯笼。大年初一天亮后一般不再收账。也有的收账者天亮后仍提着灯笼收账，这是允许的，但不提灯笼或灯笼熄灭后向人收账，欠债人不仅可以不还，还可以打收账者耳光。因为在江南人眼里，年初一就向人收账，会把晦气带给欠账人，不吉利，故挨了打也只是"哑巴吃黄连"。

顺便提一下，在丰子恺的记忆中，年关清账时，还有"吃串"的习俗。除夕黄昏，店家的孩子，如童年丰子恺和他的姐姐们，忙着"吃串"。孩子们把每一百铜钱的串头绳解开来，取出其中三四文，只剩九十六七文，甚至九十二三文，当作一百文去还账，吃下来的"串"，归他们零用。当然，丰家收来的账，也是吃过串的钱。商家大概通过"吃串"给孩子培养一点商业意识。孩子平时在店里，总会被使唤帮点忙，年关的"吃串"也算是对帮忙的酬劳。②

鲁迅小说《孔乙己》中的主人公孔乙己在酒店的信用不错——"从不拖欠酒钱"，故能一直赊酒喝。孔乙己最后的结局就是通过这"三节清账"来叙事的：先是掌柜在中秋节清账时，取下记账的粉板，念叨"孔乙己还欠十九个钱呢"，引发喝酒的人讲述孔乙己的新闻——到丁举人家偷窃，被打断了腿。随后是初冬时孔乙己用手爬来酒店，用现钱喝了一碗酒，掌柜

---

① 丰子恺：《午夜高楼》，《宇宙风》1935 年 9 月第 1 卷第 2 期。
② 茅盾：《林家铺子》，《申报月刊》1932 年 7 月第 1 卷第 1 期。

当面向他要账，他承诺"下回还清"。最后是年关和第二年端午清账时，掌柜念叨"孔乙己还欠十九个钱呢"。接下来中秋和年关清账时，掌柜大概已认了这笔小小的死账，不再念叨了。[①]

江南小城镇上的商家普遍信奉财神。据说正月初五是"五路（财神）日"，商家都要在这一天正式开业，才能"开门发财"。年初四晚上，商家都要接"五路财神"，还得宴请留用店员和有关人士，以联络感情。

茅盾的短篇小说《林家铺子》，写大年初四那天晚上，林老板勉强筹措了三块钱，办一席酒请铺子里的"相好"吃照例的"五路酒"，商量明天开市的办法。要开市，最大的困难是缺乏货品，但他们从逃难到镇上来的上海难民身上发现了商机，用店里的脸盆、毛巾之类日用杂货搭配出"一元货"，居然赢得了开门红。不过这只是林家铺子倒闭前的"回光返照"。

4.2.2 商品生产发达的江南环境

相传产生于尧帝时期的《击壤歌》唱道："日出而作，日入而息。凿井而饮，耕田而食。帝力于我何有哉！"歌词唱出了小生产者自给自足、与世无争的简单的快乐生活。

男耕女织的小生产者也只是基本能自给自足，正常过日子还是需要购买少量商品的，如铁质农具和食盐是自家的地里长不出来的，需要到市场上去购买。

北宋四川诗人张俞的诗《蚕妇》写道：昨日入城市，归来泪满巾。遍身罗绮者，不是养蚕人。小学语文课本一般从阶级对立的角度来解读这首诗。如果从商品生产的角度来解读，蚕妇的养蚕缫丝其实只是一种商品生产，进入城市所售的丝也只是初级商品，在城市里经过炼丝、织绸、印染和缝纫等深加工，才能成为城里富贵者身上的"罗绮"服饰。

明清和民国时期的江南，随着海上丝绸之路的兴旺发达，江南的蚕桑丝绸生产甚至成了国际化的商品生产。江南太湖流域的南浔、乌镇、菱湖、濮院、盛泽等市镇成为丝绸业专业市镇。这些市镇因丝绸业而繁荣昌盛，有"无丝不成镇"之说。植桑者可以自家养蚕，也可以把桑叶作为商品直接出售。丰子恺的《忆儿时》中回忆了祖母在世时丰家养蚕的情景。丰家自己没有桑地，桑叶是买来的。养蚕的主力蒋五伯是从附近乡村雇来的短

---

① 鲁迅：《孔乙己》，《新青年》1919 年 4 月第 6 卷第 4 期。

工。采了蚕茧，缫丝的七娘娘也是从牛桥头雇来的。在整个养蚕缫丝的生产过程中，丰子恺的祖母和姐姐只是玩票性质地打打下手。江南城乡发达的桑蚕生产服务业，能让丰子恺祖母轻松组织起每年的春蚕生产。不过她们贪图的只是养蚕的乐趣，并非卖丝所得的钱财，因而丰子恺在《忆儿时》中说，"其实，我长大后才晓得，祖母的养蚕并非专为图利，叶贵的年头常要蚀本；然而她喜欢这暮春的点缀，故每年大规模地举行"①。

茅盾在《我怎样写〈春蚕〉》中回忆，其祖母是地主的女儿，也喜欢在市镇上的家里养春蚕。比起丰子恺的祖母来，茅盾的祖母养蚕的规模要小得多，"只不过十来斤'出火'而已，当然是玩玩的性质"②，不过到老蚕时还要临时找专门女工来帮忙饲养。并非农家子弟的茅盾，之所以敢写小说《春蚕》，是因为儿时帮祖母养过春蚕，熟悉养蚕全过程。

茅盾的短篇小说《春蚕》写了老通宝家"借债买桑叶养蚕"的故事。江南小城镇上从事桑叶买卖的叶行早在明朝就有了，数百年间相沿成俗，形成一种具有期货性质的习俗——"稍叶"。

在江南，桑叶早就作为一种商品被买卖。自明朝开始，随着丝绸生产和商品经济的发展，"桑地之利，每倍于田"，商业性的种桑专业生产，在江南就已出现。相应地，出现了种桑人和养蚕人的分离，即有的人种桑的目的不是为了自家养蚕，而是把桑叶作为商品出卖，如茅盾的外婆家就是专卖桑叶的；有的人自家地上所出桑叶不多，但养蚕的劳动力富余，就有意识地多看蚕种，买桑叶来养蚕，由此获利。桑叶一旦作为商品流通，就会受价值规律这只"看不见的手"的影响，还得受养蚕这一特殊行业的制约，加上中间商（叶行老板）的人为操纵，"叶之贵贱，顷刻天渊，甚有不值一钱委之道路者"③。谚语则说，桑叶这东西，"要起来是宝，勿要起来是草"。"仙人难断叶价。"费孝通的《江村经济：中国农民的生活》中所调查的开弦弓村，位于太湖东南岸。费孝通也在书中指出："在养蚕期间，桑叶价格升降幅度很大。每 100 磅的最高价格有时超过 3.5 元，最低价格不到 1.5 元。"④蚕多叶少的农家，怕遭受突然涨价和买不到桑叶的风险，于是通过赊买、订购等形式购买桑叶"期货"，即产生了"稍叶"（或

① 丰子恺：《忆儿时》，《小说月报》1927 年 6 月第 18 卷第 6 号。
② 茅盾：《我怎样写〈春蚕〉》，《青年知识》1945 年 10 月第 1 卷第 3 期。
③ 嘉庆《东林山志》。
④ 费孝通：《江村经济：中国农民的生活》，戴可景译，北京：商务印书馆，2001 年，第 186 页。

称"抄叶"），还产生了专门从事买卖桑叶的"叶行"和从事桑叶买卖的中间商——叶行老板。在"叶市"上，现货交易和期货交易并举，带有很浓的资本主义商业色彩。

明朝户部尚书、南浔人朱国祯（1558—1632），在《涌幢小品》卷二"蚕报"中记载：

> 湖之畜蚕者多自栽桑，不则豫租别姓之桑，俗曰"稍叶"。凡蚕一斛，用叶百六十斛。稍者先期约用银四钱，既收而偿者约用五钱，再加杂费五分。蚕佳者用二十日辛苦，收丝可售一两余。为绵为线，矢可粪田，皆资民家切用。此农桑为国根本，民之命脉也。我郡在在有之，惟德湖尤多。本地叶不足，又贩于桐乡、洞庭，价随时高下，倏忽悬绝。谚云："仙人难断叶价。"故栽与稍最为稳当。不者谓之看空头蚕……[①]

当然，蚕桑生产中最具冒险色彩的是从事稍叶的中间商，即叶行老板。叶行老板的投机意识和商业信誉，都类似于做期货的期货商人。茅盾老家乌镇（也称乌青镇）上的叶市由来已久。清朝人董世宁编撰的《乌青镇志·农桑》中载："乡人不曰桑而直曰叶。立夏后采桑贸叶名叶市。"茅盾在《我怎样写〈春蚕〉》中说："每年蚕季，在我们镇上有'叶市'；这是一种投机市场，多头空头，跟做公债相差无几。而我的亲戚世交中有不少人是'叶市'的要角。一年一度的紧张悲乐，我是耳闻目睹的。"[②]茅盾的二姑母嫁入乌镇西栅的徐家，而徐家就是开桑叶行的。茅盾熟悉的徐家以及亲族中其他几位在乌镇有名的叶行老板，他们富于戏剧性的稍叶情况，类似茅盾《子夜》中交易所里的公债市场。据茅盾自己回忆，他写《子夜》里的公债市场，一部分经验就得自乌镇的叶行稍叶。稍叶市场富于资本主义的投机和冒险色彩，助长了老通宝们在蚕桑生产上的商业经营行为。

江南太湖流域的广大蚕农，对蚕桑生产非常重视，重视程度甚至超过了作为主业的水稻生产。蚕桑生产是广大蚕农主要的经济来源，而且蚕桑生产时间短、见效快、收益好。明末清初的桐乡县农学家张履祥，在农学著作《补农书》中根据桐乡"田地相匹"的情况，对种桑养蚕和粮食生产

---

① （明）朱国祯：《涌幢小品》卷二"蚕报"。
② 茅盾：《我怎样写〈春蚕〉》，《青年知识》1945年10月第1卷第3期。

的收益进行比较分析：种桑"得叶盛者，一亩可养蚕十数筐，少亦四五筐，最下者二三筐（若二三筐即有豆二熟）。米贱丝贵时，则蚕一筐即可当一亩之息矣；米甚贵丝甚贱，尚足与田相准"①。张履祥由此得出"蚕桑之利，厚于稼穑"的结论，认为"多种田不如多治地"。当地的许多谚语也阐述了蚕桑生产的重要性："上半年靠养蚕，下半年靠种田。""养蚕用白银，种田吃白米。""养得一季蚕，可抵半年粮。""卖粮挑破肩，不及拎篮茧。""蚕是农家宝，一年开销靠。""男采桑，女养蚕，四十五天就见钱。"正是基于这种认识，老通宝才把上半年的希望寄托在春蚕大熟上，将下半年的指望放在水稻秋收上。其实，江南太湖流域的广大蚕农，由于商品经济意识较强，加上养蚕的经济效益普遍好于种田，故自明朝开始，多次发生毁田种桑事件。视农桑为本的江南太湖流域农民，往往更重视养蚕。有道是"苏湖熟，天下足"，但享有"天下粮仓"美誉的太湖流域，蚕桑生产兴旺时，粮食反而要从外地贩运来补足。蚕农往往要用卖春蚕茧或土丝所获的钱来买米，度过青黄不接的春夏时节；如果春蚕不熟或卖不出价钱，蚕农没钱买米，只能拿南瓜等杂粮来度荒，就如《秋收》中所描写的老通宝家一样。

　　《春蚕》就写了老通宝借来三十块钱，现稍了二十担叶。清明时节老通宝稍叶时叶价为每担一块半，而到大眠时叶价就飞涨到每担四块钱。此时现买二十担叶，需要八十块钱。蚕桑生产有其特殊规律，蚕事好，蚕宝宝胃口好，桑叶需求量大，叶价也会随之飞涨；蚕事坏，蚕宝宝胃口差甚至病坏倒掉，桑叶的需求量就小，叶价也会相应大跌。老通宝家上一年蚕事不利，稍来的"期货桑叶"要比叶行里卖的现货桑叶贵，且他们家的蚕宝宝也吃不了那么多的贵叶，故稍叶稍亏了，成了老通宝的一块心病。老通宝当年就不敢多稍叶，偏偏那的蚕宝宝一条条都生青滚壮，胃口大得出奇，因此老通宝家还缺了三十担叶，被迫买了四块钱一担的贵叶。蚕事好时千方百计买贵叶这一情节是符合江南蚕乡那些指望通过养蚕来发家致富者的心态的。不过一般来讲，会打算盘的老通宝不会看"空头蚕"，有了自己地上的桑叶加上"稍"来的期货桑叶，老通宝所缺的现货桑叶最多也不会超过十担。《春蚕》写老通宝家到了老蚕时还缺三十担桑叶，这是极为夸张的"小说家言"。

　　蚕桑丝绸生产所具有的商品经济性质，并不仅仅体现在从事桑叶买卖的叶行上，其他涉及商品买卖的还有很多。养蚕需要蚕架、蚕匾、蚕网、蚕筷、

---

① 张履祥：《补农书》下卷，光绪二十三年刻本，第 1-2 页。

叶刀、火炉和木炭等，蚕农都要到小城镇上购买。蚕种，不管是土种还是洋种，也是买卖的商品。《春蚕》写老通宝家上一年春蚕不熟，老通宝怀疑用了有字的报纸来筚小蚕，为不"敬惜字纸"所致，那一年就下决心购买了白纸。茅盾散文《香市》所写的乌镇香市，其实是四乡蚕农祈求蚕田丰收的专门性质的庙会。镇上商家都要到香市上去设摊，推销养蚕用品。

蚕农们从谷雨起开始养春蚕，忙到端午之前采蚕茧。原先蚕农们都是缫成丝再到就近的小城镇上出售的，但在机械化缫丝的丝厂出现后，蚕农们都出售蚕茧了。《春蚕》中写村民们眼看当年的蚕花大熟，都很兴奋，尤其是蚕妇们，由雪白的蚕茧看到了"一堆堆雪白的洋钱"，甚至盘算如何花钱："夹衣和夏衣都在当铺里，这可先得赎出来；过端阳节也许可以吃一条黄鱼。""头蚕罢"，是江南丝绸业市镇上的商业旺季。尚未采茧，娘家一般要到女儿家"望蚕信"。《春蚕》中写老通宝的亲家张财发带了小儿子阿九特地从镇上赶来望蚕信。礼物是从镇上买来的软糕、线粉、梅子、枇杷、咸鱼等。"小小宝快活得好像雪天的小狗。"①

由于有了市镇发达的商业服务能力，丰子恺和茅盾的祖母都能组织没有桑叶地的镇上人家饲养春蚕。如果《春蚕》中的老通宝只是自给自足的自耕农，那么他们家只有一块能出十五担桑叶的桑地，勉强能养活一张春蚕种，自然就只养一张蚕种了。老通宝对于自己家的养蚕技术比较自信，全家有自己、阿四和阿多三个男性壮劳力，又有四大娘一位蚕妇，加上十二岁的小小宝也能帮忙养蚕，即他们家的劳动力能够饲养三至五张蚕种。至于桑叶嘛，可以通过小城镇上的叶行"稍叶"或现买。根据以往的经验，养蚕主要是技术和劳动力的投入，买桑叶来养蚕，由于有效转化了养蚕技术和劳动力，一般总会赚钱的。老通宝组织全家买桑叶养蚕，既是一种家庭生产，又是一种商品生产。如果不养蚕，三位男性壮劳力可以去打短工赚钱，但像四大娘这样的蚕妇，除了进城做女佣，就不太能打短工了。至于十二岁的小小宝，还不到做学徒的年龄，穷人家的孩子又没有书读，即这样的童工一般是进不了劳动力市场的。因此，商业性的养蚕活动，能让老通宝全家男女老少的劳动力都投入进来，以期获得丰厚的回报。

至于江南的稻作生产，尽管商品化率没有蚕桑生产高，但也离不开小城镇的商业服务。老通宝家在《秋收》中遭遇旱灾，用龙骨水车戽水无济于事，也只能像村民们一样，花钱雇用抽水机打水。旱情缓解后急需追肥，

---

① 茅盾：《春蚕》，《现代》1932 年 11 月第 2 卷第 1 期。

阿四和阿多兄弟俩就施了从镇上买来的"肥田粉"。抽水机是新出现的抽水"神器"，既能抗旱也能抗洪，由镇上商人花钱买来，装在船上摇到四乡抽水赚钱。洪深的话剧《农村三部曲》也都写到了抽水机和肥田粉。

美国学者黄宗智长期研究中国华北和长江三角洲的农村经济。他认为长江三角洲由于人口的过密化，"商品化带来的并不是小农家庭生产单位的削弱，而是它的更充分的完善和强化。新的棉花经济和扩展着的桑蚕经济所要求的附加劳动力首先来自农户辅助劳动力。在这个过程中，妇女和儿童越来越多地分担了农户的生产活动，从而导致了我所称之的农村生产的家庭化。商品化非但没有削弱小农家庭生产存在的基础，反而刺激了这一生产，并使之成为支持商品经济的基础"①。

其实，像《春蚕》中的老通宝家，商品化生产和家庭化生产是合二为一的。与此同时，类似像养春蚕这样的家庭化的劳动生产，的确能充分利用妇女和儿童这些劳动力。江南还有一些专业性的手工业小城镇，有完善的商业服务体系，能把妇女、儿童甚至老人组织起来，进行家庭手工业生产。许钦文短篇小说《疯妇》中写从小城镇开来的"放纸船"把四乡的年轻妇女都组织了起来，双喜媳妇也有机会参与到绍兴城的锡箔产业中去。王鲁彦短篇小说《菊英的出嫁》中，小女孩菊英、菊英妈和菊英奶奶组成了家庭手工业，通过磨纸（褙锡箔）、挑花边等赚钱养活自己。

市镇与四乡的农民是相互依存的关系。农民们要到市镇上买生活用品，同时要来卖自己生产的稻谷、蚕茧等，因而市镇上的店家视四乡的农民为他们的"衣食父母"。四乡的农民急需用钱时，也会到市镇上来设法筹集。茅盾的散文《故乡杂记》写到了沈家的一位"丫姑老爷"，很是精明，设法向各房短期借点小钱，勤借勤还，是不用利息的。另一种筹钱的办法是向当铺当东西。茅盾的短篇小说《当铺前》与散文《故乡杂记》都写到了当铺。向钱庄借高利贷是一种饮鸩止渴的办法。茅盾短篇小说《春蚕》中的老通宝以一块桑树地抵押，原计划个把月后卖了蚕茧就能还清，短期调头，利息再高也不愁。结果由于茧贱伤农，老通宝家押掉了这块能产十五担桑叶的地，还欠下了清明时用来"稍叶"的三十元的债。

罗洪的短篇小说《稻穗还在田里的时候》也写到了佃农春发家与高利贷的关系。春发靠借高利贷结了婚。婚后小两口十分勤劳，五十多岁的父亲干起活来也像个小伙子。除了种好自己家里的租田，农忙时经常给人家打短工

---

① 黄宗智：《长江三角洲小农家庭与乡村发展》，北京：中华书局，2000年，第44页。

挣钱，三年功夫就还清了二百多元的债。然而，父亲累出了病，又得了"大脚疯"（血丝虫病），只能干些轻便的活。春发没工夫打短工挣钱了，加上种出来的稻谷又卖不起钱，几年下来，反而欠下了福源经手的二百多元的债。

当稻穗还在田里的时候，经办人福源就频频上门逼债。春发的债，说是城里陆三爷的钱，其实就是福源他们私自放的。福源眼看无法归本，就找个借口，同意延期，只是利息由一分三加到了一分半。

罗洪在《创作杂忆·关于〈腐鼠集〉》中指出："《稻穗还在田里的时候》这小说里放债的福源，专给地主收田租，这叫做外账房。他把收来的租款挪用一点放债，盘来盘去，用剥削来的血汗钱装满自己的腰包，却把农民害苦了。"①

现代江南的小城镇，商业繁荣，商业气氛浓厚。鲁迅、茅盾、丰子恺、洪深、王鲁彦、罗洪等现代江南小城镇作家熟谙小城镇上的商业习俗和农商关系，因而能在文学作品中作精彩的描述。

现代江南小城镇文学中商业氛围的渲染，显示了现代江南小城镇商业的繁荣，也揭示了江南人的命运与经济的紧密关系。

4.3　诗意的表达

意大利哲学家维柯把哲学家尊为"人类的理智"，而哲学家对世界的认识和解释，早就被诗人们的"诗性智慧"通过"感官以直觉的方式"体会和表达出来了，因此，"诗人们可以说就是人类的感官"。②

不过在刘士林看来，西方文化是一种理性文化，中国文化才是一种诗性文化，即西方诗人们的"诗性智慧"还洋溢着理性精神。对于中国的诗性文化，刘士林认为从大处着眼，还有南北之分，"一个是以政治伦理为深层结构的'北国诗性文化'，一个是以审美自由为基本理念的'江南诗性文化'"③。他进一步指出，江南诗性文化本质上是一种"代表着生命最高理想的审美自由精神"。④

现代江南小学镇文学，就充溢着诗意江南的特有品格。

① 朱雯、罗洪：《往事如烟》，上海：上海古籍出版社，1999年，第146页。

② 〔意大利〕维柯：《新科学》，朱光潜译，北京：人民文学出版社，1986年，第152页。

③ 刘士林：《西洲在何处——江南文化的诗性叙事》，北京：东方出版社，2005年，第211页。

④ 刘士林：《西洲在何处——江南文化的诗性叙事》，北京：东方出版社，2005年，第209页。

4.3.1　诗意意象

江南是一个洋溢着诗情画意的地方。

南朝梁文学家丘迟的《与陈伯之书》中写道：暮春三月，江南草长，杂花生树，群莺乱飞。丘迟笔下的诗意江南深深打动了陈伯之。出生江南的陈伯之毅然率众八千归降。

烟花三月的江南富于诗情画意，千百年来诗人们争相歌咏江南春色。不仅如此，江南的春夏秋冬，在现代江南小城镇文学中都是诗意盎然的。徐迟笔下的江南四季意象，都洋溢着诗情画意。

徐迟写了春夏秋冬四章散文诗，总标题为 *Love letters*（《情书》），是用江南小城镇特有的意象来写爱情的。

第一封情书，写的是秋天。用的是民国时期江南市镇上特有的意象："秋天，卖丁香萝卜的人划着瘦长的小船来了。"吴方言中的"丁香萝卜"，其实是胡萝卜。在江南人看来橘红的"丁香萝卜"上市时，霜降的深秋到了。深秋里写情书的"我"，怀恋着"丁香萝卜"上市的故乡的深秋，也怀恋着"美德的女郎"。

第二封情书，写的是冬天。诗人把恋人比喻成市河里木船上的橹，"橹是美人鱼"。"我目送你，侧往左、侧往右，渡水渡桥，在桅樯之影的林中隐没入雾里去了。"诗人眼里，在市河里摇动的橹，俨然是市镇上袅袅婷婷远去的少女。随着心上人的远去，诗人的爱恋反而越来越浓："载着我们的心的是你美丽的船舶，而你这支美丽的橹，摇着了我的恋爱了。"这章散文诗由于受闻一多的推崇，影响最大。

第三封情书，写的是春天。市镇上桥多。"恋女"一级一级登上石桥，"一朵花似的，一羽蝴蝶似的"，升上去。"我的恋女啊，春天是在桥的升降机里！"

第四封情书，写的是夏天。诗人想象自己在"仲夏夜"，划着小艇，来到恋女家外面的浜口。但恋女家并没有枕河而居，故听不到"我"用小洋号吹奏的"仲夏夜之梦"。莎士比亚的《仲夏夜之梦》，是一个有情人终成眷属的喜剧故事。然而，在徐迟的散文诗中，诗人的努力，却得不到恋女的回应。[①]

除了这四章散文诗，徐迟还用江南小城镇意象写了其他的爱情诗。徐

[①] 徐迟：《二十岁人》，上海：上海时代图书公司，1936 年，第 52-53 页、113-115 页。

迟对于江南小城镇意象的书写，是从写爱情诗开始的。

江南的小城镇，最有活力的是市河。市河是交通要道，河水清洌，富有小城镇的灵气。徐迟的爱情诗《市河》，直接把小城镇的市河比拟成自己心爱的恋人。这首爱情诗，一开始就把热恋着的"她"，比拟成"发光的河泊"。一位水灵灵的小城镇少女，跃然纸上。接下来是对少女清澈的眼睛、长长的睫毛之诗化："她的鳞鬣皆见的眸子，／水与堤平着的市河呢。"市河里忙碌穿梭的是各种船舶。诗人又信手拈来，用来表达自己的爱意："市河中，／船舶的梭子织着甜蜜的絮念。"①诗人像辨识着长长的、整丽的市河那样，辨识着小城镇上清灵的少女，让自己"沉入渐深"的情网。

整首诗，用小城镇的市河叠印成小城镇少女，自然天成。可谓羚羊挂角，不留痕迹。

另一首爱情诗《苕霅的溪水上》，仍然写江南小城镇上的爱情。这首诗较为写实。诗人抒写临溪的古镇上，"从祖父传下来的屋宇"在"东栅，吊桥湾，洗粉兜，有这样佚丽的名字的地方"。"我的恋的指南针是向着""兴啊福啊的小桥与小巷"，相恋的佳人，"衣着辑里村的盛誉的丝"。

江南的小城镇，是一个不大的熟人社会。"在水一方"的心上人，似乎近在咫尺。江南水乡，许多小城镇上的人家"枕河而居"。在爱情诗《苕霅的溪水上》里，一条小小的市河，两岸皆为枕河的人家。诗意地栖居在市河两岸的一对恋人，从各自的窗穴，都能望见对方的窗穴。空间距离和心理距离都相当近：

> 是可以凭依的，
> 相望的两窗穴。
> 夏夜的木刻画里，
> 有啄木鸟的府邸。
> 啄木鸟从楠木的楼上，
> 呼着他恋人的名字。
> 而今夜，
> 和你，只是一道小河之隔。②

① 徐迟：《二十岁人》，上海：上海时代图书公司，1936年，第35-36页。
② 徐迟：《二十岁人》，上海：上海时代图书公司，1936年，第55-58页。

　　这首诗与上述散文诗中第四章写夏天的"情书"相反相成，可以对照着来读。

枕河而居

　　小城镇上的桥主要是石桥，而郊外的小河上仍有木桥。徐迟笔下的木桥，似乎更有诗意画意。徐迟的情诗《桥上》就写了阳春三月，市镇情侣踏青郊游的情景：

　　　　跨在三月的水波上的
　　　　那桥，那纤瘦的
　　　　乡村的木条的桥。
　　　　我们行走到桥上，水上，
　　　　桥的影与人的影，
　　　　乳色的，乳色的三月
　　　　流荡着了哪！
　　　　桑椹在浮动着红色了，
　　　　野鸽子，伴着野鸽子，
　　　　从水中的白云里飞近来。

褐色的，桧木的桥栏杆

单恋着

那悠然而逝的水波。①

徐迟晚年撰写回忆录《江南小镇》时，由这首诗回忆了当年自己与恋人桂丽慧，还有另一对小情侣，喜欢星期天结伴到小镇之外的田野里去远足、漫游：

> 那时的野外，颇多大户人家的坟园墓地，遍植松柏之林，一块块的草地和花园，都收拾得清爽幽雅，便成为我们的游乐之地。因为墓地是不需要有围墙的，可以随意出入。小小坟园风景楚楚有致。它近旁就有小村，有一座小桥跨过像白色牛乳的河水。三月，那些跨在小河水波上的细而修长的小木桥特别的美。春分的风吹拂得很柔和了。我们四个人，不妨说，两对小情侣，走上了桥去，俯看自己的看不清楚的影子在流过的水波上摇晃。四周的桑树林，一片片的，都长得茂密，桑椹子都浮现了一点点的红色，甚至紫色，野鸽子伴着野鸽子，从水中的白云间飞近来，当时写了一首诗叫作《桥上》……②

徐迟的这些情诗先后写给南浔镇上的少女桂丽慧与屠敏和，不过这两次恋爱并没有成功。有道是"情人眼里出西施"，徐迟爱屋及乌，把市镇也写得亮丽可爱，富于诗情画意。

1957年，徐迟从北京回到故乡，写了一组关于江南小城镇的诗作。"游子"眼中的故乡市镇，尽管没有了恋人眼中的可爱，但显得亲切且富于诗情画意。徐迟的《小镇》同题诗共有5首，发表在天津的《新港》，其中小镇（四）和（五）换了一种革命的语言，不像前三首那样洋溢着诗情画意，时过境迁，已无艺术价值。前三首分别抒写了小镇的气味、市声和水乡风韵。

《小镇》第一首就写了游子回到故乡小镇，感受到了小镇熟稔的香味：

一阵香味的飘浮，

只要闭上眼睛一嗅，

---

① 徐迟：《二十岁人》，上海：上海时代图书公司，1936年，第52-53页。

② 徐迟：《江南小镇》，北京：作家出版社，1993年，第100页。

> 便知是我的小镇，
> 　那样熟悉的香味。①

这是游子从小就闻惯了的故乡特有的香味。这种香味来自烧稻草柴的灶上，是香粳米和炖梅干菜混合的浓香；这种香味来自市河，是网船载的鱼蚌河泥的草腥气和桐油味的货船装的山货味。漫步雨后的小镇，酱园里的酒糟气和糖食店里的蜜饯香迎面扑来。尽管小镇也有古屋中潮湿的霉味，但镇上园林里，芬气袭人，周围田野还会送来油菜和秧苗的芳香。于是，游子沉醉在故乡熟稔的气味之中：

> 我急于吸入它们，
> 　使充溢我的胸膛，
> 又吝惜于吐出它们，
> 　什么还更醉人？②

第二首是写小镇的水乡风韵的。在徐迟的笔下，小镇方圆五六里，数千家枕河而居的市房，都"沉入河水中的倒影"。纵横交错的市河犹如剪刀，"曲折剪开了小镇"，而众多的小桥"像针线一样"，"把小镇缝合在一起"。阳光与小河交相辉映，"小镇披上一身金鳞"。波光中的白帆、桥洞、屋檐，在市河的倒影中抖动、摇晃、聚合，组合成小镇的灵动与神奇。③

第三首写小镇的市音。外地的集市，往往几天才有一集；江南的市镇，每天都有早市。徐迟的这首诗通过市音从侧面抒写了江南市镇的繁荣景象。早市上，行商坐贾，各自叫卖，竞相夸耀的商品有：鲲鳍鳜鱼、卷毛的湖羊、莴苣笋、芥蓝菜、莼菜、荠菜，鸭子和毛猪的叫声也汇进了叫卖的合唱。面馆里敲响的铁锅声，与市河传来的欸乃声及小火轮的汽笛声遥相呼应。④

茶楼里坐满了吃早茶的农民，他们大声话桑麻。忽然一位姑娘拉扯镇上人的衣袖，"用无比清脆的乡音问你：/ '阿要新鲜竹笋？'"竹笋鲜美，但必须现挖现吃。客居北京的徐迟大概会怀恋江南鲜美的春笋。

---

① 徐迟：《徐迟文集》第 1 卷，北京：作家出版社，2014 年，第 245 页。
② 同①。
③ 徐迟：《徐迟文集》第 1 卷，北京：作家出版社，2014 年，第 246 页。
④ 徐迟：《徐迟文集》第 1 卷，北京：作家出版社，2014 年，第 246-247 页。

此次江南之行，徐迟还在湖州城里的莲花庄（当时称青年公园）一带
看到如镜的河面，映照着一位穿红袜子的姑娘：

> 她和她的倒影，
>
> 绕过那几枝大树。
>
> 她们走到沿河的街道，
>
> 走到石级的桥口，
>
> 她和她的倒影，
>
> 一个走下，
>
> 一个走上，
>
> 她们一级一级的，
>
> 走到水边……
>
> 蹲踞，洗手……
>
> 明镜乃……微微的抖动了，
>
> 因为她们相会于水滨。①

古桥

---

① 徐迟：《徐迟文集》第 1 卷，北京：作家出版社，2014 年，第 243 页。

　　江南的美景，如诗如画。诗人用电影长镜头的手法，展现了灵动的画面。这首诗与上述散文诗中第三章写春天的"情书"有异曲同工之妙。

　　游子笔下的江南，自然更具诗情画意。尤其是身在他乡的游子，会把浓浓的怀乡之情与江南的诗意意象融合在一起。茅盾故乡乌镇的枕河人家，有不少是水榭，即当地俗称的"水阁"，用吊桶打水，十分方便。抗日战争时期，茅盾跑遍了大半个中国，尤其在缺水的大西北生活过，故在散文《大地山河》中更怀恋故乡的市河：

　　　　住在西北高原的人们，不能想象江南太湖区域所谓"水乡"的居民的生涯；所谓"暮春三月，江南草长，杂花生树，群莺乱飞"，也还不是江南"水乡"的风光。缺少那交错密布的水道的西北高原的居民，听说人家的后门外就是河，站在后门口（那就是水阁的门），可以用吊桶打水，午夜梦回，可以听得橹声欸乃，飘然而过，总有点难以构成形象的罢？①

　　小说中的人物自然是虚构的。鲁迅短篇小说《在酒楼上》中的"我"，从北方回到故乡的江南小城，在一个下雪天到当年经常光顾的酒楼"一石居"去喝酒，来到二楼，拣一个能眺望废园的位子坐下来，却对废园有了陌生化的观感。鲁迅借小说中的人物，对废园中的景物进行了诗意叙写：

　　　　这园大概是不属于酒家的，我先前也曾眺望过许多回，有时也在雪天里。但现在从惯于北方的眼睛看来，却很值得惊异了：几株老梅竟斗雪开着满树的繁花，仿佛毫不以深冬为意；倒塌的亭子边还有一株山茶树，从晴绿的密叶里显出十几朵红花来，赫赫的在雪中明得如火，愤怒而且傲慢，如蔑视游人的甘心于远行。我这时又忽地想到这里积雪的滋润，著物不去，晶莹有光，不比朔雪的粉一般干，大风一吹，便飞得满空如烟雾……②

　　郁达夫的历史小说《碧浪湖的秋夜》中，叙述沈幼牧、沈绎游带领厉鹗乘着农历十三的月明之夜去游湖州碧浪湖，饱览湖光山色。郁达夫对此情此景的描述，洋溢着诗情画意：

---

　　① 茅盾：《大地山河》，《笔谈》1941 年 9 月第 1 期。
　　② 鲁迅：《在酒楼上》，《妇女杂志》1924 年 3 月第 10 卷第 3 号。

不多一会，三人坐着的一只竹蓬轩敞的游船，已在碧浪湖的月光波影里荡漾了。十三夜的皎洁的月光，正行到了浮玉塔的南面，南岸妙喜山衡山一带的树木山峰，都像是雪夜的景致，望过去溟濛（冥蒙）幽远，在白茫茫的屏障上，时时有一点一簇的黑形，和一丝一缕的银箭闪现出来。西面道场山的尖塔，因为船在摇动的缘故，看起来绝似一个醉了酒的巨人，在万道的波光和一天的月色里，跟跄舞蹈，招引着人。湖面上的寂静，使三人的笑语声，得到了分外的回响。间或笑语停时，则一枝柔橹的清音，和湖鱼跃水的响声，听了又会使人生出远离尘世的逸想来。渐摇渐远，船到了去浮玉塔不远的地方，回头一望，南门外的几点灯火，和一排城市人家，却倒印（映）在碧波心里，似乎是海上的仙山。西北的弁山，东北的獬岭，高虽则高，但因为远了，从月光里遥望过去，只剩了极淡极淡的蔚蓝的一刷，正好做这一幅碧浪湖头秋月夜游图的崇高的背景。①

厉鹗这位清朝寒士，不仅在湖州府城欣赏了良辰美景，而且还与湖州女子朱满娘成就了一段美好姻缘。

4.3.2　诗意情调

江南的各类意象洋溢着诗情画意，但要真正欣赏富于诗意的意象，还得有一颗悠游闲适的爱美之心。现代江南小城镇作家笔下，不断能呈现悠游闲适的诗意情调。

杜慎卿是《儒林外史》中一位难得的儒雅文士。小说叙写他渡江来到南京，同友人徜徉雨花台岗上。"坐了半日，日色已经西斜，只见两个挑粪桶的，挑了两担空桶，歇在山上。这一个拍那一个肩头道：'兄弟，今日的货已经卖完，我和你到永宁泉吃一壶茶，回来再到雨花台看落照。'杜慎卿笑道：'真乃菜佣酒保，都有六朝烟水气，一点也不差。'"②所谓"六朝烟水气"，其实就是江南人特有的诗意情调。这种情调并非士绅的专利，连贩夫走卒也都沾染了。

---

① 郁达夫：《碧浪湖的秋夜》，《东方杂志》月刊 1933 年 1 月第 30 卷第 1 号。
② （清）吴敬梓著、李汉秋校：《儒林外史》，上海：上海古籍出版社，1984 年，第 402 页。

周作人的小品散文《乌篷船》倡导一种悠游闲适的人生态度。只有拥有这种心态，到江南去游玩，才能真正体味到江南的诗意情调。

周作人在《北京的茶食》一文中指出：

> 我们于日用必需的东西以外，必须还有一点无用的游戏与享乐，生活才觉得有意思。我们看夕阳，看秋河，看花，听雨，闻香，喝不求解渴的酒，吃不求饱的点心，都是生活上必要的——虽然是无用的装点，而且是愈精炼愈好。①

周作人在《日本近三十年小说之发达》中专门介绍了夏目漱石的"有余裕的文学"。夏目漱石倡导的小说，不必急迫地直奔人生，而是"可以缓缓的，从从容容的赏玩人生"。周作人进而主张"生活之艺术"。在他看来，生活只有两类：一类是动物那样，"自然地简易地生活"；另一类是把生活当作一种艺术，"微妙的美的生活"。②

周作人在江南小城镇传统节日风俗中发现了这种"微妙的美的""生活之艺术"。过年祝福、清明扫墓、中元放灯和目连戏，这些娱神娱人的节日庆典带有游戏鬼神的意味，让少年周作人久久沉迷于一片人神共融、人与祖先对话的谐和欢快气氛之中。周作人在江南小城镇人的"生活之艺术"中间体味到了江南特有的诗意情调。

江南小城镇上喝茶的场所为高档的茶楼和普通的茶馆。周作人倾向于后者，但又嫌屋宇器具简陋，因而他在《喝茶》一文中设想了心仪的喝茶场所：江南传统民居。因此，"偷得浮生半日闲"，与朋友喝茶，还得到江南的小城镇上来。

朱自清祖籍绍兴，但其游钓之地为扬州。对于故乡扬州，他写得最有韵味的是《扬州的夏日》。当年在扬州泛舟喝茶，十分悠闲，而夏日绿杨丛中的茶馆别有风味：

> 北门外一带，叫做下街，"茶馆"最多，往往一面临河。船行过时，茶客与乘客可以随便招呼说话。船上人若高兴时，也可以向茶馆中要一壶茶，或一两种"小笼点心"，在河中喝着，吃着，谈着。回来时再将茶壶和所谓小笼，连价款一并交给茶馆中人。

---

① 周作人：《北京的茶食》，《晨报副刊》1924 年 3 月 18 日。
② 周作人：《日本近三十年小说之发达》，《北京大学日刊》1918 年 5 月第 141-152 号。

撑船的都与茶馆相熟，他们不怕你白吃。扬州的小笼点心实在不错：我离开扬州，也走过七八处大大小小的地方，还没有吃过那样好的点心；这其实是值得惦记的。茶馆的地方大致总好，名字也颇有好的。如得影廊，绿杨树，红叶山庄，都是到现在还记得的。绿杨村的幌子，挂在绿杨树上，随风飘展，使人到现在还记得的。

"绿杨城郭是扬州"的名句。里面还有小池，丛竹，茅亭，景物最幽。这一带的茶馆布置都历落有致，迥非上海，北平方方正正的茶楼可比。

"下河"总是下午。傍晚回来，在暮霭朦胧中上了岸，将大褂折好搭在腕上，一手微微摇着扇子；这样进了北门或天宁门走回家中。这时候可以念"又得浮生半日闲"那一句诗了。[①]

江南小城镇上的人不仅喝茶喝得悠游闲适，而且喝酒能喝得诗意风雅。丰子恺父亲考取举人后没有机会进入仕途，就在家喝酒行乐，成了风雅士绅。当年父亲丰鐄每逢春秋佳日，必邀集亲友，饮酒取乐，给丰子恺留下了美好的回忆，尤其是蛮风雅的酒令。随笔《酒令》还详细描述了父亲丰鐄他们的两种酒令，即"击鼓传花"和掷骰子。这可是中国传统酒文化的有机组成部分。

丰子恺随笔《忆儿时》中回忆到，每年秋天，父亲丰鐄喜欢用河蟹下酒。丰鐄是吃蟹的行家里手，其"吃蟹经"可谓是风雅的"生活之艺术"：

吃蟹是风雅的事，吃法也要内行才懂得。先折蟹脚，后开蟹斗……脚上的拳头（即关节）里的肉怎样可以吃干净，脐里的肉怎样可以剔出……脚爪可以当作剔肉的针……蟹螯上的骨头可以拼成一只很好看的蝴蝶……父亲吃蟹真是内行，吃得非常干净。所以陈妈妈说："老爷吃下来的蟹壳，真是蟹壳。"[②]

蟹的储藏所，就在天井角落的缸里，平常总养着十来只。到了七夕、七月半、中秋、重阳等节候上，缸里的蟹就满了。那时全家人都有得吃，

① 朱自清：《扬州的夏日》，《白华旬刊》1929年12月第4期。
② 丰子恺：《忆儿时》，《小说月报》1927年6月第18卷第6号。

而且每人得吃一大只，或一只半。尤其是中秋晚上，兴致更浓。在深黄昏，将桌子移到隔壁的白场上的月光下面去吃。更深人静，明月底下只有丰子恺全家，围桌吃蟹饮酒赏月。丰家的这种夜宴，并不限于中秋节，在月明的秋夜，兴致所至，要举行多次。孩子们都学父亲，剥蟹剥得很精细，剥出来的肉都积在蟹斗里，放一点姜醋拌一拌，就作为下饭或下酒的菜。丰镄说蟹是至味，吃蟹时不能混吃别的菜肴。故全家人只是精细剥蟹肉，俭省吃蟹肉，细细品味蟹的"至味"。

可以与河蟹媲美的是河虾，而且钓虾与吃虾都是简单又不乏诗意的艺术。

丰子恺晚年的随笔《吃酒》就写到了一位具有闲适诗意情调的酒徒。这位酒徒姓朱，是在杭州湖滨旅馆门口摆刻字摊的。每天下午收了摊，他先到西湖边钓虾。他在钓钩上装一粒米饭，挂在岸石边，一会儿拉起线来，就有很大的一只虾。钓得了三四只大虾，他就来到岳坟旁边的一家酒店里，拣一座头坐下来。他叫一斤酒，把钓来的三四只虾用钓丝缚好，拿到酒保烫酒的开水里烫熟，又向酒保要一小碟酱油，就用虾下酒。

丰子恺当年闲居里西湖招贤寺隔壁的小平屋里，经常跟了朱姓酒徒去喝上一斤酒。他们都独酌无伴，就相与交谈。朱姓酒徒认为虾滋味鲜美，营养丰富，钓起来容易，沸水里烫熟来吃方便，"不须花钱，而且新鲜得很"。一个摆刻字摊的"文人"，收入微薄，自己钓虾来作下酒菜，其实也有生活无奈的一面。然而，这位"酒徒"却知足常乐，自得其乐，从容地钓虾喝酒，透出一种脱俗后的风雅，没有一点穷酸相。

20 世纪 30 年代，丰子恺在各书店的版税十分丰厚，不用为生计发愁。他在故乡石门镇亲自设计建造了缘缘堂，过起了卖文为生的闲适生活。几个子女在杭州读中学，他又在杭州租了房子，戏称"行宫"。从石门到杭州，如果赶时间，只要坐一小时轮船，再转乘一小时火车就可到达。不过丰子恺不喜欢这样赶路，他喜欢从石门镇雇一条船，自备被褥用品从容开船。凭窗闲眺两岸景色，自得其乐。船中还可以看书、作画，俨然自己的"工作室"。

据丰子恺随笔《塘栖》所述，船行一天，傍晚到达塘栖镇，丰子恺就上岸去吃酒。塘栖的酒店，酒菜种类多且又精致小巧，几十只小盆子罗列着，有荤有素，有干有湿，有甜有咸，随顾客选择。居士丰子恺挑选几样爱吃的蔬菜，"呷一口花雕，嚼一片嫩笋，其味无穷"。他吃好一斤花雕，要酒家做碗素面，便醉饱了。

塘栖枇杷是有名的特产。端午前后，丰子恺喜欢买些白沙枇杷，回到船里，分些给船娘，然后自己吃。"在船里吃枇杷是一件快适的事。吃枇杷要剥皮，要出核，把手弄脏，把桌子弄脏。吃好之后必须收拾桌子，洗手，实在麻烦。船里吃枇杷就没有这种麻烦。靠在船窗口吃，皮和核都丢在河里，吃好之后在河里洗手"[①]。

江南多雨，不过雨中行舟，也别有一种诗趣，使你想起古人的佳句："人人尽说江南好，游人只合江南老。春水碧于天，画船听雨眠。"[②]"闲梦江南梅熟日，夜船吹笛雨潇潇。"[③]如此诗意地从容行舟，丰子恺往往第二天才到达杭州。

要有诗意情调，前提条件是富足、闲适。许钦文短篇小说《父亲的花园》，开头就写道："父亲的花园在这一年可算是最茂盛的了，那时蕊姊还未出嫁，芳姊也没有死。"[④]当年家里生活富裕，父亲能有闲暇时间管理自己的花园。一家人四季赏花，其乐融融。然而，不出几年，家道衰落，一家人各奔东西，父亲的花园也就荒芜了。

郁达夫早期的小说，可谓是"苦闷的象征"，主人公往往深陷性的苦闷或生的苦闷。不过其后期的小说塑造了一类过着"诗意地栖居"生活的江南人。

郁达夫短篇小说《东梓关》写"我"乘江轮去东梓关找名中医徐竹园治病。东梓关是富春江畔一个古朴、怡静、悠闲的小镇，镇上的徐家是名门望族。徐竹园青壮年时也曾发奋过，但不幸染上了吐血的宿疾。此后他求医采药之余，一味地看看医书，试试药性，"三折肱而成良医"。他安心居家，读书、治病、经管祖产，"每年收入，薄有盈余，就在村里开了一家半施半卖的春和堂药铺"[⑤]。

毕竟是世交，尽管初次见面，徐竹园为"我"诊病开处方后，取出了许多收藏的砖砚、明版的书籍和傅青主手写的道情卷册来一起鉴赏。谈到战争的祸害，他又讲述了东梓关的传说。这种夜谈的情景，让"我"觉得比龚自珍诗句"小屏红烛话冬心"所述的趣味还要"悠闲隽记"。

① 丰陈宝、丰一吟编：《丰子恺文集》第 6 卷，杭州：浙江文艺出版社、浙江教育出版社，1992 年，第 673-675 页。

② 党圣元：《唐宋词名篇评析》，北京：商务印书馆，1970 年，第 23 页。

③ 龙榆生：《唐五代词选注》，上海：上海古籍出版社，2006 年，第 62 页。

④ 许钦文：《许钦文创作选》，上海：仿古书店，1936 年，第 38-42 页。

⑤ 郁达夫：《东梓关》，《现代》1932 年 11 月第 2 卷第 1 期。

　　郁达夫另一篇小说《迟桂花》中的翁则生，虽然就是《南迁》中由觉醒
而日渐沉沦的青年，但回到杭州城郊的满觉陇老家生活了十年，居然像迟桂
花那样重新焕发了活力。他就近谋得了一份教书的职业，还张罗着结婚成家。
小说写"我"接到老同学翁则生的长信，从上海赶来杭州参加他的婚礼。"我"
来到满觉垅，上水乐洞喝了一碗清茶，问明线路，就往翁家走。翁家在山上，
我拾级而上，"渐走渐高，人声人影是没有了，在将暮的晴天之下，我只看
见了许多树影。在半山亭里立住歇了一歇，回头向东南一望，看得见的，只
有些青葱的山和如云的树，在这些绿树丛中又是些这儿几点，那儿一簇的屋
瓦和白墙"。"我"在暮色苍茫中环顾四周的美景，不由得感慨："啊啊，怪
不得他的病会得好起来了，原来翁家山是在这样的一个好地方。"①

　　翁家在山上的房子为一间三开间而有后轩后厢房的楼房，屋前屋后山
坡上的杂树中夹着一些桂花树，叶与细枝之间"满撒着锯末似的黄点"，散
发出阵阵迟桂花的芳香。翁家的客厅，四壁的书画琳琅满目，件件精致，
"尤其使我看得有趣的，是陈豪写的一堂《归去来辞》的屏条，墨色的鲜艳，
字迹的秀腴，有点像董香光而更觉得柔媚。翁家的世代书香，只须上这客
厅里来一看就可以知道了"②。

　　对于迟桂花，翁则生说，桂花开得愈迟愈好，因为开得迟，所以经得
日子久。小说结尾，翁则生兄妹到火车站为"我"送行，郁达夫的临别赠
言是"但愿得我们都是迟桂花"。

　　郁达夫历史小说《碧浪湖的秋夜》中的清朝诗人厉鹗，事业无成、生
活贫困、婚姻不幸。雍正乙卯中秋前夕，厉鹗漫游湖州，竹溪沈氏叔侄等
文人带他夜游碧浪湖，赏月吟诗。中秋之夜，沈氏叔侄等湖州文人精心安
排了厉鹗与湖州才女满娘的婚礼。当晚，沈幼牧暗中雇了一只大船，封了
二百金婚仪，悄悄送一对新人回杭州了。厉鹗作为清朝浙西词派的中坚，
值此良辰美景，赋写一首古五《中秋月夜吴兴城南鲍氏溪楼作》：

> 银云洗鸥波，月出玉湖口。
>
> 照此楼下溪，交影卧槐柳。
>
> 圆辉动上下，素气浮左右。
>
> 坐迟月入楼，寂寂人定后。

① 郁达夫：《迟桂花》，《现代》1932 年 12 月第 2 卷第 2 期。
② 同①。

裴徊委枕簟，窈窕穿户牖。

言念婵媛子，牵萝凝仁久。

纳用沈郎钱，笑沽乌氏酒。

白蘋张佳期，彤管劳掺手。

乘月下汀洲，遥山半衔斗。

明当渡江时，复别溪中叟。①

杭州城内郁达夫的风雨茅庐

　　郁达夫历史小说中的厉鹗和黄仲则都是郁郁不得志的落魄文人，但他们都能诗文传世，真可谓"文章憎命达"，"诗穷而后工"。厉鹗和满娘婚后的生活，才子佳人琴瑟和谐，诗词唱和也别有一番乐趣。

　　茅盾的长篇小说《霜叶红似二月花》中的黄和光尽管染上了鸦片瘾，从生理上看他与妻子张婉卿的夫妻生活不太和谐，但两人在精神上还是琴瑟和谐。黄家与张家可谓门当户对，都是县城里的大户人家。黄家在东大街有兴隆南货店。黄府比张府更大，二厅后面原是个花园，曾失火，后来拦腰打一道围墙，前半仍是花园，后半黄和光父亲在此建一小楼，黄和光又改建，后由张婉卿取名为"偕隐轩"。夫妻二人诗意地栖居在江南小县城里，别有一番乐趣。

---

① 郁达夫：《碧浪湖的秋夜》，《东方杂志》1933 年 1 月第 30 卷第 1 号。

人生在世，总有这样或那样的不如意之处，关键是要有诗意静观的好心态。刘士林所推崇的"江南诗性文化"，基本理念是审美自由精神。当年追随戴望舒写现代派新诗的金克木，一度迷恋上了天文学。戴望舒专门写了一首《赠克木》，认为钻研天文学，"你绞干了脑汁，涨破了头，／弄了一辈子，还是个未知的宇宙"。诗人的人生态度是审美自由：

> 不痴不聋，不作阿家翁，
>
> 为人之大道全在懵懂，
>
> 最好不求甚解，单是望望，
>
> 看天，看星，看月，看太阳。
>
> 也看山，看水，看云，看风，
>
> 看春夏秋冬之不同，
>
> 还看人世的痴愚，人世的倥偬：
>
> 静默地看着，乐在其中。[①]

4.3.3 诗意叙写

诗意江南，在现代小城镇文学中的书写是多方面的，即诗歌、小说、散文和话剧，共同参与了对诗意江南的文学书写。

新月派的著名诗人徐志摩，就用多首新诗书写诗意江南。

徐志摩的诗作《太平景象》是一幅江南小城镇上火车站的速写。当年齐卢战争正酣，一列运送士兵的火车在小站上临时停靠，一个士兵正在招呼买东西："卖油条的，来六根——再来六根。"卖香烟的小贩上前来兜售："要香烟吗，老总们，大英牌，大前门：／多留几包也好，前边什么买卖都不成。"从两个士兵的对话中，我们可以知道他们来自千里之外。战争很残酷，稻田里的尸体烂臭、难闻，"简直像牛粪"。士兵感慨自己"天生是稻田里的牛粪"。与此形成对照的是，沿途所见的江南"太平景象"：

> 我说这儿江南人倒懂事，他们死不当兵；
>
> 你看这路旁的皮棺，那田里玲巧的享亭，
>
> 草也青，树也青，做鬼也落个清静……[②]

---

① 戴望舒：《赠克木》，《新诗》1936 年 10 月第 1 卷第 1 期。

② 徐志摩：《志摩的诗》，上海：新月书店，1931 年，第 107-110 页。

徐志摩的诗《沪杭车中》有意模仿火车开动的节奏，语言简短、急促：

匆匆匆！催催催！

一卷烟，一片山，几点云影，

一道水，一条桥，一支橹声，

一林松，一丛竹，红叶纷纷；

艳色的田野，艳色的秋景，

梦境似的分明，模糊，消隐，——

催催催！是车轮还是光阴？

催老了秋容，催老了人生！①

急促变化的沿途风光，让诗人对熟悉的江南秋景陌生化了。看到车窗外的风光，诗人由空间的变化感觉到了时间的流逝，感悟到了光阴催人老。

诗人徐志摩具有博大的爱心。他不仅爱用人家麟，而且爱贫苦的陌生人。诗作《盖上几张油纸》就写了一个小城镇上的贫苦妇人，在一个寒冷的下雪天，来到早夭的儿子的墓前，为儿子盖上几张油纸：

方才我买来几张油纸，

盖在儿的床上；

我唤不醒我熟睡的儿——

我因此心伤。

一片，一片，半空里

掉下雪片；

有一个妇人，有一个妇人，

独坐在阶沿。

虎虎的，虎虎的，风响

在树林间；

有一个妇人，有一个妇人，

独自在哽咽。②

---

① 徐志摩：《志摩的诗》，上海：新月书店，1931年，第54-55页。

② 徐志摩：《盖上几张油纸》，《晨报·文学旬刊》1924年11月25日。

　　这首诗作于 1923 年冬。徐志摩在序中写道："这首小诗是去年在硖石东山下独居时做的，有实事的背景。那天第一次下雪，天气很冷，有几个朋友带了酒来看我，他们走近我的住处时，见一个妇人坐在阶沿下很悲伤的哭，他们就问她为什么？她分明有点神经错乱，她说她的儿子在东山脚下躺着，今天下雪天冷，她想着了他，所以买了几张油纸来替他盖上。她叫他，他不答应，所以她哭了。"①诗作既抒写了一个江南小城镇上的母亲对儿子沉郁的母爱，同时也表达了诗人对这位不幸母亲深深的同情。

　　徐志摩表弟吴其昌在《志摩在家乡》一文中讲述了"海归"徐志摩的奇怪行径。其回故乡硖石镇时，不住深宅大院的徐家"慎思堂"，却要去"搭庙角"："有时住在紫薇山上的白公祠，有时住在东寺旁三不朽祠的横经阁，有时住在兜矛峰腰的碧云寺，有时住在东山绝顶智标塔下的飞岚阁。"②爱"搭庙角"，能让徐志摩欣赏到江南如诗似画的美妙风光，同时也能接触到市镇上的穷苦人，原因是这些上无片瓦的穷苦人是真正"搭庙角"的人。1923 年冬，徐志摩居故乡硖石镇东山麓三不朽祠。该祠新建，堂弟徐崇庆有时也来陪伴他。临近东寺戏台脚下有一群乞丐，他曾送去冬衣，并和他们一起席地喝酒交谈。徐志摩 11 月 18 日完成诗《先生！先生！》，接着又写了诗《叫化活该》。这两首诗的背景都置换成了大都市。与尚存一丝温情的《盖上几张油纸》形成对照的是，《先生！先生！》和《叫化活该》谴责了大都市的冷漠。江南小城镇上没有窝窝头和黄包车，这些诗歌意象让读者想起了大都市北京。也许徐志摩由故乡的这群乞丐，想起了自己与林徽因的恋爱悲剧。有评论把《先生！先生！》和《叫化活该》解读成徐林爱情的挽歌，也不无道理。

　　民国时期的江南小城镇上也有一些慈善事业，专门救助一些穷苦人。诗作《一条金色的光痕》是用硖石土白写的，写活了一位上门求助的乡下老太太。此诗作于 1924 年 1 月 29 日。该诗初刊时，徐志摩写了序。序中写居故乡硖石的诗人，寒冬腊月与朋友一起在山上喝酒赏雪，想起了母亲讲述的前几天发生的一个真实故事。这位老太太是为本村因贫病而死的"李家阿太"来硖石镇化缘的。诗作首先描述了老太太上门来的情景：

　　来了一个妇人，一个乡里来的妇人，

---

① 徐志摩：《盖上几张油纸》，《晨报·文学旬刊》1924 年 11 月 25 日。
② 吴其昌：《志摩在家乡》，《晨报·学园》1931 年 12 月 12 日。

> 穿著一件粗布棉袄，一条紫棉绸的裙，
>
> 一双发肿的脚，一头花白的头发，
>
> 慢慢地走上了我们前厅的石阶；
>
> 手扶着一扇堂窗，始抬起了她的头，
>
> 望着厅堂上的陈设，颤动着她的牙齿脱尽了的口。
>
> 她开口问了……①

在老太太用硃石土白的诉说中，读者知道了其同村的"李家阿太"的亲人都死光了，平时靠同村人施舍的粥饭度日，不料"发流火"（丝虫病）没人照料，在饥寒交迫中死了。这位老太太到镇上的善堂里化到了一口棺材，又到徐家来化缘，如愿募到了旧衣服，还意外得到了可以买锡箔的钱。老太太家里也很穷，但她还要叫村上人来为"李家阿太"抬棺材，用家里仅有的五升米烧饭请办丧事的人吃。热心的乡下老太太、小城镇上救助穷人的善堂、慷慨的徐家太太，像"一条金色的光痕"，给寒冬增添了一丝暖意。

徐迟的诗歌，尤其是抒情诗，抒写的是诗人自己的情感，字里行间，最鲜明的是抒情主人公的形象。抒情主人公是一位纯情青年，当他爱恋江南小城镇上的少女时，小城镇也如恋女一般可爱。上述爱情诗《市河》《苔雪的溪水上》《桥上》等都是如此。

诗人与屠敏和的恋爱，却遭到了屠家大人的反对，诗人的努力也无法鼓起屠敏和冲破旧家庭的勇气。失恋的诗人只能流浪到外地自我"疗伤"。《水风车》就是一首写相恋到失恋的诗。运河边的水风车，处处开满了白花朵。水风车下的恋女亭亭玉立，如白花朵般婀娜可爱。然而，小城镇上旧的道德律"束服了水风车下的恋女"。"当白花再在春光中到处闪耀时，／我已忱力采撷了。"②

失恋的诗人，在离开故乡时，成了故乡的"他者"，对故乡既爱又恨。诗歌《故乡》开头就写道：

> 故乡，曾是木舟与碧天碧水栖止的村子，
>
> 故乡，曾使我的恋爱失落在旧道德的规律里，
>
> 我从故乡走出的时候，

---

① 徐志摩：《一条金色的光痕》，《晨报副刊》1924 年 2 月 26 日。

② 徐迟：《二十岁人》，上海：上海时代图书公司，1936 年，第 105 页。

蚕虫正剥食着桑叶，

到处是桑树，

又到处是流长飞短的我的恋爱的叱责。①

来到都市的徐迟，成功转型为都市诗人，"一次再次的恋爱"。然而，诗人在"晶耀的美众中患了孤冷的怀乡病"，原来诗人的精神家园仍然是"田和桑树林"。②

与徐志摩的诗作《太平景象》一样，徐迟的诗作《江南》也是叙写从火车上看到的江南风光，不过描绘的却是另一幅杏花春雨江南的美好景象。据徐迟在《江南小镇》里回忆，1949 年 4 月中旬，他去了一趟上海，得到了解放军将要渡江的消息。人逢喜事精神爽，在从上海到嘉兴的火车上，诗人欣喜地写了这首《江南》。

火车在江南的春雨中飞奔，车窗成了"最好的画框"，画框中有杏花春雨江南，而此时最耀眼的是大片金黄的油菜花，"一直伸展到天边"——

只有小桥、河流切断它，

只有麦田和紫云英变换它，

油菜花伸展到下一站，下一站。③

从火车车窗看出去，"江南旋转着身子，／让我们从后影看到前身"。

徐迟自己认为，这首诗是其"一生所写的最美的政治抒情诗"④。

诗人戴望舒出生在杭州城的皮市巷，大革命前后与施蛰存等人在松江县城从事文学活动，并爱上了好友施蛰存的妹妹施绛年。其成名作《雨巷》，是一首象征诗，也可以解读为一首小城镇上的爱情诗。大都市里，往往走尽这条雨巷，接着会是另一条雨巷。在《雨巷》中，那位丁香一样"结着愁怨的姑娘"，像梦一般地从"我身旁飘过"，走尽雨巷，就到了"颓圮的篱墙"。⑤可见，小城镇上雨巷的尽头，就是四周的乡村了。不过戴望舒笔下的小城镇雨巷，冷漠、凄婉、迷茫，但仍不失为一条铺着青石板的富于诗意的小城镇小巷。

---

① 徐迟：《二十岁人》，上海：上海时代图书公司，1936 年，第 106-108 页。

② 同①。

③ 徐迟：《徐迟文集》第 1 卷，北京：作家出版社，2014 年，第 150 页。

④ 徐迟：《江南小镇》，北京：作家出版社，1993 年，第 679 页。

⑤ 戴望舒：《雨巷》，《小说月报》1928 年 8 月第 19 卷第 8 期。

在戴望舒的诗歌世界里，还多次写到了一个小城镇上的具有乡野之气的小园，类似于鲁迅所描述的"百草园"。其诗《小病》中，诗人身在大都市，吃腻了山珍海味，生着小病，春风从竹帘里送进来泥土的芳香，让诗人似乎感到了"莴苣的脆嫩"，于是萌动了对"家乡小园的神往"：

石板小巷

小园里阳光是常在芸苔的花上吧，

细风是常在细腰蜂的翅上吧，

病人吃的菜菔的叶子也许被虫蛀了，

雨后的韭菜却也许已有甜味的嫩芽了。①

由于神往小城镇上自家小园里鲜嫩的莴苣，也由于小病身体的虚弱，诗人愈加厌倦都市里那些油腻的美酒佳肴了，进而抒发了漂泊旅人的绵远乡愁。

戴望舒诗歌《游子谣》中的游子在海上漂泊。微风轻拂海面，像开遍"青色的蔷薇"，令诗人遥想起了小城镇上的园子：

篱门是蜘蛛的家，

———————————

① 戴望舒：《小病》，《小说月报》1931年10月第22卷第10期。

　　土墙是薛荔的家，

　　枝繁叶茂的果树是鸟雀的家。①

　　曾经充满生机的小园，如今却是"寂寞的花自开自落"。

　　诗歌《深闭的园子》进一步想象遥远的家乡，那个小城镇上的园子，"小径已铺满苔藓／而篱门的锁也锈了——""陌生人在篱边探首，／空想着天外的主人"②。

　　在戴望舒的诗歌世界里反复出现的"小园子"，已成了戴望舒的"个人神话"。这是一个引发诗人乡愁的故乡的"小园子"，同时也隐隐约约飘动着小城镇上恋人的影子。

　　当年施蛰存家住在松江县府路 20 号的俞姓屋子，这是一处三开间三进的大宅子，还有一个院子，种着碧桃、石榴和葡萄。大革命失败后，戴望舒曾长期住在施蛰存家，熟悉这个院子。戴望舒诗歌中反复出现的一个"小园子"，带有老友施蛰存家这个院子的影子。

　　游子在外，有自己的事业或学业，诗意江南是可以慰藉乡愁的精神家园。抗日战争胜利后，周作人被国民政府以汉奸罪关进了南京老虎桥监狱。他设法通过读书、译书和写作来减轻牢狱之苦。尤其是 1947 年下半年写作《儿童杂事诗》时，周作人仿佛重回了绍兴的童年时代。据周作人自述，他偶读英国爱德华·李尔（1812—1888）的诙谐诗，觉其"妙语天成，不可方物"，就"略师其意"，写起"儿戏趁韵诗"来③。李尔，周作人译为"利亚"，为英国诗人和画家。他为儿童写作谐趣诗（Nonsense）并绘制插图。李尔的谐趣诗实为幽默风趣的童话诗，属虚构的诗作。然而，与此类谐趣诗具有"互文性"的周作人的《儿童杂事诗》却是纪实性的作品。《儿童杂事诗》还与志明和尚的"牛山体"以及民间的竹枝词具有"互文性"。通过《儿童杂事诗》的写作，被关在南京老虎桥监狱的周作人完成了一次"穿越"，回归为清末绍兴府城一个天真烂漫的学童。他还继续往前"穿越"，在陶渊明、李太白、杜子美、贺知章、杜牧之、陆放翁、姜白石、辛稼轩、郑板桥等古代文人身上寻找到了童真的一面。写作《儿童杂事诗》，是周作人对自己的一次救赎。通过打油诗的写作，周作人暂时忘却了现实中的牢狱之

---

① 戴望舒：《游子谣》，《现代》1932 年 7 月第 1 卷第 3 期。

② 戴望舒：《深闭的园子》，《现代》1932 年 11 月第 2 卷第 11 期。

③ 周作人：《知堂回想录》，合肥：安徽教育出版社，2008 年，第 415 页。

苦，沉浸到童真世界中的诗意江南。这是一次精神层面的"诗意"的还乡。

周作人的小品散文中，也有诗意江南的灵光闪现。例如，他的小品文《苦雨》中写江南多雨，在杭沪线的火车上遇到雨，有诸多不便，"但卧在乌篷船里，静听打篷的雨声，加上欸乃的橹声以及'靠塘来，靠下去'的呼声，却是一种梦似的诗境"①。船上听雨，周作人与丰子恺一样，一起走进了"画船听雨眠"的古诗意境中。

"人情重怀土，飞鸟思故乡。"王鲁彦的散文化小说《狗》写了作者对北京城的不满，整天"吃灰吃沙"，所谓河只是臭水沟，称"湖"为海，山包太小。于是作者深深地怀念诗意江南。"这样苦恼的地方，竟将我飘流的人留了四五年，我若是不曾见过江南的风景倒也罢了，却偏偏又是生长在江南。"②

王鲁彦的散文《故乡的杨梅》由于收进了人教版的小学语文课本，成了目前王鲁彦最引人关注的作品。这篇散文其实也是一篇怀乡散文。此文开篇就点题："我的故乡在江南，我爱故乡的杨梅。"③写作此文时，王鲁彦在陕西榆林教书。当年的物流水平和保鲜技术，没法让王鲁彦在端午前后吃上故乡慈溪出产的新鲜杨梅，于是记忆中的杨梅更能触发作者对诗意江南的怀恋。

散文《从灰暗的天空里》写于1942年，此时的王鲁彦在桂林，贫病交加，而故乡慈溪已是"沦陷区"。作者抒写了正在遭受日寇蹂躏的故土："你看见了那被敌人残踏着的土地吗？同胞的血涂满了地面了，我们的屋子，我们的道路，现在是谁在住着，谁在走着？谁牵去了我们年轻的妇女，谁夺去了我们用血汗灌溉出来的谷米？"作者进而具体遥想到自己祖坟所在的"长满了苍翠的松柏的嘉溪山"，正值清明，"好多人在那里的祖坟边凄惨地啼哭着？"而童年记忆中的上坟，其实是一次欢快的"踏青"，新奇，欢快，不乏诗意：

> 你该记得，我们年轻时是不晓得悲哀的。我们只是借这机会
> 跑一次山，摘下满衣兜的松花，在溪水中洗一次脚，捉一些活泼

① 周作人：《苦雨》，《晨报副镌》1924年7月22日。

② 王鲁彦：《狗》，《东方杂志》1924年3月第21卷第5期。

③ 王鲁彦：《故乡的杨梅》，《文学》1935年5月第4卷第5期。《故乡的杨梅》在人教版小学语文课本中改题为《我爱故乡的杨梅》。

的鱼虾；我们只想在山谷中发现奇禽和怪兽；我们循着生疏的道途往前走着，只想看见新的景物，走到世界的尽头。①

如前所述，茅盾散文对江南的描述也不乏诗情画意。其小说更是以史诗性见长，正如杨义所述："茅盾是在广博地汲取中外文学的丰富营养的基础上，成为一代现实主义文学的大师的。他的小说史价值，在于以深广博大的社会历史内容和丰富多采（彩）的文学典型，在左翼文坛内部，为我国近现代数十年间社会发展史和阶级斗争史竖立了一幅气魄宏大而色彩壮丽的史诗性的壁画。"②茅盾善于宏大叙事，其史诗性的小说画卷对江南小城镇的书写，与大都市上海、香港，以及大革命时的武汉和抗日战争时的重庆，共同构成了"深广博大的社会历史内容"。茅盾所描绘的江南小城镇上的诗情画意，又是这幅"史诗性的壁画"上的闪光之处。

郁达夫的小说以浪漫抒情见长，且往往借景抒情。江南的美景在郁达夫笔下富于诗情画意。其历史小说《采石矶》《碧浪湖的秋夜》，主人公都是清朝著名诗人，作者的叙述语言可谓是"无韵之离骚"，主人公诗词的引用，更增添了小说的诗意。其他如《迟桂花》中的"我"，也在龙井赋诗。至于描写江南风光的游记，作者的情感到了深处，往往会赋诗一首。在民国现代文人中，郁达夫和鲁迅都是写旧体诗词的圣手。

于伶的话剧富于抒情性。其剧本《夜上海》被夏衍誉为"沦陷后的上海的最真实的史诗"③。李健吾称于伶具有"诗情的心灵"④。对于话剧《夜上海》及其剧作者于伶，李健吾指出："不怕俗浅，而且，有甚于此，从俗浅之中提炼惊心动魄的气韵，我们必须承认，是于伶先生敏感的灵魂的非常的成就。他懂得日常生活，熟悉他的材料，人情地熟悉。也就是这种奇怪的聚拢，诗和俗的化合，让我们不时感到一种亲切的情趣，为一般中小资产阶级所钟爱。"⑤

话剧《夜上海》实写抗日战争时沦为"孤岛"的上海租界，虚写主人公梅岭春在江南小城镇上的故乡生活。到了续集《杏花春雨江南》，就直接写梅岭春回到故乡的生活。孟超在同名剧评《杏花春雨江南》中指出："《杏

① 王鲁彦：《从灰暗的天空里》，《现代文艺》（福建永安版）1942 年 5 月第 5 卷第 2 期。
② 杨义：《杨义文存》第二卷，北京：人民出版社，1998 年，第 145 页。
③ 转引自孔海珠：《于伶传论》，上海：上海人民出版社，2014 年，第 227 页。
④ 李建吾：《〈夜上海〉和〈沉渊〉》，上海剧艺社公演《夜上海》特刊 1939 年 8 月。
⑤ 同③。

花春雨江南》的作者于伶，是一个最有现实感的剧作家，同时也是富于诗趣的诗人……我们从他的剧作中体味到了一种诗情的抒发，而他的最近的作品《杏花春雨江南》，更可以说是一篇最优秀的抒情诗。"①剧名出处为南宋诗人陆游《临安春雨初霁》中的名句"小楼一夜听春雨，深巷明朝卖杏花"。这是四幕话剧，每一幕开头都要引用陆游、元好问的诗句来画龙点睛。第一幕题诗"青山历历乡国梦，芳草也知人念归"，前一句出自元好问的《梦归》，原诗的后一句为"黄叶萧萧风雨秋"，但剧作者自拟了一句"芳草也知人念归"，更符合剧情。剧作叙写1942年春天，正值"杏花春雨江南"，"孤岛寓公"梅岭春率领全家回归成为"阴阳界"的故乡，梅家农场里的油桐树枝叶茁壮。第二幕的题诗"灯前抚卷空流涕，重到故乡如隔生"，前一句出自陆游的七律《忆昔》，后一句是于伶根据剧情自拟的。梅家的老宅被日寇焚烧了，梅岭春一家住进了坟亲郑根发重建的农舍内。回到故乡，梅岭春终于吃到了最爱吃的"时鲜菜"——春天的枸杞头和香椿树嫩芽。第三幕分两场，第一场所引诗句"遗民泪尽胡尘里，南望王师又一年"引自陆游的七绝《秋夜将晓出篱门迎凉有感》，剧情写秋天桐果成熟的时候，游击队员帮助清理梅家的桐园，准备第二天摘桐果。第二场的题诗"但愿胡尘一朝静，此身不憾死蒿莱"出自陆游的七律《病中夜赋》，不过一般写为"但使胡尘一朝静，此身不恨死蒿莱"。剧作写桐果抢收完成，运进山里藏好。日伪军来扫荡，梅岭春他们进山躲避。梅家桐园被烧掉后，梅岭春嘱咐儿子，将来胜利后，"我要看着你们辟草莱，割荒山，再种桐树。在废墟上栽梅花、杏花，重建家园"！第四幕仍然引用陆游《示儿》中的名句"王师北定中原日，家祭无忘告乃翁"。剧情写半个月后，游击队击退了敌人。储南依要护送装满桐果的船只到后方，梅珠随船而去，要进空军学校学驾飞机。送别孩子时，梅岭春叮嘱，等到反攻胜利，建国成功，假如自己已不在人世，别忘了"到我的坟上来，告诉我一声"！

鲁迅使出多般武艺来抒写诗意江南。其散文诗《好的故事》，写作者在北京"昏沉的夜"里梦见一个"好的故事"。作者抒写自己梦回江南，驾小舟行驶在故乡的山阴道上，"两岸边的乌桕，新禾，野花，鸡，狗，丛树和枯树，茅屋，塔，伽蓝，农夫和村妇，村女，晒着的衣裳，和尚，蓑笠，天，云，竹，……都倒影在澄碧的小河中，随着每一打桨，各各夹带了闪

---

① 于伶：《夜上海》，《新文学》月刊1944年5月第1卷第4期。

烁的日光，并水里的萍藻游鱼，一同荡漾。诸影诸物：无不解散，而且摇动，扩大，互相融和；刚一融和，却又退缩，复近于原形。边缘都参差如夏云头，镶着日光，发出水银色焰"①。鲁迅的散文诗与乡贤王献之对故乡的赞美遥相呼应："从山阴道上行，山川自相映发，使人应接不暇。若秋冬之际，尤难为怀。"②

鲁迅另一篇散文诗《雪》描述了两种不同的雪景：朔方壮美的雪景和江南优美的雪景。在鲁迅的笔下，江南优美的雪景更富于诗意画意："江南的雪，可是滋润美艳之至了；那是还在隐约着的青春的消息，是极壮健的处子的皮肤。雪野中有血红的宝珠山茶，白中隐青的单瓣梅花，深黄的磬口的蜡梅花；雪下面还有冷绿的杂草。蝴蝶确乎没有；蜜蜂是否来采山茶花和梅花的蜜，我可记不真切了。但我的眼前仿佛看见冬花开在雪野中，有许多蜜蜂们忙碌地飞着，也听得他们嗡嗡地闹着。"③江南的雪景，有着婀娜多姿的热闹。至于塑罗汉，似乎也是滋润的江南之雪的专利。朔方那些如沙如粉的雪是无法塑雪罗汉的。

鲁迅小说《在酒楼上》中描写废园里的雪中梅花和山茶花，与散文诗《雪》具有"互文性"。短篇小说《社戏》中叙写一群孩子月夜摇船去赵庄看社戏，两岸如诗似画的美景又与《好的故事》具有"互文性"：

> 两岸的豆麦和河底的水草所发散出来的清香，夹杂在水气中扑面的吹来；月色便朦胧在这水气里。淡黑的起伏的连山，仿佛是踊跃的铁的兽脊似的，都远远的向船尾跑去了，但我却还以为船慢。他们换了四回手，渐望见依稀的赵庄，而且似乎听到歌吹了，还有几点火，料想便是戏台，但或者也许是渔火。④

但凡参观过绍兴鲁迅公园的人都会觉得周家新台门的百草园只是个普通的菜园，但鲁迅的回忆性散文《从百草园到三味书屋》中却洋溢着江南的诗情画意：

> 不必说碧绿的菜畦，光滑的石井栏，高大的皂荚树，紫红的

---

① 鲁迅：《好的故事》，《语丝》周刊 1925 年 2 月第 13 期。
② 刘义庆：《世说新语》，武汉：崇文书局，2007 年，第 42 页。
③ 鲁迅：《雪》，《语丝》周刊 1925 年 1 月第 11 期。
④ 鲁迅：《社戏》，上海《小说月报》1922 年 12 月第 13 卷第 12 号。

桑椹；也不必说鸣蝉在树叶里长吟，肥胖的黄蜂伏在菜花上，轻
捷的叫天子（云雀）忽然从草间直窜向云霄里去了。单是周围的
短短的泥墙根一带，就有无限趣味。油蛉在这里低唱，蟋蟀们在
这里弹琴。①

江南富于诗情画意，而江南小城镇作家抒写故乡江南，诗情画意更浓。
怀乡，是他们内心最柔软的部分。

---

① 鲁迅：《从百草园到三味书屋》，《莽原》半月刊 1929 年 10 月第 1 卷第 19 期。

第5章

现代江南小城镇作家、作品的二度开发

"跟着课本游绍兴"是一句绍兴旅游的广告语。的确,绍兴在现代江南小城镇作家、作品二度开发方面的运作还是很成功的。

现代江南小城镇作家的名人故居和纪念馆都具有文化旅游价值,但在具体操作时不同作家的故居却大相径庭。绍兴鲁迅故里、乌镇茅盾故居、甪直叶圣陶纪念馆都已"修旧如旧",展现了清末民初的"场域"风情。但有些现代小城镇作家的故居却在近年来大拆大建中被迫"让位"甚至拆毁了。

经典性的现代江南小城镇文学,更具文化旅游价值,并成为电影、电视剧改编等影像二度创作的理想对象。电影《林家铺子》《祝福》《早春二月》《阿Q正传》的改编堪称经典,而有些影视剧的改编却是失败的。

由绍兴人爱吃"鲁迅饭"这一话题引申出了相关衍生品开发问题。不过其他名人相关衍生品的开发才刚刚开始。

5.1 名人故居的文化开发

5.1.1 作家故居的"场域"开发

现代江南小城镇作家的故居是一笔丰厚的文化资源。走进作家的故居及其周围的历史文化街区,我们能回到清末民初的"历史现场",能实地感受到作家成长的历史文化背景,也能实地感受到这些作家笔下的故乡风情。作家赋予其故居以灵气。这些古旧的房子并非只是几间破旧的房子,这些作家的故居及其周围的历史文化街区,承载了丰富的历史文化信息。我们如能熟悉作家生平和其作品,就会读出丰富的历史文化信息。

作家故居的文化开发,既是对名人效应的合理利用,又是对其相关作品的二度创作。在这方面,鲁迅无疑是位具有标志性的文化名人。

早在中华人民共和国成立之初,鲁迅就作为绍兴城的文化名人供中外各界瞻仰。

鲁迅纪念馆位于绍兴市的都昌坊口周家新台门，1953年1月建成并对外开放。1973年兴建了鲁迅生平事迹陈列厅，用来展示"革命家、思想家和文学家"鲁迅不平凡的一生。这是当年古城绍兴少有的现代化建筑，符合"文革"时期破旧立新的时代风尚。

鲁迅纪念馆

2002年，当地政府决定实施《鲁迅故里历史街区保护规划》。为恢复鲁迅故里清末民初的风貌，20世纪70年代兴建的陈列厅被拆除，恢复为周家新台门。新修复的鲁迅故里，以现象学还原的方式，重新展示了都昌坊口的清末民初风情，尽量让参观游览者能回到鲁迅青少年时代的历史现场。2004年5月，一座具有清末民初风情的绍兴鲁迅纪念馆在鲁迅故里落成，鲁迅生平事迹展有了更大的空间和更现代化的手段。

整个鲁迅故里的保护规划面积由原来鲁迅故居的1万多平方米扩大到历史街区的51.57万平方米，包括重点保护区、传统风貌协调区和环境风貌控制区。经过多年的保护建设和修缮，鲁迅故里已初具清末民初历史文化街区的规模，营造了原汁原味的古城韵味。参观鲁迅故里，不仅能了解文化名人鲁迅，而且能切身感受到鲁迅当年生活过的江南小城镇的文化历史场域。

鲁迅故里一期工程开放仅一年时间，就接待了中外游客 60 万人次，经营收入 2000 多万元，为更好地加强保护提供了有力的经济支撑①。

作为全国爱国主义教育示范基地，鲁迅故里自 2008 年 6 月起对游客免费开放。随后，游客猛增，2012 年达到 232 万人次。中外游客纷纷前来参观，带动了整个绍兴的旅游产业。鲁迅的名人效应以及散发着浓郁江南小城镇文化风情的鲁迅故里，对绍兴的旅游产业起了很好的带动作用。浙江省和绍兴市旅游部门的抽样调查表明，在到绍兴的游客中，70%是通过鲁迅的作品知道绍兴、了解绍兴的。海内外游客不远万里来绍兴，寻找的就是深厚的文化底蕴和鲁迅笔下浓郁的地域风情②。

来绍兴参观鲁迅故里的游客，往往还要去沈园、兰亭、东湖、柯岩等绍兴名胜游览，同时还要购买绍兴黄酒、香糕、梅干菜、霉豆腐等土特产品。原先 80 元一张的鲁迅故里门票，只占游客消费总额的 8%。随着游客的增长和旅游产业链的拉长，绍兴的旅游总收入得到大幅增长。更何况，免收的鲁迅故里门票，国家还是以财政转移支付的方式返还给绍兴政府的。

为了更好地打好"鲁迅牌"，鲁迅故里在进一步完善硬件建设的同时，应更好地在软件建设上下工夫。鲁迅故里应招募青年志愿者，为前来参观的中小学生做好导游服务，努力给这些学生与鲁迅及绍兴区域文化的首次亲密接触留下美好的印象，从而为鲁迅与绍兴区域文化培养更多潜在的"粉丝"。要充分利用好鲁迅广场，安排内容丰富的有关鲁迅与绍兴区域文化的演出活动。

与鲁迅一样，作为文化"场"进行整体开发的还有茅盾与古镇乌镇、叶圣陶与古镇甪直。

南北走向的车溪纵贯乌镇，沿车溪两岸尽是商店、作坊和住宅，形成了乌镇的南栅和北栅。车溪分别有向东、向西的支流，这两条支流两岸也是商店、作坊和住宅，形成了乌镇的东栅和西栅。历史上称车溪东边的市镇为青镇，西边为乌镇，两个"丁"字形的市镇合成"十"字形的江南雄镇。1950 年乌青两镇合并，定名乌镇，归桐乡县。

茅盾原名沈德鸿，字雁冰。沈家所在的观前街位于东栅与南栅的交汇

①　宣传中：《从鲁迅故居到鲁迅故里——关于绍兴名人故居保护和利用的模式研究》，《东方博物》2005 年第 4 期。

②　傅建祥、刘晖：《人文旅游看绍兴》，《浙江旅游职业学院学报》2007 年第 3 期。

处，属青镇。茅盾的外祖父家居乌镇西栅通安桥北块。外祖父陈我如是江浙一带的妇科名医。

比起绍兴鲁迅纪念馆，乌镇茅盾故居的开发要晚得多。茅盾生前只在故居内院中的三间平房上挂了一块"茅盾故居"的匾，铁门紧闭。笔者在乌镇中学读书时只能从铁门外向里张望，无法入内参观。

1981 年 3 月 27 日，茅盾在北京逝世。桐乡县人民政府才开始重视茅盾故居的保护开发。当年 6 月，茅盾故居被列为县重点文物保护单位，次年 2 月被浙江省人民政府公布为省级重点文物保护单位。茅盾故居经过多年筹备修复，于 1985 年 7 月 4 日揭幕开放，1988 年 1 月国务院公布其为全国重点文物保护单位。

乌镇茅盾故居

1885 年，茅盾曾祖父买下了这幢典型的清代江南民居。楼房临街，四开间两进深，砖木结构。前楼四间临街，底层自东至西第一间为大门和通道，第二间为家塾，是当年沈氏子弟就学之处。第三间、第四间联成一大间，为当年全家的餐厅。楼上东边第一间是茅盾祖父的卧室，第二间是其父母的卧室，茅盾、沈泽民兄弟就生于这间房内。第三间、第四间当年曾是茅盾两位叔祖的卧室。后楼底层四间自东起依次为客堂、厨房、通前后的过道及全家的起居室。楼上四间自东起依次为茅盾姑母的卧室、女仆丫头的卧室及茅盾曾祖父母的卧室。

茅盾自 1896 年 7 月 4 日出生至 1910 年春前往湖州读中学，在此生活了将近 14 个春秋。抗日战争爆发前，茅盾经常回乡居住。

重修后的茅盾故居仍以前楼下最东一间为大门，高悬陈云亲笔题写的"茅盾故居"匾。前后楼上楼下各室器物按照当年格局布置，家具也有不少是当年旧物。只是游客不能上楼参观，有些遗憾。

楼房后面是约半亩的小园，园中有平房三间，始建于 1897 年。1934年茅盾亲手设计并翻造为书斋，前后统排玻璃窗，板条灰幔平顶，木质地板，略具日本民居风格。东边一大间朝南开门，前半间为通向中室过道，后半间是储藏室。中室前半间客堂与后半间卧室之间隔以中式长窗，卧室中有一张铜床和桌椅等用具。西边一间以茅盾亲自设计的大书橱隔成两间，外面起居室，放着茅盾当年从上海运来的一套沙发。内室是书房，北窗下放着一张茅盾当年定做的大写字台。1935 年秋，茅盾在这里写成了中篇小说《多角关系》。平房建成后，茅盾继续将自己的藏书从上海转移到书房内。木心在《塔下读书记》中回忆了"茅盾书屋"内丰富的中外名著。抗日战争时期，木心一度失学在家，主要从"茅盾书屋"借阅中外名著，打下了深厚的文学功底。平房前有一小庭园，内栽茅盾手植的天竹、棕榈，如今已是花木扶疏。

茅盾亲手设计翻造的三间平房

故居东邻原为"立志书院",初创于清同治四年（1865 年），1902 年改办为初等小学，茅盾曾在此读书，课间回家来帮祖母喂养春蚕。书院五开间三进，1990 年拨归茅盾故居，经复原重建为"茅盾纪念馆"，作为茅盾生平事迹陈列厅，陈列茅盾的半身铜像、150 幅照片和反映他的生平及业绩的实物。故居共有珍藏品 276 件，茅盾照片 400 余张，当代名家的书画 200 余件。

江南六大古镇中最早进行旅游开发并获得成功的是江苏的周庄。1986 年，同济大学阮仪三教授主持制定了《水乡古镇周庄总体及保护规划》，保护规划中明确提出了"保护古镇，开发新区，发展旅游，振兴经济"的 16 字方针，形成了依托古镇资源发展旅游、依靠以旅游发展反哺并支撑古镇保护，保护与发展并重的"周庄模式"。

桐乡县为了撤县建市，重点发展县城梧桐镇，反而让乌镇的古镇风貌基本保存完好。从 1999 年开始，乌镇也请同济大学阮仪三教授帮助进行古镇保护与旅游规划。2001 年东栅景区正式对外开放，当年乌镇保存相对完好的古桥、店铺和民居主要在西栅。1996 年夏天，参加茅盾研究国际学术讨论会的专家学者在东栅参观了茅盾故居后，就去西栅观赏了具有民国风情的古镇风貌。当年选择首先开发东栅，主要原因是东栅已修复了全国重点文物保护单位茅盾故居。茅盾的名人效应能带动乌镇东栅旅游业的发展。

东栅景区实行联票制，可游览汇源当铺、访庐阁、翰林第、修真观、古戏台、茅盾故居、余榴梁钱币馆、木雕馆、蓝印花布染坊、公生糟坊、乌镇民俗风情馆、江南百床馆、传统作坊区、香山堂、逢源双桥（通济桥、仁济桥）等二十多个景点，还可观赏花鼓戏、皮影戏、拳船和高竿（标竿）表演等。行走在东栅的石板街上，观赏具有清末民初风情的店铺、作坊和民居，以及石桥、石驳岸和河埠头，仿佛走进了茅盾描绘的江南小城镇世界。茅盾故居与东栅景区融为一体，相得益彰。

乌镇古镇保护一期工程成功运作后，逐步开始对二期西栅进行了规划，从 2003 年开始，启动省级重点项目乌镇古镇保护二期工程（西栅景区），投入 10 亿元巨资对乌镇西栅实施保护开发。

二期西栅街区秉承"保护利用历史建筑，重塑历史街区功能"的理念，相对于一期保护开发工程，二期西栅景区的保护开发更加完善和彻底，人和环境、自然、建筑更为和谐。西栅景区占地 4.92 平方千米，纵横交叉河道 9000 多米，有古桥 72 座，河道密度和石桥数均为全国古镇之冠，景区内保存有精美的明清建筑 25 万平方米，横贯景区东西的西栅老街长度达 1.8 千米，两岸临河水阁（水榭）绵延 1.8 千米。景区北部区域则是 5 万多平方米的天然湿地。与一期工程的"观光型"景区相区别，二期则是一个中国罕有的"观光加休闲体验型"古镇景区，完美融合了观光与度假功能。尤其是古镇风情的民宿，深受游客喜爱。

西栅景区最大的一个园林建筑景点为占地 2 万平方米的灵水居。崇祯初年进士唐龙在这里修建私家花园"灵水仙居"，后因战乱损毁。灵水居按原样修复，明媚秀丽、淡雅朴素、曲折而幽深。此地东侧有茅盾纪念堂和陵园。王会悟、孔令境、沈泽民纪念馆等也坐落在灵水居内。

茅盾纪念堂建筑面积 1000 平方米，分为上下两层。一层共分四个部分，一部分为遗物展示区，除陈列茅盾的部分遗物外，还设置了四个播放机，参观者可以聆听茅盾乡音未改的"蓝青官话"；另一部分为按照北京茅盾故居书房实景还原的茅盾晚年书房，展现了其晚年的写作环境；两侧部分分别是茅盾"人生之路"和"文学之路"的图片展，从多个视角展现茅盾丰富多彩的一生；一楼的主题展示部分，是一具用汉白玉雕刻的茅盾遗像，背景为茅盾临终前写给中共中央要求追认其为中共党员的一封遗书。

二层分为三个部分，一部分为茅盾的书法手迹及笔名篆刻展，另一部分是 12 幅巨大的茅盾写真，中间部分是放映厅。纪念堂共收藏茅盾遗物 59 件，图片近 90 幅，茅盾作品以及相关书籍近千册，大部分为茅盾儿子韦韬捐赠。

茅盾的骨灰原先一直安葬于八宝山革命公墓。2006 年 7 月 4 日，茅盾诞辰一百一十周年之际，茅盾之子韦韬专程从北京赶到乌镇，亲手将茅盾与茅盾夫人孔德沚的骨灰放进了新修建的茅盾陵园之墓穴内。通往陵墓的道路呈"子"字形铺设，象征着茅盾的代表作《子夜》，整条道路共 85 级台阶，代表茅盾走过的 85 个春秋。陵园内建有茅盾纪念墓碑，墓碑上方放置着一尊茅盾的半身铜像，铜像下方是用黑色大理石雕刻的一本摊开的书，上面刻有《子夜》的手稿。陵园内还有茅盾母亲陈爱珠的墓和怀思亭。茅盾父亲沈永锡不与陈爱珠合葬在一起，感觉总有些不妥。

乌镇是中国首批十大历史文化名镇之一，国家 5A 级景区。2012 年，乌镇景区总计接待游客 600.83 万人次，位居全国单个景区之首。2014 年，仅春节旅游黄金周，接待游客就达 29.03 万人次。在江南六大古镇中，乌镇是最受中外游客青睐的旅游目的地。

在吸引中外游客方面，文化名人茅盾只是乌镇众多名片中的一张。眼下的乌镇是多元的：是电视剧《似水年华》和《人间四月天》的外景地，因而是黄磊和刘若英的乌镇；是世界互联网大会的永久举办地，因而是"互联网＋"的时尚小镇；"乌镇戏剧节"已成功举办了四届，成为中外戏剧界的"狂欢节"……古镇乌镇叠加了许多属于大众文化的时尚元素。其实，像茅盾这样的经典大家也是可以渗透进大众文化的，即经典作家茅盾也可以进行大众文化诠释。"乌镇戏剧节"上可以演出赖声川的剧作，也应该可以上演根据茅盾小说改编的话剧。游客入住乌镇民宿，理应能随手翻阅到图文并茂的茅盾作品，尤其是茅盾那些书写故乡风情的作品。

乌镇打"茅盾牌"也应该与时俱进。对于中老年游客，在中学课本里学过茅盾的散文《白杨礼赞》《风景谈》和说明文《第比利斯地下印刷所》，也许还读过茅盾的小说《春蚕》《秋收》和《林家铺子》，看过电影《林家铺子》和《子夜》，他们会以崇敬的心情参观茅盾故居、茅盾纪念堂和茅盾陵园。如今的中小学课本，茅盾的作品已难觅踪影，苏教版还保留了《白杨礼赞》，人教版的小学语文课本新选了小品文《天窗》。古镇上的旧房子采光较差，开一玻璃天窗，能改善光照。童年茅盾能从天窗中窥见的雨滴星辰想象出室外精彩纷呈的世界。茅盾纪念馆也应设法装一天窗，让前来参观的师生能实地观赏到天窗。如能加一块有《天窗》课文的展板，则更能增强纪念馆对于广大师生的吸引力。此外，平房里也应恢复木心晚年念念不忘的"茅盾书屋"，并在展板中介绍木心在《塔下读书记》中所述的"茅盾书屋"。

游客由于年龄、地域等不同，对于茅盾的"期待视野"是不一样的。乌镇对茅盾的诠释也应多元化。乌镇景区的导游如能熟读茅盾描述江南小城镇的作品，能用这些作品来讲解乌镇风情，将会提升导游解读的文化内涵。

与乌镇相反，江南六大古镇中游客最少的是被叶圣陶视为"第二故乡"的甪直古镇。

叶圣陶于 1894 年出生在苏州城内一个平民家庭，十八岁从苏州草桥中学毕业后，即开始当小学教师并从事文学创作。1917 年早春，叶圣陶应甪直镇县立第五高等小学校长吴宾若的邀请，开始了他在甪直的教育生涯。

天窗

1935 年，叶圣陶将苏州市滚绣坊青石弄 5 号的一处房屋购下，略加修缮，作为自家的宅第。平房呈丁字形，有青砖廊道和方形立柱，布局开阔，庭院内紫藤悬垂，小径逶迤。当年叶圣陶在上海开明书店工作，常常上海、苏州两地跑，除了月底要去书店发稿，其余时间他就在青石弄的家中主编《中学生》杂志，给创刊的《新少年》写小说、童话，并与夏丏尊合作编写《国文百八课》等教材。抗日战争全面爆发后叶圣陶不得不背井离乡，把青石弄的宅子托付给别人照看。1984 年年底，叶圣陶将宅第捐献给国家。1988 年冬天，苏州杂志社迁入此处办公。这便是叶圣陶在苏州城内的故居，不过到苏州游玩的游客极少去参观这一故居。

甪直古镇的两处景点倒是融进了文化名人叶圣陶的元素。

景点保圣寺内有叶圣陶纪念馆，馆名由李瑞环题写，是叶圣陶当年任教的"吴县第五高等小学"旧址，现被列为江苏省学校德育教育基地和爱国主义教育基地。1917—1921 年叶圣陶在该校任教，从此与甪直结下了不解之缘。馆内东侧是当年的"女子楼"，1919 年叶圣陶夫人胡墨林应邀任女子部教师，在此执教三年。西面是"四面厅"，四面环通，是当年"五高"的博览室，叶圣陶常把自己购买的中外进步书籍给学生阅读，如今厅堂内安放着叶圣陶的遗容面膜，供参观。"鸳鸯厅"是当年教师的办公室和集体宿舍。

叶圣陶工作过的地方

展厅部分主要为珍贵的实物、照片及文字资料，从不同侧面介绍了叶圣陶光辉的一生以及在教育、文学、社会活动等方面的卓越成就和重大贡献，特别是在甪直期间所进行的教育改革实践、文学创作等。

保圣寺内有半堂罗汉塑像，是我国佛教泥塑艺术宝库中一件不可多得的瑰宝。晚唐诗人陆龟蒙的墓也在其一侧。叶圣陶当年和学校里有进步倾向的青年一起，开展了一系列的教育改革实践，自编各种课本、将课堂搬到大自然中，不仅捐款办了利群书店和阅览室，方便学生学习，还将一块两亩多的荒地开辟为"生生农场"，寓意先生、学生"生生不息"。叶圣陶还倡导开设手工课，受到了学生们的喜爱。叶圣陶纪念馆旁目前仍有"生生农场"。笔者暑假去参观时，"生生农场"内玉米、黄瓜、青椒、番茄等，瓜圆果熟，长势喜人。

1988 年 12 月 8 日，叶圣陶在北京病逝。次年春天，遵照叶圣陶生前的遗愿，其子女亲属决定将他的骨灰安葬在甪直保圣寺内。他的墓与陆龟蒙墓仅一箭之遥，栏杆和望柱上，都饰有"万年青"和"桃李"图案，寓意"万年长青""桃李满天下"，象征他一生取得的辉煌业绩和高尚气节。

叶圣陶墓

叶圣陶的小说名篇《多收了三五斗》曾收入中学语文课本。小说中描写的万盛米行，原型是甪直镇南市的万成恒米行。这是一家老字号店铺，始于民国初年，由镇上沈、范两家富商合伙经营。米行规模宏大，有存放米粮的廒间近百，为甪直镇及周围十多个乡镇的稻米集散中心之一。米行的格局为"前店后场"，前面是做买卖的店铺，后面是大米加工的工场和储存粮食的廒仓。米行的河埠头，当地方言叫"河滩头"，为装卸谷米的码头。一旦新谷登场，这里舟船汇集，就会出现小说中所描绘的热闹场面。

目前作为景点修复的"万盛米行"在南市河东岸，与万成恒米行原址相隔一百多米。"万盛米行"力求再现民国年间江南的米市风貌，三开间门面的屋檐下悬挂着"万盛米行"的金字招牌，店铺内设有收售粮食的柜台，上挂"万商云集"幌子。店铺后是宽敞的石槫大院，穿过院子便是以晚唐诗人、农学家陆龟蒙《耒耜经》命名的"耒耜堂"，堂内陈列着江南旧式稻作农具和加工谷米的器具，成为一处独具水乡风情的"农具博物馆"。

米行内的展板上还有《多收了三五斗》的小说原文。面对米行实景来通读这篇小说，更能体会到小说所描述的风情。只是米行门前的河道太窄，停不下小说里描写的那么多米船。

漫步甪直古镇，仿佛回到了叶圣陶作品中的民国古镇现场。万盛米行如此，保圣寺亦然。长篇小说《倪焕之》中描述的"高高挺立的银杏树"

仍然可以在保圣寺里找到。岁月无痕，那两棵千年古银杏，仍然枝叶婆娑。在"生生农场"，似乎能听到当年倪焕之、金佩璋与学生们的欢声笑语。

杭州市的严家弄一带也准备围绕夏衍故居，开发成历史文化街区。

夏衍故居，由赵朴初题写匾额，建于清末民初，属中式平房，位于杭州庆春门外严家弄。故居原名八咏堂，为五开间七进深院落，是夏衍诞生至青少年时代的活动地，占地 1200 平方米，建筑面积为 600 平方米，采用院落式和江南民居式样。陈列室展示了夏衍一生从事电影活动的生平事迹，以及夏衍生前用过的眼镜、衣物，还有名家字画等。

夏衍旧居

八咏堂内陈列了夏衍父亲悬壶济世的一百余种草药，故居中的蚕室是当年夏衍母亲养蚕的地方。当年把茅盾小说《春蚕》改编成电影时，从编导到演员，只有夏衍懂得如何养蚕。

民国时期的严家弄一带是城乡结合部，乡亲们大都种菜销往城里。严家弄一带靠近汽车东站和四季青服装市场，2000 年修复夏衍故居时，故居周围的居民大规模翻建楼房，开店经商或出租给外地人。夏衍故居成为茫茫商海中的"孤岛"。

从 2012 年开始，杭州市规划修建一条古色古香的影视文化街区，围绕夏衍故居和其所衍生的文化内涵，恢复 20 世纪 30 年代的杭州街巷风情：旧式电影院、小剧场、杂志社、舞厅、茶馆、特色卖场等。规划中还要建造夏衍电影城、夏衍博物馆，要把夏衍影视文化街区与京杭运河串联起来，成为世界文化遗产古运河旅游的一个节点，从而带动该街区的发展。

目前，夏衍故居周围的民居已拆除。夏衍故居有望从历史文化"孤岛"扩展成历史文化"场域"。

5.1.2　作家故居的"孤岛"式保护

夏衍故居的"孤岛"式窘境并非个案，眼下不少现代江南小城镇作家的故居大都成了历史文化"孤岛"。

在现代江南小城镇作家中，丰子恺故居缘缘堂的命运比较特殊。

"缘缘堂"始建于 1932 年，1933 年建成，1937 年年末被侵华日军炸毁。抗日战争胜利后，丰子恺只到废墟上作过凭吊，并没有设法修复。1975 年清明时节，丰子恺最后一次回归故居，再次专程凭吊石门缘缘堂旧址。

丰子恺生前挚友、新加坡佛教总会副主席广洽法师为重建缘缘堂慨然捐资。1984 年，桐乡县人民政府在原址按原貌重建了缘缘堂。1998 年，在丰同裕染坊店旧址上，又兴建了丰子恺漫画馆。馆外的围墙内侧，刻的都是丰子恺的漫画。观赏这些漫画，能让人感受到丰子恺作品表现出来的温情。

修复后的缘缘堂，大致体现了原先高大、轩敞、明爽的特色，结构、布置，乃至栽培的花木悉依原貌。青砖黛瓦，朱栏粉墙，具有深沉朴素之美。整个建筑由三楼三底的楼房和楼前小院及后院组成，总面积 510 平方米。

从东边墙门进院，墙门上方"欣及旧栖"四个堆灰阳文大字，是根据当年丰子恺题书仿制复原的，两扇火烧过的大门百孔千洞，斑斑焦痕，是当年缘缘堂旧物，也是日军侵华罪行的铁证。

小院正中花坛里栽着丰子恺喜爱的牵牛花和樱桃树，右边墙角种有芭蕉数株。

缘缘堂正厅门楣上悬挂着叶圣陶题写的"丰子恺故居"匾。厅中"缘缘堂"堂额照马一浮原迹复制。

正厅内的陈设基本复原，除匾联中堂外，还挂有当代多位书画家所赠书画作品。正厅西室原为书房，现摆放丰子恺半身铜像。东室后侧门有一过道通楼梯，楼上三间分别以板壁隔成前后两室。

东西两间前楼原为丰氏家人卧室，现均为陈列室，陈列着丰子恺各个时期的照片和他的一些作品与遗物。中间前楼原为丰子恺的卧室兼画室，基本按原样布置。靠后壁是一张简易双人垫架床，两侧为书箱书橱，前面窗口放一张九斗写字台和一把藤椅。所有床、台、橱、椅等均为上海日月楼旧居中的丰子恺遗物。

后有三间平屋，为接待室和服务部，专售与丰子恺有关的图书和旅游纪念品。平屋前的天井有一座葡萄棚，一副秋千，为当年丰子恺儿女嬉游之处。

1985 年以来，缘缘堂成为旅游热点。国内及海外各种报刊都以大量篇幅介绍丰子恺缘缘堂故居、丰子恺卓越的艺术成就及其俭朴淡泊的高尚人品。

丰子恺故居缘缘堂

当年修复缘缘堂时，用钢筋水泥五孔板代替原先的木板，只是漆成了枣红色，受五孔板长度的限制，新修的缘缘堂没有原先的缘缘堂那么高大轩敞。后建的漫画馆更没有按照丰家的惇德堂复原，可谓败笔。更令人遗憾的是丰家门前的木场桥，居然没有修复成当年的石桥。

石门镇当年惨遭日寇飞机的狂轰滥炸，清末民初的建筑大半被毁。如今的丰子恺故居没有严格进行"修旧如旧"，周围的建筑没有清末民初的风情。丰子恺故居，其实是座并不完整的文化"孤岛"。

　　所幸缘缘堂和漫画馆还能守住当年丰家的旧址。在新时期大规模的旧城镇改造过程中，不少现代江南小城镇作家的故居被拆除，只能移到别处。

　　郁达夫故居在富春江畔，可以从楼上远眺江景。笔者 1985 年去富阳参加郁达夫学术讨论会，有幸去达夫弄 1 号瞻仰过郁达夫故居。当年的故居里住着郁达夫长子郁天民一家。房子大概由郁天民拆造过，成了简陋的洋房。有一幅郁达夫侄女郁风的画是描绘这所房子的，浙江文艺出版社出版的郁达夫的小说集、散文集曾用这幅画当过封面。

　　郁达夫旧居早就被开发成江景房了。目前的故居是异地重建的，位于富春路与市心路交汇处的郁达夫公园内，恢复为清末民居的砖木结构，三开间两层楼房，坐北朝南，于 1996 年 12 月郁达夫诞辰百年纪念日之际对外开放，为杭州市"爱国主义教育基地"。

　　笔者于 2014 年秋天去富阳寻访郁达夫故居。一进入郁达夫公园，就闻到浓郁的桂花香味，原来公园里有几棵硕大的银桂。这可是郁达夫所喜爱的迟桂花。老远就看到了郁达夫的雕塑。周围的一串红开得娇艳，雕像面向郁达夫所喜爱的富春江。郁达夫以"家住富春江上"为豪，可谓"面朝春江，迟桂花开"。

郁达夫公园

　　绿树掩映中，郁达夫故居古色古香。一进门，是个小花园，一条甬道一分两半，左侧放一水缸，右侧是小花园。进正厅，陈列着鲁迅、茅盾、丰子恺、黄苗子等名家的题字与画作。左墙上最引人注目的是鲁迅的亲笔手书：运交华盖欲何求？未敢翻身已碰头。破帽遮颜过闹市，漏船载酒泛中流。横眉冷对千夫指，俯首甘为孺子牛。躲进小楼成一统，管他冬夏与春秋。落款为：达夫赏饭，闲人打油。偷得半联，凑成一律。正厅左侧是厨房，菜厨、土灶、水缸等厨房用具一应俱全。

二楼是郁达夫及其母亲的卧房。郁达夫的房间里，一张老式木床占去大半空间，靠墙有一藤制书架，墙上贴着郁达夫与结发妻子孙荃的合影。郁达夫新婚时，就将这间书房改为新房，还风雅地命名为"夕阳楼"，孙荃著有《夕阳楼诗稿》，郁达夫有《夕阳楼日记》。这间江边老宅见证了他们曾经的甜蜜时光。婚房里有一张普通的书桌，算是当年这位大文豪写作用的。

登到鹳山的半山腰，就来到了纪念郁华（曼陀）和郁达夫兄弟的双烈园。郁氏兄弟都是在抗日战争中殉国的烈士。郁曼陀的墓志铭是郭沫若撰、马叙伦书的。茅盾为双烈亭题写了匾额。郁曼陀为母亲修筑的松筠别墅应该是民国建筑。可惜母亲在沦陷期间饿死在了山上。

在杭州城大学路还有一处郁达夫故居，那是 20 世纪 30 年代郁达夫与王映霞移居杭州后修建的"风雨茅庐"。该房子在中华人民共和国成立后一直为派出所占用，倒也保存完好。

"风雨茅庐"由郁达夫亲自设计，于 1935 年年底动工，到 1936 年的春天完工，建筑面积 281.83 平方米，分正屋和后院两个部分。正屋三开间，坐北朝南，砖木结构，三面木柱回廊。正屋的东侧有一个月洞门，过月洞门便是后院，后院建有书房与客房。

修复后的"风雨茅庐"由序厅到杭州足迹、走近郁达夫、杭州情怀、郁与文、尾片到永恒印记等，详细介绍郁达夫的生平事迹、在杭州时期的活动、其发表的文学作品、抗日著作、书信来往、各地各界对郁达夫的追忆和评述、郁达夫小说奖等相关内容，力图再现一代文豪与革命烈士郁达夫光辉的一生。

与郁达夫一样，剧作家洪深的故居也成了"拆迁户"。

常州市的洪亮吉、洪深故居为清代民居，原先在延陵东路上，在 20 世纪 80 年代旧城改造中，临街的大厅、书房等建筑被拆除，仅留内宅平屋 5 间。1987 年 12 月，常州市政府公布"洪亮吉故居"为市文物保护单位。1993—1994 年，文物部门将留存故居建筑移建到离原址东北 50 米的东狮子巷 20 号，辟为洪亮吉纪念馆。移建后的故居占地面积 341.3 平方米、建筑面积 243 平方米。坐北朝南，有房三进：头进为大厅，二进西首三间为风雪授经堂，展出清乾嘉时期著名的诗人、学者洪亮吉手迹等资料。东首一间辟为书房更生斋，陈列洪亮吉墓志石一合二块。第三进主要为洪深纪念室。

　　洪深（1894—1955），1894 年 12 月 31 日出生于第三进偏东一间，为洪亮吉六世孙。此室现辟为现代著名戏剧家洪深纪念室，展出其生平事迹、著作、手迹、遗物等。洪深少年时在家乡读私塾，酷爱戏剧，1906 年起先后入上海徐汇公学（今上海徐汇中学前身）、南洋公学（今上海交通大学前身）读书，1912 年考入北京清华学校，毕业后公费留学美国，获哈佛大学戏剧硕士学位，为我国最早学习西洋戏剧的学者，是"话剧"一词的定名者。1922 年他回国后在上海商界、学界任职，曾先后参与领导"复旦剧社""戏剧协社"，参加"南国社"，为我国现代话剧的形成和剧场美术水平的提高做出了很大贡献。之后他进电影界，引进有声电影技术，并编导了《早生贵子》等数十部电影，为我国电影事业的发展做出了贡献。

洪深纪念室

　　在青岛八关山麓福山路 1 号还有一处洪深故居。这是一座二层楼的德式建筑，高大的门厅，拱形窗户，青砖灰瓦，哥特式的屋顶，宽敞、气派。这是青岛现代文化名人故居中最为"阔绰"的一处。1934年，洪深来青岛接替梁实秋任山东大学外文系主任时租宅于此。其父洪述祖在青岛有别墅"观川台"，但被日本殖民者霸占。他结合家庭遭遇及当时青岛的屈辱史，创作了中国第一部电影文学剧本《劫后桃花》，由当时的明星公司拍摄，由电影皇后胡蝶主演。

当然，也有保存完好的现代江南小城镇作家的故居。

朱自清（1898—1948），祖籍浙江绍兴，出生在江苏海州（今江苏连云港），而在扬州度过了十六年的童年、少年时光。朱自清在散文《我是扬州人》里明确表示："儿时的一切都是有味的。这样看，在那儿（扬州）度过童年，就算那儿是故乡大概差不多罢？这样看，就只有扬州可以算是我的故乡了。"①

朱自清故居是扬州典型的"三合院"清代民居，1982年被列为国家级重点文物保护单位、爱国主义教育基地。

朱自清故居

故居第一进，薄砖铺地，条石镶边，砖墙细瓦，雕花屏门，古朴大方。

---

① 朱自清：《我是扬州人》，《人物》1946年10月第1卷第10期。

　　堂屋的正厅为朱家的客厅，两侧是朱自清父母及儿女的住处。这些清朝木椅、案几、八仙桌等都是当年朱家的日用家具，条案上的座钟、花瓶、石屏摆件、烛台和观音像是老扬州居民家中普遍的陈设，寓意"终生平安"。墙上"开张天岸马，奇逸人中龙"的对联为清朝康有为所撰，山水画是康熙年间著名画家王原祁的作品。东厢房的两张大床、梳妆台、案几、大橱、桌子及其他陈设，都是当年朱自清的父母和两个女儿所用之物。墙上的两张照片一张是朱自清的母亲，另一张就是《背影》里那个慈爱的让朱自清"眼泪很快流下来"的父亲——朱鸿钧。

　　西厢房是朱自清庶母的卧室兼朱闰生（即《荷塘月色》中的闰儿）的书房。

　　右边并列的两间客房，是当年朱自清的书房和卧室。也是朱自清和第二任夫人陈竹隐的洞房。屋中陈列的书橱、烟斗和文房四宝是朱家后人捐献的朱自清生前遗物，现在都已成为珍贵的文物。

　　故居的第二进有序厅和展厅。序厅中央伫立着朱自清的塑像。左面是朱自清的生平简介。

　　扬州为中国历史文化名城，去扬州游玩的游客主要去何园和个园等盐商留下来的园林，以及瘦西湖。扬州的历史文化街区在东关街。比起盐商的豪宅来，安乐巷 27 号朱自清故居只是一处显得有些寒碜的文化"孤岛"。

　　另外，温州还修复了朱自清旧居。拆迁重建的朱自清旧居由原来的温州市区朔门四营堂巷 34 号往东北方向挪了 200 米，"落户"四营堂巷 22 号。朱自清旧居 2006 年 11 月修缮完毕，正式对游客免费开放。修缮后的旧居建筑面积达 600 平方米，整个旧居为五开间三进合院式木结构建筑，中间分一堂、二堂、三堂，两边对称各设一间厢房，总共 10 间房。房屋整体结构和风貌全部按旧居修复，朱自清曾居住的厢房则全部采用了旧址拆迁来的木料和柱头，保留了清末民初的风格，极具江南特色。朱自清旧居当年称"王宅"，朱自清只租用了其中的一小间厢房居住。旧居修建完毕后，有关方面根据王氏后代的回忆布置朱自清住过的厢房供游人参观，其他房间陈列与朱自清生平有关的图片和其他资料。1923 年 2 月，朱自清受浙江省立第十中学（今温州中学）的聘请，携家人来温州任教，1924 年春只身前往宁波任教。在温州这一年，是朱自清人生行程中一个有特殊意义的站点，他实现了由诗人向散文作家的转型。入选中小学语文教材的散文佳作《绿》就描述了温州的梅雨潭。

　　宁海县城的柔石故居也一直保存至今。柔石故居位于城关镇西门柔石路 4 号，1902 年 9 月 28 日柔石生于此处，并在此度过童年和少年时代。柔石（1902—1931），原名赵平福，又名平复、少雄。故居旁有一小石桥，镌有"金桥柔石"，成为柔石笔名的由来。

柔石故居

　　柔石故居系三开间坐西朝东的木结构两层楼房，在整个院子的西首，正门上方悬挂着许广平题写的"柔石故居"匾额。底下左边一间是当年柔石父母的用房，也是柔石出生的地方，右边是柔石的婚房，一直是其妻子和孩子的住处。中间为客堂，是接待客人的场所，室内悬挂着柔石遗像和名人题字。楼上南首一间是柔石的工作室兼卧室，保持着当年简朴的陈设：靠窗是柔石生前用过的方桌和皮椅，桌上摆着文具、玻璃缸和私章盒等原物。两口衣橱收藏着柔石生前读过的一些中外书籍和名人字画，室内还有摇椅和床。

　　2002 年，宁海县人民政府重新修缮了柔石故居，开辟为纪念馆，馆名由茅盾题写，并新建了柔石公园，以此来纪念柔石先生诞辰一百周年。故居旁有柔石中学，内有柔石纪念碑和柔石亭，跃龙中学内有柔石楼等。由此可见，宁海县对柔石烈士十分重视。

与其他作家故居的江南传统民居风格不同，海宁市修缮的徐志摩故居是西洋风格的上海石库门建筑。

徐志摩在故乡海宁县城硖石镇的故居有两处。一处为徐家祖屋，位于西河街 17 号，约建于清嘉道年间。大宅旧有慎思堂，"四开柱""金漆金光"，亦兼作货栈。1897 年 1 月 15 日早晨，徐志摩出生于此宅第四进北厢楼。诗人在这里度过了他的童年和少年时代。第一进北厢房即为其当年读书处。这处祖宅已在旧城改造中被拆除了。另一处故居是徐志摩与陆小曼婚后短暂居住地。故居建成于 1926 年，是一幢中西合璧式的小洋楼，为海宁市重点文物保护单位。

故居建筑面积 600 平方米，前后两进，主楼三间二层，前带东西厢楼。后楼亦三间，屋顶有可登临的露台。故居台门上方有诗人的表弟金庸题写的"诗人徐志摩故居"，正门后有砖雕"东海安雅"四字，应是徐氏郡望与宗祖之意。天井中有徐志摩半身塑像。正厅门上方有臧克家 94 岁时题写的"志摩故居"。厅内正上一白底黑字大匾额"安雅堂"由启功题写。大厅与东西厢房地上均铺设粉色花纹西洋大瓷砖。

正厅东厢房为徐志摩生平事迹、文学活动图片资料介绍，玻璃橱柜中展示诗人各个时期出版的著作与研究文献。西墙上悬挂一幅徐志摩与印度诗人泰戈尔两人在倾心交谈的油画作品。西厢房陈列着徐志摩家世生平资料，黑白照片居多。厅后底层三间房屋内有"历代文化名人歌咏硖川诗词展"，陆小曼《为志摩扫墓》一诗亦在其中。一楼后园，遍植翠竹、茶花、石榴、夹竹桃。园中有一井，井栏为浅粉红色，称"爱之清泉"。

二楼楼梯过道墙壁上悬挂陆小曼设色山水图卷照片镜框，另有邓以蛰、胡适、杨铨、贺天健、陈蝶野、陈从周题跋照片镜框。二楼客厅一堂红木家具。东厢房为"眉轩"，即徐志摩书房。室内陈设唱机、英文打字机及西式家具。眉轩对面为当年新房，墙上悬挂着两人的新婚照。陆小曼一袭白色婚纱居前，诗人徐志摩西装革履俯身侍后。一室西式家具，床前铺淡米黄色嵌五彩花卉羊绒地毯，粉色窗花墙纸。西厢房一为徐母卧室，陈设全用中式木制家具，唯西墙有一西洋壁炉。对面是徐志摩前妻张幼仪卧室。徐张两人离婚之后，张被徐父认为女儿，故特辟此室。室内全用中式家具，梳妆台、书桌、太妃躺椅、雕花木床，一应俱全，甚至还有当年的"奢侈品"电风扇。

二楼后面有三间房屋，正中一间门上悬挂康有为题写的"清远楼"三字匾额，为徐父书房斋名。三屋空无一物。墙壁上悬挂些今人书画。

1931 年 11 月 19 日，年仅三十六岁的诗人徐志摩因飞机失事在山东济南开山遇难，后灵柩运回上海，在万国殡仪馆举行公祭悼念仪式，1932 年春运回故乡海宁硖石，安葬在硖石东山万石窝。该墓在"文革"中被红卫兵毁掉。

徐志摩墓

1983 年，海宁县政府在西山北麓白水泉边重修了徐志摩的墓地。徐志摩表弟、著名园林学家陈从周教授设计并撰写迁墓记。西山墓地古典雅致，白石铺地，青石为阶，半圆的墓台恰似一弯新月，有诗坛"新月派"的寓意。墓碑沧桑厚朴，海宁籍书法大家、曾任西泠印社社长的张宗祥根据胡适之原文补题碑文。墓碑两侧各有一方白石做就的书形雕塑，刻着徐志摩《再别康桥》《偶然》等名诗名句。

5.1.3 作家故居的多元化保护与开发

江南小城镇作家故居的保护与开发是多元的。进入新时期，一方面大力进行旧城镇改造，另一方面进行美丽乡村建设。一个村的文化资源有限，但美丽乡村建设中要求每个村都要打造一个文化品牌，于是，哪个乡村如果是某一名作家的故乡，自然就有可能会把这一作家打造成该村的文化品牌。

　　著名剧作家于伶（1907—1997），1907 年 2 月 23 日生于宜兴戴家埠，原名任锡圭。这是苏浙皖的交界处，山清水秀，为于伶话剧《杏花春雨江南》所描述的那个诗情画意的地方。这一偏远小镇如今属于西渚镇白塔村薛家桥。

　　在美丽乡村建设中，白塔村修复了薛家桥，修缮了白塔寺旧址，保护了南宋千年古窑群遗址，更把"于伶"品牌融入公共文化设施中，形成了集古陶文化、佛教文化、影视文化、农耕文化于一体的文化特色村。

于伶纪念馆

　　该村在甲有农林生态园旁边专门修建了于伶文化公园，园内有于伶纪念馆、于伶文化博览园、宜兴民俗陶瓷馆等。纪念馆前面的树丛中，有一尊于伶的白色大理石雕像。坐在椅子上的剧作家于伶戴着眼镜，微笑着凝视前方。纪念馆中展出了于伶一生的主要事迹和他从事的革命文艺活动。遗憾的是，这一文化品牌的打造，缺少专家的指导，用溢美之词"中国革命戏剧的拓荒者，革命电影事业的奠基人"给于伶定性，人为拔高了于伶在中国革命戏剧和电影史上的地位。任家是当地的耕读之家，如能通过"修旧如旧"来建造任家的宅院，更能传递丰富的文化信息。

　　金华畈田蒋村对诗人艾青文化名片的打造就十分专业。

　　艾青（1910—1996），原名蒋海澄，1910 年出生于金华市畈田蒋村的一个地主家庭，自幼由一位同村的童养媳"大叶荷"养育到五岁。1928 年他中学毕业后考入国立杭州西湖艺术院。

诗人艾青是畈田蒋村的文化名片。村口专门建造了一个典雅的牌楼，村名下面就是"艾青故里"几个金色大字。

艾青故居是一座坐北朝南的五开间两厢的徽派楼房，大门上题写着"耕读家风"四字。房前是一个小广场，绿树中伫立着保姆大堰河怀抱童年艾青的铜像。正对广场的大门上方挂着"艾青故居"的匾额，匾额右下边立着艾青的半身雕像。

进入故居，不仅能观看到当年艾青家的生活情景，还能走进艾青的诗歌世界。艾青的诗歌名句做成了展板，挂在故居里。

故居后面的兰园，种的是艾青喜爱的兰花和仙人掌。兰园的墙上嵌着几块大理石诗碑，一边刻的是艾青夫人高瑛写的《思念》："艾青，我要告诉你，院中的玉兰又在开花。这是你最喜欢的花，因你，我更加爱护它……"另一边刻着艾青画的高瑛头像，旁边也是高瑛的诗，《题艾青画兰》："他用写诗的笔，画了一株你。不知是他喜欢你，才画了你，还是他画了你，才喜欢你……"

艾青故居

离艾青故居不远处就是大堰河（大叶荷）的家。这是三间低矮的平房，原汁原味的老样子。艾青出生时，算命先生说他命克父母，必须离开家庭。

艾青父母就将刚出生不久的小艾青送到大堰河家，由她带到五岁，才接回家读书。村外不远处有大堰河的墓，"大堰河之墓"的墓碑是艾青手书的。墓前竖着一块石碑，上面刻着艾青的诗句："大堰河是我的保姆，我敬你爱你。"碑背面，刻着大堰河的简历。

1998 年，在金华城区婺江畔修建了艾青纪念馆。2013 年年初，艾青纪念馆进行二次装修。新馆由中国首位获得"普利兹克建筑奖"的建筑师王澍设计。新馆建筑面积约 2700 平方米，内设 6 个展厅、1 个多功能报告厅，以及展览部、艾青资料征集室等，安装了 3D 幻影成像系统，让形象逼真的虚拟讲解员面对参观者进行动态讲解。馆内展览由艾青儿子、曾经"洋插队"的前卫艺术家艾未未亲自设计，通过大量的实物、照片、手稿、书信及文字等展品，生动形象地再现了艾青一生的光辉业绩和艺术成就。

门前草坪上的艾青铜像由我国著名雕塑家张得蒂设计制作；拾级而上，石阶两侧的"艾青纪念馆"馆名由启功题写；步入正厅，正中背景墙以艾青头像巨幅浮雕为中心，配以原中国书法家协会主席沈鹏所题的艾青名句"为什么我的眼里常含泪水，因为我对这土地爱得深沉……"

还要顺便提一下远在新疆石河子市的艾青诗歌馆。

当年艾青被打成"右派"后于 1959 年年底来到新疆生产建设兵团，1960 年入户农八师驻地石河子市。1967 年艾青被遣送到条件最艰苦的、有"小西伯利亚"之称的偏远连队农八师一四四团参加劳动。1975 年年底，艾青回到北京，1978 年错划"右派"改正。艾青在石河子居住了长达十五年之久。

艾青诗歌馆，坐落在美丽边城石河子市中心。这座现代化的诗歌馆，造型新颖别致，四面绿树环合，草坪花坛掩映其间。占地面积 6500 平方米，建筑面积 2484 平方米。

艾青诗歌馆于 1994 年规划兴建，于 1998 年 11 月正式落成，是国内首家以诗人名字命名的诗歌馆。艾青诗歌馆馆前是宽阔的诗人广场，馆内设有四个展厅，一个多功能学术报告厅。一、二展厅有艾青生前图片 164 张、衣物 9 件套、手稿 32 件、各种版本的艾青诗集论著 54 本、珍藏珍贵物品 19 件，真实地反映了艾青的生平事迹、光辉成就及巨大影响；三展厅是当代名人书画展厅，收藏臧克家、新凤霞、公木、魏巍等名人名家字画 100 余件，并有艾青亲笔手迹 3 幅以及全国著名作家、诗人、书画家赠送艾青本人或诗歌馆的丹青墨宝。

与于伶、艾青一样，王任叔也出生于江南山村。

王任叔（巴人）故居

现代著名作家、文艺理论家王任叔（1901—1972），笔名巴人，是明代尚书王鈁的后裔。王任叔故居在宁波奉化大堰镇大堰村，墓在大堰村北面屋山，为省级重点文物保护单位、宁波市爱国主义教育基地。王任叔故居以原王鈁故居大院中之右厢房为基础，于1916年王任叔与张福娥结婚时翻建，坐南朝北，占地118平方米，重檐硬山造，二开间一弄，梁架五柱七檩，前后天井。右次间楼上为卧室，王任叔结婚时家具仍在。2001年翻新屋顶，拆建墙体，更新柱子、地板等。其墓坐北朝南，前临山塘，石砌圆形，墓碑上刻胡愈之题的"王任叔（巴人）同志之墓"，前有坛，1972年建。

据传，嘉靖皇帝对王鈁恩宠有加，曾问王鈁浙东家乡有何风物。王鈁以"青柴白米岩骨水，嫩笋绿茶石斑鱼"作答。大堰镇大堰村环境优美、物产丰富、文化底蕴深厚，近年来大力发展乡村旅游，吸引了大批崇尚生态和文化的游客。

陆蠡（1908—1942），原名陆考原，学名陆圣泉，1908年出生于天台县平桥镇岩头下村，1935年进入上海文化生活出版社，与巴金结为契交。在20世纪三四十年代的上海文坛，他是一位颇负盛名的文学家、翻译家。

陆蠡故居是一座二层楼的三合院，为民国初期的传统民居建筑，天台县重点文物保护单位。故居年久失修，多方呼吁，至今仍未得到妥善修缮。

爬满青藤的陆蠡故居

村里修葺了陆氏宗祠，兼作村活动中心和陆蠡纪念馆。天井两侧的厢房里，展示牌上陈列着陆蠡的手稿、作品、年谱，以及巴金、柯灵等好友写的怀念陆蠡的文章，还有陆蠡少年时的照片、他拍摄的故乡风景作品。

刘大白（1880—1932），原名金庆棪，后改姓刘，名靖裔，字大白，绍兴平水镇人。平水镇是"平水珠茶"的集散地，刘大白的祖上也做茶叶生意，是个大户人家，房屋较多。父亲死后，刘大白把家里的大部分土地房屋分给了乡亲，外出求学，后加入了光复会和同盟会，成为辛亥革命志士。

平水街村山春 79 号刘大白的故居年久失修，其后人希望当地政府能妥善修缮成刘大白故居。刘大白的陈列室寄存在陈伯平纪念馆里面，希望能回归刘大白故居。

在现代江南作家故居的保护开发方面，江南人善于变通。郁达夫故居和洪深故居的迁建便是很好的例子。

王鲁彦是自觉追随鲁迅的乡土小说作家，鲁迅亲切地称其为"吾家彦弟"。小学语文课本里有其散文《我爱故乡的杨梅》，中学语文课本有其另一篇散文《听潮》，这就进一步扩大了王鲁彦的影响力。

王鲁彦（1901—1944），原名王衡臣，又名王衡、鲁彦、返我，1901年生于宁波镇海大碶镇王隘村。王隘村如今是宁波市北仑区的一个城中村，居住了大量外来人口，沿街店铺林立，已找不到王鲁彦故居。

年久失修的刘大白故居

王鲁彦的出生地王隘村

　　大碶镇在九峰山景区由一位侨胞捐资修建了一座古典风格的"九峰乡土文化馆"，馆内专辟鲁彦纪念室，展览的专题为"鲁音·乡彦"。内有一尊王鲁彦石膏像及鲁彦生平展览，陈列了鲁彦著作、纪念集。小学语文课文《我爱故乡的杨梅》也做成了展板。笔者还在纪念室里获赠了一套人民文学出版社出版的《王鲁彦文集》。

　　徐迟（1914—1996），现代诗人、作家、翻译家，当代报告文学作家，浙江南浔人。徐迟出生不久，其父徐一冰就卖掉了祖产做慈善。民国时徐迟在故乡南浔居住了二十多年，但目前古镇上并没有保留其故居。南浔文园同心湖畔修建了徐迟纪念馆。该馆粉墙黛瓦，正门上方镌刻著名书法家黄苗子题写的"徐迟纪念馆"，庭院正中安放徐迟半身铜像。展厅里，陈列着毛泽东 1945 年 9 月在重庆谈判时给徐迟题词"诗言志"的珍贵册页，以及徐迟写作、生活和社会活动的大量照片，有关报刊、书籍、手稿等珍贵资料，还有按照他在武汉的住宅布置的书房。

　　南浔古镇属于江南六大古镇之一，也已"修旧如旧"。不过去南浔古镇游玩，游客们会去游览刘家的嘉业堂藏书楼和小莲庄、张石铭故居，还有张静江故居和明代建筑百间楼，很少有人会去参观"徐迟纪念馆"。在南浔古镇，徐迟是位边缘化的文化名人。

徐迟纪念馆

　　楼适夷（1905—2001），原名楼锡春，现代作家、翻译家、出版家，浙江余姚人。1905 年 1 月 3 日，楼适夷出生于县城高阶沿一座二层楼民宅内。八岁那年，他进了位于县东街的达善学堂接受启蒙教育，校长就是蒋梦麟之父蒋怀清。十四岁毕业后，他随父亲去上海一家钱庄当学徒，并结识了同伴应修人、谢旦如等喜爱文学的革命青年。1927 年 2 月初，楼适夷和施彩韵等共产党员由沪、杭返回余姚参加革命活动。不久，中共余姚支部正式成立，他被推选为支部书记，主要活动地点就在其家中及城北胜归山。大革命失败后，楼适夷潜回上海。

楼适夷的旧居，是余姚历史上第一个党支部的遗址，又是名人出生之地，曾开设为纪念馆，后因城市扩建而被拆除。馆中文物移至余姚名人纪念馆和博物馆，在城中姚江岸边、念德桥畔，建造了适夷亭，以志纪念。

林淡秋（1906—1981），原名林泽荣，三门县六敖镇小蒲村人。林淡秋故居为四合院大台屋，砖木结构，属晚清民居。故居坐北朝南，院内天井铺设鹅卵石，四周以条石砌成。正门中堂呈中轴对称，朝南正屋是林淡秋父母居住，旁建有其父的一间书房，东面厢房为林淡秋的住所，西厢房中间有通往邻院的二道门，连接二进院落，再往西连接到三进院，各院有单独的台门，整体风格是林姓族人三台九名堂的建筑格局。林淡秋故居即为第一进的四合院，后来又买入四合院后侧临街三间，底层用于堆放风车、碾磨、捣臼等农具杂物。

2004 年因村庄道路建设，拆除房屋三间，后又拆除了堂前和四合院前的廊屋等，剩下的台门及五间两层祖屋，也由于乡村规划于 2011 年 10 月被拆。作为一位在中国现代文学史上对革命文学具有重要贡献的作家来说，其故居的损毁，实为一大遗憾。

施蛰存（1905—2003），原名施德普，原籍浙江杭州，八岁时随家迁居上海近郊的小城松江。他在松江长大，又在松江工作，前后约三十年，故自称"松江人"。 松江县府路施家，是戴望舒、杜衡、冯雪峰等一起从事新文学活动的场所。施家的老屋在抗日战争中被毁，施蛰存也就移居上海，无法叶落归根。如今的松江，已难觅施蛰存故居。施蛰存学习和工作过的松江二中，仍保留着千年古城楼"云间第一楼"。

葛琴（1907—1995），出生于江苏宜兴丁山镇一个陶瓷商人家庭。丁山是个生产陶瓷的专业性市镇。葛琴父亲葛沐春是当地著名的陶瓷艺人。葛琴的小说《窑场》是以丁山的陶瓷生产为题材的。葛琴的故居在丁山镇上有名的葛鲍街，也在前几年的旧城镇改造中被拆除了。笔者去丁山镇寻访葛琴故居，只在中国宜兴陶瓷博物馆对面的墙上看到一张葛鲍街的旧照。中国宜兴陶瓷博物馆宏伟高大，至少应该为这位写了《窑场》的当地作家开个纪念室。

云间第一楼

　　至于文化名城绍兴，也应大力保护和抢修刘大白故居、陈伯平故居、许钦文故居、孙席珍故居、孙伏园和孙福熙兄弟故居等。

　　至于鲁迅故里，似乎也应为鲁迅的二弟周作人辟一纪念室。

5.2　现代江南小城镇作家及其作品的当下传播

5.2.1　现代江南小城镇作家的影视传播

　　现代江南小城镇作家的影视传播主要有两类：一是现代江南小城镇作家的影像传播，二是制作和播放有关现代江南小城镇作家的专题片。

　　现代江南小城镇作家的影像传播要有前提条件，即作家的影像魅力。影像魅力既是作家的知名度又是作家生平事迹中的"戏份"，二者缺一不可。话剧和影视剧都要有"戏份"，否则就吸引不了受众。"戏份"的多寡一方面来自于作家生平事迹的传奇性，另一方面来自于主创班子的编导和演绎水平。

　　现代江南小城镇作家中，鲁迅的知名度毋庸置疑，然而舞台、银幕和屏幕上鲁迅影像的魅力仍有高下之分，决定因素是塑造鲁迅影像的"戏份"

多寡。

最早在舞台上塑造鲁迅形象的是抗日战争时期的"中华全国文艺界抗敌协会香港分会"等六团体。1940年夏，为了筹备"鲁迅先生六十诞辰纪念大会"，冯亦代等请熟悉鲁迅的女作家萧红创作了哑剧《民族魂鲁迅》。萧红根据鲁迅自传、鲁迅作品以及亲自聆听来的鲁迅故事，以女作家特有的细腻，成功塑造了有血有肉的鲁迅形象。遗憾的是，限于当年的条件，1940年8月3日，在"鲁迅先生六十诞辰纪念大会"上演出的哑剧《民族魂鲁迅》，是由冯亦代与"文协香港分会""香港文协漫画协会"的丁聪、郁风和徐迟等参照萧红所作同名剧本改编的删减版。鲁迅由一位原上海银行职员张宗占扮演。据徐迟回忆，张宗占"长相很像鲁迅先生，由张正宇给他化妆，贴胡子以后，确实非常像鲁迅。这一角色是很难演的，但他演得很好"[1]。

为纪念鲁迅逝世四周年，萧红的《民族魂鲁迅》，从1940年10月20日至31日，在香港《大公报》副刊连载。全剧共分四幕，每幕又分出场人物、剧情介绍、表演提示三部分。第一幕介绍鲁迅的少年时代，通过鲁迅作品中的阿Q、孔乙己、祥林嫂、蓝皮阿五等人物群像，说明旧中国的世态炎凉和国民性改造的刻不容缓。

中华人民共和国成立后，文化部计划筹拍电影《鲁迅传》，并组织了由著名作家和著名理论家组成，陈白尘执笔的实力强大的编剧小组，准备请著名演员赵丹主演鲁迅，计划在1961年鲁迅诞辰八十周年时上演。不过由于种种原因，最后只留下半部手稿。[2]

鲁迅的电影，直到2005年才出现，姗姗来迟。电影《鲁迅》由刘志钊编剧，丁荫楠导演，鲁迅之子周海婴任总顾问，濮存昕、张瑜、夏志卿主演。

影片选取了鲁迅最后三年的生命历程，七个梦境串在其中，三个死亡组成一个内在结构：杨杏佛之死、瞿秋白之死、鲁迅之死。

银幕画面虚实结合。与江南小城镇文化相关的画面由鲁迅虚幻的梦境开篇：鲁迅在江南空旷昏暗的石板路上漫步，恍惚间，祥林嫂走上前问鲁迅："人死了有没有灵魂？""或许有吧。""那也有地狱了……"接着，鲁迅又被喊着"救救孩子"的"狂人"拉住，而身边高唱着"手执钢鞭将你打"的阿Q却头也不回地冲进黑暗……沿着桨声灯影的绍兴市河，伴着咿

① 徐迟：《江南小镇》，北京：作家出版社，1993年，第354页。
② 李新宇：《1961：周扬与难产的电影〈鲁迅传〉》，《东岳论丛》2009年第6期。

咿呀呀的社戏声，这些小说人物反复出现在作家鲁迅的梦中。

这是一部叫好却不叫座的电影，影响力不大。堪称经典的有关鲁迅的电影，还得期待未来。

以"戏份"来衡量，电影《鲁迅》不如萧红的哑剧《民族魂鲁迅》。以萧红的《民族魂鲁迅》为底本来编写电影《鲁迅》的剧本，也许更容易出彩。萧红的哑剧《民族魂鲁迅》以散文化和印象式见长，这也是观众爱看的文艺片的风格。

关于鲁迅的电视剧，孙维民和史兰芽主演的 20 集电视连续剧《鲁迅与许广平》，2001 年播出后，市场反映尚可，但没有得到专家认可。由于题材关系，电视剧中缺乏江南小城镇文化的元素。

徐志摩的婚恋故事"戏份"很足，适合拍成电视连续剧。20 集电视连续剧《人间四月天》是 2000 年台湾纵横国际影视股份有限公司出品的一部言情剧，由曾念平和丁亚明联合导演，王蕙玲编剧，黄磊、周迅、刘若英、伊能静等主演。

徐志摩浅浮雕头像

该剧讲述了徐志摩与林徽因、陆小曼、张幼仪三个女人的感情纠葛。青年徐志摩奉父母之命，娶了大家闺秀张幼仪，完成了传宗接代的义务后，便远赴西方求学。当张幼仪远渡重洋到英国来伴读时，却发现徐志摩在旅英期间邂逅了一位才情洋溢的清丽少女林徽因。林徽因不愿意介入徐志摩的婚姻，仓促随父返国。

徐志摩与发妻离婚，回国来追寻林徽因。林徽因却与徐志摩恩师梁启超的儿子梁思成订婚了。林徽因虽选择了梁思成，但仍无法淡忘对徐志摩的感情。徐志摩在北京与社交名媛陆小曼相识、相恋。两人通过不伦之恋居然步入了婚姻的殿堂。徐志摩在婚后数年里陷入无尽的困顿与苦闷，梦想幻灭，诗情枯竭，乃至为生活所迫南北奔波赚课时费，终于在一场意外中结束了其短暂的人生。

该剧堪称经典，在国内一度热播。不少观众看过电视剧后，专程去拍摄地乌镇游玩，还去海宁瞻仰徐志摩故居和墓地。2002 年 9 月该剧入围美国电视艾美奖最佳外语电视剧奖。

徐志摩的不少诗作可以理解为爱情诗，同时又是披着爱情外衣来抒写诗人的人生追求。《雪花的快乐》就是这样的诗。电视剧把这首诗演绎为徐志摩与陆小曼的爱情故事，剧中还作了朗诵，配音画面是两人雪中浪漫相恋的情景。徐志摩的《再别康桥》《雪花的快乐》《我不知道风是在哪一个方向吹》等都是经典诗作，被电视剧巧妙地演绎成大众文化，也算是一次较为成功的尝试。

徐志摩中学同学郁达夫的生活也富于传奇色彩。《郁达夫传奇》是方令正执导、周润发主演的剧情片。影片讲述了现代作家郁达夫早年到日本留学时与中国女孩隆儿（赵小姐）相恋，但出于种种原因，隆儿还是嫁给了日本恋人冈田勋。日本投降后，印度尼西亚苏门答腊岛上的日本宪兵因郁达夫曾一度出任翻译知道的内情太多，将其杀害。

这部电影主要反映郁达夫在日本的留学生涯，故事主要取材于郁达夫自传体小说《沉沦》，讲述少年郁达夫刚到日本时沉迷恋情的昏暗生活。为了增加电影的"戏份"，虚构了郁达夫的日本朋友冈田勋，演绎了郁达夫、冈田勋与隆儿的三角恋。冈田勋痴迷日本剑道，电影由此加进了许多日本武士道的元素，显得很生硬。郁达夫因考试成绩好而遭日本同学猜疑的情节又是从鲁迅的《藤野先生》中嫁接过来的。霍达华饰演的少年郁达夫性格软弱、行事鲁莽，没有《沉沦》作者郁达夫的文弱和灵气。

这部《郁达夫传奇》是周润发 1988 年主演的第一部历史人物题材影片，虽略显生涩，但反响良好，他深情演绎了这位著名作家的一段感情历程。影片中的少年郁达夫和周润发饰演的中年郁达夫是两个完全不同的形象，区别太大以至于影片有明显的割裂感。中年郁达夫沉稳异常，叼着烟，冷冷地笑，有些周润发标志性的冷峻。电影以第一人称"我"来叙事，加了许多郁达夫的旁白。周润发在电影中的戏不多，加了些中年郁达夫的旁白，也算是增加了其戏份。

导演方令正在影片中探讨了两个主题：一个是少年郁达夫对性的迷惑和对爱的追求，另一个为中日民族问题的爱与恨。前一个主题表现得浪漫含蓄，深得东洋文艺片的精髓，部分片段有欧洲爱情片清新飘逸的感觉。至于后一个主题的表现，日本留学时期显得生硬，流亡印度尼西亚时期较佳。

电影《叶圣陶在甪直》是 2006 年上映的，主演肖挥、赵寰宇、魏永都不是名演员，缺少周润发的票房号召力。

1917 年早春，青年叶圣陶应甪直镇县立第五高等小学校长吴宾若的邀请，来到甪直开始了他的教育生涯。 叶圣陶和吴宾若、吴倩若、王伯祥等有进步倾向的青年一起，对教育进行改革，在学校里自编各种课本、将课堂搬到大自然中、创办"生生农场"、辅导学生自编自演课本剧。这在保守的小镇上掀起了波澜。"老学究"和老乡绅们合谋，弄得大家不敢把孩子送来上学。叶圣陶的妻子胡墨林来到了甪直镇，带领年轻教师星夜走街串巷，动员家长把孩子们送来上学……

电影以甪直古镇为背景，画面唯美；叶圣陶是名人，自然有名人效应。然而，电影的情节设置不合理。矛盾冲突有些取材于长篇小说《倪焕之》，如垦荒的无主坟地，在电影中改成了镇民们的祖坟，这就不合情理了。乡董薛继业是位中间人物，电影把《倪焕之》中土豪劣绅蒋士镳的有些做法安到了他头上，这个人物的塑造特别失败。电影对于矛盾冲突的组织十分生硬，最后的结局也就不是水到渠成了。

相比于现代江南小城镇作家的影视作品，新时期以来有关作家的专题片倒是形式多样，精彩纷呈。

鲁迅诞辰一百周年的专题片《鲁迅传》，有当年的意识形态化色彩，有意强化了"革命家"鲁迅的形象，但当年拍摄的不少画面，具有浓郁的江南小城镇文化风情，弥足珍贵。

中央电视台制作播出的百集大型电视纪录片《二十世纪中国文化名人》，鲁迅、茅盾、夏衍都是上中下三集，徐志摩、朱自清、丰子恺、艾青则为上下两集，单集的作家有王鲁彦、郁达夫、叶圣陶等。这些专题片都由主播说解说词，再配画面，中规中矩，严肃有余，活泼不够。

凤凰卫视的《周氏三兄弟》，更适合当下人的欣赏口味。专题片发掘了不少被遮蔽的故事，且由鲁迅扩大到周作人和周建人。鲁迅研究专家的言说方式深入浅出、画龙点睛。其他有关鲁迅的专题片，也都采用专家言说与图画、影像资料拼接的"多媒体"方式。

中央电视台纪录频道（CCTV-9）《特别时段》播出的八集纪录片《先生鲁迅》，第一集《故乡记忆》尽管也讲到了南京求学与日本留学时期的鲁迅，但主要还是讲述故乡绍兴风情、周氏大家族的兴衰以及鲁迅的童年和青少年时期。画面中出现了乌篷船、市河、石拱桥、石板路、古戏台等众多江南小城镇的文化元素，甚至还有鲁迅笔下的咸亨酒店、绍兴大班、目连戏以及戏中的无常与女吊等。鲁迅故里清末民初的文化街区也反复出现。有意变成的黑白画面，更是营造了一种清末民初的文化氛围。孙玉石、钱理群、吴小美、吴俊等鲁迅研究专家向观众言说鲁迅与故乡那种爱恨复杂的情愫，起到了画龙点睛的作用。比较遗憾的是，浙江鲁迅研究界的专家缺席了。

上海文广传媒集团纪实频道推出的百集文化系列片《大师》，旨在展现大师的思想和精神，传播民族文化的精髓，彰显民族精神，并努力发掘大师的当下意义。该系列中的《丰子恺》专题分上下两集，讲述了丰子恺的一生，及其艺术成就。长女丰陈宝、幼女丰一吟讲述丰子恺的故事，专家陈星、胡晓明、葛兆光进行点评。比起只有专家言说，丰子恺亲人的言说更具亲和力。

大师系列中的《叶圣陶》也分上下两集，除了北京大学中文系教授商金林、复旦大学历史系朱维铮等专家外，还有民国时与叶圣陶一起编《中学生》的欧阳文彬、人民教育出版社编辑刘国正、叶圣陶的女儿叶至美、叶圣陶的孙女叶小沫、王伯祥的女儿王漱华、叶圣陶家保姆施润云、叶圣陶实验小学教师朱祖达、叶圣陶著作收藏者冯斌等，都从各自的角度讲述了多姿多彩的叶圣陶，叶圣陶的形象显得亲切、丰满。

还有一些专题片为了吸引观众，采取了讲述奇案的方式，如《民国悬疑奇案实录》50集，《鲁迅周作人何故失和》连续讲了4集，采用的是传统的旁白配画面的方式；该系列还有两集《郁达夫之死》，也算是"悬疑奇案"。

中央电视台《百家讲坛》已是一个品牌栏目。由孔庆东主讲的《鲁迅》系列，够俗但欠雅，影响力也不够大。

中央电视台社会与法频道（CCTV-12）播出的《法律讲堂》文史版系

列节目与《百家讲坛》一样，都由一位专家来讲解。历史学家宋连生在该栏目主讲《徐志摩的两段婚姻》，分 9 集讲述了徐志摩两段婚姻中的 9 则故事，讲述和评议了徐志摩两段饱受非议的婚姻。

徐志摩的婚恋广受专题片关注。河北卫视《穿越经典》栏目播出《多情才子的悲歌——徐志摩与生命中的三个女人》，由主持人涂磊一人讲解，配旁白，专家宋连生也有一些讲述的镜头。

2006 年 12 月 7 日是作家郁达夫诞辰一百一十周年纪念日。那天晚上，杭州电视台综合频道播出了一部长篇电视专题片《追寻郁达夫》。这部纪念郁达夫的专题片采用纪录片的纪实手法和电视剧的重构手法拍摄而成，摄制组拍摄、制作历时 7 个多月，几乎踏遍了郁达夫曾经生活过的每一个地方：富阳、杭州、上海、安徽、福建、日本东京、印度尼西亚苏门答腊、新加坡等。

1945 年 8 月 29 日，印度尼西亚苏门答腊的帕亚孔布小镇，流亡中的郁达夫被日本宪兵从家中带走后，再也没有回来。六十多年来，郁达夫究竟魂归何处，一直疑云重重。当年与郁达夫一起流亡在苏门答腊的王任叔（巴人），在中华人民共和国成立后出任第一任驻印度尼西亚共和国大使，居然没有去寻找共患难的郁达夫的下落。2006 年 8 月 29 日，郁达夫当年失踪的同一天，郁达夫的长孙郁峻峰和 67 岁高龄的郁达夫研究专家、日本教授铃木正夫（他是唯一采访过当年杀害郁达夫的日本宪兵的专家），登上苏门答腊岛。他们沿着当年郁达夫逃亡到印度尼西亚的线路，走遍了郁达夫生活过的每一个重要场景：武吉丁宜和帕亚孔布的家，当年和流亡文化人一起办的酒厂、造纸厂和肥皂厂，武吉丁宜的日本宪兵总部，以及朋友经常聚会的旅馆……

在寻访中，当年见过郁达夫的老者以及知道郁达夫的熟人回忆起很多往事，让郁达夫在印度尼西亚生活的真相逐渐明朗，也在我们眼前展现了一个真实的郁达夫形象。

最后，在郁达夫遇难的热带雨林中，郁峻峰满含热泪捧起一抔泥土，要带回郁达夫的故乡富阳。他在片中说："他们（家人）派我来带你回家……"

这部专题片是最全的郁达夫影像资料，很多史料还是首次发布。

5.2.2　现代江南小城镇作品的图文出版

这是一个读图的时代。现代江南小城镇文学的图文出版近年来在图书市场走俏。这让现代江南小城镇文学多了一种传播方式。

图与文是两种不同的艺术表现形式，但两者在不同的艺术家之间形成创造性转换。从文学作品到图画的转换是不受时空限制的。例如，鲁迅江南小城镇文化风情作品的二度创作，早在中华人民共和国成立前就开始了。丰子恺在烽火连天的抗日战争时期，边逃难边多次创作漫画《阿Q正传》，传为佳话。

小说、诗歌、散文等文学样式都是语言艺术。漫画是一种形式独特的图像，为造型艺术。不同的媒介形式决定了这两种艺术的不同功能。赵宪章指出："语言的本性是指涉事物或表达思想，因此以语言为媒介的文体更适合叙事与论说；图像的本性是视觉直观，因此以图像为媒介的艺术就表现为视觉形象的客体展示。"①

丰子恺喜欢画"古诗新画"，努力赋予漫画丰富的意蕴。他在《艺术漫谈·漫画艺术的欣赏》中道："古人云：'诗人言简而意繁。'我觉得这句话可以拿来准绳我所喜欢的漫画。我以为漫画好比文学中的绝句，字数少而精，含义深而长。"②

丰子恺在多年的创作实践中悟出两种不同艺术媒介的不同表现功能：

> 然而漫画的表现力究竟不及诗。它的造形的表现不够用时，常常要借用诗的助力，侵占文字的范围。如漫画的借用画题便是。照艺术的分类上讲，诗是言语的艺术，画是造形的艺术。严格地说，画应该只有形象来表现，不必用画题，同诗只用文字而不必用插画一样。诗可以只用文字而不需插画，但漫画却难于仅用形象而不用画题……言语是抽象的，其表现力广大而自由；形象是具象的，其表现力当然有限制。③

用诗句来作画题，诗句与漫画之间就形成了"互文性"。丰子恺漫画鲁迅小说，直接摘编鲁迅小说片段，漫画与小说之间的"互文性"就更密切了。

丰子恺漫画鲁迅小说中，影响最大的要数《漫画阿Q正传》。丰子恺创作《漫画阿Q正传》可谓历尽波折。他在《教师日记》中写道：

> 前日因候舟不至，为免焦急，即利用时间，重作《漫画阿Q

---

① 赵宪章：《传媒时代的"语-图"互文研究》，《江西社会科学》2007年12月第9期。

② 丰陈宝、丰一吟、丰元草编：《丰子恺文集》第3卷，杭州：浙江文艺出版社、浙江教育出版社，1990年，第358页。

③ 丰陈宝、丰一吟、丰元草编：《丰子恺文集》第3卷，杭州：浙江文艺出版社、浙江教育出版社，1990年，第359-360页。

正传》，已成三分之一。今日焦急之极，又变安定，遂续作该画。驾轻就熟，一朝而获十幅。此画共计五十四幅。若船迟迟不至，则画或可在此完成，然后启程。

此画今日已是第三次重作。第一次作于廿六〔1937〕年春，时闲居杭州田家园，茶余酒后，取《阿 Q 正传》逐一描现，悬之床头，以为友朋谈笑之助。时张生逸心同居杭州，出资自印吾所作西湖十二景将成，即要求再印《漫画阿 Q 正传》。许之，夏间锌版五十四块已成，付上海南市城隍庙附近某印刷厂印行。正在印刷中，"八一三"（"八•一三"）事起，南市成为火海，此阿 Q 漫画之锌版及原稿皆成灰烬。不久我即离乡逃难，辗转游离。途中常念及此稿，自念此身若再得安居，誓必重作此画，以竟吾志。廿七〔1938〕年春抵汉口，钱君匋预知此事，从广州来信，为《文丛》索此稿。吾许为重作，在《文丛》连载。即先寄二幅。续寄六幅。二幅后果刊出，六幅寄出后，正值广州大轰炸，君匋逃避九龙，旋即返沪，邮件遂杳无着落……①

由于驾轻就熟，54 幅漫画不几日就完工了。丰子恺的故乡石门镇属浙西，而鲁迅的故乡绍兴属浙东，两地风俗既有相同的一面又有相异之处。丰子恺在《教师日记》中还写了他专程向开明书店桂林分店的两位绍兴人请教之事：

《阿 Q 正传》漫画早已完成。前携赴桂林，请教于张梓生、章雪山两绍兴人。承彼等指示，改正数处。雪山兄善画，亲写一乌篷船相示，远近法颇正确……今日再出《阿 Q 正传》漫画全部校改一遍，写一序冠其首，于是全稿完成矣。②

相对来说，丰子恺对于鲁迅小说《阿 Q 正传》中写到的绍兴风俗还是比较熟悉的。浙东和浙西毕竟都属浙江，同属吴越地域文化圈，自古就有"同俗"的一面。丰家丰同裕染店里的三个染匠司务都是绍兴人，至于石门

---

① 丰陈宝、丰一吟编：《丰子恺文集》第 7 卷，杭州：浙江文艺出版社、浙江教育出版社，1992 年，第 111 页。

② 丰陈宝、丰一吟编：《丰子恺文集》第 7 卷，杭州：浙江文艺出版社、浙江教育出版社，1992 年，第 121 页。

镇上的绍兴人那就更多了。1922 年秋至 1925 年年初，丰子恺在绍兴府下属的上虞春晖中学教书。白马湖离绍兴不到三十公里，与绍兴城里的风俗基本相同。其间丰子恺尽管没有专程去绍兴城里游玩，但途经过几次。

《漫画阿 Q 正传》第 35 幅

丰子恺比鲁迅小 17 岁，但鲁迅小说所描写的清末民初的社会丰子恺也是比较熟悉的。丰子恺在《〈绘画鲁迅小说〉序言》中写道：

> 我作这些画，有一点是便当的。便是：这些小说所描写的，大都是清末的社会状况。男人都拖着辫子，女人都裹小脚，而且服装也和现今大不相同。这种状况，我是亲眼见过的。辛亥革命时，我十五岁。我曾做过十四五年的清朝人，现在闭了眼睛，颇能回想出清末的社会形相来。所以我作这些画，比四十岁以下的画家便当得多……我把它们译作绘画，使它们便于广大群众的阅读，这好比在鲁迅先生的讲话上装一个麦克风，使他的声音扩大。①

丰子恺选取的 9 篇鲁迅小说都是以浙东风俗为背景的小说。鲁迅为这些小说虚构了 S 城、鲁镇和未庄。丰子恺的漫画力求表现 S 城、鲁镇和未

---

① 丰陈宝、丰一吟、丰元草编：《丰子恺文集》第 4 卷，杭州：浙江文艺出版社、浙江教育出版社，1990 年，第 511 页。

庄的浙东风情，总体来说比较传神。小说和漫画所用的是两种不同的艺术"语言"，小说是语言艺术，漫画属造型艺术。丰子恺的这些漫画都是用毛笔画的黑白画，其艺术"语言"是线条和构图。文学语言作为一种约定俗成的符号，相对比较抽象；漫画具象直观，描写能力较强而叙述功能较弱。丰子恺的作品以线条和构图取胜，但仍然要用鲁迅的小说语言来补充，这就形成了一种"互文性"。

《漫画阿 Q 正传》第 1 幅标明是"阿 Q 遗像"，应是丰子恺为阿 Q 造的漫画"标准像"，类似旧时绣像小说中的人物绣像。其他 53 幅漫画都与小说中的相关情节相对应。每幅漫画上都有丰子恺题写的文字，摘自鲁迅小说，属于画龙点睛的句子。开明书店的初版本采取一页漫画配一页文字的形式，那一页文字直接摘自鲁迅小说，有两三百字的篇幅，比一般连环画所配的文字要多得多。抗日战争前世界书局出版的连环画每幅为 140—200 字，上海人民美术出版社 20 世纪 50 年代规定每幅不超过 75 字。这些文字都是编者编写的浅显易懂的语言。1950 年万叶书店出版的《绘画鲁迅小说》，每幅漫画上不再有题字，其他都与《漫画阿 Q 正传》一样。鲁迅是现代中国的语言大师，丰子恺不用自己的语言来编配漫画文字，让读者直接阅读鲁迅小说片断，其用意大概是让大家领略鲁迅小说的语言魅力。鲁迅小说和丰子恺漫画相得益彰，成为一种别具一格的"互文性"跨媒介艺术。

人称"线描大师"的贺友直，其连环画有《小二黑结婚》《山乡巨变》等，他都为每幅画编写了浅显的文字说明，但为鲁迅小说《白光》画的连环画也像丰子恺一样，直接摘录了鲁迅小说的原文。贺友直的《白光》勾线填色，有水墨画的效果。

从小说到漫画，是一种"译"的艺术再创造。这种"译"主要是一种艺术的再造想象。由于比较熟悉鲁迅小说所表现的浙东风俗和清末民初的时代环境，故丰子恺的艺术再造想象不太有"误译"，甚至还不乏神来之笔。如《漫画阿 Q 正传》中的第 22 幅漫画和第 32 幅漫画，画的是未庄女人们对阿 Q 的两种截然不同的态度。作为两幅漫画背景的房子，丰子恺故意画成一样的了，相同的场景与相反的神态形成强烈的视觉反差。第 22 幅漫画中，阿 Q 正迎面走去，听说阿 Q 调戏了吴妈的未庄女人们匆忙躲进左右两家的门里去。第 32 幅中，未庄的女人们听说阿 Q 手里有便宜的"贼货"，从左右两家门里冲出来，追在阿 Q 的屁股后面问："阿 Q，你还有绸裙么？没有？纱衫也要的，有罢？"未庄女人的"假正经"和势利被丰子恺刻画得淋漓尽致。

《漫画阿Q正传》第22幅、第32幅

再如《祝福》中写新寡的祥林嫂到鲁四老爷家做工，"实在比勤快的男人还勤快"。小说用的是概括叙述，不太好"译"成漫画。丰子恺画小脚的祥林嫂正在使劲背一张八仙桌，监工的四婶瞧着很满意。旧时像鲁四老爷这样富贵人家的八仙桌是很沉的，一般小脚女人根本背不动，祥林嫂能独自背一张男人才背得动的八仙桌，其能干和肯干可想而知。丰子恺这幅漫画对鲁迅小说的概括叙述作了非常形象巧妙的表述。

从小说到漫画，两种艺术语言的"对译"，会碰到不少难题。如《故乡》开头，"我冒了严寒，回到相隔二千余里，别了二十余年的故乡去"。渐近故乡，"从篷隙向外一望，苍黄的天底下远近横着几个萧索的荒村，没有一些活气"。①这一情景很难构图。丰子恺只能作了一些"变形"处理：近景画一条小的乌篷船正在河里行驶，"我"不是"从篷隙向外一望"，而是探身船头眺望故乡风景。远景是"苍黄的天底下远近横着几个萧索的荒村"。经过"变形"处理的漫画层次感强，且视野开阔。

小说《故乡》是根据鲁迅1919年回故乡绍兴搬家去北京的情景艺术加工而成的。当年鲁迅从杭州回绍兴，乘的船俗称"夜航船"，比漫画中的船要大两三倍，双橹，日夜行驶，顾客晚上可在船上睡觉。丰子恺从杭州去

① 鲁迅：《故乡》，《新青年》1921年5月第9卷第1期。

绍兴附近的白马湖，乘的是火车，但他应该知道当年从杭州去绍兴的"夜航船"。笔者认为，丰子恺从漫画构图考虑，故意将大的"夜航船""误译"成了小的乌篷船了，同将"从篷隙向外一望""误译"成探身船头眺望故乡风景一样。

大型"夜航船""误译"成小型乌篷船

不管是正译还是"误译"，丰子恺根据鲁迅乡土小说创作的连环漫画都是"因文生图"。鲁迅小说忧愤深广，意蕴丰富。丰子恺用有限的漫画来"译"这些小说，自然要设法丰富每幅漫画的表现力。

莱辛的《拉奥孔》是分析诗歌与雕塑（绘画）不同表现功能的经典之作。他认为，诗歌（文学）是语言艺术，以语言为媒介，擅长表现在时间中先后承续的"动作"（情节）里，绘画的媒介物为色彩和线条，擅长空间构图。"绘画在它的同时并列的构图里，只能运用动作中的某一顷刻，所以就要选择最富于孕育性的那一顷刻，使得前前后后都可以从这一顷刻中得到最清楚的理解。"[①]

丰子恺从鲁迅浙东风情小说中选画的漫画，也常常是"最富于孕育性的那一顷刻"。例如，丰子恺在《祝福》中画祥林嫂的儿子阿毛被狼叼走这一情节，画面中的阿毛正坐在家门口的小凳上专心剥豆，一只大灰狼从石

---

① 〔德〕莱辛：《拉奥孔》，朱光潜译，北京：人民文学出版社，1984 年，第 83 页。

阶上悄无声息地冲上来，顷刻之间将要叼走阿毛。一静一动，让画面充满了时间上的张力。

阿毛即将被狼叼走

另一种增强画面表现力的是画面并置。例如，《风波》的最后一幅漫画，张勋复辟风波已过，被剪了辫子的七斤不再有危险，村民们又重新敬重他。画面的右边，几个村民津津有味地听七斤讲述从城里带来的趣闻；画面左边，七斤女儿新裹的小脚特别刺眼。宁静的乡村，裹小脚陋习仍在戕害六斤这样可爱的小女孩！

《风波》的最后一幅漫画

　　另一种画面并置是在同一幅画面中把人物眼下的情景与意愿中的情景并置。例如《明天》中，单四嫂子在寂静的夜里守着早夭的儿子宝儿，从其头脑中又生发出另一个画面：生龙活虎的宝儿正在跑跳。《白光》中的陈士成再次落榜，在垂头回家的路上，头脑中生出了一路连捷的画面：门口竖起了光宗耀祖的旗杆和"翰林府"匾额。《祝福》中的祥林嫂正在听柳妈讲述嫁过两个男人的女人，到了阴司，阎王爷就会让鬼把她锯开来分给两个男人。祥林嫂的头脑中生出了一幅牛头马面正在把女人锯成两半的面画。

《白光》和《祝福》中的画面并置

　　这种画面并置，对比强烈，视觉冲击力强，比起小说原文来，更具审美直观性。

　　鲁迅十分关注 20 世纪 30 年代新兴的连环画。他在《"连环图画"辩护》中指出：

　　　　书籍的插画，原意是在装饰书籍，增加读者的兴趣的，但那力量，能补助文字之所不及，所以也是一种宣传画。这种画的幅数极多的时候，即能只靠图像，悟到文字的内容，和文字一分开，也就成了独立的连环图画。①

————————
① 鲁迅：《鲁迅全集》第 4 卷，北京：人民文学出版社，2005 年，第 458 页。

即从单幅的插图发展到多幅的连环图画，也就具有了连环叙事的功能。鲁迅喜欢的麦绥莱勒木刻连环画《一个人的受难》，就是没有文字的连环画。不过鲁迅为该书写的序还是尊重中国的欣赏习惯，用文字介绍了这些木刻画之间的情节关系。鲁迅在《南腔北调集·一个人的受难》的序中指出，这些"用图画来叙事"的"连环图画"的出现，也许跟电影有关，"因为一面是用图画来替文字的故事，同时也是用连续来代活动的电影"①。

　　丰子恺的连环漫画就擅长用连续几幅图来叙述小说中的某一情节。例如，《阿Q正传》中"恋爱的悲剧"主要故事情节由《漫画阿Q正传》第16、第17和第18三幅漫画来表现。在第16幅中，阿Q吃过晚饭，在赵家的厨房中吸旱烟休息，吴妈干完活后坐下来与阿Q闲聊。在第17幅中，吴妈谈到老爷要纳妾、少奶奶八月要生孩子，引起了阿Q对女人的欲望，于是就顺势跪下去向吴妈求欢。到了下一幅中，吴妈跑走了，秀才举着一支大竹杠追打阿Q，前两幅中静静吊在房梁上的篮子，被竹杠碰得直摇晃。

《漫画阿Q正传》第16幅、第17幅、第18幅

　　再如阿Q与小D打架这一情节，是由第23、第24和第25三幅漫画表现的。在第23幅中，在钱府写着"鸿禧"的照壁前，阿Q与小D迎面相逢。第24幅中，阿Q与小D扭打在一起，在钱家粉墙上映出一个蓝色的虹形，旁边还有两个看热闹的人。第25幅中，两人打了平手，临别时阿Q回过头来骂道："记着罢，妈妈的……"小D不甘示弱，也回过头来骂道："妈妈的，记着罢……"

　　① 鲁迅：《鲁迅全集》第4卷，北京：人民文学出版社，2005年，第572页。

前一组漫画用一只篮子串起来，这一组则用写着"鸿禧"的照壁来连起来。丰子恺对于画面的照应与串联独具匠心。相对而言，贺友直和丁聪的连环画中都找不到这种画面的照应与串联。

郑振铎在《插图之话》中指出："插图是一种艺术，用图画来表现文字所已经表白的一部分的意思；插图作者的工作就是在补足别的媒介物，如文字之类之表白。这因为艺术的情绪是可以联合的激动的；我们读了一首好诗，鲜不在心上引起一种图画或音乐的暗示的。"[①]

在郑振铎看来，"语–图"是有艺术通感的，因而这两种不同的媒介可以转换。用漫画这种艺术形式来转换小说，属于"二度创作"。"二度创作"者的艺术个性也会体现在其作品中。

研究丰子恺漫画与鲁迅浙东风情小说的"语–图"关系，我们既要看到丰子恺的漫画创作对于鲁迅浙东风情小说忠实的一面，又要看到由于风格不同，丰子恺创作的漫画存在省略和"溢出"现象。

连环画由于幅面所限，对小说原著只能作些选择性的表现，这便是"省略"。

鲁迅小说《阿 Q 正传》中的主人公阿 Q，有时戴着绍兴的毡帽，没戴帽子时头上会露出那些发亮的癞疮疤。丰子恺的 54 幅漫画中，阿 Q 都没戴毡帽，稀稀拉拉的头发中似乎有些癞疮疤。当年《戏》周刊刊登征集到的阿 Q 画像中，叶灵凤提供的画像倒是给阿 Q 戴了帽子，但只是把绍兴毡帽改成上海瓜皮帽。鲁迅看了很不以为然。在《寄〈戏〉周刊编者信》中表明了自己的意见："我的意见，以为阿 Q 该是三十岁左右，样子平平常常，有农民式的质朴，愚蠢，但也很沾了些游手之徒的狡猾。在上海，从洋车夫和小车夫里面，恐怕可以找出他的影子来的，不过没有流氓样，也不像瘪三样。只要在头上戴上一顶瓜皮小帽，就失去了阿 Q，我记得我给他戴的是毡帽。这是一种黑色的，半圆形的东西，将那帽边翻起一寸多，戴在头上的；上海的乡下，恐怕也还有人戴。"[②]

丰子恺是位个性鲜明的漫画家，其最爱使用的漫画"语言"会自然而然从漫画中"溢出"来。这也是丰子恺漫画的魅力所在。

---

① 郑振铎：《插图之话》，《小说月报》1927 年 1 月第 18 卷第 1 号。
② 鲁迅：《鲁迅全集》第 6 卷，北京：人民文学出版社，2005 年，第 154 页。

《漫画阿 Q 正传》第 1 幅 "阿 Q 遗像"

众所周知，鲁迅是"仇猫党"，而丰子恺则为"爱猫党"。丰子恺的漫画中常常点缀着各种神态各异的猫。丰子恺为鲁迅浙东风情小说画的连环漫画中也打上了其爱猫的烙印。《漫画阿 Q 正传》的前 3 幅都画了猫，最有趣的是第 15 幅。阿 Q 白天捏了小尼姑的脸，晚上睡在床上感觉指头上仍留着"小尼姑的脸上有一点滑腻的东西"，又联想到小尼姑骂其"断子绝孙的阿 Q"，就想到要有个女人来传宗接代。画面中的阿 Q 正在灯下想心事，而窗外的瓦面上正有一对叫春的猫。漫画用猫叫春来暗示阿 Q 也想女人了。

丰子恺喜爱芭蕉，尤其爱画"红了樱桃，绿了芭蕉"。丰子恺在石门缘缘堂中种植芭蕉，也在重庆沙坪坝抗建房的院子里种植芭蕉。丰子恺漫画中常常出现大叶舒展的芭蕉。

鲁迅在《朝花夕拾》的《猫·狗·鼠》中回忆自己儿时躺在桂花树下乘凉，祖母给其讲猫是老虎的师傅等民间故事。小说《白光》中也有类似的情景，是陈士成回忆自己儿时夏夜乘凉，祖母讲述祖上在家里藏宝之事。丰子恺画的漫画，把鲁迅笔下的桂花树改成自己爱画的芭蕉了。

同样的情景，贺友直画成了古树与古藤，显得很有气派，暗示陈家祖上家底殷实。

《漫画阿 Q 正传》第 15 幅

芭蕉树下乘凉

　　丰子恺还喜欢画杨柳和燕子，洋溢着春天的气息。《漫画阿 Q 正传》第
8 图，阿 Q 看到王胡坐在墙边捉蚤虱，丰子恺在漫画中点缀了杨柳和燕子，
下一幅仍有两只翻飞的燕子。其他如《社戏》中两幅钓虾的漫画，也都画
了倒垂的杨柳。

　　丰子恺漫画善于捕捉人物的表情，连鲁迅浙东风情小说中的次要人物

都画得神形兼备。在《阿Q正传》中，地保只是个给赵太爷之流跑跑腿的次要人物。丰子恺仅通过四幅漫画就画活了其奴性与暴君性的两面。在漫画7中，阿Q声称是赵太爷的本家，赵太爷就命地保把阿Q叫来。画面中的赵太爷一手捧着水烟袋，另一手扇阿Q耳光，嘴里骂着阿Q："你怎么会姓赵——你那里配姓赵？"阿Q双手作拱求饶。地保立直的身子微微前倾，一副俯首听命的样子。

阿Q"调戏"吴妈后回土谷寺睡觉。地保当夜奉命来"传达"赵家的话。漫画20中地保对阿Q骂道："阿Q，你的妈妈的！"一副飞扬跋扈的样子。到了漫画21中，阿Q正在赵家赤膊碰头，陪同前往的地保缩立在一旁，一副萎缩的样子。

漫画34中，未庄人弄明白阿Q进城去当了小偷，地保就上门来敲诈阿Q。画面中的地保一手抱着阿Q仅剩的贼赃，另一手指着自己，命令阿Q每月给其多少"孝敬钱"，一副蛮横的样子。

《漫画阿Q正传》第7幅、第20幅、第21幅、第34幅

鲁迅生前就发现了丰子恺二度创作的漫画与自己小说之间的"溢出"现象。1934年10月28日《中华日报》副刊《戏》周刊第11期上，载有沈宁的《阿Q作者鲁迅先生谈阿Q》一文。文内记录了鲁迅对田汉、袁牧之改编的绍兴话《阿Q正传》剧本所提出的意见。其中也提到丰子恺所画的未庄的酒店："……不过我们绍兴乡下根本就没有那么大的酒店。招牌上也不写'太白遗风'那样文雅的句子，顶多是'不二价'。劈头看见丰子恺的画——一个工人靠在柜台上喝酒，旁边也写着'太白遗风'，莫非外省酒店多有这样的句子么？"①

① 沈宁：《阿Q作者鲁迅先生谈阿Q》，《中华日报》副刊《戏》周刊1934年10月第11期。

未庄只是个大的村庄,酒店自然因陋就简。清末民初,比起浙东来,浙西要富庶一些。丰子恺根据浙西小城镇上的酒店来画,自然要比浙东乡间的酒店来得气派。鲁迅凭借直觉,也就不太认可丰子恺所画的那种较有气派的酒店。

艺术创作既要体现地域风情,又有作者的艺术创造。谈到自己的小说创作,鲁迅在《南腔北调集·我怎么做起小说来》中坦承:

> 所写的事迹,大抵有一点见过或听到过的缘由,但决不全用这事实,只是采取一端,加以改造,或生发开去,到足以几乎完全发表我的意思为止。人物的模特儿也一样,没有专用过一个人,往往嘴在浙江,脸在北京,衣服在山西,是一个拼凑起来的脚色。[①]

丰子恺也明白鲁迅的小说并非完全如实描写浙东风情。据前述的开明书店桂林分店的两位绍兴人说,在绍兴一向是用黄包车载送犯人去法场的,并没有小说中所写的可坐数人的"没有篷的车子",那是鲁迅作了夸张的"小说家言"。因此,丰子恺对于自己的个性发挥,并不认为是"二度创作"的大忌。

丰子恺漫画鲁迅小说、丁聪的漫画插图,以及赵延年的木刻作品,在鲁迅江南小城镇文化风情二度创作作品中堪称经典。新时期以来,浙江文艺出版社和福建教育出版社都出版过丰子恺的漫画鲁迅小说,有较好的读者市场。赵延年木刻插图本《鲁迅小说全编》,2005 年由北京工业大学出版社出版后,也是一本常销书,一直在鲁迅故里出售。

海南出版社 2004 年推出的《插图本鲁迅经典小说选》,共收入鲁迅小说 29 篇,其中《呐喊》14 篇、《彷徨》11 篇、《故事新编》4 篇。该书选用了著名画家范曾所作、1978 年荣宝斋出版的《鲁迅小说插图集》的全部46 幅插图。范曾那些以连环画笔法画的插图,与鲁迅小说形成"双美"。 全书采用红黑双色印刷,是一部颇有收藏价值的图书。

《鲁迅小说全集》(丁聪插图本)收鲁迅全部小说 33 篇,配丁聪插图33 幅,人民文学出版社 2013 年 4 月出版。丁聪的人物画能抓住人物性格,且能体现小说情节。尽管每篇小说只配一幅插图,但能起到画龙点睛的作

---

① 鲁迅:《鲁迅全集》第 4 卷,北京:人民文学出版社,2005 年,第 527 页。

用。丁聪的《阿Q正传插画》，丁聪绘了24幅漫画，由胥叔平刻成木刻，也具有连环画的连续性。《阿Q正传插画》最初是在陈白尘主编的《华西日报》上以连载的形式刊出的，初版本由群益出版社于1944年发行。丁聪的漫画，经过变形处理，颇具幽默感。

赵延年1978年创作的《阿Q正传》由60幅木刻组成连环画。木刻家赵延年用犀利的刀法、夸张的造型和强烈的黑白对照，将小说中的人物刻画得活灵活现，具有极强的视觉冲击力。

对于读图时代的图文书，评论家周宪认为，文与图之间构成了"互文性"阐发，但这种阐发隐含着某种"危机"，因为图像与文字之间复杂的关系造成了某种张力："一方面存在着图像对文字的有效阐发，另一方面又存在着图像对文字的曲解和转义。从前一方面来看，图文书把书籍'通俗化'和'大众化'了，因而扩大读者范围。但从后一方面来看，图与文之间的紧张有可能影响人们对文字的理解，尤其一些漫画书，将一些经典'连环画化'或'漫画化'。"①

丰子恺的《漫画阿Q正传》1939年由开明书店出版，印了15版。其他8篇漫画鲁迅小说于1950年由万叶书店出版。这些漫画小说由于只摘录了鲁迅小说的片段，的确存在周宪所担忧的"语–图""战争"问题。

新时期出版的丰子恺漫画鲁迅小说都进行了重新编排，鲁迅的9篇浙东风情小说都排了全文，可以完整阅读，不存在省略问题了。原先唱主角的丰子恺连环漫画经图文混排，改编成鲁迅小说的插图了，只是这些插图仍带有连环画的叙事功能。

1992年，浙江文艺出版社推出了《丰子恺漫画鲁迅小说选》，深受读者欢迎。鲁迅博物馆肖振鸣编的《丰子恺漫画鲁迅小说集》，2005年由福建教育出版社出版，也赢得了读者市场。浙江人民出版社也出版过同类书。这几种图书都只收鲁迅的9篇浙东风情的乡土小说，还有丰子恺根据这几篇小说所画的全部194幅连环漫画。

《丰子恺插图鲁迅小说全集》是春风文艺出版社出版的"插图本现代文学经典"系列中深受读者欢迎的一种。该书把鲁迅《呐喊》、《彷徨》和《故事新编》的所有小说都收了进去，成为"鲁迅小说全集"。丰子恺的连环漫画被选配成"插图"。这一系列中的《丰子恺插图朱自清散文全集》是由编

---

① 周宪：《"读图时代"的图文"战争"》，《文学评论》2005年第6期。

辑从丰子恺漫画中找出来配的插图，社会反响也还不错。鲁迅那些没有配图的小说其实也可以采用这一方法，不妨从丰子恺漫画中找一些合适的来编配。

鲁迅那些描写浙东风情的小说，基本上写的是清末民初的情景。丰子恺 1937 年最初画《阿 Q 正传》时，当时的中小学生已经不太了解鲁迅笔下那些"老中国的儿女"了。那时的中小学生尽管能读这些小说，也能了解鲁迅小说的"能指"，但也不一定能想象出这些小说的"所指"。丰子恺的漫画，能让读者进行"审美直观"，从而较好地理解鲁迅这些小说的"所指"。至于眼下的年轻读者，在阅读鲁迅浙东风情的小说时，更需要借用丰子恺的漫画来进行"审美直观"。

当今中国，"民国热"持续，人们热衷于欣赏民国"老照片"。丰子恺这些描写清末民初浙东风情的漫画，有其特殊的审美价值和历史价值，自然也就深受读者喜爱。

鲁迅的小说、丰子恺的绘画，两位大师不同艺术作品的组合呈现，彼此辉映，对读者来说，是一次全新的阅读和审美体验。相近的出生时代，相仿的成长环境，相同的留学日本背景，相似的艺术观念，促使丰子恺以漫画形式的二度创作与鲁迅的小说浑然一体。

《丰子恺插图鲁迅小说全集》是春风文艺出版社出版的"插图本现代文学经典"系列中深受读者欢迎的一种。这套系列丛书中还收录了周作人、郁达夫、徐志摩、朱自清等现代江南小城镇作家的作品图文集。

《丰子恺插图朱自清散文全集》（上下册）是较为完整的朱自清散文集。朱自清与丰子恺是好友。丰子恺最早在春晖中学创作漫画时，朱自清就是鼓励其创作的同事，还把丰子恺的漫画作品《人散后，一钩新月天如水》等刊发在同仁刊物《我们的七月》和《我们的六月》上。选用丰子恺的漫画为朱自清的散文配图还是蛮适合的，不过朱自清游学欧洲时所写的散文，在丰子恺的漫画中选不到合适的插画，这是这本集子的不足之处。此外，美编在丰子恺漫画的处理上也显得呆板，每幅漫画都印成一页，缺少编排上的变化。

丰子恺认为陈师曾是中国现代漫画的滥觞。诚然，其人物画带有速写和漫画的情趣，如《北京风俗画》和《读画图》等。陈师曾是鲁迅的好友，两人一起去日本留学，又是教育部的老同事。用陈师曾的画作为鲁迅二弟周作人的散文配图还是非常合适的。

《陈师曾插图周作人散文经典》一书按照周作人生前出版的散文集的顺

序，收录了周作人生前全部重要散文集中的经典散文作品，是市面上唯一的带有大量插图的图书。该书收录了陈师曾的漫画插图 60 幅，由于鲁迅的关系，陈师曾生前与周作人关系密切，二人的艺术观念较为一致，图文契合，殊为难得。该书封面选用的是陈师曾早年画的一幅漫画风格的僧人背影，与周作人生前自称僧人相暗合。

郁达夫和徐志摩的集子由当代画家配画。《徐瀛插图郁达夫小说全集》一书分上下两卷，按照作品创作的时间顺序收录了郁达夫现存的全部小说作品。同时，该书又配有北京画家徐瀛专门绘制的近 50 幅精美插图，可谓图文并茂，雅俗共赏，弥足珍贵。

《戴逸如插图徐志摩诗文全集》尽管主要由当代画家戴逸如配插图，但编者选用了闻一多、邵洵美、张光宇、凌叔华、江小鹣、徐悲鸿等艺术家为徐志摩作品创作的美术作品和装帧作品，增色不少。该书封面选用的是凌叔华送给徐志摩的贺卡上绘的漫画：《海滩上种花》。徐志摩后来曾用此题做过一次演讲，也曾印成过贺年卡。该书邵洵美的封底画也颇有意味。辜鸿铭主张一夫多妻，把男人比作茶壶，女人则为茶杯，强调一个茶壶可以配多个茶杯。陆小曼婚后对徐志摩道："志摩，你不能拿辜老的茶壶譬如来作借口而多置茶杯。你要知道，你不是我的茶壶，而是我的牙刷，茶壶可以公用，牙刷可不行。"邵洵美据此画了一个茶壶和一个茶杯，并题字道："一个茶壶，一个茶杯，一个志摩，一个小曼。"[①]

原先的丰子恺连环漫画配鲁迅浙东风情小说的片段，经重新图文混排，建构了"语–图"互文的"大文本"，读者可以从同一"大文本"中欣赏到两位艺术大师的作品全貌。这样一来，就不存在"语–图"之间的主次"战争"了。目前图书市场热销的鲁迅小说图文本都是"语–图"互文的"大文本"。

有学者把这种"大文本"称为"插图文学"。"在'插图文学'这一宏观视野下，'图像'与'语词'不再是孤立、敌对、各执一端甚至相互抵消的异质媒介，而呈现出交汇融合的新型关系。"[②]这一新的图文混排方式，改变了"语–图"之间的"互文性"，形成了"语图间性"，即语与图之间的相互主体性，不再是文本配插图或连环画配文字说明。

---

① 姚宏越：《"插图本现代文学经典"系列编辑工作回顾》，《编辑学刊》2015 年 11 月第 6 期。
② 张玉勤：《论明清小说插图中的"语–图"互文现象》，《明清小说研究》2010 年 9 月第 1 期。

《丰子恺插图鲁迅小说全集》和《丰子恺漫画鲁迅小说集》

　　英国艺术史家哈斯克尔在《历史及其图像》中指出，诸如罗马地下墓窟中的绘画早在 17 世纪就已经成为研究早期基督教历史的绝好材料，而到了 19 世纪则是社会历史研究的参考对象，因此"图像——无论是绘画还是纪念性的雕塑——是过去时代中人的内心精神的发展的一种见证，由此可以通向对特定时代的思想及其表征结构的读解"①。

　　由鲁迅浙东风情小说与丰子恺漫画共同建构的"大文本"，正是清末民初那些"老中国的儿女""内心精神的发展的一种见证"。由此可见，这种"大文本"不仅具有审美价值，同时又有丰富的历史价值。

　　春风文艺出版社出版的"插图本现代文学经典"系列用丰子恺的漫画为鲁迅小说和朱自清散文配了图，却没有编一集《丰子恺插图丰子恺散文全集》，总有些遗珠之憾。

　　丰子恺是漫画大家，又是写随笔的高手，他充分发挥二者皆擅的特长，经常为自己的随笔配画漫画，图文并茂，妙趣横生。最典型的是石门缘缘堂时期，丰子恺一度专门雇一只客船，吃住都在船上，泛舟于石门附近的乡镇，写下了一组图文并茂的随笔：《野外理发处》《三娘娘》《看灯》《鼓

---

① 转引自丁宁：《图像缤纷——视觉艺术的文化维度》，北京：中国人民大学出版社，2005 年，第230 页。

乐》等。

《野外理发处》写丰子恺所雇的客船停泊在野外，画家从船上看过去，岸上的小杂货店旁边的草地上，摆着一副剃头担。画家躺在船樑上休息的时候，恰好从舷窗中望见这副剃头担的全部。起初剃头司务独自坐在凳上吸烟，后来把凳子让给顾客坐，开始理发。这一野外理发的情景吸引了画家的注意，画家努力捕捉最佳的构图。随笔叙写了画家是如何发现并创作漫画"野外理发处"的。欣赏漫画，阅读随笔，我们可以充分领略到丰子恺这幅漫画似乎是妙手天成，而在构图和色调上却匠心独运。

随笔《三娘娘》与《野外理发处》有异曲同工之妙。丰子恺的客船在小桥堍的小杂货店门口停泊了三天。每次从船舱的玻璃窗中向岸上眺望，必然看见那小杂货店里有一位中年以上的妇人坐在凳上"打绵线"。后来看得烂熟，不须写生，拿着铅笔便能随时背摹其状。丰子恺从她的样子上推想她的名字大约是"三娘娘"。同样是描述劳动，《野外理发处》较为悠闲，而《三娘娘》的画面富于张力。

随笔与漫画有艺术"通感"的一面，即都可以用印象的观察法；同时还有不同的一面，即随笔的观察法还可以进行"移情"。另外，随笔和漫画的表达方式也是不同的：漫画用色彩和线条，描写出来的画面非常直观；随笔用符号化的语言来表达，读者在阅读语言文字时要把符号转换成具象，即要通过再造性想象来获得画面。比起色彩和线条来，语言在直观性和生动性方面尽管略逊一筹，但语言可以进行抒情和议论，还可以叙述和描写，表达功能要丰富得多。丰子恺这种随笔配漫画的形式，正可以让随笔和漫画相互取长补短，以增加"互文性"的表达效果。丰子恺大概也意识到自己的长处，故在他的不少随笔中配了漫画。

丰子恺的散文集，包括缘缘堂随笔的出版，一直配有丰子恺自己的漫画插图，民国时开明书店的版本、1957年人民文学出版社出版的《缘缘堂随笔》、20世纪80年代以来浙江文艺出版社推出的几个版本都是如此。

浙江人民出版社、浙江教育出版社2002年9月出版的《缘缘堂随笔（彩色插图本）》彩色精印，是不错的少儿读本。这本书除选用丰子恺的黑白漫画做配图外，还选用了一些彩色漫画。尤其是几篇描述江南风情的随笔，还选配了不少彩色和黑白照片，能帮助少儿读者或外地读者了解原汁原味的旧时江南风情。

眼下进入读图时代，鲁迅作品配漫画、连环画固然受读者的青睐，其他如配江南小城镇文化风情图片的鲁迅作品也受到读者的喜爱。钟守成、裘士雄配图的"珍藏本"《朝花夕拾》《呐喊》等,也是不错的读物。孙郁在《重读〈呐喊〉》中评价道:"裘士雄先生的这本配图本《呐喊》,以大量感性的图片,还原了鲁迅创作该书时的背景,增加了认知的内容,是一本颇有意义的书。今天的青年,在文图并茂的世界里,当会有异样的感受。"[①]

丰子恺的漫画、赵延年的木刻,以及丁聪、曾范的连环画笔法的插图,已成为鲁迅江南小城镇文化风情作品二度创作中的经典作品。今后的艺术家,还应更多进行二度创作,以丰富鲁迅江南小城镇文化风情作品的艺术样式和内容。

配图本《朝花夕拾》还可以出版增补本,把《我的第一个师父》《女吊》《我的种痘》《二丑艺术》等同类性质的散文增补进去。

丰子恺曾为不少现代文人设计过图书封面、创作过插图,为这些书增色不少。中华人民共和国成立初期,他还为周作人的《儿童杂事诗》配过图。

周作人在南京老虎桥监狱里写下了 72 首《儿童杂事诗》。监狱生活自然艰苦,周作人却能苦中作乐,其中最大的乐趣便是写作这些"打油诗"。周作人在诗中回忆了儿时生活的种种乐事,并且还联想到古人生活中的童趣。周作人将这些诗作交给上海的《亦报》发表,以期望在没有经济来源的情况下换得一些稿费。《亦报》是由唐大郎出面主办的一份私营报纸。在官办报纸几乎一统天下的格局中,《亦报》也许是为了求生存,发表了周作人的化名文章,还连载了张爱玲的长篇小说《十八春》。这份报纸为了赢得读者,专门请丰子恺为每首诗配上一幅漫画发表,自 1950 年 2 月连载至 5 月。诗作发表时周作人署名"东郭生"。

从报纸编辑的角度来看,这是一次非常成功的策划。当年由丰子恺配漫画插图的俞平伯诗集《忆》,曾经赢得了诗与画"双美"的赞誉,还得到了周作人的肯定。为周作人的《儿童杂事诗》配一些洋溢童趣的漫画,应是丰子恺的拿手好戏。更何况,丰子恺继创作《漫画阿 Q 正传》后,又于 1949 年绘了鲁迅 8 篇描写绍兴风情小说的连环漫画,比较熟悉绍兴风物了。

然而,对于《亦报》和丰子恺的"雪中送炭",周作人并不领情。他在致香港朋友鲍耀明的信中颇有微词。原因是《亦报》动了周作人的"奶酪",居然在没有征得作者同意的前提下,擅自请丰子恺配漫画,这就伤了周作

---

① 钟守成、裘士雄:《呐喊》(配图珍藏本),广州:广东教育出版社,2004 年,第 5 页。

人的自尊！周作人恨报及画，自然也就讨厌丰子恺的漫画插图了。更何况，作为"京派"文人领袖的周作人，瞧不起"海派"文人，而在周作人眼里，丰子恺正是"海派"文人。诗作和漫画放在一块登载，报纸给读者的视觉印象，漫画是视觉强势，诗文相对就变成视觉弱势了。因此，报纸给读者的印象就反过来了，变成周作人为丰子恺的漫画配了诗。

如果抛开成见来欣赏周作人的《儿童杂事诗》及丰子恺所配的漫画，二者相映成趣，堪称"双美"。这组诗与画当年为《亦报》赢得了不少读者。多年前，绍兴鲁迅纪念馆从周作人的《儿童杂事诗》及丰子恺所配的漫画中挑选几幅印成一套书签，成为销路不错的文创作品。绍兴鲁迅故里专门建了一个绍兴风情园，展板上的内容就是周作人的《儿童杂事诗》和丰子恺所配的漫画。时下出版的周作人《儿童杂事诗》没有收丰子恺的漫画，倒是丰陈宝、丰一吟编的《丰子恺漫画全集》收全了诗和画。钟叔河编的《周作人丰子恺儿童杂事诗图笺释》于 1991 年由北京文化艺术出版社出版，1999 年又由北京中华书局再版，且后者印数可观。岳麓书社、安徽大学出版社也都再版过，海豚出版社于 2017 年 2 月推出了"最终增订版"，可见该书是一本经得起时间考验的书。

近年来出版的图文书，名家作品配名家插图具有收藏价值。更多的图书是为提高学生阅读课外书的兴趣。像人民文学出版社推出的"中华散文插图珍藏版"，市场的定位其实是学生课外读物。这套丛书收入的现代江南小城镇作家有鲁迅、周作人、徐志摩、丰子恺、朱自清等。同类性质的还有中国画报出版社推出的"插图典藏本"，有茅盾的《林家铺子》、郁达夫的《故都的秋》、徐志摩的《再别康桥》等。

为了克服图文之间的"战争"，制作、出版图文书，还是要努力尊重原著，力求使配图对原文进行良好的"互文性"阐发，不能让配图曲解乃至消解原文的意义。

5.2.3 现代江南小城镇作品的影视改编

现代江南小城镇作家的作品，尤其是鲁迅、茅盾等大家的经典作品，具有名家、名著效应，深受二度创作者的青睐，不断被改编成话剧、电影和电视剧。

对鲁迅江南小城镇文化风情的作品进行改编，在鲁迅生前就开始了。1934 年，田汉就根据鲁迅的小说《阿 Q 正传》改编同名话剧。袁牧之（化名袁梅）出任《中华日报》的副刊《戏》周刊编辑，就把田汉正在改编的话剧陆续改写成绍兴话，自 1934 年 8 月 19 日创刊号开始连载。田汉和袁牧之的改编，基本得到了鲁迅的肯定。他在《答〈戏〉周刊编者信》中指出："将《呐喊》中的另外的人物也插进去，以显示未庄或鲁镇的全貌的方法，是很好的。但阿 Q 所说的绍兴话，我却有许多地方看不懂。"①袁牧之是宁波人。他的绍兴话不够地道，鲁迅作了委婉的批评。

　　为给话剧《阿 Q 正传》造势，《戏》周刊上登载了一些阿 Q 像。鲁迅对叶灵凤画的戴瓜皮小帽的阿 Q 像不以为然。由此可见，鲁迅十分强调阿 Q 所生活的绍兴区域文化背景。

　　尽管《戏》周刊上的话剧《阿 Q 正传》没有登全，但抗日战争前夕田汉还是写出了完整的五幕话剧。田汉的本子随后被多次排演，阿 Q 和孔乙己等人物的会话也都改成普通话了，不再是袁牧之的宁波腔绍兴话。

　　与此同时，许幸之改编的六幕话剧《阿 Q 正传》也于抗日战争前夕发表在《光明》杂志上，1939 年 8 月上海戏剧艺术研究会出版了单行本。该剧在上海"孤岛"时期连演半个月，场场爆满。许幸之亲任导演，王竹友扮演阿 Q。

　　比较田汉版和许幸之版的话剧《阿 Q 正传》，构思上有着同样的特色：就是在《阿 Q 正传》的基本框架内穿插进《狂人日记》《孔乙己》《明天》《药》《风波》《故乡》等小说中的人物和情节。这种改编方法，也就是鲁迅所肯定的 "将《呐喊》中的另外的人物也插进去，以显示未庄或鲁镇的全貌的方法"。

　　现代江南小城镇文学作品中，最早被改编成电影的是茅盾的短篇小说《春蚕》。小说发表于 1932 年 11 月。次年春天，夏衍化名蔡叔生将其改编成电影剧本，并由明星影片公司摄制成同名电影。这部电影开了新文学作品改编电影的先河，史称"新文坛与影坛的第一次握手"。在中国电影史上，1933 年被称为"电影年"，左翼现实题材电影"替中国电影开辟一条生路"。②

　　20 世纪 30 年代初期，日益动荡的国内外局势直接导致了盛行于 20 年代的《火烧红莲寺》《啼笑姻缘》等旧市民电影的衰败，由知识阶层和青年

---

① 鲁迅：《鲁迅全集》第 6 卷，北京：人民文学出版社，2005 年，第 148-149 页。

② 郑正秋：《为何走上前进之路》，《明星月报》1933 年 5 月第 1 期。

学生为主的新观众群体的涌现和竞争对手联华影业公司的新电影制作方针，迫使以旧市民电影起家的明星影片公司采取与左翼文艺合作的制片路线，以图换取市场生存空间，这就是改编左翼文学代表作之一的短篇小说《春蚕》的背景。《春蚕》虽然出现在左翼电影高产之年，但其思想力度和艺术特征决定了它只能属于早期左翼电影，而不是完全意义上的左翼电影或经典左翼电影。该片被政治经济学和意识形态的图解占据和挤压了原先就很逼仄的艺术叙事空间，小说《春蚕》最大的艺术贡献就是塑造了荷花这个"女二流子"形象，但影片没能将她进一步丰满、开掘。然而，恰恰就是从电影《春蚕》开始，明星影片公司借助左翼电影的诸多思想和艺术元素，开拓出一条新市民电影的制作新路线。因此，电影《春蚕》既是解读1933年左翼文学与电影内在关联的范例，又是明星影片公司在"左翼电影年"内制片路线改变后一个可供读解的标本。

电影《春蚕》由程步高导演，王士珍摄影，主要演员有萧英、严月娴、郑小秋、龚稼农等。影片叙述了浙西蚕农老通宝一家在外国列强军事、经济的侵略下，养春蚕"丰收成灾"，一步步陷入破产的悲惨经过。在艺术上，影片以真实自然、生动细腻的电影语言描绘了蚕农老通宝一家勤劳纯朴、忠厚善良的品质和艰苦劳动、奋斗求生的精神。为了达到真实的艺术效果，明星影片公司不惜工本搭置了外景，还特聘了养蚕专家充当顾问。这是早期的无声电影，人物会话都打成了字幕，节奏缓慢，叙事容量较小，除了影片开头部分加了点茅盾小说《当铺前》的内容外，基本用的是小说《春蚕》的叙事框架。电影是以视听为主的综合艺术，默片的听觉功能被弱化了，故强调的是视觉功能。影片中当铺和茧站的视觉冲觉力都很强，高大的店铺，严厉的朝奉和店员，都给蚕农老通宝他们造成一种威压。

中华人民共和国成立伊始，茅盾的长篇小说《腐蚀》就被改编成了电影。在根据地和解放区，谍战题材的《腐蚀》是茅盾最具影响力的一部小说，然而电影《腐蚀》却生不逢时。该片由文华影业公司于1950年摄制，次年春节在京津两地首映。编剧柯灵，导演黄佐临，主演有石挥、宏霞、崔超明、俞仲英、程之等。影片主要讲述抗日战争时期一个青年女子赵惠明由于追求物质享受而堕入敌特组织，干了一系列特务勾当。她奉命策反初恋情人小昭，反而在临难不屈的共产党员的精神感召下有所悔悟，救出了刚入特务魔掌的女孩N，并因此被特务组织清理掉了。

茅盾的原著由于在国统区出版，国共的斗争写得较为含蓄。电影渲染了这种你死我活的斗争。然而，电影试映后还是有争议，多数意见认为该片过于渲染"小资产阶级的人情味"，同情女特务赵惠明，与"镇反"的环境相冲突，电影被停映后，要求修改重拍，最终不了了之。茅盾身为文化部部长，也对此无能为力。

原著用的是日记体，茅盾用小说家的笔法说这本日记是在防空洞内捡到的。电影把这本虚构的日记本作为主要的道具，每次女主角赵惠明旁白时就会出现这本日记。如此"忠实"原著，让人啼笑皆非。

1956 年为鲁迅逝世二十周年，当年上映的《祝福》是根据鲁迅同名小说改编的中国第一部彩色故事片。《祝福》的编剧夏衍，时任文化部主管电影及外事工作的副部长，20 世纪 30 年代就开始从事电影编剧工作，又熟悉《祝福》的文化背景——江南小城镇文化，多重身份似乎注定了这是一次经典的二度创作，同时会带有极强的意识形态化色彩。夏衍根据电影"讲故事"的逻辑脉络与戏剧冲突，二度创作出来的电影语言，基本保持了鲁迅作品忧愤深广的艺术风格和悲剧气氛；导演桑弧充分调动多种电影语言，渲染气氛、推动情节发展；著名表演艺术家白杨主演的祥林嫂，神形兼备，具有强烈的视听冲击力与感染力。

电影《祝福》不仅在国内上映时广受好评，而且还在国际上产生了较好的影响，先后获得卡罗维发利国际电影节评委会特别奖和墨西哥国际电影周银帽奖。

当年夏衍对鲁迅小说《祝福》的改编，一方面要忠实于鲁迅原著，另一方面又要用毛泽东新民主主义的革命理论来诠释作品，于是就用高利贷者来强化阶级压迫，从而冲淡了鲁迅原著对封建家族制度的批判。夏衍添加的祥林嫂砍门槛的情节，当年广受好评，现在看来是为了表现劳动人民的反抗意识而强加上去的。

1959 年，夏衍又进行了一次堪称经典的名著改编。影片《林家铺子》是夏衍根据茅盾的同名小说改编的经典电影。编导以极其凝练隽永的笔触，描绘了一幅 20 世纪 30 年代遭受战乱冲击的我国江南小城镇的生活图景，简洁地勾勒出了饱受帝国主义、封建主义、官僚资本主义压榨的中国社会的缩影——林家铺子的命运变化图。影片以复杂的眼光审视林老板，隐含着一种既同情又批判的态度，规避了当年主流电影对意识形态的简单图解，从而成就了新中国电影中杰出的艺术经典。主演谢添的表演入木三分，堪称新中国电影表演艺术的一绝。这是导演水华风格成熟的代表作品，洋溢着中国古典美学的神韵。

该片于 1983 年在葡萄牙第十二届菲格拉达福兹国际电影节上获评委奖，并作为唯一一部中国电影参加了 1986 年在香港举办的"世界经典影片展"。

谢铁骊对柔石中篇小说《二月》的改编，得到夏衍的指导。夏衍对影片的文学剧本和分镜头脚本修改了 100 多处，而且建议将片名由《二月》改为《早春二月》，寓意当时的环境为乍暖还寒的早春天气。谢铁骊编导的《早春二月》，北京电影制片厂于 1963 年出品。影片含蓄的韵味、精练的镜头以及丰富的细节描写，如肖涧秋两次弹琴、三次饮酒、七次过桥，都能层层推进剧情的发展。孙道临塑造的肖涧秋形象气质逼真、性格鲜明，达到了很高的艺术水准，成为其表演艺术的代表作。谢芳将反抗封建环境、追求个性解放的新女性陶岚也演得非常生动、真实。

编导在影片中有意减弱了原作中过于消极低沉的成分，增添了积极、明亮的色彩，影片的结尾，让肖涧秋丢掉逃避现实的不切实际的幻想，重新投入社会的洪流之中。影片中还增添了王福生这个贫苦好学的学生，把他和肖涧秋的关系作为另一条线，文嫂（上官云珠饰）自杀后，王福生因贫困退学，这种双重打击把痛苦推向极点，也促使肖涧秋觉醒。

当年文艺界开始强调"以阶级斗争为纲"和"大写十三年"，《早春二月》的编导选择这样一个反映小资产阶级知识分子徘徊探索又充满人情味题材的电影，是需要冒很大风险的。果然，影片拍完不久就受到了前所未有的大批判，其罪名就是宣扬资产阶级人性论和阶级调和论。直到新时期，这部影片才得到彻底平反，并于 1983 年获得葡萄牙第十二届菲格拉达福兹国际电影节评委奖。

顺便提一下，2005 年，中国国际电视总公司、北京时代前线文化发展有限公司推出了 30 集电视连续剧《早春二月》。这是由《金粉世家》原班人马打造的电视剧，李大为执导，董洁、辛柏青分别扮演陶岚、萧涧秋。柔石原著只是一个中篇小说，改编者加了很多戏，给陶岚增加了姐姐陶静，又给陶岚的追求者钱正兴加了个妹妹钱可欣。钱可欣是陶岚的中学同学，又与陶岚的哥哥陶慕侃有了一段曲折的婚恋。小说中孤苦的寡妇文嫂，在电视剧也有一位中年的商人吴子豪愿意娶她。柔石的代表作《二月》，可以改编成经典电影《早春二月》，但不太适合改编成媚俗的言情剧《早春二月》。电视连续剧的改编落入了"戏不够，爱情凑"的俗套。

　　说到对《祝福》的改编，自然要论及越剧《祥林嫂》。1946 年袁雪芬领衔主演的越剧《祥林嫂》，是越剧改革的里程碑。该剧的衍生品电影和唱片也广受好评。上海越剧院于 1956 年秋上演了新编越剧《祥林嫂》。著名越剧表演艺术家袁雪芬、范瑞娟、张桂凤、吴小楼等分别饰演祥林嫂、贺老六、卫老二、鲁四老爷等。主创者袁雪芬是浙江嵊县人，熟悉绍兴一带的江南小城镇文化风情。全剧具有鲜明的时代风貌和浓郁的乡土气息，但在艺术处理上却没有夏衍那样会营造戏份。

　　新时期，上海越剧院以男女合演的形式排演《祥林嫂》，同样受到越剧爱好者的欢迎。彩色宽银幕戏曲艺术片《祥林嫂》也有不错的票房。

　　越剧《祥林嫂》的成功还带动了其他剧种的《祥林嫂》。新凤霞在评剧《祥林嫂》中成功塑造了在封建社会受尽摧残迫害的劳动妇女祥林嫂的艺术形象。其唱腔也展现了深厚的艺术魅力，进一步发展了新派演唱艺术。

　　1981 年为纪念鲁迅先生诞辰一百周年，鲁迅的小说《阿 Q 正传》《伤逝》《药》等被改编成同名电影。陈白尘编剧、岑范导演、严顺开主演的《阿 Q 正传》是又一部根据鲁迅江南小城镇文化风情作品进行二度创作的经典之作。电影《阿 Q 正传》很好地体现了小说原著悲喜剧结合的风格，幽默而不流于"油滑"。陈白尘还在电影剧本的基础上，改写出了话剧《阿 Q 正传》，演出也获得成功。然而，不管是话剧还是电影，二度创作的《阿 Q 正传》之悲剧性远没有达到原著"忧愤深广"的境界。

　　话剧《咸亨酒店》是剧作家梅阡根据鲁迅小说《长明灯》《狂人日记》《药》《明天》《孔乙己》《祝福》《阿 Q 正传》等小说中的人物进行二度创作的，可谓鲁迅江南小城镇文化风情小说的集大成者。话剧以反封建作为贯穿全剧的主题，以长明灯作为封建势力的象征，把妇女的悲惨命运和知识分子的不幸遭遇这两条线索结合在一起，构成了全剧的主要情节，揭露了封建黑暗势力欺压民众的惨无人道。《咸亨酒店》像是一部《呐喊》的交响曲，向观众展示了一幅发人深思的生活画卷。

　　1981 年 3 月，茅盾逝世。同年，上海电影制片厂推出了根据茅盾同名小说改编的电影《子夜》。电影片头打出纪念茅盾的字样，还出现了茅盾在书房的镜头。该片由桑弧改编，桑弧、傅敬恭导演。

　　《子夜》为社会剖析小说，内容丰富、人物众多，改编成电影需要像曹禺把巴金小说《家》改编成话剧一样，在忠实原著的基础上进行大刀阔斧的删减。然而，二度创作者缺少删减的魄力，情节线索有些顾此失彼，人物和情节的主线无法突出。出演吴荪甫的李仁堂，颇像个乡镇企业家，与 20 世纪工业文明时代的"白马王子"吴荪甫不相匹配。

可以称道的是影片的结尾匠心独运：外滩海关大楼子夜的钟声缓缓敲了 12 下，叠影的镜头是赵伯韬与杜竹斋举杯庆贺公债市场获胜，因罢工被抓的工人仍关在监牢，众叛亲离的吴荪甫躺在江轮的甲板上，正偕妻子林佩瑶去牯岭避暑。

随后几年，影视界对茅盾作品的改编热情不减。

1987 年，浙江电视台摄制了 6 集电视连续剧《春蚕·秋收·残冬》。该剧由程蔚东改编，傅强导演。茅盾的"农村三部曲"是表现 20 世纪 30 年代农村经济破产的经典作品，电视剧完整地展现了茅盾笔下的江南风情。改编者比较忠实茅盾的原著，但《残冬》对于当年农民自发的反抗，茅盾的描述较为生硬，改编者也没有解决这一问题。

8 集电视连续剧《虹》，由封筱梅改编、张小春导演，1991 年西安电影制片厂电视剧部摄制。茅盾的小说《虹》是部未完成的长篇小说，采用的是"流浪者"小说的纵向叙事手法，反映了主人公梅行素从五四运动到五卅运动之间的成长历程。小说主要分两个阶段，第一阶段是梅行素出川前在四川的觉醒和奋斗的过程，第二阶段是梅行素来到上海投身革命的历程。相对来说，小说的前半部比较精彩，后半部略为逊色。电视剧只选取了小说的前半部，用 8 集的长度展现了梅行素出川前的历程，这倒也是相对完整的。

1996 年，为了纪念茅盾诞辰一百周年，浙江电视剧制作中心等摄制了 14 集电视剧《子夜》。该剧由程蔚东改编，史践凡、奚佩兰导演，陈天陆主演。

《子夜》全景式地展现了 1930 年的中国社会。受世界经济危机的影响，日本加紧了向国际丝绸市场的产品倾销，民族资本家吴荪甫经营的裕华丝厂深受其害。为了降低生产成本，厂方设法减少工人工资，劳资矛盾酿成了工人罢工。吴荪甫投资家乡双桥镇，而农村的暴动打乱了其建设模范市镇的计划。买办资本家赵伯韬与金融资本家杜竹斋游说吴荪甫一起做公债，首战告捷。吴荪甫发现赵伯韬企图操控同仁苦心经营的益中信托公司。吴荪甫不甘心受制于人，就与赵伯韬在公债市场斗法。公债市场"交割"之际，吴荪甫的姐夫杜竹斋不顾亲情，倒向赵伯韬，最终导致吴荪甫的破产。与此同时，都市男女又热心于谈情说爱。吴荪甫与妻子林佩瑶也同床异梦。

　　该电视连续剧比较忠实原著。茅盾的小说，原计划写成农村与都市的交响，但第四章写了吴荪甫家乡双桥镇的农民暴动后，这条线索没有续写下去，这就游离于这部小说之外了。电视剧加大了冯云卿的戏份，表现了他与佃户的关系。至于农民暴动，前后也作了照应。其实，如能结合《林家铺子》《当铺前》与"农村三部曲"来充实乡镇萧条和破产这条线，就会更加丰满和生动。电视剧毕竟具有商业性，原著中都市青年的言情只是点缀，电视剧把这条线强化了，这就增加了可看性。

　　另一部纪念茅盾诞辰一百周年的电视连续剧为《霜叶红似二月花》。太平洋战争爆发后，香港沦陷，茅盾从香港撤退到桂林，着手写作《霜叶红似二月花》。茅盾原计划写三部连续的长篇小说，但只匆匆写完了第一部就去了重庆。"文革"期间，茅盾赋闲在家，写了大纲，着手续写该小说，但只留下了一些小说片断。该剧的改编者余华、刘毅然都是作家，有二度创作的欲望，在茅盾研究专家王中忱与吴福辉的建议下，选中了茅盾这部未完成的长篇小说，期望通过改编者创作才能的发挥，编成完整的电视剧。这就与《虹》的改编走了相反的路子。茅盾作为社会剖析派小说的大家，《霜叶红似二月花》描述了传统地主赵守义与新兴实业家王伯申之间围绕善堂积款的争斗。这两股新旧势力之间的争斗还延伸到了洪灾期间轮船与沿线农民之间的矛盾冲突。改编者对这种史诗性的宏大叙事不感兴趣，他们的兴趣是江南小城镇上一群年轻人的婚恋错位、青春的骚动与苦闷、革命与追求等。

　　电视剧开篇就叙述三对青年错了位的婚恋。钱良材和张婉卿、张恂如和许静英青梅竹马，相知相爱，但婚姻权仍在封建的父母手里。张婉卿嫁给了镇上另一大户人家的青年、张恂如的大学学长黄和光，钱良材和张恂如也都没娶到心上人。当年茅盾为了纪念在沦陷了的故乡乌镇去世的母亲陈爱珠，小说重点塑造了大家闺秀张婉卿。改编者重点叙述黄和光的苦闷与追求。青春叛逆的大学毕业生黄和光在封建家庭处处受压抑，通过吃喝嫖赌来发泄不满与苦闷，沾染了鸦片瘾，导致性无能。青春亮丽的妻子守着活寡，操持着一个大家庭。张婉卿只能用母爱呵护着黄和光，但酒醉后仍呼唤着心上人"良材"。黄和光明白妻子的真心后，乘船从县城的市河去了远方。他投身大革命，加入了共产党。国民党"清党"时，黄和光被抓起来，作为犯人押回小县城。张婉卿探监时希望黄和光能偷生，但黄和光却视死如归。他在血与火的考验中成长为一个真正的汉子，原先性无能的

"病"也都好了。黄和光最终在张婉卿轰天震地的鞭炮声中从容走上了断头台。张恂如也投身大革命，成为与《幻灭》中的强连长一样的未来主义者。面对枪林弹雨，他兴高采烈地说："刺激，强烈的刺激！死神的气息比美酒还醉人！"

古老的市河缓缓东流，小城镇上的年轻人乘船去外地追求自己想要的生活，连张恂如的妻子宝珠也都不愿留在家里做怨妇，和戏子一同乘船私奔了。

剧中的张婉卿由陈红扮演。她当年出道不久，青春亮丽，演活了这个江南小城镇上的大家闺秀。林京扮演的黄和光、孙强出演的张恂如也都很出彩。笔者曾与制片人邹小提谈论过这部电视剧。当年茅盾的儿子韦韬要求按茅盾留下的大纲来改编电视剧，编导与他努力沟通，甚至争吵，才勉强让韦韬接受了编导们别出心裁的"二度创作"。

《霜叶红似二月花》是作家刘毅然执导的第一部电视连续剧，被安排在中央电视台加密频道播出。茅盾研究专家也许觉得该剧没能体现茅盾小说的史诗性，但不少文艺青年十分喜爱该剧。马头墙、石板街、石拱桥等所营造出的江南小城镇文化，张广天谱曲的主题歌舒缓悠扬，加上演员的出色表演，成就了一部充满魅力的文艺片。

刘毅然、余华和邹小提的首次合作获得成功后，又合作推出了根据郁达夫小说改编的10集电视连续剧《春风沉醉的晚上》。改编《霜叶红似二月花》，编导们用的是续写后传的方法；而改编《春风沉醉的晚上》，编导们又用了串珍珠成项链的方法。郁达夫与茅盾一样，都出生于1896年，电视剧《春风沉醉的晚上》也是纪念郁达夫诞辰一百周年的。

郁达夫推崇法朗士的名言，文学作品都是作家的"自叙传"。其小说的主人公，不管是"我"、他，还是于质夫或文朴，都是一位多愁善感的、充满了"性的苦闷"或"生的苦闷"的"零余者"形象。10集电视连续剧《春风沉醉的晚上》，主要根据郁达夫的5篇小说改编而成，每篇改成两集电视剧，由男主人公于质夫连缀成连续剧。

第一篇《沉沦》加入了小说《银灰色的死》的一些情节。家住富春江上的于质夫东渡日本留学，深受具有狂热军国主义倾向的日本同学的歧视，考出了较好的成绩也要像《藤野先生》中的鲁迅那样受辱，唯有房东的女儿、温柔娴静的日本舞女静儿姑娘善解人意。然而，弱国子民是无法与日本恋人终成眷属的，于质夫与静儿跨国恋的结局是悲剧性的。

第二篇《迷羊》讲述于质夫回国后在江南小城镇上与一位年轻漂亮的京剧女戏子谢月英邂逅、相恋和私奔的故事。两人赴外地的旅店缠绵月余，谢月英无法忍受如此平淡的生活，不辞而别。就像《日出》中的陈白露厌烦舞女的客厅但又离不开一样，谢月英也离不开厌烦的舞台。对于于质夫来说，他仿佛做了一个梦，梦醒后自然有些惆怅。

第三篇《她是一个弱女子》是郁达夫一篇惊世骇俗的小说。小说的主人公郑秀月是位漂亮的女生，家境贫寒又爱慕虚荣。她水性杨花，又是富家女的同性玩物。她与于质夫成家后仍本性不改，红杏出墙。这个中篇出版时郁达夫特意注明是献给第二任妻子王映霞的。郁达夫以如此不堪的郑秀月暗指自己的妻子，这让王映霞大为光火。改编者超越了郁达夫夫妻之间的恩怨，对弱女子郑秀月寄予了无限的同情与怜悯，从头至尾咏诵的那首祈祷歌，增强了电视剧哀婉的情调。朱媛媛饰演的郑秀月有点媚俗，但仍不失为惹人怜爱的小女人。

第四篇《迟桂花》不再有青春的骚动与苦闷，有了中年人的恬淡诗意。于质夫应留日同学的邀请，前往杭州满觉垅翁家山参加翁则生的婚礼，由同学的寡妹莲陪伴饱览湖光山色。临别时彼此惺惺相惜，并祝愿大家都是"迟桂花"。

第五篇《春风沉醉的晚上》主要表现于质夫与烟厂女工同样具有"生的苦闷"，还加进了《薄奠》中人力车夫的"生的苦闷"之情节。该剧采用了类似夏衍《上海屋檐下》的平行蒙太奇的表现手法，来展现都市贫民的原生态生活：暗娼每夜出门卖笑拉客，人力车夫不顾哮喘咳嗽努力拉车挣钱，"寒士"穿着冬装彷徨在"春风沉醉的晚上"，烟厂女工起早摸黑地干活，房东老头酒后拉着胡琴唱京剧。贫困潦倒的于质夫在都市贫民窟与烟厂女工"同是天涯沦落人"，他们由误会到相知相惜，为该剧增添了几许亮色。

在《霜叶红似二月花》中出演张恂如的孙强，在《春风沉醉的晚上》中出演于质夫，高高瘦瘦的个子，忧郁的眼神，演活了五四时期的文艺青年。

从《霜叶红似二月花》到《春风沉醉的晚上》，编导们走了文艺片的路子。他们想要把现代文学名著改编成大众化的影像。然而，这两部电视剧其实走的还是"小众"的路子，叫好不叫座。如此改编，二度创作的空间是很大，但有些吃力不讨好。他们后来改变路子，专门改编现代通俗小说，如林语堂的《风声鹤唳》、徐訏的《江湖行》、刘云若的《红杏出墙记》，在商业上反而获得了成功。

《春风沉醉的晚上》相当于五部连续性的电视电影。电视电影是用电影胶片摄制、提供给电视台播出的故事片，因其成本低廉、表达自如、电视传播渠道便捷和拥有广大受众而为越来越多有才华的影视创作者所关注。由天禾影视拍摄制作、中央电视台电影频道（CCTV-6）2003 年播出的《为奴隶的母亲》就是一部具有国际影响力的电视电影。《为奴隶的母亲》改编自柔石的同名小说，是由阎建钢执导的剧情片，何琳、刘子枫主演。该片讲述了民国时浙东农村的阿秀被丈夫出"典"给秀才家生子的悲惨故事。比起小说原著来，该片强化了春宝娘阿秀与秀才太太之间的冲突。电影里增加了秀才太太雇来奶妈，强行抢走阿秀的孩子秋宝等情节。不用喂养秋宝的阿秀，成了在秀才家干粗活的用人。

出演阿秀的何琳，在该片中利用有限的台词、丰富的情感，把一个秀才家的"生育奴隶"、丈夫眼中的"赚钱奴隶"的角色表现得淋漓尽致，获得了第 33 届国际艾美奖最佳女演员奖。这是亚洲女星第一次获得如此殊荣。该片还荣获第四届中国电视电影"百合奖"和第十届上海电视节"白玉兰奖"最佳电视剧奖。

2001 年前后，为纪念鲁迅诞辰一百二十周年，涌现出鲁迅作品的实验戏剧"改编热"。既然是实验，自然就可以充分体现二度创作者的主体性，以"我注六经"的方式来演绎鲁迅及其作品。"腹有诗书气自华"，"我注六经"更要考验二度创作者的功力。借用鲁迅的话来说，孔雀开屏固然美丽，而鸭子翘尾巴就不太雅观啰。

众多实验剧中，为人称道的是《无常·女吊》。人艺编剧郑天玮创作的这部话剧，定位是"荒诞喜剧"。话剧将鲁迅的《伤逝》《孤独者》《在酒楼上》《头发的故事》《无常》《女吊》六部作品的相关人物进行了"重组"，讲述了青年知识分子涓生的堕落史，无常和女吊在其中穿插游荡。涓生与子君相爱，然而在日常生活和社会压力的折磨下感情枯萎，子君郁郁而终。这大体是鲁迅小说《伤逝》的故事。然后涓生奉母命回乡为小弟迁葬，给街坊女孩送剪绒花，是从鲁迅小说《在酒楼上》移植过来的。有几句台词提到"留发不留头"之类，灵感来自小说《头发的故事》。陷入绝境的涓生性情大变，堕落成了"杜大人"手下一名洋洋得意的下属，这是对《孤独者》中魏连殳形象的嫁接。再往后，就是编剧的创意了：涓生和子君在阴间含情脉脉地重逢，无常和女吊争着要到人间某大户人家去投龙凤胎而未遂⋯⋯

鲁迅这几篇小说原著的结构大致是现代知识分子的"横截面"，二度创作者却通过移花接木，演绎成了纵向结构的人生三部曲：人生苦闷—不甘平庸—走向堕落，纵向展现了涓生一生的命运。

《无常》《女吊》是鲁迅的两篇回忆性散文。绍兴民间戏曲中的无常和女吊在舞台上的出现，让话剧有了鲁迅小说《药》那样的"复调结构"。比起华家的治痨病与革命党夏瑜的被杀头这一明一暗两线来，《无常·女吊》的跨度更大，用了涓生、子君在人间的悲剧与无常、女吊在阴间的喜剧这一阳一阴两条线。

剧终时，两条线在阴间重合：涓生、子君与无常、女吊在祥和的暖色调舞台灯光中一起向上飞升，剧场里回荡着话外之音："走啊，不回来了，我永远和你在一起，不回来了。"戏剧最终走出了鲁迅的忧愤深广，迈向了郑天玮的祥和轻松。

话剧《无常·女吊》得到了高度赞赏："它并不是一部亦步亦趋、不脱窠臼的'鲁迅的'话剧，而是剧作者郑天玮在鲁迅话语里细致敏锐地捕捉到了其中深刻的人生意蕴，再颇具创意地重新编排鲁迅小说中的典型情节，充分调动和渲染个性人物的舞台活动，以话剧语言改写出的一部当代小剧场话剧。"[1]

《孔乙己正传》的演出具有官方背景，似乎是一部弘扬主旋律的话剧。然而，除了美丽的江南水乡风情和著名导演、美国明星、明清古董家具等这些鲁迅所厌恶的"噱头"，剩下来的只是抨击中国科举制度的不痛不痒的主题以及颠覆鲁迅小说原著的传奇故事。

2000 年，苏州南方派文化传播有限公司等拍摄了 8 集电视剧《阿 Q 的故事》。该剧将鲁迅不同作品中的人物集中到了"未庄"，演绎了一个错位多角恋的媚俗故事：靠打短工糊口的阿 Q，虽然跟赵太爷家的女佣吴妈有染，但是又喜爱孔乙己的女儿秀儿；秀儿却只是钟情于革命党夏瑜，夏瑜心里爱的则是林贵福的女儿子君。假洋鬼子一直垂涎"豆腐西施"，借机害死了其丈夫杨二之后想要霸占她。"豆腐西施"则想要和阿 Q 成家过日子⋯⋯该电视剧不顾鲁迅原著的精髓，只为媚俗而以错位的多角恋搭台唱戏来叙事，无疑是对鲁迅小说忧愤深广主题的庸俗解构。

---

① 黄益倩：《话剧〈无常·女吊〉对鲁迅作品的改编及其意义》，《鲁迅研究月刊》2006 年 10 月第 9 期。

这里还要提一下王星晨根据鲁迅的回忆性散文《阿长与山海经》改编的同名卡通片。王星晨从北京电影学院毕业后，去日本东京工艺大学留学。毕业作品《阿长与〈山海经〉》被评为第十一届中国国际动漫节"金猴奖"最具潜力动画短片奖。

鲁迅的原作毕竟是散文，缺少"戏份"。改编者有意增强了小鲁迅与保姆长妈妈和塾师之间的戏剧性冲突，又增加了玄幻成分，让小鲁迅与《山海经》中多种古怪小动物互动。该片的卡通设计带有日本动漫的风格，但又不乏绍兴古城的文化元素。水墨的灵动线条和着色，配上笛、箫、古琴、筝等民族乐器的演奏，再配上绍兴方言，把童趣和乡土味融为一体。

纵观鲁迅作品的改编，无论成败与否，都深深地打上了时代的烙印，"均呈现出强烈的时代色彩与意识形态功能，意味着文学经典的影视戏剧改编，不仅是载体与表现形式的变化，而且其历史是随着媒体的发展，被不同媒体承载的历史，也是经典名著被当下重叙的历史"①。

进入 21 世纪，部分改编现代名著的影视编导们变得浮躁起来。他们不注重对名著的文本细读，不断误读或"戏说"名著。电视剧《阿Q的故事》是如此，电影《春蚕》和电视连续剧《子夜》也是如此。

2008 年上映的电影《春蚕》，上海天乐文化艺术传播有限公司出品，何晴、宋枫编剧，宋枫导演，李心敏、赵锦焘、李姝等主演。茅盾原著的背景为茅盾的故乡杭嘉湖蚕乡，20 世纪 30 年代的电影和 1987 年的 6 集电视连续剧《春蚕·秋收·残冬》也都从江南水乡取景，这部电影却远赴江西婺源拍外景，从而完全失去了茅盾原著特有的地域文化背景。

这部电影的主线是多多头、荷花和六宝的三角恋，老通宝组织全家辛勤养春蚕并最终"丰收成灾"反而成为副线。比起 20 世纪 30 年代的默片来，如今的电影节奏快、内容多，编导们就增加了老通宝家的副业——编竹器。江西婺源属丘陵地带，盛产竹子，编竹器为副业倒也说得过去。杭嘉湖蚕乡为平原，除了稻田，蚕农们都见缝插针种桑树。嫩桑叶养蚕，老桑叶晒成枯羊叶喂羊。湖州善琏一带农民的副业是利用农闲时节做湖笔。湖笔中的羊毫就是用羊毛做的，为软笔中的翘楚，画家喜欢用羊毫泼墨画写意画。因此，老通宝家最有可能做的副业是做湖笔，而不是编竹器。

---

① 张吕：《被意识形态话语"改编"的鲁迅——追溯新中国鲁迅作品影视戏剧改编六十年》，《鲁迅研究月刊》2010 年第 11 期。

　　在茅盾原著《春蚕》中，老通宝家只有一块能产十五担桑叶左右的桑地，只能勉强养活一张蚕种。老通宝有意多养了三张蚕种，这几张蚕种是要通过买桑叶来养活的。老通宝对自家的养蚕技术较有信心，而他们有四个半劳力，足够喂养四张蚕种，因而老通宝家指望通过养蚕来消化丰富的劳动力，并由此获利。在太湖流域，从明朝开始就有了一种桑叶的"远程交易"，俗称"稍叶"。小说写老通宝在清明时借了三十元，向叶行"稍"了二十担桑叶，稍来的桑叶类似期货，清明前后交了叶款，到小满前后蚕老时就可以到叶行去提取桑叶。当年蚕花大熟，稍来的叶不够，老通宝家临时借高利贷买了四元一担的贵叶。最终，由于茧价太贱，老通宝家的劳动力无法转化成钱，又抵押掉了那块桑地，甚至还欠了高利贷。电影的编导们没弄清楚"稍叶"习俗，改成老通宝在亲家的担保下，从陈家少爷那里借来二十块大洋，全部买成余杭蚕种，企盼着今年能有个好收成。这就犯了常识性错误，当年的蚕种，不管是蚕种场培育出来的"洋"种，还是蚕农们自己培育的"土种"，只卖几毛钱一张种。改掉了"稍叶"养蚕，老通宝就不再是茅盾所熟悉的"丫姑爷"了。

　　比起 1996 年版的 14 集电视剧连续剧《子夜》来，2008 年版的 41 集电视连续剧《子夜》，内容增加了一倍多。该剧由北京天润传媒投资拍摄，杨克、林子联合执导，陈宝国出演民族资本家吴荪甫、刘均出演金融买办赵伯韬，雷汉出演金融资本家杜竹斋，沈傲君出演吴荪甫妻子林佩瑶。该剧消解了茅盾原著的史诗性，改编者加进了类似港剧《上海滩》的悬疑、偶像、警匪、爱情等元素，拍得热闹、刺激，但没有思想深度。

　　茅盾原著从 1930 年初夏写起，前后只有两个月左右。电视剧添写了主要人物的"前传"。第一集叙写吴荪甫一踏上黄浦江岸就遇上了刺杀督军林昆的暴动事件，混乱中将随身带回来的二十多万银票丢失了。他在寻找银票时，无意中撞见了刺杀督军的激进分子绑架林昆之女林佩瑶，因而也就成了"陪绑者"，与林佩瑶建立了患难之情。丢失的银票正巧被赵伯韬得到，解了他的燃眉之急。接下来，吴荪甫回到老家双桥镇。二姐吴芙芳原来在嫁给杜竹斋之前是结过婚的，其第一任丈夫就是双桥镇上的胡炳文。胡炳文是胡家的姑爷，又像管家一样打理着吴家的产业，还想独吞吴家的家业。他利用吴荪甫父子的矛盾，算计吴荪甫。吴荪甫知道真相后，拿起斧子找胡炳文算账。胡炳文跳上一匹马在江南小城镇的石板街上逃窜，被吴荪甫拦住了去路，马儿受惊，胡炳文从马上掉下来，后脑摔在了石头上，一命呜呼。江南自古以舟为车、以楫为马，狭窄的石板街和石桥上难以跑马。因此，电视剧的这一情节有些失实。

这部电视连续剧，除了主要人物的人名还是茅盾原著的人名外，内容改动过多，类似古镇上跑马这样失实的情节还是蛮多的。其他如小说原著中，林佩瑶的妹妹林佩珊的一双手只会弹奏钢琴，到了这部电视连续剧中却能拿起手枪，枪杀了赵伯韬。

《春蚕》《子夜》的改编者，缺少对文学名著的敬意，在没弄懂原著的前提下一味"戏说"，结果漏洞百出，曲解了名著。

5.3 现代江南小城镇作家相关衍生品的开发

现代江南小城镇作家相关衍生品的开发，只有鲁迅的衍生品开发做得相对较好，茅盾、丰子恺略有一些衍生品，而其他众多江南小城镇作家这方面的开发基本是空白。

绍兴人爱吃"鲁迅饭"，于是从鲁迅的江南小城镇文化资源中演绎出了很多衍生品，最成功的衍生品便是咸亨酒店。孔乙己土特产，也是一个成功的品牌。当然也出现了祥林嫂洗浴中心等恶俗的衍生品。

据鲁迅二弟周作人回忆，光绪年间，鲁迅堂叔周仲翔等在周家新台门附近开设了一家小酒店，取名"咸亨"，由于经营不善，最终关门大吉。鲁迅在《孔乙己》、《风波》和《明天》等小说中都写到了这个老家门口的酒店，作为人物活动的场景。

1981年，鲁迅诞辰一百周年之际，新开的咸亨酒店"修旧如旧"，颇具绍兴江南小城镇文化的独特风貌。新开张的咸亨酒店不断积累人气。去该店小酌，似乎成了参观绍兴鲁迅纪念馆的有机组成部分。

现如今，在晚清风情的咸亨酒店旁，一座五星级标准的文化主题酒店——咸亨酒店已拔地而起。该酒店传承历史文脉，以鲁迅文化为主题、绍兴江南小城镇文化为背景，成为绍兴文化旅游休闲的地标。咸亨酒店还不断向外扩张，已在全国各地拥有三十余家品牌连锁店，其品牌估价超过38亿元。咸亨酒店还成功开发了咸亨加饭酒、咸亨腐乳等咸亨系列产品。江南人爱喝黄酒，咸亨太雕酒减少了一般绍兴黄酒的苦味，增加了甜味，也让喝不惯绍兴黄酒的外地人喜欢喝。由于口味适合，外地人也会带一些礼盒装的太雕酒回去。

其他知名的衍生品还有孔乙己茴香豆、孔乙己酸梅饮、孔乙己矿泉水、孔乙己饭店等"孔乙己系列"，闰土毡帽、闰土鞋等"闰土系列"。阿 Q 也"阔"起来了，形成了"阿 Q 系列"。

孔乙己茴香豆

"鲁镇""百草园""三味书屋""阿 Q""社戏""乌毡帽""鉴湖"等鲁迅小说中的地名、人名、物名被绍兴人争相抢注成商标。据不完全统计，在绍兴，以鲁迅作品中的人物名、地名做企业和机构名称或商标的已达两百多个，不少商标甚至是系列注册。闰土股份是一家专业生产染料的企业，在深圳中小板上市。

漫步鲁迅故里，同质化的土特产太多，精美的商品太少，尤其缺少与鲁迅、周作人及其作品相关的文创产品。另外，周氏兄弟最爱吃的茶点是日本的羊肝饼，这款从中国传入日本的甜点，是用红豆（赤豆）做的，绍兴也没人开发。

鲁镇是鲁迅江南小城镇文化资源的一个颇具特色的衍生品。鲁镇景区紧邻柯岩风景区，且可联票通观。"鲁镇"是鲁迅在小说中虚构的一个清末民初的江南市镇。人造的鲁镇，是以江南小城镇文化为底蕴、全面展示绍兴水乡的风情古镇，是旧时绍兴水乡的一个缩影，也是鲁迅笔下"鲁镇"的具象化。

鲁镇的硬件设施很好，但缺的是人气，少的是乡土文化氛围。漫步鲁镇，同质化的商铺太多，却寻觅不到可以住宿的清末民初风情的客栈。专家指出，鲁镇想要搞活，必须开门迎客，将游客留在鲁镇，住在鲁镇，吃在鲁镇，娱乐在鲁镇。在实地体验方面，绍兴鲁镇可以学习乌镇西栅的成功经验。

鲁镇

比起绍兴来，乌镇是个更受中外游客青睐的旅游目的地。然而，有关茅盾的文化衍生品却没有得到很好开发。

乌镇子夜路3号的子夜大酒店以茅盾名著《子夜》命名，1995年5月开业。次年7月，笔者随纪念茅盾诞辰一百周年的中外专家在该店住过一晚。这是当年乌镇最好的酒店，2004年6月又进行了重新装修，但并没有扩建。20年来，该酒店并没有像绍兴咸亨酒店那样做出品牌来。近年来，到乌镇来旅游的游客，喜欢住高档宾馆的会去桐乡市县城梧桐镇住四星级或五星级酒店，喜欢住古镇特色民宿的都订了西栅的民宿。好在游客多，子夜大酒店的客房只有七八十套，故入住率还不算低。

《林家铺子》是茅盾的代表作之一，又被夏衍改编成了经典电影。乌镇东栅景区也有"林家铺子"，就在茅盾故居的斜对面，专门出售本地特产，如乌镇酱羊肉、姑嫂饼、咸鸭蛋、三白酒、杭白菊、荷叶老鸭等系列食品，以及蓝印花布服饰、布鞋棉袄、湖笔等地方小礼品，但多年来并没有从一家景区的杂货店开发成一家品牌店。百度上倒是能搜到一个以"林家铺子"命名的名牌，标识也有一些江南文化的元素，但这是一家远在大连的罐头食品，并非乌镇的旅游特色商品。

早在明清时期，"嘉湖细点"就享誉江南。乌镇姑嫂饼就是一种有名的"嘉湖细点"。可惜乌镇人只有在介绍乌镇姑嫂饼时说茅盾爱吃姑嫂饼，并没有将其做成一个与文化名人茅盾有关的文化衍生品。

漫步古镇乌镇，笔者只看到一家经销丝绵被、真丝围巾的旅游用品店，专门注册了"老通宝"商标。向店主了解了一下，说是在乌镇开了几家实体店，但网上没有宣传资料，也没有开到淘宝上去。茅盾小说《春蚕》《秋收》中的老通宝终于被乌镇人注册成了商标，销售情况尚可。乌镇人从注册"老通宝"开始，也吃起了"茅盾饭"。

"老通宝"实体店

不过，总体来说，乌镇在江南文化与时尚文化的开发方面做了很多文章，却并没有像绍兴人"吃鲁迅饭"那样，好好"吃茅盾饭"。乌镇人对文化名人茅盾的文化衍生品之开发，应该努力向绍兴学习。

如果哪一天去乌镇买土特产，买到的三白酒、杭白菊、姑嫂饼等都是有品牌的，而这些品牌的名称都来自茅盾的作品，那就说明乌镇人真正吃上了"茅盾饭"。

江南古镇上最具江南文化气息的特产大概要数蓝印花布了，而丰子恺家的百年老店丰同裕染坊就是蓝印花布的老字号。据丰子恺回忆，这家店是他祖父丰小康在咸丰十一年（1861年）创办的，前店后坊，印染作坊主要收染四乡农民拿来的自织土布和土绸。1937年秋天，丰子恺率全家逃难前停业。

2003年由哀警卫等筹资兴建了"桐乡市丰同裕蓝印布艺有限公司"。丰同裕染坊老树发新芽，形成了融民间传统工艺印染生产制作、民间工艺博览、旅游观光为一体的旅游企业。公司在继承传统的同时，吸收国画、版画、民间剪纸等多种艺术形式，同时还引进蜡染、扎染等其他蓝印花布的制作工艺，推陈出新，不断研究，开发新图案，生产的蓝印制品广受青睐。丰同裕开设了多家直营店和加盟店，丰同裕蓝印花布制品在北京、上海、杭州、南京、哈尔滨、无锡、怀化等大中城市的旅游景区都有销售。当然，丰同裕蓝印花布中最有特色的要数由丰子恺漫画作为图案的蓝印花布。

蓝印花布纪念品

丰子恺后代经营的丰子恺艺林，专门制作和出售丰子恺书画作品的光碟、瓷盘、彩印画等，也受到"丰迷"们的喜爱。在江南小城镇作品的文创产品中，丰子恺艺林的产品还是很有文化档次的。遗憾的是，随着丰陈宝的去世和丰一吟的老去，艺林已名存实亡。

江南小城镇作家相关衍生品的开发，有广阔的市场空间，关键是要有人能认真把其当作一项文化创意产业来做。古镇角直，对叶圣陶十分重视，但没有人去经营相关衍生品。叶圣陶喜欢儿童，写了童话集《稻草人》和《古代英雄的石像》。叶圣陶倡导开垦出来的"生生农场"目前仍种植着庄稼。如果能开发一些"生生牌"园艺工具和适合阳台种植的"迷你"型"生生农场"，也许能带动前来参观的孩子热爱园艺，让今天的孩子能与文化名人叶圣陶之间产生互动，进而产生良好的社会效益与经济效益。

结　　语

　　综观中国现代文学的叙事空间，可以分为乡村文学、小城镇文学和都市文学三大类。小城镇一头连着大都市，另一头连着乡村，是都市和乡村的中介。都市的现代化、都市摩登通过小城镇而深入乡村，而乡村对都市的反哺也通过小城镇来传导。传统与现代、时尚与守旧往往在小城镇碰撞。小城镇是现代作家最熟悉的叙事场景，不少作家身在大都市，而故乡的小城镇是他们永远的乡愁，因而相对于乡村文学和都市文学，现代小城镇文学是最精彩纷呈的一种文学形式。

　　对现代江南小城镇文学进行一番专题研究后，笔者发现，在现代小城镇文学中，现代江南的小城镇文学占了半壁江山。从地域文化与小城镇文学的关系来看，不少作家对自己故乡小城镇的文学书写是很孤独的，属于散兵游勇。沈从文对湘西边城的书写、师陀（王长简）对豫东果园城的书写、废名（冯文炳）对湖北黄梅小城的书写，以及蹇先艾对贵州边地小城镇的书写，都没有得到同一地域文化圈内作家的呼应。在现代文学史上，东北作家和四川作家都形成了作家群，然而，这两个作家群在小城镇文学与地域文化的书写方面并没有形成共性鲜明的特色。"东北作家群"只是在表现黑土地上的抗日这一母题方面相互作了呼应，形成了作家群特色，但在小城镇文学与黑土地文化的关系方面，东北作家之间仍缺乏足够的群体间呼应。萧红在生命的最后岁月，只能寂寞地书写对老家呼兰小城的怀恋。四川的李劼人、沙汀等作家对故乡小城镇的文学书写，也没有在地域性的巴蜀文化方面形成鲜明的共性。

　　在现代小城镇文学中，真正形成作家群体的只有"现代江南小城镇作家群"。五四时期，鲁迅对故乡 S 城和鲁镇的文学书写，影响了许杰、许钦文、王鲁彦等作家对浙东小城镇的文学书写。"左联"时期，茅盾对江南乡镇"丰收成灾"的书写，也得到了叶圣陶、洪深、于伶等江南作家的应和，柔石、施蛰存、林淡秋、罗洪等作家还共同参与了灾害主题的建构。抗日战争时期，夏衍、徐迟、于伶、陈瘦竹和谷斯范等作家又对江南小城镇上的游击战争进行了文学书写；茅盾的长篇小说《霜叶红似二月花》、丰子恺回忆缘缘堂的系列散文，还有赵萝蕤、王鲁彦等作家的回忆性作品，都深情回忆了沦陷的江南小城镇。众多江南作家对江南小城镇文化的文学书写，形成了蔚为壮观的现代江南小城镇文学。更何况，这种文学书写还有"溢出"效应，影响了其他文化区域内作家的小城镇文学书写。

与其他现代小城镇文学相比，现代江南小城镇文学更具有现代性。

现代江南的中心城市为有"东方巴黎"之称的上海。上海对江南小城镇的辐射力是中国同时期其他区域性中心城市所无法比拟的。哈尔滨被誉为"东方莫斯科"，中央大街有众多俄罗斯风情的建筑。萧红的故乡呼兰县城靠近哈尔滨，是距离上的"卫星城"。萧红中篇小说《小城三月》①中的女主人公翠姨在得到男方彩礼后也曾去哈尔滨购物，且暗恋在哈尔滨读大学的"我"的堂哥，但哈尔滨对呼兰县城的辐射力远没有上海对周边小城镇来得强大。

那年早春时节，年轻人中流行绒绳鞋。翠姨也想买一双，但跑遍了小县城里所有的商店，有些店干脆没有，有些店只有寥寥几双，挑不出一双称心的。翠姨由此还悲观地以为自己命不好。翠姨是"我"后妈的异母妹妹，可爱聪慧，会弹大正琴、吹横箫。她在"我"家住久了，发现同龄人都在学堂里读书，就她没读过书。其父母已为她订了一门亲，男方是乡下土财主。春天来了，东北的春天美丽而短暂，萧红以此暗喻翠姨美丽而短暂的青春。她因爱而痛苦，抑郁成肺病，早早走完了如东北短暂之春那样的人生之路。①

反观江南的小城镇，商家们都喜欢到上海进货。茅盾的小说《林家铺子》中，林老板铺子里的日用百货，主要是从上海的商号里批发来的。《霜叶红似二月花》里也说自从通了轮船，上海新上市的时髦商品，很快就进入小县城了。

至于跟翠姨年龄相当的江南小城镇上的年轻人，还喜欢到上海去购物。茅盾小说《多角关系》里的唐慎卿，新交的女朋友嫌小城里的那件狸猫皮的大衣不好，要求年前去上海购物，买皮大衣，再买点别的，"有一种新式的女人用的挂表，我好像见过广告，很中意"②。这些年轻人，已能从报纸、

① 萧红：《小城三月》，《时代文学》1941年7月第1卷第2期。
② 茅盾：《多角关系》，《文学》1936年1月第6卷第1期。

杂志等纸媒体的广告中了解时尚商品的信息。这是东北小县城里的翠姨们所不可想象的。

早在明代，江南就有了发达的商品经济，产生了"资本主义萌芽"。1843年上海开埠，并迅速发展成为东方现代化大都市。上海得益于江南发达的商品经济，而上海强大的辐射力又加速了江南小城镇的现代化，并以江南小城镇为中介，对江南乡村产生了深远的影响。

现代江南人对大都市上海产生了现代性的想象。有些人因神往而想方设法去"闯"上海。如前所述，叶圣陶短篇小说《晨》中裁缝俊俏的老婆拿了两个金戒指，与勾搭她的男人乘早班轮船逃往上海去了。于伶的话剧"江南三唱"之二《太平年》中，区长家里的女佣阿金和男用人阿福，偷了区长太太的玉镯子，偷偷摸摸乘汽车逃往上海去了。

丰子恺漫画《到上海去的》

施蛰存短篇小说《渔人何长庆》中，菊贞做姑娘时，经不住"拆白党"的瞎吹，狠心抛下青梅竹马的何长庆，跟人私奔去了上海。多年后，镇上人发现菊贞在上海四马路做"野鸡"。何长庆不计前嫌，设法把她找回来，过起了夫唱妇随的生活。小说以传统夫唱妇随的恬淡生活，完成了对"失足"姑娘菊贞的救赎。

　　当然，"闯"上海的姑娘不会都那么可悲。施蛰存短篇小说《鸥》中，上海的银行小职员小陆，怀恋老家那个海边的村庄，以及那个与自己一起在海边看白鸥展翅的女孩。听老家的人说，那位青梅竹马的女孩、开广货店的吴老爹的掌上明珠，已随父亲到苏州开店去了。当小陆下班后漫步上海街头，幻想吴老爹的铺子能开到上海就好了，却不料瞥见自己心仪的女孩，已打扮成了上海的摩登女郎。原来银行同事阿汪每周乘火车去苏州相会的女朋友就是吴老爹的女儿。小陆只能眼睁睁看着自己心仪的女孩与阿汪挽着手去大光明看电影了。刚升职的小陆，月薪已达四十元，阿汪的月薪自然比小陆高。阿汪完全有实力与吴老爹的女儿在上海组成一个小资的家庭。上海不仅是西方冒险家的乐园，也是吴老爹的女儿们的冒险乐园。

　　李劼人的长篇小说《死水微澜》，将个人命运与史诗性的宏大叙事结合起来，主要情节是一位村姑由于神往成都城里的时尚生活，带来了自己命运的戏剧性波澜。邓幺姑是成都大户人家坟亲的女儿，爱听村里首富韩家从成都娶来的二奶奶"摆龙门阵"，神往成都大户人家的富贵生活和小姐太太们争奇斗艳的打扮，一心想嫁到成都城里去。不能嫁进城里去做妾，退而求其次，她才嫁到天回镇兴顺号铺子，成了老板娘蔡大嫂。邓幺姑漂亮、风骚又大胆，从天回镇上的老板娘蔡大嫂，成为袍哥罗歪嘴的情妇，后又成为傍上洋教的顾天成的顾三奶奶。顾天成原为罗歪嘴手下败将，改"吃洋教"后，诬陷罗歪嘴参与毁教堂的案子，他通过借刀杀人，斗败了罗歪嘴，砸封了兴顺号。蔡大嫂为了搭救下狱的丈夫，当上了顾三奶奶。她不顾自己名节的抗争，仍然只能在离成都二十来里路的天回镇兴起"微澜"，大都市成都还只是去花钱消费的地方。反观施蛰存短篇小说《鸥》，吴老爹的女儿同样是村姑，从乡村到苏州再到上海，像海鸥一样轻松飞来了。她只是通过自由恋爱，就由村姑变成了上海的摩登女郎。

　　讲到现代江南小城镇文学中发达的商业氛围，最有说服力的是对现代小城镇文学中描述果园的几篇小说作一番横向比较。施蛰存与废名写了同题小说《桃园》，师陀的《果园城记》和沈从文的《长河》也都写到了果园。

　　沈从文的《长河》不属于小城镇文学，但其对果园的非商业性描述很能体现作家的态度。沈从文称自己是"乡下人"，其实是一个排斥商品经济的可爱的"乡下人"。沈从文小城小说《边城》，以赞赏的口吻描述老船夫不爱收摆渡钱。这是个"官渡"，公家每年给的一份钱够老船夫、外孙女翠翠和那条狗一年的开销，故他不再接受额外的摆渡钱。老船夫进城购物，商家往往不要他的钱，老船夫就硬要给钱。《边城》中老船夫生活的熟人社会对商品经济的排斥，延续到了《长河》中。

小说《长河》叙述沅水流域上游各支流，尤其是辰河中部，盛产橘柚。外地人进入果园，询问如何买橘子，主人往往会回答："我这橘子不卖。"再深入了解下来，此地的橘子"只许吃不肯卖"。沈从文还以"乡下人"的口吻嘲笑都市人爱高价购买"远远的从太平洋彼岸美国运来的"橘子。沈从文笔下的湘西是一个排斥商品经济的"乌托邦"式的"君子国"。①

师陀的小说《果园城》中，果园似乎只是这座小城的装饰，并没有写出果园与这座以其命名的小城之间的商业关系。秋天，人们在欢声笑语中采收果子。"人们将最大最好的，酸酸的，甜甜的，像葡萄酒般香，像粉脸般美丽的果实放在篮里，再装进筐，于是一船一船运往几座大城，送上消化永远不良的人们的食桌。"②这是传统大地主的生产方式，果园的主人并没有就近在果园城里寻找商机。

废名短篇小说《桃园》中，十三岁的小姑娘王阿毛，生着病，渴望生命中永远充满生机。周作人评价该小说是"所梦想的幻景的写像"③。小说主要表现美与功利的矛盾。他们家的桃树在城墙边，市民们可以从城墙上伸手摘桃子。父亲指望用卖桃子的钱来养家，给自己买酒喝。生着病的小姑娘阿毛喜欢的是桃园的美丽。桃子是季节性很强的水果，阿毛偏偏在不产桃子的时节渴望得到桃子。父亲为了给女儿圆梦，用酒瓶换到了玻璃桃子。这一情节让人联想到欧·亨利的短篇小说《最后一片绿叶》那个生着病的女孩对对面墙上那片常春藤叶子的依恋。在废名的小说中，诗意、梦想与现实、金钱是对立的，很难两全其美。废名的隐逸之梦，常受现实的无奈所困扰。

施蛰存的短篇小说《桃园》，叙写城南根靠近火车站的地方有个十来亩的桃园，用围墙围住，通过竹编的园门进出。桃园的主人卢世赔是位读书人，父亲是鞋匠、母亲是种菜卖菜的，由于挤不进上流社会，故承租了这个桃园。精心打理三年，"现在完全靠了这满园的桃子过活，但他们决不会轻视我的"④。

---

① 沈从文：《长河》，上海：开明书店，1948年。
② 师陀（芦焚）：《果园城记》，上海：上海出版公司，1946年，第14页。
③ 周作人：《永日集》，上海：北新书局，1929年，第164页。
④ 施蛰存：《上元灯》，上海：新中国书局，1933年，第66-80页。

卢世贻规定，每位进园顾客给一个银币，就可尽情吃桃子，但不能把桃子带出园外。比起眼下那些都市休闲农业的采摘园来，进园出钱尽情吃的规定是一样，只是这里需出的钱比较少。这就迅速提高了桃园在这个小城的知名度和美誉度。也许不愿像母亲卖菜那样与顾客斤斤计较，故卢世贻不向顾客零卖桃子。卢世贻经营这个桃园，目标消费者就是小城里的市民，他与市民们互惠互利。桃园的围墙和竹编的园门，也是防君子防不住小人的。不过卢世贻并没有废名同名小说中那位父亲被人偷摘桃子的烦恼。卢世贻的女儿能协助父亲管理桃园，不像废名笔下的小女孩王阿毛那样不懂经营桃园、只会一味爱美。卢世贻与女儿以及市民在商业规则上达成了一致，故其经营桃园比较轻松自在，有种恬淡的诗意。

在江南，塘栖镇是京杭大运河上离杭州最近的一个市镇。该镇利用交通便利的优势，发展成了经销水果的专业性市镇。比起果园城来，塘栖镇的市民更善于抓住商机。塘栖四乡的农民以种植果树为主，镇上的商人将水果销往杭州，也批零销售给往来杭州与塘栖的船上人。郁达夫在游记《超山的梅花》中写道："超山脚下，塘栖附近的居民，因为住近水乡。阡陌不广之故，所靠以谋生的完全是果木的栽培。自春历夏，以及秋冬，梅子、樱桃、枇杷、杏子、甘蔗之类的出产，一年总有百万元内外。"[①]初春时节，杭州人去超山赏梅，也会顺带着买些塘栖的甘蔗、荸荠之类。丰子恺在随笔《塘栖》中也说"塘栖枇杷是有名的"[②]。端午前后，丰子恺乘船途经塘栖时，都会到镇上去买些白沙枇杷，拿回船里来吃。

现代江南小城镇文学中发达的商业氛围，还体现为同行之间的竞争主要采用"大鱼吃小鱼"的商业竞争形式。王鲁彦短篇小说《桥上》，叙写北碚市永泰米行老板林吉康置办了机器轧米船，有意开到薛家村来，轧米兼卖米，与只会砻谷舂米的伊新叔竞争。几个回合下来，轧米船抢走了伊新叔的米店生意。财大气粗的林吉康乘胜追击，又以自己名下的天生祥南货店与伊新叔的昌祥南货店竞争。在轧米船"轧轧轧轧"声中，伊新叔危机四伏，感到在薛家村的桥上，再也没法生存了。商人们由同业公会组织，以同行议价的方式来欺负卖货的农民。这在叶圣陶的短篇小说《多收了三五斗》和陆蠡的散文《竹刀》中都写到了。

---

①郁达夫：《达夫游记》，上海：文学创造社，1936年，第102页。
②丰陈宝、丰一吟编：《丰子恺文集》第6卷，杭州：浙江文艺出版社、浙江教育出版社，1992年，第673-675页。

在湖南作家彭家煌的小说《怂恿》中，商家的经营手段主要是以势压人。在溪镇团一带，裕丰店老板的二哥雪河，"在省里教过多年洋学堂的书"，见了县官都不用下跪，人称"雪豹子"。牛七善于"打官司"和"抬杠"，但只是乡下人眼里的蛮横人物，撞上"雪豹子"，只是"小蛾子扑灯火"了。[①]裕丰的店倌禧宝狐假虎威，不把牛七放在眼里。端午节前，他去政屏家压价订购了一对肉猪，几天后政屏不在家时他又把一对肉猪赶到店里宰卖了。政屏的族人牛七听闻此事，就"怂恿"政屏夫妇为难禧宝。政屏拒收肉猪钱，声称只要那对活的肉猪。政屏的妻子还跑到冯家去上吊，要把事情闹大。冯家人及时救下了政屏的妻子，还把这个装死的女人用"上下通气"的粗暴方法"救活"了。冯家人兵来将挡，把牛七指使来闹事的莽汉慑服了。牛七与冯家斗法，但受害者却是政屏夫妇。茅盾称"雪豹子"为"地头蛇"，牛七为"破靴党"。买卖肉猪只是双方斗法的由头。小说中看不到商业社会的游戏规则，有的只是黑社会的斗法套路。

在四川作家笔下的小城镇文学中，各种势力的争斗更为激烈。周文的两部描述川康边地军阀倾轧的小说，中篇小说《在白森镇》写的是文官，长篇小说《烟苗季》写的是军人。茅盾指出，这一文一武两部小说，使人们看到"在中国这个最大最富庶也最黑暗的边省里，封建军阀们——大的和小的，曾经怎样把广大的幅员割裂成碎片，而且在每一最小的行政单位（例如白森镇）内也成为多派军阀暗斗的场所"[②]。

轮船、汽车、火车等新型交通工具驶进江南，加速了江南现代化的进程。然而，蹇先艾笔下的边地贵州，古老的山道上仍行走着传统的交通运输者。短篇小说《在贵州道上》，叙述"我们"一行人从川黔道回贵州老家去，只能雇轿子，山道坡陡路滑。小说重点写了加班抬轿的赵世顺。这个"烂干人"是位阿Q式的流氓无产者。赚来的辛苦钱都用来抽鸦片，娶了妻子也不尽丈夫的责任。沿途每到一站，他都要过过鸦片瘾，"吹"过了鸦片，才能在山道上健步如飞。行至半道，由于他当过"棒老二"（土匪），便被军队捉去，将要处决。当地新传入的西方文化便是毒害贩夫走卒的鸦片，都是"负能量"。在另一短篇小说《盐巴客》中，由于小镇住满川军，"我"只能与一位受伤的盐巴客同宿一室。这位盐巴客出生于盐巴"世家"，他每

---

① 彭家煌：《怂恿》，上海：开明书店，1927年，第37-66页。

② 茅盾：《〈烟苗季〉和〈在白森镇〉》，《工作与学习》1937年6月丛刊之三《收获》。

天都要背了沉重的盐巴在川黔道上跋涉一百来里。山道太窄，他们与"轿夫"争道时常落下风。这次被争道的大兵推落悬崖，跌断了腿骨。如此险恶的运输环境，是鲁迅小说《风波》中的七斤和王鲁彦小说《屋顶下》中的阿芝叔等江南同行从业者所想象不到的。蹇先艾短篇小说《盐的故事》，讲述税局加税和盐商囤积居奇，造成小城镇周围的边远山民都吃不起盐，户户淡食。如此"盐灾"，在商业繁荣的江南也是不可想象的。

中国幅员辽阔，在东南沿海沐浴着"欧风美雨"而加速现代化之际，内陆的边远地区仍十分落后、闭塞。沙汀的短篇小说《某镇纪事》，叙写川西北小镇上的居民无所事事，在茶馆里喝茶、打牌消磨时光。与江南那些"烟火十万人家"的雄镇相比，此地的小镇实在很小，只有一条用石头铺成的正街，街上只有两家面食店、三家鸡毛店、一家官店、一所小学。镇上一位老太爷做六十大寿，从州里租来一架"瓦斯灯"，引来周围乡亲们争相观看。反观茅盾的长篇小说《霜叶红似二月花》，姑太太回娘家省亲，张府从自家店里拿来一架新式的汽油灯，准备挂在后边园子里木香棚下，方便大家晚饭后在此乘凉。张府的人对新式的汽油灯习以为常，街坊邻居也都不觉得新奇。

李欧梵讲现代性时特别强调西方时间观念的引进对现代中国人的重大意义。现代交通都讲班次，有发车（船）时间，不像传统的乡村航船，不设固定时间。船户每天早上吹海螺或者敲锣。第一次为准备号，第二次才是开船号。施蛰存短篇小说《春阳》中，婵阿姨是记得回昆山去的火车时间表的。当她那天下午再次走出上海银行大门，坐上去火车北站的黄包车，掏出表来看时间，是两点十分，就计算出能赶上三点钟的快车。郁达夫短篇小说《东梓关》中，母亲和"我"都知道早上七点从杭州开出的江轮，到县城的时间约在十一点，故匆匆吃了早午饭，"我"就去赶乘江轮，到富春江上游的东梓关去。茅盾笔下的小说人物，也经常看表，估算自己能乘哪一班轮船或火车。

当然，不用出门赶时间乘车船者，往往没有现代时间观念。师陀小说《果园城记·桃红》中，描述豫东果园城里，"一个中国的在空闺里憔悴了的姑娘"，跟守寡的母亲住在一起。她们家有一口老座钟，却常常忘了开发条。时间日复一日的过，对她们并不重要。孤女寡母生在官宦人家，衣食无忧。素姑不用自己谋生，在这个没有时间观念的家里绣了十七年的服饰，却没有机会给自己当嫁妆穿。素姑没有现代的时间观念，而时间却让这位善绣的姑娘慢慢变老了。

当然，现代化是一把双刃剑。抽水机、"肥田粉"等陌生事物以小城镇为中介，进入江南的乡村，有效提高了劳动生产率。然而，作为第一产业的农业中富余劳动力如果不能顺利转移到小城镇乃至大都市的第二、第三产业中去，反而会加速农民的贫困化。茅盾、王鲁彦、洪深等作家都用作品表达了这种现代化的困境。

现代性应该有两个层面：一是社会现代性，即资本主义的现代性；另一个是审美现代性，即通过文学艺术对于资本主义进行艺术层面上的反思，主要是现代主义的审美方式，也就是鲁迅所说的"世纪末的果汁"。[①]中国现代作家也会用现代性的审美眼光打量并表现半殖民地半封建时的现代中国。

李欧梵还强调外文原著以及翻译文学对作家现代性观念形成的作用。像鲁迅、周作人、茅盾、郁达夫、丰子恺等作家都爱读外国文学作品，且从事过外国文学作品的翻译。鲁迅说自己写作《狂人日记》等新文学作品时，"大约所仰仗的全在先前看过的百来篇外国作品和一点医学上的知识"。[②]郁达夫在日本留学时，喜欢自己买书来看，同时不断从图书馆借阅文学作品。他阅读了上千部外国文学作品。丰子恺尽管只在日本"游学"十个月，但他学会了日语，日后能阅读日文作品。当年日本在"脱亚入欧"观念的影响下，大量译介西方文学作品。学会了日语，就能阅读用日语翻译过来的西方文学作品。鲁迅还学习德语，购买德语版的文学作品。茅盾在新文学运动中崭露头角，是从译介外国文学作品开始的。

通过对外国文学作品的阅读和译介，作家们在回望自己的故乡时有了新的文化参照，同时也有了新的表达方式。

鲁迅于1918年5月在《新青年》发表第一篇真正的白话小说《狂人日记》，并一发而不可收，《孔乙己》《故乡》《明天》《药》《风波》《社戏》《阿Q正传》等小说显示了文学革命的实绩，开创了现代文学史上的乡土写实派。鲁迅小说淡化情节，善于塑造人物。用"瞒"和"骗"造出奇妙的逃路的精神胜利法之阿Q、不断诉说自己苦难的祥林嫂，还有穿着长衫又只能站着喝酒的、满口"之乎者也"的孔乙己，等等，都是栩栩如生的小城

① 鲁迅：《中国新文学大系·小说二集》，上海：上海良友图书印刷公司，1935年，第5页。
② 鲁迅：《中国新文学大系·小说二集》，上海：上海良友图书印刷公司，1935年，第9页。

镇人物或边缘人。

郁达夫擅长浪漫抒情，小说带有"自叙传"色彩。"家住富春江上"的郁达夫，故乡的山城和江景，都是其抒情的对象。感觉自己不能衣锦还乡，郁达夫"卑己自牧"，叙写自己对不起母亲和妻子，无颜见江东父老。不过其游记却有名士气息。中国传统文人往往在作品中小心伪饰自己，郁达夫却在作品中大胆进行自我暴露。郭沫若肯定郁达夫这种叙事方式是对封建伪道士的一种"暴风雨式的闪击"①。

茅盾以史诗的笔法，用宏大叙事的方式来剖析小城镇上人物的政治、经济以及亲情关系。

鲁迅善于写人，郁达夫擅长写情，而茅盾则以史诗性见长。这三位大家开创了中国现代小城镇文学的三种传统，影响十分深远。

如果要异中求同的话，现代江南的小城镇文学富于诗情画意，如前所述，江南小城镇的自然风光、人文景观和乡土风情都成为现代江南小城镇作家的审美对象，并在不同的作品中得到了抒情性的表达。

与此形成鲜明对照的是沈从文、废名等作家的小城镇文学作品。这些作品往往具有乡村牧歌情调，他们往往用乡村的诗情画意来弥补小城镇的不足。

我们先来看废名的小说。除了上述短篇小说《桃园》以城墙边桃园的乡野之美来彰显牧歌情调之外，其他如短篇小说《竹林的故事》《浣衣母》《河上柳》等讲述的都是小城镇边缘人的故事。这些人物的主要活动场所都是离小城镇不远的乡野之地，都是富于诗情画意的场所。《竹林的故事》中，三姑娘的父亲是位菜农，捕鱼来卖。三姑娘帮父亲挑了菜和鱼到小城镇来卖。父亲早逝，三姑娘就自己种菜来卖。小说中的三姑娘，没有奸猾的"生意经"，诚朴、善良，但又柔中有刚。小说中最有诗意的地方是三姑娘家门口的竹林。这是一片生机勃勃的竹林，与吴组缃小说《菉竹山房》中那片开了花的半死不活的竹林形成鲜明的对照。

《浣衣母》的主人公是寡妇李妈。她靠给城里几户人家洗衣为生，善良、人缘好。李妈生活在城门口的一个"小桥流水人家"的美丽地方。城里的太太、姑娘也来洗衣服，还到李妈家休息。挑柴来城里卖的农夫经常在桥头的柳荫下歇脚，李妈会送他们大杯凉茶。李妈在这个美丽的地方给大家

① 郭沫若：《论郁达夫》，《人物杂志》1946年9月第3期。

送去善意和温暖。就是这位似乎是"大众母亲"的李妈，在与一个流浪来的中年男子同居后，为街坊邻居所不齿。在李妈门口搭茶铺的男子顶不住舆论的压力，悄悄离开了。

《河上柳》中的陈老爹是位演木头戏的老艺人。其谋生之地主要是小城镇。陈老爹住在离镇不远的河堤上，门前有一棵合抱粗的大柳树。茅棚上的对联曰："东方朔日暖，柳下惠风和。"清明时节，镇上人都来折柳条，回去插在门上。陈老爹也折柳回家，供奉在母亲的遗像前。世道变了，禁演木头戏，断了陈老爹的生路，酒店不再赊酒给他喝。大水退去，陈老爹从镇上引来一个木匠，砍倒了大柳树。

废名的这些小说，有淡淡的哀愁，更有隽永的牧歌情调。

沈从文的中篇小说《边城》，对川湘交界处的边城茶峒着墨并不多，主要写了端午节翠翠进城去看赛龙舟，与船总顺顺家的老二傩送相识并相互喜欢上了对方。小说中人物主要的活动场所为离茶峒小城约一里路的小溪白塔旁边的渡口，住着主人公翠翠和她爷爷老船夫，还有一条似乎通灵性的黄狗。"小溪宽约廿丈，长年水皆静静的，河床为大片石头作成，故水即或深到一篙不能落底，却清澈透明，河中游鱼来去皆可以计数。"①小溪两岸的山冈上满是竹子，翠色逼人，这便是翠翠名字的由来。摆渡闲下来，爷爷和翠翠吹笛唱歌打发闲暇时光。月圆之夜，傩送到碧溪岨为翠翠唱情歌。翠翠梦里听着情歌，梦见自己飞窜到悬崖上摘到了肥大的虎耳草。渡口边有他们的菜园，翠翠经常去采摘新鲜的蔬菜，还到山冈上挖笋来吃。

《边城》中碧溪岨渡口果然富于牧歌情调，茶峒小城里的吊脚楼和端午赛龙舟、捉鸭子也情趣盎然。短篇小说《丈夫》却以"乡下人"丈夫为叙事视角，叙写丈夫拿了乡下土特产进城来看望在船上从事特殊"生意"的妻子。妻子的恶俗打扮和塞给他的哈德门香烟，都令丈夫吃惊。丈夫很想跟妻子谈谈乡下的情况，妻子却不太有时间谈这些原先熟悉的话题，倒是水保闲来无事，听他谈了很多乡下的趣事。一把胡琴让丈夫融入了全船人的生活，大家弹琴唱歌，其乐融融。不料两个酒醉的大兵硬要上船来求欢，把丈夫逼进了后舱。深夜，水保带巡官来查完夜。夫妻俩想说会体己话，不料巡官还要回来"过细考察"妻子"老七"。丈夫彻底崩溃，妻子挣来的钱、"满天红的晕油包子"、城里的戏以及水保请喝的酒，统统不要了。他

---

① 沈从文：《边城》，《国闻周报》1934 年 1-6 月第 11 卷第 1 期、2 期、4 期、10-16 期。

毅然决然地带妻子离开了屈辱的小城，回到贫困的乡下去了。在乡下丈夫眼里，小城没有牧歌情调，满是特殊"生意"者的屈辱。[①]

从鲁迅开始，现代小城镇文学中不断书写游子的还乡。乡愁的书写，大都属于精神上的还乡。寓居在大都市的游子，在对故乡小城镇的乡愁书写中获得了内心的慰藉。

抗日战争是个特殊的时期，不少作家流寓在国统区，而自己的故乡早已成为沦陷区。如前所述，江南小城镇作家笔下的故乡更富于诗情画意。但东北作家萧红在书写故乡呼兰小城时，既写出了故乡的美丽，又对故乡进行文化反思。《家族以外的人》《后花园》《呼兰河传》《小城三月》等都是此类小说。长篇小说《呼兰河传》写于香港，萧红在生命的最后岁月，为故乡的呼兰县城作传。记忆中最温馨的是自己家的后园，生机勃勃，是童年的乐园。萧红的童年是寂寞的，不过有宠爱自己的爷爷。呼兰县城里经常上演悲剧：小团圆媳妇的死、五大姐的死等。萨满教的跳大神为这些悲剧女性打上了地域文化的烙印。

骆宾基也是东北作家。其《幼年》写于抗日战争时期，回忆自己的童年游钓之地——边陲小城珲春。那里有满人、"闯关东"来的汉人，还有俄罗斯人和朝鲜人。记忆中黑土地上的小城是温馨的，有很多美好的回忆。

抗日战争时期，流寓国统区的作家们多多少少会抒写对于沦陷了的故乡的乡愁。作家沙汀则回到故乡川西北，以文化反思的态度来审视故土上的人物。其笔下的上流人物都是死要面子又十分贪婪的。县长大事糊涂，却与厨子、小工斤斤计较几角钱的菜钱（《模范县长》）；代理县长天天提着一挂腊肉，借老百姓的锅灶做饭吃，借机搜刮穷苦人（《代理县长》）；贪赃枉法的"强龙"联保主任方治国与设法给儿子逃避兵役的"地头蛇"邢幺吵吵为了兵役问题在茶馆里大吵大闹（《在其香居茶馆里》）；政治流氓白酱丹、林幺长子为发国难财，机关算尽，争抢筲箕背金矿的开采权（《淘金记》）；文化骗子"油桶子"借口宣传抗日，大卖电影票搜刮民财，却搞了一架放不出电影的破放映机来愚弄百姓（《和合乡的第一场电影》）……沙汀传承了鲁迅的讽刺笔法，来嘲讽这些上流社会的人物。

综观现代江南小城镇文学，作家们都热衷于建构主题，反而对现代江南小城镇文化的审美不太重视。例如，茅盾的散文《香市》，作者的兴趣并

① 沈从文：《丈夫》，《小说月报》1930 年 4 月第 21 卷第 4 期。

不在从容介绍民国时乌镇的香市习俗，而是通过 20 世纪 30 年代乌镇香市的不景气来揭示农村经济的破产造成的市镇商业的萧条。作者通过叙写童年记忆中香市的热闹有趣，来反衬出 1933 年香市的冷清无趣。石板街、石拱桥、马头墙、水榭、城墙、城门、陆栅和水栅等，都是现代江南小城镇文化的典型元素。遗憾的是，现代江南小城镇作家极少在作品中对这些文化元素进行从容审美。本书在相关论述中，涉及这些文化元素，只能从众多作品中仔细爬梳，才勉强勾勒出这些文化元素的面影。

乌镇水阁楼（水榭）

参 考 文 献

〔奥〕A. 阿德勒. 1986. 自卑与超越. 黄光国译. 北京: 作家出版社.

〔德〕阿斯特莉特·埃尔, 冯亚琳编. 2012. 文化记忆理论读本. 北京: 北京大学出版社.

艾青. 1991. 艾青全集. 石家庄: 花山文艺出版社.

〔俄〕巴赫金. 1998. 巴赫金全集. 钱中文译. 石家庄: 河北教育出版社.

巴人. 1983. 巴人小说选. 北京: 人民文学出版社.

包伟民编. 1998. 江南市镇及其近代命运(1840~1949). 北京: 知识出版社.

〔美〕保罗·康纳顿. 2000. 社会如何记忆. 纳日碧力戈译. 上海: 人民出版社.

陈白尘, 董健编. 1989. 中国现代戏剧史稿. 北京: 中国戏剧出版社.

陈顾远. 1987. 中国婚姻史. 上海: 上海书店.

陈国灿, 奚建华. 2003. 浙江古代城镇史. 合肥: 安徽大学出版社.

陈瘦竹. 1941. 春雷. 重庆: 华中图书公司.

陈晓燕, 等. 2003. 江南市镇——传统历史文化聚焦. 上海: 同济大学出版社.

陈孝全. 2001. 朱自清传. 北京: 十月文艺出版社.

陈学文. 1993. 明清时期杭嘉湖市镇史研究. 北京: 群言出版社.

陈学文. 2000. 明清时期太湖流域的商品经济与市场网络. 杭州: 浙江人民出版社.

丁帆. 1992. 中国乡土小说史论. 南京: 江苏文艺出版社.

端木蕻良. 1940. 江南风景. 重庆: 大时代书局.

段美乔. 2010. 中国文学史资料全编(现代卷). 北京: 知识产权出版社.

樊树志. 1990. 明清江南市镇探微. 上海: 复旦大学出版社.

樊树志. 2005. 江南市镇: 传统的变革. 上海: 复旦大学出版社.

费孝通. 1985. 乡土中国. 北京: 生活·读书·新知三联书店.

费孝通. 2001. 江村经济——中国农民的生活. 戴可景译. 北京: 商务印书馆.

费孝通. 2009. 费孝通全集. 呼和浩特: 内蒙古人民出版社.

丰陈宝, 丰一吟编. 1992. 丰子恺文集(第5—7卷). 杭州: 浙江文艺出版社, 浙江教育出版社.

丰陈宝, 丰一吟, 丰元草编. 1990. 丰子恺文集(第1—4卷). 杭州: 浙江文艺出版社, 浙江教育出版社.

丰华瞻, 殷琦编. 1988. 丰子恺研究资料. 银川: 宁夏人民出版社.

丰一吟. 1998. 潇洒风神——我的父亲丰子恺. 上海: 华东师范大学出版社.

丰子恺. 1931. 缘缘堂随笔. 上海: 开明书店.

丰子恺. 1939. 漫画阿Q正传. 上海: 开明书店.

丰子恺. 1950. 绘画鲁迅小说. 上海: 万叶书店.

丰子恺. 1982. 丰子恺绘画鲁迅小说. 杭州: 浙江人民出版社.

丰子恺. 2002. 缘缘堂随笔(彩色插图本). 杭州: 浙江人民出版社, 浙江教育出版社.

丰子恺. 2008. 丰子恺散文: 插图珍藏版. 北京: 人民文学出版社.

凤媛. 2008. 江南文化与中国现代文学. 北京: 文化艺术出版社.

高松年, 龙渊编. 2004. 许钦文散文选集. 天津: 百花文艺出版社.

葛琴. 1990. 贵宾. 北京: 人民文学出版社.

谷斯范. 1940. 新水浒. 桂林: 文化供应社.

〔德〕哈贝马斯. 1999. 公共领域的结构转型. 曹卫东译. 上海: 学林出版社.

〔法〕哈布瓦赫. 2002. 论集体记忆. 毕然, 郭金华译. 上海: 上海人民出版社.

洪深. 1936. 农村三部曲. 上海: 上海杂志公司.

洪深. 1954. 洪深剧作选. 北京: 人民文学出版社.

〔美〕黄宗智. 2000. 长江三角洲小农家庭与乡村发展. 北京: 中华书局.

〔德〕加达默尔. 1999. 真理与方法. 上海: 上海译文出版社.

姜彬编. 1996. 稻作文化与江南民俗. 上海: 上海文艺出版社.

蒋复璁, 梁实秋编. 2013. 徐志摩全集. 北京: 中央编译出版社.

蒋兆成 2002. 明清杭嘉湖社会经济研究. 杭州: 浙江大学出版社.

〔德〕克里斯塔勒. 2010. 德国南部中心地原理. 北京: 商务印书馆.

〔法〕克洛德•阿莱格尔. 2003. 城市生态, 乡村生态. 陈亚东译. 北京: 商务印书馆.

李何林主编. 2000. 鲁迅年谱(增订本). 北京: 人民文学出版社.

李泽厚. 2008. 中国现代思想史论. 北京: 生活•读书•新知三联书店.

〔美〕理查德•瑞吉斯特. 2002. 生态城市——建设与自然平衡的人居环境. 王如松, 胡聘译. 北京: 社会科学文献出版社.

林淡秋. 1983. 林淡秋选集. 杭州: 浙江文艺出版社.

林伟民编. 1997. 罗洪小说: 薄暮的哀愁. 上海: 上海古籍出版社.

刘大白. 1958. 刘大白诗集. 北京: 书目文献出版社.

刘石吉. 1987. 明清时代江南市镇研究. 北京: 中国社会科学出版社.

刘士林. 2005. 西洲在何处——江南文化的诗性叙事. 北京: 东方出版社.

刘增人. 1995. 叶圣陶传. 南京: 江苏文艺出版社.

鲁迅. 1999. 鲁迅回忆录. 北京: 北京出版社.

鲁迅. 2004. 鲁迅经典小说选插图本. 海口: 海南出版社.

鲁迅. 2005. 鲁迅全集. 北京: 人民大学出版社.

鲁迅. 2013. 丰子恺插图鲁迅小说全集. 沈阳: 春风文艺出版社.

鲁迅. 2013. 鲁迅小说全集(丁聪插图本). 北京: 人民文学出版社.

鲁迅. 2014. 朝花夕拾(插图典藏本). 北京: 中国画报出版社.

陆蠡. 2004. 陆蠡散文选集. 天津: 百花文艺出版社.

罗洪. 1937. 春王正月. 上海: 上海良友图书印刷公司.

〔美〕马克斯·韦伯.2004.中国的宗教.康乐,简惠美译.桂林:广西师范大学出版社.

毛海莹.2010.苏青评传.北京:中国社会科学出版社.

茅盾,郑振铎编.1981—1987.小说月报(影印).北京:书目文献出版社.

茅盾.1933.子夜.上海:开明书店.

茅盾.1984—2001.茅盾全集.北京:人民文学出版社.

茅盾.2015.林家铺子(插图典藏本).北京:中国画报出版社.

梅新林.2006.中国古代文学地理形态与演变.上海:复旦大学出版社.

〔捷〕普实克.1987.普实克中国现代文学论文集.李燕乔等译.长沙:湖南文艺出版社.

钱君匋.1939.战地行脚.重庆:烽火出版社.

钱理群.1990.周作人传.北京:十月文艺出版社.

钱理群编.2013.中国现代文学编年史·以文学广告为中心.北京:北京大学出版社.

钱钟书.1947.围城.上海:晨光出版公司.

柔石.1929.二月.上海:春潮书局.

柔石.2000.柔石小说全集.长春:时代文艺出版社.

商金林编.2004.孙伏园散文选集.天津:百花文艺出版社.

施济美.1997.施济美小说:凤仪园.上海:上海古籍出版社.

〔美〕施坚雅.2000.中华帝国晚期的城市.北京:中华书局.

施蛰存.2001.北山散文集.上海:华东师范大学出版社.

施蛰存.2011.十年创作集.上海:华东师范大学出版社.

苏青.1944.结婚十年.上海:天地出版社.

苏青.2010.苏青全集.北京:中国妇女出版社.

孙郁.1997.鲁迅与周作人.石家庄:河北人民出版社.

孙郁.2000.回望鲁迅丛书.石家庄:河北教育出版社.

孙中田,查国华编.1983茅盾研究资料.北京:中国社会科学出版社.

万树玉.1986.茅盾年谱.杭州:浙江文艺出版社.

王嘉良.1989.茅盾小说论.上海:上海文艺出版社.

王鲁彦.1937.野火.上海:上海良友图书印刷公司.

王鲁彦.2009.王鲁彦文集.北京:人民文学出版社.

王任叔.1983.巴人小说选.北京:人民文学出版社.

王文彬,金石主编.1999.戴望舒全集.北京:中国青年出版社.

〔美〕韦勒克,沃伦.1984.文学理论.刘象愚等译.北京:生活·读书·新知三联书店.

〔意大利〕维柯.1986.新科学.朱光潜译.北京:人民文学出版社.

吴福辉编.2009.背影(配图珍藏本).广州:广东教育出版社.

吴光华.2001.钱君匋传.北京:美术摄影出版社.

吴晗,费孝通,等.1988.皇权与绅权.天津:天津人民出版社.

吴滔.2010.清代江南市镇与农村关系的空间透视——以苏州地区为中心.上海:上海
　古籍出版社.

夏弘宁. 2002. 夏丏尊传. 北京: 中国青年出版社.

夏丏尊. 1983. 夏丏尊文集. 杭州: 浙江人民出版社.

夏明方. 2000. 民国时期的自然灾害与乡村社会. 北京: 中华书局.

夏日新. 2004. 长江流域的岁时节令. 武汉: 湖北教育出版社.

夏衍. 2005. 夏衍全集. 杭州: 浙江大学出版社.

夏志清. 2005. 中国现代小说史. 刘绍铭, 李欧梵, 等译. 上海: 复旦大学出版社.

项义华. 2003. 人之子——鲁迅传. 杭州: 浙江人民出版社.

熊家良. 2007. 现代中国的小城文化与小城文学. 北京: 中国社会科学出版社.

徐迟. 1993. 江南小镇. 北京: 作家出版社.

徐迟. 2014. 徐迟文集. 北京: 作家出版社.

徐志摩. 2014. 戴逸如插图徐志摩诗文全集. 沈阳: 春风文艺出版社.

许杰. 1981. 许杰短篇小说选集. 北京: 人民文学出版社.

许钦文. 1984. 许钦文小说集. 杭州: 浙江文艺出版社.

严家炎. 1989. 中国现代小说流派史. 北京: 人民文学出版社.

严家炎编. 1995. 20 世纪中国文学与区域文化丛书. 长沙: 湖南教育出版社.

杨剑龙. 2007. 上海文化与上海文学. 上海人民出版社.

杨绛. 1994. 杨绛散文. 杭州: 浙江文艺出版社.

杨义. 1998. 中国现代文学流派. 北京: 人民出版社.

杨义. 2005. 中国现代小说史. 北京: 人民文学出版社.

杨义. 2009. 中国叙事学. 北京: 人民出版社.

姚伟钧. 2004. 长江流域的饮食文化. 武汉: 湖北教育出版社.

叶圣陶. 1930. 倪焕之. 上海: 开明书店.

叶至善, 等编. 1987—1991. 叶圣陶集. 南京: 江苏教育出版社.

于伶. 1940. 江南三唱. 上海: 珠林书店.

于伶. 1979. 于伶剧作选. 北京: 人民文学出版社.

余连祥. 2005. 丰子恺的审美世界. 上海: 学林出版社.

余连祥. 2006. 逃墨馆主——茅盾传. 杭州: 浙江人民出版社.

郁达夫. 2007. 郁达夫全集. 杭州: 浙江大学出版社.

郁达夫. 2008. 郁达夫散文: 插图珍藏版. 北京: 人民文学出版社.

郁达夫. 2014. 故都的秋(插图典藏本). 北京: 中国画报出版社.

〔美〕詹姆斯•C. 斯科特. 2001. 农民的道义经济学: 东南亚的反叛与生存. 程立显,
    刘建, 等译. 上海: 译林出版社.

〔美〕詹姆逊. 1997. 后现代主义与文化理论. 北京: 北京大学出版社.

张天翼. 1985. 张天翼文集. 上海: 上海文艺出版社.

张秀枫编选. 2005. 鲁迅小说全编(赵延年木刻插图本). 北京: 北京工业大学出版.

张仲礼. 1998. 中国绅士——关于其在 19 世纪中国社会中作用的研究. 上海: 上海社会
    科学院出版社.

赵冬梅. 2006. 小城故事——中国现代文学中的小城小说. 北京: 人民文学出版社.

赵家璧主编. 1935. 中国新文学大系. 上海: 上海良友图书印刷公司.

钟桂松. 1991. 茅盾与故乡. 成都: 四川文艺出版社.

钟守成, 裘士雄编. 2004. 朝花夕拾(配图珍藏本). 广州: 广东教育出版社.

钟守成, 裘士雄编. 2004. 呐喊(配图珍藏本). 广州: 广东教育出版社.

钟叔河编. 1998. 周作人文类编. 长沙: 湖南文艺出版社.

钟叔河笺释. 1999. 周作人丰子恺儿童杂事诗图笺释. 北京: 中华书局.

周德荣. 2000. 中国社会的阶层与流动——一个社区士绅身份的研究. 上海: 学林出版社.

周水涛. 2012. 新时期小城镇叙事小说研究. 北京: 社会科学文献出版社.

周一星. 1995. 城市地理学. 北京: 商务印书馆.

周作人. 1954. 鲁迅小说里的人物. 上海: 上海出版公司.

周作人. 2005. 周作人散文: 插图珍藏版. 北京: 人民文学出版社.

周作人. 2008. 知堂回想录. 合肥: 安徽教育出版社.

周作人. 2015. 陈师曾插图周作人散文经典. 沈阳: 春风文艺出版社.

朱光潜. 1993. 朱光潜全集. 合肥: 安徽教育出版社.

朱乔森编. 1990. 朱自清全集. 南京: 江苏教育出版社.

朱雯, 罗洪. 1999. 往事如烟. 上海: 上海古籍出版社.

朱正. 2007. 一个人的呐喊: 鲁迅 1881—1936. 北京: 十月文艺出版社.

朱自清. 2005. 朱自清散文: 插图珍藏版. 北京: 人民文学出版社.

朱自清. 2013. 丰子恺插图朱自清散文全集. 沈阳: 春风文艺出版社.

后　记

　　从小生活在江南市镇石门与练市之间的"深乡下"，童年记忆中被大人带着去有廊棚的"街廊"（即市镇）玩是件令人高兴好几天的大喜事。日后阅读到鲁迅、周作人、茅盾、丰子恺、郁达夫、叶圣陶、施蛰存等现代江南小城镇作家笔下小城镇上的石板街、石拱桥、市河、徽派民居，以及茶糕、粽子、团子等"嘉湖细点"，就会唤起熟悉的童年记忆。

　　在杭州大学中文系读了七年书，就开始研究鲁迅、茅盾、丰子恺等现代浙籍作家。2009 年，试图由点到面，设计有关现代江南市镇文学的课题，顺利申请到了教育部课题。着手研究后，发现市镇文学有些单薄，就充实内容，于次年设计了课题"地域文化视阈中的现代江南小城镇文学研究"，有幸获得国家社科基金立项。

　　近年来杂事缠身，期间又为孙郁老师主编的"民国名人传记丛书"撰写了"钱玄同传"，还把《丰子恺的审美世界》修改成《丰子恺美学思想研究》出版，因而本课题的研究申请了两次延期。

　　课题做下来，感觉自己的"野心"太大，投入的精力自然就大大超出预期。本课题的资料搜集和文献阅读，主要涉及现代江南小城镇作家的选集、文集、全集，相关作品的初版本，报刊上初刊的作品，以及研究这些作家作品的论著、相关论题所涉及的中外理论论著。除了原有的文献资料储备外，还购买了相关文献资料，平时经常到校图书馆查阅资料，甚至远程登录国家图书馆查阅民国报刊和图书。课题组成员还到北京、上海、南京和杭州的图书馆查阅相关资料，同时聘请在校研究生帮助查阅资料。找到有关的文献资料，能翻拍的翻拍，能复印的复印，有的就直接录入手提电脑。节假日出游的首选路径便是自驾到江南小城镇上寻访作家的故居，先后到过绍兴、乌镇、石门、富阳、杭州、宁波、台州、金华、松江、甪直、扬州、常州、丁山等地考察名人故居的保护与开发情况。有关名人名作二度开发的影视资料，大都是从百度上搜集到的视频，有小部分买到了光盘，有些影像资料是从有关纪念馆找到的，加上原先观看过的电影和电视，课题组基本看全了相关影像资料。数年的寻访、阅读和观看，沙里淘金，有用的资料分门别类，甚至在电脑里做成了一个小型数据库。

近十年参加现当代文学的学术讨论会，不断介绍自己的研究成果。讲多了，自己似乎成了祥林嫂，不断讲述自己的现代江南小城镇文学研究。好在王嘉良、黄健、张直心、刘勇、杨扬、潘正文等专家在会议点评和私下交流中既肯定我的研究，又给了很多鼓励和建议。这些发言，整理成论文，发表在《鲁迅研究月刊》《浙江学刊》《绍兴文理学院学报》《嘉兴学院学报》《湖州师范学院学报》上，加上立项前在《中国现代文学研究丛刊》上发表的论文《稍叶——吴组缃先生不了解的一种蚕乡习俗》，本课题的相关成果共发表了11篇论文。

感谢浙江省社科规划办将五位评审专家的修改意见反馈给我；同时感谢为教育部课题撰写评审意见的范家进、陈改玲、赵顺宏、王昌忠、石明庆等专家，也都提出了很好的修改意见。为了完善这一研究，我用了一年时间进行修改。出于书稿的完整性考虑，根据专家意见，本次修改还专门新写了"结语"。放眼中国现代小城镇文学，在与沈从文、废名、蹇先艾、萧红、骆宾基、师陀、李劼人、沙汀等其他地区的小城镇作家及其作品的横向比较中来诠释江南小城镇文学的特点、现代性问题，以及表达方面存在的不足等。感谢课题组成员刘方、刘树元、董惠民、刘旭青、应玲素、杜瑞华、秦晓帆的辛勤研究，感谢科学出版社张宁、王丹和土洪秀的认真编辑，也要感谢节假日耐心陪同寻访江南小城镇作家故居的妻子和女儿。

回首从设计课题到成书出版，一路艰辛走来，也算是"十年磨一剑"。书稿很厚，加上"图说"，就更厚了。尤其要感谢我的高访导师孙郁先生，为本书赐序。感谢上海交通大学的杨庆存先生，来我校讲学期间浏览过我的书稿，给了很多鼓励和建议。

2018 年 11 月于湖州汀园